厦门大学美育与通识教育丛书
编委会

主任委员
张　荣　张宗益

副主任委员
周大旺

执行主任
楼红英

委　员
（以姓氏笔画为序）

王　程	方　颖	计国君	代　迅
朱　菁	邬大光	刘　敕	刘振天
李晓红	李勤喜	汪　骋	张亚群
张燕来	陈　敏	陈舒华	武剑锋
秦　俭	唐炎钊	谢清果	雷蕴奇
谭　忠	薛成龙		

厦门大学美育与通识教育丛书

品读《诗经》

李 菁 —— 著

厦门大学出版社
国家一级出版社
全国百佳图书出版单位

图书在版编目（CIP）数据

品读《诗经》/ 李菁著. -- 厦门：厦门大学出版社，2022.10
　ISBN 978-7-5615-7732-5

　Ⅰ．①品… Ⅱ．①李… Ⅲ．①《诗经》—诗歌研究 Ⅳ．①I207.222

中国版本图书馆CIP数据核字(2019)第297893号

出 版 人	郑文礼
责任编辑	冀 钦

出版发行　**厦门大*出版社**
社　　址　厦门市软件园二期望海路 39 号
邮政编码　361008
总　　机　0592-2181111　0592-2181406(传真)
营销中心　0592-2184458　0592-2181365
网　　址　http://www.xmupress.com
邮　　箱　xmup@xmupress.com
印　　刷　厦门集大印刷有限公司

开本　720 mm×1 000 mm　1/16
印张　28.5
插页　2
字数　376 千字
版次　2022 年 10 月第 1 版
印次　2022 年 10 月第 1 次印刷
定价　68.00 元

本书如有印装质量问题请直接寄承印厂调换

厦门大学出版社
微信二维码

厦门大学出版社
微博二维码

厦门大学美育与通识教育丛书
总　序

真善美：大学的教育价值

厦门大学美育与通识教育中心应该是中国高校第一个在"通识教育"之前冠上"美育"的机构，这是一个很有创意的设计。中心成立以来，紧锣密鼓地开展了许多工作，目前出版的这套系列丛书，是中心众多工作的组成部分之一。这套系列丛书融美育与通识教育为一体，相比较单一的通识教育，大有双音合奏、琴瑟齐鸣之感。

美育与通识教育是我国高等教育坚持立德树人育人导向，构建德智体美劳全面培养的教育体系，必不可少的重要组成部分。我们常谈教育中的"真善美"，三者不仅仅是简单的并列关系，在某种程度上，也存在"位阶"关系。教育求真，知识向善，最终是要表现为一种"美"的境界。所以，我说教育的最高境界是实现一种"美"的追求。美育和通识教育重在通过以美育人、以文化人的方式，提高学生审美能力和人文素养，尤其是在高等教育高度专业化、知识分类愈发精细化的今天，美育和通识教育的价值不言而喻。

"美育"一词既是一个现代词汇，也是一个本土化表达。根据蔡元培在《二十五年来中国之美育》一文中的说法，"美育的名词，是民国元年我从德文 Ästhetische Erziehung 译出，为从前所未有。"1912年，伴随蔡元培《对于教育方针之意见》的发表，美育成为"五育"之一，获得广泛关注。"五者，皆今日教育所不可偏废者也。军国民主义，实利主义，德育主义三者，为隶属于政治之教育（吾国古代之道德教育，则间有兼涉世界观者，当分别论之）。世界观、美育主义二者，为超轶政治之教育。"事实上，尽管中国古代没有"美育"的概念，但审美教育，艺术教育等美育观念却是古已有之。所以，以蔡元培为代表的中国学者，在阐释外来教育理念时，很容易将"美"和"育"二字进行合并组成新的词语。可见，美育是通过"意译"而非"音译"的手段进入汉语的话语体系，从而获得广泛传播和独立表达，并发展成为一个常识性词汇，这称得上是"本土化"转型的典型。

那么，如何理解"美育"对于教育的意义？一是美育并非专业教育。长期以来，在教育实践中，我们把美育教育等同于艺术教育，这制约了其他美育实践形式的探索和发展，从理论上讲，艺术教育只是美育的组成部分之一。只有走出专业教育的窠臼，美育才会有更大的生长空间，不仅只是在艺术教育中显现，更能在德育、智育、体育、劳动教育中彰显，以美润德、以美育智、以美塑体、以美促劳，让学生看见人性之美、科学之美、运动之美、劳动之美，"美"才能真正成为一种普适性的教育理念。二是美育并非针对专业的人的教育。美育不是为了培养音乐家、绘画家、书法家等专业人才，或者说，他们只是美育教育的副产品。真正的美育是针对所有人的美的教育，如马克思所说"人也按照美的规律来塑造物体"。接受了美育的人，虽说做不到眉目一举知千秋，绣口一吐半盛唐，但他或许会在某个不经意的瞬间，桃花依旧笑春风。美育是要帮助每一个人走出知识的狭隘，避免"智识"的平庸，真切懂得什么叫人间值得。

谈完美育，再说通识教育。通识教育既是一个历史现象，又是一个现实问题。从公元前4世纪亚里士多德提出自由教育思想开始，历经发展流变，到19世纪初美国教育家倡导通识教育，这样一种教育思想有着深厚的历史渊源。通识教育强调摆脱功利和实用，注重为学生提供内容宽泛的综合教育，与专业教育相区别。随着高等教育过度专业化的问题开始凸显，人才培养愈发不能适应社会发展的需求和科学进步的要求，通识教育开始走入现代高等教育改革的视野，愈发得到重视。例如，爱因斯坦曾指出："用专业知识教育人是不够的……否则，他——连同他的专业知识——就更像一只受过很好训练的狗，而不像一个和谐发展的人。"关于此类的反思乃至"批判"很多，如我国梁思成先生1948年在清华大学所讲的"半面人"。当时，梁先生是从大学文理分家导致人的片面化谈起的，他提倡教育要走出"半个人的时代"。新中国回国后的钱学森先生考察清华大学时，也表达了对清华大学调整为单一的工科大学导致人才培养窄化问题的忧虑。他在晚年的时候发出的"钱学森之问"，两者之间是否存在某种内在联系，需要我们认真反思。

在通识教育的理解上，一直存在着偏差。"通识"不是意味着什么都知道，或者什么都知道一点儿。"通识教育"一词是从英文"general education"翻译过来的，"general"的本意是"总体的、普遍的、一般的"，如果说专业教育研究的是高深学问，那通识教育关注的则是价值问题，其中既包括一些常识问题，也包括时代的新问题。"通识"的真正含义是让教育回归常识，回归教育活动的本质。"通识教育"需要的是回归教育的本心，回归育人的初心，这是所有的专业教育都需要的。某种意义上说，通识教育称得上是专业教育的底线和红线。反观现实，长期存在这样一种倾向，即把通识教育作为一种知识体系的教育，倡导专业之间、学科之间、知识之间的互补，让人文社会科学的学生选修自然科学、工程科学的课程，反之亦然。事实上，我们忽视了通识教育更为重要的含义，它是一种思维塑造、情感熏陶、价值引领，而不是单纯的知识传递。

中国近代大学的学科体系和知识体系，几乎是在一张白纸上建构起来的，我们经历了太多因为知识匮乏而导致的苦难，为了实现旧邦新造，我们揖美追欧，如饥似渴地学习，潜移默化影响了我们的民族心理。投射到高等教育中，那就是专业导向、学科导向、知识导向，大力发展"有用"之学，学好数理化，走遍天下都不怕。但是，过分神话知识的魅力，过度强调语义的记忆，过于重视技能的传授，极力崇尚知识的专业性，却忽视了对学生情感、态度、学习能力，以及价值观的培养，教育的育人功能被严重窄化，知识的价值仅仅被解读为"有用"。今天，我们应该有足够的自信、足够的闲暇拾起这些"无用"之学，让知识宽起来，让教育静下来，多一份坦然，少一份急躁。

邬大光

2022 年 6 月 30 日

目录

前言 〔一〕

第一部分 风 〔十五〕

周南、召南 〔十九〕

关雎 …… 十九
葛覃 …… 二五
卷耳 …… 二八
桃夭 …… 三五
芣苢 …… 三七
汉广 …… 四四
草虫 …… 四六
采蘋 …… 四八
行露 …… 五一
摽有梅 …… 五五
小星 …… 五七
江有汜 …… 六一

邶风、鄘风、卫风 〔六三〕

柏舟 …… 六四
燕燕 …… 六七
终风 …… 七二
击鼓 …… 七四
匏有苦叶 …… 七八
谷风 …… 八二
式微 …… 九一
静女 …… 九五
君子偕老 …… 九八
桑中 …… 一〇二
蝃蝀 …… 一〇九
载驰 …… 一一四

郑风 〔一五八〕

将仲子	……一六〇
遵大路	……一六四
女曰鸡鸣	……一六六
箨兮	……一六九
褰裳	……一七一
东门之墠	……一七二
风雨	……一七六
子衿	……一七九
出其东门	……一八二
野有蔓草	……一八四
溱洧	……一八八

齐风 〔一九四〕

还	……一九五
著	……一九七
南山	……一九九
敝笱	……二〇五

魏风 〔二一〇〕

园有桃	……二一一
陟岵	……二一五
伐檀	……二一八

淇奥 ……一一九
考槃 ……一二四
硕人 ……一二六
伯兮 ……一三一
木瓜 ……一三五

王风 〔一三九〕

黍离	……一四〇
君子于役	……一四五
扬之水	……一四九
采葛	……一五一
大车	……一五四

唐风 〔二二四〕

- 蟋蟀 …… 二二五
- 山有枢 …… 二三〇
- 绸缪 …… 二三五
- 葛生 …… 二三九

陈风 〔二五九〕

- 宛丘 …… 二五九
- 衡门 …… 二六一
- 东门之杨 …… 二六四
- 月出 …… 二六六
- 泽陂 …… 二六九

曹风 〔二七七〕

- 下泉 …… 二七七

秦风 〔二四三〕

- 驷驖 …… 二四三
- 蒹葭 …… 二四六
- 黄鸟 …… 二五一
- 晨风 …… 二五四

桧风 〔二七三〕

- 隰有苌楚 …… 二七三

豳风 〔二八一〕

- 七月 …… 二八二
- 鸱鸮 …… 二九一
- 东山 …… 二九五

第二部分 雅 三〇一

小雅 三〇四

鹿鸣 …… 三〇四
常棣 …… 三〇九
伐木 …… 三一三
采薇 …… 三一七
出车 …… 三二二
湛露 …… 三二七
鹤鸣 …… 三三〇
白驹 …… 三三二
斯干 …… 三三五
节南山 …… 三四一

小宛 …… 三四六
小弁 …… 三五一
蓼莪 …… 三六〇
大东 …… 三六五
鼓钟 …… 三七一
菀柳 …… 三七四
都人士 …… 三七六
采绿 …… 三八〇
白华 …… 三八三
苕之华 …… 三八八

大雅 三九一

文王 …… 三九一
绵 …… 三九六
公刘 …… 四〇三
卷阿 …… 四〇九

第三部分 颂 〔四一七〕

周颂 〔四二〇〕

- 清庙 …… 四二〇
- 执竞 …… 四二二
- 闵予小子 …… 四二四
- 般 …… 四二五

鲁颂 〔四二八〕

- 有駜 …… 四二八

商颂 〔四三一〕

- 那 …… 四三一

附录：诗大序 〔四三五〕

参考书目 〔四三六〕

一、《诗》的形成

说到《诗经》,我们很容易想起这样一些概念——我国最早的诗歌总集,收集了从西周初年到春秋中叶大约五百年间的三百零五篇诗歌,分为风、雅、颂三个部分,有赋、比、兴三种表现手法;我们也能脱口而出《诗经》中的一些名句,诸如"关关雎鸠,在河之洲。窈窕淑女,君子好逑"、"手如柔荑,肤如凝脂,……巧笑倩兮,美目盼兮"、"鹤鸣于九皋,声闻于天。……它山之石,可以攻玉"等。那么,这算是了解《诗经》吗?

不能算。如果只是知道几个有关《诗经》的概念,熟悉若干《诗经》中的句子,那这印象只是粗浅表层的,也把这部很不一般的诗集看得一般了。《诗经》跟后世诸多歌谣集貌似而神异,完全不是一回事,无论创作意图、思想境界还是艺术高度,两者都不在一个层次上。歌谣集可以反映一些现实问题,但里边没有能够指导我们这个民族生活的原则性的东西,而《诗经》,虽然也是歌谣的汇集,可仅仅把它们视为文学作品远远不够,它不叫《周代歌谣集》而称《诗经》,就说明它不光是文学的,更是思想的、文化的,如果忽视它作为经典的身份,《诗经》的意义就单薄得多了。这么说吧,产生于两千多年前的《诗经》,与我们隔着遥远的时空,但我们仍然能够看得见它,感受得到它,因为它就在我们文化的血液中,在无处不在而又不易觉察的传统中。

我们不妨作个简单的回顾,看看这朵璀璨的精神之花是如何在民族文化的创生期绽放的。那时候,诗不是文学作品,跟我们今天理解的文学全无关系，它是优美的乐辞，依乐而生，"诗三百"就是一首首应用于不同场合的乐歌。这三百篇，有些有明确的创作意旨，诗人直接在诗中点明了为某人某事而作；但更多的篇目，尤其是一些《风》诗，乍一看，跟民间歌谣难分彼此，可是经过"行人"采集和乐官编定之后，它们的意义就迥然不同了。把这些乐歌编集在一起，花费了周人漫长的时间和很大的功夫，而且这里所谓的"编集"，与我们惯常的理解出入很大。它不是一个人或一群人，在某一个时间段内，以某个宗旨的名义编纂而成的一部书，它的形成与周代礼乐制度的发展演变相伴随，或者说，周代礼乐制度的产物之一就是《诗经》的编集。把几百首诗编排在一起，目的很明确，是要它们承担乐教、言教和讽喻的功能，毫无疑问，这些乐歌在当时也一定是能传递动人心弦的文学美感的，但它们的首要任务是发挥政治教化作用。

《诗经》的编集经历了一个漫长的历史过程，粗略勾勒过程如下：

周初平天下，周公制礼作乐，武王克商后的祭祀、告功仪式上需要一批配合祭礼的乐歌，于是《诗》（注意：这个时候它还不是"经"）中最早的仪式乐歌《大雅·文王》《大雅·大明》《周颂·维天之命》等便产生了。之后，周康王定乐歌，一部分郊天祭祖的仪式献祭之歌被编入了《颂》，而记述祖先功业德泽以垂诫子孙的颂功之歌被编进了《雅》，这样就有了以"雅"、"颂"命名的《诗》文本。至西周中期周穆王时代，各种典礼仪式逐渐成熟，真正意义上的周代礼乐制度逐渐完善，仪式乐歌的创作也随之进入了繁盛期，《雅》《颂》文本的内容得到了扩充，相当一部分歌颂现实人、事的诗篇陆续被编进了《雅》。再后，周宣王以武兴周，重修礼乐，被编定的仪式乐歌数量继续扩增，祭祖诗《周颂》的创作基本完成，以采自各诸侯国用以讽谏、最得后人青睐的风诗为内容、命名为"诗"的文本也出现了；同时，至迟在这一时期，《大雅》与《小雅》已经分立。进入东周平王时代之后，西周后期、两周之际二王并立时期和东周初年的仪式、讽谏之歌得以整理编辑，这些经过修定的风诗与雅歌合为一处，以先前的"诗"为合集名。齐桓公尊王崇礼，周礼因之复兴，从各诸侯国采献而来的风诗得到了更大规模的编辑和修定，《颂》也被纳进《诗》中，《风》、《雅》、《颂》正式统一在了这个被叫作"诗"的集子中，"诗"成为总集之名。经过这次大幅度的整理，《诗》的内容和结构都较前代有了长足的发展，但这还不是我们今天看到的《诗经》，联系二者的中间环节，是发生在春秋末年礼崩乐坏背景下的孔子删《诗》定本。也就是说，流传至今的《诗》文本是在孔子对旧本《诗》进行了增删诗篇、调整次序、雅化语言之后确定下来的，这是《诗》最后一次接受编辑。至此，几乎全程由周王室主持的编诗行为，在由孔子进行的非官方删《诗》正乐活动中画上了句号。①

从这段编《诗》简史可以看出，《诗》的形成不是一蹴而就的，它经历了长期的多个环节的努力，从最初只编集配合仪式歌奏的乐歌，到随着周代朝政的治乱变迁和周礼的隆衰崩坏，具有讽刺时事、劝诫时王的讽谏之歌陆续加入，并且逐渐占据主流地位。不难看出，这个集合了三百零五篇诗歌的集子不是纯粹文学意义上的读本，它从一开始就不是作为文学创作而被记录并保存下来的。它的编辑成书，与后世个人行为或文学团体组织甚至帝王钦定御制的诗集、文集都有本质上的不同，它是周代礼乐制度的直接产物和重要组成部分，《诗》的形成史就是一个仪式色彩不断弱化、德教成分不断加强的过程。这也说明，至少就编辑者的主观意愿而言，这部诗集完全不能等同于采自民间抒情展怀的、文艺的歌谣集。《诗》以美的乐辞而承担着社会教化的功用，这就为传《诗》、解《诗》和用《诗》提供了无限发挥的可能。拿春秋朝聘盟会之时风行的赋诗言志或赋诗观志来说，那是三百篇真正的作诗之志被冷落在一旁无人特别在意的时代，正所谓"赋诗断章，余取所求焉"②。政治外交舞台上宾主借《诗》发挥，以《诗》代言，或摘《诗》中之句，或用

---

① 有关《诗》的形成史，可参马银琴：《西周诗史》"结论和余论·诗文本的历史"，第483页至第487页；第六章第二节"齐桓公时代《诗》的结集"，第386页至第396页。
② 《春秋左传正义》卷三十八襄公二十八年，第4342页。

《诗》中之意,断章取义,移花接木,赋者善赋,听者知音,彼此心领神会,一点即通。鲁昭公十六年(公元前526年)夏四月,郑国六卿为晋国卿大夫韩宣子饯行,子齹首赋《野有蔓草》表达幸会之意,博得了宣子的赞赏,而这首诗原本是歌咏男女邂逅的:"野有蔓草,零露漙兮。有美一人,清扬婉兮。邂逅相遇,适我愿兮。"但是在当时特定的情境之下,双方都能迅速地捕捉到诗句的言外之旨,无须多费口舌。遥想那时的赋《诗》用《诗》之况,何其风雅,那真是一个《诗》用蓬勃兴盛的时代!此后朝聘盟会之礼既废,赋诗之事不作,《诗》便逐渐为战国诸子所传授,在各家游说与著述当中,断章为己所用的智慧虽然仍可见到,然彼时诗、乐既已分离,传诗和学诗便只能就文字立论了。孔子以礼、乐设教授徒,经他亲手编定的《诗》成为传授内容之一,对后世影响深远的儒家诗学传授系统由此开启。孔子之后,《诗》在战国的传授呈现出多源而异流的态势,言《诗》者不乏,但成其宗派的只有儒家,魏、赵、齐、鲁、楚等国均有儒者传《诗》授业。诸儒所传虽然都是孔子增删过正乐过的《诗》,彼此解说却又不同,《诗》的传授渐渐偏离了孔子恢复周礼的理想,而完全走上了伦理化和政教化的道路,《诗》与政治教化间难解难分的关系在这个阶段趋于稳固,此后历时千年无法撼动。

秦亡入汉,"昔仲尼没而微言绝,七十子丧而大义乖。故《春秋》分为五,《诗》分为四,《易》有数家之传。"① 这里所说的"《诗》分为四",指汉代《诗》学分为四支,即鲁、齐、韩、毛所传的四家《诗》。秦始皇焚书之后,先秦典籍或亡佚或残损,而《诗》得以完整地保存下来,究其缘由,在于"以其讽诵,不独在竹帛"②。不难想象,倘若三百篇仅是著于简帛之上,断然无法逃脱秦之一炬,所幸它在竹帛之外,更诵于人口,师徒间口耳相传的传授方式使它意外地得以保全。但同时,这种口耳相传的特点又使得《诗》的文辞容易产生讹误,并进而带来解说上的分歧和差异,因

---

① 《汉书》卷三十《艺文志第十》,第1701页。
② 《汉书》卷三十《艺文志第十》,第1708页。

此,《诗》虽然遭历秦火而得全,却难以摆脱各种主观人为的对诗人作诗之志的"改造",汉代四家《诗》便是这改造的结果。四家《诗》是四个传《诗》系统——西汉《鲁诗》、《齐诗》、《韩诗》和东汉《毛诗》。《鲁诗》为鲁人申培所传,汉文帝时立博士[①];《齐诗》为齐人辕固生所传,汉景帝时立博士;《韩诗》为燕人韩婴所传,汉文帝时立博士。三家均进入西汉官学。《毛诗》为秦汉时鲁人毛亨和汉初赵人毛苌所传,西汉后期平帝时也曾一度立为学官,但不久即废,而主要以私学的形式流传于民间。东汉以后,情形发生了变化,经学家郑玄独尊《毛诗》,为之作笺并且广授弟子,遂使《毛诗》日盛,大行于世;而三家《诗》终于废亡,在由魏至宋期间逐一退出历史舞台,"《齐诗》,魏代已亡;《鲁诗》亡于西晋;《韩诗》虽存,无传之者"[②]。传授乏人使《韩诗》的生命力也无法长存,宋元以后,这一支只剩下《外传》十卷,所以,今天我们看到的《诗经》文本,是毛亨、毛苌一系传下来的《毛诗》。若略言四家《诗》传诗方法的不同,则三家《诗》重章句,主于作诗之意,《毛诗》重训诂,主于采诗和编诗之意,《毛诗》最终取代三家《诗》一枝独秀,与它建立起更为完备的政教说诗体系不无关系。

那么,从何时开始、出于何种缘由,《诗》以经典的面目出现并被尊称为"经"的呢?"经"的本义是织品上用梭穿织而成的纵线,与"纬"相对。织品有了经线,就有了力量的支撑,好比架屋有了结构,纬因经而立,有经之后方有纬。由此引申开去,"织之从丝谓之经,必先有经而后有纬,是故三纲、五常、六艺谓之天地之常经"[③]。天地之间,三纲、五常、六艺这些维护社会秩序、规范个体行为的道德标准就是支撑起先秦以降全社会的常行之法则,是不可移易的纲领,那些记录这些道

---

① 博士为古代学官名,始设于战国,职责是掌管图书,通古今以备顾问。汉武帝时博士职责发生变化,五经博士负责以儒学教授弟子,传儒道授儒术。

② 《隋书》卷三十二《经籍志一》,第918页。

③ (汉)许慎撰,(清)段玉裁注:《说文解字注》十三篇上,第644页。

德标准、行为准则等天地之常法的典籍,就会在后世的传承中逐渐被冠以"经"的尊名,并接受各代修习者的种种阐释。《诗》有了"经"的名称,大约是在战国晚期,它和其他儒家典籍《书》《礼》《乐》《易》《春秋》合称为"六经"。墨家的《墨经》、道家的《道经》、医家的《黄帝内经》以及著名的《山海经》也都先后经历了成为经典的过程,而传授这些经典,研究其中要义的学问,就是"经学"。入汉之后,汉武帝推孔氏、抑百家,赋予儒学主流意识形态的正统地位,儒学从此具有压倒百家的绝对权威,经学也就相应地成为特指阐发儒家典籍义理的官方哲学,"经"变成了儒家经典的代名,儒学即经学。而《诗》之经学,是包括在经学里边的,三家《诗》和《毛诗》就是两汉《诗》经学的代表。

政治化、经典化之后,汉降各代说《诗》不绝,魏晋隋唐的儒生沿袭汉代经师的治《诗》方向,致力于发掘三百篇文字背后的圣人之意,使《诗》学成为纯粹的经学,《诗》几乎完全失却了"诗"意。宋人疑古,力排旧说附会,但又以理学治《诗》,着力于《诗》文本内在的义理阐发,仍以解《诗》为主;明人一度走出经学和理学的迷雾,用艺术的心态读《诗》、品《诗》,抉发文心文事;清人提倡复兴汉学,对《诗》的文字、音韵、训诂和名物进行了浩繁的考证,训诂考据一时达到巅峰,而贯穿其中的宗旨,仍是经学。由此,《诗》的接受脉络大致可以明了:从周初到西汉,千年之间《诗》的性质经历了从礼乐仪式上的歌奏到官方学说的重要分支、从乐教课本到政教依据、从发挥仪式功能到与政教联姻的巨大变迁。西汉以后,《诗》是经、是史、是政治的面貌愈发稳固,以《诗》为诗的鉴赏批评派六朝以降并不缺乏,但未居治《诗》主流。《诗经》当然是诗歌,但它不是单纯的诗歌,它兼有"诗"和"经"两种职能,它是周代的诗歌集子,更是我们这个民族的文化经典。中国文学史上从来没有一部歌谣集像《诗经》这样,自产生之日起就不断地被阐释,不断地释放词句本身具有的张力,更新着诗篇的内涵,迎合着现实的需要,以活跃的姿态强有力地参与我国历史上不同时期的文化建构。钱穆先生说:"《诗经》是中国一部伦理的歌咏集。中国古代人对于人生伦理的观念,自然而然地由他们最恳挚最和平的一种内部心情上歌咏出来了。我们要懂中国古代人对于世界、国家、社会、家庭种种方面的态度与观点,最好的资料,无过于此《诗经》三百首。"①诚哉斯言!

二、品读《诗经》

《诗经》篇篇锦绣,字字珠玑,在传统说《诗》者眼里,它们传达的都是周代统治者的意志,《诗经》赋予后世读者的艺术美感以及其中不少优秀篇章客观上无法忽视的文学感染力,与它在传统文化中承载的社会责任相比,只是紫不夺朱的兼美,虽然《诗经》的这一面貌在今天的读者看来更为清晰动人。本书名为《品读〈诗经〉》,顾名思义,对《诗经》文本进行偏于文学的鉴赏品评将占较大比重,那么,这是否与上述所云自相矛盾?

这就牵涉到如何读《诗》的问题了。闻一多先生对此做过一段精辟的论述,为学界所熟知,他说:"汉人功利观念太深,把《三百篇》做了政治的课本;宋人稍好点,又拉着道学不放手——一股头巾气;清人较为客观,但训诂学不是诗;近人囊中满是科学方法,真厉害。无奈历史——唯物史观的与非唯物史观的,离诗还是很远。明明一部歌谣集,为什么没人认真的把它当文艺看呢!"②这段话肯定了《诗经》的文艺性质,提倡回归《诗经》的文学本位,显示出《诗经》研究摆脱经学束缚之后的鲜活。但是,从一个极端走向另一个极端,只拿《诗经》当文艺看,仍然是以偏概全的阅读,仍将阻挠我们对《诗经》进行真实的品味。正确的做法应该是回归经学本位,所谓回归,是因为20世纪初《诗经》曾经从经学的束缚下回归歌谣的文学本位,而现在我们要重回《诗经》的"经学"之本。既

---

① 钱穆:《中国文化史导论》,第67页。
② 闻一多:《匡斋尺牍六·闲话》,《闻一多全集》(三),第214页。

承认《诗经》是诗,也承认它作为"经"的意义,"她既是'诗',也是'经'。'诗'是她自身的素质,而'经'则是社会与历史赋予她的文化角色。……作为'诗',她传递的是先民心灵的信息;而作为'经',她则肩负着承传礼乐文化、构建精神家园的伟大使命"①。的确,纵观整个中国历史,《诗经》的经学意义明显高于它的文学意义,无论我们今天用哪种方式阅读和接受《诗经》,都不能也无法摆脱它作为"经"的巨大影响,《品读〈诗经〉》自不例外。本书固然是基于文学视角的理解和品鉴,着重彰显这部诗集给予后世读者的艺术审美和感发心灵的独特魅力,但在欣赏佳篇秀句的同时,也将探求它曾经具有的政教功能和道德意义,获知古人对于社会、家庭、人生伦理的观念态度乃至对于后世文化的巨大影响。所以,当我们吟诵着"关关雎鸠,在河之洲。窈窕淑女,君子好逑"、"桃之夭夭,灼灼其华。之子于归,宜其室家",感受着词句间"一目了然而抱之无尽的单纯而深厚的美"②时,还要知道这些佳句曾经被赋予的客观上难免牵强附会的政教寓意,挖掘牵强附会背后的伦理深意,从而了解整部《诗经》对中华民族文化性格与民族精神的形成发生过怎样重要的影响。当然,三百篇锦心绣口仍在,不会因此削减半分而失色。换言之,我们的"品读《诗经》"将是一次有别于文本表层的单纯文学性赏析,多角度、多层面地融历史、哲学、文学于一体的文化广角下的审美历程。

《诗经》收录的周代诗歌主要产生于黄河流域,大致相当于今天的陕西、山西、河南、河北、山东一带;创作者包括周天子、贵族和平民。除了由王室乐官保存下来的宗庙祭祀或燕飨仪式乐歌外,大部分诗歌能够荟萃在一起,都经历了或进献或采集的过程。献诗的是公卿百官,"天子听政,使公卿至于列士献诗"③;采诗的

---

① 刘毓庆、郭万金:《从文学到经学·序》,第1页。
② 余冠英:《诗经选·前言之七》,人民文学出版社,1979年第2版,第24页。
③ 《国语》卷一《周语上》邵公谏厉王语,第4页。

是使者,"行人振木铎徇于路,以采诗,献之大师,比其音律,以闻于天子"①。献诗为的是补察时政,采诗为的是观民风。所以,三百篇来源虽然不同,但为了共同的政治目的,它们最终进入了同一部诗集。有关《诗经》经常涉及的几个概念,在此略作回顾与说明,正文中不再一一解释。今本《毛诗》按"风"、"雅"、"颂"三部分排序,其中"风"一百六十篇,"雅"一百零五篇(包括大雅三十一篇,小雅七十四篇),"颂"四十篇。"风"、"雅"、"颂"是依据音乐特征进行的分类。"风"泛指声音、曲调,"国风"就是周王畿之外各诸侯国的原始音声、土风乡乐。通俗一点说,"郑风"大体是郑国调,"卫风"大体是卫国调,近似于今天我们常说的秦腔、汉调、徽调、京调之类,乃腔调之上加地名。一部《国风》,就是配合乡乐歌唱的诸侯"国风"歌辞的集合。"雅"原为乐器,相当于后人说的"鼓"。鼓在周代是通行乐器,上可用于天子诸侯,下能用于大夫和士。"雅"从一种乐器发展为使用这种乐器的乐调名,跟它与"夏"字古音相通有关。西周王畿原是夏人的故地,周人与夏人保持密切关系也由来已久,因此,周初之人常常自诩为夏的后裔,王畿称为夏地,其言为官话正声,上海博物馆藏战国楚竹书《孔子诗论》中"雅"就不称"雅"而称作"夏"。与"夏"在发音上的相通互用,使"雅"的地位在周人心目中得以提升,"雅者,正也",本为乐器之名的"雅"因此具有了指代中原正声和王者正乐的文化意蕴。所以,"雅"是以中原正声为基础的朝廷之乐的总称,《雅》则是配合"雅"乐歌唱的乐歌歌辞的荟集。"颂"由一种名叫"镛"的乐器而得名,"镛"古字作"庸",也就是大钟,在殷商时期的祭礼奏乐中地位非常重要。由于"庸"与"功"含义相通,与"雅者,正也"一样,"庸"于乐器功能之外,又被赋予了成功和王权的象征意义,以钟为主要乐器而演奏的天子祭祀之乐因此被命名为"庸"。但其歌辞为什么又叫作《颂》呢?"颂"与"庸"的关系跟"雅"与"夏"的情形相类,声同而意通,"庸"

---

① 《汉书》卷二十四上《食货志第四上》,第1123页;大(太)师是周朝乐官之首。

者功也,"颂"者颂其成也,"以其成功告于神明"正是天子祭祀乐歌的主体内容。而"颂"是"容"的本字,可以释作舞容,即配合天子祭祀之乐的舞蹈动作,商周时期"庸舞"二字常常并举,祭礼上奏"庸"的同时往往伴有舞蹈。"庸"、"颂"都有告功之意,奏"庸"的同时又配以舞容"颂",于是,声同意通的"庸"、"颂(容)"在告功神明的天子祭典中合为一体。当"庸"作为告功的这部分意义随着镛钟使用的消失而渐趋隐没时,"颂"便取代它成为天子宗庙祭祀之乐的专名,《颂》记录的就是这类音乐的歌辞。

值得一提的是,国风中的"南"原本也是一种流行于南方的可悬而击之的竹制乐器,"周南"、"召南"即以"南"为乐器演奏的流行于周、召二公采地岐南的乡乐。①东周以后,二"南"地位上升,升格为王室正乐之一②,《周南》和《召南》就是记录这类乐歌歌辞的文本。因此,同为乡乐的音乐属性使二"南"与其他诸侯国风一起被编入"国风",但从伦理地位而言,作为周王室正乐的二"南"又可以从代表地方乡乐的"国风"中分立出来。二"南"归属于国"风"或否,取决于分类标准,立足音乐属性则合,强调伦理地位则分。因此,"十五《国风》"或"二《南》十三《风》"的说法并不矛盾,都可以成立。

此外还有"赋"、"比"、"兴",大家熟悉这三个词,是以它们为《诗经》的文学表现手法来接受的,而且一般接受的是南宋朱熹的解释:"赋者,敷也,敷陈其事而直言之者也。""比者,以彼物比此物也。""兴者,先言他物以引起所咏之词也。"③事实上,这种认识并非"赋"、"比"、"兴"的本意,这三个概念经历了数百年的发展演变。"风"、"赋"、"比"、"兴"、"雅"、"颂"曾经存在于不同的语义层次上,

---

① 周的发祥地在雍州岐山之南,后辟地渐广,徙都于丰,而故地分封为周公旦和召公奭的采邑。周公制礼作乐时,取流行于二公采地的"南"乐为王室房中之乐和燕居之乐,这便是"周南"和"召南"。
② 详参翟相君:《诗经新解·二南系东周王室诗》,第95—105页。
③ 《诗集传》卷一,第3、4、1页。

在不同的时代乃是不同的概念:《诗》编成之前它们是"六诗",《诗》编成之后它们是"六义",《诗》成为经典之后它们又代表着《诗》的三体三用。简单地说,"六诗"是周代祭祀典礼中诗的传述方式,是用六种方法演述诗歌:"风"和"赋"是用言语传述诗的方式,指方音诵和雅言诵;"比"和"兴"是用歌唱传述诗的方式,指同曲调相唱和的赓歌与不同曲调相唱和的和歌;"雅"和"颂"则是加入"乐"的因素来传述诗的方式,对应于弦歌和舞歌。"六义"则是汉代的儒家诗学概念,重点在美刺、风化和政教三个伦理主题:圣贤遗化为"风"、铺陈政教为"赋"、以类进谏为"比"、喻劝善事为"兴"、后世正法为"雅"、诵美今德为"颂"。汉代以后,这六个概念又有了发展,"风、雅、颂"代表三种诗体,"赋、比、兴"代表三种诗用,而这才是我们经常使用的说法:《诗经》分为"风、雅、颂"三类,表现手法有"赋、比、兴"三种。①

五百年间诗三百,本已是大浪淘沙后保留下来的精华,但作为一本通识课教材,将三百零五篇全部选为修读对象则不太可能,所以《品读〈诗经〉》只能采取《诗》选本的方式,选择一百篇(其中《风》七十篇,二《雅》二十四篇,《颂》六篇)进行讲解品评;而选择的标准并无一定,大抵《风》以各国为单位,类取多样,二《雅》也尽量兼顾多种内容,《颂》则周、鲁、商各取一二代表之作,以见其基本风格。各篇选定后,首列原诗,下设"注释"和"品读"两个部分,前者注释语词若干,帮助修习者理解文字之意,兼及诗句用韵情况,多参前人训诂,而终归于自己的理解;后者通篇解析,基本上以课堂讲授的方式,揭出各篇要旨,提点精彩之处。只是读诗入情,有时不免带进个人鉴赏成分,想来读诗者当能谅解,《品读〈诗经〉》本来就该是一门感受文字、品味诗美的课程。与诸多《诗经》选读本不同的是,《品读〈诗经〉》在注释各篇诗句之后未专设译诗部分,原因有二:一来不少所选诗篇字面意

---

① 关于"六诗"和"六义",详参王昆吾:《诗六义原始》,《中国早期艺术与宗教》,第213—302页。

思并不难懂，像"彼采葛兮，一日不见，如三月兮"这样的句子，入眼即心会，实在无须赘译；二来译诗从来都是吃力不讨好的活儿，白话而犹能保存诗的韵致趣味很难。《品读〈诗经〉》不译诗为的就是避开这一艰难。所以，遇到有些诗，如二《雅》和《颂》等句意不能一目了然的，便用了取巧的办法，将诗句的翻译工作融入"品读"部分，一边解释句意，一边集中点评。

  本书选诗所据版本为清代阮元校刻的《十三经注疏》本《毛诗正义》。《毛诗》从先秦起逐渐形成了自己的理论系统，这个系统里有两个主体——《毛诗序》和《毛诗故训传》。《毛诗序》包括"诗大序"和"诗小序"，是目前能够见到的最早为《诗经》系年、揭示各诗题旨的文献，但其作者和成序时间长期存在争议。《毛诗》每篇正文之前都有一小段话的小序，如"《卷耳》，后妃之志也"是《周南·卷耳》的小序，"《草虫》，大夫妻能以礼自防也"是《召南·草虫》的小序。小序又包括首序和续序(或称后序)，如"《卷耳》，后妃之志也"是《卷耳序》的首序，其下"又当辅佐君子求贤审官，知臣下之勤劳，内有进贤之志，而无险诐私谒之心，朝夕思念，至于忧勤也"数句则是它的续序。《诗》首章《周南·关雎》的序文尤长于他篇，"《关雎》，后妃之德也，风之始也，所以风天下而正夫妇也。故用之乡人焉，用之邦国焉"是小序，先作《关雎》一篇的题解；之后"风，风也，教也；风以动之，教以化之"直至结尾的一大段文字概论全部歌诗，则被宋人称为"诗大序"(全文见附录)。诗小序的作者相传为孔子的弟子子夏，但疑之者甚多。《毛诗》"小序"首序的产生与诗歌的采辑、记录有可能是同时进行的，当仪式乐歌、讽谏之辞以及各国风诗被编入《诗》文本时，对诗歌功能、性质以及用诗目的进行简要说明的文字也就随之产生了，这就是首序。其产生时间最迟在礼崩乐坏的春秋末年以前，作者可能是没有留下名字的周王室乐官。[①] "小序"之首序是古序，而"续序"，则是后人在首序

---

① 详参马银琴：《两周诗史》"绪论"第四节"《诗经》作品断代的依据"之"《毛诗序》"，第34页至第83页。

基础之上所做的进一步阐发,产生的时间较晚,系出汉儒之手。本书正文部分解诗若提到《诗序》,一般指的都是首序。

《毛诗故训传》简称《毛传》,"故"、"训"、"传"是先秦训释古籍的三种方式。一般认为《毛传》为鲁人毛亨所作,是现存最早的《诗经》注本,后人能把《诗经》读懂,很大程度上有赖于它对诗中字义和文本的解释。东汉郑玄以《毛诗》为本,兼采三家诗说,疏解而成《毛诗笺》,简称《郑笺》。《郑笺》对《毛传》多有补充、发挥,进一步完善了《毛传》说诗的体系,成为《诗经》研究的第一座里程碑。唐代孔颖达《毛诗正义》对《毛传》和《郑笺》进行疏解,合称《毛诗注疏》,简称《孔疏》,在《郑笺》的基础上对毛诗一系进行了更为全面的整理和研究,《毛诗》由此定本。作为毛诗学的两大重要文献,《毛传》和《诗序》彼此相违处甚多,《诗序》曲解诗意不合情理的现象也常有,但是,毕竟它们保存了关于《诗》的古老的识见,后人读诗,实在无法完全绕开它们。本书所引《毛传》、《郑笺》和《孔疏》皆从《十三经注疏》本《毛诗正义》中来,不再一一出注。宋学研究《诗经》的集大成著作是朱熹的《诗集传》,它以理学为思想基础,集中宋人训诂、考据的研究成果,又初步注意到《诗》的文学特点,且简明扼要,易于传播,故千年流传,我们今天品味《诗经》,少不得援引其说。明人研究《诗》,分经学研究和文学研究两部分,后者对《诗》文本及诗旨的阐释,往往有汉、唐、宋、清诸儒所不及之处。清人读《诗》重考据,大家辈出,以戴震《毛诗补传》、胡承珙《毛诗后笺》、马瑞辰《毛诗传笺通释》、陈奂《诗毛氏传疏》等最为著名,凡此都是本课程的常用参考文献。

作为一本以经典讲读为目的的书,《品读〈诗经〉》融严肃性与趣味性于一体,兼顾专业性和知识性。对每一个字词的训诂、每一首作品的解析,《品读〈诗经〉》都将追求百家遗说,结合自己读诗的一点儿会心,不敢妄下结论。同时,诗无达诂,观诗各随所得,诗人兴会所寄旨趣遥深,言人人殊在所必然,一千个读者眼中有一千个哈姆雷特。好诗都有足够的艺术空白留待读者去以意逆志,没有最通达最标准的阐释,我们在渐次领略《诗经》精彩的同时,也将一起去寻找各自眼中的哈姆雷特。一句话,伴随着我们对"诗三百"更为亲近的熟知和更为广度的阅读,这一文化经典的艺术魅力将会持续永久并且异彩纷呈!

第一部分 风

关关雎鸠 在河之洲
窈窕淑女 君子好逑
参差荇菜 左右流之
窈窕淑女 寤寐求之
求之不得 寤寐思服
悠哉悠哉 辗转反侧
参差荇菜 左右采之
窈窕淑女 琴瑟友之
参差荇菜 左右芼之
窈窕淑女 钟鼓乐之

本书"前言"部分提到,"风"的本义泛指声音、曲调,"国风"就是周王畿之外各诸侯国的原始音声、土风乡乐。今天的《毛诗》传本一共收集了周代十五个诸侯国的乡乐,但遗憾的是,这些乡乐的音声曲调已经完全失传,只留下了记载在《风》中的歌辞一百六十篇。依照今本《毛诗》编排顺序,这些歌辞包括《周南》十一篇、《召南》十四篇、《邶风》十九篇、《鄘风》十篇、《卫风》十篇、《王风》十篇、《郑风》二十一篇、《齐风》十一篇、《魏风》七篇、《唐风》十二篇、《秦风》十篇、《陈风》十篇、《桧风》四篇、《曹风》四篇和《豳风》七篇。

这些与乡乐配合而歌的国风,在周王室采集和整理的过程中,接受了雅言化的处理,因此在形式、文辞和音韵上都呈现出齐整、规范的一致倾向。但山川不同,风土各异,虽然音声不再,徒留歌辞,地域性差异依然能够彰显出各国风歌的不同,《卫风》之多情,《王风》之乱离,《郑风》之活泼,《秦风》之厚重,都鲜明夺目。民歌特色无疑是风诗艺术魅力的主要构成之一,用十五种不同乡乐进行演奏的风诗,同民歌有着密切的渊源关系。从形式到表现,十五《国风》都留下了清晰的民歌印记。那些即情即景的比兴、章节的复沓、语言的平实、感情的质朴等一切民歌的特性,今天我们哪怕仅仅通过歌辞,也仍然可以强烈地感受到。但是,我们还要知道,这并不意味着《国风》就是民歌,事实上,民歌在《国风》中的比例非常小。少数作品即使因其浓厚的歌谣风味而可判定为民歌,也已远非天然原貌,而是经过了加工、润色甚至改编,这些都是从口头文学至书面文学必不可少的改造环节。十五《国风》对于农事、战争、行役、婚姻、爱情等的歌咏,反映的是周代广泛的社会生活风貌和各个阶层的喜怒哀乐。

《国风》大部分诗篇的创作不出从西周晚期到春秋中叶这一时间段。作为周代生活的全面反映，它的作者来自社会各个阶层，周天子、后妃、夫人、卿大夫、士和国人都有可能参与了创作。这些作者绝大多数姓名不可考定。但作者不详与音乐失传不同，从仪式乐歌发展到语言资料，这是"国风"的社会功能在一定历史时期内产生变化使然；而作者不详，则是因为通过行人和乐师采集而来的各地风诗原本就无法考知作者，或者当时犹可辨知，但是没能载于史册保留下来。被采之诗的价值完全体现在政事讽谏，诗人之名、作诗之意乃至诗歌内容在此功用面前都得退居次要。《诗经》解读困难的原因之一在于作者不详，它使我们无法通过"知人论世"的传统途径抵达诗义，但同时，具了解之同情，新的阅读路径就隐藏在《诗经》不同于后世诗文总集的独特编纂动机中——既然当初采诗的目的只在用诗，与创作主体无关，我们分析《诗经》时，就不妨尽量循着诗歌的乐章义①去"以意逆志"。《诗经》关闭了一扇后人可资通达的门，却又开启了一扇让后人进入的窗。

---

① 乐章义：指乐歌表达的伦理意义。

周南、召南

十五《国风》首二为《周南》与《召南》。有学者认为:"'二南'地域文化最大的特色是推行所谓'文王之化',即把西周礼乐文化通过乐歌的形式向南方推广,……全部二'南'都服务于这样的教化目的,所以称'正始之道,王化之基'。……因而二'南'在'国风'中置于首二篇,称为'诗之正经'。"①而《周南》在前、《召南》居后是因为"周公假天子之礼乐",所采之风为"王者之风",召公是诸侯,"召南"为"诸侯之风",只能稍次于后。今本《诗经》二《南》共收入二十五首乐歌,其中《周南》十一首,《召南》十四首,其创作地域都在东周王室境内。就内容言,这些歌辞大部分与女性有关,恋爱、别离、婚姻等女性生活是它们的主题;而这原本就是二"南"的特色,它们在进入《诗》文本之前,就是被当作后妃夫人房中之乐②来看待和使用的。

【周南】

关 雎

关关雎鸠[1],在河之洲。窈窕淑女[2],君子好逑[3]。

参差荇菜[4],左右流[5]之。窈窕淑女,寤寐[6]求之。

求之不得,寤寐思服[7]。悠哉悠哉[8],辗转反侧[9]。

参差荇菜,左右采之。窈窕淑女,琴瑟友之[10]。

参差荇菜,左右芼[11]之。窈窕淑女,钟鼓乐之[12]。

---

① 夏传才:《诗经讲座》,第57页。
② 房中之乐指由王后或夫人讽诵,以事其君子之乐。

[注释]

[1]关关：鸟鸣之声。　雎(jū)鸠：水鸟名，又称鱼鹰，居于水边，雄雌相得，挚而有别。

[2]窈窕：二字皆从"穴"旁，本义指幽深，引申为闺阁幽静，再引申为女子德貌兼备，所谓"美心为窈，美状为窕"也。　淑女：美善之女。

[3]逑(qiú)：匹也。"好(hǎo)逑"指好的配偶，佳偶，"逑"字在《鲁诗》和《齐诗》中均作"仇"，同义。

[4]参差：长短不齐的样子。　荇菜：一种多年生水草，细长白茎，紫赤色圆叶，叶浮水面，根生水底，长短随水深浅，可食用或事宗庙。

[5]流：流动，此处或以采荇而荇菜流动无方比喻淑女之难求，或比喻君子求女不得时的心神不定。

[6]寤：醒。　寐：睡。"寤寐"指日日夜夜，不论醒时或睡着。

[7]思服：思念。"思"、"服"同义。

[8]悠哉："悠"有长、远之意，此指君子忧思不绝或难眠之夜的漫长。

[9]辗转反侧：指翻来覆去难以入睡。　辗：古字作"展"，"展"、"转"同义，均指转动翻覆。　反侧："反"是伏身卧，"侧"是侧身卧，二字指寝不安席。

[10]琴瑟：弦乐器名。琴有五或七弦，瑟形似琴，有二十五弦，一弦一柱；古时琴与瑟常合奏。　友：亲近。

[11]芼(mào)：煮熟而供奉。一说覆盖。

[12]钟鼓乐之：奏响钟鼓之乐使淑女快乐，此处或指钟鼓齐鸣庆贺君子与淑女结成美满婚姻。"钟鼓"是王者之乐，足见诗中的"淑女"和"君子"均非平民之辈。

[品读]

读诗之前，我们先看一条资料：

东晋谢安雅好声乐，有纳妓妾之念，可夫人刘氏老大不乐意，于是谢家子侄踊跃出面，替谢安说情，这时颇为有趣的一幕发生了："因方便，称《关雎》《螽斯》，有不忌之德。夫人知以讽己，乃问谁撰此诗，答云周公。夫人曰：'周公是男子，相为耳，若使周姥撰诗，当无此也。'"[①]

---

① （唐）欧阳询：《艺文类聚》卷三十五"人部十九"引《妒记》，第614页。

这条资料真伪不明,很可能只是野史趣闻,我们不妨将其当作《关雎》传播史上的一则佚事来看。现在的问题是:它对于我们理解《关雎》有什么帮助?《关雎》的所谓"不忌之德"又从何说起呢?《毛传》在诗句"窈窕淑女,君子好逑"下作了这样一条注,说:"言后妃有关雎之德,是幽闲贞专之善女,宜为君子之好匹。"意思是说,诗中那位"君子"的好配偶,那位令"君子"辗转反侧求来不易的"淑女",是有着"关雎之德"的"窈窕"女子。虽说"美心为窈,美状为窕",这里的"窈窕"却明显倾向于美心,"淑女"既美且善,但重点还是在"善"上。那么,她的美心具体表现在哪里呢?《诗大序》和《郑笺》对此都有明确解释,前者说:"乐得淑女,以配君子,爱在进贤,不淫其色。"后者说:"言后妃之德和谐,则幽闲处深宫贞专之善女,能为君子和好众妾之怨者。"二者的意思我们今天只要用三个字就能概括,所谓美心,就是"不嫉妒"。心宽量大不嫉妒没有醋劲儿的后妃,能做到替丈夫别求淑女,求不得便夜不能寐,也能为丈夫调和众妾之怨整治出和谐美好的后院,这便是《诗大序》和《郑笺》理解下的"关雎之德"。天下竟有如此不近情理的事么?而且,看出来了没有,到底"美心"的是谁?是后妃还是淑女?前贤没有解释清楚。可毕竟,《序》《笺》的解说使《关雎》一诗浓缩成了"关雎之德"这样一个语典,深入后世人心,谢家子侄们拿《关雎》劝妒说事儿,渊源就在这里。谁都知道,无论古今,不管贵贱,这样的"德"对于女性都是绝对的高标准严要求,而且何止于严,简直就是残酷!如此贤良的妻,即便在贵族媵婚制盛行的西周社会,也大度得不合常理,更别说后世了。刘氏干脆利落又机智诙谐的反驳里充满了对这一所谓美德的鄙夷和不屑,读之正当拍案叫绝!可是,这样理解《关雎》,符合诗意原貌吗?

作为《国风》的第一篇,《关雎》在历代受到的关注之多不难想象,刘氏等人对《关雎》的认识只是诸种阐释之一,其他影响较大的解说还有歌咏后妃之德、讥刺周康王好色晏起、文王宫中之人颂美王妃太姒、太姒求媵、诗人赞美世子娶妃以见周室发祥之兆、周代贵族青年的恋歌等。这些阐释都有其支撑的依据,结论如何,完全取决于视角,很难评判是或不是,但它们与诗本义之间多少还是有些距离的。《关雎》的本义应该是什么呢?这得反观诗歌本身。全诗共三章,以关关鸣叫的雎鸠也就是鱼鹰起兴,雎鸠雌雄相得,有夫妻之相;同时,"鱼"在《诗》中常被用为匹偶或情侣的隐语,钓鱼、食鱼等行为则是求偶或结配的隐喻,①雎鸠是食鱼水鸟,用它起兴,便也跟钓鱼一样,隐含了求偶之意。所以,诗首章从河洲上的一派春光写起,通过水边关关而鸣的雎鸠引发联想,说"淑女"是"君子"宜求的好配偶;次章和末章便一写求而不得,一写求而得之。求不得时,"君子"陷入寤寐不忘的苦思,求而得时,"则当亲爱而娱乐之矣"②。从文辞看,这首诗主要歌咏的是"君子"对佳偶的追求和思念,写出了他苦求不得的焦虑和既得之后的喜悦,这层意思不难获知。首章"关关雎鸠,在河之洲。窈窕淑女,君子好逑"四句脍炙人口,人们对它的理解常常定位于男性求爱,可《关雎》的本义并非描写爱情,就这四句以及二章的"窈窕淑女,寤寐求之。求之不得,寤寐思服"而言,确实有几分像,但通篇而论,《关雎》不是爱情诗。全篇用的是第三者视角,"窈窕淑女,君子好逑"、"求之不得,寤寐思服"都是经由旁人的眼光来看的,它是旁观者对整个事件的叙述,而非当事人情感的正面表露。换言之,这首诗的确描写了男女情,但不是一般意义上的男恋女慕,而是周代礼法下的夫妻之情。

撇开"不妒"不谈,《关雎》的确是歌唱了妇德的,有妇德的"窈窕淑女"才能被视为"君子"的最佳匹偶,才值得"君子"寤寐思服,为她辗转反侧,煎熬于不眠长夜。但这样的窈窕美善,这样的忧思苦求,为的都是诗末章的"采之"和"芼之"。诗言"参差荇菜,左右采之",兴中有比,可知"君子"终于求得"淑女";又言"参差荇菜,左右芼之",便隐含了男女婚嫁之义。根据《礼记·昏义》的记载,周代贵

---

① 详参闻一多:《说鱼》,《闻一多全集》(三),第233、240、244页。

② 《诗集传》卷一,第2页。

族女子出嫁前三个月,在宗室接受了关于妇德、妇言、妇容、妇功的教育之后,要祭祀祖先,祭品是鱼,而且"芼之以蘋藻"①。荇菜就属于蘋藻一类,也是可以用来事宗庙的,"参差荇菜"不一定是写实之笔,但综合诗中多种暗示来看,这首诗的诗义最终是要归结于婚姻缔结的。"淑女"正可配"君子",她美善而不易求,所以这桩姻缘尤显难得,诗人热烈地祝贺这一嘉耦之合,愿他们婚后和睦美满,这才是《关雎》真正要歌唱的。它最初可能就是一首用于贵族男女结婚的乐歌,是婚礼的一部分,所以言"琴"言"瑟",言"钟"言"鼓";而"琴瑟",也因此成为"夫妻"的代名之一。妃匹之际,生民之始,夫妻人伦是周人的首重之情,周礼特别重视婚姻关系的缔结,于是歌唱这一伦理关系的《关雎》被编排在了《国风》首位,作为榜样承载着"风天下而正夫妇"的使命。只有在获得礼法许可的婚姻关系的前提之下,"悠哉悠哉,辗转反侧"的"发乎情"才能为人称道,"窈窕淑女,君子好逑"的心声才能被大胆地唱响并且得到祝福。《论语·八佾》云:"子曰:《关雎》乐而不淫,哀而不伤。"这是很中肯的评价。透过诗章平和的叙述和清晰的脉络,我们能够读到"君子"哀而不伤、乐而不淫的深挚情意。他忧,却不痛彻心扉;他乐,也没有得意忘形,情与礼的结合分寸适中,思慕、求爱和婚姻关系的缔结都恰到好处、适可而止。这是古老的、标准的、"以色喻于礼"②的中国传统夫妻之情,它对外意味着伦理王教之始,对内是和美绵长的相亲相守。《牡丹亭》里的杜丽娘于闺塾中习读《关雎》后春情萌动,对如是"君子"和如此人生充满了渴望,一点儿都不奇怪。在这种温厚适度的感情面前,"山无陵,江水为竭,冬雷震震,夏雨雪,天地合,乃敢与君绝"和"问世间情为何物,直教人生死相许"都不免过于激烈和极端。

  《关雎》为《国风》之始,但它出现的时间不一定是《国风》中最早的。西周初年周公制礼作乐时,采集二"南"之乐为后妃夫人房中之乐和燕居之乐,平王东迁

---

① 《礼记正义》卷六十一《昏义第四十四》,第3650页。
② 濮茅左编:《上海博物馆藏楚竹书·孔子诗论》第十简,第30页。

后，二"南"升格为王室正乐，作为配乐之歌的《关雎》有可能就是在这一时期进入《诗》文本的，所以《史记》说："夫周室衰而《关雎》作，幽厉微而礼乐坏。"①古代婚姻于民于家是合两姓之好以继后嗣，于国于天下则是权势的组合与利益的分配，周人女祖名"姜嫄"，西周十二王中有七王娶姜姓女为妻，西周社稷的存亡很大程度上取决于作为其政权基础的姬、姜婚姻联盟的稳固与否。周幽王废申后②、宠褒姒导致身死国灭的悲剧根源就在于打破了这一婚姻、政治联盟的既有利益平衡；而"昏礼者，礼之本也"③，从周礼的角度看，也正是婚姻失序酿下了周幽王的苦果，导致了西周的灭亡。诗人有感于末世板荡，便创作出这首君子求淑女之歌，以正婚姻之礼；或者，歌咏嘉耦之合的《关雎》当时已经传唱于人口，而乐师适时地将它采入王室正乐，用于王室仪典，使之承担起颂赞后妃美德的功能。因此，《关雎》除婚礼乐歌的本义之外，又有了咏"后妃之德"的乐章义，《诗序》说"《关雎》，后妃之德也"，原因就在这里。当然，歌中并无只字片语提到王室，"淑女"代表的也并不一定就是后妃，在接下来的《诗序》对二《南》其他作品的解说中，我们还将看到"后妃"或者"夫人"的字样出现，它们跟《关雎序》一样，指的都是歌诗本义之外的乐章义，都是诗用的体现。同理，上举"讥刺周康王好色晏起"等历代对这首诗的代表性阐释，也都有其合理之处，不能简单地斥为谬论。强调"后妃之德"里的"不妒"，出自汉人的想象发挥，其主观臆断性毋庸置疑，刘氏一语道破其中的可笑之处，妙语解颐，我们今天也仍然觉得匪夷所思。可是有一点须得注意：各种阐释的纷涌正是《诗经》参与不同历史时期文化建构的表现，也是《诗经》不同于其他歌谣集的特殊性所在，《诗》之所以成为经典，与历代解诗者的努力是分不开的。至于对或不对，正确还是荒谬，只是评价标准问题。

---

① 《史记》卷一百二十一《儒林列传第六十一》，第3115页。

② 西周姜姓包括齐侯、许侯、申侯、吕侯等。

③ 《礼记正义》卷六十一《昏义第四十四》，第3648页。

最后谈谈这首诗的分章。《关雎》应该分为几章,诗经学史上争讼纷纭,先后有三章说、四章说、五章说以及脱简说等等。这里我们采用的是《毛传》的三章分法,依据是《关雎》的原始演唱形式。《毛传》在"关关雎鸠,在河之洲"下有两个字的注——"兴也","兴"是一种用和歌传述诗的方式,也就是说,"关关雎鸠,在河之洲"是这首诗的起兴之调,"窈窕淑女,君子好逑"两句与之相和。这一章是个独立章段,没有加入复沓成分,由次章"参差荇菜,左右流之。窈窕淑女,寤寐求之……"和末章"参差荇菜,左右采之。窈窕淑女,琴瑟友之……"进行复沓,构成一组比歌。我们常说《国风》重章叠唱反复咏叹,《关雎》第二、三章体现的正是这一特点。①

葛 覃

葛之覃兮[1],施于中谷[2],维叶萋萋[3]。黄鸟于飞[4],集于灌木[5],其鸣喈喈[6]。

葛之覃兮,施于中谷,维叶莫莫[7]。是刈是濩[8],为絺为绤[9],服之无斁[10]。

言告师氏[11],言告言归[12]。薄污我私[13]!薄浣我衣[14]!害[15]浣害否,归宁父母[16]。

[注释]

[1]葛覃(tán):葛藤。"葛"是一种藤本植物,生于山泽间,茎长二三丈,纤维可用来织布。"覃"即藤,亦作"藫"。
[2]施(yì):移,蔓延。 中谷:山谷之中。
[3]维:句首语助词,无实义,犹言"其"。 萋萋:茂盛的样子。
[4]黄鸟:黄雀。 于飞:在飞着。 于:往。
[5]集:群鸟栖息于树。 灌木:丛生的小树。

---

① 关于《关雎》的原始演唱形式,详参王昆吾《诗六义原始》,《中国早期艺术与宗教》第235—236页。

[6]喈(jiē)喈：鸟鸣声。

[7]莫莫：与上章"萋萋"义同，茂盛而成熟貌。

[8]是：犹言"乃"。 刈：镰刀，此处用作动词，割。 濩(huò)：即镬，无足鼎，大锅，此处用作动词，煮。

[9]絺(chī)：细葛布。 绤(xì)：粗葛布。

[10]服：穿。 无斁(yì)：不厌倦。 斁：厌也。

[11]言：用于句首，为发语词，相当于"乃"、"于是"；用在句中，为语助词，如下句。 师氏：此指女师，古代传授贵族女子妇道者。

[12]归：女子出嫁。

[13]薄：句首语气词，可不译，但"薄"字另有"迫近"之意，故用于句首带有催促口吻。 污：揉搓。 私：近身衣，内衣。

[14]浣(huàn)：洗。 衣：礼服。一说"衣"与上句"薄污我私"之"私"互文足义，总谓私衣。

[15]害："曷"的借字，义同"何"。

[16]宁父母：使父母感到安慰。清人马瑞辰《毛诗传笺通释》云："后妃出嫁而当于夫家，无遗父母之羞，斯谓之宁父母，……'宁父母'三字当连读。……以《说文》引《诗》'以旻父母'证之，经文原作'以宁父母'。后人因《序》文有'归安父母'之语，遂改经为'归宁父母'。"（卷二，第40页）

[品读]

《诗序》说："葛覃，后妃之本也。后妃在父母家，则志在于女功之事，躬俭节用，服浣濯之衣，尊敬师傅，则可以归安父母，化天下以妇道也。"显然，这是一首被赋予了与《关雎》同类伦理主题的乐歌。因此，我们可以沿着理解《关雎》的路径——乐章义和诗本义双线进行——去走近这首诗。

从大意上看，《葛覃》首章写葛藤茂美，黄雀飞鸣；二章写治葛成衣，服之不厌；末章写呼仆浣衣，将归于夫。很明显，这首诗歌咏的重点有二：治葛和将归。可它为什么将这两件毫无关联的事合在一起描写呢？治葛与将归之间是否存在某种联系？想弄清楚这个问题，得从了解周礼的相关内容入手。这首诗的抒情主人公无疑是一位女子，葛之茂盛、黄雀飞鸣以及治葛服衣等等都是她的眼中景、心中情；同时，诗歌末章首句还出现了一个具体人物——师氏，这个人物是读懂《葛覃》的关键。对读者来说，她的重要性在一定程度上超过了抒情主人公。《仪礼·士昏礼》郑注云："姆，妇人年五十无子，出而不复嫁，能以妇道教人者。"①诗中的"师氏"就是郑注所谓的"姆"，她的职责是教授女子事人之道；而周代师氏的教导对象是王室及贵族子弟，也就是说，这个人物出现在《葛覃》中，至少说明《葛覃》的抒情主人公是一位贵族女性。这位贵族女子"言告师氏，言告言归"，何为"归"？古代女子以夫家为家，出嫁谓之"归"，所以，现在诗歌主人公的形象又更真切了些——她是一位待嫁之女。那么，师氏、贵族女子、待嫁，这三个因素为何出现在同一首诗中？或者说，女子出嫁跟师氏教导之间有什么关系？这还得借助文献资料来了解。《礼记》说："古者妇人先嫁三月，祖祢未毁，教于公宫，祖祢既毁，教于宗室，教以妇德、妇言、妇容、妇功。教成祭之，牲用鱼，芼之以蘋藻，所以成妇顺也。"②这一记载很能说明问题，它让我们直达《葛覃》的内涵：有位贵族女子在接受了师氏三个月"成妇顺"的教导，尤其是妇功教成之后（"是刈是濩"、"为絺为綌"一类的纺绩丝麻等事就属于"妇功"范畴），可以嫁往夫家，使父母得到安慰了。

由此再来读诗。以葛入歌，是为了引出治葛、成衣、浣衣、待嫁诸事，但诗人用逆写法，通篇作意至末章方迟迟显露。女子因待嫁而浣衣，因浣衣而及絺綌，因絺綌而念刈濩之劳，因刈濩而追想葛之初生，可谓逆笔至奇。首章下三句"黄鸟于飞，集于灌木，其鸣喈喈"借景点缀，与前三句葛蔓谷中足成一章，两部分在诗义上似乎没有明确的关联。由衣而补出葛，由葛而带出原野之景，是很自然的赋笔，可以理解为环境描写。但今人认为黄鸟是象征分离的物象，多用于引起悲欢之情，待嫁当然是快乐的，女子催促"薄污我私"、"薄浣我衣"的语气里，就有不能自抑

---

① 《仪礼注疏》卷五，第2084页。
② 《礼记正义》卷六十一《昏义第四十四》，第3650页。

的喜悦。可是，嫁女之家，三夜不息烛，思相离也，女子出嫁的同时也意味着远离父母兄弟，一旦嫁出，非有大故不得反，嫁女虽然喜庆，那一刻也是骨肉相离之时。所以，引起悲情的黄鸟出现在待嫁诗中，合乎情理。

《诗序》说《葛覃》赞美的是"后妃之本"，当然，诗中女子不一定就是出嫁前的后妃，但《葛覃》中描写的师氏、妇功和女子告归，正是乐官采它为王室仪式乐歌的理由。《葛覃》的伦理意义跟《关雎》是一样的，这两首诗进入《诗》文本，为的都是颂赞后妃。诗中所写是不是后妃出嫁前的治葛成衣行为并不重要，妇功的意义原本不在劳动，而在德性的培养；但在作品所反映的基本内容之上，完全可以被赋予后妃出嫁前修习立身之本、安父母、化天下的仪式主题。当然，乐章义是《葛覃》录为王室乐歌时被二次解读的结果，它与诗本义之间一定存在着相当的距离。那么，这首诗的诗本义应该是什么呢？古代女子妇功的范围很广，单从治葛这一件事的描写便断定《葛覃》是具有"化天下以妇道"、"因归宁而敦妇本"[①]的教化意义的作品，后人觉得难以接受，因此，跟《关雎》一样，还原《葛覃》诗本义的工作也长期处于乐此不疲的进行状态中。有的认为《葛覃》描写了一位勤于妇功的待嫁女(或者新嫁娘)期盼归于夫家(或者回娘家省亲)的急切心情；有的推测《葛覃》可能是一首在原始收葛仪式上由女性表演收葛、治葛、绩麻、织布、成衣和浣衣全过程的祭祀之歌；有的则断定《葛覃》根本就是一首纯粹描写治葛的诗，与教化毫不相干……这样的探索没有标准答案，不唯《葛覃》，面对《诗》中太多的作品，我们常常只能说："诗无达诂。"

卷　耳

采采卷耳[1]，不盈顷筐[2]。嗟我怀人[3]，置彼周行[4]。

陟彼崔嵬[5]，我马虺隤[6]。我姑酌彼金罍[7]，维以不永怀[8]。

---

① （清）方玉润：《诗经原始》卷一，第75页。

陟彼高冈,我马玄黄[9]。我姑酌彼兕觥[10],维以不永伤[11]。

陟彼砠[12]矣,我马瘏[13]矣,我仆痡[14]矣,云何吁矣[15]!

[注释]

[1]采采:颜色鲜明的样子。此为叠字用作形容词。 卷耳:又名苍耳、苓耳。草本植物,蔓生,叶青白色,茎细,花白;嫩苗可食用;籽多刺,可入药。

[2]顷筐:一种斜口筐,后高前低,筲箕之类。

[3]嗟:句首语助词,无实义。 怀:思念。

[4]置彼周行:将顷筐弃于道中。 彼:指盛放卷耳的顷筐。 周行(háng):中道,道路之中。 一说周道,是周人为加强统治而修建的从镐京通向东方各地的军用公路,为叶韵而易"道"为"行"(据孙作云《诗经与周代社会研究·小雅大东篇释义》第280、281页)。

[5]陟:登,升高。 崔嵬:土山之戴石者,此处可释为山顶或高处。

[6]虺(huǐ)隤(tuí):指(马)行走无力的样子。

[7]姑:姑且。 金罍(léi):盛酒的青铜器皿。

[8]维:句首语助词,无实义。 永:长,久。

[9]玄黄:指(马)因登高而眼花。

[10]兕觥:用犀牛角制成的酒器。

[11]永伤:即永怀。

[12]砠(jū):石山之戴土者。

[13]瘏(tú):形容马疲力竭。

[14]痡(pū):形容人疲而无力前行。

[15]云:发语词,无实义。 吁(xū):一作"盱",忧也。

[品读]

《卷耳》是一首抒情意味很浓的乐歌,一共四章,我们先看各章的字面意思。首章一句"嗟我怀人"将主人公呼将出来,说她虽采卷耳而心不在焉,一腔心思都在"怀人";二章描写上高山、马疲乏、酌酒消愁;三章重复二章之意;末章再重复,在登高、马疲之外再加仆病,最后直抒忧愁作结。很简单的诗义,但理解起来要费一番思量，因为这首诗的抒情主人公不易确定。谁采卷耳？谁怀人？谁登高？谁酌酒？谁的仆马疲病？谁在远望叹息？都是"我"吗？"嗟我怀人"与"我马虺隤"中的"我"是同一人吗？谁在《卷耳》中抒情，是她？还是他？明白了这些问题，就明白了这首诗。

《诗序》说："《卷耳》，后妃之志也。"语气跟《关雎序》《葛覃序》一样，主题也一样，赞颂后妃之德、后妃之本、后妃之志，所以，《卷耳》在典礼上演奏时，所承担的乐章义跟《关雎》《葛覃》是相同的。但是，我们在解读《关雎》和《葛覃》时，尚能找到其乐章义与诗本义之间的某些联系，对于《卷耳》，却有些力不从心。什么是"后妃之志"？《诗序》续序有进一步的阐释："又当辅佐君子求贤审官，知臣下之勤劳，内有进贤之志，而无险诐私谒之心，朝夕思念，至于忧勤也。"真是严肃的使命、沉重的责任，这样的"后妃之志"在《卷耳》中有体现吗？《卷耳》的抒情主人公需要深究，但它的主题是明确的，就是抒写怀人之思，别无他意，这与"后妃之志"之间很难建立起联系。如果一定要勉力为之，那么《卷耳》描写的充其量是"后妃之情"，而与"辅佐君子"云云的"后妃之志"无关。采诗者如此解说这首诗，其用意在于服务政教，"以一国之事，系一人之本"，为了迁就这个目的，有时就不得不曲解诗意甚至妄生美刺，授后人以"不合情理"之口实。所以，这里我们要撇开《卷耳》的乐章义，先关注它的诗本义。

《卷耳》怀人，这个题旨没有疑义，值得玩味的是谁是本诗的抒情者？思妇、征人还是二者兼有？四章诗都出现了第一人称"我"，可以确定的是后三章中打马上山与酌酒驱愁的是同一个"我"，这个"我"跟首章嗟叹怀人之情的"我"是同一个吗？如果是，那么《卷耳》的抒情主人公就是一位思妇了。背负顷筐采卷耳、怀人、携仆骑马登高、斟酒自饮、嗟叹等等都是她一人所为，而所有的动作行为都围绕着一个主题——怀人，因此，我们可以推断《卷耳》为一首"思妇怀人"之诗。可是这种理解有个问题，采卷耳当系周代女子常见的劳作，但登高、饮酒等等如果也认定是彼时女性所为是否合乎情理？而且，首章采卷耳和后三章登高诸行为必然发生在不同的场景之下，彼此之间如何变换，作品缺乏必要的铺垫和过渡，读者很难发掘到想象的空间。如果不考虑思妇，改以征人为抒情主线呢？这样我们是可以将诗歌概括为征人思乡之作的，然则登高望乡饮酒抒怀的是征人，采卷耳的又是谁呢？可见阅读的尴尬依然存在。显然，我们只能将首章和后三章的"我"区别开来，前者是思妇自叙，后者为征人自称。但如此一来，《卷耳》中便有两位抒情主人公了，它的主题也将从单一的思妇怀人转为思妇怀人与征人思乡并存。一篇文学作品同时存在两个主题非谓不可，但怎样才能将它们合理地统一起来呢？后世论者大致有以下四种思路：

第一，将《卷耳》理解为女子的一段"思中之游"。明人沈守正这样解释此诗诗境："通章采卷耳以下都非实事，所以谓思之变境也。一室之中，无端而采物，忽焉而登高，忽焉而饮酒，忽焉而马病，忽焉而仆痛，俱意中妄成之，旋妄灭之，缭绕纷纭，息之弥以繁，夺之弥以生，光景卒之，念息而叹曰：云何吁矣。可见怀人之思自真，而境之所设皆假也。"[①]所有人物行为都是思妇因一腔忧愁难以排遣、心烦意乱而产生的脑中幻象，除了怀人之思是实笔，其他都是虚写，这样，两个"我"就不必分出彼此了，而《卷耳》的中心内容也就毫无疑问地落实为思妇怀人。"思中之游"解决了《卷耳》诗义不畅的麻烦，余冠英先生也持这种看法，但比沈守正说得更为切实。他说："这是女子怀念征夫的诗。她在采卷耳的时候想起了远行的丈夫，幻想他在上山了，过冈了，马病了，人疲了，又幻想他在饮酒自宽。第一章写思妇，二至四章写征夫。"[②]将两个"我"区分开来，但令后一个融合在前一个之中，避免了两个主题的冲突，同时又丰富了诗义，这无疑是比明人的解释更进一步的妙想。马持盈先生换了个角度，认为《卷耳》是一首"在外服役者思家之诗"，

---

① （明）沈守正：《诗经说通》卷一，《四库全书存目丛书》经部第六四册，第20页。

② 余冠英：《诗经选》，第2版第8页。

然后将首章解释为"征人假想其妻室对于他如此怀念的心情"①,这是同样的鉴赏思路。不过,相比之下,以女子"嗟我怀人"为《卷耳》作意似比征人登高思乡更佳。

第二,用"话分两头"的小说笔法消除《卷耳》两"我"之间的龃龉。钱锺书先生说:"作诗之人不必即诗中所咏之人,妇与夫皆诗中人,诗人代言其情事,故各曰'我'。首章托为思妇之词,'嗟我'之'我',思妇自称也;……二、三、四章托为劳人之词,'我马'、'我仆'、'我酌'之'我',劳人自称也;……男女两人处两地而情事一时,批尾家谓之'双管齐下',章回小说谓之'话分两头',《红楼梦》第五四回王凤姐仿'说书'所谓:'一张口难说两家话,"花开两朵,各表一枝"'。"②既然采卷耳者与越山陟冈者不必一显一隐,那就干脆同为主线,诗家替两位主人公代言,话分两头说。携筐采物者徘徊周道愁肠百结之时,正是远行征人策马高冈度越关山之际,境殊而情同,事异而怨一,怀人与思乡原本就是一种相思,两处闲愁,无须分出主次。这种解释是小说家的立场,从布局和构思上证明《卷耳》两"我"共存的合理性,也可成其一说。

第三,两"我"本就不相干,《卷耳》可能是两诗的误合。它原本是两首诗,后来误合成了一首,学界不乏持这一观点的学者。孙作云先生就是从《诗经》错简的层面解释《卷耳》的,他说:"这四章诗,前一章为征妇(军人之妻)思征夫之词,后三章为征夫思家之作;只因为二者内容相似——同是怀人之作,所以后人误合为一首诗。"③为什么会有错简现象?他分析可能有三个原因,或是"这两首诗在内容上有某些共通之处,在篇次的顺序上,前后相承,后来因为种种原因,把前一首诗的后几章丢掉了,遂误合于后一首诗";或是"因为两首诗的起句相同,内容又有点儿相像,遂误合为一首诗";再或者"根本就是两首诗,——原诗皆无缺佚,

---

① 马持盈注译:《诗经今注今译》,第6—7页。
② 钱锺书:《管锥编》(一)"毛诗正义"之七,第116—117页。
③ 孙作云:《诗经与周代社会研究·诗经的错简》,第405页。

只因为两首诗的内容相同,篇次亦上下相接,粗心的古人,遂把它们误认为一首诗"。孙先生还认为这两首诗的原始形式是前一首在《卷耳》首章之下增补两章、后一首即《卷耳》后三章,并推测前一首应为:"采采卷耳,不盈顷筐;嗟我怀人,置彼周行。 采采卷耳,不盈□□;嗟我怀人,置彼□□。 采采卷耳,不盈□□;嗟我怀人,置彼□□。"《卷耳》首章与后三章不仅在诗意上不易贯通,形式上也不相吻合;后三章是《诗经》常见的复沓乐章,而首章则完全独立在复沓之外。与其费心为作品的不妥当处找理由,不如换个角度看看诗歌本身有没有问题。假如《卷耳》确实是由脱夺或错简导致的两首诗的误合,那么所谓两"我"的问题也就从根本上消失了,不必再费口舌。

第四,两"我"确实存在,但毫不冲突。李山先生从上博楚简《孔子诗论》"《卷耳》不知人"①的评论中得到启发——恢复"三百篇"作为歌唱之词的原生态,把《卷耳》当成歌来听,而不是当作文本来阅读。这种思路另辟蹊径,不乏精彩之处。孔子说"《卷耳》不知人",李山先生认为:"'不知'也就是不相知、不相接,《卷耳》不知人'即《卷耳》一诗表现的是不相知、不相接之人的意思。那么这'不相知、不相接'究竟指什么呢?回答是:指的诗篇唱法所显出的意谓,也就是诗篇第一章与其余三章在歌唱中所显出的关系。换句话说,孔子不是从读诗篇所得的印象出发论此诗,而是从听歌唱获得的感受说《卷耳》。'不相知'告诉我们,原来第一章为女子所唱之词,第二、三、四章,则是男子的唱词。……歌唱着(的)男女虽然同台,却各唱各的,他们都在表达对对方的思念之情,却是各表心事,犹如戏曲中的'背躬戏'。"②将《卷耳》理解为两位表演者在舞台或典礼场合"不相接"的对唱,从而彻底化解了两"我"之间的捍格难通。《卷耳》歌中确有两个抒情主人公,但彼此不冲突,一首歌表演下来,理解上绝无不畅之感。

---

① 濮茅左编:《上海博物馆藏楚竹书·孔子诗论》第二十九简,简文"不知"作"不智",第68页。
② 李山:《诗经析读》,第8页。

这种解释令人耳目一新，同时也提醒读者，古代乐歌在从可观可听的演唱转变为只可阅读的文本的过程中，丢失的不光是声音，还有舞台，失去了舞台元素的乐歌在接受案头阅读时会带来各种意想不到的别扭。"三百篇"全是乐歌，都属于口头文学的范畴，因此，如果我们想完全沿着理解书面文学的途径去走近《诗经》，可能无异于缘木求鱼。两"我"的歧出并峙无法统一，有可能就是《卷耳》乐歌的文本化导致的。所以李山先生推测："孔子说'《卷耳》不知人'，那应是在看过、听过《卷耳》演唱后的评价，如果孔子说《诗》时面对或头脑中浮现的是写在简策上的字句，'不知人'的话是无从说起的。"

把《卷耳》当"诗"看，就免不了考虑抒情主人公是谁、诗歌的结构作意为何，众说纷纭，不知以何者为是。从纯文本的角度看，余冠英、钱锺书两位先生的解说不可谓不得当(不光是《卷耳》，不少文学作品的阅读都可以参用他们的解析方法)，但不可否认，无论是思妇想象还是诗人代言，虽同为巧思妙解，惜仍失于通达。至于错简一说，王昆吾先生有段批驳的话，说："以书面文学的习惯例解口头文学，实际上是不能成立的。据《毛传》所注'兴'的位置，所谓单行章段与复沓章段不过是起兴之调与和唱之调的关系。在口头文学中，不同歌调的复合是很常见的，这根本不能用书面文学中的'错简'或'拼凑'来解释。"①据此，今天我们看到的《卷耳》结构，首章单行不与后三章复沓，可能不是错简或脱夺，而是"兴"的表现，这一章中含有起兴之调(《毛传》于"采采卷耳，不盈顷筐"下注曰："忧者之兴也。")；而其后三章的复沓，则是一组比歌。对于这样一种看似不合理的结构，从书面文学的角度，钱锺书先生的解释则是："思妇一章而劳人三章者，重言以明征夫况瘁，非女手拮据可比，夫为一篇之主而妇为宾也。"②

王昆吾先生对《卷耳》的分析，也是基于还原其乐歌身份、不把它当"诗"看

---

① 王昆吾：《诗六义原始》，《中国早期艺术与宗教》，第234—235页。
② 钱锺书：《管锥编》(一)"毛诗正义"之七，第117页。

的,但他主张的"单行章段"复沓格式与李山先生"不相接"的对唱又不一样。要实现对唱,必须要有若干组比歌,也就是说,《卷耳》首章不是独立单段,它必得重复两遍,才能在对唱中与后三章进行配合。①究竟哪种说法更符合《卷耳》咏唱的真相?《卷耳》原初的形式怎样、内容又怎样,目前仍未能达成一致。事实上,音乐视角最能得出新论颠覆旧说,但同时又最难说清。甚至于对孔子所说"《卷耳》不知人"的理解也存在不少分歧:"不知人"可以理解为舞台对唱时的不相知不相接,也可以理解为《卷耳》乃怀人之作,"而所怀之人不知在何处,故云不知人"②;又或者明指"我仆"不知我心③;或者妻子不了解丈夫④;再或,联系《诗序》续序所指,发现其与《孔子诗论》的源流关系,确定"求贤审官"正是《卷耳》诗旨,而所谓"不知人",就是不能知人善任。⑤如此等等,余不赘举。所以,对《卷耳》内涵、结构或者唱法的探索还将继续,以上任何一种解读都是我们很好的起点。

桃　夭

桃之夭夭[1],灼灼其华[2]。之子于归[3],宜其室家[4]。

桃之夭夭,有蕡[5]其实。之子于归,宜其家室[6]。

桃之夭夭,其叶蓁蓁[7]。之子于归,宜其家人。

---

① 李山《〈诗经〉中的"对唱"》一文恢复《卷耳》本貌如下:"采采卷耳,不盈顷筐。嗟我怀人,置彼周行。陟彼崔嵬,我马虺隤。我姑酌彼金罍,维以不永怀。　采采卷耳,不盈顷筐。嗟我怀人,置彼周行。陟彼高冈,我马玄黄。我姑酌彼兕觥,维以不永伤。　采采卷耳,不盈顷筐。嗟我怀人,置彼周行。陟彼砠矣,我马瘏矣,我仆痡矣,云何吁矣。"并认为:"今天看到的《卷耳》文本不重复,可能是在写成文本或传写时有意无意被省略的结果。"《诗经研究丛刊》(第二十三辑)
② 廖名春:《上海博物馆藏诗论简校释》,《中国哲学史》2002年第1期。
③ 胡平生:《上博馆藏战国楚竹书研究·读上博馆藏战国楚竹书〈诗论〉劄记》,第286页。
④ 黄怀信:《上海博物馆藏战国楚竹书〈诗论〉解义》,第134页。
⑤ 尚学锋《竹简诗论"〈卷耳〉不知人"的阐释史意义》,《文献》2008年第4期。

[注释]

[1] 夭夭：屈伸之貌，此处用以形容桃花姣好。一说"夭"即"笑"，指桃花绽放似含笑。
[2] 灼灼：形容桃花鲜艳如火。　华：同"花"。
[3] 之子：这个姑娘。　于归：出嫁。　于：去、往。
[4] 宜：善。　室家：一门之内。古礼男以女为室，女以男为家。
[5] 有蕡(fén)：即蕡蕡，(果实)肥大的样子。
[6] 家室：即室家，倒文以押韵。
[7] 蓁蓁(zhēn)：指桃叶茂盛的样子。

[品读]

　　《桃夭》一曲贺新婚，无疑义。全篇三章所咏都是同一个主题——祝福姑娘出嫁。庭中桃花怒放，灿烂如火，屋内姑娘就要出嫁，其妩媚娇羞与鲜嫩的花儿好有一比。歌以桃花起兴，首章言花，二章言实，三章言叶，由花而实而叶，连类言之，反复咏叹，只为情感之递增，不必坐实。但若以"灼灼其华"兴比姑娘貌美，以"有蕡其实"隐喻早日得子，以"其叶蓁蓁"暗示家庭兴旺，也算是解得其中滋味。不过，当初在婚礼仪式上被咏唱时，《桃夭》一章又一章的反复叠咏，只为着情绪上的累加，为着对姑娘美好的祝愿，未必一定有此类明确的意指。你听得那乐曲声中情感越来越热烈、气氛越来越欢快，便是《桃夭》之义了，那是生命的延续，是人生最大的喜乐。"丈夫生而愿为之有室，女子生而愿为之有家"①，《桃夭》歌唱的，就是先民朴素的"宜室"、"宜家"思想。《诗序》说："《桃夭》，后妃之所致也。不妒忌则男女以正，婚姻以时，国无鳏民也。"也说这首诗歌咏的是"婚姻以时"，其乐章义与诗本义可谓少有的一致；至于《桃夭》是否跟后妃有关，"之子"是否就是后妃，就不必去深究了。乐章义原本就是诗歌进入《诗》文本时人为附加的伦理意义。

　　值得注意的是《桃夭》的艺术表现手法。我们都记得这样一首唐诗："去年今

---

① 《孟子注疏》卷六上《滕文公章句下》，第5895页。

日此门中,人面桃花相映红。人面不知何处去,桃花依旧笑春风。"(唐·崔护《题都城南庄》)可知以花喻人乃是《桃夭》的首创。清人姚际恒说:"桃花色最艳,故以取喻女子;开千古词赋咏美人之祖。"[①]诚是。后世文人用此意象者,不知凡几,"人面桃花"只是最为著名罢了。又"灼灼"二字,写尽"枝上繁花之光色"[②]并青春生命之火的狂热,好一派兴旺景象!白居易忆江南,说"日出江花红胜火",以火喻花,不正是出于此二字吗?还有杜牧,相传违了与湖州女子的婚约,待十数年后二人再相见时,其人已嫁而生子,是"狂风落尽深红色,绿叶成阴子满枝"了。绿叶成荫,结子满枝,铸成诗人深深的遗憾,这个隐喻,即渊源于"有蕡其实"、"其叶蓁蓁"。记住这些远古的、质朴的文学意象吧,你会不断地发现它们在后世作品中被沿用、被丰富。

芣　苢

采采芣苢[1],薄言采之[2]。采采芣苢,薄言有[3]之。

采采芣苢,薄言掇[4]之。采采芣苢,薄言捋[5]之。

采采芣苢,薄言袺[6]之。采采芣苢,薄言襭[7]之。

[注释]

[1]采采:犹言"粲粲",颜色鲜明貌,同《周南·卷耳》"采采卷耳"之"采采"。芣(fú)苢(yǐ):亦作"芣苡"。即车前草,大叶,长穗,好生道边,七八月采实,称车前子。一说指薏苡,果实呈珠状,出于西戎。

[2]薄:句首语气词,同《周南·葛覃》"薄污我私"之"薄"。　言:语助词。

[3]有:犹"求",获取,此处指采摘。

[4]掇:拾取。

---

① (清)姚际恒:《诗经通论》卷一,第25页。

② 钱锺书:《管锥编》(一)"毛诗正义"之八,第123页。

[5]捋：从茎上抹取。

[6]袺(jié)：拉起衣衽盛放物品。

[7]襭(xié)：将衣衽掖进腰带中以盛放物品。

[品读]

　　《芣苢》(又作"芣苡")的诗义很简单，三章意思依次是"采芣苢，采到了"、"从地上捡，往茎上捋"、"拿衣角盛，用衣摆装"。它的文字也简单，全篇复沓的同时各章之内也复沓。第一章三四句与首二句复沓，只有"采"、"有"两字不同，但这两个词表示的是相同的动作，都是"采摘"。所以，这一章其实只说了一句话，即"采芣苢，采到了"。接下去的两章情形完全一样，根本就是首章的重复，只有韵脚字"掇"、"捋"、"袺"、"襭"依次更换。"掇"和"捋"在释义上虽然与"采"和"有"不同，但同在采芣苢的场景之下，指的也是采摘，同"采"、"有"没有太大区别，即便有，不过是"掇"、"捋"两个动作显得更为有力些。末章中的"袺"和"襭"，说的是采下芣苢之后如何盛放，是采芣苢过程的终结，也属于采芣苢的一部分吧。所以，后二章跟首章说的是同一件事——采芣苢。全诗一遍遍唱着"采芣苢"，变化的只是六个与采摘相关的韵脚字，可以想象，它当初的节奏旋律一定简单得如同童谣。所以，我们可以这样来翻译《芣苢》："采啊采啊采芣苢，快快把它采下来。采啊采啊采芣苢，快快把它采起来。采啊采啊采芣苢，快快把它拾起来。采啊采啊采芣苢，快快把它捋下来。采啊采啊采芣苢，快快把它兜起来。采啊采啊采芣苢，快把衣襟束起来。"

　　这是《芣苢》留给我们的第一印象：不见采芣苢者，只能感受到机械的采摘动作，借用闻一多先生的话："你并寻不出《芣苡》的'诗'在哪里——你只听见鼓板响，听不见歌声。"那么，我们怎么去品味这"听不见歌声"的《芣苢》呢？或者说，从这样一首旋律简单文辞也简单的歌中，我们能够捕捉到歌声、捕捉到歌中的情和诗中的美吗？如果能捕捉到，说明《芣苢》简单的文辞背后隐含着特别的意义；

反之，则说明《芣苢》就只是一通鼓板，别无可谈之处。

简单而又文辞复沓的作品是否具有艺术美感？回答是肯定的。《汉乐府·江南》唱道："江南可采莲，莲叶何田田，鱼戏莲叶间。鱼戏莲叶东，鱼戏莲叶西。鱼戏莲叶南，鱼戏莲叶北。"这是《汉乐府》中的名曲，它的美是不言而喻的。"鱼戏莲叶东，鱼戏莲叶西。鱼戏莲叶南，鱼戏莲叶北"说的就是"鱼戏莲叶间"，表面看去似乎重复得并不高明，但是，如果没有这下半段复沓的四句，《江南》的韵味便减少了一大半。它是一首相和歌，一人在中间唱"鱼戏莲叶间"，四人从不同方位与之相和；字面上是鱼戏莲叶，实际上是一群采莲男女在荷间嬉戏打趣，诗歌盎然的情趣就体现在这一声又一声的和歌当中。而即使不拿《江南》当歌看，仅从文本角度，没有"鱼戏莲叶东"等四句伸足诗意，"鱼戏莲叶间"就只是个客观描述，感情色彩还有待渲染，非得有了这东、西、南、北四个方向的反复铺陈，鱼儿之乐、采莲人之乐才能充分畅快地体现出来。所以，简单的复沓中并不缺乏美，文字简单，意味却不一定。

《芣苢》也是如此。我们可以想象，一群女子一边采着芣苢，一边高唱着文辞简单、节奏明快的歌。一会儿一人唱众人和，一会儿分开两边轮流唱，一会儿众人一齐合声唱，歌中没有特别复杂的意思，只是不断重复"采芣苢"、"采芣苢"，可就是这几十个字的简单歌词，在反复的合唱、独唱或轮唱中，也满满地饱含了采摘者的情绪。谁采芣苢？不知道，也不必知道，只从那一遍又一遍的甚至显得单调的重叠里，我们就能清楚地感受到她们欢快的心情，能感受到其中流淌出的简单明快然而一唱三叹、回环往复的音乐之美。清人方玉润说，不要理会《芣苢》是真采芣苢还是借采芣苢而有所指，天籁之音不必尽皆征实，否则便兴会索然了："夫佳诗不必尽皆征实，自鸣天籁，一片好音，尤足令人低回无限。……读者试平心静气，涵泳此诗，恍听田家妇女，三三五五，于平原绣野、风和日丽中群歌互答，余音袅袅，若远若近，忽断忽续，不知其情之何以移而神之何以旷。"[①]这段评论极具诗性

[①]（清）方玉润：《诗经原始》卷一，第85页。

美,也恰如其分地发掘出了《芣苢》单调后面的意趣,令我们想起南方茶山坡上起起伏伏的采茶之歌。

值得注意的是,方玉润如此高调地评价《芣苢》,是因为他注意到了这首歌的独特表现方式——合唱,并从而真正感受到了歌中的美。的确,若非群歌互答,《芣苢》将兴味尽失。清人袁枚说:"须知三百篇,如'采采芣苢,薄言采之'之类,均非后人所当效法。……今人附会圣经,极力赞叹,章麓斋戏仿云:'点点蜡烛,薄言点之;点点蜡烛,薄言剪之。'注云:'剪剪,去其煤也。'闻者绝倒。"①一个人独自在书斋里点烛剪芯,也"薄言点之"、"薄言剪之"地哼唱,一定是非常滑稽的场景。这则文人有意杜撰的笑话,正说中了《芣苢》以及一切简单而又文句复沓的歌谣的秘密:只适合于多人一起唱。也就是说,唯有在群歌齐唱的环境中,《芣苢》才能洋溢出热烈欢快的情绪。元人说"此诗终篇言乐,不出'乐'字,读之自见意思"②,奥妙正在于此。

视《芣苢》为天籁,我们品出了上面的意味,但此诗的内涵并不止于此。方玉润在"不知其情之何以移而神之何以旷"之后,还有一句话:"则此诗可不必细绎而自得其妙焉。"好诗当然可以美得如此纯粹,不必细绎而自得其妙,但有时,倘若稍加细绎,其妙趣或许更能增得几分。闻一多先生就在对《芣苢》进行了一番新训诂学和文化人类学的观照之后,给出了令人拍案叫绝的解读。在他看来,《芣苢》是一首你能读懂每一个字词,但还是不明白它好在哪里的诗,所以有着重讨论的必要。首先,对诗中几个关键词的含义,闻一多进行了不同于传统的训释。其一,"薄"并不与"言"同为句首虚词,它有实义:薄者,迫也(如"薄暮"、"日薄西山"等等,皆取此义)。"薄"与"言"连用,变成副词,相当于在"薄"字之后加了个词尾,

---

① (清)袁枚:《随园诗话》卷三,第53页。
② (明)顾梦麟:《诗经说约》卷一"芣苢"篇引元人吴师道语,《续修四库全书》经部诗类(60),第242页。

可以译作"急急忙忙的"、"赶忙的"或"快快的",表示"一种迫切的情调"。其二,"袺"、"襭"二字,通常释作两种盛放芣苢的方式,但闻一多根据《广雅·释器》所云"袺谓之襭,襭谓之裹",提出了另一种释义,"襭"是衣袖下的口袋,也可以用作动词;"袺"即"襭",指把芣苢采下来后,装进衣袖下的口袋里。"裹"是"怀抱"之"怀"的本字,"襭"即"裹",指把芣苢采下之后,抱在怀里。所以《古列女传》云:"采采芣苢之草,虽其臭恶,犹始于捋采之,终于怀襭之,浸以益亲。"①"袺"、"襭"的两种释义可并存,但闻一多先生的解释可助成篇中之义。

其三,也是最重要的训释,何为"芣苢"? 在闻一多先生看来,认识芣苢,不单要知道它的形状,更要知道它"是一种植物,也是一种品性,一个allegory(寓言、象征)"。古传说云大禹之母吞薏苡而生禹,这薏苡便是芣苢("芣苡")。古人认为芣苢"宜子"、"宜妊",即源于这一传说。从古声韵学的角度看,"芣"从"不"声,"胚"从"丕"声,"不"、"丕"本是一字,因此,"芣"的古音读如"胚";"苢"从"目(yǐ)"声,"胎"从"台"声,"台"又从"目(yǐ)"声(如"怡"、"眙"、"饴"、"贻"、"诒"等,皆从此声),所以,"胎"的古音读如"苢"。"'芣苡'与'胚胎'古音既不分,证以'声同义亦同'的原则,便知道'芣苡'的本意就是'胚胎',其字本只作'不以',后来用为植物名变作'芣苡',用在人身上变作'胚胎',乃是文字孳乳分化的结果。"进而,用在诗歌中,"芣苢"便是双关的隐语,一如南朝民歌中以"莲"为怜、以"藕"为偶、以"丝"为思。

了解了"芣苢"的古音及本义,再来看这首简单的诗,便再也不敢以"简单"二字小觑之了。闻一多先生说:"先从生物学的观点看去,芣苡既是生命的仁子,那么采芣苡的习俗,便是性本能的演出,而《芣苡》这首诗便是那种本能的呐喊了。但这是何等的神秘! 这无名的迫切,杳茫的敕令,居然能教那女人们热烈的追逐

---

① (汉)刘向编:《古列女传》卷四"蔡人之妻",第98页。

着自身的毁灭，教她们为着'秋实'，甘心毁弃了'春华'！"这里所说的是怎样的一种感情呢？还是借闻一多先生用的例子来说明吧，他举了唐朝诗人王建的诗句，其百首《宫词》中的一首。全诗云："树头树底觅残红，一片西飞一片东。自是桃花贪结子，错教人恨五更风。"桃花飞落让宫女们伤春惜花，可是就在"觅"着"残红"伤怀之际，她们突然想到"桃花贪结子"，桃花是乐于结子的呀，结子之于桃花，是"快乐的满足，光荣的实现"，是"桃之夭夭，有蕡其实。之子于归，宜其家室"，何必埋怨那五更狂风的吹落呢？对于桃花来说，为求结子，它自愿凋谢，凋谢为的是尽快地结出甘美的果实啊，所以，"对于五更风，她是感激之不暇的"。同样的，"夜来风雨声，花落知多少"，其实只是文人对落花一厢情愿的怜惜和寄喻(以花的凋零喻人之沦落)而已，在女人眼中却未必如此。"采采芣苢，薄言采之"，是那样一种迫切；"采采芣苢，薄言襭之"，又是那样一种亲切。可见，"结子的欲望，在原始女性，是强烈得非常，强到恐怕不是我们能想象的程度。"故此，"这篇《芣苢》不尤其是母性本能的最赤裸最响亮的呼声吗？"

其次，借社会学的观点看。在宗法社会里，女人是，而且只能是，为种族繁衍而存在的，这是她存在的唯一意义。"如果她不能证实这功能，就得被她的侪类贱视，被她的男人诅咒以致驱逐。"环境会强化和鞭策她的母性意识，所以，"这采芣苢的风俗所含的意义是何等严重与神圣"！

这种了解之下，我们再来寻觅《芣苢》的情景之美，便可以得出两种完全不同的意境：其一，《芣苢》是夏日山谷里满怀憧憬、充满向往的快乐的歌声。闻一多先生用诗的语言描述道："那是一个夏天，芣苢都结子了，满山谷是采芣苢的妇女，满山谷响着歌声。这边人群中有一个新嫁的少妇，正捻那希望的玑珠出神，羞涩忽然潮上她的靥辅，一个巧笑，急忙的把它揣在怀里了，然后她的手只是机械似的替她摘，替她往怀里装，她的喉咙只随着大家的歌声啭着歌声——一片不知名的欣慰，没遮拦的狂欢。"其二，与这欣慰与狂欢不同，《芣苢》还可能是夏日山谷里满怀希冀、充满祈盼的急切的歌声。"那边山坳里,你瞧,还有一个伛偻的背影。她许是一个中年的硗确的女性。她在寻求一粒真实的新生的种子,一个祯祥,她在给她的命运寻求救星,因为她急于要取得母的资格以稳固她的妻的地位。在那每一掇一捋之间,她用尽了全副的腕力和精诚,她的歌声也便在那'掇''捋'两字上,用力的响应着两个顿挫,仿佛这样便可以帮助她摘来一颗真正灵验的种子。但是疑虑马上又警告她那都是枉然的。她不是又记起已往连年失望的经验了吗?悲哀和恐怖又回来了——失望的悲哀和失依的恐怖。动作,声音,一齐都凝住了。泪珠在她眼里。……她听见山前那群少妇的歌声,像那回在梦中听到的天乐一般,美丽而辽远。"①

　　这是闻一多先生从新训诂学和文化人类学角度解读《诗经》的一个经典范例,他用饱含诗情的语言为我们阐释了《芣苢》单调的节奏和简单的文字后面隐藏的背景、情绪和意义,使得这首"只听见鼓板响"的歌因此变得深沉绵邈起来。文化蕴涵甚至让《芣苢》显得沉重,但这的确是一个很好的解读途径;没有这样的探索,你怎么能发现隐藏在《芣苢》简单中的力量? 此外,从周礼的角度,《芣苢》可能是一首后妃祈子之歌(《诗序》云:"《芣苢》,后妃之美也);从民俗的角度,《芣苢》还可能是一首上古妇女的斗草相戏之歌。另有学者认为《芣苢》的诗意是不可确知的,因为"《芣苢》原初被咏唱时,一定传达或负载着更具体、更丰富的细节",但由于"原初的文化在不经意中一天天流失","人们不仅不能在想象和经验中复原《芣苢》的核心事物,而且不能复原其初始咏唱者所'传达'或'携带'的丰富细节和具象"。②……但倘若你一时还不能获得这些古声韵学知识和对远古文化的了解,就只当它是一首劳动者的歌吧,像清人方玉润那样,平心静气,从容涵泳,想象妇人们于风和日丽之中、平原旷野之上,一面

---

① 闻一多先生对此诗的解读,可参《匡斋尺牍三·芣苢》,《闻一多全集》(三),第202—214页。
② 常森《文学的解读与文化的解读》,《北京大学学报》(哲社版)2013年第5期,第119—120页。

采摘,一面欢歌,想象那歌声忽远忽近,似断实连,眼底一派太平光景……这也是《芣苢》的声情!

汉 广

南有乔木[1],不可休息[2]。汉有游女[3],不可求思。
汉之广矣,不可泳思。江之永矣[4],不可方[5]思。

翘翘错薪[6],言刈其楚[7]。之子于归,言秣[8]其马。
汉之广矣,不可泳思。江之永矣,不可方思。

翘翘错薪,言刈其蒌[9]。之子于归,言秣其驹[10]。
汉之广矣,不可泳思。江之永矣,不可方思。

[注释]

[1]乔木:高耸少荫之树。
[2]休:通"庥",本意为庥荫、庇荫,后通释为休息、止息。 息:当作"思",语尾助词,无实义,以下"思"字同。
[3]汉:汉水。 游女:汉水女神,一说出游的女子,此指男子欲求之女。
[4]江:长江。一说此篇中汉、江一水,都指汉水。 永:长。
[5]方:木筏,此处用为动词,指乘筏渡水。
[6]翘翘(qiáo):鸟尾长毛为"翘",此指薪木错起不平。 错:杂貌。
[7]楚:荆条,属薪类。
[8]秣:喂马。
[9]蒌(lóu):艹类,即蒌蒿,好生水边及泽中,叶似艾,青色。
[10]驹:马五尺以上为驹。

[品读]

《汉广》求汉水出游之女而不得,它的美从男子对彼女深沉而宁静的情爱中来。
"南有乔木,不可休息。汉有游女,不可求思"四句,是故事的开端,也是结局。《汉广》中的爱没有过程，它直接揭示"不可求"的结局。乔木、汉广、江永都是为这"不可求"而设的景，刈楚、刈蒌、秣马、秣驹都是为苦思而设的虚事，诗里真真切切的只有一样——深爱但不可求，愈不可求，悦慕之情便愈深。南方有高大的乔木，可是树下不能倚息；汉水畔有美丽的女子，可是无法去追求。男子平静地诉说着他的爱恋，可是欲求，不能；即便求，也不得，故事还没开始就已经结束。乔木之下不能止息，因为少荫；美妙的女子不能追求，因为距离。这究竟是什么距离？身份悬殊、礼法禁阻还是空间揆隔①？诗里没说，只知道这一定不是一般的距离，这距离远得让男子死心，这距离如汉之广如江之永，毫无逾越靠近的可能，叫他一点儿成功的希望都存不得。她之于他，完全不相干；他和她，是两条令人绝望的平行线，彻底无法相交。

可爱恋并未因此冷却。求之不得当如何？"寤寐思服"？"辗转反侧"？都不是，本篇中的男子与《关雎》君子不同，他没有那般热烈，不可泳便不泳，不可渡便不渡，不可求便不求，如果一切为得到她而做的努力都注定没有结果，那么，不如将她深藏在心里。有她在心里，便也是得到，离得再远也无妨。在漫长的安静的守望中，他不免生出假想：倘若有一天她愿意嫁给我，我必刈楚为烛，割蒌秣马，驾车亲迎，娶她回家。凭空结想，不求实现，当美丽的想象不得不回归不可求的现实时，他坦然地让了步。"汉之广矣，不可泳思。江之永矣，不可方思"四句一唱三叹，长歌浩咏，深情流连，他心平气和地接受了这"不可求"，选择了远远的注视，不怨不恨不遗憾，将爱恋与思念锻铸成不消不灭、地久天长，平静却刻骨铭心。

---

① 有学者指出：根据文化人类学的调查和研究，以水域为男女交往的阻隔是我国上古两性禁忌与隔离制度的具体体现，隔离之地大多在水洲之上。《汉广》云江水长，汉水广，不可泗渡也不可筏渡，男子对游女只能远望，不能靠近求爱，正是"礼"制使然。详参刘毓庆《〈汉广〉：汉水恋歌》，《名作欣赏》2018年第5期。

【召南】

草 虫

喓喓草虫[1],趯趯阜螽[2]。未见君子,忧心忡忡[3]。
亦既见止[4],亦既觏[5]止,我心则降[6]。

陟彼南山,言采其蕨[7]。未见君子,忧心惙惙[8]。
亦既见止,亦既觏止,我心则说[9]。

陟彼南山,言采其薇[10]。未见君子,我心伤悲。
亦既见止,亦既觏止,我心则夷[11]。

[注释]

[1]喓喓(yāo):虫鸣声。 草虫:俗名蝈蝈。小大长短如蝗,青色,好在茅草中。一说泛指在草中活动的虫类。

[2]趯趯(tì):虫跳貌。 阜螽(zhōng):今名蚱蜢,草上虫,亦青色,与蝈蝈同为秋虫。《郑笺》云:"草虫鸣,阜螽跃而从之,异种同类,犹男女嘉时以礼相求呼。"

[3]忡忡(chōng):《齐诗》作"冲"(即"沖"),水涌摇也,故"忡忡"犹言心神如水波摇荡,是忧愁不安貌。

[4]亦:此有假设意,犹"如,若"。 止:语气词,犹"矣"。一说即"之"字,代指君子。

[5]觏(gòu):通"媾",指男女交合。《郑笺》云:"既觏,谓已昏(婚)也。"

[6]降:放心,放下。

[7]蕨(jué):野菜名,初生似蒜,茎紫黑色,嫩叶可食,称蕨菜。

[8]惙惙(chuò):心慌气短貌。

[9]说:通"悦",快乐。一说通"脱",心中释然也。

[10]薇:野豌豆,蔓生,嫩苗可食。

[11]夷:平,内心宁静平和。

[品读]

　　《草虫》大体可读为妻思夫之歌。朱熹说："诸侯大夫行役在外，其妻独居，感时物之变，而思其君子如此。"① 此说比《诗序》所谓"《草虫》，大夫妻能以礼自防也"远通人情，我们实在读不出闺妇"以礼自防"在诗中何处体现。诗共三章，妇人情怀由秋意带出，"喓喓草虫，趯趯阜螽"兴中有比，草虫鸣叫，阜螽跃而从之，这秋深之候在独居闺中已久的她眼里不免带有某种暗示。郑玄说：彼鸣而此跃，"犹男女嘉时以礼相求呼"。这里恐怕未必有"礼"什么事儿，但虫类的活动的确让妇人惊心——深秋是怀人的季节，她再一次陷入对远役未归的丈夫的思念了。于是，接下去从"未见君子，忧心忡忡"到章末，五句通是赋笔，直抒相思之情。二、三章笔法相同，惟章首兴句由秋之虫鸣更替为春之采物，又是一年春来早，远方之人犹未还，"感时物之变"，朱熹所言不误，若以诗首章与二三章的季节更替为实写，秋去春来，则妇人之夫离家已年逾，历时既久，思念愈切。且情之为物，最怕触动，却偏被新生鲜嫩春意盎然的蕨、薇勾起。"陟彼南山，言采其蕨"、"陟彼南山，言采其薇"，登山采蕨采薇可能确系妇人所为，也可能只是一笔虚拟，《诗经》惯以采物兴怀人之思，有此一笔，其下"未见君子"，中心"忡忡"、"惙惙"、"伤悲"的悠悠咏叹便自然而然流出。

　　宋人谢枋得说："惙惙忧之深，不止于忡忡矣。伤则恻然而痛，悲则无声之哀，不止于惙惙矣，此未见之忧，一节紧一节也。降则心稍放下，说则喜动于中，夷则心气和平，此既见之喜，一节深一节也。此诗每有三节，虫鸣、螽趯、采蕨、采薇之时，是一般意思；忡忡、惙惙、伤悲之时，是一般意思；则降、则说、则夷之时，是一般意思。"② 可谓梳理得仔细，从字面意义看，此诗的确给人层层递进、愈转愈深之感。谢枋得说的第三般意思，"亦既见止，亦既觏止，我心则降"、"亦既见止，亦既觏止，

---

① 《诗集传》卷一，第9页。

② （宋）谢枋得：《诗传注疏》卷上，第2—3页。

我心则说"和"亦既见止,亦既觏止,我心则夷",是这首诗最耐人寻味之处。"见"、"觏"、"降"等皆非真实情形,都是设想,妇人心里辗转翻腾着一个念头:假如能够见到他,假如能够跟他在一起,我心才安,我思方宁!方玉润说:"本说'未见',却想及'既见'情景,此透过一层法也。"①正是。可后人隔着千山万水,自然可以从容不迫地品评诗人手法,而在妇人当时,情绪的流淌却远不似这般慢条斯理。"亦既……","亦既……","我心则……",除非我能见到你!除非我跟你在一起!我的不安的心才可能平稳、安全、放心、快乐地着陆!那一刻,重重叠叠的忧思和伤悲如岩浆般迸发,她心里的呐喊一声紧似一声,无法自抑……《草虫》就这样结束了,在歌声停止的片刻宁静里,我们仍然能够听见妇人内心的起伏跌宕。她强烈期待着,同时,也深深忧惧着,未来的"既见"永远不明确,真正属于她的,她真正能够把握住的,只有眼前的"未见"。

闻一多先生据诗中"亦既觏止"之"觏"与"媾"字相通的含义,推论《草虫》是一首与夫妇云雨之欢相关的诗。他说:"有人又释觏为见,同牢时既然见了,再讲见,岂不重复了吗?其实她的愿望,不是空空见一见,就够了;她必待'亦即觏止',然后她那像阜螽趯趯跳着的心,才'则降','则说','则夷'了。"②此作一家之言而存录之。

采 蘋

于以采蘋[1]?南涧[2]之滨。于以采藻[3]?于彼行潦[4]。

于以盛之?维筐及筥[5]。于以湘[6]之?维锜及釜[7]。

于以奠[8]之?宗室牖下[9]。谁其尸[10]之?有齐季女[11]。

---

① (清)方玉润:《诗经原始》卷二,第99页。

② 闻一多:《诗经的性欲观》,《闻一多全集》(三),第171页。

[注释]

[1]于以:于何,到哪里。 蘋:水萍有三种,大者为蘋,中者为荇菜,小者为水上浮萍。

[2]涧:山夹水也,即夹在两山间的水沟,诗中"南涧"非实指。

[3]藻:水藻,横陈水中,随波荡漾,茎叶条畅,如自澡濯。分两种:叶生于茎,长一二寸,两两对生,称马藻;叶细,节节相生,称聚藻。此指聚藻。

[4]行:通"衍",沟水之流。 潦(lǎo):雨后积水。

[5]维:发语词,含"是"之意。 筐:方形竹器。 筥(jǔ):圆形竹器。

[6]湘:《韩诗》作"鬺"(shāng),二字音近,烹也。

[7]锜(qí):三足锅。 釜:圆底无足的锅。

[8]奠:放置(祭物)。

[9]宗室:宗庙。 牖下:窗前。

[10]尸:主持祭祀。

[11]齐:《韩诗》作"斋",敬也。 季:稚,少。 诗中主持祭祀者为少女,且祭物陈于宗庙牖下,乃女子嫁前在家教成而祭。若已嫁,祭祀当设在室中之奥,由丈夫主祭,主妇助祭。

[品读]

"上哪儿采蘋去?南涧之水滨。上哪儿采藻去?行潦之水上。拿什么盛它们?有那筐和筥。拿什么煮它们?有那锜和釜。摆放在哪儿?宗庙窗户下。谁是主祭者?恭敬的少女。"一问一答,一开一合,末两句笔锋突转,点出诗中人物,有如"万壑飞流,突然一注"①,《采蘋》用这样的方式将宗法社会里的头等大事——祭祀——咏唱出来,妙不可言。于是,采蘋、采藻的枯燥被淡化了,又烹又煮的繁忙被忽略了,我们只从那五句"于以"的连唱中听到了有条不紊和熟练整饬。从采祭品及所采之地到治祭品及所治之器,再到祭祀之所、主祭之人,祭祀时该有的庄严和肃穆,都是从这循序有常里来的,不唯自末句一个"齐"字点出。听《采蘋》,我们恍然大悟,原来那个时代的祭祀除了隆重中的紧张、恭敬中的拘束、规矩中的

---

① (明)戴君恩:《读风臆评》,《四库全书存目丛书》经部第六一册,第235页。

谨慎之外，还有如此生动可亲的一面！

　　主持这场祭祀的是位少女，此祭乃教成之祭，即嫁前告祖之祭，所以祭在宗庙、奠于牖下。我们读《周南·葛覃》时引用过《礼记·昏义》中的一段话，即："古者妇人先嫁三月，祖祢未毁，教于公宫，祖祢既毁，教于宗室，教以妇德、妇言、妇容、妇功。教成祭之，牲用鱼，芼之以蘋藻，所以成妇顺也。"这段话就是本《诗》为说，由《采蘋》阐发而来的；《毛传》和《郑笺》解释《采蘋》，用的也是这段话，所以，读《采蘋》，可以通过《昏义》逆解。其时之礼法大体是：贵族少女婚前要接受为期三个月的封闭式妇道教育，传授者为师氏；三个月结束后，举行教成之祭，祭品是鱼，鱼上覆盖着蘋和藻。为什么用蘋和藻呢？有两种解释，一是取其象征义，《郑笺》认为：以"蘋"为"宾"，以"藻"为"澡"，"妇人之行尚柔顺，自洁清，故取名以为戒"；二是《左传》所云：蘋藻虽为微物，但只要心存诚敬，则即使是"涧溪沼沚之毛，蘋蘩薀藻之菜，筐筥錡釜之器，潢污行潦之水"①，也照样可以献于鬼神。如今去古已远，不知何说为确，《左传》的话或许就是打《采蘋》里来的。但是，当日少女们恭恭敬敬地摆放好鱼、蘋、藻时，必定按捺着内心的激动和期盼、快乐与憧憬，她们以至诚之心、至洁之体祭告祖先，自己已经"成妇顺"，可以嫁为人妻，在不远的将来，与丈夫一道"事宗庙"了。清人崔述说：男人为什么娶妻？不光是"共其安乐"，而"必将有所重责之也"；女人拿什么侍奉丈夫？"非徒饰其仪容"，而"必将有以重报之也"②。什么是"重"？古人之事，重莫重乎宗庙，那是女人们能够参与的社会活动中意义最为重大的一项，它象征着她的身份和地位，几乎是她全部荣耀的荟萃。由此再读《采蘋》，"于以采蘋？南涧之滨。于以采藻？于彼行潦"……便分明感觉到：那质木无文的问答里，从头到尾都有一颗热烈的诗心在！

　　《召南》中另有一篇形式和主题皆相近的《采蘩》，可与此篇同看。

---

① 《春秋左传正义》卷三隐公三年，第3740—3741页。

② （清）崔述：《读风偶识》卷二，第26页。

行　露

厌浥行露[1]。岂不夙夜[2]？谓[3]行多露。

谁谓雀无角[4]？何以穿我屋？谁谓女无家[5]？何以速我狱[6]？虽速我狱，室家不足[7]！

谁谓鼠无牙[8]？何以穿我墉[9]？谁谓女无家？何以速我讼[10]？虽速我讼，亦不女从[11]！

[注释]

[1]厌(yè)浥(yì)：双声词，湿也，此指露水多而湿。　行：道路。
[2]夙夜：本指早晨和夜晚，此指天未明之时，即"一大早"。　夙：早。
[3]谓：通"畏"，不同于下二章"谁谓"之"谓"。
[4]谁谓雀无角：此指雀实无角。
[5]女：汝，你。　家：犹业也，产业。《论语·季氏》云："丘也闻有国有家者，不患寡而患不均。""有国有家者"指诸侯和大夫，诸侯的封地为"国"，卿大夫的封地为"家"。
[6]速：召，招致。　狱：打官司。
[7]室家：夫妻，这里用作动词，指成夫妻，结婚。　不足：不成。
[8]牙：壮齿也，齿之大者。鼠实无壮齿。
[9]墉(yōng)：墙。
[10]讼：争讼。
[11]女从：从汝，倒文以协韵。

[品读]

　　多闻《国风》中的新婚乐、相思苦、幽会欢和弃妇怨，这首咏唱拒婚的《行露》，从内容到写法，都令人耳目一新。诗三章，首章三句是起兴，兴中兼比，说"浓浓露水湿了道路。何不起个大早出行？只因怕那露水湿鞋。""露"在这里可以理解为强势之喻。二三章复沓,"谁说雀无角?无角怎能穿破我屋?谁说你无业?无业怎能致我入狱?即使致我入狱,要成婚也绝不可能!谁说鼠无牙?无牙怎能摧毁我墙?谁说你无业?无业怎能致我于讼?即使致我于讼,要成婚也绝不相从!"就内容言,这是一篇充满了无可遏抑的愤慨之情、誓不与婚、誓不相从的拒婚之辞。

此诗作意多有分歧,《诗序》说是"召伯听讼",即召公[1]断案。断的什么案,《首序》没说,《续序》定为"衰乱之俗微,贞信之教兴,强暴之男,不能侵陵贞女也"。召公公正地断了这个案子,使强暴之男不能侵凌贞女。三家诗的说法则完全不同,刘向《古列女传·贞顺传》根据《鲁诗》[2]推演出申女守礼致讼的诗歌本事,说召南申国之女,许嫁于酆,亲迎之时,夫家礼不备而欲迎之,女子重礼,不肯违制,于是不出嫁。"夫家讼之为理,致之于狱,女终以一物不具、一礼不备守节持义,必死不往,而作诗曰:'虽速我狱,室家不足。'……又曰:'虽速我讼,亦不女从。'此之谓也。"君子认为申女"得妇道之仪",其事值得彰扬,"以绝无礼之求,防淫欲之行"[3],于是《行露》便产生了。故事很生动,但臆说的成分很大,录自民间传闻或古史佚文也未可知。清人崔述读《行露》有感,说召公从武王定天下,相成康,致太平,乃精明果断之人,"强暴之男,将畏罪之不暇,安敢反来讼人?即讼矣,召公亦必痛惩之而不为之理,安有反将贞女致之狱中者哉?"断这样的糊涂案子,还敢说"公正"?这哪里像是具有过人之处的召公所为?区区几句话便驳倒了《诗序》。又说:"且所谓礼未备者,仪乎?财乎?仪邪,男子何惜此区区之劳,而必兴讼,讼之劳不更甚于仪乎?财邪,女子何争此区区之贿,而甘入狱,婚娶而论财,又何取焉?"本来值得喜庆的婚事,单因礼或财未备,便沸沸扬扬兴讼致狱,于男于女都

---

[1] 马银琴《两周诗史》以为此召伯当系"周宣王时代的股肱重臣召穆公而非周初时的召康公",第328页,可参。
[2] (清)王先谦《诗三家义集疏》卷二:"鲁说曰:'召南申女者,申人之女也,既许嫁于酆,夫家礼不备而欲迎之。女与其人言,以为夫妇者人伦之始也,不可不正。'"第89—90页。
[3] (汉)刘向:《古列女传》卷四"召南申女",第93—94页。

犯不着，所以，《鲁诗》说也站不住脚。旧说驳完，崔述推出他自己的结论："揆之情理，皆不宜有。细详诗意，但为以势迫之不从，而因致造谤兴讼耳。不必定为女子之诗，如《序》《传》云云也。"①这一说法也不能遽然定为确论，但相较于《郑笺》所云"媒妁之言不和，六礼之来强委之"、贫士却婚、男求婚者辩词、反抗强迫为妾、夫妻纠纷致讼、贵族内部家族矛盾等等诸说，崔述的见解似更合乎诗意。《行露》拒被逼之婚，可为男词，也可为女词。

爱情与婚姻如果掺了以势相逼的因素，甚至引起讼诉，将对方告上法庭，此等行为不光是煞风景，更是暴殄天物，男迫女或女迫男都一样。因爱（其实这已经不能称之为爱）而生占有之欲，占有不得便下毁灭之手，类似事例古今皆有。比《行露》所咏更为极端的一例，是晚唐诗人罗虬百首七绝《比红儿诗》的本事。这一百首诗，将古代美女西施昭君小乔玉环等等一一从地下请出来与官妓杜红儿相比，并毫不客气地叫美女们让位，她们再美再好，也不如红儿，时无红儿，使竖子成名！倘若杜红儿知道自己在词藻富赡的诗人笔下如此受抬举，该如何欣喜若狂感激涕零！可惜，当《比红儿诗》大行于时时，她已然不在人世。史籍中有一种说法，说罗虬一口气写下这一百首绝句，将红儿捧上了天，是因为他看上了红儿却得不到她，一怒之下将她手刃，"既而思之"，以诗为念。②想想看，如果这种说法与当日事实相符，这种"看上"，这种"思之"，何其血腥令人战栗！好在《行露》里没有这般可怕的偏执，而且歌者在强势面前毫不示弱、毫不妥协的决绝态度令人拍案。诗二三章用了一连串反诘句，"谁谓雀无角"、"谁谓鼠无牙"不光反诘，而且用了反词，姚际恒评其为"奇想，奇语"③。奇在哪里？就在说反话，用反词质问。古人对雀是否有角、鼠是否有牙、角指什么、牙指什么等等问题争论不休，钱锺书先生

---

① （清）崔述：《读风偶识》卷二，第29页。
② 事载于五代王定保《唐摭言》卷十"海叙不遇"条、宋代《太平广记》卷二七三"罗虬"条等史籍中。
③ （清）姚际恒：《诗经通论》卷二，第39页。

一语点破："'谁谓雀无角？''谁谓鼠无牙？'正如《谷风》之'谁谓荼苦？'《河广》之'谁谓河广？'孟郊《送别崔纯亮》之'谁谓天地宽？'使雀嘴本锐，鼠齿诚壮，荼实荠甘，河可苇渡，高天大地真踢踏偪仄，则问既无谓，答亦多事，充乎其量，只是辟谣、解惑，无关比兴。诗之情味每与敷藻立喻之合乎事理成反比例。"①的确，越是不合常理，越是出人意外，修辞效果就越佳。谁说雀无角？谁说鼠无牙？你看看，它们没角没牙，照样害人！明知事实并非如此，却反词质诘以证其然，可见诗思不凡。反词加上一迭声的反诘语气，使歌者对这桩婚姻的态度、对对方逼迫的谴责、宁愿承受一切后果也不改初衷的毅然决绝生动鲜活跃然纸上。古人有两句评语可参："妙于用反，若正说便索然。""下文正意，只'虽速我狱'二语便了，却先反振'谁谓雀无角'四句，遂觉精神耸动，笔力遒整，乃知文章家唯反则不板，唯反则不死。"②此善读诗者语也。凡读过《汉乐府·上邪》"上邪！我欲与君相知，长命无绝衰。山无陵，江水为竭，冬雷震震，夏雨雪，天地合，乃敢与君绝"者，想必都能领会这种"反则不板"的妙处。

《行露》篇还有一个问题——首章与二三章句式不齐，严格说起来，诗意也不够连贯。宋代以降，此诗系脱简或窜简之说屡见。宋人王质首发其覆，说："首章或上下中间，或两句三句，必有所阙。不尔，亦必阙一句。盖文势未能入雀鼠之辞。"③王柏则根据《古列女传》所载，认为申女当时只做了两章诗，并无第一章，因此首章乃错简乱入无疑。④今人多承宋说，或认为是残篇，或认为是两首诗的误合。从书面文学的角度看，诸说各有道理，但对于口头传唱的《行露》，不必做如此深解。这篇歌辞既非残篇，也无错简，首章是口头文学中常见的单行章段，《毛

---

① 钱锺书：《管锥编》（一）"毛诗正义"之一一，第130页。
② （明）戴君恩：《读风臆评》，《四库全书存目丛书》经部第六一册，第236页。
③ （宋）王质：《诗总闻》卷一，第17页。
④ （宋）王柏：《诗疑》卷一，第1页。

传》在首三句下面注有"兴也"二字,这说明首章与二三章乃是起兴之调与和唱之调的关系。这类出现在作品前部的单行章段,不加入复沓,章句与叠咏章不齐乃是正常现象,不必一定当作"残缺"、"错简"或者"拼凑"看待。①

摽有梅

摽有梅[1],其实七[2]兮。求我庶士[3],迨其吉兮[4]!

摽有梅,其实三[5]兮。求我庶士,迨其今[6]兮!

摽有梅,顷筐墍[7]之。求我庶士,迨其谓[8]之!

[注释]

[1]摽(biào):扑打,打落。一说抛,女子将梅抛予所悦之士。 有:语助词,无实义,如称"周"为"有周"、"唐"为"有唐"。
[2]其实七:树上梅子还剩七成,"七"表多数。 其:指代梅树。
[3]庶:众。 士:古称未婚男子。
[4]迨:及也,趁着。 吉:吉日,佳期。
[5]三:表示少数。
[6]今:今日,指不必待吉时。《毛传》云:"今,急辞也。"一说"今"实为"堪"字,堪士即任士,可信任依托之士。
[7]墍(xì):取,指用顷筐取梅(表示坠落下来的梅子已经很多)。一说给予。
[8]谓:相告语,一语定约。《毛传》云:"不待备礼也。"

[品读]

设想有这样一位女子,背着顷筐去收梅,一边收一边唱:"梅子打落在地,树上还剩七成。有心求我的小伙子啊,不要误了这佳期。打落梅子在地,树上剩下不多。有心求我的小伙子啊,就在今日不必等。梅子落了一地,只待用簸箕拾取。有心求我的小伙子啊,快快开口定约期。"那便是《摽有梅》的情境。

---

① 详参王昆吾《诗六义原始》,《中国早期艺术与宗教》,第233—235页。

就像江南采莲，采的不仅是莲，更是满满的"怜"（爱）。收梅也是如此，梅者，媒也，其间深意不言自明。想情郎想得紧了，江南女子便借着采莲寄一片相思，"采之欲遗谁，所思在远道"（《古诗十九首·涉江采芙蓉》）；或者，明明的确是奔着采莲去的，采着采着，见了莲、见了藕、见了丝，便不由自主地牵出满腔的情，"牵花怜共蒂，折藕爱连丝"（唐·王勃《采莲曲》）。不知道这位收梅的待嫁女子是思媒心切，故而出门收梅子呢，还是收着收着梅子勾起了求偶之思？这些我们暂不理会。梅子黄熟，累累皆在枝头，可转眼间便颗颗落地，如此景象怎能不叫人联想起青春易逝芳华短暂？"梅由盛而衰，犹男女之年齿也。梅媒声同，故诗人见梅以起兴"①，于是我们听到女子急切的歌唱，那歌中的急切之情，毫无顾忌也毫不掩饰。一声接着一声的"求我庶士"，分明就是"我求庶士"呀，她或许想委婉一些，却可爱地"欲盖弥彰"了！

《诗序》解说此诗诗旨为："《摽有梅》，男女及时也。"与诗本义并不完全相符，但也相去不远。齐家是治国的前提，"宜其家人，而后可以教国人"②，《摽有梅》被采入《诗》文本，是有一定的诗义基础的，虽然从诗本义看，女子其实未得"及时"，或者说，正求"及时"而暂时未得。同样是采摘，《芣苢》之情有些热烈有些担忧，而《摽有梅》则完全不同，它是毫无遮拦的情急。"急"字是《摽有梅》的主旋律，所以清人龚橙说："《摽有梅》，急婿也。"③昨日梅子尚在枝头，今时它已掉落满地，岁月不饶人，佳期正流走，可"他"在哪儿呢？先还想着良辰须配美景，婚姻要待吉时，可很快就"吉"不可待愿在今朝，只求他快快到来，一语便可成约；先还略带从容地四下寻觅，很快就真情毕露，变成了迫不及待的连声催促，只求速速成全婚配。《摽有梅》每一个字里都像藏着面小鼓，女子一句句唱去，那鼓便一锤紧似一

---

① （清）陈奂《诗毛氏传疏》卷二，第19页。
② （宋）朱熹：《四书章句集注·大学章句》，第9页。
③ （清）龚橙：《诗本谊》，清光绪十五年刻本。

锤。就连听歌的我们,也不免替她急得揪着颗心。

《摽有梅》就是这样一首女子求偶的歌。它的可爱在于真率,急得可爱也真实得可爱。从文学表现上看,正如《周南·桃夭》赋予桃花以美人的原型意义,《摽有梅》以梅起兴,由其盛衰而类比青春不久长、婚恋应及时,无意中也使得"梅"以及一切花木之盛衰荣枯成为年华流逝的象征。后世诗人说"过时而不采,将随秋草萎"(《古诗十九首·冉冉孤生竹》)、"花开堪折直须折,莫待无花空折枝"(唐·无名氏《金缕衣》),无论幽怨,还是婉转,都是《摽有梅》的遗响。

闻一多先生认为"摽"即古"抛"字,应释作"掷"、"投","摽梅"是女子将梅掷向自己中意的男子,以示愿意结好之意,此诗与《卫风·木瓜》同类。另有学者从上古习俗角度出发,将《摽有梅》理解为纯粹的收梅歌,即在收梅果时妇人们常唱的歌,为的是"解除疲劳,表现劳动时的愉快情绪"。至于歌辞何以与求婿相关,是因为"原始冲动的爆发,最能驱逐精神、体力的疲劳,造成兴奋欢悦的气氛。因此在原始的劳动歌子中,往往要织进表达爱情或性欲的内容。……在那特殊的环境中,却能获得特殊的效果。"[①]这就像是清人方玉润读《芣苢》,说不必去细绎诗中有多少深意,就当它仅仅是一首歌,隔了千年体会女人们边收梅子边放肆地高歌,照样自得其妙。

小 星

嘒[1]彼小星,三五在东[2]。肃肃宵征[3],夙夜在公[4],寔命不同[5]!

嘒彼小星,维参与昴[6]。肃肃宵征,抱衾与裯[7],寔命不犹[8]!

---

① 刘毓庆:《诗经图注(国风)》之《摽有梅》考评,第62页。

[注释]

[1]嘒(huì)：星光明亮貌。

[2]三五：指下章第二句所言参宿三星和昴宿五星，"三五"举其数，"参昴"著其名。言其在东者，"东"与四、五句"公"、"同"趁韵，不必定指东方。

[3]肃肃：疾行貌。 宵征：夜行。

[4]夙夜在公：指不分早晚勤于公事。一说夙夜都在公所。 夙夜：早晨和夜晚。

[5]寔(shì)：是，此，这。"寔命不同"即命与他人不同。一说君命不欺。

[6]参(shēn)昴(mǎo)：两星宿名。

[7]衾：被。 裯(chóu)：床帐。一说内衣、汗衣。

[8]犹：如。"寔命不犹"即命不如人，改上章"同"为本章"犹"，乃换字叶韵。一说君命不欺。

[品读]

　　仰望夜空，见星光点点，原是寻常之事，但读罢此诗，才知道"小星"二字别有意味，乃是小妾的代名词。此说从何而来？当然是《诗序》。

　　我们先撇开《诗序》，看诗本义。综合而言，这两章诗的大意是：星光闪烁，参昴在东。一位小臣奉使远行，起早摸黑。他步履匆匆，抱衾携裯，无法安寝。想到自己官小位卑，行役劳苦，不免生出怨尤之心，自叹命不如人。从字面上看，这是一首小臣行役自伤劳苦之诗，《齐诗》说："旁多小星，三五在东。早夜晨行，劳苦无功。"①也主张此意。后世诗词文中，羁旅行役是常见的主题，《小星》或为其滥觞之一。宋人柳永说："叹年来踪迹，何事苦淹留？"（《八声甘州》）颇近于《小星》里小臣的心声。不唯古人，如今我等日复一日风尘仆仆于世间者，又何尝不是他们的同类？《小星》好比一面镜子，照出了古往今来大多数小人物的生活状态，为了生活，辛苦奔波，偶尔悲从中来，叹一声"寔命不同"、"寔命不犹"，然后低头继续赶路，惯性前行，优雅、潇洒和从容与他们无关，这些字眼距离他们太远。闻一

---

① （清）王先谦：《诗三家义集疏》卷二，第103页。

多先生对此诗的解说有所不同,他将"在公"释为"在公所在之地",以"夙夜在公"为辨色入朝,将"抱"释为"抛",以"寔命"为君命,"不同"和"不犹"同义,指"不欺","寔命不同"与"寔命不犹"均表示奉职不苟。而全篇诗意,他阐发王质所云"当是妇人送君子以夜,而行事急则人劳"①,认为《小星》是"妇人谓其夫早夜从公,抛弃衾裯,不遑寝息,殆犹唐人诗'辜负香衾事早朝'之意与"②。如此解来,离开温暖的被窝去上朝代替了背负卧具披星赶路,委之于命的不平变成了不敢怠慢君命的恭敬,役者自述之词更为闺阁妇人之语,诗之情调迥然不同。但无论如何,《小星》的主人公都是勤于王事的臣子,无论他是当差远行的卑臣,还是上朝面君的高官。

可是,《诗序》的解释就完全两样,它让《小星》变得有趣(你也许觉得荒唐)。原文是这样的:"《小星》,惠及下也。夫人无妒忌之行,惠及贱妾,进御于君,知其命有贵贱,能尽其心矣。"《孔疏》进一步解释:"众妾自知卑贱,故抱衾而往,御不当夕。"南宋朱熹承其说:"南国夫人承后妃之化,能不妒忌以惠其下,故其众妾美之如此。盖众妾进御于君,不敢当夕,见星而往,见星而还,故因所见以起兴。……遂言其所以如此者,由其所赋之分不同于贵者,是以深以得御于君为夫人之惠,而不敢致怨于来往之勤也。"③将这三条资料综合起来看,故事就出来了。诗里没有臣子什么事儿了,角色变换成夫人与众妾,夫人躲在幕后,众妾台前做戏。夫人是深受后妃教化的南国女子,识大体顾大局,以德侍夫,不跟小妾们争风吃醋,她大方地退在一旁,将众妾们"进御于君",此所谓"惠及下也"。而众妾们,竟然都能拿捏好分寸,没有一个敢蹬鼻子上脸,她们自知卑贱,分得清尊卑,知道自己跟夫人不是一个等级体量("寔命不同"、"寔命不犹"),所以每天抱衾携裯,见星而往,见星而还("肃肃宵征"),御不当夕("当夕"即侍寝),无一专宠。成天价穿梭如是,

---

① (宋)王质:《诗总闻》卷一,第19页。
② 闻一多:《诗经新义·十九·抱》,《闻一多全集》(三),第280页。
③ 《诗集传》卷一,第12页。

她们累吗？委屈吗？不，不但不累不委屈，而且感恩戴德，谁让我们生来就是这个命啊，还有什么可说的？如果不是夫人大度，我们哪来的机会"得御于君"呢？于是，夫人有肚能容，众妾安守本分，有德的大施其德，貌美的不敢倚色，依彼此的身份做事，在各自的轨道行走，齐心协力打造模范家园——想想看，这家老爷该有多么幸福！

"老爷该有多么幸福"，这不是一句调侃的话，如果不为这个目的或宣扬这种境界，周朝太师何苦曲解诗意至此？难道他读不懂《小星》的本义吗？难道他不比后人聪明吗？听听清人姚际恒是怎么批驳《诗序》的："山川原隰之间，仰头见星，东西历历可指，所谓'戴星而行'也。若宫闱永巷之地，不类一也。'肃'，'速'同，疾行貌。若为妇人步屦之貌，不类二也。'宵'征云者，奔驰道路之辞。若为来往宫闱之辞，不类三也。"山原夜空，群星朗朗，宫闱永巷之地有此等景致么？肃肃疾行，是妇人走路的样子么？宫闱之间几许道里，犯得着宵征奔驰么？妇人"于黑夜群行"，成什么景象！"进御于君"，君连衾、裯都没有吗？还须劳她们自带？众妾们一人抱一床被帐，又"安置何所"？①一通驳斥，可谓透彻，然而如此言之凿凿，在周太师听来，同样也是无稽之谈，在太师眼里，诗中妙旨，尔等岂知？以"小星"为小妾，灵感必从"抱衾与裯"四句而来，今天我们也都明了，所谓"惠及下也"，实则是诗歌的乐章义，是瞽矇的讽诵之义，这层意义的赋予，足见周太师用心良苦。《诗序》将夙夜征行以效君命的小臣变身为低眉顺目懂事听话的小妾，其实妻妾之间的那点鸡毛蒜皮，周太师根本不关心，他在乎的是秩序。一切都得有秩序，小到家庭，大到天下，周礼繁缛，无非"秩序"二字，《诗序》等解读下的《小星》，就是一个有序的模板——夫人贤德，小妾安分，其乐融融，他们身后是能够理顺家务的有智慧的君子，一切都那么和谐，阳光温润，岁月安宁。家是女人停靠的港湾，对

---

① （清）姚际恒：《诗经通论》卷二，第43页。

于男人却只是一个驿站,走到这一站便停下脚步的男人注定不会有太大出息,他们只是在这里换匹快马,补充给养,然后继续朝前走。《诗序》表面上赞美夫人,实际上弯来绕去要夸的,有意要树立的,就是这种有"齐家"之能、进而可与之讨论国家天下的君子典型。不过这都是后话了,而"小星"就这样变成了"妾"的雅称。

江有汜

江有汜[1],之子归[2],不我以[3]。不我以,其后也悔!

江有渚[4],之子归,不我与[5]。不我与,其后也处[6]!

江有沱[7],之子归,不我过[8]。不我过,其啸也歌[9]!

[注释]

[1]汜:长江的支流。诗中歌者以江水喻男子,以水道自喻,以旁流喻新欢。
[2]之子归:即之子于归。
[3]以:与,相亲。
[4]渚:江心小洲。
[5]与:同。
[6]处:通"瘋(shǔ)",忧也。
[7]沱:长江的支流,"巳"的古字与"它"同,故"汜"、"沱"本同字。
[8]过:过问,到访。
[9]啸:蹙口而发声,此指号哭声,"其啸也歌"即号歌,哭而有言。

[品读]

《诗序》说:"《江有汜》,美媵也。勤而无怨,嫡能悔过也。文王之时,江沱之间,有嫡不以其媵备数,媵遇劳而无怨,嫡亦自悔也。"其实诗里写的不一定就是夫、嫡、媵三人之间的事儿,这只是《召南·江有汜》用作房中之乐被赋予的乐章义罢了,诗里的失恋情怀放在任何一个时代都有可能。

失去爱情后怎么办？对"之子归"的不同理解导致答案稍有不同。"之子"若指新人，诗为故人所唱，则诗意为："长江有分流，新欢已来归，你不与我好。你不与我好，将来会懊悔！你不跟我亲，日后会伤心！你娶了别人抛下我，我只能对江歌且号！"江水旁流枝出，是男子情不专一另有新欢之喻。前人多在歌者的"无怨"上做文章，清人崔述甚至认为这首诗可能是"士不遇时者，托之媵妾以喻其意"，说："上虽不能厚施于下，而下犹不敢致怨于上，安于命而望其改，依然忠厚之遗也。"① 方玉润也说："然妇女为人所弃，而仍不忍忘其夫，犹幸其万一自悔，有以处我，我且啸歌以自遣，则诗人忠厚之旨也。"② 他们读出的都是歌者的隐忍和自宽自解。

可是，如果我们将"江有汜，之子归"断为一个完整句子，在"之子归"后面画上句号，以叠句"不我以"、"不我以"为感情的递增（而非如上一情境中的转折），则"之子"可指故人，诗仍为故人所唱，但诗意和诗情都将有所不同："长江有分流，我已嫁他人。你不跟我好，你不跟我好，日后后悔去吧！伤心去吧！对着大江哭去吧！"恋爱就是一场博弈，作为出局的一方，她输掉的不只是感情，还有自尊，所以，曾经情意绵绵的爱瞬间变成了咬牙切齿的恨，她想象着负心男子就站在自己面前，任她指责泄愤。然而，江水已有分流，他已移情别恋，赌气般的"之子于归"，还能唤得他回头？"其后也悔"、"其后也处"、"其啸也歌"的实现可能性会有多大？用另嫁他人的方式向无信男人示威挑战，而且这出嫁很有可能还只是一厢情愿的想象而非事实，她气派做得越足，私心里便越虚弱无助。《江有汜》若真是这后一种情境，读诗之人真该替她难过。

也有学者认为此诗系男性失恋者的自我安慰之辞，因为歌者的自信、自负甚至夸口更契合男性心理："长江有分流，她已嫁旁人。你不跟我好，来日会后悔！你不跟我亲，来日起忧思！你不来看我，长啸对江心！"可备一说。

---

① （清）崔述：《读风偶识》卷二，第32页。

② （清）方玉润：《诗经原始》卷二，第112—113页。

邶风、鄘风、卫风

　　介绍《邶风》，不能撇开《鄘风》和《卫风》，所以后二《风》提前在这里做个简述。在鲁、齐、韩三家《诗》中，《邶》《鄘》《卫》三风是合为一卷的，为什么？因为三《风》所涉都是卫国之事。分别来看，殷都朝歌以北为邶，以南为鄘，以东为卫，三地合而围之的，便是广袤的殷商王畿之地，是殷商的政治、经济、文化中心，也是汉族最早开发的富饶之区。周灭商后，对前朝王畿加强了管理："分其畿内为三国，……邶(邶)，以封纣子武庚；庸(鄘)，管叔尹之；卫，蔡叔尹之：以监殷民，谓之三监。"①但周武王一死，三监就发动了叛乱。周公平叛之后，将自己最信任的弟弟康叔分封于此，尽以其地归之，这就是建立在殷墟旧址之上的、合邶、鄘、卫三地为一体的卫国。《邶》《鄘》《卫》三诗相与同风，便是基于这样的背景。鲁襄公二十九年(前544年)，吴公子季札在鲁国观周乐，"使工为之歌《周南》《召南》"之后，便"为之歌《邶》《鄘》《卫》"，季札赞叹道："美哉，渊乎！忧而不困者也。吾闻卫康叔、武公之德如是，是其卫风乎？"②可见，《邶》《鄘》《卫》三《风》所录都是卫诗。由于卫国的特殊性，康叔又称孟侯，居诸侯之长，故而"三卫"紧挨着"二南"编集，列于十三《国风》之首。

　　《邶》《鄘》《卫》三风共收入乐歌三十九篇，其中《邶风》十九篇，《鄘风》十篇，《卫风》十篇，数量居各国风诗之首。卫国本就有着丰厚的殷商文化积淀，康叔封卫后，"启以商政，疆以周索"③，因其故俗以治卫民，因此，殷商文化未随殷亡

---

① 《汉书》卷二十八下《地理志第八下》，第1647页。
② 《春秋左传正义》卷三十九襄公二十九年，第4356页。
③ 《春秋左传正义》卷五十四定公四年，第4636页。

而断裂,而是得到了很好的承续。殷人尚声,卫风发达且卫诗所存尤多正是这"尚声"的体现。三风均歌咏卫国之事,那么,卫风一分为三,依据的是怎样的标准呢?还是音乐。"邶"、"鄘"、"卫"同为卫国土风但乐调各异,邶、鄘虽灭而章犹存,非卫所能乱。三十九篇陆续被采为礼乐用歌时,各依其调而编为邶调、鄘调与卫调。就内容言,"三卫"题材多样,表现丰富,从多个角度展现了魏、秦等国远不能及的殷都之地发达的文化。就时间而言,鲁闵公二年即公元前660年,卫被狄人所灭,因此,"三卫"大部分都是此前的作品。

【邶风】

柏 舟

泛彼柏舟[1],亦泛其流[2]。耿耿[3]不寐,如有隐忧[4]。
微[5]我无酒,以敖以游[6]。

我心匪鉴[7],不可以茹[8]。亦有兄弟,不可以据[9]。
薄言[10]往诉,逢彼之怒。

我心匪石,不可转[11]也!我心匪席,不可卷也!
威仪棣棣[12],不可选[13]也!

忧心悄悄[14],愠于群小[15]。觏闵既多[16],受侮不少。
静言[17]思之,寤辟有摽[18]。

日居月诸[19],胡迭而微[20]?心之忧矣,如匪浣衣[21]。
静言思之,不能奋飞。

[注释]

[1]泛彼:犹"泛泛",飘流貌。 柏舟:柏木制成的船,诗人以舟自喻。柏木质坚,处岁寒而不改柯易叶,以此为喻,谓己有坚贞纯美之德。
[2]亦:语助词,无实义。 泛:浮。 流:水流。

[3]耿耿：焦灼不安貌。

[4]如：犹"而"。　隐忧：深忧，"隐"通"殷"。

[5]微：非也。

[6]敖游：即遨游，游玩，游乐。

[7]匪：非。　鉴：镜子。

[8]茹：含，容纳。

[9]据：依靠。

[10]薄言：语助词，无实义，同《周南·芣苢》"薄言采之"之"薄言"，此处带有姑且勉强之意。

[11]转：移动。

[12]威仪：有威而可畏谓之威，有仪而可象谓之仪，此兼内在德修与外在仪表而言之。　棣棣(dài)：雍容闲雅貌。

[13]选：通"巽"，屈挠退让也。

[14]悄悄：忧愁貌。

[15]愠：怨。　群小：小人之在君侧者。一说众妾。

[16]觏：遇到。　闵：忧患，痛心之事。

[17]静言：仔细地。

[18]寤：通"忤"，指两手交互。　辟：通"擗(pǐ)"，拊心，拍胸。　有：又。　摽：击打，同《召南·摽有梅》之"摽"。

[19]日居月诸：即日乎月乎，日月，臣用以喻君或妻用以喻夫；"居"、"诸"都是语尾助词，叠韵，无实义。一说"日居"即太阳、日乌，乌一名卑居；"月诸"即月亮，"诸"指月中詹诸(蟾蜍)。

[20]胡：为何。　迭：更迭。　微：无光也，此以日月更迭而食昏暗不明比喻君或夫之恩宠不加于己。

[21]如匪浣衣：像那未经洗濯的脏衣服。一说"匪"释为"彼"，像那洗衣一样，上下反覆，喻心中烦扰不安。

[品读]

《柏舟》作者的身份和性别历来有争论，主要集中在两说：一说不遇于君的仁人，"微我无酒，以敖以游"、"威仪棣棣，不可选也"不似妇人语；一说失宠于夫的妇人,"亦有兄弟,不可以据"、"心之忧矣,如匪浣衣"的话多半像是女人说的。两说各有理由,是非难断,今天我们读这首诗,这一问题依然没法解决,仍当存疑。其实无论作者是男是女,是在朝失意还是在家失宠,都不重要,重要的是他们的忧伤、苦闷和怨愤都是相同的,逐臣弃妇原本一体。明白了这一点,这首诗便可读可解,无须纠结作者是谁。

《柏舟》多用比喻,这使它显得委婉幽抑,而情绪又时有激亢发愤处,全诗集忧、愁、怨于一,并兼挣而不得出的巨大苦闷。首章即说忧,柏舟飘摇中流无所依倚,是喻写自己处境之忧;内心焦灼至于夜不能寐,是直言明写己忧之深;而饮酒与遨游都无法消解(后人有句:"举杯消愁愁更愁"),又是从反面描写此忧不寻常。一层一层写来,却不肯一字道破所忧为何,而全篇旨意已然逗起。二章说了两个意思:一是自我表白,反用镜子为比:镜能含影,物来斯受,不择美丑,但我心非鉴,我纳善拒恶,不能混杂兼容。二是自身孤独无依,有兄弟但不可倚据。诗意至此,渐趋明朗,诗人之忧与不能容恶有关,也与孤立无助有关。三章诗情从无人可诉的怨苦中突然振起,以"石"、"席"作比,连用三个"不可",诗气凛然。石可转,席可卷,但我心非石亦非席,我举止有威,容貌庄严,内德外仪无一有阙,怎可随便从俗屈志?可是纵然体面尊贵,纵然意志坚定,困境仍是困境,横在面前无法逾越。于是,诗四章,作者情绪复又跌落,隐忧重上心头,群小谗害、遭忧受辱的处境像巨石压迫心田无法自如呼吸,即使双手拊心击胸也不能减轻这深痛。到这一章,作者的"隐忧"才明白点出,于不遇于君的仁人,是君近小人贤者见害;于失宠于夫的妇人,是夫有新欢旧爱不再。前三章铺垫得够,此章补出,顺理成章,可见古老的《邶风》在章法布局上已颇有讲究。

末章连着两个比喻,愁苦如山挣不脱,只得无奈问苍天:"日居月诸,胡迭而微?"日乎,月乎,如君如夫,为何轮流地昏晦不明,不愿照临、施恩宠于我?!若非你们昏晦,群小怎能如此猖獗?若非你们昏晦,众妾怎能如此张狂?我的隐忧,深而不化，像一堆未经洗濯的脏衣服，含污忍垢，杂乱不堪，壅堵在身，不能拔除。我陷于如此困境，欲去无奋飞之翼，欲归无容身之所。诗篇结束时的作者，于忧怨孤独之外，更添一重挣脱不出的苦闷。人皆有忧，可恨的不是忧本身，而是想挣开它，却使尽全身气力都枉然。仁人不遇，妇人失宠，都只好在这苦闷中挣扎，找不到出路，没有法子可救。所以《孔子诗论》评《柏舟》，只有一个字："闷"。① 回过头来再看诗首用以起兴的"泛彼柏舟，亦泛其流"两句，便觉得多了一层意味。泛然不系之舟孤零零浮于水上，不知何去何从，不正是诗人人生处境的真实写照吗？难怪有人说《柏舟》里有《离骚》的影子，细读下来，二者还真有颇多可对应处。以男女喻君臣，极言自身高洁，不与浊世同污，影射君王昏庸，痛斥群小奸佞，欲留不能留，欲走不忍走……其实，中国古代仕途受挫的男子跟情路无望的妇人永远同样的多，不如意，又不能自远，一颗忠心，满腔幽愤。所以，与《柏舟》同主题的诗文后世绝不少见，何止《离骚》一篇？

燕　燕

燕燕[1]于飞，差池其羽[2]。之子于归[3]，远送于野[4]。
瞻望弗及[5]，泣涕如雨。

燕燕于飞，颉之颃之[6]。之子于归，远于将之[7]。
瞻望弗及，伫立[8]以泣。

燕燕于飞，下上其音[9]。之子于归，远送于南[10]。
瞻望弗及，实劳[11]我心。

仲氏任只[12]，其心塞渊[13]。终温且惠[14]，淑慎[15]其身。
先君之思[16]，以勖寡人[17]。

---

① 濮茅左编：《上海博物馆藏楚竹书·孔子诗论》第二十六简，第62页。

[注释]

[1]燕燕：即燕子。

[2]差(cī)池：叠韵词，燕飞而两翼舒张貌。 羽：指翅。

[3]之子：诗中指被送的女子。 于归：诗中特指大归、归宗。

[4]于：往。 野：郊外。

[5]瞻望：此处有远望意。 弗及：看不见。

[6]颉：飞而下。 颃：飞而上。

[7]将：行。一说送。 此句"远于将之"为"将之于远"的倒装。

[8]伫立：久立。

[9]下上其音：指鸟鸣声或上或下。一说或高或低。

[10]南：与"林"声近字通，郊外谓之野，野外谓之林。一说"远送于南"乃思中之事，陈在卫南，送者在卫，心与俱南。

[11]劳：忧思之剧也。

[12]仲氏：排行第二，犹言二妹。 任：以恩相亲信。清人魏源《诗古微》认为"任"是女子的姓，被送女子或是薛国任姓之女(中编之二，第458页)；闻一多《风诗类钞乙·燕燕》指出"仲任"犹"叔姬"、"孟姜"等(《闻一多全集》[四]，第529页)。 只：语助词，无实义。

[13]塞：诚实。 渊：静深。

[14]终⋯且：既⋯又。 温：和。 惠：顺。

[15]慎：谨慎。

[16]先君：已故国君。 之：是。

[17]勖(xù)：勉励(上句"先君之思"可以理解为"勖"的内容)。 寡人：国君自称，诗中是庄姜自谓。

[品读]

辛弃疾有词《贺新郎》(别茂嘉十二弟)，云：

> 绿树听鹈鴂。更那堪、鹧鸪声住，杜鹃声切。啼到春归无寻处，苦恨芳菲都歇。算未抵、人间离别。马上琵琶关塞黑，更长门、翠辇辞金阙。看燕燕，送归妾。

将军百战身名裂。向河梁回头万里,故人长绝。易水萧萧西风冷满座衣冠似雪。正壮士、悲歌未彻。啼鸟还知如许恨,料不啼、清泪长啼血。谁共我,醉明月。①

这首词中,王昭君出塞远嫁、陈阿娇冷宫被弃、苏武李陵河梁长绝、壮士荆轲易水悲歌,纵然暮春花残不忍卒睹,啼鸟泣血令人心碎,均抵不过人间生死别离之哀如是!在这数例没有退路、一别便是永生的绝望和决绝里,还有"看燕燕,送归妾",此一别,便是《邶风·燕燕》的诗本事。

《燕燕》诗本事并无一定,历来说法很多。有说是卫庄公夫人庄姜送妾归的,有说是卫定公夫人定姜因公子死而送儿媳归的,有说是卫国国君送妹妹出嫁他国的,有说是任姓国君送妹妹出嫁于卫的,还有说是年轻的卫君远送出嫁旁人的情人的,这些说法都是各以其意揣度而言,很难说谁比谁更可信。诗写送别,以燕子双飞兴别离之情,前三章都是送别情景,"瞻望弗及,泣涕如雨"、"瞻望弗及,伫立以泣"等语可见难舍之情;末章补叙"之子"美德,以先君相勖,明确牵起时局,于离情中添兴亡之感,含沉痛之意。因此,如果仅从辞意看,《诗序》所云"卫庄姜送归妾也"似较他说更合乎《燕燕》诗情,何以言之?我们先了解"卫庄姜送归妾"的本末。综合《左传》、《郑笺》与《孔疏》,可知《燕燕》的创作大致在鲁隐公四年(前719年),而此前更早些,大约三十五年前,卫庄公娶齐国公主庄姜为妻,庄姜美貌,可惜不能生子。于是庄公又将陈国女子厉妫和她的妹妹戴妫娶进宫来,厉妫生下孝伯,但这孩子夭折了;戴妫生下姬完,庄姜将他接过来自己养着,视若己出。庄公死后,姬完继位为卫桓公。十六年后,也就是鲁隐公四年,卫桓公被父亲另一个姬妾生的儿子州吁袭杀取代,撇下养母庄姜和生母戴妫。儿子被杀,戴妫只得返陈归宗,庄姜出城送至郊外。她们或许原本就相互友善,或许曾因夺夫、夺子而彼此为敌,但政变一夜之间颠覆了她们的命运,使她俩同病相怜,走近并紧紧靠拢。

---

① (宋)辛弃疾:《稼轩长短句》卷一,第9页。

戴妫在燕子双飞上下颉颃的春日辞别卫国，渐行渐远，庄姜悲从中来，写下了这首《燕燕》。凭什么归的是戴妫、送的是庄姜呢？《孔疏》说："经云'先君之思'，则庄公薨矣。桓公之时，母不当辄归，虽归非庄姜所当送归；明桓公死后，其母见子之杀故归，庄姜养其子，同伤桓公之死，故泣涕而送之也。"这个故事里有没有一些臆测的成分？当然有，《史记》说："陈女女弟亦幸于庄公，而生子完。完母死，庄公令夫人齐女子之，立为太子。"①如若戴妫早死，还能有这故事么？所以，认真计较起来，上述诗本事也不是完全能够站得住脚的，但《燕燕》定要借着这一故事去读，方能觉出多种滋味。辛弃疾何以将"看燕燕，送归妾"与昭君出塞远嫁、荆轲易水悲歌等一去不归之别同列并举，王士禛何以认为诗中"家国兴亡之感，伤逝怀旧之情，尽在阿堵中"②，都是从本事中来的。一句话，《燕燕》并非普通的骊歌。

它是带了家国的血泪的。一同经历过政治灾难的庄姜和戴妫满怀心腹事，依依别离中。诗歌用了足足三章复沓别情，"远送于野"、"远于将之"、"远送于南"，从城至郊，由野而林，庄姜将戴妫送出一程又一程。依《郑笺》解："妇人之礼，送迎不出门，今我送是子乃至于野者，舒己愤，尽己情。"则是情深不能自禁，而使庄姜违背礼法远送戴妫，这番深情，远非一般常态下的妻妾姐妹情谊可比。庄姜要舒的"愤"和要尽的"情"，都跟刚刚发生的政变有关，跟桓公姬完的被弑有关，更跟自身命运的一落千丈有关。戴妫失子，归返故国，自己呢？鲁隐公四年的庄姜，已然是位老妪，失去尊贵地位的她像一叶飘摇在惊涛骇浪上的孤舟，无所依凭，亦不知何去何从。于是，她的别情里，于不舍之外，还掺杂着悲伤、惶然和无望，她看着戴妫形单影只啼泣远去的背影时，也看到了自己的孤独。曾经的最美貌、最显赫、最幸福让此时的庄姜比戴妫更需要依靠和温暖，更需要有人跟她一起直面人生的重灾。但戴妫渐渐消失在她的视线之外，留她一人在冰冷的卫国，微风燕

---

① 《史记》卷三十七《卫康叔世家第七》，第1592页。

② （清）王士禛：《分甘馀话》卷三，《王士禛全集》杂著之十八，第5004页。

子斜,落花人独立,满目春景无一能给她温度,不知不觉间泪水已夺眶而出:"瞻望弗及,泣涕如雨"、"瞻望弗及,伫立以泣"、"瞻望弗及,实劳我心"!这时候她想起戴妫的品行好处,心诚、思深、温柔、和顺、美善、谨言、慎行……,这些原是自己从未在意过的啊!如今遭遇变故惺惺相惜,才发现戴妫这种种的好是如此可贵,可又是如此短暂,别离已经注定了!她们泪眼相视,没有互道"珍重",这两个字在大难来临之后变成了奢侈品。戴妫追忆起先君(是啊,除了先君,她们还能再说些什么呢),愿以这思念之情共勉,往昔今日,天上人间,也许她们真的只有凭借着这思念,才能感受到在无法自保的人生酷寒中,腔子里的那颗心还有一丝温热……

黯然销魂,唯别而已,更何况打并身世入别情,一份情承载两份苦,叫人如何受得?难怪王士禛认为这首诗"《黍离》、《麦秀》,未足喻其悲也。宜为万古送别诗之祖"①。说《燕燕》开万古送别诗的先河,不仅因其感情的深沉复杂,也因它表达这复杂感情的艺术手法。"燕燕"数句以乐景衬哀情,双双飞燕差池其羽,颉之颃之,下上其音,古人体物精微,下笔有如画工。若说这数句只是渲染情境,则真正传神的"瞻望弗及"三章叠咏,描写送别情境,写法不可不谓高妙。宋人许顗评"瞻望弗及,泣涕如雨"等句,说:"此真可泣鬼神矣!张子野长短句云:'眼力不知人,远上溪桥去。'东坡《送子由诗》云:'登高回首坡陇隔,惟见乌帽出复没。'皆远绍其意。"②何止张子野词与东坡诗,"解缆君已遥,望君犹伫立"(唐·王维《齐州送祖三》)、"孤帆远影碧空尽,唯见长江天际流"(唐·李白《黄鹤楼送孟浩然之广陵》)、"山回路转不见君,雪上空留马行处"(唐·岑参《白雪歌送武判官归京》)、"去帆看已远,临水立多时"(宋·王操《送人南归》)等句,亦无一不从《燕燕》"瞻望弗及"句出。目力已极,而离思无涯,怅望之情,尽在言外,写离情写不舍,但笔下不露痕迹,所谓"不著一字,尽得风流"是也。"万古送别诗之祖",《燕燕》不虚此名。

---

① (清)王士禛:《分甘馀话》卷三,《王士禛全集》杂著之十八,第5004页。

② (宋)许顗:《彦周诗话》,(清)何文焕《历代诗话》(上),第378页。

终　风

终风且暴[1],顾我则笑[2]。谑浪笑敖[3],中心是悼[4]。

终风且霾[5],惠然肯来[6]。莫往莫来[7],悠悠我思。

终风且曀[8],不日有曀[9]。寤言[10]不寐,愿言则嚏[11]。

曀曀[12]其阴,虺虺[13]其雷。寤言不寐,愿言则怀[14]。

[注释]

[1]终……且:既……又,与《邶风·燕燕》"终温且惠"句式同。　暴:疾雷。
[2]顾:还视,回看。 则:而。三章"愿言则嚏"和四章"愿言则怀"之"则"同。
[3]谑:戏谑。　浪:放浪。　敖:放纵。
[4]中心:心中,内心。　悼:劳心、忧伤。
[5]霾:大风扬尘。
[6]惠:爱。　然:而。
[7]莫往莫来:不往来。
[8]曀(yì):天阴而风尘起。
[9]不日:不到一天。　有:又。
[10]寤言:即寤然,不寐貌。
[11]愿言则嚏:欲有所言而止。　嚏:又作疐(zhì),绊倒。一说打喷嚏。
[12]曀曀:天阴沉貌。
[13]虺虺:雷声。
[14]愿言则怀:欲有所言而止于悲伤。　怀:悲伤。

[品读]

　　《诗序》说:"《终风》,卫庄姜伤己也。"这话当然不能信,《终风》采自歌谣,是民间怨女的一段心曲,跟庄姜无甚关联,不过,诗里女子的愁怨如果加诸美貌而无子、失宠于卫庄公的庄姜，也说得过去。所以，《诗序》硬把庄姜拉进诗里来充当女主人公，虽属牵强附会，却并非全无道理。

《终风》以女子的幽怨为主题。诗共四章，先后以风、霾、曀、雷起兴，同时也为诗歌的抒情营造气氛。风起、尘扬、云翳、雷鸣，总不得天朗气清，与之相对应的，是女子舒展不开的眉和一步步加深加重的愁绪。首章当是回忆，女子忆起自己跟男子相会时的纵情欢快。闻一多先生说《终风》是《诗经》以"风"起兴的诗里"写得最淫"的，"谑浪笑敖"的调戏放荡就不说了，从"终风且暴"、"终风且霾"变本加厉到"终风且曀"，更至于"曀曀其阴"，大自然的风狂雷暴都含有性虐待的隐意，而女子是愿意受虐并以之为快乐的。①这首诗中是否真有如此隐意，不必过于计较，但两人当日的约会必定快乐无比，正因为快乐无比，才在女子心上扎了根拔不去，不想都不行。可每回想起，给她带来的又都只是忧伤，因为要这快乐再来，已经不容易了。二章回到现实，在她还流连于最初的快乐时，男子"惠然肯来"，偶尔还上她那儿走上一两回，把她心头那把火烧得更旺。可是，然后，便再也没有然后，男子"莫往莫来"，黄鹤杳去，给女子留下日复一日的孤独冷清，更要命的是，男子在她心上烙下了印，她的生活被彻底打乱了。长长的相思里，漫长的无望的等待里，幽怨一点一点生起。"君曾不肯乎幸临"，女子和数百年后汉庭冷宫中的陈阿娇皇后一样，在苦盼而不得的失落中忍受煎熬。三四两章意思相同，女子"寤言不寐"，辗转难眠，终夜长开的双眼里是清醒的绝望和割舍不下欲罢不能，自己的心，不由自己做主，想说点什么，欲言又止。司马相如为陈皇后所作的失宠怨歌《长门赋》云："忽寝寐而梦想兮，魄若君之在旁。惕寤觉而无见兮，魂迋迋若有亡。众鸡鸣而愁予兮，起视月之精光。……夜曼曼其若岁兮，怀郁郁其不可再更。澹偃蹇而待曙兮，荒亭亭而复明。妾人窃自悲兮，究年岁而不敢忘。"②陈皇后说："我做了个梦，梦见郎君又在

---

① 闻一多：《诗经的性欲观》，《闻一多全集》（三），第184—185页。

② （梁）萧统编，（唐）李善注：《文选》卷十六，第229页。

身旁。蓦然惊醒一切虚幻,不由我惘然若失。听墙外鸡鸣头遍,我的愁绪重回眼前,起床见明月在天,不禁更加思念。……夜长得像年,我心事重重,知道一切不能复来。再也不能入睡,只好战栗风中等待天明,看东方渐渐发白。我是如此的悲伤啊,可对你的情和爱,岁岁年年终不敢忘。"《终风》女子用"愿言则疐"、"愿言则怀"结束歌唱,她想说的,后来的陈皇后都替她说了,从这位无名女子到卫庄姜,再到陈阿娇,世间怨妇皆同情。由旧时的快乐到眼下的凄清,从曾经的绚烂到今日的萧索,其实每个人心里都有一曲《终风》一首《长门赋》,不一定关乎风和月。

　　三章末句"愿言则疐"另有一种解释,颇为有趣。"言"用作词尾,"愿言"即"愿然",是思念殷切之貌;"愿言则疐"意谓思念之深,遂愿对方打喷嚏。民间有言:"打喷嚏,有人想。"女子说:"我想你想得夜不能寐,愿你打个喷嚏吧。我的思念不能让你知道,你只有打了喷嚏,才明白我是怎样的想你。"这里用的《十三经注疏》本《毛诗正义·终风》"疐"字即作"嚏",是后人根据《郑笺》所改,如果"疐"字最初的确是"嚏",倒真能见出《终风》的民歌风味。可这位女子若真是想那男子想得苦,希望几个喷嚏就能叫不懂得珍惜的他悔悟,唤回飘然远逝的情爱,则不免令人心酸。

击　鼓

击鼓其镗[1],踊跃[2]用兵。土国城漕[3],我独南行[4]。
从孙子仲[5],平陈与宋[6]。不我以归[7],忧心有忡[8]。
爰居爰处[9]?爰丧[10]其马?于以[11]求之?于林[12]之下。
死生契阔[13],与子成说[14]。执子之手,与子偕老[15]。
于嗟阔兮[16]!不我活兮[17]!于嗟洵[18]兮!不我信兮[19]!

[注释]

[1]镗(tāng):击鼓声。

[2]踊跃:形容操练兵器时的跳跃击刺之状。

[3]土国:指役土功于国,即在国内筑城。一说"士或","土"、"士"形近易讹,"国"、"或"古同字。若做如是解,"士或"可与下句"我独"对应。 城漕:在漕邑筑城。 漕:卫国邑名,在今河南滑县东南。

[4]南行:指出兵陈、宋(两国皆在卫南)。

[5]孙子仲:指卫国南征统帅公孙文仲,字子仲。

[6]平陈与宋:指调解陈、宋两国的纠纷。

[7]不我以归:不使我归,不让我回国。 以:犹"使"。

[8]有忡(chōng):即忡忡,心神不安貌。

[9]爰居爰处:即何居何处,指不知身在何方。或以为此章为士卒失伍之状。爰:疑问代词,"于焉"的合音,在哪里。

[10]丧:丢失。

[11]于以:于何,同《召南·采蘋》"于以采蘋"之"于以"。

[12]林:此指国外的荒野。《郑笺》释此四句:"求不还者及亡其马者,当于山林之下。"宋人欧阳修《诗本义》释之稍详,曰:"云我之是行未有归期,亦未知于何所居处,于何所丧其马,若求与我马,当于林下求之,盖为必败之计也。"(卷二,第195页)可参。

[13]死生契阔:"死生"与"契阔"对言,指死生聚散(都要在一起)。 契:合、聚。 阔:离、散。

[14]子:你,征人指其妻言。 成说:相约为誓。

[15]与子偕老:和你相伴,一起老去。此句与"死生契阔"都是上句"成说"的内容。

[16]于嗟:感叹词。 阔:指距离阔远。

[17]不我活:不使我与你相会。 活:即"佸"(huó),相会。 此二句以地言,谓戍地辽远,不得与室家相会。

[18]洵:久远。

[19]不我信:不使我守信。 此二句以时言,谓戍时悬久,不得如期以归兑现誓言。

[品读]

　　《邶风·击鼓》描写征人怨。熟悉这首诗的人不多，但其中最动人的"执子之手，与子偕老"，知道的必定不少，这是传诵了千年、感动了千年的爱情誓言，已经被多少人用生命诠释过，也正在或将要在不同的时空下、被平凡或不平凡的人们验证与兑现；它至少是一个美丽的梦！在这样一个古老而永恒的爱的宣言面前，任何解析都苍白而多余。所以，我们先绕开它，说说它后面的故事。

　　故事背景是一场在那个时代并不少见的诸侯之战。诗歌开篇便是即将开仗的阵势，战鼓镗镗，刀舞箭飞，战争——"从孙子仲，平陈与宋"——近在眼前。《诗序》说："《击鼓》，怨州吁也。卫州吁用兵暴乱，使公孙文仲将而平陈与宋，国人怨其勇而无礼也。"州吁是卫国第十四位国君，公元前719年弑兄即位，在位不足一年，好战。按照《诗序》和《郑笺》的说法，这场战争指的是鲁隐公四年（前719年），卫州吁联合宋、陈、蔡共同伐郑，但后人对此颇存质疑。清人姚际恒说："此乃卫穆公背清丘之盟救陈，为宋所伐，平陈、宋之难，数兴军旅，其下怨之而作此诗也。"① 又认为是鲁宣公十二年（前597年）宋师伐陈而卫穆公救陈之事。两次战役相隔百余年，考证无据，其实无论"平陈与宋"指的是哪一段史事，都不影响《击鼓》主题的阐发。我们要知道的只是：在军旅数兴的春秋时期，有那么一场远离家园的战役，令征人生出了满腹愁怨。他出场时，也许身上还携带着兵器，可当他唱出那句"土国城漕，我独南行"时，我们仿佛看到：这不是一位闻鼓声而踊跃振奋的战士，而是一个充满着悲苦之情有家难归的征人。他忧心忡忡：筑城虽苦，至少离家不远，可为何偏偏令我南行呢？跨国"南行"，那是从军远征，是抛家别舍，是远离亲人，是生死难料啊！

　　他滞留在陈、宋，知道自己此番很可能有去无归，死于林下，落个"去时鞍马别人骑"（唐·张籍《邻妇哭征夫》）的下场，这般想起时，他便怎么也无法从悲观中自拔。所幸，心中还存着一丝温暖，他脑中一遍遍回忆起出征前与妻子的执手

---

① （清）姚际恒：《诗经通论》卷三，第55页。

话别，忆起彼此的相约为誓："死生契阔，与子偕老！"①这誓言在他孤寂的心中点燃了期待和向往之光，使他从冷清里感到温暖，可是这温暖又紧连着绝望。所以末章文情最苦，他仰天发出呼喊："相隔何其远，使我不能见你面；离别何其久，使我不得守誓言！"四个"兮"字连用，足见词情激烈，伤心到了极点！这无以复加的悲伤，或恐非只担忧命丧他乡，更是惧怕誓言成空伤了妻的心啊！钱锺书先生说："……生离死别，道远年深，行者不保归其家，居者未必安于室，盟誓旦旦，或且如镂空画水。……《水浒》第八回林冲刺配沧州，临行云：'生死存亡未保，娘子在家，小人心去不稳'，情境略近。"②临行之言犹在耳，居者能否安于室？的确，在征人一声声绝望的呼号中，除了生还无望和诚意难伸，很有可能还潜藏着这样一种难以言说的隐忧。其新孔嘉，其旧如之何，久戍不归的征人不都是这样悬着颗心吗？

《诗序》说《击鼓》"怨州吁"，也许不完全是臆断，征人家不能回、意不得伸，其怨恨所指，除了残酷的战争以及无端用兵的统治者，还能有谁？不过，这首诗更有意义的，是借一名普通征人之口唱出了所有远征士兵的千般情愫；读懂了《击鼓》，也就读懂了后世不少征戍诗。"牵衣顿足拦道哭，哭声直上干云霄"（唐·杜甫《兵车行》），是"不我以归，忧心有忡"意；"少妇城南欲断肠，征人蓟北空回首"（唐·高适《燕歌行》），是"死生契阔"意；"醉卧沙场君莫笑，古来征战几人回"（唐·王翰《凉州词》），是"不我活"意；"可怜无定河边骨，犹是春闺梦里人"（唐·陈陶《陇西行》），是"不我信"意；……仅止一部《全唐诗》，就点点滴滴满是征人的

---

① 郭晋稀《诗经蠡测·风诗蠡测初编·释〈击鼓〉的第四、五两章》说："诗求挺拔，韵求铿锵，所以语序常常倒装。"按照作诗原意，第四章的顺次应该是："执子之手，与子成说：'死生契阔，与子偕老。'因为诗中要紧的话，是他们的誓约，所以把最后两句誓约拆开，分置首尾，这是行文手法所需要的。"原诗将"死生契阔"调至起首，"阔"与"说"、"手"与"老"可以相互押韵，这样第四章的韵例就能和第五章一致起来。详该书第23页，可参。

② 钱锺书：《管锥编》（一）"毛诗正义"之一六，第138页。

愁与怨!战争是乏味而无情的,征戍之苦也代代常有,但是,《击鼓》让多少后世征人思乡的作品都失了色,因为它有"执子之手,与子偕老"。生同室,死同穴,一句朴素的誓言,没有任何炫目的点缀,却永远散发着难以抗拒的魅力。读《击鼓》,一句"执子之手,与子偕老"就足够,它不是主题,却夺了全篇的风采。

匏有苦叶

匏有苦叶[1],济有深涉[2]。深则厉[3],浅则揭[4]。

有瀰济盈[5],有鷕[6]雉鸣。济盈不濡轨[7],雉鸣求其牡[8]。

雍雍[9]鸣雁,旭日始旦[10]。士如归妻[11],迨冰未泮[12]。

招招舟子[13],人涉卬否[14]。人涉卬否,卬须[15]我友。

[注释]

[1]匏(páo):短颈大腹的葫芦,佩匏可以渡水。 苦:枯也。匏经霜,其叶枯落,然后干之,腰而渡水。

[2]济:济水,在卫国南境。 涉:名词,水中可济涉之处,犹言"津",渡口。

[3]厉:带匏而渡。一说连衣涉水。

[4]揭(qì):荷匏于肩而渡。一说提起衣裳(渡水)。

[5]有瀰(mí)济盈:指渡口一眼望去大水茫茫。 有瀰:即瀰瀰,与"茫茫"一声之转,形容水满的样子。

[6]有鷕(yǎo):即鷕鷕,雌雉的鸣叫声。

[7]濡轨:指浸湿车轴(周人常乘车渡水,故用车轴记录水位高低)。 濡:浸湿。 轨:车轴的两端。

[8]牡:雄也。

[9]雍雍:群雁和鸣声。

[10]旦:明也。

[11]归妻:迎妻归,娶妻。一释"归"为"怀","归妻"指思妻。

[12]未泮(pàn):指(河冰)未合之时。 泮:合也。

[13]招招:摇动舟楫之貌。一说召唤貌。　舟子:船夫。
[14]人涉卬(áng)否:旁人渡河我不渡。　卬:我,第一人称代词。
[15]须:等待。

[品读]

听着《匏有苦叶》歌,眼前出现一位女子,于旭日初明的秋晨,苦苦地在济水边等候张望。是的,跟《召南·摽有梅》一样,这又是一首女子思夫盼嫁的歌。不过,这位伫立水边的女子不是漫无目的的寻觅,她是有心上人的,她等不及的是婚期。一天又一天,终于,嫁娶的时节临近了,可他怎么还不来呢?

这等候发生在济水渡口,正是水面开阔的季节。她或许就住在济水边上,眼见着匏叶枯萎,身边的物和眼前的景触动了她的心灵,于是她从水边取象起兴,开口一一诉说心事:匏叶已枯落,匏干正可用,深秋行婚嫁的时候到了①——那新婚夫妇共饮合欢酒的合卺杯不就是用匏一剖为二制成的么?况且这匏还可助他泅渡,一水之隔又有何妨?深也好,浅也罢,横渡而来都不难呀,你为什么让我苦苦等待?雌雉忽远忽近地鷕鷕叫着,我知道它们在"求其牡",济水还不及半个车轮子深呢,你为何不快快乘了车来?空中又有雁群飞过(不由我不想起当初媒氏上门提亲时那作为纳采之礼的雁啊),它们亲密地雍雍和鸣,那音声更叫我惆怅万端。我努力地不去羡慕它们,可我知道鸿雁南飞,冬日便为时不远了,你若也这般地想着我,就趁着河冰未合,快来将我迎娶吧!太阳越升越高了,摇楫的舟子开始招呼大家上船,我稍稍平复了焦躁的心,站着未动,旁人渡河我不渡,不渡!不渡!我就在此处等候!

本篇歌者与《摽有梅》中的女子都心思焦虑,但各有各的急法。收梅女几乎

---

① (三国)王肃注:《孔子家语》卷六《本命解第二十六》云:"群生闭藏乎阴,而为化育之始。故圣人因时以合偶男女,穷天数也。霜降而妇功成,嫁娶者行焉。冰泮而农桑起,昏礼而杀于此。"可知秋、冬为上古婚嫁之时。

是起唱就急、情难自禁,这位女子却委婉得很,大半乐章都在顾左右而言他,说匏,说水,说渡,说雉叫,说雁鸣,就是不说等他盼他。分明是自己求夫,偏说成雉求其牡;分明怕婚期不候,偏说成雁叫惊寒。最后一章的"人涉卬否"最为有趣,"人涉卬否","人涉卬否",女子不仅以第一人称直接现身诗中,而且一句再唱,承了上又启了下,由人及我,语气渐强。她像是情急地谢绝舟子的招呼,言明自己在等人,又像是自己给自己鼓劲儿:"我哪都不去,就在这里候着!"一句话道尽执着与自信。末句明白点出"须友"二字,让听众或读者所有的猜测都落了定——其实,虽然委婉,可女子的心事是摆明了在字句之间的,前三章铺垫了再铺垫,谁不知道她急的是什么又为了什么而张望呢?扬之水品"卬须我友"句,说:"也许是低低的自语,也许只是心里边的悄悄话,但它却使一切晃动着的境象都有了着落。方才的一番热闹,说'比'也好,说'赋'也好,都只为了心中的期待更为踏实和更加毋庸置疑。"①这番话可谓深得诗中滋味。

　　听罢女子的诉说,我们不禁要问:这样一首待嫁之歌,在诗的讽谏功能逐渐替代仪式功能的春秋前期,凭借着什么被采入王室得以整理编辑呢?《诗序》有解释:"《匏有苦叶》,刺卫宣公也。"讥刺卫宣公?这个解释一时间让人无法接受,多少有点风马牛不相及吧?卫宣公是卫国第十五位国君,前718年至前700年在位,他以及他的继任者卫惠公在位期间,王室都极不安宁。宣公淫纵不检,自纳太子伋妻——齐女宣姜——于新台,从此埋下卫国之乱的祸根。其后,宣公又听信宣姜的谗言杀害了太子伋;宣公死后,宣姜次子朔继位,是为卫惠公;诸宗族公子为太子伋报不平而作乱,迫使卫惠公奔齐;数年后,在齐襄公的帮助下,卫惠公得以复国。几十年的纷乱不宁,皆由王室荒淫而起,于是,在齐桓公时代的《诗》文本编辑活动中,一些沿着乡移于邑、邑移于国、国以闻天子的途径进献至周王廷的卫

---

① 扬之水:《诗经别裁》,第90—91页。

国乡乐,被纷纷赋予"刺卫宣公"、"刺卫宣姜"的旨义,编进了《诗》中,《匏有苦叶》便是其中之一。那么,这是典型的《诗序》说诗妄生美刺呢,还是《匏有苦叶》的诗本义与乐章义之间确实存在着一定的对应之处?

我们看一则诗用的例子。东汉张衡才高于世,但为人"从容淡静,不好交接俗人"。汉顺帝初年,张衡在相隔了五年之后复为太史令,面对他人对其积年不迁的责备,张衡写下《应间》一文以明志。他先借间者之口说:"……深厉浅揭,随时为义,曾何贪于支离,而习其孤技邪?……曷若卑体屈己,美言以相克?"接着自明己志:"……捷径邪至,我不忍以投步;干进苟容,我不忍以歙肩。虽有犀舟劲楫,犹人涉卬否,有须者也。……"①这一问一答之间,实际上隐含着对《匏有苦叶》诗义的另一种阐发。间者劝张衡要谙于仕途升迁之术,深厉浅揭,审时度势,不妨改变自己,用动人的语言去讨当权者的欢心。张衡回答:要我违背自己的道德准则求取仕进,虽有捷径而不为也。人涉卬否,有须者也,我宁居下位,以待明时。又,清代学者王先谦这样解释诗歌第二章:"雉必其牡然后求之,喻臣当择主也。水深濡轨则不济,'危邦不入'之义。雉非其牡则不求,'非君不事'之义。"②基于此,我们就不难明白《匏有苦叶》何以被《诗序》解说为"刺卫宣公"了。原来,在女子待嫁的诗义背后,"深厉浅揭"可用以比喻明时务、知变通、因时制宜,而"雉求其牡"、"娶妻迨时"、"人涉卬否"、"卬须我友"又能与君臣语境中的"良臣择主"、"好风借力"、"非君不事"、"待时而飞"一一对应。卫宣公初有夺宣姜之丑,继有杀太子之恶,在政局混乱动荡的卫国宣、惠两代,君子只有危邦不入、洁身自好以俟河清,《匏有苦叶》"刺卫宣公",其是之谓乎?从这个意义出发,又可以把这首诗理解为"君子不仕朝"或"贤者不遇时"之作。

---

① 《后汉书》卷五十九《张衡传》,第1898—1906页。
② (清)王先谦:《诗三家义集疏》卷三上,第165页。

谷 风

习习谷风[1]，以阴以雨[2]。黾勉[3]同心，不宜有怒。
采葑采菲[4]，无以下体[5]？德音[6]莫违，及尔同死[7]。

行道迟迟[8]，中心有违[9]。不远伊迩[10]，薄送我畿[11]。
谁谓荼[12]苦？其甘如荠[13]。宴尔新昏[14]，如兄如弟[15]。

泾以渭浊[16]，湜湜其沚[17]。宴尔新昏，不我屑以[18]。
毋逝我梁[19]，毋发我笱[20]。我躬不阅[21]，遑恤我后[22]。

就[23]其深矣，方[24]之舟之；就其浅矣，泳之游之。
何有何亡[25]，黾勉求之。凡民有丧[26]，匍匐[27]救之。

不我能慉[28]，反以我为仇[29]。既阻我德[30]，贾用不售[31]。
昔育恐育鞫[32]，及尔颠覆[33]。既生既育[34]，比予于毒[35]。

我有旨蓄[36]，亦以御冬[37]。宴尔新昏，以我御穷[38]。
有洸有溃[39]，既诒我肄[40]。不念昔者，伊余来塈[41]。

[注释]

[1]习习：大风声，犹言"飒飒"。 谷风：起自山谷之大风。

[2]以阴以雨：为阴为雨，又阴又雨。

[3]黾(mǐn)勉：勉力、努力。

[4]葑(fēng)：即蔓菁，又名芜菁，萝卜类，根、叶皆可食用。 菲(fěi)：似芜菁，亦根、叶可食。

[5]无以下体：不是为了根茎吗？此或以根喻德，以叶喻色，采葑菲只取其叶而弃其根，指丈夫重色不重德。 以：用。 下体：(葑菲之)根茎部分。

[6]德音：此指夫妻间的恩情与誓言。

[7]及尔：与你，和你。 同死：犹《邶风·击鼓》之"与子偕老"。清人牛运

震《诗志》云:"'同死'字较'偕老'字更痛切。"(卷一,第15页)是深得其味之语。

[8]行道迟迟:缓慢地走在路上(指妇人被弃离家)。 迟迟:慢慢地。

[9]中心有违:心意与行动相背,脚步向前而心仍徘徊。 违:相背。一说"违"释作怨恨,指妇人心中满是怨恨。

[10]伊迩:近(妇人意指丈夫不必远送)。 伊:语气助词,犹"维"。 迩:近也。

[11]薄送我畿:送我至门边(即可)。 畿:门槛。

[12]荼:苦菜。

[13]荠:野菜名,有甜味。

[14]宴:乐也。 新昏:指丈夫娶新人。

[15]如兄如弟:亲密恩爱如兄弟。钱锺书先生说:"盖初民重'血族'之遗意也。就血胤论之,兄弟,天伦也,夫妇则人伦耳;是以友于骨肉之亲当过于刑于室家之好。新婚而'如兄如弟',是结发而如连枝,人合而如天亲也。"(《管锥编》(一)"毛诗正义"之一七,第143页)

[16]泾以渭浊:泾水因渭水而浊(妇人以泾水自喻,以渭水喻新人)。 以:因。

[17]湜(shí)湜其沚(zhǐ):指泾水静止不动时也是清澈见底的。 湜湜:水清之貌。 沚:或作"止",水底。一说不动之静水。

[18]不我屑以:即不屑我与,不肯与我共同生活。 以:与,共。

[19]逝:往。 梁:鱼梁,嵌放鱼筍的石堰。

[20]筍(gǒu):安放在石堰缺口处的竹制捕鱼器具,口大颈狭,以捕获顺水游来的鱼。捕鱼在《诗经》中常用作娶妻或求偶的隐语,故此处发筍取鱼或指新人夺走自己的婚姻。

[21]我躬不阅:我尚不被容纳。 躬:自身。 阅:容。

[22]遑恤我后:哪里还顾得上其他事情? 遑:何。 恤:忧虑,顾念。 后:去后之事。一说子嗣。

[23]就:归,往。

[24]方:乘筏渡水,同《周南·汉广》"不可方思"之"方"。

[25]何有何亡(wú):不论有无。 亡:无。

[26]凡民有丧:但凡有邻人遇难(妇人意指自己黾勉于一切,几无不到之处)。 民:邻人。 丧:灾难,不幸。

[27]匍匐:伏地手足并行,此指急遽匆忙地(前去救援)。

[28]能:乃。 慉(xù):爱,好。 "不我能慉"三家《诗》均作"能不我慉",即"乃不好我",奈何不爱我。

[29]仇:与"慉"相对。

[30]阻:拒绝。 德:情意。

[31]贾(gǔ)用不售:指做买卖而货物卖不出去。 贾:卖。 用:货物。

[32]昔育恐育鞫:此句当为"昔育恐鞫",去下一"育"字。 育:养,生活。一说有。 鞫(jū):生活困穷。一说惧。

[33]颠覆:颠沛,患难。一说指夫妻交合。

[34]既生既育:指生育了儿女。一说有了财业生活好转。

[35]比予于毒:视我如毒虫一般。 予:我。 于:如。

[36]旨蓄:(储藏以过冬的)美菜。 旨:甘美也。 蓄:菜名。

[37]亦以御冬:尚可抵挡一冬的食用。 亦以:尚可。 御:抵挡。

[38]御穷:抵挡困穷。

[39]有洸(guāng)有溃:即洸洸、溃溃,形容水势湍急溃决之状。 洸洸:水涌出貌。 溃溃:水溃散貌。

[40]既诒(yí)我肄:赠我以嫩枝。 诒:给予。 肄:砍伐后新长出的嫩枝。

[41]伊:犹"维"。 来:语助词,相当于"是"。 墍:爱,"愍"的借字。"伊余来墍"即维我是爱、唯我是爱。

[品读]

同大家熟悉的《卫风·氓》一样,《邶风·谷风》也是一首弃妇诗,这个主题很明白,历来异议绝少。《诗序》说:"《谷风》,刺夫妇失道也。卫人化其上,淫于新昏,而弃其旧室,夫妇离绝,国俗伤败焉。"言明《谷风》是一首针对夫妇失道的讽刺诗(这自然也是它被采进的理由),然后将卫人弃旧"淫"新的个体行为抬高到"国俗伤败"的整体高度,表现出试图用这首诗引起国人"疗救"注意的倾向。这当然是诗歌与政教联姻的结果,所幸,《谷风》被赋予的乐章义以及"卫人化其上"之后数句汉儒的发挥都与其诗本义相去不远,所以我们下面的品读就简单多了。

全诗都是妇人口吻,在被逐出门时倾诉、乞求、埋怨、责备、希望……叨叨细细,凄怨缠绵,写尽她在婚姻意外终结时的无所适从,正所谓"弃妇不忍自决也"①。她的被弃,她的努力,她的心情,都需要有人听。那么,她都说了些什么呢?

全诗一共六章,妇人自我表白,细碎反复,但又融情于叙,如泣如诉,让读者一路跟着她叹息。首章以谷中大风起兴。是飒飒风声让她不寒而栗更觉孤苦,情不自禁要诉说一番呢?还是风雨大作令她忆起丈夫暴跳如雷的怒容,止不住心酸而发其愤怨?也许兼有,总之谷风牵动了她的心事。她说了三句话,其中用了一个比喻——夫妻应该同心努力,不该无端发怒;采葑采菲,不能只要叶子不要根。我们曾发誓要生死相依,别违背了这誓言和往日的恩情。第二句是比喻,葑和菲虽然上下都能食用,但以食根为主,怎么能为了叶而抛弃根呢?因为叶好看便无视根的甜美吗?显然,妇人将自己比作实用的菜根,叶子即喻新人;或者,用根喻德,叶喻美色,谴责丈夫违反道义做出这不明智的选择。《谷风》比物连类,浅近而得体的取喻说理正是这首诗的艺术特色之一。本篇中妇人信手拈来的若干个比方,都在她熟悉的生活里。无论是这首诗被记录下来时保留了她的原话,还是经历了整理者的修改和润色,这种不带任何刻意痕迹的自然取喻,都是好文章的手法。妇人在这一章里告诉我们:她的丈夫"有怒",她的婚姻出了问题。这时她的情绪还比较平静,虽然风不止则树不静,但她仍然按捺住自己内心的汹涌波涛,好使下面的诉说更有条理。

第二章,妇人诉说被弃的理由:丈夫喜新弃旧——这真是上演了两三千年的戏目,无论时空如何变幻,都不过时。至少在删了又删的"三百篇"里,她就有不少同命人,尤其是可以和那位同在一国的、被"氓"用同一理由抛弃的妇人(就叫她卫女吧)相对而泣。不过,她比卫女更加犹豫恋旧,远没有后者看透"氓"之虚伪后的决绝。我们且细读第二章。被逐已成事实,可妇人不情愿就这么离开,"行

---

① 闻一多:《风诗类钞乙·谷风》,《闻一多全集》(四),第515页。

道迟迟,中心有违",多少不甘与怨恨无从说起,脚在一步步缓慢向前,心却兀自留恋不已。足往而情留,越是徘徊越不舍,哪里下得了决心像卫女终于撂开手时那样,说出"信誓旦旦,不思其反。反是不思,亦已焉哉"的痛快话?她甚至可怜地希望丈夫送送她,虽然确有"出妇之义必送之,接以宾客之礼"①的古礼,但显然,相对于旧情难舍,礼节只是借口罢了。"不远伊迩,薄送我畿"两句是说你可以不用远送,但何妨送我到门口呢?妇人那时的心情,很难说是责备丈夫不送呢,还是央求他到底送上几步,但见哀至于极、怨至于极。很快,她又痛彻心扉得不能自已——新人已经娶进门了,他们新婚宴尔亲如兄弟!所有割不断的情都要割断,一切舍不下的爱都得放手,没有回头路了!要连根拔去往日温暖的记忆,坦然面对他们的欢乐和自身的冷清,而这些,都是难以言说的痛苦。于是她又打了个比方:"谁谓荼苦?其甘如荠。"这是无声胜有声,"人人都道黄连苦,我比黄连苦十分",民歌所唱便是她这时的心声。

　　面对婚姻突变,卫女替自己以及普天下弃妇发出不平之鸣:"于嗟鸠兮,无食桑葚!于嗟女兮,无与士耽!士之耽兮,犹可说也。女之耽兮,不可说也。"这不平当然也包括《谷风》妇人的。她巨大的痛苦里,能没有一些怨恨和懊悔吗?有的,所以接下来她把矛头同时指向丈夫和新人。诗歌第三章,她说,泾水本也是清澈见底的,因为有了渭水才显得混浊;如果不是有了新人,你怎么会不屑于跟我一起生活?前一句是比喻,泾水系妇人自比,渭水喻新人——跟新人相比,我的容颜才觉得丑些;有新人来,在你眼中我才处处不及她。可这是愤恨的话么?为什么不管怎么听,个中都像包含了挣扎和乞求?绝望是要一点一点生出来的,妇人接下去说:"毋逝我梁,毋发我笱!"不要靠近我的鱼梁,不要拿走我的鱼!不要进我的家门,不要碰我的东西……一阵发狠,其实是一阵虚弱,她的位置明明白白已经被人取代了!妇人很快意识到了这一点,因此最后唱出的那一句悲凉无奈之极:"我

---

① (汉)班固:《白虎通》卷四上《嫁娶》,第267页。

躬不阅,遑恤我后!"我自己尚且不容于人,哪里顾得了走后之事呢? "毋逝我梁"四句又见于《小雅·小弁》,诗中抒情者也因同样的愤懑和无奈一字不差地如此唱叹过。这四句可能是当时的民歌套语,《诗经》中同一乐句或乐章出现在不同歌中的情况常有,不过,揣测妇人彼时彼处之心境,这十六个字可谓表现得恰如其分,套语用在此处正合适;而且,"毋逝我梁,毋发我笱"两句也是巧妙的比物连类。

第四章,跟卫女一样,妇人在被弃时也想到了自己曾经为这个家付出的一切,她们都在为自己寻找更多的道义支撑,抗议被弃的命运,虽然这不免徒然。卫女说:"自我徂尔,三岁食贫。"又说:"三岁为妇,靡室劳矣;夙兴夜寐,靡有朝矣。"都是很具体的话,而且重点还是在于对"氓"的愤然指责:"女也不爽,士贰其行。士也罔极,二三其德"。邶地妇人的"忆苦"与卫女则不尽相同,她没有明确言及从前的艰辛,而是用了一个比喻——"就其深矣,方之舟之;就其浅矣,泳之游之",水深则舟筏,水浅则浮游,意思是无论家事难易,自己都能妥善应对。"何有何亡,黾勉求之"是一句承上启下的话,既总结了上两句:方之舟之泳之游之其实都是勉力为之;又引出了下两句:"凡民有丧,匍匐救之。"着急忙慌地救他人之急不一定是实写,妇人的重点是她于世间情理无所不到,进一步说明自己的"黾勉"。同样是描写操持家事,与《卫风·氓》的直陈其事相比,《谷风》的写法显得更为婉转曲折。

第五章里也有同样的婉转,这一整章中妇人说的话,其实就相当于卫女所云"言既遂矣,至于暴矣"。我们听她怎么说。她接续上章,道:"我如此勤勉,奈何你非但不爱我,反视我为仇敌。你拒绝了我的情意,令我像买卖人的货物脱不了手。"这里又是一个比方,"贾用不售",《郑笺》云:"既难却我,隐蔽我之善,我修妇道而事之,觊其察己,犹见疏外,如卖物之不售。"想想这是怎样的打击和绝望?对所有的付出都视而不见,对全部的真情都弃如敝屣,如果被逐的结局是大厦轰然坍塌,那么这个完全漠视和彻底否定的过程就无异于一寸一寸的蚕食:都是对妇人的毁灭。丈夫的负心,妇人的委屈,到这一章为止,已经清楚明白了,言尽于此,可以休矣!但这妇人仍然不肯作罢,还要继续她翻来覆去的诉说:"昔育恐育鞫,及尔颠覆。既生既育,比予于毒!"前两句,通常"育"释作养、生活,"鞫"释作困穷,"颠覆"释作生活中的患难,整句意指从前我维持生计,担心陷入无以为生的恐慌和穷困,以至于和你同遭患难之苦;后两句,通常理解为顺利完成生育(或有了财业生活好转)之后,你便视我为毒虫。传统的释义是否合理?在第四章妇人已经说过自己黾勉生计之后,本章是否还需要重申或强调?为了弄清楚这个问题,我们先来读另一首《谷风》——《小雅·谷风》。

这是一首跟风诗风格相近的雅诗,共三章,章六句。全篇如下:

习习谷风,维风及雨。将恐将惧,维予与女。将安将乐,女转弃予。

习习谷风,维风及颓。将恐将惧,置予于怀。将安将乐,弃予如遗。

习习谷风,维山崔嵬。无草不死,无木不萎。忘我大德,思我小怨。

对比一下,两首《谷风》是不是惊人地相似?顾颉刚先生说:"说到了《邶风》的《谷风》,更想起《小雅》的《谷风》:他们的意义是一致的,怨恨是一致的,即起兴也是一致的。"[①]指出了二诗的内在相似性。孙作云先生则进一步认为:"(它们)当初原是一首民歌,后来因种种原因,写成两首诗,而且分散在二处;从内容上看,这两首诗所讲的是同一故事。所不同的,只是一繁一简。……从诗的发展上看,《小雅》的那一篇是早的,《邶风·谷风》是晚的。"[②]这些假定和推测都有一定道理,虽然两首《谷风》是否出于同一"母题",即《小雅·谷风》是否也是弃妇诗,学界仍然意见不一(它也极可能是"友朋相弃"之作),但仅就辞义言,这首雅诗还是有参照意义的。其实我们只要将它们简单对比一下就能发现,《小雅·谷风》简直就是一篇"具体而微"的《邶风·谷风》,只是描写得不如后者那么曲折详细而已。同

---

① 顾颉刚:《从〈诗经〉中整理出歌谣的意见》,《古史辨》第三册下编,第590页。

② 孙作云:《诗经与周代社会研究·诗经恋爱发微》,第309页。

样以"风"、"雨"起兴之后,《小雅·谷风》没有徐徐道来,而是直接转入了一组今昔对比:"将恐将惧,维予与女。将安将乐,女转弃予"和"将恐将惧,置予于怀。将安将乐,弃予如遗"。这不正是《邶风·谷风》中妇人说过的话——"昔育恐育鞫,及尔颠覆。既生既育,比予于毒"吗?闻一多先生怀疑首句两个"育"字皆为"有"字之误,"鞫"为"惧"声之转,"育恐育鞫"就是"有恐有惧";而所谓"颠覆",他认为是夫妇"床笫之事"。①用闻一多先生的解释,这四句可以置换成"昔有恐有惧,及尔颠覆。既生既育,比予于毒",它们和《小雅·谷风》中两组对比句的意思非常接近。黄典诚先生将后者翻译成:"又是恐惧又害羞,你却把我来迎娶;正在平安正快乐,你反把我赶出去"和"又是恐惧又害羞,你却抱我在怀里;正在平安正快乐,抛弃了我全忘记"。②可见持义与闻一多先生相同。"昔育恐育鞫,及尔颠覆"应作"将恐将惧,置予于怀"解,而"既生既育,比予于毒"保留传统解释,可通,意思与"将安将乐,女转弃予"和"将安将乐,弃予如遗"相去也不远。正是这两首诗用语相近或者说文辞相因的特点,才使诗五章的后半部分找到了恰当的解释,也使我们进一步看到了邶地妇人的内心起伏。表面上诉说昔日如何今朝怎样,想借这对比来暴露丈夫的无行,但她的意志远不如《小雅·谷风》的歌者坚定,更没有卫女"反是不思,亦已焉哉"的果断。诗中情事缠绕,哀怨胜于控诉,她的反复数落里,其实是不肯放弃、不肯清醒的自欺;还有不肯绝望,她甚至还对婚姻抱着一线希冀,我们看下一章,就明白了。

　　这一章是全诗的尾声,也分前后两个部分。前四句,妇人说我储存了美菜,好歹可以用它过冬(又是一个比喻);你如今新婚宴尔,原来当初不过视我为穷困时期的备用。这些还是延续前几章的意思,重复叙说,后四句则翻进一层,想借年轻时甜蜜的往事唤醒丈夫的旧情。"有洸有溃,既诒我肄","洸"和"溃"都是形容水势

---

① 闻一多:《诗经通义乙·谷风》,《闻一多全集》(四),第84页。
② 黄典诚:《诗经通译新诠》,第282—283页。

激荡的词,旧以为借指丈夫发威、怒气冲冲的样子,"肄"则释为"劳";两句意指你对我粗言恶语,一切劳苦之事都交给我做。但孙作云先生认为"有洸有溃"就是指水,跟丈夫的情绪和态度无关;而"肄"当训作砍伐后新长出来的嫩枝。"有洸有溃,既诒我肄。不念昔者,伊余来墍"两句,指的是妇人回忆中的"水滨投赠",是丈夫"不念"之"昔者",是二人"当初恋爱时在水边欢聚之事"。那天春水泛滥,二人会于水边,男子折下一支新生的嫩枝赠给她,就像卫女和"氓"也曾在淇水边欢聚,临别时还"送子涉淇,至于顿丘",送他一程又一程一样。①这是孙作云先生论《诗经》恋歌反映了古代男女春会水边祓禊求子之风俗时的例证,这里不妨参用。妇人在前面五章不避琐屑细微的漫长诉说里,小心地绕开了这段情事和它的核心:当年男子折枝赠她时,还曾对她许愿"伊余来墍"——"唯你是爱"!这四个字是妇人全部的、最后的希望,要在最关键的时刻说出来,或许,哪怕是极微小的一点可能,使他垂念旧情,回心于万一。于是,在这首歌的最后,她战战兢兢地说出来了:"不念昔者,伊余来墍",不想想当年,你曾是那样地爱过我吗?……至此,诗歌戛然而止,妇人结束了歌唱。

六章诗呈现了这位被弃妇人全部的心语,虽然零乱又反复,但她对婚姻的珍视、对旧情的呵护以及弥漫全篇的哀怨和沉重,千年之下,仍令人感动,尤其是她"今虽见弃,犹有望夫之情"②,着实可叹!有人读《谷风》,对妇人被弃但怨而不怒的情怀持"哀其不幸,怒其不争"的态度,希望她能像卫女一样有"及尔偕老,老使我怨"的清醒和"反是不思,亦已焉哉"的果决。的确,无论今古,对负心人最好的态度都是"闻君有两意,故来相决绝"、"今日斗酒会,明旦沟水头"(古乐府诗《白头吟》),何其痛快淋漓,可这不是"温柔敦厚"的诗教之道。清人陈仅说:"《谷

---

① 孙作云:《诗经与周代社会研究·诗经恋爱发微》,第307—309页。
② 《诗集传》卷二,第21页。

风》之妇,贤妇也,故其诗语哀愤而心郑重,怨而不失其正。"①诚为深于诗者之论。妇人的委屈、不幸、责备和埋怨在诗中都表现得很有节制,也正是由于这样的适度,读者才看到了她的徘徊、不忍、缠绵以及怨中带望。实际上,今天我们"怒其不争"的弃妇形象的刻画,恰恰是《谷风》深得"风人之旨"的表现。方玉润说《谷风》是"逐臣自伤"之诗②,这或许有过度诠释之嫌,但此诗中男性占主导地位、妻对夫绝对依附、夫喜新厌旧导致婚姻破裂、妻被弃后幽怨多于愤怒以及一再望夫回转等等特点确实与封建君臣关系中的某些特征具有相似性。在古代大量的以弃子、逐臣为题的诗文中,我们也能看到君权至上、忠良被谗、失宠遭贬的类同性描述,夫与君、妻与臣一定情况下是可以置换的,所谓"逐子之悲,同于弃妇"③是也。弃妇与逐臣之间的这种定向联系,使得《谷风》等弃妇诗本身潜在地具有弃子、逐臣诗的意义指向,因而在被解读时,其诗本义也极易向象征义延伸。④

式　微

式微式微[1],胡不归?微君之故[2],胡为乎中露[3]?
式微式微,胡不归?微君之躬[4],胡为乎泥中[5]?

[注释]

[1]式:发语词,无实义。　微:昧,幽隐,此指天将黑。一说"微"犹"衰",指国势衰微。

[2]微:非,同《邶风·柏舟》"微我无酒"之"微"。　故:缘故。

---

① (清)陈仅:《诗诵》卷二,《续修四库全书》经部诗类(70),第554页。
② (清)方玉润:《诗经原始》卷三,第135页。
③ (清)朱鹤龄:《诗经通义》卷七,《景印文渊阁四库全书》第八五册,第185页。
④ 关于《谷风》以及《诗经》中的其他弃妇诗与逐臣诗的对等和内在关联性,详参尚永亮《〈诗经〉弃妇诗与逐臣诗的文化关联》,《北京大学学报》(哲社版)2013年5月。

[3]胡为乎:为什么。 中露:露中,《鲁诗》"露"作"路"。一说中露为卫之邑名。
[4]躬:通"穷",窘困。一说身体。
[5]泥中:犹泥途,泥浆之中。一说泥中为卫之邑名。

[品读]

《式微》只有短短两章,寥寥数句,却不易理解。《诗序》说:"《式微》,黎侯寓于卫,其臣劝以归也。"《郑笺》稍详:"寓,寄也。黎侯为狄人所逐,弃其国而寄于卫,卫处之以二邑,因安之,可以归而不归,故其臣劝之。"照此说来,这首诗后面藏着段史事:狄人侵黎,黎侯弃国流寓于卫,卫让他居住在二邑——中露和泥中。其后局面缓解,黎人可以归国,但黎侯得到暂时的安逸,乐不思归,于是黎国臣子写下这两章劝归之辞。清人方玉润说:"律以主忧臣辱、君辱臣死之义",今日之君,是"辱在泥涂之君",为什么黎臣不愿意与他共患难,而口出"微君之故,胡为乎中露"的怨词呢?这是因为"狄人既退,国虚无主,所谓当今之时,社稷为重君为轻也。使诸臣非为君故,其谁肯久羁人国,徒为此狼狈形乎?君乎君乎,尚思早作归计,共图恢复,振此式微之世也乎!"又推测:"黎侯平素必优游顽懦以致被逐,迨至狄退仍无远志,徒望人怜而人又不我怜。其臣忧之,故作此以劝其归。"把这段史事描述得渐趋具体完整之后,方氏从诗中读出了慷慨爱国情怀:"其一片忧国爱君之心溢于言表,至今犹闻其声也。"又评价全诗:"语浅意深,中藏无限义理,未许粗心人卤莽读过。"①

可这一切都是出于推想,毫无史料依据。黎国史事湮没无闻,黎侯寓卫一事,《诗序》有失细考,其说虽得《郑笺》等进一步阐发,但仍不能遽定。不必说后世众多驳斥之论,单就赞同者言,《郑笺》据《诗序》解诗,并延续了《毛传》以"中露"、"泥中"为卫国二邑名称的说法,但《世说新语·文学第四》载:"郑玄家奴婢皆读书。尝使一婢,不称旨,将挞之。方自陈说,玄怒,使人曳著泥中。须臾,

---

① (清)方玉润:《诗经原始》卷三,第138—139页。

复有一婢来,问曰:'胡为乎泥中?'答曰:'薄言往愬,逢彼之怒。'"①如果这条记载属实,那么是奴婢有意以邑名"泥中"为"泥浆之中"巧言对答,还是郑玄平日在家说诗,根本就未将"中露"和"泥中"解释为邑名?还有朱熹,其《诗集传》分析《式微》的本事云:"旧说以为黎侯失国,而寓于卫,其臣劝之曰:'衰微甚矣,何不归哉?我若非以君之故,则亦胡为而辱于此哉?'"基本上沿袭了《诗序》,但朱子在后面追加了一句:"此无所考,姑从序说。"显然,他对黎侯寓卫一事心存疑虑,只是因为无从建立新说,便对《式微》作意的解释抱了妥协旧说的态度。而且,他分释"中露"、"泥中"两词为"中露,露中也,言有霑濡之辱,而无所芘覆也"、"泥中,言有陷溺之难,而不见拯救也",完全不理睬《毛传》以"中露"、"泥中"为邑名的茬儿。②其实,《毛传》如此训诂,或许有所依凭,但失国有"越在草莽"③之说,卑贱有"辱在泥涂"④之语,与"中露"、"泥中"二词大抵可合,不必非以邑名释之。

今人另有两种解释值得一提。余冠英先生说:这首诗是"苦于劳役的人所发的怨声。他到天黑时还不得回家,为主子干活,在夜露里、泥水里受罪。"⑤而孙作云先生则认为"中露"之"露"指男女幽会时的夜露,"中露"与"泥中"都指男女不辞劳瘁地相爱着。诗章前两句为男子之词,说:"天黑了,你为什么还不回去呢?"后两句是女子的回答:"若不是为了您,我哪里会在露地里待着呢!"一问一答烘

---

① (南朝宋)刘义庆著,(南朝梁)刘孝标注:《世说新语》上卷,第118页。
② 《诗集传》卷二,第22页。
③ 如《春秋左传正义》卷四十九昭公二十年载:"辞曰:'亡人不佞,失守社稷,越在草莽,吾子无所辱君命。'"第4542—4543页。
④ 如《春秋左传正义》卷四十襄公三十年载:"武不才任君之大事,以晋国之多虞,不能由吾子,使吾子辱在泥涂久矣,武之罪也。"第4368页。
⑤ 余冠英:《诗经选》,第2版第40页。

托出了情人间的燕昵戏谑之情。①刘毓庆先生也说:"明明知道不愿归,偏偏要问'胡不归',语虽平淡,意极有趣。……纯是情爱所结,语偏委婉带刺。不说自己不归,偏问别人不归;不说自己情愿,偏说为人所牵。一个问一个答,一个嘲讪,一个骂俏,双方都紧紧按住一个'爱'字不肯说出。"②皆以为《式微》所咏,纯是情人戏谑之辞,无关家国大事。

众说纷纭,莫衷一是,但"式微"一词渐渐由"天将暮"发展出了"渐衰"和"劝归"两个引申义。盛唐诗人王维在渭水之滨见到夕阳斜照村落、牛羊巷中踱步、野老倚杖待牧童、麦苗吐秀桑叶稀、农夫荷锄话家常之后,不禁脱口而出:"即此羡闲逸,怅然吟式微。"(唐·王维《渭川田家》)将"式微"之意从臣子劝君归国转向退出官场归隐田园,一百八十度地偏离了《诗序》之说。这一转,对于现代读者,意味着一个全新解读《式微》角度的开辟——"天已经黑了,那人却还奔走在路上,应付着差事。于是忍不住抱怨:要不是为了'君',何至于起早贪黑,一脚露水一脚泥?"什么是"君"?"君"就是肉体、肉身,"微君之故,胡为乎中露"是灵魂对肉体的抱怨。为了自由和尊严,人不甘于心为形役,于是抱怨,于是想逃离,可是真正能从现状中逃离的没有几个。式微式微,胡不归?抱怨只是嘴上的,夜里想了千条路,明早依旧卖豆腐,该干什么还干什么,尘世的泥水还得继续跋涉,无论你的身心多么疲惫。这种理解对于《式微》,无疑是别开生面的,遗憾的是,离题太远,因为《诗经》时代的"君"无论如何不可能被解释为(或者说象征着)与灵魂相对的肉身。

---

① 孙作云:《诗经与周代社会研究·诗经的错简》,第408页。

② 刘毓庆:《诗经图注(国风)》之《式微》考评,第115页。

静 女

静女其姝[1],俟我于城隅[2]。爱而不见[3],搔首踟蹰[4]。

静女其娈[5],贻我彤管[6]。彤管有炜[7],说怿女美[8]。

自牧归荑[9],洵美且异[10]。匪女[11]之为美,美人之贻。

[注释]

[1]静女:安静娴雅的姑娘。 其姝:那么美丽。
[2]俟(sì):等候。 城隅:即城上的角楼。以其地幽静,常用作男女私会之所。
[3]爱:通"薆",隐蔽。 见(xiàn):出现。
[4]搔首:即挠头。 踟(chí)蹰(chú):迟疑,拿不定主意离开或不离开。
[5]娈:与"姝"同义,美好,美丽。
[6]贻:赠送。 彤管:红色的管子。或指笛管,或指笔管,或指红色管状的茅草嫩芽(即下文所云"荑"),今已失考。
[7]炜:鲜明,亮闪闪的。
[8]说(yuè)怿(yì):即"悦怿",二字均表示心喜,喜爱。 女(rǔ):即"汝",指彤管。
[9]牧:郊外。 归(kuì):通"馈",赠送。 荑(tí):初生的茅草嫩芽。
[10]洵:诚,确实。 异:奇异,与众不同。
[11]女:汝,指"荑"。

[品读]

《静女》用男性口吻描写了一个轻松的情人生活片断——幽会。"那个美丽的姑娘哟,约我在城上角楼见面",这激动和喜悦不知道在男子心中荡漾了几番,可待他兴冲冲赶去时,姑娘却故意躲着不出现,让他搔首徘徊不知道如何是好。一阵心焦志忑、坐立不安之后,男子才见姑娘俏皮地走过来,拿出一束嫩茅草相赠。啊!这是要和他结恩情了,男子心中顿时云开雨霁,泛着淡淡清香的草儿在他眼中绽放出光芒，令他脱口而出"说怿女美"！一边是极普通常见的茅草，一边是男子极不对等的喜出望外，那场景让我们知道：这一定是姑娘第一次明确的衷情表白。所以，第三章，你再看他，努力按捺住自己的兴奋，不再语带双关，而是急急地、担心姑娘误解似的补充了一句："你从郊外摘来的草儿，实在是奇妙不寻常……呃，也不是它不寻常，而是因为那是你所赠！"红嫩的茅草给了他大胆吐露心声的勇气和机会，说出这句话时，他脸上一定带着如释重负又轻松满足的笑容。情意绵绵，两颗心就这么走近了。朴素、生动、有趣、传神，充满了快乐的《静女》让后世读者会心一笑。

这首诗的蕴涵不复杂，辞义上唯一的难点是第二章中"贻我彤管"的"彤管"已经失考，不知到底为何物。古时有管之物不少，针有管、笔有管、乐器亦有管；有人说诗中的静女是卫宫女史，"彤管"是她用来记事的笔，她用一支红管笔向心上人表达爱意，但这种说法不能让所有人信服。静女其姝，她的身份实则无益、也无妨于诗篇抒情，所以不必费心探究她是谁。对于"彤管"这个已经失考的物件，朱熹说："彤管，未详何物。盖相赠以结殷勤之意耳。"①这是很中肯的看法。这物件既已失考便不必去考，我们只需知道它代表着姑娘的一腔情意就好。诗中两次出现静女赠予男子的礼物——第二章中的"彤管"和第三章中的郊外之"荑"，有人认为二者当系一物，我认同，它们都指的是春天初生的茅草根儿②，柔嫩的，透着淡淡的红。彼时彼境，姑娘炽热的情意通过这样一束普通的茅草传达，足矣！无论针管、笔管还是笛管，在这里都只是一个符号。从诗歌第二章后两句至第三章结束，全诗一半的篇幅都留给男子去抒发爱人及物之情，这是《静女》文学色彩最鲜明的部分。草木无知，却以"女"呼之，仿佛它会扭过头来作答，"此诗人之至情

---

① 《诗集传》卷二，第26页。

② 有学者认为"彤管"和"荑"均指辛夷花，又称木笔花，色呈红紫。详参严修《释〈诗经·静女〉中的'彤管'》，《学术月刊》1980年第6期。

洋溢，推己及他"①也。"爱屋及乌"的心理反应使情感的表达更为婉转曲折，同时又凸显出男子的憨厚可爱。这部分描写也正是诗歌打动读者，或者说，能与读者心灵相通之处。不是茅草本身美，只缘它是你所赠，这种感觉何其熟悉！当两颗心渐渐走进时，美，不需要客观的眼睛。

《静女》被编入《诗》文本时，《诗序》首序说："《静女》，刺时也。"续序申述为："卫君无道，夫人无德。"显然，这首诗被采为周乐时，承担了政教职责，但首序和续序所指都不明确。就诗论诗地看，《诗序》所云与诗本义严重不符，这是"以一国之事，系一人之本"、将诗歌与时政相对应的序诗方式的典型体现。《郑笺》说："以君及夫人无道德，故陈静女遗我以彤管之法，德如是，可以易之，为人君之配。"真是越解释离题越远。宋人对此开始有不同看法，欧阳修说："……据此乃是述卫风俗男女淫奔之诗尔。"②朱熹看法与之相似："此淫奔期会之诗也。"③二人摆脱了政教美刺的束缚，却又不免于道学家的迂腐。还是明人韦调鼎的观点通脱不拘，他说："此民间男女相赠之辞。……郑、卫男女相谑之诗颇多，而拘拘指为刺其君上，何异痴人说梦也。"④一句话推翻了一千多年来对《静女》诗旨的各种曲解，使其回归情歌本然。其实从我们今天对作品的理解看，《静女》的诗本义就是从未见而思到既见而赠，从得赠而爱其人，到因其人而美其赠，全诗反复表达的无非是二人之间的爱昵之意。五四时期，顾颉刚先生曾经发起过一场对《静女》的讨论，学者们各抒己见，或定其为言情诗，或定其为民间恋歌，一扫"刺时"、"淫奔"之说。随着不同时代对《静女》诗旨的不同诠释，"静女"的形象也经历了从有静德法度之圣女到淫奔之妇再到民间少女的变迁，一首小诗，纷争如是，令人叹为观止。有

---

① 钱锺书：《管锥编》（一）"毛诗正义"之二一，第148页。
② （宋）欧阳修：《诗本义》卷三，《景印文渊阁四库全书》第七〇册，第198页。
③ 《诗集传》卷二，第26页。
④ （明）钟惺、韦调鼎：《诗经备考》卷三，《四库全书存目丛书》经部第六七册，第206页。

学者揣测《静女》中描写的美好幽会场景正是《卫风·氓》里未提及的妇人与"氓"的初恋部分,换句话说,《静女》潜在的意义跟《氓》一样,都是始而相奔,终于被弃。因此《诗序》"刺时"说是可信的,只是这"刺时"是广义上的,与卫国政事无关,它指刺的是男诱女奔和卫国松弛的礼教。此解可备一说。①

【鄘风】

君子偕老

君子[1]偕老,副笄六珈[2]。委委佗佗[3],如山如河[4],象服是宜[5]。子之不淑[6],云[7]如之何!

玼[8]兮玼兮,其之翟也[9]。鬒[10]发如云,不屑髢也[11]。玉之瑱也[12],象之揥也[13],扬且之皙也[14]。胡然而天也!胡然而帝也[15]!

瑳[16]兮瑳兮,其之展[17]也。蒙彼绉絺[18],是绁袢[19]也。子之清扬[20],扬且之颜[21]也。展如之人兮[22],邦之媛也[23]!

[注释]

[1]君子:此处一般认为指卫宣公。

[2]副:后夫人首饰名,用以编发为髻。 笄(jī):用来固髻的簪或钗。 六珈(jiā):加于笄首的玉饰,其数有六,是笄饰之最盛者。清人姚际恒《诗经通论》云:"加于笄上,故名'珈'。犹今之钗头,以满玉为之;状如小菱,两角向下;广五分,高三分。予家有数枚。"(卷四,第72页)"副笄六珈"犹如汉代所谓步摇。

[3]委委佗佗:犹逶逶迤迤,形容后夫人的仪态雍容自得。

[4]如山如河:如山脉凝然而稳重,如河流渊然而深沉,形容后夫人德容之美。

[5]象服:亦名袆(huī)衣、画袍,周代王后六服之一,是用精美翟雉图案装饰

---

① 详参翟相君:《诗经新解·〈静女小史〉》,第182—186页。

的祭服,王后从王祭先王时服此衣,凡诸侯夫人与其国,衣服与王后同。 宜:适宜,指合乎一国后夫人的身份。

[6]子:指卫宣公夫人宣姜。 不淑:不幸,遭际不善。一说失德。

[7]云:发语词。

[8]玼(cǐ):玉色鲜明貌,此指翟衣鲜艳。

[9]其之:犹其也。 翟(dí):长尾野雉,此指翟衣,周代王后六服之一,是彩绘翟雉的祭服。

[10]鬒(zhěn):发黑而密。

[11]不屑:不结。 髢(dí):用以装饰的假发。

[12]瑱(tiàn):穿耳的玉石,又名充耳。 之:其。下二句"之"字同。

[13]象揥(tì):用象牙制作的搔头簪。

[14]扬:广额。 且:句中助词,无实义,相当于"哉"。 皙:白皙。

[15]胡然:为何这样。 而:如。 此二句指后夫人容仪服饰美盛之至,见者惊为天神。

[16]瑳(cuō):与二章"玼"字同,玉色鲜明貌。

[17]展:展衣,亦作襢(zhàn)衣,周代王后六服之一,是翟衣以下的吉服,色白,上无文采,王后夏天见君主或宾客时服此衣。

[18]蒙:罩,覆盖。 绉(zhòu)絺:带皱纹的细葛布,轻薄凉爽,用于制夏服。

[19]绁(xiè)袢(pàn):内衣,近身衣,亦称亵衣。

[20]清扬:形容双目明亮美丽。

[21]颜:指容颜华美。

[22]展如:乃如。 之人:是人,指宣姜。

[23]媛:美女。"邦之媛"即所谓国色。

[品读]

"她原是要和君子白头到老的。初嫁时,她头戴六宝玉笄,发髻巍峨。她仪态雍容,神情自得,稳重如山,温润若水;无论外仪内美,与那身高贵华丽的祎衣,都正足相称。可叹她遇人不淑,如之奈何!她翟衣明艳,严妆奉祭。她黑发如云,无须编髢为饰。玉瑱在她耳边轻晃,象牙簪绾起她的青丝,更衬得她额广肤白,眉秀目朗。那是怎样的容仪惊艳服饰美盛啊,恍如天女降临人间!她淡妆会宾,展衣鲜白,凉薄细葛的内衣依稀可见。她容颜光华,美目清扬,实在是风华绝代、国色天香!"这首《君子偕老》,一共三章二十四句,除首章末两句一声轻叹外,其余赋笔,字字华美,通通给了这个女人,犹如宋玉之于巫山神女,曹植之于洛水宓妃。是怎样的女子,让诗人如此热烈地称美?又是怎样的女子,有着山一般的端重水一样的深广?

  史书没有记下她的名字。她是齐国的公主、僖公的女儿,所以姓姜;嫁给了卫宣公,所以被叫做宣姜。在春秋时期载入史册的王宫女人里,她是知名度较高的一位,可惜流传下来的不是好名;《古列女传·孽嬖传》所谓卫国"五世不宁,乱由姜起"①,这个"姜"指的就是她。她原本许给了卫国太子伋,与君子偕老该是她出嫁前做过的梦,然而最后跟她一同庙见卫国先王的,却是被专咏此事的《邶风·新台》讥讽为癫蛤蟆的太子父亲、丑陋的卫宣公。宣公不见得真丑,这只是诗人替宣姜感到惋惜的一点小小努力,无论如何,她错位的人生就这样开始了。宣姜成为卫宣公夫人后的表现以及卫国公室从此数十年的混乱,我们在《邶风·匏有苦叶》中略有提及,但那只是她一半的人生。卫宣公薨逝之后,卫国政局陷入混乱,为了安抚各方势力,宣姜的弟弟齐襄公用力托了她一把——强势安排卫宣公的另一位儿子、太子伋的亲弟弟公子顽(即卫昭伯)娶她为妻。②且不说卫国的"五世不宁"跟宣姜是否真的有关,光是这错综复杂的婚姻,便足以叫她在任何时代都脱颖而出。宣姜的人生用这种方式继续着,她跟公子顽生儿育女,过上了想必是远离了阴谋和斗争的平凡生活,因为,美貌的、注定被后世指为祸水的宣姜打这时起便从史官的笔下消失了。

  而这并不影响人们乐此不疲地议论她,拿她的婚姻经历做"刺淫"的生动事

---

① (汉)刘向:《古列女传》卷七"卫宣公姜",第196页。

② 《春秋左传正义》卷十一闵公二年:"齐人使昭伯烝于宣姜,不可,强之。"(第3880页)

例。比如《诗序》说:"《君子偕老》,刺卫夫人也。夫人淫乱,失事君子之道,故陈人君之德,服饰之盛,宜与君子偕老也。"就完全是意料中事。朱熹延续《诗序》的口吻,说:"言夫人当与君子偕老,故其服饰之盛如此。……今宣姜之不善乃如此,虽有是服,亦将如之何哉!言不称也。"①清人王照圆从赏析的角度深观诗人之意,展开详论,说:"《君子偕老》诗,笔法绝佳。通篇止'子之不淑'二句,明露讥刺,余俱叹美之辞,含蓄不露。如'副笄六珈'、'象服是宜',是说服饰之盛;'委委佗佗'、'如山如河',是说仪容之美,通篇俱不出此二意。'玼兮玼兮'以下覆说服饰之盛,'扬且之皙'以下覆说仪容之美,'瑳兮瑳兮'以下又是说服饰之盛,'子之清扬'以下又是说仪容之美。抑扬反覆,咏叹淫佚,句句有一'子之不淑'在,言下蕴藉可思。至笔法之妙,尤在首末二句。首云'君子偕老',忽然凭空下此一语,上无缘起,下无联缀,乃所谓声罪致讨,义正词严,是《春秋》笔法。末云'邦之媛也',诎然而止,悠然不尽。一'也'字如游丝袅空,余韵绕梁,言外含蕴无穷,是文章歇后法。"②总之,百转千回,怎么都绕不开"刺淫"二字。照他们的解释,《君子偕老》是用了暗藏褒贬的春秋笔法,用丽词写丑行,明明想刺"淫",却偏在"德"字上下功夫;盛美之至的服饰和惊为天人的仪容原来都是表演皮里阳秋的道具,所谓"邦之媛也",竟也是一笔反讽。

可是,今天我们将这首诗一读再读,却怎么都无法跟《诗序》和朱熹等人共鸣。闻一多先生说:"《君子偕老》,美卫夫人也。"③这应该才是这首诗给我们的真实感觉,即便诗人在诗里用了春秋笔法,其收效也微乎其微——他把宣姜描写得太完美了。如花似玉的女人是天生丽质,如山如河的女人是在天生丽质之外,再加一份经历过大风大浪、大是大非、大悲大喜之后沉淀出的厚重与宁静,这样的女人,

---

① 《诗集传》卷三,第29页。

② (清)王照圆:《诗说》卷上。

③ 闻一多:《风诗类钞乙·君子偕老》,《闻一多全集》(四),第528页。

虽不能至,心向往之。如果诗人想用这首诗"刺淫",那么,倘若不承认他的创作彻底失败,便是他在描写这样一位特殊女人时,也不由自主地震撼于她的不平凡,从而使既定的作意发生了位移,事先准备好的讽刺和批判全都没能派上用场,振笔直遂,一气呵成了这首备极形容、几乎字字诵美的《君子偕老》。我们何妨将诗里的"刺"读成"惜"呢?"君子偕老"四个字一定是对宣姜不能与君偕老的暗讽吗?她何尝不向往与君子白头到老?可命运跟她开了个大大的玩笑;"子之不淑"一定是对宣姜失德淫乱的指责吗?"如不淑一语,其本意谓不善也,不善或以性行言,或以遭际言。而不淑,古多用为遭际不善之专名。……如何不淑者谓遭此不幸,将如之何也?……是如何不淑者,古之成语,于吊死唁生皆用之。《诗·鄘风》子之不淑,云如之何正用此语。"① 不淑即不幸,乃以遭遇言,不以德行言;宣姜的不幸,在于遇人之不淑,在于不能与君偕老。诗篇用几于极致的语辞描摹她的服饰、容貌、神采、仪态和气度,"委委佗佗,如山如河"、"胡然而天也,胡然而帝也",实可谓"广揽遐观,惊心动魄,传神写意,有非言辞可释之妙"②。诗中的宣姜,庄重婉顺,安静深沉,明媚灿烂,素净轻盈;诗人对她,有不幸的同情,无暗藏之深意。

桑 中

爰采唐矣[1]?沬之乡矣[2]。云谁之思[3]?美孟姜矣[4]。
期我乎桑中[5],要我乎上宫[6],送我乎淇[7]之上矣。

爰采麦[8]矣?沬之北矣。云谁之思?美孟弋[9]矣。
期我乎桑中,要我乎上宫,送我乎淇之上矣。

爰采葑[10]矣?沬之东矣。云谁之思?美孟庸[11]矣。
期我乎桑中,要我乎上宫,送我乎淇之上矣。

---

① 王国维:《观堂集林》卷二《与友人论诗书中成语书》,第76页。
② (清)姚际恒:《诗经通论》卷四,第72页。

[注释]

[1]爰：疑问代词，在哪里。　唐：草名，又名菟丝，细弱蔓生，常附在豆科等植物上生长。

[2]沬(mèi)：卫邑名，即朝歌，时称妹邦、牧野，在今河南淇县北。　乡：指郊内之地。

[3]云：句首语气词，无实义。　谁之思：宾语前置，即"思念谁"。

[4]美孟姜：美丽的姜姓大姐。　孟：排行居长。　姜：姓，此以贵族姓氏代指美女。卫国姬姓贵族世代与齐、许、申、吕等姜姓贵族通婚，故以"姜"代美女，"孟姜"与下两章的"孟弋"、"孟庸"都是美丽女子的泛称。

[5]期：约，会。　桑中：桑林之中，卫国男女会聚之所。

[6]要：邀。　上宫：宫室名。一说城上的角楼，犹言"城隅"。

[7]淇：淇水，出朝歌西北，南流。

[8]麦：通常释作小麦。刘毓庆《诗经图注(国风)》之《桑中》认为此"麦"或与上章"唐"和下章"葑"一样，皆草属，可采。

[9]弋：姓，也作"姒"，时陈、杞等诸侯国的姒姓贵族世代与姬姓贵族通婚。

[10]葑：蔓菁，萝卜类。

[11]庸：姓，也作"鄘"。

[品读]

　　《桑中》是鄘地的情歌，用男性口吻歌唱，唱的是他对女子的思念之情和二人昔日的幽会之乐。诗三章分别由采唐、采麦、采葑起兴，然后一问一答："心中思念着谁啊？""是那美丽的大姐！"接着，热烈地回忆起自己跟"大姐"幽会的情形："期我乎桑中，要我乎上宫，送我乎淇之上矣。"三个"乎"字连用，语气渐急，节奏转促，欢快、得意、满足之情洋溢在每一个音符间，可谓任情率真。三章诗的意思基本上是一样的，只变换了采集之物、采集地点以及思念的对象。以采集起兴是民歌常见的手法，诗章复沓时采集物和采集地的变换可以理解为同一情绪的不断叠加。每章首二句的字面意思分别是"在沬乡采唐"、"在沬北采麦"和"在沬东采葑"，但这些都是虚写，是意中之象，不必一一坐实，因为其实际功用只在于兴起"云谁之思,美……矣"二句。值得注意的倒是,"美孟姜"、"美孟弋"、"美孟庸"具体指什么?是不同的三人、同一人还是其他?

姜、弋、庸都是春秋时期贵族的姓,孟姜、孟弋、孟庸似指三位不同的贵族女性,但这一点让顾颉刚先生困惑不解。在《论〈诗经〉所录全为乐歌》一文中,他说:"这是一首情歌,但三章分属在三个女子——孟姜、孟弋、孟庸——而所期、所要、所送的地点乃是完全一致的。我很不解,是否这三个女子是一个男子同时所恋,而这四角恋爱是同时得到她们的谅解,并且组成一个迎送的团体的?这似乎很不近情理。况姜弋庸都是贵族女子的姓,是否这三国的贵族女子会得同恋一个男子,同到卫国的桑中和上宫去约会,同到淇水之上去送情郎?这似乎也是不会有的事实。"① 顾先生的困惑应该是有共性的,我们读这首诗,也分明地看到三位被思念的女子与歌者纵情幽会而难免不解。为消除困惑,将《桑中》的感情引向"正常",顾先生推定这首诗是由一章没有乐调伴奏的徒歌衍化为三章乐歌的,即三章反复歌咏的是同一章的情绪,以此消弭三位女子并存于一诗的冲突。而也有学者认为,孟姜、孟弋和孟庸其实就是同一位女子,男子忘情的歌唱中同时出现三位拥有贵族大姓的美貌女性,这是民歌通用的夸饰手法。诗中男子以她们为名为自己的所恋所欢而歌,表述成三位女子是为了叶韵,也避免了行文的重复。其实,顾颉刚先生的说法跟"同一人说"殊途同归——都不愿意承认《桑中》里同时出现了三位女性,而与之亲近的男性只有一位。还有一种看法,认为这三位女子都是想象之辞,并非确有其人,"盖诗中孟庸孟弋,及齐姜宋子之类,犹世人称所美曰西子耳"②。

对"孟姜"等三个贵族人名的讨论,实际上关联到《桑中》的诗旨问题。这首诗被采集后赋予的意义是"刺奔"和"窃妻",如《诗序》云:"《桑中》,刺奔也。卫之公室淫乱,男女相奔,至于世族在位,相窃妻妾,期于幽远,政散民流而不可止。"

---

① 详顾颉刚《古史辨》第三册下编,第632—633页。
② (清)许伯政:《诗深》卷四,《四库全书存目丛书》经部第七九册,第579页。

其中"幽远"有可能就是指桑中之野。《左传·成公二年》记载楚国大夫申公屈巫得到美人夏姬后，怕为国所不容，便乘出使齐国之机，"尽室以行"。有人对他说："异哉！夫子有三军之惧，而又有桑中之喜，宜将窃妻以逃者也？"① 可见，"桑中之喜"有私约之意。之后，《郑笺》也说这首诗的旨义是"卫之公室淫乱，谓宣、惠之世，男女相奔，不待媒氏以礼会之也"，这些都是对《诗序》说诗的延续。《汉书·地理志》载："卫地有桑间濮上之阻，男女亦亟聚会，声色生焉，故俗称郑卫之音。"② 此处"桑间"即指《桑中》。《礼记·乐记》中"桑间濮上之音，亡国之音"的"桑间"，也被朱熹释为《桑中》。③ 在后人所谓的《诗经》诸"淫诗"中，《桑中》居其一，朱熹说："彼虽以有邪之思作之，而我以无邪之思读之，则彼之自状其丑者，乃所以为吾警惧惩创之资耶！"④ 换句话说，这首为教化而采进、"自状其丑"的"有邪"之作，即使不为贬刺卫国贵族淫乱而起，也至少是"淫奔者"的自白。然而，从以上我们对《桑中》诗本义的理解来看，这首诗歌咏的似乎仅是男子的相思之情和幽会之乐，可能就是一首来自民间的情歌，充满了无拘无束的炽热，它或许确是一次不待媒妁的礼外私约，于"美"无涉，但于"刺"则绝无，录诗之"刺"非作诗之"刺"。所以清人说："《桑中》一篇，但有叹美之意，绝无规戒之言。若如是而可以为刺，则曹植之《洛神赋》、李商隐之《无题诗》、韩偓之《香奁集》，莫非刺淫者矣。夫《子虚》《上林》，劝百讽一，古人犹以为讥，况有劝而无讽，乃反可谓之刺诗乎？"⑤ 这就是从批判陈说的角度做出的不受礼义教化约束、完全基于辞义本身的解释。说到底，《桑中》采集义和诗本义的分歧在于：这首诗究竟是刺卫国贵族的淫乱之作还是美青年男女的爱悦之词？从某种程度上说，这跟"孟姜"、"孟弋"、"孟庸"等

---

① 《春秋左传正义》卷二十五成公二年，第4117页。
② 《汉书》卷二十八下《地理志第八下》，第1665页。
③ 《诗集传》卷三，第30页。
④ (宋)朱熹：《晦庵集》卷七十《读吕氏诗记桑中篇》，《景印文渊阁四库全书》第一一四五册，第379页。
⑤ (清)崔述：《读风偶识》卷二，第43页。

系三人还是一人是同一个问题。在现有条件下,如果仅仅从脱离音乐的文辞出发去探讨二者的孰是孰非,几乎无法找到答案。我们另辟蹊径,从文化人类学的角度重读《桑中》,可以得出与以上两种解释完全不同的、很有意思的结论,述之如下,以资参考。

理解这首诗的关键,除了"孟姜"等三个人名之外,"桑中"和"上宫"、"淇水"也是要点。不少学者从研究和还原周代卫地民俗的层面,为《桑中》找到了第三种释义。如,郭沫若先生在其《甲骨文字研究》中说:"桑中即桑林所在之地,上宫即祀桑林之祠,士女于此合欢。"并确定地认为:"其祀桑林时事,余以为《鄘风》之《桑中》所咏者是也。"①孙作云先生也认为《桑中》反映了周代卫国春季会合男女、祭祀生殖女神高禖和水边祓禊的风俗。《周礼·地官·媒氏》中有关于仲春会合男女的记载:"媒氏掌万民之判。……中春之月令会男女,于是时也奔者不禁;若无故而不用令者罚之,司男女之无夫家者而会之。"②与此同时,人们还在这一时节祭祀高禖以求子嗣:"仲春之月……玄鸟至,至之日以大牢祠于高禖。天子亲往,后妃帅九嫔御;乃礼天子所御,带以弓韣,授以弓矢,于高禖之前。"③特别礼敬已有身孕的后妃,在她身上挂弓套弓箭,就是寄托求子之意。结合这些礼俗背景,孙作云将"桑中"释为"卫地的'桑林之社'",卫为殷王畿故地,殷祭祀地神的"社"即曰"桑林",相传汤就曾祷雨于"桑林之社"。"社"称"桑林",可能跟殷人以桑树为神树并在"社"四周广泛种植有关。这个"社",除了用于祭祀地神,也祭祀高禖,同时也是男女聚会之所。《墨子·明鬼下》云:"燕之有祖,当齐之社稷,宋之有桑林,楚之有云梦也。此男女之所属而观也。"④宋为殷后,其社曰桑林亦自商殷而来,由此

---

① 郭沫若:《甲骨文字研究·释祖妣》,第58页。
② 《周礼注疏》卷十四,第1579—1580页。
③ 《礼记正义》卷十五《月令》,第2948页。
④ 《墨子》卷八《明鬼下》,第108页。

可推知，卫地的"桑林之社"与宋国的桑林一样，在祀神的同时，还为青年男女提供了聚会合欢的场所。对诗中的另外一个重要词汇——"上宫"，孙作云先生的解释是："指'社'或高禖庙，古人谓庙亦曰'宫'。"此与郭沫若释义相近。也就是说，"桑中"与"上宫"，在孙先生看来，是同样的意指，都是"桑林之社"，而《桑中》，"就是在举行桑林之社的祭祀时唱的。至于淇水，也就是他们在举行这种祭礼时所袚禊洗涤的水。"并引《太平御览》所载"卫州苑城北十四里，沙丘台也，俗称妲己台，去二里，有一台，南临淇水，俗称为上宫也"①以证淇水旁边确有"上宫"。总括之，孙作云先生认为从《桑中》一诗中，"可以推知当时的祭祀聚会情形"。②

那么好，如果士女于祀日欢聚于桑林之社确为卫国风俗，《桑中》这首歌又是如何被催生的呢？鲍昌先生在郭沫若"桑中即桑林所在之地，上宫即祀桑林之祠，士女于此合欢"一说的基础上，进一步认为上古时代人们都奉祀农神和生殖神。"初民们从交感巫术的原理出发，以为人间的男女交合可以促进万物的繁殖，因此在许多祀奉农神的祭典中，都伴随有群婚性的男女欢会。""郑、卫之地仍存上古遗俗，凡仲春、夏祭、秋祭之际男女合欢，正是原始民族生殖崇拜之仪式"，"《桑中》诗所描写的，正是中国古代此类风俗的孑遗"，"决不能简单斥之为'淫乱'"。③"群婚性的男女欢会"，这是对《桑中》一诗同时出现三位女子的最好解释。由此解说而论，我们便不必为"孟姜"、"孟弋"、"孟庸"到底是三人还是同一人而费心烦恼，就将她们视作不同的三位女性好了，当然，不限贵族女子，"孟姜"等必定不是实名，只是所爱所欢的代称罢了。上文我们说到顾颉刚先生不解于《桑中》"不近情理"的"四角恋爱"，得出这首诗是由一章徒歌衍化而成的三章乐歌的结论，亦即《桑中》是一首男声独唱的曲子，歌者只有一位，只是歌唱反复了两次。可歌者为

---

① （宋）李昉：《太平御览》卷一七八《居处部六·台下》引《郡国志》，第868页。
② 详参孙作云《诗经与周代社会研究·诗经恋歌发微》，第304—306页。
③ 详参鲍昌《风诗名篇新解》之《〈鄘风·桑中〉新解》，第130、132页。

什么只能是一位呢？以前我们解读《桑中》，无论当它是卫国贵族的淫乱之作还是视它为青年男女的爱悦之词，都从不怀疑诗中的男性只有一位，但如果《桑中》的确产生于"群婚性的男女欢会"，歌者又怎么可能只有一位而不是三位甚至更多？何妨认为这首歌是由三个甚至更多的男声一齐合唱呢？他们一同在"桑中"和"上宫"祀神，之后又在此盛会中一同与心仪的女子欢聚，再一同沉浸在狂欢之后的美好回忆里，又有何不可呢？多位男性与多位女性出现在表现幽会之乐的同一首歌中，其合"礼"性得到了古风遗俗的保证，所以，不必指责它的"淫乱"，也不必非此即彼地强行为它贴上纯洁情歌的标签，《桑中》有可能就是一首群歌。

最后再说说三章诗中完全重复的"期我乎桑中，要我乎上宫，送我乎淇之上矣"三句。王昆吾先生从音乐角度认为，这是《桑中》"诗章章余"复沓格式的体现。这种复沓是一种有别于通常复沓形式(如《芣苢》)的附加，"往往见于各章节的尾部，表现为完全的重复"，分有起兴之调和无起兴之调两种，《桑中》属于后者，"期我乎桑中"三句就是所谓"章余"，是运用了重句的比歌。① 歌者用这组一字不变的比歌，甜蜜热烈地一一唱出女子"期我"、"要我"、"送我"的难以忘怀的往日情事，今天我们从脱离了音乐的歌辞中依然能够感受其间飞扬的神采。句中三个"乎"字也别有意趣，跟《论语·先进》之"浴乎沂，风乎舞雩"的"乎"一样，意思和"于"字、"夫"字相近，却有咏意。说《诗》者云："《桑中》之'乎'，正是一篇语气所在，韵致所在。"② 通俗些的，则认为这三个"乎"字十足体现了男子的得意口吻。此外，由于"期我乎桑中"的歌唱，"桑间濮上"成了一个具有特定含义——男女欢会——的专用词语；"上宫"亦复如是，读读司马相如的"朝发溱洧，暮宿上宫。上宫闲馆，寂寥云虚。……有女独处，婉然在床。……女乃弛其上服，表其亵衣，皓体呈露，弱骨丰肌，时来亲臣，柔滑如脂"(汉·司马相如《美人赋》)，其意便可知矣。

---

① 详王昆吾《诗六义原始》，《中国早期艺术与宗教》，第236—237页。

② 扬之水：《诗经别裁》，第49页。

蝃蝀

蝃蝀在东[1],莫之敢指[2]。女子有行[3],远父母兄弟。
朝隮于西[4],崇朝[5]其雨。女子有行,远兄弟父母。
乃如之人也[6],怀[7]昏姻也,大无信也[8],不知命也[9]!

[注释]

[1]蝃(dì)蝀(dōng)在东:虹出于东方。 蝃蝀:虹。
[2]莫之所指:不敢用手指(虹)。古人认为虹是淫邪之气,当忌讳。
[3]行:道。 有行:有为妇之道。《郑笺》云:"妇人生而有适人之道。"可引申为出嫁。
[4]隮(jī):虹。蝃蝀在东为暮虹,朝隮于西为朝虹,暮虹截雨,朝虹行雨。
[5]崇朝:终朝,指整个早晨。 崇:终,二字音近而通假。
[6]乃如之人也:即"这个人啊","乃如"无实义。 之人:指这(那)个人。
[7]怀:思。一说"怀"通"坏",指败坏、破坏。
[8]大:太。 信:诚信。一说贞信。
[9]命:告,请。"不知命"指不知向父母请命。

[品读]

《蝃蝀》一诗,三章十二句,看似简单但古来歧义甚多。"蝃蝀"就是彩虹,《鲁诗》"蝃"作"螮",二字相通。虹的形状弯曲如带,常见于东方,因此又名"螮蝀"。虹分朝、暮,朝虹在西,暮虹在东。古人认为它是阴阳交会之气,纯阴纯阳则不见,并因此将它与夫妇、婚姻礼序、伦理道德相比附,甚至认为虹是天地淫邪之气。此诗首句曰"蝃蝀在东,莫之敢指",为什么不敢指呢?不妨列举古人的几种说法:

其一,《毛传》云:"夫妇过礼则虹气盛,君子见,戒而惧讳之,莫之敢指。"认为虹代表淫气盛,君子循礼而不敢指。其二,宋人程颐云:"蝃蝀,阴阳气之交,映日而见,故朝西而暮东。在东者,阴方之气就交于阳也,犹《易》之'自我西郊'。夫阳唱阴和,男行女随,乃理之正。今阴来交阳,人所丑恶,故莫敢指之。"①此说要旨与《毛传》大体相同,"阴来交阳"是礼不正的表现,人以违礼为丑,所以莫敢指之。其三,清代马瑞辰《毛诗传笺通释》云:"此诗'蝃蝀在东,莫之敢指',盖以雄虹莫敢指,喻女有廉耻,不肯先求男也。"②古人将虹分为雄、雌两种,颜色鲜盛者为雄,称虹;颜色略暗者为雌,曰蜺。在马瑞辰看来,暮虹鲜丽,乃是淫气所感,贞洁女子是不敢随便用手去指的。这三种说法都包含了太多的主观臆断,是对人与天象交相感应过度的伦理化、道德化阐释。

《蝃蝀》首章前二句以虹起兴,无论接下来的两句是美是刺,这里使用的一定主要是它的原始意义。由于古人不了解虹的科学成因,在甲骨文中,"虹"象两端有首而张口的龙形,其籀文写法则是两端有首而张口的蛇状。所谓"虹虹在北,各有两首",在先民的认识中,虹是被神化了的双首龙蛇。又或由于虹出则雨霁天晴,人们想象这种龙蛇动物能吸水止雨,所以虹的形状是张着两口的。后世文献中的相关记载更是不乏,如"是时天雨,虹下属宫中饮井水,竭"③、"天将大雨,有虹自河饮水"④等等。虹又名"蝃蝀",其实也表明它能入溪饮涧,"蝃蝀"即"啜东",亦即"掇(啜)饮东方之水"⑤。虹能吸饮,所以在先民的意识中跟干旱有关联,并进而联想到谷物丰歉,在先民看来,虹的出现可以预示年成的好坏。对于这样一种具有神性色彩的动物,人们是心怀畏惧的,因此不敢用手去指,以免触犯。诗以"蝃蝀"起兴,其意当是如此,与阴阳伦理没有关系。

---

① (宋)程颐:《河南程氏经说》卷三《诗解》,《二程集》第四册,第1053页。
② (清)马瑞辰:《毛诗传笺通释》卷五,第186页。
③ 《汉书》卷六十三《武五子传·燕王旦传》,第2757页。
④ 《太平广记》卷138"侯弘实"条引《鉴戒录》,第765页。
⑤ (汉)刘熙:《释名》卷一,第7页。

接下去两句——"女子有行,远父母兄弟",有可能是当时的陈语,带有普遍性意义。《邶风·泉水》和《卫风·竹竿》中也出现过这两个句子,前者曰:"出宿于泲,饮饯于祢。女子有行,远父母兄弟。问我诸姑,遂及伯姊。"后者曰:"泉源在左,淇水在右。女子有行,远兄弟父母。"两诗中,这两句的意思都是"女子有适人之道,要远离父母兄弟",它们出现在《蝃蝀》篇里,含义也一样。其中,"行"指适人之道,亦即出嫁之道。我们知道,周代贵族女子出嫁前要接受婚前教育,即《仪礼·士昏礼》所谓"女子许嫁,笄而醴之称字。祖庙未毁,教于公宫三月。若祖庙已毁,则教于宗室"①,受教的内容是妇德、妇言、妇容和妇功。学习了这些之后,女子懂得了为妇之道,表明她已经成人,可以出嫁,要远离亲人了。

第二章的首二句依然以虹起兴:"朝隮于西,崇朝其雨。""隮"也是虹,朝虹行雨,所以整个早晨下个不停。清人惠周惕说:"蝃蝀在东,阴方之气交于阳,为女惑男而蛊;朝隮于西,阳方之气交于阴,为男先女而咸,故得雨则虹灭,阴阳和也。"②认为朝虹是阳交于阴的正气,有扬朝隮而抑蝃蝀之意。其实,跟上章一样,这里的虹不带有伦理道德色彩,仍然用的是它的自然意义。"东虹日头西虹雨",以朝虹行雨这一自然现象兴起下面两句,读者不必泥于阴阳之说。这一章以"女子有行,远兄弟父母"作结,与首章的"女子有行,远父母兄弟"只是叶韵的不同,意思完全一样。那么,首二两章诗都以虹起兴,然后反复歌咏"女子有行",究竟想要表达什么呢?关于这首诗的题旨,古往今来难求一致。《诗序》说:"《蝃蝀》,止奔也。"《韩诗序》说:"(此诗)刺奔女也。"③宋人朱熹说:"此刺淫奔之诗。"④清人方玉润说此设为宣姜之意代答《新台》⑤……其实各说都不离"淫奔"二字。今

---

① 《仪礼注疏》卷六,第2095页。
② (清)惠周惕:《诗说》卷中,第12页。
③ (清)王先谦:《诗三家义集疏》卷三中,第244页。
④ 《诗集传》卷三,第32页。
⑤ (清)方玉润:《诗经原始》卷四,第166页。

人则有斥责无情男子、关于婚姻自由问题、争取婚姻自由的反抗呼声、哀婉的古代民间情歌等等另一类解释。到底哪种解说更可能接近诗人之心呢？回答这个问题，理解末章诗意最为关键。

从诗情上看，末章"乃如之人也，怀昏姻也，大无信也，不知命也"四句连用四个"也"字，可见歌者的情绪很激动。这四句的意思是："这样一个人啊，一心想着结婚啊，不能自守诚信啊，不向父母请命啊！"或者："这样一个人啊，破坏婚姻之礼啊，不能自守贞信啊，不待父母之命啊！"一篇《蝃蝀》解人难，难就难在末章这几句。"之人"指的是女子还是男子？他(她)是"怀婚姻"还是"坏婚姻"，是太不诚信还是太不贞信？是不向父母请命还是不待父母之命？如果以诗旨为刺奔，则淫奔之女，坏婚姻之礼，无贞信，不待命，作诗之人无疑是旁观者，其情感充满了对"之人"的讥讽和憎恶。可是，如果我们不站在汉儒经师的角度对这首诗做道德评判呢？关于最后一句"不知命"，鲍昌先生这样解释："知"是知道，"命"作动词，有"告"、"请"之意。《尔雅·释诂》：'命，请、告也。'命字古有告、请之意。本诗命字，应如《齐风·南山》：'取妻如之何？必告父母'之告，即是告请求亲。所以'不知命也'可以今译为'不知托人来请亲啊'。"①此解可据，"不知命"乃是"不请命"之意。由此再看末章，意思就明朗多了，这四句不是对淫奔"之人"的抨击，而是对那个想着结婚但又不守诚信、不向父母请命的"之人"的不满甚至怨怒。同时也可明了：本篇作诗之人不是充当道德审判官的旁观者，而是当事人(或拟当事人口吻)，是"女子有行，远父母兄弟"的既盼着出嫁又舍不得亲人、既爱着"之人"又恨其不守婚约的复杂情绪的抒发者。彩虹美丽盛艳，所以又有美人之称，《蝃蝀》的抒情主人公应当就是这样一位女子，她与"之人"因爱而"奔"(不以礼教而自相结合)，但"之人"最终违背了婚约。

---

① 鲍昌：《风诗名篇新解》之《〈鄘风·蝃蝀〉新解》，第165页。

这样我们就能将这首诗的内涵做个简要的概括了。《蝃蝀》一诗首二章分别以暮虹和朝虹起兴，继以当时的陈语"女子有行，远父母兄弟"，从这两句诗出现在《诗经》他篇中皆为妇人语的情形看，《蝃蝀》很有可能也是出于女子口吻。首二两章均为蓄势之笔，节奏舒缓，欲说还休，末章则笔锋突转，直接切题，以急促的语气点出女子歌咏的中心内容——"女子有行"但"之人无信"，感情强烈又未免惋惜和唷叹。应该将《蝃蝀》理解成来自民间女子的歌唱，它抒发的是女子待嫁但与之相"奔"的男子不守婚约终至婚姻无果的失望和怨愤。女子唱出了自己的一腔幽恨，可在采诗人看来，歌中的男女之奔与婚姻失序正可用以"止奔"、"刺奔"，并与卫文公恢复社会伦理秩序的努力联系起来："卫文公能以道化其民，淫奔之耻，国人不齿也。"于是《蝃蝀》被采进了《诗》文本，成为反面教材。

最后还有一个问题，《蝃蝀》以虹起兴，是先言他物以引起所咏之物呢？还是巧譬善喻？这里不妨介绍闻一多先生对"虹"的象征意义的揭示，以助赏鉴。由于"隮"也被释作"升气"或"云"，因此，闻一多说：《蝃蝀》之诗曰：'朝隮于西，崇朝其雨。'《高唐赋》则曰："旦为朝云，暮为行雨。"云必依山，《候人》之诗曰：'荟兮蔚兮，南山朝隮。'到了宋玉的时候，便演化成了一个女神，'在巫山之阳，高丘之阻'，而且还有了朝云之庙。郭璞说：'虹，俗名为美人。'宋玉所赋的也是一个'烨兮如花，温乎如莹，五色并驰，不可殚形'的神女。虹和云古时既然差不多，是一样东西，这神女大概就是那美人。"[①]由"朝隮于西，崇朝其雨"而及"旦为朝云，暮为行雨"的高唐神女，闻一多的结论是：虹、云和雨都是男女交合的隐喻。因此，虹在《蝃蝀》首句出现，是兴中有喻，或以美人虹喻女子，或以男女交欢兴"有行"，或兼而有之。

---

① 闻一多《诗经的性欲观》，《闻一多全集》(三)，第179页。

载 驰

载驰载驱[1]，归唁卫侯[2]。驱马悠悠[3]，言至于漕[4]。大夫跋涉[5]，我心则忧[6]。

既不我嘉[7]，不能旋反[8]。视尔不臧[9]，我思不远[10]？

既不我嘉，不能旋济[11]。视尔不臧，我思不閟[12]？

陟彼阿丘[13]，言采其蝱[14]。女子善怀[15]，亦各有行[16]。许人尤[17]之，众稚且狂[18]。

我行其野[19]，芃芃[20]其麦。控于大邦[21]，谁因谁极[22]？大夫君子[23]，无我有尤[24]。百尔所思[25]，不如我所之[26]！

[注释]

[1]载：发语词，犹言"且"、"乃"。　驰：走马，马疾跑。　驱：策马。
[2]唁：人有丧事前往吊问，吊人失国亦曰"唁"。　卫侯：此指诗作者许穆夫人之兄卫戴公。
[3]悠悠：长也，形容道路遥远。
[4]言：语助词，犹言"乃"。　漕：即《邶风·击鼓》"土国城漕"之"漕"，卫国邑名，狄人灭卫后，宋桓公迎卫国遗民渡河，安顿于漕。
[5]大夫：或指赶来劝说许穆夫人回国的许国诸臣。　跋涉：翻山渡水。
[6]忧：忧愁(因许国大夫远道而来拦阻自己)。
[7]既：尽，都。　嘉：称善，赞同(指许人全都不赞同我归卫唁兄)。
[8]旋：回，还。　反：返回(卫国)。
[9]视：此处引申为"比较"。　尔：指许国大夫。　臧：善也。
[10]思：思谋，思虑。　结合上句，闻一多《风诗类钞乙·载驰》释曰："比之尔辈不善之谋，我所思虑者，不亦深远乎？"（《闻一多全集》(四)，第537页）可从。
[11]济：渡，一说止。

[12]閟(bì):深,一说慎。

[13]阿丘:四周高中央低的小陵为"丘",若一边偏高谓之"阿丘"。

[14]蝱(méng):即贝母,一种药草,能散心胸郁结之气。

[15]善怀:即多愁善感(此处指易思念父母之邦)。 怀:思念。

[16]行(háng):道,"各有行"即各有各的道理。

[17]尤:非也,指反对、责备。

[18]众稚且狂:此句当为许人责备许穆夫人之辞,是上句"许人尤之"的宾语。众:古通"终",义与"既"同。一说"众"指许人。 稚:幼稚。 狂:狂妄,愚妄。

[19]野:远郊。

[20]芃芃(péng):茂盛貌。

[21]控:赴(讣)也,指奔告、赴告。 大邦:大国,此指齐国,许穆夫人主张向齐国求援以救卫。

[22]因:亲也,依靠。 极:至也,指带兵到他国救难。

[23]大夫君子:指许国诸臣。

[24]无我有尤:指不要再责备我了。 无:毋,不要。

[25]百尔所思:指你们众多的主意。 百尔:即"尔百"。

[26]之:所考虑的。 结合上句,这两句意指:你们纵有千百个主意,也不如我所考虑到的。

[品读]

《诗经》中大量的诗歌被强行与政治拉上关系,我们从前面读过的若干篇中都能看到,但《载驰》是个例外,它真正是一首政治色彩浓厚的诗——有具体对应的政治事件,作者也史有确载。可以说,《载驰》是《诗经》中极少的作者身份明确、创作时间可考、所涉史事清晰的作品之一。

先从作者许穆夫人说起。在《邶风·匏有苦叶》和《鄘风·君子偕老》两诗中,我们曾经提到过先后嫁与卫宣公和公子顽的齐国公主宣姜。宣姜跟公子顽一共生育了三子两女,其中,许穆夫人是小女儿。刘向《古列女传·仁智传》载:"初,许求之,齐亦求之,懿公将与许,女因其傅母而言曰:'古者诸侯之有女子也,所以苞苴玩弄,系援于大国也。言今者,许小而远,齐大而近,若今之世强者为雄,如使边境有寇戎之事,维是四方之故,赴告大国,妾在不犹愈乎?今舍近而就远,离大而附小,一旦有车驰之难,孰可与虑社稷?'卫侯不听,而嫁之于许。"①这段记载不知何据,颇疑汉人因许穆夫人其后有闵家救国之举而附会杜撰其年少所为。照《古列女传》的说法,当初齐、许两国同时向卫懿公求娶许穆夫人,夫人当时虽年幼但具有深远的政治预见性,她自愿为家国分忧,甘作政治婚姻的筹码,希望与"大而近"的齐国联姻,以确保卫国将来遇难无虞,但懿公昏愦,最终将她嫁给了许国国君许穆公。事实上,关于许穆夫人的出嫁前后事,史载阙如,《古列女传》用完美的想象弥补了这一缺失,奈何说法并不可靠。夫人最终嫁与许穆公不假,"许穆夫人"之名也由此而得,她留迹史册的唯一举动是在卫亡之后争取到齐国的援助使卫得以复国,并古今无疑义地创作了自明心志的《载驰》。

《诗序》首序这样解说这首诗:"《载驰》,许穆夫人作也。闵其宗国颠覆,自伤不能救也。""宗国颠覆"发生在许穆夫人作诗之前,关于这段史事,《左传》记载稍详:"冬十二月,狄人伐卫。卫懿公好鹤,鹤有乘轩者。将战,国人受甲者皆曰:'使鹤,鹤实有禄位,余焉能战?'……及狄人战于荧(荥)泽,卫师败绩,遂灭卫。……立戴公以庐于曹。许穆夫人赋《载驰》。齐侯使公子无亏帅车三百乘、甲士三千人以戍曹。"②卫懿公是许穆夫人的堂兄,卫国第18代国君,在位九年,嗜鹤,非仅献鹤者可得重赏,鹤亦有品位俸禄。如此荒唐行径直接导致了卫国的朝政荒废,国中民怨沸腾。终于,在卫懿公在位第九年即鲁闵公二年(前660年)的冬十二月,北方狄人伐卫。当懿公组织力量抵抗时,大臣们说:"君好鹤,可令鹤击狄。"接受甲胄的国人则说了上面的话:"既然鹤享受着高官厚禄,那就叫鹤去作战吧,我们哪里会打仗?"卫懿公悔恨不迭,只好亲自领兵迎敌,结果兵败被杀,死无全尸。随

---

① (汉)刘向:《古列女传》卷三"许穆夫人",第65页。
② 《春秋左传正义》卷十一闵公二年,第3880页。

即,卫都朝歌沦陷,公子申带着数百遗民连夜渡过黄河,与前来接应的妹夫宋桓公会合。之后,一干人等在漕邑造草庐落脚,公子申被拥立为新君,是为卫戴公。忽喇喇似大厦倾,卫于一夜之际彻底丧失了它曾经拥有的大国地位,"庐于漕"的新卫有如一叶汪洋中的小舟,随时可能倾覆。就在这一危难时刻,许穆夫人以她微弱但坚定、倔强的姿态走进了历史的视线中。她于卫亡之后立刻赶赴漕邑吊唁,并积极在大国间奔走求援,在她的努力下,齐桓公派出公子无亏帅师戍漕,助卫抗狄。卫戴公立一月而卒,齐人遂立其弟公子毁,是为卫文公。鲁僖公元年(前659年),借助齐国的力量,卫在漕东之楚丘营建新都,借此立锥之地复国。遗憾的是,在经历了灭国之灾后,卫已元气大伤,不复旧时大国气象。①

以上便是《载驰》的史事背景,《诗序》所谓"宗国颠覆"者,一个令人扼腕叹息的历史事件。诗歌首句"载驰载驱"直赋其事,扑面而来是一个马不停蹄风尘仆仆的女子赶路的镜头,同时急切的歌声响起:"快快归国吊唁卫侯!"奈何路远马迟,恨不能插翅而飞,终于,许穆夫人心急如焚地抵达漕邑。千里迢迢归宁故国,不仅为吊唁,更为御敌复国之大计,但当彼之时,最令她发愁为难的,还是眼前之困——"大夫跋涉,我心则忧"。许国诸臣翻山涉水追赶而来,为的是阻止许穆夫人归卫,劝她回转。为什么?许穆公国小力微,无力助卫,此或其一;其二,"礼:国君夫人父母在则归宁父母,没则使大夫归宁于兄弟,而夫人不行。"②卫懿公只是许穆夫人的堂兄,国亡身死,许穆夫人作为已经远嫁的妹妹,依礼不能归宁。诗歌首章交代本事,夫人出场时,情绪便极不平静,亡国之痛尚在心头,还得努力平复自己,耐心应对前来劝阻的许国大夫,情急郁愤之下,她作歌一曲以见其志,这便是《载驰》的由来。卫亡在公元前660年冬,许穆夫人赴丧时在漕邑之郊看到"芃芃其麦",那么这首诗的创作便是在次年的暮春之际了。

---

① 《史记》卷三十七《卫康叔世家第七》,第1594页。
② (宋)苏辙:《苏氏诗集传》卷三,《景印文渊阁四库全书》第七〇册,第344页。

首章之后，《载驰》第二、三两章用了一组以"既不我嘉"领起的复沓比歌，表达同样的意思："你们不赞成我归卫，难道与你们的不善之谋比较起来，我所思虑的，不够深远吗？"这是许穆夫人拒绝许国大夫劝返的严词。她的话里是否隐含着未尽之意"你们坐视卫亡而不顾，岂不闻唇亡齿寒，卫国已灭，谁能保证下一个不是许国"？我们不得而知，但这两章诗已足够让许穆夫人的声音在悠远的历史长河中留驻。那是充满了勇气和胆略的果断的声音，它从被视为卫国祸水、使卫五世不宁的宣姜的小女儿口中发出，何其令人震撼！有人说许穆夫人"惊世骇俗"，也有人说她是世界文学史上第一位爱国女诗人，但我更愿意相信她只是一个生于诸侯国君之家的小女子，在特殊的历史时期，因为对父母之邦深深的忧虑和满满的爱而在诸侯争霸的春秋中期横空出世！

接下去两章，在严词拒绝许国大夫的劝返之后，夫人不由自主地流露出自己内心深沉的情怀。她低吟："多想采束贝母草啊，好驱散我心中的忧伤。"又慨叹："嫁出的女子哪个不思念父母之邦，可这思念各有各的不同。"接着不满："许人不知我忧从何来，便责以常礼，认为我幼稚轻狂。"思潮涌动间，她策马走在漕邑郊外，满眼是田野上茂盛的青青麦苗。故国若未沦陷，也当有如此盎然之生机吧？那一片她心心念念的故土啊，怎么忍心让它从此覆亡？这时，一个念头在她心头升腾："控于大邦！"今天，这失去了音符的四个字平静地出现在诗篇第五章的结尾处，但我们仍然能够分明地感受到，深沉的诗情在这里变得强烈了。当许穆夫人脑海中清晰地明确了依附大国拯救亡卫的方略时，她的歌声该是多么的热切和激动！可是，"谁因谁极"？许国弱小不能救卫，欲控于大邦又"未知其将何所因而何所至"[①]。思虑至此，夫人按辔徐行，思绪和情感却在迅速地跳跃变化。不再是首章策马奔驰时的忧心忡忡，也不再是受到阻挠之后的愤懑郁结，更不再是哀伤故国颠覆的儿女情态，而是决策前的心潮起伏与冷静沉吟。这样的跌宕起落之后，

[①]《诗集传》卷三，第34页。

再听听她在末章中拂却所有忧念的决断:"各位大夫君子,不要再责备我了。你们纵有千百个主意,也不及我的计划所之!"斩钉截铁,风范凛然;我意已决,勿复多言!《载驰》让我们知道:许穆夫人的名字被载入史册,不为美貌,不为才情,为的是她巾帼不让须眉的胆识和胸襟!

《载驰》就是这样一曲源于对故国炽热的爱、深切的忧而唱出的情调慷慨的歌,无怪乎不少注家论之以"沉郁顿挫"。诗篇将叙事和抒情融于一体,采用不完全对称的歌咏形式,以配合许穆夫人不同情感的抒发,并使其起伏变化的情绪在不同的节奏中各有侧重地展开。顺便提及,关于这首诗的分章,各家说法不同,《诗经》中分章问题争论最多的一篇就是《载驰》。我们这里采用的是六章分法,其他或分四章,或分五章。朱熹主张分四章,首、三章各六句,二、四章各八句;五章则又有两种划分情况:一种是《毛传》分法,首章六句,二、三章各四句,四章六句,五章八句;另一种是宋人王质《诗总闻》的分法,首章六句,二章八句,三章六句,四、五章各四句。①

【卫风】

淇奥

瞻彼淇奥[1],绿竹猗猗[2]。有匪[3]君子,如切如磋,如琢如磨[4]。瑟兮僩兮[5],赫兮咺兮[6]。有匪君子,终不可谖兮[7]!

瞻彼淇奥,绿竹青青[8]。有匪君子,充耳琇莹[9],会弁如星[10]。瑟兮僩兮,赫兮咺兮。有匪君子,终不可谖兮!

瞻彼淇奥,绿竹如箦[11]。有匪君子,如金如锡[12],如圭如璧[13]。宽兮绰兮[14],倚重较兮[15]。善戏谑[16]兮,不为虐[17]兮!

---

① (宋)王质:《诗总闻》卷三,第50—51页。

[注释]

[1]瞻:看。 淇:淇水。 奥(yù):或作"隩"或"澳","奥"是"隩"、"澳"的假借,即隈,水弯曲处。

[2]猗猗:柔弱下垂貌。

[3]有匪:即斐斐,形容有文采、有风采貌。

[4]如切如磋,如琢如磨:切、磋、琢、磨都是制工艺品的方式。治骨曰切,治象牙曰磋,治玉曰琢,治石曰磨。四字都有磨光之意,这里用来形容君子精研治学和修行。

[5]瑟:"璱"的假借字,指(玉)光洁鲜明的样子,这里用来形容君子德行洁美。 僴(xiàn):闲雅貌。一说威武貌。

[6]赫:光明貌。 咺(xuān):形容人心胸开阔。

[7]终:永远。 谖(xuān):忘也。

[8]青青:茂盛貌。一作菁菁。

[9]充耳:即瑱,穿耳的佩饰,质料除玉石外,另有兽的牙或角。 琇(xiù)莹:美石也,此指充耳的美质而言。琇是次于玉的宝石,莹指玉色晶莹。

[10]会(kuài)弁如星:指皮帽合缝处缀以两行玉石,闪烁似星。 会:皮帽两缝相合处。 弁:皮帽,古人帽子中较尊贵的一种。

[11]箦(jī):"积"的假借,茂盛貌。

[12]金锡:即铜、锡两种金属,须锻炼方能成器。此言君子之德已炼至精纯,如金锡一般。

[13]圭璧:皆玉器。圭为长条形,上尖下方;璧为圆形,中间有孔。圭和璧亦须琢磨而成,此言君子道业既就,如圭璧之美。

[14]宽绰:从容温雅貌。 宽:从容。 绰:和缓。

[15]倚:依也,依靠。 重(chóng)较(jué):古代卿士所乘之车,车厢两旁之木谓之鞧,鞧上各饰有曲铜钩谓之较,自车前看去,较形类似于向外翻着的两耳,故名"重耳",又名"重较"。

[16]戏谑:戏言,开玩笑。此指君子言谈风趣。

[17]虐:甚也,过分。

[品读]

《淇奥》给人的第一印象，就是遍布其中的优美词汇和生动比喻。《诗序》云："《淇奥》，美武公之德也。有文章，又能听其规谏，以礼自防，故能入相于周，美而作是诗也。"按此解说，那些优美的词汇和生动的比喻都是赋予卫武公的，所以，我们有必要先简单了解此公。

卫武公是卫国第十一代国君，姬姓，卫氏，名和，前812年至前758年在位，是卫釐侯之子，卫共伯之弟。前813年，卫釐侯卒，太子继立，是为卫共伯。和收买武士，袭共伯于墓上，共伯入釐侯墓自杀，卫人因立和为卫侯。犬戎杀周幽王，卫侯将兵佐周平戎有功，周平王命其为公，由是称卫武公。① 武公在位55年，能克己自诚，并百采众谏，《诗经·大雅·抑》据说就是他任平王卿士时"刺厉王，亦以自警"的作品。其中"人亦有言，靡哲不愚。……淑慎尔止，不愆于仪。……投我以桃，报之以李。……温温恭人，维德之基"云云，都含有明显的自我警示之意。《国语》亦载："昔卫武公年数九十有五矣，犹箴儆于国，曰：'自卿以下，至于师长士，苟在朝者，无谓我老耄而舍我，必恭恪于朝，朝夕以交戒我。'"② 卫武公在位期间，修康叔之政，使百姓和集，如此盛德，在数百年诸侯王中并不多见。因此，"卫人诵其德，为赋《淇奥》"③之说四家《诗》可谓众口一词，后儒也多所信从。

《淇奥》具体歌咏了什么呢？全诗共三章，每章九句，大意是：

看那淇水弯弯，岸上绿竹柔美。那位文采不凡的君子啊，治学有如切骨磋象，修行好似琢玉磨石。他的品德洁美如玉啊，举止闲雅有致。他的面容光彩照人啊，神情坦荡自若。那文采不凡的君子啊，见上一面永难忘！

看那淇水弯弯，岸上绿竹茂美。那位文采不凡的君子啊，玉瑱垂耳晶莹透亮，

---

① 《史记》卷三十七《卫康叔世家第七》，第1591页。
② 《国语》卷十七《楚语上》，第198—199页。
③ （清）王先谦：《诗三家义集疏》卷三下，第265页。

宝石镶帽闪烁似星。他的品德洁美如玉啊,举止闲雅有致。他的面容光彩照人啊,神情坦荡自若。那文采不凡的君子啊,见上一面永难忘!

看那淇水弯弯,岸上绿竹盛美。那位文采不凡的君子啊,德器炼成精若铜锡,道业已就美如圭璧。他的神态从容宽柔啊,举止温和大方。他的车饰堂皇富丽啊,重较考究可倚。他是那样幽默风趣啊,庄谐有度不轻薄!

仅从辞本义上,能否看出歌中所赞所咏的君子便是卫武公?后人说:"以宽绰、戏谑写道学,此诀(决)无人晓得,发人多少聪明。"① 可是,用"宽绰"和"戏谑"来"美武公之德",这到底是发人聪明呢,还是离题太远?《淇奥》中的"君子",质美德盛又从容闲雅,气度高华又不失风流,诗歌通篇洋溢着对这位贵族男子的赞美和思慕之情,应该说,"君子"与卫武公之间不存在明显的对应关系,《淇奥》中的贵族男子没有特定指称。

三章诗都以"绿竹"起兴,然后分两层展开对君子的颂美,并抒发思慕之情。第一层通过一系列比喻,对君子的学问、品行、德器、道业逐一赞去;"如切如磋"、"如琢如磨"、"如金如锡"、"如圭如璧"等就修辞而言是博喻,出现在诗歌里,还意味着语气的逐渐加强。我们除了要明白各喻体所指——研磨学问、精修品性、锻炼德器、磨砺道业,更应读出在"如……如……"句的夸赞中歌者对君子那片近乎痴狂的崇拜之情。第二层转为正面歌咏,镶嵌在"……兮……兮"句式间的"瑟"、"僴"、"赫"、"咺"、"宽"、"绰"等形容词,与感情色彩浓烈的若干个"兮"字一起,用极美好热烈的词汇将君子的仪表、举止、风姿、神态、冠服、车饰、气派、性情等等一一描摹出来,情感完全延续了上一层的痴狂,并由这痴狂一气逼出"有匪君子,终不可谖兮"的深长咏叹。这一咏叹又在首、二章中复沓,歌者因思而赞、因赞而慕、见而不能忘,望而不能及的复杂情绪全从这看似简单的九个字中传达了出来,情思摇荡,余音不绝。

---

① (明)戴君恩原本,(清)陈继揆补辑:《读风臆补》卷五,《续修四库全书》经部诗类(58),第243页。

卫国的恋歌多与淇水有关(如《鄘风·桑中》《卫风·氓》)，因淇水乃卫国男女春季聚会游乐之所，最宜产生恋情、催生情歌。不少学者认为《淇奥》是一首以女性口吻歌唱心中所恋的爱情诗，就与"淇奥"出现在诗中有关。诗篇末句"善戏谑兮，不为虐兮"中的"戏谑"二字，也使《淇奥》与"美武公之德"的颂德诗异类。"戏谑"出现在《诗经》其他篇章中，多指男女相戏，《淇奥》之"君子"虽然谑而不虐庄谐有度，但一个"谑"字就足以发人想象——在某个明媚的春日里，淇水弯曲处男女杂沓，彼此调情嬉笑，君子亦在其中，他通身耀眼的光芒在一位女子心中留下了深刻的印象，使她久久不能忘怀。三章诗都以"瞻彼淇奥"开头，"瞻彼"二字蕴含多少意味：望欢乐之地，思相乐之人，无以释怀的思念只能借助这一次次的回望得到安慰，却又在回望中愈趋强烈。所以她一遍遍呼唤"有匪君子"，如痴似狂地赞美他，最后直言"终不可谖"；让人知道，她狂热的忆念中还夹杂了可望而不可得的淡淡忧伤。一次美好的邂逅带来一段甜蜜的回望和一首不同于卫国其他情诗的《淇奥》，诗中"君子"的绝对斐然杰出、歌者极尽热烈的赞叹以及永远不能忘怀之情，有可能都是促使《淇奥》进入《诗》文本的重要元素。因为这些元素，在周平王时代前后，这首女子赞美思慕之人的作品被采诗者编而成为《诗经》中"美武公之德"的颂歌。

最后再说说诗中的"绿竹"。《淇奥》三章的赞与慕都从咏竹开始，不少人认为中国文化中的竹喻君子就发源于此诗。根据我们已有的阅读经验，诗以"绿竹"起兴，有可能只是歌者"瞻彼淇奥"时的所见，一个引发诗情的场景而已，歌者拿它当作自己情感的见证；当然，也可能是心象，或许这个兴句起调就是一个比喻。歌者以竹的坚韧挺拔、虚心有节来隐喻君子品格，用它的秀朗和玉的光泽、金的精纯一起，共同塑造远古时代的君子之风。

考　槃

考槃在涧[1]，硕人之宽[2]。独寐寤言[3]，永矢弗谖[4]。

考槃在阿[5]，硕人之薖[6]。独寐寤歌，永矢弗过[7]。

考槃在陆[8]，硕人之轴[9]。独寐寤宿，永矢弗告[10]。

[注释]

[1]考槃(pán)：成乐。"考"字本义是老，引伸为成；"槃"与"般"同，喜乐，游乐也。一说"考"为扣、打击，"槃"即盘，扣盘以节歌，如鼓盆拊缶之为乐也，扣盘于山水之间，颇得隐者神韵。　涧：夹在两山间的水沟。

[2]硕人：美人，品貌皆美之人，此指隐者。　宽：宽舒，从容悠闲貌。

[3]独寐寤言：独睡、独醒、独说话，形容不与世往来。

[4]矢：誓。　谖：忘，同《卫风·淇奥》"终不可谖兮"之"谖"。

[5]阿(ē)：偏高不平之地。

[6]薖(kē)：宽闲和乐貌。

[7]过：过从，交往。"弗过"指不过问世事。

[8]陆：高平之地。

[9]轴：当为"由"的借字，悦也，与上二章之"宽"、"薖"意近(据刘毓庆《诗经图注(国风)》之《考槃》注释)。

[10]弗告：不以此乐告人也。

[品读]

《考槃》语词难解，诗中"考"、"槃"、"宽"、"薖"、"轴"等字历来有多种训释，"弗谖"、"弗过"、"弗告"也一词多解，我们若依据《孔丛子》所云——"孔子读《诗》及《小雅》，喟然而叹曰：'吾……于《考槃》见遁世之士而不闷也。'"[①]——而将此

---

① （汉）孔鲋：《孔丛子》卷上《记义第三》，第21页。

诗读为隐者自乐之作，则篇中之意大致为："自成其乐涧水旁，硕人悠闲从容。独睡独醒独说话，誓不与世往来。自成其乐在山阿，硕人心宽貌和。独睡独醒独高歌，誓不过问世事。自成其乐在高原，硕人心悦神安。独睡独醒独息止，此乐誓不言传。"

诗中隐者硕人，内心自有一片尘俗不染之天地，结庐在人境，而无车马喧，所以无论在涧、在阿、在陆，心闲则云卷霞舒，心宽则天地阔远，心悦则山美涧芳，天地乃我之天地。至独寐而寤，寤而言，言而歌，歌而宿，无往不独，无往不乐，后世唐诗所谓"独坐幽篁里，弹琴复长啸。深林人不知，明月来相照"（唐·王维《竹里馆》）、"渔翁夜傍西岩宿，晓汲清湘燃楚竹。烟销日出不见人，欸乃一声山水绿"（唐·柳宗元《渔翁》），诗中自遣自歌，独来独往，清风是侣，明月为伴，正是硕人之境。诗又云"永矢弗谖"、"永矢弗过"、"永矢弗告"，自誓不忘山林之乐，自誓终身徜徉于此，自誓此乐不言于人，"只可自怡悦，不堪持寄君"（南北朝·陶弘景《诏问山中何所有赋诗以答》）。《考槃》三章，无非言"宽"言"独"言"矢"，"'宽'字达观，'独'字傲然，'矢'字坚劲"[①]，一篇筋骨全在这几个字上。

硕人为何穷处山涧？《诗序》说："《考槃》，刺庄公也。不能继先公之业，使贤者退而穷处。"其间含意，自然是天下有道则见，无道则隐，国中既有隐士，可见其道不畅，作为《考槃》的采诗义，《诗序》一番政教苦心可以理解。硕人隐处涧谷的背后，也许的确藏着一段伤心失望的仕途故事，正如苏辙猜测的："涧也，阿也，陆也，皆非人之所乐也，今而成乐于是，必有甚恶而不得已也。宽也，薖也，轴也，皆磐桓不行，从容自广之谓也。弗谖，既往之，戒不可忘也；弗过，不可复往也；弗告，不可复谏也；皆自誓以不仕之辞也。"[②]"隐"有时候可以只是一种生活方式，隐者心中未必有所不平，未必一定跟俗世对立，可是《考槃》硕人的内心没有这般风平浪静，他的心事从三章末句中影影绰绰地露出了端倪："'永矢弗谖'、'永矢弗

---

① 刘毓庆：《诗经图注（国风）》之《考槃》，第174页。
② （宋）苏辙：《苏氏诗集传》卷三，《景印文渊阁四库全书》第七〇册，第346页。

过'、'永矢弗告',斩钉截铁中,却分外见出顾恋——若果然'此中有真意,欲辨已忘言',原不必如此念念于忘与不忘。"①论者所疑极是。而且诗中独隐之乐,乃自他者眼中观之,非硕人自道,于是便多了一层隔膜。诗家用赞美的口吻歌唱硕人之隐,三个"永矢",仿佛替硕人鼓劲儿似的,殊不知它们始料未及地将这泉石之盟山林之乐打了一点折扣,以至于若论起从容自在来,《考槃》与风诗中题旨相近的《陈风·衡门》相比,便稍逊一筹。

硕 人

硕人其颀[1],衣锦褧衣[2]。齐侯之子[3],卫侯[4]之妻,东宫[5]之妹,邢侯之姨[6],谭公维私[7]。

手如柔荑[8],肤如凝脂[9],领如蝤蛴[10],齿如瓠犀[11],螓首蛾眉[12],巧笑倩兮[13],美目盼[14]兮!

硕人敖敖[15],说于农郊[16]。四牡有骄[17],朱幩镳镳[18],翟茀以朝[19]。大夫夙退,无使君劳!

河水洋洋[20],北流活活[21],施罛濊濊[22],鱣鲔发发[23],葭菼揭揭[24]。庶姜孽孽[25],庶士有朅[26]。

[注释]

[1]硕人:美人,古以硕、大为美,此指卫庄公夫人庄姜。 其颀:即颀颀,修长貌。
[2]衣锦:身穿锦衣。 褧(jiǒng)衣:女子出嫁途中所穿的罩衣,用枲麻绩成。褧衣加于锦衣之上,以蔽风尘。
[3]齐侯:指齐庄公,前794至前731年在位。 子:女儿。
[4]卫侯:指卫庄公,前757至前735年在位。
[5]东宫:指齐国太子得臣,庄姜与得臣乃一母所生,皆嫡出。
[6]邢:国名,在今河北省邢台县。 姨:妻之姐妹。

---

① 扬之水:《诗经别裁》,第52页。

[7]谭:国名,在今山东省历城县。 维:其也。 私:女子称谓姐妹之夫。邢侯与谭公都是庄姜之私,此互言之也。

[8]荑:初生的茅,同《邶风·静女》"自牧归荑"之"荑",柔荑去皮后既白且滑。

[9]凝脂:凝冻着的油脂,色白细腻,富有弹性和光泽。

[10]领:颈也。 蝤(qiú)蛴(qí):生于木中的天牛幼虫,色白而身长。

[11]瓠(hù)犀:葫芦籽。此喻庄姜齿美,洁白整齐。

[12]螓(qín):虫名,似蝉而小,额广而方正。 蛾:蚕蛹所化,触须细长弯曲,可用以比喻女子的眉。

[13]巧:妖也,女子笑貌。 倩:笑含酒窝之貌。

[14]盼:美目流转时黑白分明貌。

[15]敖敖:高大貌。

[16]说:通"税",停车休息。 农郊:指卫国都城近郊。

[17]四牡:驾车的四匹雄马。 有骄:即骄骄,健壮貌。

[18]朱幩(fén):缠在马口衔铁两边的红绸。 镳镳:美盛貌。"镳"本义指马衔铁两端露出马口外的部分,"镳镳"重言,用为形容词。

[19]翟茀(fú):女车前后设障隐蔽,后者谓"茀",翟茀是用雉羽装饰的车后障蔽。 朝:朝见。此指卫庄公迎接庄姜,二人相见。

[20]洋洋:水流盛大貌。

[21]北流:黄河在齐西卫东,北流入海。 活(guō)活:水流声。

[22]施罛(gū):撒鱼网。 濊(huò)濊:撒网入水声。

[23]鳣(zhān):大鲤鱼。一说黄鱼。 鲔(wěi):鲟鱼。 發(bō)發:鱼甩尾声。

[24]葭(jiā)菼(tǎn):芦荻。 揭揭:修长貌。

[25]庶:众多。 姜:陪嫁的姜姓女子,即姪娣。 孽孽:高长貌。

[26]庶士:护送庄姜的齐国诸臣,或即随嫁媵臣。 有朅(qiè):即朅朅,高大武壮貌。

[品读]

"《硕人》,闵庄姜也。庄公惑于嬖妾,使骄上僭,庄姜贤而不答,终以无子。国人闵而忧之。"《诗序》所云,其实是这首诗的采诗义,乃据庄姜日后遭遇而言,是后来事,非初至情,我们从诗里读到的唯有赞不绝口和无边喜庆,未曾见到"闵"或"忧"。

对于无子失宠、晚景不佳的庄姜,《硕人》中的繁华热闹可谓前尘往事,已成云烟。

此诗大致创作于庄姜自齐归卫不久,当日新嫁娘貌美尊贵,各色礼仪盛极一时。诗共四章,分叙四事:首章先用八字迎接庄姜出场——"硕人其颀,衣锦褧衣",身形修长,锦衣华服,外罩遮风挡尘的枲麻褧衣,这是远距离的视觉感受。远嫁而来的齐国公主究竟何等样貌?诗却按下不表,转从她的亲族下笔:齐庄公之女,如今嫁给卫侯为妻;与嫡出的太子一母同胞,血统毫无疑问的高贵;姻亲非公即侯,那些先她而嫁的姐妹们,都非寻常之辈。"首二句一幅小像,后五句一篇小传"①,这"小传"不可小觑,俨然就是一份耀眼光鲜的家谱,从"齐侯之子"到"谭公维私",五句五个名词词组,依次排开,看似漫不经心,气派却做得十足。满门显贵,备极尊荣,好似烈火烹油、鲜花着锦,有了这五句,新娘庄姜远远走来,未及与读者正式见面,已然贵不可挡,光芒四射。

但庄姜又何止贵?她的贵已令人不敢直视,偏偏又生得极美,既贵且美,花好月圆,让知道她故事的后人不禁感叹福兮祸兮!诗二章专门言其体貌之美,用了二十八个字,这有可能是中国诗歌史上最早描写女性之美的文字。虽然早,用笔却驾轻就熟,毫无生涩之感:手如柔荑,肤如凝脂,领如蝤蛴,齿如瓠犀,螓首蛾眉,巧笑倩兮,美目盼兮!一连串比喻和白描,将她的双手、她的肌肤、她的脖颈、她的牙齿、她的额头、她的眉毛、她的笑容和她的眼睛形象逼真地展现了出来,怎一个"美"字了得!双手柔软得像茅心,皮肤细滑得像凝脂;脖颈丰润细长,牙齿洁白整齐;额头丰满,眉儿弯弯;粲然一笑,笑靥如花,双目流转,美如秋波。无一处不完美,无一处不美到极致,前五句状其形,后两句得其神,新娘长得美,诗描摹得也美,两两相生。"千古颂美人者无出其右,是为绝唱"②,并让这些用来形容她美的比喻,句句成为经典,白居易写杨贵妃赐浴华清池,"温泉水滑洗凝脂",就是

---

① (清)牛运震:《诗志》卷一,第24页。

② (清)姚际恒:《诗经通论》卷四,第83页。

直接从这里套用过去的。后人视《硕人》此章为以虚写实、离形而得神似的艺术典范，清人孙联奎说："形容处断不可使类土木形骸。《卫风》之咏硕人也，曰：'手如柔荑'云云，犹是以物比物，未见其神。至曰：'巧笑倩兮，美目盼兮'，则传神写照，正在阿堵，直把个绝世美人，活活的请出来在书本上混漾。千载而下，犹如亲其笑貌。此可谓离形得似者矣。"① 可见，"巧笑倩兮，美目盼兮"是诗人的点睛之笔，这奇妙的一点，让美人由静转动，美中增媚。

介绍完新娘，《硕人》下两章中，诗人浓墨重彩地推出了庄姜的车服和随从，前言其族贵、其色美，后写车服盛、媵妾多。第三章描写齐国送亲队伍抵达卫都近郊，庄姜始至国门，进止有礼，停车稍事休息。诗笔转至其车马装饰之丽，并一对新人相见，一举一动皆显大国威仪。此章庄姜大婚已成，末两句"大夫夙退，无使君劳"有两种解法：一说卫国大夫随君出迎庄姜，众人见过夫人，礼数既已尽到，早些退下吧；另一说卫人乐得庄公燕尔新婚，国事权且敷衍几日，让大夫们早早退朝吧，无使我君过劳于政务。不论哪一说，这两句话都是卫人叹美二人新婚相得的贴心之语，代为摹拟之辞，含蓄有趣，最是妙笔。所以钱锺书先生打趣道："'大夫夙退，无使君劳'；……盖与白居易《长恨歌》：'春宵苦短日高起，从此君王不早朝'，李商隐《富平少侯》：'当关不报侵晨客，新得佳人字莫愁'，貌异心同。新婚而退朝早，与新婚而视朝晚，如狙公朝暮赋芋，至竟无异也。"② 不过，彼此诗心仍有区别，白居易笔下的"不早朝"明显带有讥刺之意，而《硕人》所云"夙退"，完全出于卫人对国君的善意关怀和人本体贴。

末章言庄姜随从之盛，却从写景入手，赋中兼有比兴。河、流、网、鱼、芦荻皆是由齐入卫沿途所见，值得注意的有两点：其一，《诗经》常用设网求鱼比喻嫁娶，"此章以河之流喻齐国之盛大，以施罟喻庄公求昏于齐，以鳣鲔喻庄姜来归于

---

① （清）孙联奎：《诗品臆说》释司空图《诗品·形容》之"离形得似，庶几斯人"二句，第40页。
② 钱锺书：《管锥编》（一）"毛诗正义"之二四，第161页。

卫"①，此解深得诗人用意。其二，本章七句，连用叠字，从"洋洋"一气说到"有揭"（即"揭揭"），非但"有珠玑错落之妙"②，更造成文势跃动之感。庄姜远嫁，礼仪备盛，"盛"字从何得见？尽在这组一句一蓄势、个个如珠玑的叠字之中。顺便说一下，清人恽敬认为此诗第三章应当与第四章掉个个儿，如此文势方顺③。也就是说，亲族贵、容颜美、随从盛应当下笔在前，婚事已成奠于其后，用"大夫夙退，无使君劳"作结，举国欢庆，含不尽之意见于言外；这个看法是有些道理的。

全诗读完，略感几分缺憾。何处有缺？就在诗二章，在那二十八个字，在那比《硕人》全篇著名得多的六个比喻两句白描。不少人可能没有读过《硕人》，却能牢牢记得这几句话，它们把庄姜描写得太美了。可是，除了美，庄姜还有什么呢？有人甚至说她美得寂寞，说美淹没了她的灵魂，这说法多少有点儿夸张，然而我们的确从诗里读不到她的感情。先是首章庄姜修颀的身影一闪而过，诗便横插进一段她的显赫身家，令美人琵琶半遮面。然后，有了笔力集中专言其美的第二章之后，她的面容应该更真切些了，但事与愿违，除了高贵和美貌，她之于我们依然遥远陌生；诗二章状了她的貌，传了她的神，可她的情依然没有得到丝毫表现。作为两个诸侯国之间联姻活动的主角，她内心作何感想？当这场轰轰烈烈万众瞩目的婚礼有序地进行着时，她的情绪有过哪些波动？高贵如她，是否与初嫁的平民女子一样，对新郎、对未来既憧憬又忐忑？这些，我们通通不了解，《硕人》对于庄姜的内心惜墨如金只字不提，我们清楚地知道她的手肤颈齿长得多么完美标准，却完全无法走近她，完全听不到她的心波跳动。当然，这多少有点苛求诗人了，《硕人》的注意力只在这桩婚姻上，《左传》鲁隐公三年载："卫庄公娶于齐东宫得臣之妹，

---

① （宋）范处义：《诗补传》卷五，《景印文渊阁四库全书》第七二册，第88页。

② （清）姚际恒：《诗经通论》卷四，第83页。

③ （清）顾广誉：《学诗详说》卷五，《续修四库全书》经部诗类(70)，第60页。

曰庄姜,美而无子,卫人所为赋《硕人》也。"①庄姜归卫在卫庄公即位后不久,她是整个过程中极炫目的一部分,可惜不是全部,诗人赞美庄姜,选择的只是初嫁这一场景,族戚之贵、容仪之美、车服之备和媵从之盛才是围绕婚礼的重要元素。第二章起于美,又归于美,不说读者,就连诗人自己,跟他笔下的美人也是远隔着的,也许他原本就没打算去展露美人的心灵情思——如此显贵的女子,除了她自己,还有谁能够打开她的心灵情思?可是,同样作为风诗中的人物,此前我们读过的《邶风·燕燕》,倘若它的本事真的是"卫庄姜送归妾",倘若"瞻望弗及,泣涕如雨"、"瞻望弗及,伫立以泣"之人真的是庄姜,那么,相比之下,那一位庄姜远比这里的硕人亲切生动。虽然那时的她已经婆娑老矣,容颜失却了新嫁娘的鲜亮,但之于读者,却真切、亲和、可感,能让历代有同等遭际的读者感动得陪她一起泪如雨下,而硕人,用她无与伦比的美和贵推开读者,将自己留在了远古记忆中。

伯 兮

伯兮朅兮[1],邦之桀兮[2]。伯也执殳[3],为王前驱[4]。
自伯之[5]东,首如飞蓬[6]。岂无膏沐[7]?谁适为容[8]?
其雨其雨[9],杲杲[10]出日。愿言[11]思伯,甘心首疾[12]。
焉得谖草[13]?言树之背[14]。愿言思伯,使我心痗[15]。

[注释]

[1]伯:指兄弟中排行居长者,也是妇人对丈夫之称。 朅:勇武高大貌,同《卫风·硕人》"庶士有朅"之"朅"。

[2]邦:国。 桀:一作"杰",指特立出众之才。

[3]殳(shū):古代兵器名,由柄和金属殳头两部分组成,长丈二。

[4]王:指周王。 前驱:指在战车两旁保卫统帅。执殳前驱者,乃旅贲之职,

---

① 《春秋左传正义》卷三隐公三年,第3742页。

天子侍卫。

[5]之：往。

[6]蓬：菊科植物。花藏叶内，色白而细，本小末大，秋枯之后遇风四散，故曰"飞蓬"。此喻头发不常梳洗而散乱。

[7]膏：油脂，此指润发之用。 沐：指洗头用的米汁。

[8]适：悦也。 容：妆扮。 "谁适为容"即为取悦谁而妆扮呢？一说"谁适为容"指"谁当为容"、"当为谁容"，释"适"为"当"。

[9]其雨：下雨吧！ "其"为语助词，无实义。"其雨其雨"指迫切希望下雨。

[10]杲杲：日出光明貌。

[11]愿言：眷眷貌，指思念之深。此词多见于卫诗。 愿：念也。

[12]甘心：心甘情愿。一说苦心，痛心。 首疾：头痛。

[13]焉：何(处)。 谖(xuān)草：即宣草，忘忧草。

[14]言：而，乃。 树：种植。 "树之背"即插在背上(刘毓庆《诗经图注(国风)》之《伯兮》举陆机《赠从兄车骑》"安得忘忧草，言树背与襟"以证)。一说种在北堂，以"背"为"北"。

[15]痗(mèi)：病也。

[品读]

据《春秋》桓公五年："秋，蔡人、卫人、陈人从王伐郑。"①鲁桓公五年即公元前707年，这一年同时也是周桓王十三年、卫宣公十二年。是年秋，卫人从王伐郑，本篇中思妇之夫"为王前驱"，久而不归，诗人遂有此作。②

思妇眼中的丈夫英武不群，出征时执殳侍卫于周王左右。此笔有实有虚，丈夫随军在外是实，其勇武、出众、"为王前驱"则或实中有虚。因强烈的忆念而美

---

① 《春秋左传正义》卷六桓公五年，第3794页。

② 此诗《郑笺》云："卫宣公之时，蔡人、卫人、陈人从王伐郑伯也。为王前驱久，故家人思之。"确指其背景为卫人从王伐郑。今人认为《郑笺》不误，卫宣公时代的黄河，从今河南省郑州市西边向东北流去，经过今河南省滑县西边向北，由今天津市附近入海。卫军助周伐郑，从国都朝歌出发，必须先东行约百里，渡过黄河后再往南。因此，诗云"自伯之东"与助周伐郑事完全契合。详参翟相君《诗经新解·〈伯兮〉作于卫宣公时代》，第273—277页。

化丈夫形象、抬高丈夫身份在思妇是完全可能的，于常理也绝无不通，当然，这些不是理解《伯兮》的关键。首章妇人开口起唱，语气中是毫不掩饰的自豪和骄傲，这情绪的后面不消说，正饱含了对丈夫浓浓的爱，因了这爱，诗篇接下去的思念和期盼才显得更为迫切深沉。"思"是《伯兮》后三章的主旨，清人方玉润将其抒情分为三个递进阶段："始则'首如飞蓬'，发已乱矣，然犹未至于病也。继则'甘心首疾'，头已痛矣，而心尚无恙也。至于'使我心痗'，则心更病矣，其忧思之苦何如哉！"①这个分析是正确的，《伯兮》后三章集中描写的就是这种逐一层递的情绪。

首先，思念转移了妇人对自己容颜的关注。"自伯之东，首如飞蓬"，秋天的蓬草因干枯而脱根，一旦遇风则四处飘飞，在这里，蓬草即乱发，妇人用这具体的"象"道出她心中无法直接展示的"意"——发乱出于懒散，懒散出于无心，无心出于思念。丈夫在秋天离家远征，飞蓬恰是秋物，妇人心里想着分别日久的夫君，顺手（似乎不经意地）从身边拈得这么一个物象，再打一个贴切的比方，情思就分明地跃然纸上了。这个两千多年前的巧思在后世的诗词中屡屡出现，如"自君之出矣，明镜暗不治"（汉·徐干《杂诗五首》其三）、"罗襦不复施，对君洗红妆"（唐·杜甫《新婚别》）、"终日厌厌倦梳裹"（宋·柳永《定风波》）、"起来慵自梳头"（宋·李清照《凤凰台上忆吹箫》）等等，明镜暗、洗红妆、倦梳裹都是无心妆扮之意，都从《伯兮》中化出。因为心有所念而暂时忽略爱美的心，这成为后世古典诗词中思妇情怀最常见的表现手法之一。"自伯之东，首如飞蓬"，《诗经》中看似简单的句子，内中总有百转千回的情愫。本章后两句是直抒胸臆："岂无膏沐？谁适为容？"难道没有润发、沐发之物吗？不是，是我想取悦的那一位不在身旁啊，我打扮好了给谁看去？士为知己死，女为悦者容，一往情深千载不变。妇人此言一出，便有后世数不尽的女性与她共鸣，直至今日。这一章四个句子，前二侧写，后二正写，画出思妇形象。

---

① （清）方玉润：《诗经原始》卷四，第186页。

第三章，相思更进一步。仍然是前二侧面、后二正面的写法，但显然，语气更为迫切了。"其雨其雨？杲杲出日"，下雨吧下雨吧，可太阳偏偏艳艳地照着大地，何等失望！"其"字是语气助词，没有实际意义，但在这里却不可或缺，妇人心中的期盼要靠它来表达。无端地怎么盼起下雨来？《郑笺》说得好："人言其雨其雨，而杲杲然日复出，犹我言伯且来伯且来，则复不来。"盼雨而日出，夫且来而终未来，一样的事与愿违，不一样的伤心失望。这是侧写，后二句转为直抒："我一心想着他啊，想得头痛也心甘。""甘心首疾"将妇人的思念推进了一步，不仅是屏蔽美容颜，随着丈夫的久久不归，忧而生疾，她的身体也开始经受痛苦。丈夫经久不归的同时还伴随着杳无音信，此种情感似乎远非"相去日已远，衣带日已缓"（《古诗十九首·行行重行行》）和"衣带渐宽终不悔，为伊销得人憔悴"（宋·柳永《凤栖梧》）所能代表，"君今往死地，沉痛迫中肠"（唐·杜甫《新婚别》）才是妇人心中无法言明的沉重忧虑——"首疾"不光因为思念，更因为胜于这思念百倍的忐忑不安。

末章情感再进一层。忧思到了极致，只好暂时忘却。"焉得谖草，言树之背"同《鄘风·载驰》中许穆夫人所赋的"陟彼阿丘，言采其蝱"一样，表达的都是愁苦无以自解而亟盼忘却之愿，有此一句，妇人心思自明。其下"愿言思伯，使我心痗"两句可如方玉润所解，由"头已痛"而"心更病"，是忧苦之更进一步；也可不拘字面，只当它是上两句诗意的补足，因为，本章诗意从"焉得谖草"中已经得到了阐发。"焉得"二字，古人另有一解："当忧思之极，亦欲得谖草以忘之，然忘忧则忘伯矣，是以不愿得忘忧之草，但愿思伯而心病。心病岂心之所愿，然不思愈非心之所安，故宁病耳。此句从'焉得'一转更深。"①以谖草非不知何处可得，而是宁可不得，宁可心病而不敢忘忧。如此解来，"焉得"之情确是辗转曲折了。征役

---

① （清）贺贻孙：《诗触》卷一，《续修四库全书》经部诗类(61)，第523页。

就意味着室家离散甚至生离死别,任何时代都无法两全。等待久役不归的丈夫,这种夹杂着不安甚至忧惧的伤悲断非一般的离愁别绪可比。论者常用西晋潘岳的赋句"彼诗人之攸叹兮,徒愿言而心痗。何遭命之奇薄兮,遘天祸之未悔。荣华烨其始茂兮,良人忽以捐背"(西晋·潘岳《寡妇赋》)反推此章诗意,确是解诗之法。妇人在《伯兮》后两章中反复唱出她的忧思,其中欲言而未言的,正是担心"良人忽以捐背"!后世诗人杜甫在战乱中返回久别的家,可一家人重逢后未闻欢声笑语,而是"妻孥怪我在,惊定还拭泪"。原因何在?因为"世乱遭飘荡,生还偶然遂"(唐·杜甫《羌村三首》之一)。战乱中能够生还只是"偶然",妻孥怪我在,我怪妻孥在,彼此好好活着变成了令人心酸的非正常态。由此再看《伯兮》中的妇人,我们就能了解她该是承受了多么沉重的心理负担!她"首如飞蓬",她期待"其雨",她"首疾",她"心痗",思之深,望之切,甚至希望暂时忘却这痛苦的情绪——这是她的特殊表达。她心里是埋怨那让丈夫过时不返的战争的,但《伯兮》从头到尾没有任何激烈的控诉,她用的是《诗经》"温柔敦厚"的方式。读懂了这位妇人的心声,我们也就读懂了杜甫笔下"暮婚晨告别"的新娘、尚未成人却被"点兵"的中男以及其他大量后世边塞诗中的思妇情怀。

木 瓜

投我以木瓜[1],报之以琼琚[2]。匪报[3]也,永以为好[4]也。

投我以木桃[5],报之以琼瑶[6]。匪报也,永以为好也。

投我以木李,报之以琼玖[7]。匪报也,永以为好也。

[注释]

[1]投:掷,此有赠送之意。 木瓜:植物名,果实椭圆形,可食,或供赏玩。

[2]报:回赠,回报。 琼:本义为赤玉,后引申为一切美玉的通称。 琚(jū):

佩玉名。

[3] 匪报：不是要报答。

[4] 为好：结两情之好。

[5] 木桃：即桃子。下章"木李"即李子，前面均加"木"字，及因首章"木瓜"而顺呼之。

[6] 琼瑶：同"琼琚"，指精美的佩玉。　瑶：玉石之美者。

[7] 琼玖(jiǔ)：亦同"琼琚"，指精美的佩玉。　玖：黑色的次等玉石。

[品读]

　　《木瓜》辞意简单，三章叠咏，只说了一句话——"投我以木瓜，报之以琼琚。匪报也，永以为好也。"你送我一颗木瓜，我回赠一枚美玉。不是要报答你啊，是想跟你永结情好。从表达手法上看，"匪报也"三字堪为《木瓜》诗眼所在，投木报琼之后，突然一个转折，别开生面，转出全诗精神，转出"山重水复、柳暗花明之妙"①。不过，从内容上看，如此词明意显的句子，却有两种不同的解读。

　　一是男女定情时的互相赠答，诗以男性口吻唱出，三叠三复，情深意浓，我用美玉回应你的木瓜，我的本意并不在物，而在以物表诚，与你"永以为好"。闻一多先生揣测这首定情诗是在下面这样的情境下产生的："古俗于夏季果熟之时，会人民于林中，士女分曹而聚，女各以果实投其所悦之士，中焉者或以佩玉相报，即相约为夫妇焉。"《木瓜》诗"当是女之求士者，相投之以木瓜，示愿以身相许之意，士亦嘉纳其情，因报之以琼瑶以定情也。……凡以玉为赠者，莫非男赠予女，此诗报琼琚者，亦当为男报女。知报者为男，则投者必为女矣。"②照这么说，《木瓜》就近乎《召南》之《摽有梅》，只不过投果示爱的仍是女子，歌者却转为男性，一投一报，绸缪好合，更显得缠绵浓致。不必在乎木瓜琼瑶孰轻孰重，也不必考虑文辞背后有多少恩和义，木与玉在特定的情境下承载的是同样的情意，质和量都没有区

---

① 程俊英、蒋见元：《诗经注析》(上)，第192页。

② 闻一多：《诗经新义·十五·摽》，《闻一多全集》(三)，第274页。

别,诗里只有美好的愿望和纯真的期待,中意的双方只求"永以为好"。哪怕《木瓜》不是一首关于男女定情的诗,而是友人之间的馈遗赠答,也同样超越尘俗,诚恳真挚。从这个角度读《木瓜》,任何一句多余的解析都可能破坏它的天然纯美。

第二种解读就要咬文嚼字,计较木瓜和琼琚之间的身价落差了。木瓜之施轻,琼琚之报重,以重宝报微物,却仍是"匪报",仍觉得不足为报。钱锺书先生说:"作诗者申言非报先施,乃缔永好,殆自解赠与答之不相称欤? 颇足以徵人情世故。"① 诗在投木报琼之后加上"匪报也,永以为好也"两句,轻轻松松一个转折,便弥补了轻赠与厚答之间的不相称,消除了以重报微可能存在的恃富炫贵的嫌疑,确实可见"人情世故",但这也许还不够。战国楚竹书《孔子诗论》云:"《木瓜》有藏愿而未得达也,因木瓜之报,以抒其愿者也。"② 这首诗想说的,不是投桃报李相互对等的礼尚往来,也不是滴水之恩涌泉相报,在对等的基础上外加给予施恩美德的额外褒奖,它是通过夸大赠与答之间的距离,通过一个严重大于所得的回报,来传达施和报之外的心愿,是"人情世故"里的先抑后扬。为什么以玉报木而犹言"匪报",因为心里藏着个"永以为好"的目的。所以,"木瓜"、"琼琚"其实都是虚指,不必坐实,即使是以重报微,也无须被它们移走了视线,诗人真实的"愿"在后面,木瓜琼琚不过是个比兴。《诗序》说:"《木瓜》,美齐桓公也。卫国有狄人之败,出处于漕,齐桓公救而封之,遗之车马器服焉。卫人思之,欲厚报之,而作是诗也。"这段史事我们读《鄘风·载驰》时曾经有所涉及。崔述嘲讽《诗序》,说:"夫齐桓存卫,其德厚矣,何以通篇无一语及之,而但言木瓜之投,感人之德者固如是乎?且卫于齐有何报而乃自以为琼琚也?"③ 送只木瓜就算是感人之德吗? 卫后来对齐做过报德的事吗? 其实,《诗序》所说的,不过是《木瓜》的采诗义,以歌谣为己用

---

① 钱锺书:《管锥编》(一)"毛诗正义"之二八,第171页。

② 濮茅左编:《上海博物馆藏楚竹书·孔子诗论》第十九、十八简,第48、46页。

③ (清)崔述:《读风偶识》卷二,第47页。

而已，诗用这样的名义来唱，无非表达卫人希望与强齐永远交好的心愿罢了，所谓投木报琼，权当是个铺垫，何劳煞有介事地批驳？鲁昭公二年(前540年)，晋韩宣子出访卫国，在卫侯的招待宴席上，卫卿北宫文子赋《淇奥》一首，表达对宣子的赞美，宣子则适时地回赋《木瓜》，"意取于欲厚报以为好"[①]。这虽属断章取义，但出于使者之口，为促进晋卫两国的交好起见，韩宣子赋《木瓜》，再合适不过。

---

① 《春秋左传正义》卷四十二昭公二年杜预注，第4407年。

王 风

"王"者,周东都王城也。《汉书·地理志》云:"河南,故郑郏鄏地。周武王迁九鼎,周公致太平,营以为都,是为王城,至平王居之。"① 故"王风"即王城之风、东都畿内乐调。王城在西周是王朝的东方政治军事中心,开发时间较晚,入东周后虽然贵为都城,但是依照《王风·黍离·郑笺》的说法——"平王东迁,政遂微弱,下列于诸侯,其诗不能复雅,而同于国风焉",也就是说,因为王室地位渐弱,王都一带的乐歌不能像西周镐京的朝廷之乐那样被尊为"雅",只能委屈降等入"风";而且,彼时东周王城的政治地位其实已在几个大的诸侯国之下,因此,"王风"以王室之尊入"风"也就罢了,还不能列于"风"之首位,而反在"三卫"之后。但也有人认为,"王风"只是采自王城而已,与王室地位尊卑无涉。如顾炎武《日知录》云:"大师陈诗以观民风。其采于商之故都者,则系之《邶》《鄘》《卫》,其采于东都者,则系之《王》。"② 陆奎勋《陆堂诗学》亦云:"《黍离》十章,采自王畿,将不称'王'而奚称? 或曰'周'可称也,余谓'王'亦以地而言,自平王历景王,都王城者十二世,……固不得舍'王'而称'周',且称'周'则与《周南》混矣。"③ 二说驳先儒之议,惟强调"王风"的地域因素。实则"王风"一名当兼地理与政治并而言之,不应执此而略彼。西周末年,"幽王昏暴,戎狄侵凌,平王播迁,室家飘荡"④,这一历史背景表现在"王风"中,为乱离悲怨之音多见。今所见《王风》共存诗十篇,大都创作于平王东迁之后,有很明显的民歌性质。

---

① 《汉书》卷二十八上《地理志第八上》,第1555页。
② (清)顾炎武:《日知录》卷三"王",第138页。
③ (清)陆奎勋:《陆堂诗学》卷三,《四库全书存目丛书》经部第七七册,第230页。
④ (清)崔述:《读风偶识》卷三,第52页。

黍 离

彼黍离离[1]，彼稷[2]之苗。行迈靡靡[3]，中心摇摇[4]。知[5]我者，谓我心忧；不知我者，谓我何求[6]。悠悠[7]苍天，此何人哉[8]？

彼黍离离，彼稷之穗。行迈靡靡，中心如醉[9]。知我者，谓我心忧；不知我者，谓我何求。悠悠苍天，此何人哉？

彼黍离离，彼稷之实。行迈靡靡，中心如噎[10]。知我者，谓我心忧；不知我者，谓我何求。悠悠苍天，此何人哉？

[注释]

[1]彼：那个。 黍：黄米，又名黍米。禾属，以大暑而种，故谓之"黍"；黍形似稷，古人常黍稷并言。 离离：形容黍的茎穗松散下垂。一说行列貌，指黍稷成行。

[2]稷：五谷之长，其苗类黍，今称高粱。

[3]行迈：犹"行行"，"迈"指远行。清马瑞辰《毛诗传笺通释》云："行迈连言，犹古诗云'行行重行行'也。"（卷七，第229页） 靡靡：犹言"迟迟"，脚步迟缓貌。

[4]中心摇摇：指心中忧思郁积，无人可以诉说，"中心"即心中。三家《诗》此句作"忧心愮愮"，"愮"即忧。

[5]知：了解。

[6]何求：找寻什么。《郑笺》云："谓我何求，怪我久留不去。"

[7]悠悠：犹言"苍茫"、"茫茫"。

[8]此何人哉：这是谁造成的呀？一说这是什么人啊？一说苍天何仁？（《郑笺》云："远乎苍天，仰诉，欲其察己言也。此亡国之君，何等人哉！疾之甚。"认为"此何人"指亡国之君。余冠英《诗经选》注曰："'此'指苍天，'人'读为'仁'（人仁古字通），问苍天何仁，等于说'昊天不惠'。"（第72页）又以"何人"为责天之语。皆可参。

[9]中心如醉:指心中忧苦恍惚如酒醉(更甚于"摇摇")。

[10]中心如噎:指心忧之极至于不能喘息(更甚于"醉")。

[品读]

南宋姜夔的著名词作《扬州慢》有一段文情并茂的小序,曰:"淳熙丙申至日,予过维扬。夜雪初霁,荠麦弥望。入其城则四顾萧条,寒水自碧。暮色渐起,戍角悲吟。予怀怆然,感慨今昔,因自度此曲。千岩老人以为有黍离之悲也。"①这是词人于南宋孝宗淳熙三年(1176年)冬至日,因游扬州,见往年繁华都会而今满目萧条,心有所感而自创新调,发抒凭吊故地、抚今追昔之叹。序中所谓"《黍离》之悲",即从《诗经》此篇中来。

《黍离》三章,章十句,结构完全相同。歌曰:"见那黍子散垂、高粱出苗、吐穗、结实,我不由得步履迟缓,忧思郁结、恍惚如醉、忧极似噎。了解我的,见我在此处徘徊,明白我是心中忧愁;不了解我的,见我久留不去,以为我在找寻什么。悠悠苍天,这情形是谁造成的啊?"三章如是,高度复沓,变换的仅有"苗"、"穗"、"实"和"摇摇"、"如醉"、"如噎"数字,其余皆叹咏重说,表达悲怆难言、不为人知的忧伤,低回往复,深情无限。"黍离"之悲弥漫全篇,所见尽禾黍是悲,意懒足不前是悲,心忧不忍去是悲,仰首问天仍是悲。那么,歌者所忧所悲者究为何事?

《黍离》列于《王风》之首,而《王风》多乱离,故其采诗之义可得。《诗序》说:"《黍离》,闵宗周也。周大夫行役,至于宗周,过故宗庙宫室,尽为禾黍。闵周室之颠覆,彷徨不忍去,而作是诗也。""宗周"即镐京。《诗序》认为此诗是东周大夫行役而过西周故都,见旧时宗庙已夷为田地,黍稷遍种,不堪今昔盛衰之变,遂悲悯而歌此三章。《黍离》之旨争议颇多,迄无定论,但这一题解在后世影响不绝并多所沿用。汉人言之更详:"(平王)自申迁洛,命秦伯帅师逐犬戎于镐京,寻

---

① (宋)姜夔著,夏承焘校:《姜白石词校注》,第1页。

遣尹伯封犒秦伯之师,过故宗庙宫室,秦人皆垦为田,咸生禾黍,旁皇不忍去,故作此诗。"①这是连诗作者也一并揭晓了。尹伯是否《黍离》的作者我们另当别论,以"闵宗周"为"《黍离》之悲"在此诗的解读和接受史中诚难撼动,"停留在诗人心弦上的哀伤早已作为一个象征而成为永恒的悲怆"②,这象征又恒定成了一个典故、一个符号,频繁出现在后世以哀悼故国或感伤兴废为主题的文学作品中,千岩老人萧德藻认为姜夔的《扬州慢》唱出了"《黍离》之悲",即为其中代表性的一例。

《黍离》里没有具体的情事,曲子响起,你单听见里面反反复复一遍又一遍的忧伤盘绕上来,但这正是它最感人的地方,它的深沉和悲怆就全体现在这难以言说、无人知晓又无法可诉的忧伤里。梁启超将这种情感的表达方式称作"回荡的表情法"之"引曼式",说这种表情法"是胸中有种种甜酸苦辣写不出来的情绪,索性都不写了,只是咬着牙龈长言永叹一番,便觉得一往情深,活现在字句上。"③诗意既不言明,那么这种"一往情深"就只好任由读者、听者自个儿去品味了。"《黍离》之悲"不在文辞而在诗意,它不仅为存亡兴废而悲,更有歌者自己的怀抱在其中;它不是远隔时空发思古幽情的局外人语,而是亲历者于沧桑之后不能诉说却又无法释怀的切肤之痛,"是把整个儿的自己放在一叶痛史里边"④。不过,这样去理解《黍离》,是将它从文本中剥离出来,与其说是解诗,毋宁说是解《黍离序》。如果完全拿《黍离》当亡国之痛看,这样的《黍离》,的确是站在荒凉处回看昨日历经的繁华,哀苦怨怒如鲠在喉却又无语凝噎,除了长歌当哭,还能向何处诉说?两千多年来,王朝盛衰更替如转轮,每到家国沦丧或几近沦丧之时,这样的《黍离》之歌便会响起,同等命运同等遭遇之人隔着悠悠时空彼此唱和。《黍离》之前,有

---

① (汉)旧题申培《诗说》,第13—14页。

② 扬之水:《诗经别裁》,第70页。

③ 梁启超:《国学讲义·中国韵文里头所表现的情感》,第12页。

④ 扬之水:《诗经别裁》,第70页。

商朝箕子过故殷墟、感宫室毁坏而作的《麦秀之诗》："麦秀渐渐兮，禾黍油油。彼狡僮兮，不与我好兮！"①《黍离》之后，有西晋刘琨的"彼黍离离，彼稷育育。哀我皇晋，痛在其目"(《答卢谌》)；北魏杨衒之的"城郭崩毁，宫室倾覆；寺观灰烬，庙塔丘墟；墙被蒿艾，巷罗荆棘……麦秀之感，非独殷墟；黍离之悲，信哉周室！"(《洛阳伽蓝记序》)；南唐李煜的"独自莫凭栏，无限江山。别时容易见时难。流水落花春去也，天上人间"(《浪淘沙》)；南宋文天祥的"山河风景元无异，城郭人民半已非。满地芦花和我老，旧家燕子傍谁飞"(《金陵驿》)……真是唱不尽的"《黍离》之悲"！

诸诗文词含无穷之意尽在言外，但这都是《诗序》诠释下的《黍离》及其接受情况。事实上，"闵宗周"并非《黍离》的唯一主旨，韩、鲁两家诗题解就迥然有别。《韩诗》说："昔尹吉甫信后妻之谗而杀孝子伯奇，其弟伯封求而不得，作《黍离》之诗。"②刘向《新序》则云："(卫宣公之子)寿闵其兄(伋)之且见害，作忧思之诗，《黍离》之诗是也。"③刘向依据的是《鲁诗》的解释。这两种说法中的人和事都甚详而具体，不由人不怀疑其附会之意；而且都史无可据，所以传播不远。《诗序》在先秦古籍中也找不到立说的支撑，奈何承袭者众，汉儒之外，后世如朱熹，亦持"闵周室之颠覆"说，方玉润更以《黍离》为"凭吊诗中绝唱"④，诸如此类。惟清人崔述所见略异，他认为《诗序》说比《韩诗》说更近理，但所指亦有不确；尤其对于续序所谓"周大夫行役，至于宗周，过故宗庙宫室"，崔述不以为然。他明辨其误曰："平王之东也，非由西而东也，当其未立之时，畿甸已尽没于戎矣。……当东迁之初，故国皆戎也，大夫何为而至其地？宋之南渡也，称臣于金，故其臣有衔命至金

---

① 《史记》卷三十八《宋微子世家第八》，第1620—1621页。
② (清)王先谦：《诗三家义集疏》卷四，第315页。
③ (汉)刘向：《新序》卷七《节士》，第39页。
④ (清)方玉润：《诗经原始》卷五，第192页。

者,平王未尝乞怜于戎也,大夫安能行役于故国哉?"他玩味诗中"心忧"、"何求"之语,认为"忧"者,"乃未乱而预忧之,非已乱而追伤之者也";"求"者,乃"值国家将危之会,贤者知之,愚者不之觉也,是以不知者谓之何求"。因此,《黍离》系"忧周室之将陨"而作,而非周室颠覆之后作,"若待故宫已为禾黍而后忧之,不亦无及于事乎?"①《黍离》虽居《王风》之首,但未必一定是东迁后所作,它可能在两周之际已经传唱于民间了。崔述所见并非无稽,不受《诗序》成见的约束,质疑《黍离》的创作时间,仅就文本而玩其词求其意,从而进一步揭示出"闵宗周"一语未能道明的深层内涵,所以,他的看法是值得参考的。近现代学者品评《黍离》,多有新见(其中不乏主观上的力排旧说)。如郭沫若先生认为这是旧家贵族"悲自己的破产"②而作,蓝菊荪先生认为这"更可能是一位有正义感的爱国志士忧时忧国的怨战之作"③,陆侃如、冯沅君两先生认为"这是写迁都时心中的难受"④,余冠英先生认为"这是一个流浪人诉忧之辞"⑤,等等。说法虽多,但对诗中盛衰无常沧桑变故不可逆转的徘徊无奈、对歌者无以自解徒然仰首问天的悲凉忧愤却都是一致的认同,争议只在歌者的身份以及为何而歌。

最后简单说说"黍稷"。三章首句言彼黍离离,又言稷苗、稷穗、稷实,此当为实中有虚之笔。《孔疏》云:"诗人以黍秀时至,稷则尚苗,六月时也。未得还归,遂至于稷之穗,七月时也。又至于稷之实,八月时也。是故三章历道其所更见。稷则穗实改易,黍则常云离离,欲记其初至,故不变黍文。大夫役当有期而反,但事尚未周了故也。"如此解说,未免太过泥于文辞而强为之周全。黍与稷自有其播

---

① (清)崔述:《读风偶识》卷三,第49—50页。

② 郭沫若:《中国古代社会研究》,第179页。

③ 蓝菊荪:《诗经国风今译》,第215页。

④ 陆侃如、冯沅君:《中国诗史》卷上,第131页。

⑤ 余冠英:《诗经选》,第2版第71页。

种生长的时节,稷由苗而穗而实须得数月之久,可见诗中所写不可能实指,何须费心用"事尚未周了"来圆说?三章反复用黍稷起调,若非起兴之笔而确为目中所见,也是为了渲染触目之伤悲。"黍稷"在《诗序》是宗周繁华落尽皆为禾黍之意、在后世易代之际是凭吊故国之意、在旧贵族是不胜今昔之意、在迁都者是去国怀乡之意、在流浪者是黍稷盈畴而己身茕茕颠沛之意……"苗"、"穗"、"实"三字的变换,盖为分章换韵,不必坐实为时序之推移也。

君子于役

君子于役[1],不知其期[2]。曷至哉[3]?鸡栖于埘[4],日之夕矣,羊牛下来[5]。君子于役,如之何勿思[6]?

君子于役,不日不月[7]。曷其有佸[8]?鸡栖于桀[9],日之夕矣,羊牛下括[10]。君子于役,苟[11]无饥渴?

[注释]

[1]君子:妇人称其夫之辞。 于役:犹言服役在外。 于:往也。
[2]期:指服役的期限。
[3]曷:何。一说何时。"曷至"指至于何地,谓妇人不知丈夫此时身在何方。一说何时归来。
[4]埘(shí):凿墙而成的鸡舍。
[5]羊牛下来:指太阳下山后,牛羊自山野归圈。先羊而后牛者,一说因羊性畏露,晚出而早归,常先于牛;然《齐诗》"羊牛"作"牛羊"。
[6]如之何勿思:即如何不思,怎能不思念。
[7]不日不月:指时间不能用日月来计算,指丈夫离家时间极久。
[8]有:又。 佸(huó):相会,指与丈夫团圆。"有佸"即再会。
[9]桀:通"榤",鸡栖息的木桩。
[10]括:与"佸"义同,亦指会聚,"羊牛下括"即牛羊归圈而群聚在一起。
[11]苟:且,或许,是疑问中兼有期望的语气。

[品读]

《王风·君子于役》描写思妇怀人，拿清人许瑶光的一首读《诗》诗来作注，最妙。此诗云："鸡栖于桀下牛羊，饥渴萦怀对夕阳。已启唐人闺怨句，最难消遣是昏黄。"[1]这首诗包含两个意旨：其一，读《君子于役》；其二，《君子于役》开启黄昏闺怨。

先说其一。许瑶光的诗活脱脱就是一个《君子于役》的七绝版，诗中有夕阳，有鸡栖，有牛羊下，有闺怨，有瞑愁，有饥渴萦怀，整个地把《君子于役》打乱了重塑。入这七绝的素材，个个都是《君子于役》中最深情的所在，许瑶光这首诗好，是因为它的蓝本与众不同。同样写思念怀人，《君子于役》跟《周南·卷耳》的宛转和《卫风·伯兮》的深沉就不一样，它的美，在于安安静静用赋法，简简净净写闺愁。它朴素明白如话，不，它根本就是"话"！一篇《君子于役》，就是那妇人絮絮叨叨的一通自言自语。

没有任何的"比"或"兴"，一点儿渲染都不用，发端就是一句白话："你服役在外，什么时候是个头啊，这当口儿，你又在哪里呢？"就这么痴痴地向着未知的远方询问。说着话时，妇人的思念已经有了，但还不是十分强烈。那一刻，夕阳正缓缓西下，鸡三三两两地回窝歇息了，羊儿牛儿也踱着步悠悠然归圈。为什么妇人不继续发抒她的怀人之情，而停止思绪注目于日日常见的乡村晚景呢？原来景中也是有情的，它是不露痕迹的情。妇人的思念并不因看景而中断，反而加剧了。我们知道，鸡栖于埘、日之夕和羊牛下来，这三个画面的主题是同一个词——"暮归"。鸡归埘、夕阳归蒙汜[2]、牛羊归圈，对妇人而言，每一个画面都是痛苦的触动。

---

[1] （清）许瑶光：《雪门诗草》卷一《再读诗经四十二首》之十四，《续修四库全书》集部别集类(1546)，第8页。

[2] 《楚辞·天问》云："（日）出自汤谷，次于蒙汜。"汉代王逸注云："言日出东方汤谷之中，暮入西极蒙水之涯也。"王逸：《楚辞章句》卷三，第68—69页。

当然，那暮归的图景中一定还有别的，比如日落而息的农人，比如此起彼续的"依依墟里烟"，比如"依依墟里烟"中邻家团聚的欢声笑语……不尽之意皆在言外！一景一物都关着妇人的情，她一定看到了这些也听到了这些，但她不愿意一径儿说出来，"帘儿底下，听人笑语"的冷清最是悲痛！农家黄昏的安宁、闲适、温暖和情趣都与这妇人无关，旁人越热闹，她便越孤独，处处暮归团聚，她却只能怅惘地等待，昨也等待，今又等待！于是，"君子于役，如之何勿思"就在这愈增愈烈的孤独寂寞中脱口而出："牛儿羊儿都回家，教我如何不想他"，天然纯粹的民歌口吻里，用了一个反问，妇人承受的所有煎熬便都不言自明了，这痛苦，叫千古之下命运相同者如何卒读？

二章中，妇人继续喃喃："打你出门后，日子长得我数都数不清，什么时候我们才能再见上面呢？你瞧，日头偏西了，我约过禽，呼过畜，它们都一只只回来了……"但接下去，她没有再说自己的思和念，而是推己及人。夕阳西下，断肠人在天涯，她知道丈夫必定也会在无数个暮色苍茫的黄昏中，双眼无助地越过浩浩漫漫的长路，还顾旧乡。那情形让她无限感伤，因为她没有任何抚慰丈夫的力量，她只能关切地对着远空问一句："君子于役，苟无饥渴？"你服役在外，且得无饥渴？你也许没有忍受饥渴吧？希望你未曾忍受饥渴！揣测的疑问中满是关怀和期望，那一刻，牵挂代替了思念，思之强烈转为忧之深沉——不能回便不能回，我的孤零不提也罢，只盼着你不受饥渴；思念若于事无补，相见若总是无期，那么，我只要你平安！所有的情愫都可以退去，只留下最深切最基本的生存关怀。诗二章的感人之处就在末尾此句，不言思而思已切，所以宋人说："至情所钟，聚在'苟无饥渴'一句上。"① 诗句用的是十足的家常语，不加任何修饰，但同样能击中人心中那一点最柔软的温情；一幅不着色的素描，有时候触目更为强烈。"君子于役，苟

---

① （宋）王柏：《诗疑》卷一，第9页。

无饥渴",个中深情毋须赘言,思亲者皆所共感。

有一个小问题:君子远役不归,他服的是什么役?妇人在诗中四次说到"君子于役",但又都不明言丈夫所往何役,也许是有意回避,也许,更为可能的是,此"役"在当时司空见惯,不必明说,就是戍边之役而非一般的征调劳役。《诗序》说:"《君子于役》,刺平王也。君子行役无期度,大夫思其危难以风焉。"刺平王云云,显然是录诗之义而非作诗之义,但《诗序》将此诗的创作时间断于周平王时期,不应有疑。平王姬宜臼在位期间,为酬外祖申侯拥立之功,赐申侯以封地,并派东周百姓去戍守,以致畿内室家离散,因此,有人认为《君子于役》即"戍申者之妻所作"①。此说或不免穿凿之嫌,但诗中君子系因兵役而迟迟不归,应当离题不远。兵役多危难,非此不能发思妇之深忧,而且兵役也是《诗经》中最常见到的怨苦和最易引发诗情的题材,不唯《君子于役》,《邶风·击鼓》、《豳风·东山》、《小雅·采薇》、《小雅·出车》等等,皆同此类。

回到许瑶光诗,说其意旨之二:"已启唐人闺怨句,最难消遣是昏黄"。《诗经》中首开文学创作先河者多有,《君子于役》居其一,它开启的是黄昏情思,不独闺怨,所以,论者常常言及它的黄昏意象。《君子于役》的美,一在口头语眼前景,二在独具匠心(如果有的话)地对黄昏的选设。黄昏是回家的时辰,越到黄昏,思念越切,黄昏而自己不能归,黄昏而亲人不得回,心都会残缺一片。所以,日暮增愁的描写在后世文学作品中屡屡出现,如"时暧暧而向昏兮,日杳杳而西匿。雀群飞而赴楹兮,鸡登栖而敛翼。归空馆而自怜兮,抚衾裯以叹息"(西晋·潘岳《寡妇赋》)、"暝色入高楼,有人楼上愁"(唐·李白《菩萨蛮》)、"愁因薄暮起"(唐·孟浩然《秋登兰山寄张五》)、"断送一生憔悴,只消几个黄昏"(宋·赵令畤《清平乐》)、"梧桐更兼细雨,到黄昏、点点滴滴。这次第,怎一个愁字了得"(宋·李清照《声声慢》)等等,取景造意,处处都是《君子于役》的遗响。

---

① (汉)旧题申培《诗说》,第14页。

扬之水

扬[1]之水,不流束薪[2]。彼其之子[3],不与我戍申[4]。
怀[5]哉怀哉!曷月予还归哉[6]?

扬之水,不流束楚[7]。彼其之子,不与我戍甫[8]。
怀哉怀哉!曷月予还归哉?

扬之水,不流束蒲[9]。彼其之子,不与我戍许[10]。
怀哉怀哉!曷月予还归哉?

[注释]

[1]扬:水流缓慢貌。
[2]束薪:捆扎好的薪柴,即一捆柴。此句意为水流力弱,不能飘移薪柴。
[3]彼其之子:即"之子",那个人,是周人指其他诸侯国人之当戍者而言。一说戍卒指其室家而言。 其:语助词。
[4]申:古国名,姜姓,是周平王的母家,在今河南南阳以北。
[5]怀:思也。
[6]曷月:即何月。 还:旋,返也。
[7]束楚:一捆荆条。
[8]甫:古国名,又名吕,也是姜姓国,在今河南南阳以西,与申国邻近。
[9]束蒲:一捆蒲柳。自薪而楚而蒲,由重转轻,似比喻东周王室日益微弱。
[10]许:古国名,姜姓,在今河南许昌以东。

[品读]

《扬之水》里确有一段史事。《诗序》说:"《扬之水》,刺平王也。不抚其民,而远屯戍于母家,周人怨思焉。"周平王遣民远戍之事确有,但并非出于守卫"母家"的私心,而是当日局势所迫。平王东迁后,南方日益强大的荆楚有窥伺畿甸凭陵中原之意,诗中所及三国——申、甫、许皆为东周畿内诸侯,与楚接壤,乃其北上必经之地；有此三国屏障，东都可以立国。三国之中，申倚山据险，尤为要冲，楚不得申，则无以迫近王畿，"申之于楚，犹函谷之于秦也"①。申既不能自固，中原门户必然吃紧，王室焉有弃之不守之理？所以周平王征发畿内之兵戍守申国在所必然，一如清人方玉润所评："平王此时不申、甫、许之是戍而何戍耶？"②此乃形势使然，与申国系平王母家无关。

据今本《竹书纪年》："(平王)三十三年，楚人侵申，三十六年，……王人戍申。"③《扬之水》应该就是产生于这一大背景下的戍卒之歌。万里边关，冷月无声，所谓"不知何处吹芦管，一夜征人尽望乡"(唐·李益《夜上受降城闻笛》)，戍卒思乡情怀在《诗经》及后世作品中都不少见，这首诗略为特别之处就在它于戍卒思归外，还抒发了他们的怨。歌曰："河水缓缓流淌，带不走一捆柴薪、一扎荆条甚至一束蒲柳。那个人儿啊，为什么不与我一同戍守在申、甫、许！？我思念啊，思念啊，什么时候才能回到家乡？"《邶风·击鼓》篇里也弥漫着征人怨，但"不我以归，忧心有忡"、"于嗟阔兮！不我活兮！于嗟洵兮！不我信兮"等语，情调主要以悲苦为主，而此篇"彼其之子，不与我戍申"两句却是毫不掩饰的指责埋怨。那么，这里的"之子"，系指何人而言？

有两种解释可资参考：其一，"周人谓他诸侯国人之当戍者"④，这是欧阳修的看法。王畿之民应征戍守三国，想当初他们辞别亲人南向启程时，或许也曾有过一腔"伯也执殳，为王前驱"的慷慨激情。可是东周政衰，王室势微，平王不能威令召发诸侯，一如悠扬缓流之水，力弱难浮束薪；只能独以畿内之民远戍，但兵源又有限，瓜代势必无期。所以，征调不均，屯戍时久，换防之日无期，生聚只在梦中，

---

① (清)崔述：《读风偶识》卷三，第50页。
② (清)方玉润：《诗经原始》卷五，第195页。
③ 《竹书纪年》卷下，第58页。
④ (宋)欧阳修：《诗本义》卷三，《景印文渊阁四库全书》第七〇册，第202页。

戍卒们难免生出不满之心，咏歌出"彼其之子，不与我戍申"的怨嗟。其二，"戍人指其室家而言也"①，这是朱熹的解释。从楚竹书《孔子诗论》对此诗的数字评语"扬之水其爱妇烈"②来看，朱熹以"彼其之子"为戍人室家，有成立的理由，不能简单地斥为谬说③。每一位戍卒的身后，都有一位他心心不停念念不住的亲人。"今夜鄜州月，闺中只独看"，思念和着牵挂，归时又渺茫难期，那是每想起一次，心便被揪紧一次的感觉。面对这样的久别，"何时倚虚幌，双照泪痕干"（唐·杜甫《月夜》）是希冀，"彼其之子，不与我戍申"则是埋怨。你啊你啊，为什么不跟我一起远戍呢？"之子"便是那戍卒心中思念最切之人，"家在王畿，戍在他邦，思念处也是他怨恨处。"④妇人自然不能随军，所谓"妇人在军中，兵气恐不扬"（唐·杜甫《新婚别》），在戍申、戍甫、戍许，居无定所的孤独日子里，"彼其之子，与我戍申"只是戍卒心中所愿，一个永远不能实现的心愿。当美丽的泡沫眼睁睁地破灭时，尽管本是预料中事，那失望依然足够将人击倒。其实歌者心中真正怨恨的仍是久戍不归，一如《诗序》所说的"刺平王"，只是他不明言，拐个弯儿，怪起所思之人来，怨她不同自己在一起。思中有怨，既怨且思，而这怨中，又带了使人更觉伤悲的含蓄和"温柔敦厚"。《王风·扬之水》写出了戍卒思归心理中的别样情怀。

采 葛

彼采葛[1]兮，一日不见，如三月兮！

彼采萧[2]兮，一日不见，如三秋[3]兮！

彼采艾[4]兮，一日不见，如三岁兮！

---

① 《诗集传》卷四，第44页。
② 濮茅左编：《上海博物馆藏楚竹书·孔子诗论》第十七简，第44页。
③ 如姚际恒《诗经通论》卷五云："'彼其之子'，……《集传》谓'指室家'，则谬矣！"第95页。
④ 刘毓庆：《诗经图注（国风）》之《扬之水》，第212页。

[注释]

[1]葛：葛藤，茎皮纤维可织布。闻一多先生《风诗类钞乙·采葛》认为"葛"当作"蘍"（qì）（《闻一多全集》（四），第503页），古书上说的一种香草，用以驱虫。

[2]萧：植物名，蒿的一种，可做烛，有香气，古时用于祭祀。

[3]三秋：一秋三个月，故三秋为三季、九个月。后世三秋指深秋九月，与此不同。诗言"三秋"而非"三春"、"三夏"、"三冬"，盖为取韵之便；或云秋乃怀人季节，故独以秋言，与诗情亦合。

[4]艾：植物名，亦蒿类，叶子分裂为羽状，有香气，干叶可制成艾绒灸病。

[品读]

《采葛》三章九句，重章叠唱，层层递进，诗意简洁明了："我一日不见你，如同过了三月、三季、三年！"这是思念迫切以至于度日如年的感觉，由三月而三秋而三年，表示思情加深加剧。"一日不见，如三月兮"，同样的歌辞我们还将在《郑风·子衿》中读到。"一日"是物理时间，一日有如三月三秋三年，是物理时间在歌者心理上的不断延长，歌者通过这种心理错觉极写自己内心难以言表、难以形状的焦虑和煎熬感。能够造成这种时间错觉的强烈情绪不止一种，综合此诗三章首句"彼采葛兮"、"彼采萧兮"、"彼采艾兮"的触事起兴看，诗写恋人思怀的可能性为大；古代采集一般为女子事，"怀"的对象既为女性，则《采葛》可能是男子怀女之歌。从别后，相思苦，"而言思念之深，未久而似久"①，用"一日三秋"来描写相爱男女间的强烈思情最为适当，《采葛》可谓妙达离人心曲，生动而且真实，千载之下此心此情犹然。人的一生情境多变，惟有对爱的渴望最不能容忍时间，没有爱，生活将漫长难耐丧失意义。对于热恋中人，"两情若是久长时，又岂在朝朝暮暮"只好做无可奈何情境下的自我宽慰语看。

有人说《采葛》乃怀友之诗，比如清人方玉润说："此诗明明千古怀友佳

---

① 《诗集传》卷四，第46页。

章,……夫良友情亲,如同夫妇,一朝远别,不胜相思,此正交情浓厚处,故有三月、三秋、三岁之感也。"①友朋之情而能达到离别一日如隔三秋者也有,《红楼梦》第八十二回宝玉见过贾政之后赶至潇湘馆,见了黛玉、紫鹃,道:"嗳呀,了不得!我今儿不是被老爷叫了念书去了么,心上倒象没有和你们见面的日子了。好容易熬了一天,这会子瞧见你们,竟如死而复生的一样,真真古人说'一日三秋',这话再不错。"②"一日三秋"这四个字用在宝玉这句话里,也不是特指情人间的思念。可《采葛》表现的若真是友人情谊,与女子便全无关系,那么"采葛"、"采萧"、"采艾"于何处着落?明确主张怀友说的清人姚际恒说:"后人解之,谓葛生于初夏,采于盛夏,故言'三月';萧采于秋,故言'三秋';艾必三年方可治病,故言'三岁'。虽诗人之意未必如此,然亦巧合,大有思致。"③这当然只是巧合,三章首句所兴者,必与"三月"、"三秋"等季节无关。因此,如果光按歌词字面理解,径将《采葛》视为一段直白流露的情绪,仍当以恋人思情为佳,不必牵出怀友来。

不过这首诗在《诗序》的解说中又是另一番意思。《诗序》曰:"《采葛》,惧谗也。"《孔疏》详解道:"彼采葛草,以为絺绤兮,以兴臣有使出,而为小事兮,其事虽小,忧惧于谗。一日不得见君,如三月不见君兮。日久情疏,为惧益甚,故以多时况少时也。"从文辞看,《采葛》发言即是一段情绪,扣人心弦处在于情之殷切,歌中羌无故实,如何能与君臣之事相关联?《诗序》所云"惧谗",自然是采诗观风的编诗之义,本可存而不论,但古人据《楚辞》以恶草喻谗佞以证《诗序》说的语词训释,不妨简要了解一下。清人马瑞辰说:"《楚辞·九歌》'采三秀于山间,石磊磊兮葛蔓蔓',五臣《注》:'芝药仙草,采不可得,但见葛石耳。亦犹贤哲难逢,谄谀者众也。'刘向《九叹》'葛藟虆于桂树兮,鸱鸮集于木兰',王逸《注》:'葛藟

---

① (清)方玉润:《诗经原始》卷五,第199页。
② (清)曹雪芹著,无名氏续:《红楼梦》,第1009页。
③ (清)姚际恒:《诗经通论》卷五,第98页。

恶草,乃缘于桂树,以言小人进在显位。'是葛为恶草,古人以喻谗佞。又《楚辞·离骚经》:'户服艾以盈要兮,谓幽兰其不可佩。又何昔日之芳草兮,今直为此萧艾也。'东方朔《七谏》:'蓬艾亲入御于床笫兮,马兰踸踔而日加。'张衡《思玄赋》:'珍萧艾于重笥兮,谓蕙芷之不香。'并以萧艾为谗佞进仕之喻。此诗采葛、采萧、采艾,盖皆喻人主之信谗。下二句乃惧谗之词。"①这段解释可补足《郑笺》《孔疏》之论。"采葛"等既喻人主信谗,臣子与君"一日不见",一日不在君侧,则必忧小人谗害,故有一日长如三月、三秋、三岁之恐慌忐忑。所谓"一日不朝,其间容刀"②,天高不闻,身远受害,古代朝臣常怀此种忧惧,只是"一日不见,如隔三秋"之感于情人之思最宜,若方之君臣,虽有上述种种周旋求通之努力,终不免曲解之嫌。

大　车

大车槛槛[1],毳衣如菼[2]。岂不尔思[3]?畏子不敢[4]。

大车啍啍[5],毳衣如璊[6]。岂不尔思?畏子不奔。

榖[7]则异室,死则同穴。谓予不信,有如皦日[8]!

[注释]

[1]大车:牛车,周大夫所乘。　槛(kǎn)槛:车行声。
[2]毳(cuì)衣:周大夫所服之衣,用兽的细毛织成,上绣五彩花纹。　菼(tǎn):初生的荻,青绿色。
[3]尔思:思尔。
[4]敢:犯,"不敢"即不犯,不犯礼以奔。
[5]啍(tūn)啍:车行沉重缓慢的样子,上章"槛槛"言声,此言貌,二词互文见义。
[6]璊(mén):赤色玉。

---

① (清)马瑞辰:《毛诗传笺通释》卷七,第243页。
② 语出《北齐书》卷三十九《崔季舒传》,第512页。

[7] 榖:食也,此处引申为活着,与下句"死"相对。
[8] 有如皦(jiǎo)日:有此白日(为证)。　如:此,这。　皦:通"皎",白,明亮。

[品读]

春秋初期,约鲁庄公十四年(前680年)七月,楚文王侵伐东周畿内息国。城破后,楚王令息君守城门,让美貌的息夫人充实后宫。某日,楚王出游,夫人得空在城门上与息君相见。她流泪道:"人生要一死而已,何至自苦!妾无须臾而忘君也,终不以身更贰醮。生离于地上,岂如死归于地下哉!"接着咏诗一首,曰:"榖则异室,死则同穴。谓予不信,有如皦日!"息君听出夫人死志已决,阻而未果,夫人旋即自杀,息君也跟着自杀,二人同日身亡。此事载于刘向《古列女传》①,本鲁诗说,据此,《大车》乃息夫人所作,是她殉夫殉国前的绝命辞。诗三章,除末章为夫人向息君表明心迹的誓语外,前两章可相应理解为:"大车发出槛槛之声,缓慢前行。你曾经坐在车里,绣袍上五彩闪耀,青嫩如初生芦荻,润红似赤色美玉。能不思念你吗?只因惧怕楚子,不敢和你相见,不敢奔你而去。"

这个故事颇为感人,但并非没有疑点。息夫人是唐诗的好题材,唐朝王维有诗云:"莫以今时宠,难忘旧日恩。看花满眼泪,不共楚王言。"(《息夫人》)杜牧也有诗云:"细腰宫里露桃新,脉脉无言几度春。至竟息亡缘底事,可怜金谷坠楼人。"(《题桃花夫人庙》)两首诗都为息夫人而作,王诗另有本事,也就罢了,杜诗一句冷冷的"可怜金谷坠楼人",以西晋绿珠之死反衬息夫人的不死,褒贬自在其中。这两首唐诗都是有史料依据的,《左传》鲁庄公十四年载:"楚子……遂灭息。息妫归,生堵敖及成王焉。未言。楚子问之,对曰:'吾一妇人而事二夫,纵弗能死,其又奚言?'"息妫被迫身事二夫,照《左传》的说法,她悼念故国和前夫的方式是"未言",不跟楚王说话,即唐诗所谓"不共楚王言"、"脉脉无言几度春"。"未

---

① (汉)刘向:《古列女传》卷四"息君夫人",第103页。

言"中也有坚毅,但终究离死还远,不如《古列女传》"夫人不听,遂自杀"来得痛快,落个贞烈好名,杜牧语带讥刺,便是这个缘故。我们回到《大车》歌,只是"未言"而没能以死殉夫的息夫人是否可能是它的创作者?如果是,难道息夫人在发出"榖则异室,死则同穴。谓予不信,有如皦日"的海誓山盟之后,又默默地走进楚王后宫,变身为楚国的桃花夫人?《左传》中的息妫柔弱,《古列女传》中的息夫人刚烈,结局迥然不同,其间捍格古人早已看出,聚讼也持续不已。有人怀疑《左传》,有人驳斥《古列女传》,还有人调和二《传》,认为与息君一同死归地下的是一个息夫人,沉默不语地从了楚王并生下两个儿子的是另一个息夫人。孰是孰非,如今殊难确定,《大车》是否为息夫人所作,最好存疑。

我们换一个视角。《王风》多乱离,这首诗有可能是乱离中的征夫之咏。离家远役的征人寄语家中妻室:"大车槛槛啍啍,上面坐着身披毳衣的巡行大夫。难道我不思念你吗?可我惧怕大夫,不敢私自逃归。我与你活着不能同处一室,死后必定同穴合葬。若说我这话靠不住,请以白日为证!"清人方玉润就主张这种说法,他的读诗感言是:"周衰世乱,征伐不一,周人从军,迄无宁岁。恐此生永无团聚之期,故念其室家而与之诀绝如此。然其情亦可惨矣!"[①]从这个角度去理解《大车》,于文辞于情感都没有太大问题,但总让人有不尽意之感。不尽之处在哪儿呢?久役在外的征夫对于归期和自己下一步的命运通常是茫然未知的,他们心怀客死他乡的隐忧,一如《邶风·击鼓》所云"爰居爰处?爰丧其马?于以求之,于林之下",与妻子"榖则异室,死则同穴"必是他们心中所愿,但只能是希冀,不会是誓言;换句话说,身份和处境让他们作不了这种誓言的主。所以,如果认为《大车》系征夫所作,末章四句的指天为誓总让人觉得虚弱无力。

我们再换一个视角——女子的爱情誓言。一位贵人乘坐在那个年代华贵而

---

① (清)方玉润:《诗经原始》卷五,第200页。

时尚的大车之上槛槛前行,他身上的五彩毳衣在阳光下闪烁着或青绿或润红的光泽。大车从一位姑娘身旁驶过,她心下怦然,生出异样的感觉。日复一日,她见他坐着大车出入巡行,异样的感觉日渐明晰:她不可遏抑地爱上他了!于是她唱道:"你乘坐的大车从我眼前走过,你的衣裳泛着让我着迷的光芒。怎能不想念你啊?只是我担心你不敢与我相爱、私奔!""岂不尔思"之"尔"和"畏子不敢"之"子"读为同一人,就是坐在大车上身穿毳衣的他。面对这爱情,她有担心,也有顾虑,可是,管不了那么多了,她已经不能自拔地爱上他了:"活着时我们各处异室,死后一定要同葬一穴。你不相信吗?你觉得我的话靠不住吗?抬头看看头顶明晃晃的白日吧,就让它为我作证!"这个故事到此为止,不能再追究下去了,因为一切都不能确定,一切都是姑娘一厢情愿,她专心致志地呢喃自语,望着大车远去的背影唱着这出独角戏。她对着太阳发誓,要将这爱情进行到底,她用斩钉截铁的语气给自己加油鼓劲儿。如此痴情,如此坚定而且热烈,不禁令人想起汉代那首乐府诗:"上邪!我欲与君相知,长命无绝衰!山无陵,江水为竭,冬雷震震,夏雨雪,天地合,乃敢与君绝!"一样的指天为誓自明心迹,一样的爱我所爱无怨无悔,读这样的诗,见到这样一份盲目却奋不顾身的感情,除了感动,我们还能多说什么呢?

郑 风

郑立国于西周末年，兴盛于东迁之后。它以新郑为都，西边与王畿相连，北边与卫国接壤，东边是陈国和宋国，南边是楚国，《郑风》二十一篇就产生在这四围之中。这一地域曾是商朝前期的统治中心，就文化传承而言，郑地受商文化的影响很大。商亡之后，商人信鬼好巫、耽酒、好歌舞等风土习俗在郑地仍然得到延续，《郑风》中多祭祀、多歌舞、多欢会都与这种文化背景有关。这些习俗带有很强的群体性和娱乐性，因此我们不难理解为什么《郑风》中大部分是情歌——群聚和娱乐正是产生情歌的基础。在这一点上，《郑风》与《卫风》大体相近。

有一个问题需要了解：关于"郑风"和"郑声"，这是两个史料中常见的概念，辞意一样，都是郑地的乐歌或乐调，但所指不尽相同。"郑声"（有时又与"卫声"合称"郑卫之音"），自孔子起就屡屡被斥为"淫"，如《论语·阳货》曰："恶紫之夺朱也，恶郑声之乱雅乐也，恶利口之覆邦家者。"《论语·卫灵公》曰："放郑声，远佞人；郑声淫，佞人殆。""郑声"乱雅乐，可见它是一种兴起于郑地的不同于雅乐的新乐；在孔子眼中，这种新乐可以跟利口覆邦的"佞人"并提，因为它"淫"。之后，《荀子·乐论》中又说："姚冶之容、郑卫之音使人之心淫。"①东汉班固著史书，从地理角度论郑地土风，再次用"淫"来定义："土陿而险，山居谷汲，男女亟聚会，故其俗淫。"②我们要知道，上面提到的"淫"，都指的是过度，是超过常情常度的无节制甚至于沉迷沉溺，而非淫乱淫亵。清人陈启源说："淫者，过也，非专指男女之欲也。古之言淫多矣，……皆言过其常度耳。乐之五音十二律，长短高下皆

---

① 《荀子》卷十四，第216页。
② 《汉书》卷二十八下《地理志第八下》，第1652页。

有节焉。郑声靡曼幻眇,无中正和平之致,使闻之导欲增悲,沉溺而忘返,故曰淫也。"①对照鲁襄公二十九年(前544年)吴国公子季札观乐时评"郑"的话——"美哉,其细已甚,民弗堪也,是其先亡乎"②,可知季札所说的"细"与陈启源所说的"幻眇"意思一样。这种音声细弱靡软,惹人情思,促人伤悲,亡国之音哀以思,因此季札说"是其先亡乎",后世所谓"亡国之音",其意大体在此。郑卫之音使人沉溺忘返,儒家自然斥之为"淫",但"战国七雄"中率先实行变法并取得成功的魏文侯却说"听郑卫之音,则不知倦"③,曹魏时期,嵇康甚至认为郑声是"音声之至妙"④,可见,令人沉迷的"郑声"究竟是乱人心志还是娱人耳目,完全取决于评价标准。所以,在乐调今已失传的情况下,这是个见仁见智的无法定论的问题,这里要说明的只是它同"郑风"的关系。

经过采诗而得的"郑风"不完全等同于孔子批判的"郑声",至少它们流行的时间是不一致的。依照《诗序》的解说,《郑风》二十一篇中除首篇《缁衣》歌颂郑武公之外,其余二十篇均创作于郑庄公之后,尤以庄公卒后公子五争时代居多。而"郑声",则更大意义上指的是孔子时代的民间新乐,二者在流行时间上相距遥遥。《礼记·乐记》中引用了一段孔子弟子子夏的话,说:"今夫新乐,进俯退俯,奸声以滥,溺而不止,及优侏儒,犹杂子女,不知父子。乐终不可以语,不可以道古,此新乐之发也。"⑤其中可以"语"、可以"道古"、与"新乐"相对的,很可能就是指"郑风"。也就是说,被孔子斥为"淫"的"郑声",是他那个时代流行的情调热烈奔放、违背他所提倡的"乐而不淫,哀而不伤"标准的新兴乐调,而不是在当时已

---

① (清)陈启源:《毛诗稽古编》卷五,《景印文渊阁四库全书》第八五册,第399页。
② 《春秋左传正义》卷三十九襄公二十九年,第4357页。
③ 《礼记正义》卷三十八《乐记》,第3334页。
④ 语出(魏)嵇康《嵇中散集》卷五《声无哀乐论》,第43页。
⑤ 《礼记正义》卷三十九《乐记》,第3339页。

经成为"古乐"、"古语"的"郑风"。同样地,跟"郑声"合称的"卫音",与"卫风"也是两个不同的概念。新乐的流行跟春秋末年礼崩乐坏的社会现状不无关系,所以《汉书·礼乐志》说:"周道始缺,怨刺之诗起。……桑间、濮上,郑、卫、宋、赵之声并出。"颜师古注云:"郑、卫、宋、赵诸国,亦皆有淫声。"[1]这些丰富多彩的各国新声俗乐,就以"郑声"或"郑卫之音"为代表。

尽管如此,"郑风"仍然与"郑声"关系密切,在《诗经》各国风诗中,《郑风》保留的情歌是最多的,由此足可见其一斑。后人也难免将二者混为一谈,比如东汉许慎曾说:"《郑诗》二十一篇,说妇人者十九矣,故郑声淫也。"[2]朱熹提出"淫诗"说时,前提也是"郑卫之乐,皆为淫声"[3]。王柏等人欲对《郑风》删之而后快,就是因为将"郑风"完全等同于孔子抨击的"郑声"[4]。

将仲子

将仲子兮[1]！无逾我里[2],无折我树杞[3]。岂敢爱之[4]？畏我父母。仲可怀[5]也,父母之言,亦可畏也！

将仲子兮！无逾我墙[6],无折我树桑[7]。岂敢爱之？畏我诸兄。仲可怀也,诸兄之言,亦可畏也！

将仲子兮！无逾我园[8],无折我树檀[9]。岂敢爱之？畏人之多言。仲可怀也,人之多言,亦可畏也！

[注释]

[1]将:发声词,含有"请"、"请求"或"愿"等意思。　仲子:男子的表字。兄弟排行第二为"仲","仲子"犹言"小二哥"。

① 《汉书》卷二十二《礼乐志第二》,第1042页。
② 《礼记正义》卷三十七《乐记第十九》疏文引,第3313页。
③ 《诗集传》卷四,第56页。
④ (宋)王柏:《诗疑》卷一,第10—12页。

[2]逾:越过。　里:周代五家为邻,五邻为里,里之外有墙,此处指里墙。

[3]折:压折。　树杞:即杞树,杞柳。此为叶韵而颠倒顺序,下二章"树桑"和"树檀"同。　此句意为逾墙则不免攀树,树折则不免留下痕迹,暴露二人幽会之实。

[4]爱:吝惜。　之:指杞树。

[5]怀:思念,惦记。

[6]墙:此指院墙,与上章里墙不同。

[7]树桑:桑树。古人五亩之宅,树之以桑。

[8]园:屋后空地,用于种植树木果蔬的场所。

[9]檀:强韧之木,可制车轴。

[品读]

　　《将仲子》是一位女子婉拒恋人的痴痴情语。全篇用赋法,即物即心,不用任何草木鸟兽起兴或作比,只是一味直陈其事,就把拒绝的话说得温婉柔情,让读者跟着她一起感动。

　　首句"将仲子兮",开头一个发声词"将"、结尾一个语气词"兮"饶有趣味。这一句译成白话,相当于"我亲爱的小二哥呀",这表达"亲切"、"亲爱"之意的口气,全从"将"和"兮"两个字上来。所以,这两个字虽然都没有实际意义,但是不能没有。拿走这两个字,"将仲子兮"变成"仲子",感情色彩就黯淡多了,非得加上它们,"哎,仲子啊",女子对恋人的亲昵才表现得出来。接下来大家要注意每个句子情感的起伏变化,一声亲切的呼唤之后,女子开始直陈心语。仲子大概经常翻过里墙去跟这女子幽会,但这一次,女子说:"你不要再翻那个墙啊,你一翻墙,墙头那棵杞树的树枝就被压断了呀!""无逾我里"、"无折我树杞",都是"不要",都是阻止和拒绝的冷冰冰的话,这不是很伤仲子的感情吗?所以,"抑"之后要及时地"扬",阻止之后要赶紧解释,看,女子立即转过一句"岂敢爱之",我哪里是吝惜那棵树呢?难道一棵树比你还重要吗?难道我珍惜一棵树超过爱你吗?你看,一句"岂敢爱之",感情又回来了。但是,还没结束,感情刚上来又要往下跌——"畏我父母",我其实是很爱你的呀,可还是希望你别再翻墙,我不是舍不得那棵树,我是畏惧父母,怕被他们指责呀!这又是一句把仲子往外推的叫他心凉的话,但感情刚跌下来又很快往上扬,拒绝之后马上安慰——"仲可怀也",小二哥啊,我其实是天天都想着你的呀;说完再往下跌:"父母之言,亦可畏也",可是父母责骂的话,我又是很害怕的呀!

这位女子生活的时代,距离"不待父母之命,媒妁之言,钻穴隙相窥,逾墙相从,则父母国人皆贱之"①的战国中后期还远,但也在春秋前期礼教约束对于男女之防渐趋森严的过程当中。她显然恋上了一份家人反对、舆论不容的情,怎么办呢?继续这份情还是迫于压力放弃?如果放弃,怎样的拒绝口吻才能让恋人易于接受?第一章八个句子,就把女子小心权衡谨慎斟酌的细腻心思活灵活现地展现出来了。这首诗的艺术魅力就在这里,纯是女子的说话口吻,直截了当地写她的心绪,不借助任何艺术手段,但就是这样一段内心独白,一会儿"无逾墙",一会儿"岂敢爱",一会儿"畏父母",一会儿"仲可怀",从呼唤到解释,从劝阻到安慰,抑扬顿挫,宛转曲折,女子既爱又怕、欲舍不能的情肠百结就全在纸上了。至第二、三章,变换了几个字,仲子由逾"里"而"墙"而"园",女子之所畏由"父母"而"诸兄"而众"人"。有人说从"里"到"墙"到"园",表明仲子之来逐渐迫近,从"父母"到"诸兄"到众"人",表明女子心中的畏惧感逐渐延伸;也有人因此认为仲子敢于蔑视旁人的非议,大胆地逾墙越院追求幸福。从诗意看,这几个字的变化确实表现了这样一种情节上的层递,但我更愿意认为诗歌并没有着力显示仲子行为上的步步推进,换字是为了换韵,三章复沓能够表现女子情绪的叠加,是她自身情感的层层递进:她越来越急切,越来越焦灼,也越来越矛盾无奈。此外,在后二章的往复中,女子心中交织着的思念、担忧、苦恼、畏惧、矛盾等等情绪也再次起伏跌宕

---

① 《孟子注疏》卷六上《滕文公章句下》,第5895页。

了一遍，全都是拒绝人的话，却全都婉转微妙尽致，叫那被拒的仲子如何是好？读完全诗，再回过头去看起首那句"将仲子兮"，由于下面的"无逾我里"，这句话又可以译成"求求你啊小二哥"，因为里面确实有央求仲子之意。但不把这"央求"译出来，就当它纯是一句亲昵的呼唤，让人直觉得女子心中所有的情感都从这一声呼唤中流淌了出来，《将仲子》凭这四个字，便已千回百转。

　　这首诗还有一种解释，也就是它的采诗义，虽附会而有趣。《诗序》说："《将仲子》，刺庄公也。不胜其母，以害其弟。弟叔失道而公弗制，祭仲谏而公弗听，小不忍以致大乱焉。"说《将仲子》是为讥刺郑庄公而作，因为庄公不能禁制其弟叔段的骄横，致使叔段叛国。《诗序》指的是"郑伯克段于鄢"的故事，这个故事是《春秋》首年即鲁隐公元年(前722年)列国中的第一大事。郑伯就是郑庄公，郑国的第三代国君，段是他的同母弟叔段。母亲姜氏偏袒叔段，欲助其夺国君之位；叔段好勇而无礼，庄公欲擒故纵，任其日益骄慢，弟兄二人最终交战于鄢邑，叔段被攻克。这个故事与《将仲子》有什么关联呢？当叔段在他的封地——京——大肆违反祖制营建都城时，大夫祭仲曾经进谏，劝庄公早早处置，否则母、子、兄、弟关系复杂，一旦局势滋蔓，后果将不可收拾。但是郑庄公怨恨母亲姜氏偏袒叔段，有心宽以养恶，便用一句"多行不义必自毙"搪塞祭仲了事。《毛传》认为《将仲子》中的"仲子"就是祭仲，《郑笺》则更进一步解说："祭仲骤谏，庄公不能用其言，故言请，固距之。无逾我里，喻言无干我亲戚也。无折我树杞，喻言无伤害我兄弟也。……段将为害，我岂敢爱之而不诛与？以父母之故，故不为也。……言仲子之言可私怀也，我迫于父母有言，不得从也。"二章中之"诸兄"，《毛传》释为"公族"，由此便营造出一个完整的政治语境，将《将仲子》的抒情主体视为郑庄公，他起伏抑扬地婉拒的是郑国大夫祭仲关于尽早处置欲图叛乱的叔段的谏言；而庄公不纳谏，并非出于母子兄弟亲情，而是存了"引蛇出洞"的恶心，好等时机一到便将母亲和弟弟一网打尽。《诗序》说《将仲子》"刺庄公"，即是此意。

遵大路

遵[1]大路兮,掺执子之祛兮[2]。无我恶[3]兮,不寁故也[4]。

遵大路[5]兮,掺执子之手兮。无我魗[6]兮,不寁好[7]也。

[注释]

[1]遵:循,沿着。
[2]掺(shǎn):操,揽。 执:持,拉。 祛(qū):衣袖。
[3]恶:厌恶。
[4]寁(zǎn):速也,速去。 故:旧情。
[5]路:清王引之《经义述闻》谓此字当作"道",与下文"手"、"魗"、"好"叶韵(卷五,第131页),有理,此数字押上古"幽部"韵。诗次章变首章之韵,自第一句始,此盖相承首章而误。
[6]魗(chǒu):弃也。
[7]好:情好也。

[品读]

《遵大路》当是女子送别所亲之辞。歌中情境大体是:男子辞去,女子送行,两人沿大路走着。女子愁肠百结,但诗里只出现她的两个动作——拽着男子的衣袖、拉紧男子的手,和两句话——"不要厌恶我啊,旧情不可尽抛脑后啊"、"不要弃我而去,情好不能说忘就忘啊"。至于这个短小的送别片断发生在怎样的故事背景中,"我"和"子"是夫妻还是情人,"我"是否被"子"遗弃,歌中全未说明。

因为不知道前因后果,历来对这首诗主题的争议便少不了。撇开君臣关系或美刺之义不谈,就诗论诗,《遵大路》只是一首普通的男女送别之作。这个小片断虽然仅仅描写了女子的两个动作和两句话,但她忧心忡忡、悲惋哀求、泫然欲泪的模样已经跃然纸上。诗是抒情的,白描的,没有任何词藻修饰,直赋其事,直抒其情,人物便已鲜明。临别依依,掺执子袪,掺执子手,希望这揽衣执手能叫他多留一留,或者能叫他认真听一听她想说的话。然后,她哀哀地说了两句,当然,意思只有一个,那就是:"别忘了旧日情好,不要有新人出现!"语浅情深,别时不说"别",不说盼君早归,只说忧,只说旧情勿忘。话是不加修饰的口语白话,于她却极为重要;读者可深味其中之情,诗末两句女子直通通地光挑"不恶我、不弃我"说,内心却可能另藏着千言万语不知如何诉出。那个时刻,她也许应该哭成个泪人儿,或者用最温软的语言,说最让男子动容的话,拦住他还在向前的脚步,可她什么都没做,只卑微地亮出了自己的心理底线。唐人孟郊有诗曰:"欲别牵郎衣,郎今到何处?不恨归来迟,莫向临邛去。"(《古别离》)拿它为《遵大路》作注,正合适。今天也有类似情意的歌曲为人传唱,比如我们非常熟悉的《路边的野花不要采》。歌词写道:"送你送到小村外,有句话儿要交待。虽然已经是百花开,路边的野菜你不要采。记着我的情记着我的爱,记着有我天天在等待。我在等着你回来,千万不要把我来忘怀。"只是歌里的轻松俏皮把那女子本该有的不安和隐忧全给掩盖了,感觉便轻飘飘的。

  古人读《遵大路》,有读出其中弃妇之意的。朱熹说:"淫妇为人所弃,故于其去也,揽其袪而留之曰:'子无恶我而不留,故旧不可以遽绝也。'……欲其不以己为丑而弃之也。"① 这可以作为一种解读,虽然诗中女子被弃的情态似乎并不明显。如果认定《遵大路》是弃妇诗,那么读法就跟前面不一样了。明人季本说:"淫妇因所私者别去而于大路中留之之诗也。"② 此于诗本意较近,只是"淫"字刺眼。郝懿行说:"民间夫妇反目,夫怒欲去,妇惧而挽之。"③ 一并连故事都有了,但也仍是揣测。"无我恶"、"无我魗"不一定就是夫妇反目之证,情人或夫妇别久情疏,纵

---

① 《诗集传》卷四,第51页。
② (明)季本:《诗说解颐·正释》卷七,《景印文渊阁四库全书》第七九册,第103页。
③ (清)郝懿行:《诗问·国风》卷下,《续修四库全书》经部诗类(65),第217页。

不反目,"恶"和"丑"的心保不齐也渐渐有了。所以,把这看作女子的忧虑之词最好,指实二人反目在先,倒减了几分诗趣。

女曰鸡鸣

女曰:"鸡鸣。"士曰:"昧旦[1]。""子兴视夜[2],明星有烂[3]。将翱将翔[4],弋凫与雁[5]。"

"弋言加之[6],与子宜之[7]。宜言饮酒,与子偕老。"琴瑟在御[8],莫不静好[9]。

"知子之来之[10],杂佩[11]以赠之。知子之顺[12]之,杂佩以问[13]之。知子之好[14]之,杂佩以报[15]之。"

[注释]

[1]昧旦:天将亮未亮之时。 昧:且明也,将明而未全明也。
[2]兴:起也,此指起床。 视夜:察看夜色。
[3]明星:启明星,早晨亮于东方。 有烂:犹言"烂烂",明亮貌。天将亮时众星隐微不见,尤显得启明星闪亮。
[4]将:且。 翱翔:指天明时分宿鸟出巢飞翔。一说指外出游猎。
[5]弋:即缴(zhuó)射,将丝绳系在箭上射鸟。 凫:野鸭。
[6]言:语助词,无实义,下同。 加:射中。
[7]与:为。 子:指丈夫。此章前四句为妻对夫说的话。 宜:肴也,此作动词,烹调,制肴。"宜之"犹言将射下的凫雁加以烹治。
[8]在御:犹言"在侧","御"即用、弹奏。
[9]静好:指琴瑟之音平和美好,象征夫妇同心和美。 静:通"靖",善也。
[10]子:指妻子。此章皆为夫对妻的答语。 来:有"劳"之意,勤劳。 之:语助词,无实义,下同。
[11]杂佩:古人身上佩带的各类饰物。
[12]顺:柔顺。
[13]问:赠送。

[14]好(hào)：爱恋。

[15]报：报答。

[品读]

　　《女曰鸡鸣》是普通夫妻晨起时的对话，言语中颇见情趣与恩爱，民歌对唱痕迹宛在。闻一多先生谓此篇为"乐新婚"①之辞，或未必然，此诗应是一对夫妻和睦生活中的对答，不拘新婚与否。

　　首章写妻子催丈夫起床。她说："公鸡已经打鸣了，你该起床了！"丈夫恋枕，不愿早起，答道："还早呢，我再睡会儿。"妻子再催："不信你起来看看，启明星光灿灿的呢！宿巢的鸟儿很快就要满天飞翔，你该带上弓箭去射猎了！"

　　次章，大概趁着丈夫起床的当儿，妻接着说："等你射中野鸭大雁，我为你制成好菜肴。有了佳肴我们同饮酒，我愿与你到白头。"章末"琴瑟在御，莫不静好"二句，应是诗人之语，穿插在夫妻对白中，相当于旁白。诗人见夫妻和美，禁不住从旁发出一声赞叹，起议论评点之用。明清之际人张尔岐说："此诗人拟想点缀之辞，若作女子口中语，似觉少味。盖诗人一面叙述，一面点缀，大类后世弦索曲子。《三百篇》中，述语叙景，杂错成文，如此类者甚多。"②诚解诗者语也。

　　末章，丈夫听了妻子的话，立即报以热情响应，将心中感动尽数道出："我将这杂佩送给你，谢你日日勤劳；我将这杂佩送给你，谢你温和柔顺；我将这杂佩送给你，谢你殷勤爱恋。"三个排比句连用，写尽夫妻间的缱绻相得，诗情至此，已由温婉而热烈，诗歌也因此进入高潮。

　　但从章法上看，这一章与上两章完全不同，因此，有学者认为第三章原本与此诗无关，"应是错简后缀合上的"。从诗义上看，"前两章的意思完整，应是单独成篇。第三章的诗义与前两章不合，且有矛盾现象，也证明是缀合上的。"这里所谓的"矛

---

① 闻一多：《风诗类钞乙·女曰鸡鸣》，《闻一多全集》（四），第520页。

② （清）张尔岐：《蒿庵闲话》卷一，第4页。

盾",是指"前两章是夫妇在天亮前的对话,把时间、地点、人物、事件说得很清楚。开头突然、奇特,结束在美好的想象中,已经把话说尽。……从内容上看,前者已清楚地说明是夫妇关系,后者却使用'赠之'、'报之'等客气话,不合情理。……"第三章共六句,分为三组,每组句式相同;每句五个字,都以"之"字结尾,这种与《国风》重章叠唱完全相符的形式,令论者怀疑第三章"实际上是单独一篇诗,三章章二句。"①也就是说,《女曰鸡鸣》很有可能是由两首诗缀合而成的。

我认为以上推测有一定的道理。在对《女曰鸡鸣》的诸多解读中,有"私会定婚约"一说,就与第三章大有关系。论者据此章中"赠之"、"问之"、"报之"诸语,断《女曰鸡鸣》为男女私会之歌,因为信物相赠常见于古代未婚男女之间,夫妻间则少有。按照这样的理解,"女曰鸡鸣"这句在夫妇室家之间只代表"黎明即起"之意的家常话,也就有了特别的蕴意——私相合欢,晨鸡惊梦,多少遗憾,多少惊惧,多少不情愿!后世民歌或文人作品中如"可怜乌臼鸟,强言知天曙。无故三更啼,欢子冒暗去"(六朝《乌夜啼》)、"谁知可憎病鹊,夜半惊人;薄媚狂鸡,三更唱晓"(唐·张鷟《游仙窟》)等等描述,都有"女曰鸡鸣"的影子和情境。

顺便提一下,《齐风》中有一首歌,题曰《鸡鸣》。诗共三章,首章云:"鸡既鸣矣,朝既盈矣。匪鸡则鸣,苍蝇之声。"②前两句是女子口吻,说:"鸡已啼鸣,天大亮了,该起床了!"后二句是男子应答:"这哪里是鸡叫啊,分明是苍蝇嗡嗡(或蛙声阁阁)。"二章云:"东方明矣,朝既昌矣。匪东方则明,月出之光。"女子再催:"东方发亮了,日头升上来了,该起床了!"男子贪枕,答道:"那不是东方发亮,怕是皎白月光吧。"三章云:"虫飞薨薨,甘与子同梦。会且归矣,无庶予子憎。"③女子

---

① 详参翟相君《诗经新解·"郑风"错简臆断》,第328—329页。
② 一说"苍蝇之声"的"蝇"字,乃"蛙"字之误,"苍蝇"即"青蛙"。
③ "虫飞薨薨,甘与子同梦",情同《周南·螽斯》之"螽斯羽,薨薨兮,宜尔子孙绳绳兮",是祝福子孙兴旺之意。

见日色越来越分明,可男子却兀自赖着不起,只好出言警示:"好吧,虫鸣唧唧,子孙兴旺,我也情愿和你一同入梦!可是,你该回去了,不能再留着了,不要让人厌恶我们!"原来这是一首男女幽会的情歌,对答中女子惊觉情急,男子不慌不忙,二人神情声口如在眼前,与《女曰鸡鸣》首章相映成趣。

萚 兮

萚[1]兮萚兮,风其吹女[2]!叔兮伯兮[3],倡予和女[4]!

萚兮萚兮,风其漂[5]女!叔兮伯兮,倡予要[6]女!

[注释]

[1]萚(tuò):指草、木、竹落下的皮或叶。
[2]女:通"汝",此指萚。
[3]叔兮伯兮:"叔"为兄弟排行第三者,"伯"为兄弟排行居长者,这里都是女子对所爱者的称呼。
[4]倡:通"唱",带头唱。 和:应和,和唱。"倡予和女"是"予倡汝和"的倒文。
[5]漂:通"飘",吹动。
[6]要:会也,以声相会,亦即"和"。一说通"邀"。

[品读]

《萚兮》一诗多解。有讥刺郑昭公时代君弱臣强不倡而和说,有大臣相约倡和以谋国难说,有淫诗说,有群臣结党避祸说,有望晋急郑说、有公子大夫倡乱谋篡相互响应说,有以秋叶飘落见人生易老因唱和相乐说,等等。

春秋时期,外交场合中常见"赋诗观志",听者从赋诗者所赋诗中知晓其人或其国之志意,赋诗者可以任意选择诗篇,可以灵活地断章取义,使《诗》为我所用。《左传》中记载了鲁昭公十六年(前526年)的一次外交赋诗,是年夏四月,郑国六卿在城郊为晋国卿大夫韩宣子(韩起)饯行。宣子说:"二三君子请皆赋,起亦以知郑志。"于是,子齹赋《野有蔓草》表达与宣子的幸会之意,子产赋《羔裘》赞美宣子,子大叔赋《褰裳》暗示晋若不与郑交好,郑将与他国结盟,宣子一一作答。接着,子游赋《风雨》,子旗赋《有女同车》,子柳最后一赋,赋的就是《萚兮》首章三四句:"叔兮伯兮,倡予和汝。"宣子听后,高兴地回答:"郑其庶乎!二三君子以君命贶起,赋不出郑志,皆昵燕好也。二三君子,数世之主也,可以无惧矣!"①言下之意:"郑国有希望了。各位这样友好,我也就没有什么可担心的了。"依韩宣子的理解,"叔兮伯兮,倡予和汝"是我唱你和的"昵燕好"之句,子柳赋诗时抱的当然也是这样一份两国之间互相应和的心思。所以,以上各种对《萚兮》诗义的理解,虽然阐释者身份不同、阅读视角不同导致了结论不同,但诸说对诗中的"倡和"之意都无异议,区别只在于谁倡谁和、倡什么和什么。

撇开这些附加义不谈,《萚兮》的诗本义应该就是青年男女欢会时的一唱一和。它或许是民间情歌对唱的引子,从风吹叶落看,当是秋季,或即农闲时节,男女欢会在原野之上,载歌载舞。诗以"萚兮萚兮,风其吹女"起兴,闻一多先生认为这一兴句中的"风"比喻男子、"萚"比喻女子,可参看。②风吹萚飞犹言男子搅动了女子的情思,令她亲切热情地发出邀约,要男子与她一同歌唱。有人把这首诗译成了有趣的白话,大致是:"落叶飘来落叶飞,秋风尽情将你吹。三哥大哥你听仔细,我唱你和跟我来。 落叶飘来落叶飞,秋风尽情任你吹。三哥大哥你听仔细,我唱歌来把你邀。"民歌风味十足。《毛传》在次句"风其吹女"下注曰"兴也",说明《萚兮》每章的前二句都是起兴之调,后二句都是和唱之调。据此,倘若"叔兮伯兮,倡予和女"可以肯定是女子所唱,那么,"萚兮萚兮,风其吹女"就不该仍由她起调,所以,颇疑《萚兮》兼有群歌合唱和独唱的性质。此诗或由一群女子起

---

① 《春秋左传正义》卷四十七昭公十六年,第4516—4517页。

② 闻一多:《风诗类钞乙·萚兮》,《闻一多全集》(四),第509页。

调,唱"萚兮萚兮,风其吹女",状景的同时也引发诗情;然后某一女子唱"叔兮伯兮,倡予和汝",对自己中意之人发出情歌对唱的邀约;再往后,群女接唱,循环往复,极尽热闹欢快之意。众人歌唱《萚兮》,可能为着欢会应景,也可能为了择偶。

褰 裳

子惠思我[1],褰裳涉溱[2]。子不我思[3],岂无他人?狂童之狂也且[4]!

子惠思我,褰裳涉洧[5]。子不我思,岂无他士[6]?狂童之狂也且!

[注释]

[1]子:女子对情人的称谓。 惠思我:思念我。"惠思"犹今说"惠赐"、"惠正",敬词,承蒙。
[2]褰(qiān):用手提起。 裳(cháng):下裙。周人上穿衣,下穿裳,不着裤。 溱(zhēn):溱水,郑国水名,源出今河南密县,东南流与洧水会合。
[3]不我思:即不思我。
[4]狂童:犹今言"傻小子"。 狂:痴顽貌。 童:无智貌。 之:其,那样。 且(jū):语尾助词,犹"哉"、"啊"。
[5]洧(wěi):洧水,郑国水名,源出今河南登封县,东流会溱水。
[6]士:未婚男子。

[品读]

我们在《郑风·萚兮》篇中引用过一段鲁昭公十六年郑国六卿与晋国卿大夫韩宣子之间赋诗观志的外交对话,其中,子大叔第三赋,选择的就是这首《褰裳》:"子惠思我,褰裳涉溱。子不我思,岂无他人?"他暗示晋国若不与郑国交好,郑将与他国结盟,语气中半开玩笑半带威胁。宣子给了子大叔积极的回应,他幽默地答道:"起在此,敢勤子至于他人乎?"有我韩起在这儿呢,怎敢劳驾您跟别人相好？晋国是不会扔下郑国不管的！《诗序》说："《褰裳》，思见正也。"续序继而发挥："狂童恣行，国人思大国之正己也。"说郑人希望有大国来干预、整顿国中内乱，很有可能就是受了这次外交赋诗的影响。子大叔借用《褰裳》来试探晋国对郑国的态度，虽是断章取义，但他对诗意的理解并无大误，只是《褰裳》自有它本初的情境。

"你若想我爱我，就涉过溱水洧水，到我这里来；你若不把我放在心上，难道就没有别人来爱我吗？你这个傻得不能再傻的笨小子啊！"这是《褰裳》的诗本义，是一位女子埋怨情人不够积极主动，于是戏谑他、跟他打情骂俏的言辞，诗境生动、亲昵、有趣。或者，这位女子可能看中了溱洧对岸的一位小伙子，主动表达了爱意，可小伙子要么害羞，要么没领会到，要么不解风情，总之是迟迟不见做出反应；女子急了，就唱了这首歌来刺激他、取笑他、逗引他；这也符合《褰裳》的情境。还有人认为这是情人变心时，女子把内心的不满变作赌气而唱的歌。其实，《褰裳》在怎样的情境下唱出并不重要，它最吸引人的，是活脱脱地画出了这样一位在《诗经》中并不多见的率真泼辣、敢怒敢言、风度绝胜的女子形象，画出了她内心企盼情人快来相会但嘴上却不直言，而代之以撒娇、威胁、挑逗、谑浪、欲擒故纵、泼辣十足的复杂而细微的感情世界。

东门之墠

东门之墠[1]，茹藘在阪[2]。其室则迩[3]，其人甚远。
东门之栗[4]，有践家室[5]。岂不尔思？子不我即[6]。

[注释]

[1]东门：郑国都城东门。　墠(shàn)：郊外平坦之地。
[2]茹藘(lú)：茜草，根可作绛色染料。　阪：斜坡。

[3] 室：（所思之人的）家，"其室则迩"指两人居处邻近。
[4] 栗：栗树，此或指东门外道路两边的行道树。一说通"壏"，小水塘。
[5] 有践家室：指房屋行列整齐。"践"通"翦"，齐也，"有践"即"践践"，行列整齐貌。《韩诗》"践"作"靖"，善也，故一说"有践家室"犹言"好好人家"。
[6] 即：就，亲近。

[品读]

先解释诗题中的"东门"。东是春风由来的方向，《礼记》云："立春之日，天子亲率三公九卿诸侯大夫，以迎春于东郊。"①可见东方在古代具有特别的文化意义。此外，相对于溱、洧二水流经的郑都西南城门，就地势言，东门的开阔无疑更适合开展群体性活动。清人陈启源说："《左传》纪郑事，所言城门凡为名十有二。……惟东门两见于《诗》，意此门当国要冲，为市廛鳞萃之墟与？故诸门载于《左传》，亦惟东门则数及之。……盖师旅之屯聚，宾客之往来，无不由是，其为郑之孔道可知，宜乎《诗》之一兴一赋皆举以为端也。"②这推测有一定的道理。作为郑国都城第一热闹之区，稠密的车来人往之外，国中各类集会想必也大都在东门举行，所以，东门总有故事。

"东门外平坦的郊原上，茜草沿着山坡生长。他的家离我很近，人却远在天边。东门外路旁的栗树下，好人家行行排列齐。哪会对你不思念？奈何你不亲近我。"《诗序》说这是一首"刺乱"的诗，什么是"乱"？"男女有不待礼而相奔者也"，用朱熹惯用的定义，就是"淫"。不考虑待礼还是违礼，从字义看，《东门之墠》确实像是一首言情的诗。首章说"室迩人远"，不妨看作男求女；次章说"子不我即"，则更像是女思男，两章诗可以理解为男女一唱一和，属情歌对唱之辞。不这样理解，只将《东门之墠》读作女子一人独唱也能自成其说，如明人范王孙所析："意中遥拟，指曰其人，恍如觌面相呼，则切言之曰子。始而若自语也，既而如与其人语也。

---

① 《礼记正义》卷十四《月令第六》，第2935页。
② （清）陈启源：《毛诗稽古编》卷三十，《景印文渊阁四库全书》第八五册，第805页。

甚矣,思之妙也。"①首章中其室如何、其人如何,乃痴情女子意中拟想,自言自语,道出有所思而不得见的心曲;次章"子"、"我"云云,似怨似谑,几分委屈几分撒娇,仿佛两人对面交谈,"如与人语",实际上却是自为赠答。两章首二句可以看作是赋笔实写,也可以视为起兴之笔。茹藘根能染红嫁衣,栗树薪是婚礼中的必备,女子凝望着树下那一排排行列整齐的房屋,不免陷入痴想。"岂不尔思"?何止于思?我更想与你结为室家之好啊!奈何"子不我即"!将两章诗作一人独自抒情看,次章"子不我即"正可与首章"室迩人远"之叹前后呼应。

不持淫诗说者,则将此歌视为男求女之辞。何以谓"室迩人远"?因为那女子以礼自守。《齐诗》说:"东门之墠,茹藘在阪。礼义不行,与我心反。"意思是乱世不行礼义,与我之心相违,距离我心则远。贤女子"慕善心切,愿得为其室家","我岂不思为尔室家,但子不来就我,以礼相迎,则我无由得往耳"。②而在男子一方,虽思而不得见,也并未生出求见女子之心,谓之发乎情止乎礼者可也。如此解诗,不好说不对,但言必称"礼",处处有"礼",则诗情寡淡,剩下多少诗味儿可品?还有第三种理解,清人方玉润析《东门之墠》,说:"古诗人多托男女情以写君臣朋友义。臣之望君,堂帘虽近,天威甚严,有不可以骤进者。君之责臣,则如唐玄宗云:'卿自不仕,奈何诬我?'是君又未尝不有望乎臣也。至朋友两相思念,更不待言。"③若将《离骚》男女君臣之喻的解诗系统移置于此,方氏的分析完全说得过去,可要说此诗是托男女情写君臣义,终究不十分契合;而以诗中思而未见的怀想为朋友之间的情谊,则更觉隔了一层。

诗歌题旨大体如此,但这些都不是《东门之墠》的阅读重点,此诗最值得一品的是"其室则迩,其人甚远"两句,八个字堪为《东门之墠》的眼目,有了这两句,

---

① (明)范王孙:《诗志》卷五,《四库全书存目丛书》经部第七一册,第475页。

② (清)王先谦:《诗三家义集疏》卷五,第362页。

③ (清)方玉润:《诗经原始》卷五,第219页。

全诗神采飞动。明人孙鑛赞曰:"两语工绝。后世情语,皆本此。"①清人姚际恒也有妙评:"'其室则迩,其人甚远',较《论语》所引'岂不尔思?室是远而'所胜为多。彼言'室远',此偏言'室迩',而以'远'字属人,灵心妙手。八字中不露一'思'字,乃觉无非思,尤妙。"②"后世情语",大概指的就是后人所谓男女咫尺天涯的相思之苦。咫尺天涯适用于多种情境,若拿来言情,所谓"一念起,天涯咫尺",有情之人即使相隔千里,心仍是依偎着、紧贴着的,所以千里不过咫尺;"其室则迩,其人甚远"却是近在咫尺,远如天涯。两室相邻,两两相望,这边的情灼热地燃烧着,那边却永远停留在冰点,火势就是蔓延不过来。伸出手去便能够着他,心与心却隔了千重山万重水,这种感觉放在任何一个时代都无奈他何,又何止无奈他何?根本就是不能言说的隐痛。这么一想,连二章末两句解释"人远"的话——"岂不尔思?子不我即"也跟着沉重起来:我怎会不思念你呢?可你就是不来找我,如之奈何!如之奈何!!空间上远隔千山万水,未必找不到一条通达的路,心若有距离,则完全无路可寻,哪怕他就站在她面前;她的情再灼热,也只好在无可奈何中渐燃、渐熄,一点点化作灰烬。梦想破灭,徒留一地荒芜,还有别的法子么?

"室迩人远"如果用来描写隐士心境,也是适合的。清人说:《东门之墠》"思隐士","贤人不仕而隐于圃,在东门之外除地为墠,植茜于陂,而作室其中。诗人知其贤也,故赋而叹之。以为室在东门,虽若甚迩,而其人则意致甚远,可望而不可即也。"③高人雅士迹在廛市之中,心出尘表之外,气象确实高远,此陶渊明诗"结庐在人境,而无车马喧。问君何能尔,心远地自偏"之谓也。只是这境界用来解释

---

① (明)孙鑛:《批评诗经》卷一,《四库全书存目丛书》经部第一五〇册,第68页。
② (清)姚际恒:《诗经通论》卷五,第110页。评语中提到的引诗"岂不尔思,室是远而"出自《论语·子罕》,原文是:"'唐棣之华,偏其反而。岂不尔思?室是远而。'子曰:'未之思也,夫何远之有?'"前四句是《论语》引用的古逸诗,说:"唐棣之花,翩然摇摆。怎能不想你?因为住得太远。"孔子批评道:"那还是没有真的想念,如果真想,何远之有?"
③ (清)傅恒等:《御纂诗义折中》,《景印文渊阁四库全书》第八四册,第93页。

诗首章合适,至次章"岂不尔思?子不我即",以为有"可望而不可即"之意,抵牾处显见,则是强解以为解了。

风 雨

风雨凄凄[1],鸡鸣喈喈[2]。既见君子[3],云胡不夷[4]?

风雨潇潇[5],鸡鸣胶胶[6]。既见君子,云胡不瘳[7]?

风雨如晦[8],鸡鸣不已。既见君子,云胡不喜?

[注释]

[1]凄凄:寒凉貌。
[2]喈喈:群鸡齐鸣声。
[3]君子:妇人称其夫之辞,与"君子于役"同。
[4]云胡不夷:心中怎能不平静? 云:发语词,无实义。 胡:何也。 夷:平。
[5]潇潇:风雨急骤貌。
[6]胶胶:群鸡杂鸣声。
[7]瘳(chōu):病愈。指从前忧思苦闷如同患病,如今夫妻团圆,好似病愈。
[8]如:而。 晦:指天色昏暗。

[品读]

《风雨》描写夫妻久别重逢。余冠英先生析曰:"在风雨交加、天色昏暗、群鸡乱叫的时候,一个女子正想念她的'君子',如饥如渴,象久病望愈似的。就在这时候,她所盼的人来到了。这怎能不高兴呢?"[1]从辞义上说,这的确是《风雨》中包含的情事。

三章首二句都以风雨、鸡鸣起兴,营造出寒冷孤独的氛围,这氛围正与妇人怀人、候人的心思相符。风雨晦冥,本就孤枕难眠,时或朦胧睡去,虽未必梦见夫君,

---

① 余冠英:《诗经选》,第2版第90页。

得以暂息倦眼也是好的；不料群鸡惊噪,喧叫不已,令妇人心烦意闷,不得已又是一夜无眠！读者若解得这首二句的思念之苦与离别之忧,也就能明了下二句中当君子骤来时妇人何以那般地狂喜了。云胡不夷、云胡不瘳、云胡不喜,都描写夫妻重逢之乐,说既见君子,妇人立刻不烦闷焦虑了,心情平静了,轻松了,愉快了,"夷"、"瘳"、"喜"三字写尽她内心的急剧变化。诗情在这里发生了骤变,昔日的候人之苦急转而为今时的重逢之乐,今时的重逢之乐又反过来衬托着昔日的候人之苦,三章如是。

再换个角度看,《毛传》说首二句"风雨凄凄,鸡鸣喈喈"是起兴,那么,"风雨"、"鸡鸣"很有可能并非实写,而是虚笔。钱澄之《田间诗学》引杨观光语云："鸡鸣无风雨,雁飞无晦暝,物之恒也。"[①]倘若真是如此,这"风雨"和"鸡鸣"就确切地不能从实景去理解了。三章反复咏"风雨"、叹"鸡鸣",把风雨鸡鸣写得如在眼前耳畔一般,何妨把它们理解为替末句的"云胡"作势衬托呢？有了前面的"风雨"、"鸡鸣","云胡"句才显得异常精彩,写尽夫妻相会之喜幸！如此笔法,不是比直接写重逢之乐来得有趣吗？

有一个问题值得注意——关于"风雨"意象。上文我们主要是将"风雨"视作环境描写,用的是它的词本义,但从后世对这首诗的诗用看,"风雨"实际上至少具有两种象征意义。其一,《诗序》说："《风雨》,思君子也。乱世则思君子不改其度焉。"所谓"君子不改其度",即《毛传》所谓"风且雨凄凄然,鸡犹守时而鸣喈喈然",不因外部环境恶劣而改变其常态。所以,《郑笺》申发之曰："兴者,喻君子虽居乱世,不变改其节度。……鸡不为如晦而止不鸣。"可见,当《风雨》的诗旨由"夫妻重逢"转为"乱世思君子"时,"风雨"便具有了"乱世"的象征意义。"风雨如晦"的昏暗之景,在后世常常用来比喻动荡不安的时局或险恶的人生处境,一如黎明到来之前的沉沉黑夜。因此,"风雨如晦,鸡鸣不已"自入《诗》以来传诵久远,处"风

---

① （清）钱澄之：《田间诗学》卷三,《景印文渊阁四库全书》第八四册,第480页。

雨如晦"之境而仍以"鸡鸣不已"自励，乃见后世君子处乱世而不改其度的气节与风范。如《南史·袁粲传》载："愍孙(袁粲初名)峻于仪范，废帝倮(裸)之迫使走，愍孙雅步如常，顾而言曰：'风雨如晦，鸡鸣不已。'"①清代顾炎武论两汉风俗，也用到了这一象征义："至其末造，朝政昏浊，国事日非，而党锢之流，独行之辈，依仁蹈义，舍命不渝，风雨如晦，鸡鸣不已，三代以下风俗之美，无尚于东京者。"②类似例子史载不乏。

其二，闻一多先生认为《诗经》中的"风"、"雨"、"云"都与男女交合有关。"雨"和"云"的这层喻义，我们在《鄘风·蝃蝀》篇里引用闻一多先生的分析简单介绍过，这里单说他理解的"风"。《尚书·费誓》有言："马牛其风，臣妾逋逃，勿敢越逐。"③《左传》僖公四年亦云："君处北海，寡人处南海，唯是风马牛不相及也。"这两条史料中的"风"，东汉贾逵释曰："放也，牝牡相诱谓之风。"马牛因牝牡相逐而放佚远去，所以"马牛其风"意为马牛奔逸，"风马牛不相及"意为相去之远。又，《释名·释天》曰："风之为言萌也。"《白虎通》亦曰："风之为言萌也，其立字虫动于几中者为風。"综合这些"风"的意义，闻一多先生得到结论："风便是性欲的冲动。由牝牡相诱之风，后来便申引为'风流'、'风骚'之风，也都含有性的意味。"④在接受这一喻义的基础上，有的学者认为《风雨》中的"风雨"之景，象征着相爱的男女在生理、心理和感情的经验层面所达到的阴阳合和的审美境界，因此，这里的"风雨"并非用来渲染凄清孤苦气氛的哀景，而是代表着妇人快乐体验的乐景。⑤可备一说。

---

① 《南史》卷二十六《袁粲传》，第703页。
② (清)顾炎武：《日知录》卷十三"两汉风俗"，第524页。
③ 《尚书正义》卷二十，第542页。
④ 闻一多：《诗经的性欲观》，《闻一多全集》(三)，第183—184页。
⑤ 详参刘金明《乐而美，美而思——试析〈诗经〉四首情歌的"风雨"境界》，《西南民族学院学报》(哲社版)2001年第7期。

子 衿

青青子衿[1]，悠悠[2]我心。纵[3]我不往，子宁不嗣音[4]？

青青子佩[5]，悠悠我思。纵我不往，子宁不来？

挑兮达兮[6]，在城阙[7]兮。一日不见，如三月兮！

[注释]

[1]子衿(jīn)：你的衣领。 衿：衣领。 青青：指周代学子长衫交领镶边的颜色。

[2]悠悠：思念不断貌。

[3]纵：纵使，即使。

[4]宁：难道。 嗣(yí)音：指寄声相问。 嗣：通"诒"，寄，传给。

[5]佩：佩玉。 青青：指佩玉上绶带的颜色。

[6]挑达(tà)：双声词，来来回回地走。一说犹俗语"溜达"。

[7]城阙：城门两边的观楼，常为青年男女幽会之所。

[品读]

《子衿》这首诗，我们先从其采诗义和后世的经学诠释说起。

《诗序》认为："《子衿》，刺学校废也。乱世则学校不修焉。"所谓"乱世"，可能指的就是郑庄公卒后的公子五争时代（约前701年至前680年）；也就是说，《子衿》当初被采辑的目的是"刺学校之废"，《毛传》持议相同。随后，汉代的《郑笺》和唐代的《孔疏》继承并发展了序、传的定义。综而观之，其阐释思路大概是这样的：首句"青青子衿，悠悠我心"，《郑笺》注曰："学子而俱在学校之中，己留彼去，故随而思之耳。"三四句"纵我不往，子宁不嗣音"，注曰："女(汝)曾不传声问我。以恩责其忘己。"末章首二句"挑兮达兮，在城阙兮"，注曰："国乱，人废学业，但好登高见于城阙,以候望为乐。"三四句"一日不见,如三月兮",注曰:"君子之学,以文会友,以友辅仁。独学而无友,则孤陋而寡闻,故思之甚。"相比之下,《孔疏》解释得更加明白些:"郑国衰乱不修校,学者分散,或去或留,故陈其留者恨责去者之辞,以刺学校之废也。经三章皆陈留者责去者之辞也。"概而言之:郑国内乱,学校荒废,有的学子无心学业,以登高候望为乐。坚持礼乐不废的学子视此情形而忧心忡忡,便作诗责备辍学者不该断了音信;求学本在以文会友,现在友去而己留,无法相互切磋,担心自己孤陋寡闻,因此"思之甚"。也就是说,《子衿》这首诗往深里说,是借学子之口唱出的、讥刺学校荒废的时政之歌,其中的深情厚谊是严师益友或学子之间的相责相勉而非男女间的相思爱恋。建安时期曹操因思得贤才而作《短歌行》,有"青青子衿,悠悠我心。但为君故,沉吟至今"句,显见的,他就是拿《子衿》当成学子怀友之歌而借用的。再后,又有东晋明帝司马绍在一道诏令上说:"夫兴化致政,莫尚乎崇道教,明退素也。丧乱以来,儒雅陵夷,每览《子衿》之诗,未尝不慨然。……"①这里使晋明帝"慨然"的,自然也是"刺学校废"的《子衿》而非情诗《子衿》。不光这两例,实际上,在这首诗的后世接受史上,学子之歌的说法地位长期稳固。

可是,"一日不见,如三月兮",一天不见面,就跟煎熬了漫长的三个月似的痛苦难受,和《王风·采葛》篇一样,这是用夸大时间的长度来极写思念的强度和深度。写情如是,《子衿》不是男女恋歌还能是什么?!尽管经学的阐释对后世的影响持久而深远,但女子相思、怨人不来之说仍然逐渐地成就了《子衿》的另一副面貌,这,也许还可能是它的本来面貌,朱熹当年就曾说过的——"此亦淫奔之诗"②。对于当代读者而言,这一面貌或许更为亲切生动,时移境迁,我们完全可以同时接受两种不同的《子衿》。

---

① 《晋书》卷九十一《儒林传·虞喜传》,第2348页。
② 《诗集传》卷四,第54页。

诗共三章，或叙述，或抒怀，纯用赋写，笔法简净。开篇即以女子口吻自述怀人之情，原来她心心念念的，是一位衣领上镶着青色布边儿的学子。了解这个信息，是参照了经学的阐释。《毛传》在"青青子衿，悠悠我心"下注曰："青衿，青领也，学子之所服。""青衿"由此成为学子的代称。这在《诗经》情歌中不多见的对男主人公身份的揭露不免叫人好奇，并且产生疑问——这是一首发生在学官内的爱情？还是二人相恋在宫墙之外？但诗里什么都没说，所有的故事背景都略去了，只是恰到好处地留白，我们只能看见（或听见）女子的思念——这又跟《诗经》其他情歌没什么两样了。难怪不少学者质疑《毛传》的解释，所谓"具父母，衣纯以青"①，衣领上镶了青色布边儿的，一定是学子么？

一、二章中，女子望穿秋水也等不来"青衿"的身影，不由得由爱而怨："纵我不往，子宁不嗣音？""纵我不往，子宁不来？"纵然我不去会你，难道你不能捎个信来问候我？纵然我不去会你，难道你不能主动来找我？这责备、埋怨又带着矜持的心思连同女子彼时的神态表情，千年之后犹自熟悉，热恋者或曾经热恋者可于此处相视而笑。第三章转入实境的描写："挑兮达兮，在城阙兮。"只有两句，但情和境都在里面。"挑达"是因为久候情人不至而心神不宁、来回徘徊；"城阙"是跟情歌关系密切、发生过许多爱情故事的场所，那里有快乐的幽期密约，也有焦灼的翘首期待；有别人的，也有他俩的；这一次是她在孤独地引颈而待。长时间的城阙挑达、往来寻觅而不见和渐增渐剧的心烦意乱，终于让女子冲口说出"一日不见，如三月兮"的经典独白，时间感在她心中的急速夸大就像一面镜子，照出了她对"青衿"那片如火如荼的情意，那一刻，"纵我不往，子宁不来"的埋怨早已在她心里消失殆尽。如此看来，《子衿》在写法上与《诗经》中的其他情歌还是有所不同的，除了末章"挑达"一词是动作描写外，其他笔墨都集中在表现女子的恋爱心理上了。

---

① 《礼记正义》卷五十八《深衣第三十九》，第3612页。

这个不同,让这首诗成为开启"后世小说言情之心理描绘"①的《诗》中佳什。

最后有个问题:细心的读者也许已经发现了,三章诗中,前二章形式工整、重章叠唱,第三章却明显地发生了变化。近人吴闿生说:"旧评:前二章回环入妙,缠绵婉曲。末章,变调。"②他看到的是末章在诗歌创作艺术上的转变,那么其他方面呢?难道《子衿》遇到了和《郑风·女曰鸡鸣》一样的问题——错简之后缀合?似乎是。这里仍然借用翟相君先生的观点,他认为:"前两章应是单独一篇,从'往'、'来'及'嗣音'看,并非隐蔽的言情之事,作为怀友之诗为好。后四句每句带'兮'字,不仅与前两章句式不类,而且诗意不连贯,情调也不合。前者深沉悠思,后者急促轻浮,完全是两种气氛。据此,原诗本为两章,后四句应是错简窜入的。"至于后四句的来历,翟先生认为有两种情况可能性较大:"第一,原诗散失,残存四句,缀在《子衿》之后。第二,原诗为二章或三章,分别窜入其他诗篇。"③这一观点可资参考。只是,如果这个发现符合《子衿》的历史真貌,如果诗歌末章确系错简而由外窜入,如果没有了"一日不见,如三月兮",只剩下两章的《子衿》,还能有如此魅力吗?

出其东门

出其[1]东门,有女如云[2]。虽则如云,匪我思存[3]。缟衣綦巾[4],聊乐我员[5]。

出其闉闍[6],有女如荼[7]。虽则如荼,匪我思且[8]。缟衣茹藘[9],聊可与娱[10]。

---

① 钱锺书:《管锥编》(一)"毛诗正义"之三四,第188页。
② 吴闿生:《诗义会通》卷一,第72页。
③ 详参翟相君《诗经新解·"郑风"错简臆断》,第330—331页。

[注释]

[1]其:那个。

[2]如云:形容(游女)美艳而众多。

[3]匪我思存:即非我所思。 存:思念。"思存"与《周南·关雎》"寤寐思服"之"思服"同。

[4]缟衣:白绢衣。 缟:不染色的素白绢。 綦(qí):深青色。 巾:佩巾,即蔽膝,是上衣下裳制中系在腹部前面、遮盖大腿至膝部的配饰,呈长条形,比围裙窄。

[5]聊:且(含自足之意)。 我员(yún):《韩诗》"员"作"魂",魂,神也,有"我怀"之意。

[6]闉(yīn)阇(dū):曲城(即瓮城)重门。 闉:古代城门外的曲城。 阇:城门上的台。

[7]如荼:繁如秋荼,形容众多。 荼:茅草的白花,轻细而繁。

[8]思且(zhù):犹"思著"、"思存"。

[9]茹藘:茜草,《郑风·东门之墠》有"茹藘在阪"句。此处亦指佩巾而言,即绛红色蔽膝。"缟衣茹藘"者与上章"缟衣綦巾"者为同一人,因分章换韵而改字。

[10]娱:乐也。

[品读]

《诗经》里见惯了女子的情肠,思着、恋着、怨着、候着……所以,记录男子情语的《出其东门》,便多少有些不同。它比《邶风·击鼓》轻松,没有"于嗟洵兮,不我信兮"的绝望;又比《鄘风·桑中》含蓄,没有"期我乎桑中,要我乎上宫"的自得;它给人的感觉是平和的,不过那平和中有明显的深挚。

郑都东门又有故事,诗共两章,赋同一事,情调温雅,从容地说将过去。大概是日又值士女欢会,男子信步出城,满眼紫陌红尘,佳丽如云,可"虽则如云,匪我思存"。诗章只用"虽则"二字,便轻轻一转,将众美姝果真如"浮云"一般漠不相关地拂过,代以无可动摇的语气,呼唤出他心中的她。那是一位身穿素白缟衣、腰系深青色佩巾的姑娘,她的简朴妆束,反过来叫华服众女黯然失色。因为,唯有她,才是他的心之所属、情之所钟、神之所守、乐之所在!有人说"有女如云"、"有女如荼"是对"缟衣綦巾"、"缟衣茹藘"的渲染和反衬,从诗歌的表现手法上看,似有道理,但若将前者理解为粗笔带过,或更有一番滋味。"……只浑融借出门所见,模写其所私者不在彼,而所乐者惟在此,分明一种淡然安分之意,不以所见而移,反以所见而验,其意更觉隽永。"①满目如云的美女只是"浑融"之笔,只是不确定的所指,只为借它勾起情事。"聊乐我员"或"聊可与娱","既曰不过如此,又曰舍此无他,则唯一也便是全部了"②。一个"聊"字,见出男子的自足。明人戴君恩说:"破得此关,当以出世男子许之矣。"③赞语稍嫌过度,但这位男子对感情如此忠贞不二,《诗》中确实不多见,他把那位在我们脑海里扎了深根的、"二三其德"的"氓"彻底地覆盖了。

野有蔓草

野有蔓草[1],零露漙兮[2]。有美一人,清扬婉兮[3]。邂逅相遇,适[4]我愿兮。

野有蔓草,零露瀼瀼[5]。有美一人,婉如[6]清扬。邂逅相遇,与子偕臧[7]。

[注释]

[1]野:郊外。 蔓草:蔓延的草。
[2]零:落下。 漙(tuán):一作"团",露水成珠,指露多之貌。
[3]清扬:美目貌,与《鄘风·君子偕老》"子之清扬"同。 婉:同"睕",目

---

① (明)范王孙:《诗志》卷五引《诗测》,《四库全书存目丛书》经部第七一册,第478—479页。
② 扬之水:《诗经别裁》,第90页。
③ (明)戴君恩:《读风臆评》,《四库全书存目丛书》经部第六一册,第249页。

大貌。一说美好貌、妩媚貌。

[4]适：合。

[5]瀼瀼(ráng)：露浓貌。

[6]婉如：即婉而，婉然。

[7]皆臧：皆善，皆好，都满意。"皆"一作"偕"。　臧：美，善。　朱熹《诗集传》云："言各得其所欲也。"（卷四，第56页）　一说"皆臧"为"偕藏"，指一同藏匿起来，以免合欢时被人看见。

[品读]

　　读这首诗之前，我们不妨再次回顾此前曾经提到过的鲁昭公十六年（前526年）郑国六卿与晋国卿大夫韩宣子之间那段赋诗观志的外交对话。当时，子齹首赋，史载其"赋《野有蔓草》"，这首诗共有十六句，不难猜测，子齹选取的一定是"邂逅相遇，适我愿兮"两句，来表达他与韩宣子幸会之意，所以宣子回答："孺子善哉，吾有望矣。"作为外交辞令，这两句诗恰到好处，所以很受欢迎。早在子齹之前，同为郑六卿的子大叔也借用过，那是鲁襄公二十七年（前546年），还是发生在晋、郑两国之间，那日，郑伯在垂陇设宴为晋国正卿赵孟饯行，子展等七人陪同。依赵孟之请，七人相继赋诗，其中，子大叔赋的也是《野有蔓草》，同样，他选择的也一定是"邂逅相遇，适我愿兮"二句，所以赵孟听了这表达欢会和悦慕的话后，很是开心，礼貌地回了句"吾子之惠也"。①其实，子大叔、赵孟也好，子齹、韩宣子也好，他们都知道《野有蔓草》本是一首民间男女郊外合欢之辞，但外交用诗尽可断章取义，只要双方能心领神会，不必在乎诗本义。

　　此诗首言郊外草蔓露浓，《毛传》在次句"零露漙兮"下注有"兴也"二字，这说明其下"有美一人"等四句情事都是首二句兴起的内容。朱熹说："男女相遇于野田草露之间，故赋其所在以起兴。"②其实不尽然，《诗经》中以草上浓露起兴的

---

① 《春秋左传正义》卷三十八襄公二十七年，第4335—4336页。

② 《诗集传》卷四，第56页。

很多，不一定都是实写。例如《小雅·蓼萧》有言："蓼彼萧斯，零露湑兮。既见君子，我心写兮。"首二句描写蓼萧零露，只是为了引出后二句"既见君子"的快乐。《小雅·湛露》篇也是如此："湛湛露斯，匪阳不晞。厌厌夜饮，不醉无归。"这是一首描写周天子燕享诸侯的诗，草上之露用于起兴，引出下面的夜饮之乐，同时还兼有比喻作用，夜饮不醉不归如同湛露非阳不晞。可以看出，这两首诗中前两句里的"露"都不是实写，"野有蔓草，零露漙兮"为什么就一定要坐实为诗中男女相遇在"草露"间呢？它很有可能也只是用于引出下面四句的欢会，跟情事发生的时辰并不相干。

《郑笺》说："蔓草而有露，谓仲春之时，草始生，霜为露也。《周礼》：'仲春之月，令会男女之无夫家者。'"这种解释比朱熹的"野田草露之间"来得谨慎，但郑玄仍然将"草"和"露"坐实了，他通过"蔓草有露"指明男女相遇的季节在仲春之时，并且推出周礼来支撑诗中的情事——这条笺注，成全了《野有蔓草》最为后人接受的主题，即民间男女郊外合欢之辞。仲春二月是礼法许给周代青年的浪漫季节，我们无法想象在那些春暖花开的二月里曾经发生过多少爱情故事，好在《诗经》替我们保留了不少，《野有蔓草》应该就是其中之一。后世不少读者对这首诗的理解都跟《郑笺》保持一致，这一次它的阐释没有跟政教拉上关系。一对青年男女"邂逅相遇"在美好的春天，因为不期然，女子在男子眼中便显得尤其亮丽，所以"有美一人"之后还要特别赞一声"清扬婉兮"；而男子的喜悦之情也因为这意想不到增加了砝码，所以直截了当奔着"适我愿兮"去了，喜色就在眉梢，一点儿掩饰都没有。这样的仲春二月，"奔者不禁"，那一刻，正是他俩的良辰美景，所以，光是"适我愿兮"还不够，"与子皆臧"才是那个季节里最美妙的华章。朱熹说"与子偕臧，言各得其所欲也"[①]，确是诗义所在。

---

① 《诗集传》卷四，第56页。

那么，这样的情歌进入《诗》文本时，《诗序》会给出怎样的解释呢？自然，一定还是要关涉到政治的，不过，对于《野有蔓草》，附加义距离诗本义还不算太远。《诗序》说："《野有蔓草》，思遇时也。君之泽不下流，民穷于兵革，男女失时，思不期而会焉。"显然，序诗之人避开了《野有蔓草》中男女二人已经邂逅相遇、适愿皆臧的诗本义，而变换角度，说因为世乱，国君的恩泽无法广布，百姓陷于战乱生计窘困，不能及时男婚女嫁，也不能每年按时"会男女"。所以，《野有蔓草》咏唱的不是"邂逅相遇之后"，而是尚未"不期而会"；不是已然相遇的极度快乐，而是不能相遇从而对"仲春二月"充满了期待。《诗序》如此费心地解说，当然是因为诗歌职在美刺，序诗之人无法撇开政教，周代为政治服务的使臣采诗、太师陈诗、天子观风的采诗制度决定了他只能这样作序。然而，从这条释义中，我们仍然可以看出，序诗者对这首诗的理解实际上跟我们是一样的，只不过他欲盖弥彰，弯儿绕得太远了。

从这层意义上解读《野有蔓草》，如果不考虑春会男女、奔者不禁之俗，"邂逅"一词也可以给读者启发。今天我们一般把这个词理解为不期而遇，清人陈奂《诗毛氏传疏》认为，这个"邂逅"应当视作"解覯"，"解覯"就是男女合会、合欢。①闻一多先生又据《周易》"男女構精，万物化生"②一语，得出"邂逅本有交媾的意义"之论，并在此基础上对这首诗进行了情景还原："你可以想象到了夜深，露珠渐渐缀满了草地，草是初春的嫩芽，摸上去，满是清新的凉意。有的找到了一个僻静的岩下，有的选上了一个幽暗的树阴。一对对的都坐下了，躺下了，嘹亮的笑声变成了低微的絮语，絮语又渐渐消灭在寂默里，仿佛雪花消灭在海上。他们的灵魂也消灭了，这个的灵魂消灭在那个的灵魂里。停了半天，他才叹一声：'适我愿

---

① （清）陈奂：《诗毛氏传疏》卷七，第36页。
② 《周易正义》卷八《系辞下》，第184页。

兮!''与子皆臧'也许是她的回答。……"①郑玄当年点到辄止的笺注,在闻一多先生这儿被渲染成了一篇美文,但终究是读者会意便好,诗歌无须解得如此明白。

以上我们通过周代婚俗的视角、通过关键词的训诂殊途同归地得到了《野有蔓草》描写青年男女郊外合欢的结论,这首诗做如上理解,似乎已经足够了。可是,还有问题——"有美一人,清扬婉兮"一定是指女性吗?《郑风·叔于田》首章曰:"叔于田,巷无居人。岂无居人?不如叔也,洵美且仁。……"后二章陆续有"不如叔也,洵美且好"、"不如叔也,洵美且武"句,都用"美"字来赞叹男性("叔"),可见"有美一人"不能仓促断定为指漂亮的姑娘。此外,《齐风》中有《猗嗟》歌,共三章,首章云:"猗嗟昌兮,颀而长兮。抑若扬兮,美目扬兮。……"次章云:"猗嗟名兮,美目清兮。……"末章云:"猗嗟娈兮,清扬婉兮。……"《猗嗟》也是描写男性之美的,这位男子健壮伟岸,光彩夺目,诗人用来赞美他的若干个句子中有跟《野有蔓草》完全一样的"清"、"扬"、"婉"三字。由此,有学者认为《野有蔓草》中的"有美一人,清扬婉兮"两句,"是形容一位有社会地位的男子长得出众,是一位不寻常的人物";"邂逅相遇,适我愿兮"两句是"作者表达见到这个人物的喜悦,目的在于称颂对方";概言之,《野有蔓草》"是歌颂一位有社会地位的人物之诗"。②此解可备一说。只是如此一来,《野有蔓草》原有的青春浪漫全都消失了,它变成了一首地道的社交用诗。

溱洧

溱与洧[1],方涣涣兮[2]。士与女[3],方秉蕳兮[4]。女曰:"观乎[5]?"士曰:"既且[6]。""且往观乎[7]?洧之外[8],洵訏且乐[9]!"维士与女,伊其相谑[10],赠之以勺药[11]。

---

① 详参闻一多《诗经的性欲观》,《闻一多全集》(三),第172页。

② 详参翟相君《诗经新解·〈野有蔓草〉新解》,第322—327页。

溱与洧，浏[12]其清矣。士与女，殷其盈矣[13]。女曰："观乎？"士曰："既且。""且往观乎？洧之外，洵訏且乐！"维士与女，伊其将谑[14]，赠之以勺药。

[注释]

[1]溱洧：溱水和洧水，郑国二水名。

[2]方：正当。 涣涣：(冰河解冻后)水流盛大貌。

[3]士与女：泛指游春男女，下文"维士与女"同；下句"女曰"、"士曰"则为特指。

[4]秉：手持。一说佩戴。 蕑(jiān)：兰也，香草名，可杀虫毒，除不祥。

[5]观乎：去看看吧。 观：游观。

[6]既且：已经去过了。 既：已也。 且(cú)：通"徂"，往、去。

[7]且往观乎：再去看看吧。这句同下两句都是"女"劝"士"之辞。 且：复、再。

[8]洧之外：当指水岸附近的宽阔之地。

[9]洵訏(xū)且乐：实在是宽大而且热闹。 洵：实在，确实。 訏：大也。

[10]伊：犹"维"，句首语助词，无实义。 相谑：相互调笑。

[11]勺药：香草名，有芍药、辛夷、江离等说。《郑笺》云："其别，则送女以芍药，结恩情也。"一说勺药为离草，士女分别时互赠此草以寄离情。成语"采兰赠药"由此句发展而来。

[12]浏：水清貌。

[13]殷：人众多貌。 盈：满。

[14]将谑：犹上章"相谑"。

[品读]

本篇题名之"溱洧"二字，原是郑国的两条河流，后来"涉溱洧"发展为表示淫乱的代名，如南宋陆游在其笔记中称："元和初，达官与中外之亲为婚者，先已涉溱洧之讥。"①清人纪昀记乡村某媪异事时也说："以其初涉溱洧，故旌典不及，

---

① (宋)陆游：《避暑漫抄》，第1页。

今亦不著其氏族也。"①此二字含义如此有趣的转变，起源就在《溱洧》。这首诗跟《郑风·野有蔓草》一样，都涉及男女野外合欢，所不同的是，后者的主题尚存争议，而对于《溱洧》之旨，几乎众口一辞。

最初，《诗序》是这样解说这首诗的："《溱洧》，刺乱也。"就郑国而言，"乱"主要是指"公子五争，兵革不息"之世，即自郑庄公卒后至郑厉公复位的二十余年(前701年—前680年)，这或许是《溱洧》产生和流传的年代。但是，从诗本义看，《溱洧》非但没有乱世之迹，所见还一片欢乐。这样的疑虑续序作者一定也有，所以，他在首序之后加了一句续申之辞："兵革不息，男女相弃，淫风大行，莫之能救也。"这就把"刺乱"之"乱"解释为"淫乱"，并且定了《溱洧》的调。首序作者的初衷是否也是如此？我们不得而知，总之《郑笺》认同了续序的看法，郑玄说："救，犹止也。乱者，士与女合会溱洧之上。"在"士与女，方秉蕳兮"句下，他注曰："男女相弃，各无匹偶，感春气并出，托采芬香之草，而为淫佚之行。"在"维士与女，伊其相谑，赠之以勺药"下，又注曰："士与女往观，因相与戏谑，行夫妇之事。其别，则送女以勺药，结恩情也。"有了这一番逐句的解释，《溱洧》的诗旨便凿实了。

《孔疏》对这首诗的内容发挥得最是详尽，不妨引述如下："郑国淫风大行，述其为淫之事。言溱水与洧水春冰即泮，方欲涣涣然流盛兮。于此之时，有士与女方适野田，执芳香之兰草兮，既感春气，托采香草期于田野，共为淫佚。士既与女相见，女谓士曰：'观于宽闲之处乎？'意愿与男俱行。士曰：'已观乎。'止其欲观之事，未从女言。女情急，又劝男云：'且复更往观乎？我闻洧水之外信宽大而且乐，可相与观之。'士于是从之。维士与女，因即其相与戏谑，行夫妇之事。及其别也，士爱此女，赠送之以勺药之草，结其恩情，以为信约。男女当以礼相配，今淫佚如是，故陈之以刺乱。"孔颖达这段话里包含了三层内容：第一，《溱洧》描写的是没有"以礼相配"的男女私自"为淫之事"，采它入《诗》是为了刺(淫)乱。这

---

① （清）纪昀：《阅微草堂笔记》卷十《如是我闻(四)》，第213页。

是个道德礼法评断。《溱洧》写"淫",这一看法不仅孔颖达有,在他之前,郑玄也有,在他之后,朱熹更有。"淫"字在诸儒们的解诗著述中就像是个标记,所有跟男女情爱有关的诗歌,都统统不加选择地戳上了这个标记,我实在怀疑,他们当初用这个词时是否都板着面孔、一肚子的情愿?可以肯定的是,无论"淫"字从前怎么解释,现在又该当何意,今天绝大多数读者已经对它不作过多的理会了,《溱洧》在我们眼中,就是一首描写郑国士女游春相戏的诗。孔颖达其实也读出了这一点,所以他这段话里的第二层内容,从"言溱水与洧水春冰即泮"到"以为信约"的一大段文字,展开的就是这样一幅详细生动的游春图。

"溱与洧,方涣涣兮",这是春天的气息,同时也暗示着诗中的"士"与"女"跟《野有蔓草》中的那对青年一样,欣喜地盼来了一年一度的"令会男女"、"奔者不禁"的仲春二月。那时候,水边是最热闹的,因为,按照郑国习俗,二月桃花水下来时,人们将群聚于溱、洧之畔,招魂续魄,祓除不祥。可以想象,在那段春暖花开的日子里,郑人是怎样成群结队地涌向溱、洧涤濯自身,以求福祉,然后,在水边嬉戏游玩,尽盛会之欢!礼法和风俗让每年的这个季节成为郑国未婚男女的嘉年华。"士"和"女"就这样在人群中邂逅了,但他们没有马上"适愿皆臧",而是进行了一段有趣的对话。女子主动发出邀约,说:"去看看吧。"男子竟然没能会意,傻乎乎地回答:"我去看过了。"女子有些情急,口气中添了央求:"再去看看嘛!"言下之意,去过又何妨?为我,再去一回又有何妨?男子终于会意,于是,一起去了。然后,诗歌不再单独说他俩,而是转向了开篇描写过的那群手持兰草的"士与女",说他们"伊其相谑",然后"赠之以勺药",这个"他们"里面,一定也包括了特别描写过的"他"和"她"。可是这中间发生了什么?为什么郑玄和孔颖达一致断言他们去往宽阔的"洧之外"后,便"因相与戏谑,行夫妇之事"?这也就是孔颖达上段文字中隐含的第三层内容,但他没有明言。

这个问题又跟另一个问题相关联,即当"士"与"女"相遇时,女子说:"观乎?"

男子回答："既且。"细心的读者可能要问：他们要去"观"和"士"已经"观"过的到底是什么？《左传·庄公二十三年》载："夏，公如齐观社，非礼也。"①这里出现了"观社"二字。此前我们分析《鄘风·桑中》篇时，曾经引用过一段《墨子·明鬼下》中的话："燕之有祖，当齐之社稷，宋之有桑林，楚之有云梦也。此男女之所属而观也。"这里也说到了"观"。结合起来看，燕国的祖、齐国的社稷、宋国的桑林和楚国的云梦，都是古代祈雨、求子和祭祀的地方，同时也是男女聚会之所，而男女在这些地方聚会的主要内容，就是自行寻找配偶并随即结为夫妻，这是受到为促进人口蕃育而制定的"中春之月令会男女，于是时也奔者不禁"的周代礼法的鼓励。这一充满着自然野性的婚恋习俗，体现了先民们对化生万物的春之精神默契而热烈的遵从。《墨子·明鬼下》中所谓"男女之所属而观"的"属"字，就有"合"的意思，而"观"的内容，以及《溱洧》中"且往观乎"的，都是春会时男女群聚求偶欢会的场景。所以，《溱洧》所见，是春天里，河水清涟，百花盛开，成群结队的情人在河洲上幽会、戏谑、野合，谁也不避着谁。想必"齐社"之景也是一样，因此，当与《溱洧》年代大体相近的鲁庄公"如齐观社"时，《左传》的评价是毫不客气的一句话——"非礼也"，后面还跟了一段曹刿庄容正色进谏的话。"君举必书"，所以行动受限，可对于民间士女，春会游观正是一大赏心乐事。所以，《溱洧》其实是诗家借一对士女的对话演而成章，延展开一幅春秋时期郑国集体性的男女野合习俗画面。闻一多先生怀疑诗中"伊其相谑"之"谑"与男女交合、性欲有关②，也可以视作这首诗描写群体欢会的一个证明。顺便说一下，据《史记》记载，郑文公二十四年（前649年），姜氏燕姞夜梦天神给了她一支兰草，并告诉她："我是你的祖先，我把兰草送给你当儿子，它将香盖一国（"以是为而子，兰有国香"）。"燕姞将

---

① 《春秋左传正义》卷十庄公二十三年，第3680页。
② 闻一多：《诗经的性欲观》，《闻一多全集》（三），第173页。

此梦告诉郑文公,于是文公幸之而生下一子,取名即为"兰"①,也就是后来的郑穆公。这个故事跟《溱洧》里士与女秉蕳而会、"托采芬香之草,而为淫佚之行"是否有着某种契合？是燕姞因歌谣有所感念而确实有梦,还是她从这首歌里得到启发聪明地成全了自己？我们不得而知。从时间上看,《溱洧》当时大概已经是国中的流行歌谣了。

---

① 《史记》卷四十二《郑世家第十二》,第1765页。

齐 风

齐地乐调进入周乐，极有可能发生在本国与周王室关系相对密切的两个时期：一是西周后期诸侯宗周、大兴礼乐的周宣王时期，二是春秋前期齐国称霸中原、尊王攘夷的齐桓公时期。前人说诗，一般把《齐风》分为两组，一组刺齐哀公，一组刺齐襄公，据此，大致可以认为《齐风》十一篇中的前五篇——《鸡鸣》《还》《著》、《东方之日》和《东方未明》产生于齐哀公至齐文公时代，后六篇——《南山》《甫田》《卢令》《敝笱》《载驱》和《猗嗟》则可能产生于齐襄公前后。不过请大家注意，这种划分目前仍然缺乏有力依据。

《齐风》的存诗量不如《郑风》，但与后者绝大部分为情歌相比，《齐风》的内容丰富得多。这十一篇可大略分成三个方面：描写齐人田猎好猎、讥刺齐襄公与其同父异母妹文姜淫乱、反映齐人的婚恋婚俗。人云："东方之国齐为大，录齐诗，而东方风俗，可概见矣。"① 此说不误，《齐风》虽然存诗不多，但齐地尚武、好猎、崇侈、善乐舞等风土特点都在其中有不同程度的反映。就形式和音乐特色言，齐调舒缓深长，变化不定，不拘于"诗三百"的四字节奏。体现在文辞上，则句式散长，十一首中有六首之多为杂言，其中诗句最长者达七言；又多用"兮"字及"乎而"、"止"等句末语词，使得歌诗情感温而不迫。这一音乐特点导致《齐风》明显不同于他国风诗。

---

① （清）牟庭：《诗切》，第873页。

还

子之还兮[1],遭我乎峱之间兮[2]。并驱从两肩兮[3],揖我谓我儇兮[4]。

子之茂[5]兮,遭我乎峱之道兮。并驱从两牡[6]兮,揖我谓我好[7]兮。

子之昌[8]兮,遭我乎峱之阳[9]兮。并驱从两狼兮,揖我谓我臧[10]兮。

[注释]

[1]子:与"我"相对的另一位猎者。 还(xuán):古与"旋"通,敏捷貌。
[2]遭:遇见。 峱(náo):齐国山名,在临淄南十五里。
[3]并驱:并马驱驰。 从:追逐。 肩:与"豜"通。兽三岁为肩,此处泛指大兽。
[4]揖:拱手作揖。 儇(xuān):身手轻利矫健貌。这是"子"夸赞"我"的话。
[5]茂:本义为草木盛,引申为美,此指习于田猎技艺高超。
[6]牡:雄兽,田猎以牡为贵。
[7]好:此亦指猎者技艺高。
[8]昌:壮健英俊貌。
[9]阳:山的南面。
[10]臧:善,此指本领强。

[品读]

《还》是一首猎人之歌,体现了齐人的尚武好猎之风。全篇用赋法,曲调豪爽粗犷欢快,对猎者生活和技艺的赞颂回荡于旋律间。《诗序》说:"《还》,刺荒也。哀公好田猎,从禽兽而无厌,国人化之,遂成风俗。习于田猎谓之贤(即'儇'),闲于驰逐谓之好焉。"这采诗之义未免离题太远。

《还》真正描写的是猎者"我"与同行偶然相遇于峱山南,见他身手敏捷矫健,惊喜之余,忍不住道了声好:"子之还(茂、昌)兮!"这一声赞叹放在诗首,效果又自不同,开口便赞,更显出"我"对"子"的钦佩之意。然后,"我们"一起追逐那两只大公狼;再后,诗尾来了个有意思的转折,还是"我"的口吻,但讲述的是"子"的表现:他对"我"作了个揖,也夸起"我"来:"谓我儇(好、臧)兮。"《郑笺》说"儇"者,乃"誉之者,以报前言'还'也","好"者,"以报前言'茂'也";同样的,"臧"字便是"子"报前言"昌"也。一往一复,英雄惜英雄,彼此仰慕,彼此夸赞,彼此推许,又彼此自豪得意。这首诗没有特别具体的情节,那两只狼(很有可能还是虚笔)一定是捕获到了的,"我"在逐猎的过程中一定表现出了好本领,所以赢得末句"子"对"我"的作揖称赞。但诗的好处就在于不必把话全都说透,"寥寥数语,自具分合变化之妙。猎固便捷,诗亦轻利,神乎技矣"①,便是与我们相同的体会。一章中总共只有四个句子,互誉的话就占了一半,句式还或四言、或七言、或六言的长短参差,可仿佛就在这轻松错落间,《还》的热闹和不受拘束的豪情就无边地洋溢了出来。还有那通篇每句一个"兮"字,这个没有实际意义却缺它不可的词,用起来实在是妙不可言,仿佛一句一叹,"我"的声口如在耳畔;又兼"我"字频频出现在句中,其自信、自得、畅快、豪放、意气风发何如哉!同《国风》中常见的悲欢离合缠绵悱恻的情歌相比,《还》实在是别有一番风味。明人戴君恩高度评价这首诗,说它"豪爽骏快,读之犹觉有控弦鸣镝、鼻端出火、耳后生风之气"②,这虽是想象之词,但兽走马驰、箭飞人奔的确是《还》字里行间喧腾的气势。

诗三章复沓咏唱,各章除了用来夸赞猎者身手敏捷、技艺高超、体貌健壮的"还"、"儇"、"茂"、"好"、"昌"、"臧"六字变换外,用词不同的还有二人相遇之地峱之"间"、"道"、"阳"和表示猎物的"肩"、"牡"、"狼"。须得注意,不必太过拘泥

---

① (清)方玉润:《诗经原始》卷六,第230页。
② (明)戴君恩:《读风臆评》,《四库全书存目丛书》经部第六一册,第250页。

后六字各自的意思,它们实际上起着三章文义互足的作用,即"猃之间"、"猃之道"和"猃之阳"一同表示山南小路,而"两肩"、"两牡"和"两狼"则合指两只大公狼。

著

俟我于著乎而[1],充耳以素乎而[2],尚之以琼华乎而[3]。

俟我于庭[4]乎而,充耳以青乎而,尚之以琼莹乎而。

俟我于堂[5]乎而,充耳以黄乎而,尚之以琼英乎而。

[注释]

[1]我:新妇自称。 著:同"宁"(zhù),指宫室门与屏之间可伫立之地。乎而:语尾助词,或为齐地方言。
[2]充耳:穿耳的玉瑱佩饰。 素:白色,与二、三章之"青"、"黄"皆指瑱的颜色,称美玉瑱的鲜丽,换字以叶韵。
[3]尚:加。 琼华:有光彩的美玉,下二章"琼莹"、"琼英"同,皆指充耳的美质。 华:光彩。
[4]庭:庭院,中有由门至堂之径。
[5]堂:此处指堂前,正房前。由"著"而"庭"而"堂",指新郎由远而近走来。

[品读]

《著》是一首婚礼上的歌,描写新郎新娘初次相见,但它不写婚礼最隆重最动人心魄的时刻,而只挑行礼前的一幕,撷取新妇微睇夫婿的一个场景,就足够生动喜庆。新妇于归,进得夫婿之门,从著到庭、由庭至堂,一步一个停顿,点逗生情,舒缓有致。"俟我"二字别有意味,不说"他俟我",只说"俟我",一边是将为人妇的少女的娇羞,一边又是私心里满满的喜悦和幸福,后人说"此情可待成追忆",这一刻算是么?心慌意乱间,她不能仔细端详夫婿,只用眼角迅速地瞟了他一下,正好看见那两粒精美鲜亮的玉瑱了。那就是他么?那是怎样的他啊!神采奕奕的？气宇轩昂的？高贵富有的？健康朝气的？还是仪态优雅的？一任你尽情想象。总之，只这偷偷的一瞥，便已叫新妇心花怒放！你听一章中三个乐句，连用了三个"乎而"结尾，曲调舒缓曼长，余音摇曳，悠扬在耳，加上三章回环复沓，短短一首歌，唱出多少欢乐！

可是《诗序》似乎完全忽略了诗中的快乐，仍然有话要说："《著》，刺时也，时不亲迎也。""刺"什么？刺齐俗。按照周礼，士婚礼有所谓"六礼"之说，即从起初的议婚到最后的完婚，婚礼要经过纳采、问名、纳吉、纳徵、请期和亲迎等六道程序。就亲迎而言，男家请期之后，于吉日之时，新郎须乘车至女家迎娶新妇。可是，齐俗不亲迎，所以，朱熹引用吕祖谦语曰："婚礼：婿往妇家亲迎，既奠雁御轮而先归，俟于门外，妇至则揖以入。时齐俗不亲迎，故妇至婿门，始见其俟已也。"① 也就是说，在齐地的礼俗中，新妇只有来到新郎的门前，才有可能一睹新郎之貌，可见至少周代婚礼中的亲迎礼，齐人就没有遵守。"礼贵亲迎而齐俗反之，故可刺。"② 于是，这么美的一首好歌，承担起了刺齐俗结婚不亲迎的重任。

当然，反驳的意见一定有，清人郝懿行就说："士有亲迎者，女家悦其服饰之盛，君子喜其重大婚之礼，述以美焉尔。"③ 虽然此说并不全面，诗中之喜非只为"女家悦其服饰之盛"，但很明显，郝懿行并不认为《著》中有"刺"的成分。还有学者认为《著》非亲迎当下，而是"思亲迎"④ 之歌，是女子回忆出嫁时夫婿来迎的快乐："中庭是她和新郎第一次相见的地方。'充耳以素'，'尚以琼华'是新郎给她的第一个印象。"⑤ 另有学者认为《著》并无具体所指，怀疑它是"贵族女子出嫁，女伴

---

① 《诗集传》卷五，第59页。
② （清）方玉润：《诗经原始》卷六，第231页。
③ （清）郝懿行：《诗问·国风》卷下，《续修四库全书》经部诗类(65)，第224页。
④ 闻一多：《风诗类钞乙·著》，《闻一多全集》（四），第499页。
⑤ 余冠英：《诗经选·齐风·著》，人民文学出版社，1958年第1版，第65页。

相随歌唱之词。有如后世新妇伴娘之歌词赞颂然"[①]；又或认为这是一首通用的婚礼仪式歌，当"新婿到女家迎妇时，由乐工代表女方演奏，以此表示欣悦之情"，新郎的装饰其实都是泛指。[②]这些说法都可以成其一说。

　　《齐风》中排序紧挨着《著》的《东方之日》也是一首婚礼歌，内容与《著》相表里，有如新人之间的一唱一答，《著》奏出的是新妇的喜悦，《东方之日》则歌唱了新郎的快乐。诗共两章，首章曰："东方之日兮！彼姝者子，在我室兮。在我室兮，履我即兮。"次章曰："东方之月兮！彼姝者子，在我闼兮。在我闼兮，履我发兮。""东方之日"与"东方之月"都是赞誉新妇美貌的歌辞，"履我即"、"履我发"分别指新妇踩我的膝和踩我的脚，"我"自然是新郎口吻。新妇于归后，由新郎将她引进内室，陪嫁女会在室内西南角布好席子，让新人入座。两人坐在席上，亲近所至，不言而"履即"、"履发"以示意。不能确指《东方之日》在婚礼的哪个环节中奏响，但从辞义上看，它是通过细小的动作描写出礼成之后一对新人在内室中的戏谑亲热。跟《著》一样，它也可能不是新人自唱，而是由乐工演奏，借乐工之口唱出新郎将新妇娶进家门、"在我室"、"在我闼"后的喜悦之情。

南　山

南山崔崔[1]，雄狐绥绥[2]。鲁道有荡[3]，齐子由归[4]。
既曰归止[5]，曷又怀[6]止？

葛屦五两[7]，冠緌双止[8]。鲁道有荡，齐子庸[9]止。
既曰庸止，曷又从[10]止？

艺[11]麻如之何？衡从其亩[12]。取妻如之何？必告
父母[13]。既曰告止，曷又鞠[14]止？

---

① 陈子展：《诗经直解》卷八，第297页。

② 刘毓庆：《诗经图注（国风）》之《著》考评，第285页。

析薪[15]如之何？匪斧不克[16]。取妻如之何？匪媒不得。既曰得止，曷又极[17]止？

[注释]

[1]南山：齐国山名，亦名牛山。　崔崔：高峻貌。
[2]雄狐：此喻齐襄公，古人以狐为淫媚之兽。　绥绥：相随貌，是雄狐追逐匹偶之状，此喻齐襄公追随文姜。
[3]鲁道：通往鲁国的大道。　有荡：即荡荡，平坦貌。
[4]齐子：指齐釐(僖)公之女文姜。　由归：指文姜经由此道嫁往鲁国。
[5]止：语尾助词，同《召南·草虫》"亦既见止"之"止"。
[6]怀：来也，与"归"相对，指文姜回齐国。
[7]葛屦(jù)：用葛麻编成的夏鞋。　五两：鞋带交错之状。"五"通"午"，交午，交错。"两"通"緉"，绞也，指鞋带交错。
[8]緌(ruí)：帽缨下垂的部分。　双：指帽缨双垂。
[9]庸：用，由，指文姜由此道出嫁。
[10]从：相从，跟随。指文姜返齐后从兄。
[11]艺：种植。
[12]衡从：即纵横，东西耕为横，南北耕为纵。　亩：田垄。
[13]必告父母：古时娶妻，父母在则告其人，父母亡则告其庙或神主。
[14]鞫：穷也，此指文姜穷其私欲。
[15]析薪：劈柴。
[16]克：能，成功。
[17]极：至也，与上章"鞫"字义同。

[品读]

春秋前期齐襄公诸儿和妹妹文姜的淫乱故事是《齐风》反映的主要内容之一，这是我们选读《南山》的原因，虽然这个故事毫无诗意可言。

故事主人公之一的文姜，是齐国第十三任国君僖公的女儿、齐襄公的同父异母妹妹、鲁桓公的夫人；她跟此前我们在《邶风·匏有苦叶》和《鄘风·君子偕老》

中说过的宣姜是两姐妹。假如春秋列国是一部戏，那么这两位齐国美貌公主的戏份一定少不了；时间往前推些，还可以将她们的姑母、同样美貌出众的庄姜一并算上。文姜姓姜，但不知道名谁；姑母叫庄姜，是因为嫁给了卫庄公；姐姐叫宣姜，是因为嫁给了卫宣公；以此类推，文姜应该叫桓姜，因为她的合法丈夫是鲁桓公。也许她活着时，确实被人们这样叫过，但时间不长，她真正留在史册上的名字是"文姜"，"文"是她死后的谥号。查查古代谥法，经纬天地曰文，道德博闻曰文，勤学好问曰文，慈惠爱民曰文，愍民惠礼曰文，……；再看看文姜，除了后期遥控过鲁国政务辅佐过儿子坐稳江山之外，以她前半生所为，似乎远远够不着这个令人肃然起敬的词。不过，有何感想作何评价都是后人的事儿了，她永远的代号就是"文姜"。

回到正题。文姜未嫁前，父亲齐僖公相中的未来女婿是郑庄公的嫡长子、后来的郑昭公姬忽。但当媒人将这个天大的喜讯带到姬忽面前时，他冷静地拒绝了，原因是："人各有耦，齐大，非吾耦也。"① 每个人都有与他门户相当的配偶，齐大鲁小，我不敢高攀。这话明里是谦卑，暗中呢？姬忽为什么不愿意给自己找个实力雄厚的泰山岳丈？年轻气盛足够骄傲自信因而不肯倚附他人还是有其他原因？不知道，史载有阙。如果猎奇，姬忽的拒绝里无法明言的理由也许包括一条：文姜和哥哥诸儿的非正常关系。这段现代人眼中绝对骇人听闻的乱伦恋情，在大约两千七百年前的齐国，到底能引起多大的轰动？后人不容易说清楚。根据史料记载，春秋时期的齐国还保留着近亲婚媾的原始婚姻形态，周人同姓不婚，但齐礼不同于周礼，非但同姓结婚，近亲结婚甚至近亲私通也所在多有。因此，作为父亲的齐僖公，面对自己这对儿女的所作所为，有可能不会太过震惊或者震怒。当然，齐僖公的态度我们只是猜测，能够确定的是公元前709年，他将文姜嫁往鲁国，夫君是鲁国的第十五任国君鲁桓公。

---

① 《春秋左传正义》卷六桓公六年，第3801页。

可诸儿与文姜的故事还将继续,如果出嫁就是结局,春秋的历史得做些修改,齐人也不需要编出《南山》一类的刺歌来唱。十五年后,齐僖公已经长眠地下,诸儿也就是齐襄公继承齐国君位进入了第四个年头,文姜也已经是两个儿子的母亲。这一年,亦即鲁桓公十八年(前694年)合该有事,齐鲁两国国君约好在齐国的泺水边相会,文姜借口回娘家,与桓公随行。鲁国并非人人糊涂,文姜出发前,有位叫申繻的大夫曾经强烈反对,说:"不可!女有家,男有室,无相渎也,谓之有礼,易此必败!且礼:妇人无大故则不归。"①可惜鲁桓公完全忽视了这句话里的言外之意,他带着此时依然美艳的文姜,以盛大的仪仗规模浩浩荡荡奔赴齐国,当时的情形我们将在《齐风·敝笱》中读到。然后,中场休息之后的另一半故事上演了,我们简短截说,直接转引《史记》所载:"(齐襄公)四年,鲁桓公与夫人如齐。齐襄公故尝私通鲁夫人。鲁夫人者,襄公女弟也,自釐公(即僖公)时嫁为鲁桓公妇,及桓公来而襄公复通焉。鲁桓公知之,怒夫人,夫人以告齐襄公。齐襄公与鲁君饮,醉之,使力士彭生抱上鲁君车,因拉杀鲁桓公,桓公下车则死矣。鲁人以为让,而齐襄公杀彭生以谢鲁。"②就这么简单,一段复燃的旧情,一场心怀叵测的筵宴,一辆马车,一个做了替罪羊的大力士杀手,便让领会不了"齐大非耦"道理的鲁桓公命丧他乡;而故事,仍然未完待续。桓公死后,他和文姜生的儿子姬同继承了鲁国君位,是为鲁庄公。时年十三四岁的姬同派大臣接母亲回国,文姜心不甘情不愿,车马未出齐境,就在一个叫做"禚"的地方止步,再也不往前走了。根据《春秋》的记载:"鲁庄公二年,冬十有二月,夫人姜氏会齐侯于禚";"四年春,王二月,夫人姜氏享齐侯于(鲁地)祝丘";"五年夏,夫人姜氏如齐师";"七年春,文姜会齐侯于防(鲁地)……冬,夫人姜氏会齐侯于谷(齐地)"。③显然,鲁桓公的死对于齐襄和文姜,

---

① (汉)刘向:《古列女传》卷七"鲁桓文姜",第197页。
② 《史记》卷三十二《齐太公世家第二》,第1483页。
③ 《春秋左传正义》卷八庄公二年、四年、五年、七年,第3827、3828、3829、3831页。

无异于搬走了一块绊脚石,他们的故事一如既往且比既往更加自由顺畅地发展着,直到鲁庄公八年(前686年),齐襄公被人杀害死于非命,这段华丽的风流才彻底降下了帷幕。

　　对这三人之间的情爱冤孽,时人评议如何?千年逝去,我们依然可以从失去乐调的《齐风》中感受到,比如这首《南山》。齐人在歌中唱道:"巍巍南山中,有狐求偶忙。"这两句兴中有比,古人解诗,老早就指出了:南山比喻齐襄公地位之尊,狐乃淫媚之兽,雄狐比喻齐襄对文姜的淫行。《诗序》说:"《南山》,刺襄公也。鸟兽之行,淫乎其妹。大夫遇是恶,作诗而去之。"诗里"刺襄公"的部分,就是这两句。接下去,刺笔转移,"鲁道有荡,齐子由归。既曰归止,曷又怀止",通往鲁国的平坦大道上,奔驰着齐国公主文姜出嫁的车马,你已经嫁到鲁国了,为什么又回到齐国来?这是反诘以刺,也是明知故问,文姜"怀止"的原因正是南山雄狐,不明说,但刺意自在其中。二章再诘,"葛屦五两,冠緌双止。鲁道有荡,齐子庸止。既曰庸止,曷又从止?"首二句意思比较难懂,注释称"鞋带交错"、"帽缨双垂"只是其中一说;"葛屦"和"冠緌"可能都与当时的婚礼仪式有关,或是婚礼的象征,或是结婚时新娘赠予新郎的礼物,这两句说明文姜已经归于鲁桓。另有一种说法,认为"五两"当作"两止",这样"葛屦两止"与下句"冠緌双止"句法正好相同。"两止"变成"五两"可能是传写错误,"两止"先互乙为"止两",再误写为"五两"。按照此解,这两句的意思是"葛鞋两只,帽缨双垂",这是以葛鞋和帽缨成双比喻夫妻成对,强调夫妇配偶有定。"履必两,緌必双,物各有偶,不可乱也"[①],而事实是"履两緌双"的局面被严重搅乱了,所以这两句比中带刺。下面四句与首章后四章意思相同:齐姜你是打这条平坦的鲁道风风光光嫁出去的,嫁了就嫁了,安生做你的鲁君夫人吧,为什么又回来从了兄长呢?三章和四章讥刺力度加大,矛头

[①] 《诗集传》卷五,第60页。

开始指向鲁桓公:"种麻怎么办？先耕治田垄。娶妻怎么办？先告请父母。已然请示过父母了，为什么放任她，任她穷其私欲？劈柴怎么办？没有斧头不成。娶妻怎么办？没有媒人不行。已然娶进鲁国了，为什么不好好管束，任她极欲至此？"先设四个问，自问自答，再诘问两句，"曷又鞫止"、"曷又极止"，辛辣尖锐，毫不留情，足可叫鲁桓公瞠目结舌、脸红语塞。

如果从艺术角度分析《南山》，所谓"全用诘问法，令其难以置对，的是妙文"①最为适当。直赋其事时，没有比步步紧逼的反诘更能达到讽刺效果的了，但诗歌对三位当事者的讽刺，还是各有轻重的。刺齐襄公，只在首章用了一个比喻，点到辄止；刺文姜，在首、二章用了"曷又怀止"、"曷又从止"两个反问，语气渐强；刺鲁桓公，则用了三、四两个整章，口气明显加重：艺麻、娶妻、析薪，都是一个道理，有计划，有步骤，有规矩，才能成其方圆，鲁桓你以父母命、凭媒妁言、堂堂正正地娶妻回家，你有足够的权力和礼法依据防闲她、管束她，可你选择了不作为，你甚至不顾自家大臣的反对带她返齐，你飞来横祸贻人笑柄，自己要承担重要责任，我们没法同情你！甚至于首二章中的"鲁道有荡"，既指鲁道平坦，也可能一语双关，暗指鲁桓公糊涂、无所思虑。所以钱澄之说："言其无拘无碍，夫人得以自由，鲁君不能禁止也。"②后人读到这里，也许要替鲁桓公叫屈，虽然诗人的质问并非师出无名。古人是这样解释的：《南山》诗"刺襄公"，但"齐人不欲斥言其君之恶而归咎于鲁"，然"辞虽归咎于鲁，所以刺襄公者深矣"。③又或曰："全诗本皆为刺襄而作，后二章乃恶其君之大恶，无所归咎而责之鲁桓。"④真是大费周章。往事已然成尘，那个遥远时空里的是是非非，今天的读者如果仅仅从道德层面加以谴责审判，

---

① (明)戴君恩原本，(清)陈继揆补辑：《读风臆补》卷八，《续修四库全书》经部诗类(58)，第202页。
② (清)钱澄之：《田间诗学》卷三，《景印文渊阁四库全书》第八四册，第487页。
③ (宋)严粲：《诗缉》卷九，《景印摛藻堂四库全书荟要》经部第二六册，第239—240页。
④ (清)胡承珙：《毛诗后笺》卷八，《续修四库全书》经部诗类(67)，第223页。

显然不能完全理清,而解诗者们的说法,也很难做到析得透彻,能够确定的只有两点:第一,齐人不喜欢这件事,用《诗序》的话说,以此为"恶",除《南山》之外,他们还创作了其他歌谣讥刺这三人;第二,这类刺诗深得采诗者、编诗者、序诗者甚至删诗者之心,仅就《齐风》言,不唯《南山》,基本上能够确认为同类题材的《敝笱》和《载驱》也一起被收录并保存了下来。歌诗毕竟是含蓄有限的,强大、复杂、不同凡响的文姜在《诗》中所占的篇幅一点都不算多,有关她的美丑褒贬,足以让小说家剧作家们笔尖蘸足了墨汁大书特书,但这都是《南山》的题外话了。

敝 笱

敝笱在梁[1],其鱼鲂鳏[2]。齐子归止[3],其从如云[4]。

敝笱在梁,其鱼鲂鱮[5]。齐子归止,其从如雨[6]。

敝笱在梁,其鱼唯唯[7]。齐子归止,其从如水[8]。

[注释]

[1]敝笱:破烂的鱼笱。 笱:捕鱼竹器。 梁:鱼梁,嵌放鱼笱的石堰。
[2]鲂(fáng):鳊鱼。 鳏:大鱼。
[3]齐子:齐国的女公子,一般认为即文姜。 止:语尾词,无实义。
[4]从:随从者。 如云:形容随从之盛。
[5]鱮(xù):鲢鱼。
[6]如雨:形容随从之多。
[7]唯唯:犹"逶逶",是鱼行相随之貌。
[8]如水:形容随从之众,如流水不断。

[品读]

《敝笱》用了一半的唱词描写齐子盛大的出行规模,这位齐子,一般认为就是我们在《齐风·南山》中说过的文姜。多数人的看法:《敝笱》的立意是齐人以文姜与齐襄公淫乱为丑，故而作诗讥刺，与此事直接相关的文姜和齐襄公、间接相关的鲁桓公乃至不应当相关的桓公之子鲁庄公，都在齐人的讥刺之列。如《诗序》首序说："《敝笱》，刺文姜也。"续序则改变了批判指向，将矛头对准鲁桓公，说："齐人恶鲁桓公微弱，不能防闲文姜，使至淫乱，为二国患焉。"至南宋朱熹，又把本不相干的鲁庄公牵扯了进来，认为"齐人以敝笱不能制大鱼，比鲁庄公不能防闲文姜，故归齐而从之者众也"①。这几种诗旨的定位基本上跟两个考虑有关：第一，将诗中"归止"的"齐子"确定为文姜，而文姜与齐襄公的私情，《春秋》《左传》《史记》等均有确载，《敝笱》好比《南山》的姐妹篇，延续着序诗人在《南山》中的道德批判，"刺文姜"与"刺襄公"一题两面。第二，"敝笱"的不同喻义直接导致了对诗歌讥刺对象的不同理解。笱是捕鱼之器，笱若破敝则鱼逸不禁，因此，"敝笱在梁，其鱼鲂鳏"在起兴的同时，也可能暗示了诗人的某种喻指——以"敝笱"喻鲁桓公，以"鲂"、"鳏"等诸鱼喻文姜，笱敝便不能制捕大鱼、美鱼，犹如微弱无能的鲁桓公无力提防和禁阻文姜的不轨行为，而这无能为力之人，又有可能指的是文姜之子鲁庄公，因为文姜愈演愈烈地屡会齐侯发生在鲁桓公薨后。所以，作诗之人意欲讥刺的对象要么是桓，要么是庄，而这又引发了新的讨论：到底是桓还是庄？比如清人方玉润就不赞同朱熹之说，认为"盖以文姜如齐多在庄公世，故《集传》以此诗为刺庄公不能防闲其母。岂知不能防闲其母之罪小，不能防闲其妻之罪大。且桓公时，文姜已归齐，致公薨于齐，诗人不于此时刺桓公，岂待其子而后刺乎？"②在这个问题上，朱熹的出发点大概是妇人出嫁从夫、夫死从子，所以，文姜在丈夫去世后行为不检，跟儿子有失管束难脱干系。

　　撇开这些争论不说，我们回到《敝笱》本身。《毛传》在"敝笱在梁，其鱼鲂鳏"下注有"兴也"二字，这个加注的位置也就是歌曲起唱和和唱相间的位置，那

---

① 《诗集传》卷五，第61页。

② （清）方玉润：《诗经原始》卷六，第237页。

么,歌以笱敝不能制鱼起唱,与之相和的内容应该是什么?也就是说,三四句"齐子归止,其从如云"的含义应该是什么?解决这个问题的关键是"归"字。《诗经》里涉及女子之"归"的情形大概有三类:一是于归,即嫁到丈夫家;二是归宁,即回娘家省亲;三是大归,即被休回娘家。那么"齐子归止"属于哪种情形呢?多数人认为是第一种,原因是齐僖公死后,文姜依礼是不能回家省亲的,她又未曾被鲁桓公休弃;而《春秋》中恰好有记载:鲁桓公三年(前709年),"九月,齐侯送姜氏于讙"①,齐僖公亲自送宠爱的女儿出嫁,场面必定煊赫,与诗中"其从如云"、"其从如雨"的描写正合,所以,似乎只有第一个选项可选——"齐子归止"即文姜归鲁。但是文姜盛大的出嫁规模跟笱敝不能制鱼有何关联?难道这三、四两句只是为了突出文姜及其随从的气势压人骄伉难制?方玉润对此说有一段反驳的话,值得借鉴,他说:"谓归为于归,则又不可解。诗以敝笱不能制大鱼比起,是明明谓鲁桓不能制文姜,纵之归齐,而己复从之,以至自戕其生,为天下笑。若谓归为于归,则鱼方入笱,而何见其为不能制耶?故知此诗当作于公与夫人如齐之顷,而未薨于车之先。曰'其从如云','其从如雨','其从如水',非叹仆从之盛,正以笑公从妇归宁,故仆从加盛如此其极也。"②方氏说这段话的目的是从"归"字入手考辨这首诗的创作时间,他两次提到鲁桓公为人所笑,今天看来,是对《诗序》续序所谓"鲁桓公微弱"很好的阐释。《敝笱》中所见鲁桓公之微弱,似乎不完全在于不能防闲文姜二人之私,而主要在于文姜在不该归宁的时候强行与鲁桓公一同如齐,桓公呢,非但无力打消其念,反以声势浩大的规模与之同行,由是而贻天下人笑柄,并促发诗人的作诗之意。如此看来,只有从文姜不守礼法、不该归宁而强行归宁的角度进行分析,我们才能找到《敝笱》起唱与和唱之间的联结点。当诗人以敝笱取鱼但不能制鱼起唱后,下启两句应当理解为齐子出嫁还是齐子违礼归宁才能

---

① 《春秋左传正义》卷六桓公三年,第3792年。
② (清)方玉润:《诗经原始》卷六,第237页。

更好地与之相和达到讥笑鲁桓公微弱的目的？答案不言自明。

  弄清了这一点之后，我们再来看《敝笱》的主题，就明朗得多了。诗人或许并不想在文姜齐襄二人的问题上纠缠不休，而可能更着意于通过这件事揭示些什么。这不是诗歌讥刺文姜或者别的谁的问题，后人更无须在刺桓还是刺庄的问题上争辩。从鲁桓公夫妇在诗中的表现看，文姜的违礼之处是不应归齐而强行归齐，桓公的微弱表现是完全可以依礼禁制却无奈她何，换句话说，作为礼乐之邦的鲁国，在鲁桓公时期，周礼虽还未到完全崩坏的地步，但至少是对文姜们已经没有多大约束力了。所以，为什么"敝笱在梁"虚弱无力，只能任由大鱼们游进游出逶迤相随从容自在？把责任归于鲁桓公或者鲁庄公似乎都低估了诗人之意，高亨先生说："诗以破鱼笼不能捉住鱼比喻鲁国礼法破坏不能约束文姜。"①这个解读令人豁然，"敝笱"最重要的喻指不是懦弱的鲁君，也不是淫荡的文姜，而是从鲁国见出的日益败坏的礼乐制度，这才是《敝笱》刺淫背后的核心诗意所在，是诗人通过这首诗所要揭示的，或者说，周礼在鲁的日益崩坏才是这位不知名的诗人真正担忧的。

  当然，这种理解依然只是揣测，在尊重周代历史文化的前提下进行合理的揣测，这是我们尽可能走近《诗经》的有效途径。而当我们尝试着探索了《敝笱》中隐含的讽刺意义之后，另一个问题又迎面而来：何以见得《敝笱》中就有讽刺之意呢？我们能否将《敝笱》的情感基调从传统界定的"刺"中释放出来，另求他途以抵达诗人之心呢？答案自然是肯定的。从《敝笱》的接受史来看，历来人们对它的阅读，几乎无不伴随着《齐风·南山》或者《齐风·载驱》等讥刺齐襄文姜淫乱的作品，也就是说，它们是被当成一组主题相同的诗歌来看待的，所以，《敝笱》的诗旨可供讨论的余地实在不多，但这明显是思维定式在作祟。这首诗只有四句话，前两句"敝笱在梁，其鱼鲂鳏"说的是一种现象，后两句"齐子归止，其从如云"说

---

① 高亨：《诗经今注》，第137页。

的是一个事实,那么,从哪里看出诗人有讥刺之意呢?刘毓庆先生就认为这首诗恐怕与文姜、鲁桓无甚关联,而是一首"惋惜齐女嫁非其人"之作。他说:"敝笱"自是不能捕鱼,故以"'敝笱'而得美鱼,实不相承","微意全在一个'敝'字"。"鲂鱼是美鱼,而所遇的却是破旧的竹笼",因此,"诗中越是形容媵从的众盛,婚礼的盛隆,越表现了诗人惋惜之情","如云"、"如雨",是诗人"眼中热闹"而"心中惋惜"。至于"敝笱"具体喻指何人,书阙有间,无法考究。[1]这是不加道德批判色彩的别样的《敝笱》,这样的解读是精彩的,与对或不对无关,它也是一种走近《诗经》的努力。这种努力提醒我们:两三千年前的诗歌文献缺不足征,旧说又不能尽信,大致能够确定的只有文辞,那么灵感有时候就只能从文辞中来。作者之用心未必然,但读者之用心何必不然?对于《诗经》,这条通达文学作品内在意蕴的路径同样管用。

---

[1] 刘毓庆:《诗经图注(国风)》之《敝笱》,第300—302页。

魏 风

《魏风》存诗七篇,是魏地的乐调。魏地南枕河曲,北涉汾水,地理位置大致对应于今天山西芮城一带。这里曾是舜、禹的故都,然土地狭隘,民贫俗俭,魏君又无德,入东周后,渐被秦、晋两邻侵削,举国忧心。是故《魏风》所存均为刺诗,按照《孔疏》的解释,七篇中五篇刺俭两篇刺贪,无一美诗,怨愤之语多见,康乐之辞绝少。鲁闵公元年(前661年),魏国为晋献公所灭,因此,《魏风》七篇产生的具体时间虽然无法一一考知,但其下限当在此时。后来"三家分晋"而建韩、赵、魏三国,然彼魏非此魏。

十五国风中,《魏风》的排序在《齐风》后,居《唐风》(即晋国风诗)前,但继齐而成春秋霸业的诸侯国是晋,列于《齐风》之后的应当是《唐风》,《魏风》因何反倒编在《唐风》之前?朱熹在《诗集传》中引用苏氏的话说:"魏地入晋久矣,其诗疑皆为晋而作,故列于唐风之前,犹邶鄘之于卫也。"但这并不完全符合《魏风》诸诗的实情,所以朱熹没有仓促下断,而是疑惑地说:魏诗中出现的"公行"、"公路"、"公族"都是晋国官名,看上去这些诗确实是晋诗,可倘若魏国也曾设过这样的官职呢(古魏国事史籍无载)? 所以他的结论是"盖不可考矣",存疑。①清人方玉润有一段话反驳得倒是有力,他说:"晋至献公,国已强大,政渐奢侈。而魏诗每刺其君俭勤,与晋气象迥乎不侔,必非晋诗无疑。"那么排序的问题如何解释? 方玉润继续说:"继齐而霸,先秦而强者,晋也。魏既入晋,则为晋地,故与《唐》同居《齐》、《秦》之间。且其地为舜、禹故都,与他国不同,先之所以见圣帝遗风犹

---

① 《诗集传》卷五,第63页。

未尽泯,霸图盛业于此方新云耳。"[①]

当然,方氏所谓"舜、禹故都,与他国不同"云云未必是理由,排序的问题可能还是要从"魏既入晋"来看。魏于东周前期为晋所灭,被兼并的除了国土,还有文化,魏地文化在最终消亡前必定从公元前661年分界,包括歌诗。今天见到的《魏风》7篇,有一些可能在魏亡之前已经创作出来并被采为王室之乐;有一些,则可能产生于入晋之后的魏地,或者此前已经产生但由晋人整理采集,比如《伐檀》、《硕鼠》两篇,就有学者因其立场鲜明地讽刺当政者贪婪重敛,而推测"晋人灭魏后,取之入乐,不无深意"[②]。简言之,魏因中途亡国入晋,致使魏诗可能出现创作时间的两分或采进时期的不同(但这前后两批诗作都产生在魏地,同为魏调,所以同入《魏风》);两国之间这种特殊的历史关系导致它们的乐辞在被编入《诗》文本时,二分的《魏风》只能跟《唐风》相次排列,按照时间顺序,《魏风》在前,《唐风》居后。所以,齐、晋两国虽然先后称霸,但其风诗并没有依次编入周乐,而是插了一段《魏风》在其中。

园有桃

园有桃,其实之肴[1]。心之忧矣,我歌且谣[2]。不我知者,谓我"士也骄[3]。彼人是哉[4],子曰何其[5]?"心之忧矣,其谁知之? 其谁知之,盖亦勿思[6]!

园有棘[7],其实之食[8]。心之忧矣,聊以行国[9]。不我知者,谓我"士也罔极[10]。彼人是哉,子曰何其?"心之忧矣,其谁知之? 其谁知之,盖亦勿思!

---

① (清)方玉润:《诗经原始》卷六,第241页。

② 马银琴:《两周诗史》,第372页。

[注释]

[1]实：果实，指桃子。 之：是。 肴：作动词，吃。 首二句意为园中有桃树，我吃了它的果实。

[2]歌谣：合乐而歌为歌，无乐伴奏为谣，这里泛指歌唱。

[3]士：旁人称歌者。 骄：自以为是，人臣轻上曰骄。 "士也骄"至下二句都是歌者设为"不知我者"说的话，下章"士也罔极"至"子曰何其"同。

[4]彼人：指为政者。 是：如此。

[5]子曰何其：你为什么说这样的话呢？ 子：旁人称歌者。 其：语助词。

[6]盍：通"盇"，是"何不"的合音。 亦：语助词。 这句话是歌者自解之辞，意为我的忧愁既然无人了解，何不丢开不去想呢？

[7]棘：酸枣树。

[8]食(sì)：作动词，吃。

[9]行国：指周游于城邑中，"国"与"野"相对。朱熹《诗集传》云："歌谣之不足，则出游于国中而写忧也。"（卷五，第64—65页）

[10]罔极：失其中正之心。 罔：无。 极：中，准则。

[品读]

　　一位诗人周行于魏国城中，忧心忡忡，既歌且谣。人们听见他的歌声，有的表情冷漠，有的出言相讥："你也太过骄慢了，当局所为无有不是，你说这些为了什么呢？何必如此偏激！"诗人听了这责备的话，满怀的忧思又添了一重，更加无从宣泄，世无知者，夫复何言？只好勉强自遣：罢了罢了，丢开不去想它吧！《园有桃》上下两章，描述的就是这样一个片断。不难看出，这首诗跟《王风·黍离》颇多相似之处：两诗一以园桃园棘起兴，一以黍离稷苗起兴；一云"聊以行国"，一云"行迈靡靡"；一叹"不知我者谓我士也骄"，一叹"不知我者谓我何求"。所以，清人崔述在论及《黍离》诗旨时，认为它同《园有桃》一样，都是"忧未来之患"而非"伤以往之事"，是"未乱而预忧之"而非"已乱而追伤之"[①]。《黍离》我们前文已有

---

① （清）崔述：《读风偶识》卷三，第49页。

详述，现在只说《园之桃》。跟《黍离》诗旨争议颇多的情形相反，《园有桃》的主题古今说法基本一致——这是一首贤者忧时之歌。

先从《诗序》说起，"《园有桃》，刺时也"，这是《诗序》的看法。但诗中之"士"忧时感事，语带沉痛，于时于事皆无指斥之词，闻者但闻其"忧"未闻其"刺"，可见，"刺时"之说只是编诗人加诸《园有桃》的采诗义。续序已经看出了首序与诗本义之间的距离，因此稍做调整，指出"大夫忧其君，国小而迫，而俭以啬，不能用其民，而无德教，日以侵削，故作是诗也"。从"刺时"到"忧其君"是一个重大转变，之后人们解说《园有桃》，递相沿袭的大都是"忧"而非"刺"。至于诗歌的作者是否一定是魏国大夫，问题倒不大，续序如此确指，也未为不可。

这首诗的争论焦点是歌者所忧为何事。续序说他忧的是魏君，因为魏国弱小，魏君由俭而啬，夺利于民，又不施德教，致使民心离散；北边、西边的强邻又虎视眈眈，日渐侵削，所以，诗人忧魏君也忧魏之时局。这个说法到了朱熹那儿，只得到一半的认同。朱熹说："'国小而迫''日以侵削'者得之，余非是。"①在他看来，诗人忧的是"国小而无政"②，跟魏君吝啬刻薄无关。那么，魏国的无政体现在哪里？朱熹没有展开说明。清人汪梧凤说诗人忧的是国家所用非人，所谓"桃为果之下品，棘则枣之小者，均非美材，而实肴登俎，喻所用之非人也。魏小而偪于晋，又以下材当国，危亡在旦夕"③。方玉润则接过朱熹的话进行深入分析，给出了诗人忧心无政的具体内容："园必有桃而后可以为肴，国必有民而后可以为治。今务为刻啬，剥削及民，民且避硕鼠而远适乐国，君虽有土，谁与兴利？旁观深以为忧，而当局乃不以为过，此诗之所以作也。"他认为，魏国失政，原因就在于魏君的"啬和褊"；为国应"贵远图，不贵小利"，"内能节俭，外务宏施，乃可以收人心而立国本"，

---

① （宋）朱熹：《诗序辨说》，《续修四库全书》经部诗类(56)，第272页。
② 《诗集传》卷五，第64页。
③ （清）汪梧凤：《诗学女为》卷九，《续修四库全书》经部诗类(63)，第667页。

可惜魏君狭隘贪利，缺乏如此胸襟。更可怕的是，上行下效，"举国不知，以为美德，从而和之，相率以吝"，致使"人心日刻，而国势愈屡，尚不自知其失"，于是贤者忧心深重，但又无人能会，只好孤独地写下了这首《园有桃》，以期引起魏国执政者疗救的注意。① 方氏洋洋洒洒这一番论说，用比他稍早的崔述的话来概括则是："园桃所忧，在国无政"、"园桃诗人忧其将危，然卿大夫狃于旧习，莫之知也。"② 不难看出，除开汪梧凤说稍有不同外，诸说基本上都从《诗序》发展而来。

这些解释的区别在于：《诗序》续序几乎把魏国政事所有存在的问题都罗列了出来，而朱熹等人则捡出其中的要点进行侧重发挥，其实，忧君与忧时局、忧无政、忧将危是割裂不开的。除此之外，关于诗人之忧，后世还有怀才而不得用、自悼身世飘零、大夫忧谗畏讥等等说法，不一而足，都将诗人的忧时引向伤己。今天我们重读《园有桃》，重要的不是追本溯源，关于歌者忧的是什么，前人已经做了种种探索，其实这"忧"是全在笔墨之外的，诗人既不说破，读者便无由得知，全凭意会，如何能得出唯一正确的答案？明人孙鑛说这首诗"余文多，正意少"③，这话没错，《园有桃》的"正意"就是"忧"，我们只需知道，这首诗的感人之处正在于诗人成功地抒发了他的忧思。戴君恩说："他人于'心之忧矣，我歌且谣'意无余矣，此却借'不我知者'，转出一段光景，而结以'盖亦勿思'。有波澜，有顿挫，有吞吐，有含蓄。"④ 可谓深得诗味。"转出一段光景"自是旁观者语，于诗人却是忧深痛苦得无以自解，因为他的忧其实是两重：一忧世乱人迷，二忧世无知己。这两重忧加上他"聊以行国"的强作排遣方式，使得诗人的形象同战国后期的屈原很有几分相类。"我歌且谣"与"聊以行国"，恰犹屈子游于江潭行吟泽畔；"不知我者，谓我

---

① （清）方玉润：《诗经原始》卷六，第245页。
② （清）崔述：《读风偶识》卷三，第64—65页。
③ （明）孙鑛：《批评诗经》卷一，《四库全书存目丛书》经部第一五〇册，第72页。
④ （明）戴君恩：《读风臆评》，《四库全书存目丛书》经部第六一册，第252页。

如何如何"有"举世皆浊我独清,众人皆醉我独醒"意;"心之忧矣,其谁知之",如《离骚》之所谓"已矣哉!国无人莫我知兮";"其谁知之,盖亦勿思",又如《离骚》所谓"不吾知其亦已兮,苟余情其信芳";诗人因无人理解以及非但不被理解更且误会责备而长歌当哭,亦犹屈原忠而被谗去住不宁忧愁幽思而作《离骚》。他反复嗟叹无人能知,不意几个世纪后同样忧时感事不知何去何从的屈子与他遥相呼应,长太息以掩涕!《离骚》之意与《园有桃》,相去何远?后世无数不为人知惟将心事付于瑶琴者,与园桃诗人相去又何远?

最后简单说说诗章首二句"园有桃,其实之肴"和"园有棘,其实之食"。有人认为它们是赋,说魏国勤俭,歌者只能以桃、枣充饥;也有人认为是比,说桃、枣之实尚可供人饱腹,自己却怀才不见用;上文汪梧凤用非贤人之说也是从它们的比喻义中来的。《毛传》说这两句是兴,朱熹亦云"言园有桃,则其实之肴矣;心有忧,则我歌且谣矣",认为"园有桃"兴"心有忧",[①]我认为此说可取。诗人以桃、枣触物起情,所咏之情既已引起,一笔带过便是,不必强行即文见义。

陟岵

陟彼岵兮[1],瞻望父兮。父曰:"嗟[2]!予子行役,夙夜无已[3]。上慎旃哉[4],犹来无止[5]!"

陟彼屺[6]兮,瞻望母兮。母曰:"嗟!予季[7]行役,夙夜无寐。上慎旃哉,犹来无弃[8]!"

陟彼冈兮,瞻望兄兮。兄曰:"嗟!予弟行役,夙夜必偕[9]。上慎旃哉,犹来无死!"

[注释]

[1]岵(hù):山有草木曰岵。

---

① 《诗集传》卷五,第64页。

[2]嗟：摹声词。 "父曰"以下数句均为役者想象父亲对自己说的话，下二章"母曰"、"兄曰"等语同。

[3]无已：不停止，没有休止。

[4]上：通"尚"，犹言"庶几"，含有"希望"之意。 慎：谨慎，含有"保重"之意。 旃(zhān)：语助词，是"之焉"的合音。 这句话的意思是希望你照顾好自己啊。

[5]犹来：还可归来。 无止：不要滞留不归。

[6]屺(qǐ)：山无草木曰屺。

[7]季：小儿子。

[8]弃：此指弃母而不归。

[9]偕：俱也，一起。"必偕"指兄长劝役者与伙伴同行同止。

[品读]

　　《陟岵》是役者思乡之作，古来无疑义。《诗序》说："《陟岵》，孝子行役，思念父母也。国迫而数侵削，役乎大国，父母兄弟离散，而作是诗也。"从魏国最终被晋国所灭看，为大国征役导致亲人离散有可能确实是这首诗的创作背景。诗歌首章末句"犹来无止"之"止"，有人释为"为敌所获"，"犹来无止"意为不要被敌抓获则尚可归来，这便是同意《诗序》的说法，认为征人所服之役为兵役了。但这不是《陟岵》应当关注的重点，何况并无史料可供讨论，古魏国匆匆消失在历史云烟中，没有留下文字记载。这首诗值得注意的是它的写法，一句话：避开自己，只说对方，不言己念家人，惟写家人思己，造成"心已驰神到彼，诗从对面飞来"①的艺术效果。

　　全诗三章用的都是赋笔，敷陈其事而直言之，想说的话都清楚，但这首诗的妙处就在于虽是直接写，却不正面写，每一句话都明白，诗人真正的意思却都在言外。登高思乡在行役之人是常有之事，首二句"陟彼岵兮，瞻望父兮"便是远望当归之意，但役者并未顺着这远望直抒自己的思乡之情，而是转从对方设想，诗的空间不露痕迹地发生了转换，登上山岗想把亲人遥望的役者悄然隐去，代之以远在家中的

---

① （清）浦起龙：《读杜心解》卷三评杜甫《月夜》语，第360页。

父母兄长。他们也在日夜思念着他,父亲语重心长:"我儿行役在外,早晚不得休息,务必好好照顾自己,切勿滞留不归来!"母亲口中喃喃:"小儿行役在外,早晚不能安歇,千万照顾好自己啊,儿莫弃我不归来!"兄长手足情深:"弟弟行役在外,要跟同伴相随。一定得照顾好自己,切莫客死不归来!"三章诗三层设想,亲人的话语隔着千山万水缥缈云烟在役者耳畔清晰地响起,是想象?是幻境?其实都不重要,因为这些也全都是役者自己的心声和对亲人的牵挂!一种离情,两处苦思,自己的心事不去触碰,却换个角度曲揣亲人心中所想,口里说着他们如何挂念自己,心里实有一万个对他们的放不下,正所谓"笔以曲而愈达,情以婉而愈深"①是也。这种独特的诗情抒写方式,钱锺书先生将它概括为"分身以自省,推己以忖他;写心行则我思人乃想人必思我"②,并列举多例后世文学作品中翻用此法者,足资参习;《陟岵》也因为这种独创一格的写情方式,被后人奉为千古"羁旅行役诗之祖"③。

  料想诗人当日从对面写来,应当并无标新立异之意,而是这种抒情方式最为贴近役者那一腔特殊的思乡情怀,为何?古人特别注意诗篇三章反复唱出的"上慎旃哉"句,在"慎"字上颇为用心。例如明人姚舜牧说:"三章通说'上慎旃哉',见父兄之所以念其子弟,与子弟之所以慰其父兄者,只在一个敬谨。"④清人陈仅说:"'慎'之一字,是家人临别丁宁口角,是孝子在途保重心肠,诗人可谓体会入微。"⑤方玉润说:"其用意尤重在'上慎旃哉'一语。亲以是祝之子,子以是体夫亲。其能以亲心为己心者,又不仅在思亲之貌与亲之情而已,而可不谓之为贤乎?"⑥这些都是对诗心体会甚深的话。"慎"之一字,古人用于自勉,也用于勖人,在这首诗里,

---

① (清)方玉润:《诗经原始》卷六,第246页。
② 钱锺书:《管锥编》(一)"毛诗正义"之三七,第193页。
③ (清)乔亿:《剑溪说诗又编》,《续修四库全书》集部诗文评类(1701),第236页。
④ (明)姚舜牧:《重订诗经疑问》卷三,《景印文渊阁四库全书》第八〇册,第648页。
⑤ (清)陈仅:《诗诵》卷二,《续修四库全书》经部诗类(70),第560页。
⑥ (清)方玉润:《诗经原始》卷六,第246页。

只意味着"保重"。时局如此艰难,行役又多劳苦,彼此好好活着就是对亲人最大的慰藉。表面看去,"上慎旃哉"是亲人对役者的嘱咐,实际上善自珍重是他们相互间共同的祈愿。一方是要你好好活下去,平安归来全家团圆;一方是我要好好活下去,才能返乡亲人重聚。"孝子思亲,不言己之念亲,而反言亲之念己,则所以存诸心者更切;不言己之自慎,而言亲之欲其慎,则所以保其身者益至矣。"[①] 倘若役者登高念远,直接抒发自己的思乡之情,未尝不能道得意尽写得动人,但不提己身,只说家人,后人自可从"情到极深,每说不出"[②] 去解它,而在役者自身,让诗从对面飞来,却实出于对亲人之心的体察至深,无怪乎方玉润说这位役者不止于孝,简直就是贤人了。思乡思亲可以有多种写法,惟"以亲心为己心",胜过任何情感万倍,役者还须怎样抒他自己的情?

伐 檀

坎坎伐檀兮[1],置之河之干[2]兮,河水清且涟猗[3]。不稼不穑[4],胡取禾三百廛兮[5]?不狩不猎[6],胡瞻尔庭有县貆兮[7]?彼君子兮,不素餐[8]兮!

坎坎伐辐[9]兮,置之河之侧兮,河水清且直[10]猗。不稼不穑,胡取禾三百亿[11]兮?不狩不猎,胡瞻尔庭有县特[12]兮?彼君子兮,不素食兮[13]!

坎坎伐轮兮,置之河之漘[14]兮,河水清且沦[15]猗。不稼不穑,胡取禾三百囷[16]兮?不狩不猎,胡瞻尔庭有县鹑[17]兮?彼君子兮,不素飧[18]兮!

---

① (清)钱澄之:《田间诗学》卷四引徐士彰语,《景印文渊阁四库全书》第八四册,第494页。

② (清)沈德潜:《说诗晬语》卷上,丁福保辑:《清诗话》,第540页。

[注释]

[1]坎坎:伐木声。 檀:树名。

[2]干:河岸。

[3]涟:《鲁诗》作"澜",风吹水面成纹,大波为澜。 猗:语气词,与"兮"同,犹"啊"。

[4]稼穑:耕种为"稼",收获为"穑",此处统言种庄稼。

[5]胡:为什么。 取:聚。 禾:通称百谷。 三百:言其多,不是确数。 廛(chán):一夫之居曰廛,三百廛指三百夫所种田中的收获。一说"廛"即"缠",束也,三百廛指三百束,亦通。

[6]狩猎:冬猎曰狩,夜里打猎曰猎,此处泛言打猎。

[7]瞻:看见。 庭:庭院。 县:同"悬",悬挂。 貆(huān):即獾,形似猪而小。

[8]素餐:指无功而食,白吃饭不做事。

[9]辐:车轮中凑集于中心轮毂上的直木条。"辐"与下章首句之"轮"皆承首章"檀"而言,指砍伐檀木制辐、制轮。

[10]直:直波,水流平直。此处描写水纹直貌是为了与直辐和岸侧相照应,不必过于坐实。

[11]亿:周人以十万为亿,此处形容禾把数量多。一说"亿"即"繶",束也。

[12]特:指大的野兽。

[13]素食:与上章"素餐"同义。

[14]漘(chún):水边。

[15]沦:指水面的微波。

[16]囷(qūn):一种古代的圆形谷仓,今称"囤"。一说"囷"即"稇",束也。

[17]鹑:通常认为即鹌鹑,于省吾先生《泽螺居诗经新证》认为应当改释"鹑"为"雕",如此方能与上二章之"貆"、"特"并提(卷中,第108—109页)。"鹑"、"雕"古通,鹑字亦作"上敦下鸟",可作"雕"解。

[18]飧(sūn):熟食。"素飧"与上两章"素餐"、"素食"同义,换文变韵。

[品读]

《伐檀》三章,每章九句,意思大体相同。前三句为伐木场景,后六句直抒胸臆,说伐檀造车,其声坎坎,砍下檀木放在河边,河水正起波澜。春夏不种,秋冬不收,为何家里聚着禾谷？冬不出狩，夜不猎禽，为何院中挂着狟貆？那些君子啊，不是白吃饭吗！从字面上看，诗意很明白，有叙写有控诉，对不劳而获者进行了辛辣的讽刺，所以，《伐檀》通常被看作是"温柔敦厚"的《诗经》中不多见的极具斗争意识的现实主义作品。

如果这样去理解，《伐檀》几乎不需要再讨论。古魏国虽然史载有阙，但剥削者与劳动者的对立一定存在，所以诗人替劳动者作首歌来一吐心中郁愤，再自然不过，还能有多少问题需要争议？但《伐檀》恰恰不这么简单。有学者统计过，这首诗的解说从《诗序》的"刺贪也。在位贪鄙，无功而食禄，君子不得进仕尔"开始，陆续又有"刺贤者不遇明王"①、"专美君子之不素餐"②、"魏国女闵伤怨旷而作"③、"美君子隐居之志也。……伐檀将以为车，而置之河干，乃不为用，以兴君子有道而不仕"④、"君子能其宦而不用，魏人慕之，而作是诗"⑤、"非刺贪也，父老训勉子弟之词也。魏人勤于治生，谨于供上，父老居常辄以耕稼狩猎之务勉其子弟"⑥、"檀坚而难伐，犹贤者之难进也；伐檀而置之河干，犹进贤而弃之无用之地也"⑦、"伤君子不见用于时，而又耻受无功禄也"⑧等等十数种不止。仅就列举出来的这些解说看，没有一种是关于劳动者嘲讽剥削的，除"魏国女闵伤怨旷而作"、"父老以耕稼狩猎之务勉其子弟"等说之外，其他多少都跟君子的仕隐相关联，这个命意同我们

---

① （梁）萧统编，（唐）李善注：《文选》卷八《上林赋》李善注引张揖曰。
② （宋）朱熹：《诗序辨说》，《续修四库全书》经部诗类(56)，第273页。
③ （宋）陈旸：《乐书》卷一百四十三《乐图论·琴曲上》，《景印文渊阁四库全书》第二一一册，第656页。
④ （明）梁寅：《诗演义》卷五，《景印文渊阁四库全书》第七八册，第70页。
⑤ （汉）旧题申培《诗说》，第18页。
⑥ （明）朱谋㙔：《诗故》卷四，《景印文渊阁四库全书》第七九册，第569—570页。
⑦ （清）钱澄之：《田间诗学》卷四，《景印文渊阁四库全书》第八四册，第495页。
⑧ （清）方玉润：《诗经原始》卷六，第248页。

熟悉的充满了控诉之声的《伐檀》，相距何其远也！"魏国女闵伤怨旷而作"说系由《鲁诗》发展而来，而《鲁诗》说原为："《伐檀》者，魏国之女所作也，伤贤者隐避，素餐在位，闵伤怨旷，失其嘉会。"①称"贤者隐避"，可见仍与君子仕进与否相关。所以，现在我们重读《伐檀》，先把讽刺不劳而获者的诗旨放在一边，从君子仕隐和素餐说起。

据《诗序》的意思，《伐檀》描写的是在位者无功受禄而真正有才能的君子却不得入仕，所以它的主题是"刺贪"。这个结论从何而来？刺贪不必说，诗中"不稼不穑"四句可以为证；而君子不得入仕，看诗首三句即知。"坎坎伐檀兮，置之河之干兮"，伐檀的目的是造辐造轮，可是尽力伐得却只能闲置在河岸边，河道并非用车之所，这不就好比君子有材却被弃于无用之地吗？②好，如果这样读诗，那么最后两句"彼君子兮，不素餐兮"应当如何理解？是如《诗序》所说讽刺在位者无功而食禄吗？不一定。朱熹觉得这八个字是诗人赞扬君子的话，他认为《伐檀》的诗旨是"专美君子之不素餐"，即赞美君子不愿尸位素餐："诗人言有人于此，用力伐檀，将以为车而行陆也。今乃置之河干，则河水清涟而无所用，虽欲自食其力而不可得矣。然其志则自以为不耕则不可以得禾，不猎则不可以得兽，是以甘心穷饿而不悔也。诗人述其事而叹之，以为是真能不空食者。后世若徐稺之流，非其力不食，其厉志盖如此。"③朱熹认为这位君子参与了伐檀工作，可是伐下的木材无所用，君子想要自食其力而不得，但他依然坚持自己的志向，不劳则不获，甘心穷饿而不悔，一如后汉徐稺，常自耕稼，非其力不食。因此诗人感叹"彼君子兮，不素餐兮"，赞美他不愿意不劳而获，仕有功，乃肯受禄。这样的解释，不但"君子不素餐"有了新说，连带着"不稼不穑"四句中的反诘语气也变成了假设——如果

---

① （清）王先谦：《诗三家义集疏》卷七，第407页。
② 这里是将"伐檀而置之河干"视作比喻进行分析的，实际情形在魏人生活中或恐常有。
③ 《诗集传》卷五，第66页。

不稼不穑,怎能聚禾三百廛?如果不狩不猎,怎能庭中有悬貆——再进而转为肯定的推论:想得禾就要耕种,想得兽就要勤猎,同理,想受禄就须谋事,谋事不成(例如檀木扔在河边不被用)就不素餐。

不得不说朱熹的这段分析是很精彩的,但是《伐檀》中能读出赞美之意吗?实际上,即使我们完全推翻讽刺剥削论,要说到赞美,似乎也还离题太远。清人方玉润说:"殊知河干伐檀,非喻君子不得进仕,乃喻君子仕于闲曹之秩也。"看来他对首二句比喻义的理解稍有不同,但与朱说还是没有本质上的分歧。方氏又说:"君子食禄必有所报,今但尸位,无所用力,故又以素餐为耻。一如伐檀为车,而乃置之河干之地,但见河水清且涟猗,则虽车也将焉用之?"方玉润的结论其实跟朱熹的区别不大,他也主张诗中的君子"以素餐为耻",只是前提略有不同。朱熹认为君子劳而无获,但志在不素餐;而方玉润认为君子居闲职不劳而获,因此以素餐为耻。他们对"不稼不穑"四句的理解也不同,朱熹视之为受禄就得有所作为的推论过程,而方玉润把它们看作君子不素餐的反衬。两种观点孰是孰非不易判断,不过,方玉润没有把诗旨提升到"专美"的高度,他推测"此必魏廷贪婪充位比比皆是,间有一二贤人君子清操自矢者,众共排之,俾居闲散无为之地",而这一二贤人君子又不愿意素餐,或许将有离开之意,不知国家将何以堪,于是"诗人伤之,作此以刺时"[①]。撇开这种推测性的阐发不谈,方玉润对《伐檀》旨义的理解较之朱熹,相对来说还是更客观些的。

概言之,《伐檀》首三句用了"比"的写法,伐檀是为了造车,但檀木伐下却闲置着,河水虽清,而非用车之地,好比君子见弃。见弃分两种情况,一是没能入仕,二是入仕但闲散不被重用。仅从诗首三句,看不出哪种情况倾向性更强,所以两存。接下去的"不稼不穑"四句是有嘲讽之意的,但不能理解为伐木者"刺贪"的不平

[①] (清)方玉润:《诗经原始》卷六,第249页。

之鸣,作如是解,就游离出诗歌主旨了,这四句话应当是为突出君子的志向服务的。清人姚际恒说:"'不稼'四句只是借小人以形君子,亦借君子以骂小人,乃反衬'不素餐'之义耳。"①此说可取。只有从这个角度去理解"不稼不穑",诗的前三句、中四句、后二句才不会各自为义,才能得出上下互相关联的完整解释。君子见弃,又不愿意不劳而获,于是诗人发言为叹:"彼君子兮,不素餐兮!"这可能才是《伐檀》的诗本义,君子不素餐是其主题所在,前面数句都是铺垫,一如吴闿生所说:"本意止不素餐耳,烘染乃尔浓缛。"②宋玉《九辩》中所谓"窃慕诗人之遗风兮,愿托志乎素餐",即用《伐檀》意也。前面我们列举的数种对此诗的解说,如"刺贤者不遇明王"、"美君子隐居之志"、"君子能其宜而不用"、"伤君子不见用于时"等等,基本上都属于这一理解范围。至于君子是否因不肯尸位素餐而隐退,就未必在本篇题旨之内了。

说到这儿一定有人想问:如果以上分析符合《伐檀》的真实诗情,为何这首诗又被认为是讽刺剥削者不劳而获的作品呢?这其实是受《诗序》影响的结果。《诗序》强调"刺贪",因此,站在歌者的身份是奴隶的立场上,就会出现"奴隶辛苦伐木→奴隶主贵族不劳而获→歌者用反语进行嘲讽和控诉"的解诗思路,这种思路又同时适用于农民反封建或者劳动者(如伐木工人)反对剥削等等结论的得出。

从形式看,除了国风惯有的重章复沓外,这首诗的句式具有灵活多变的特色。诗句从四言、五言、六言、七言乃至八言都有,参差错落,舒卷自如。这种杂言形式非常适合各章中三个层次不同诗情的抒发,无怪乎清人牛运震说它"起落转折,浑脱傲岸,首尾结构,呼应灵紧,此长调之神品也"③,评价极高。

---

① (清)姚际恒:《诗经通论》卷六,第128页。

② 吴闿生:《诗义会通》卷一,第88页。

③ (清)牛运震:《诗志》卷二,第13页。

唐 风

《唐风》是晋国风诗的集合。唐本是帝尧旧都,周初成王灭唐后,封其弟叔虞于此,称唐侯。叔虞之子燮继位后,因古唐国境内有晋水而改国号"唐"为"晋",始称晋侯,其地在今山西南部襄汾、曲沃、翼城的汾浍之间,所以,"唐风"就是流行于这一带的地方乐调。周宣王后期,晋穆侯即位,分别将两个儿子命名为"仇"和"成师"。晋人师服说:"太子叫'仇',仇者雠也;弟弟叫'成师',成师大号,成之者也。嫡庶名字相反,这以后国家能不乱吗?"一语成谶,仇的儿子晋昭侯在位期间,成师势力强大,昭侯封其于曲沃。从晋孝侯元年(前739年)至晋侯缗二十八年(前679年),曲沃与公室为争夺晋国君权而长期对立,晋国陷入了长达数十年的战乱,并最终以曲沃并晋、列为诸侯而告终。前676年,晋献公即位,其后又因听信骊姬谗言杀害了太子申生,导致晋国内乱再起,直至前636年公子重耳入为晋君,才结束了晋国公室长期动荡不宁的局面,逐渐成就霸业。①历代注家多认为《唐风》的创作下限在晋献公之世,是西周晚期至春秋前期的作品。

"晋风"为什么不谓"晋"而谓"唐"?历来说法很多。或以《唐风》首篇《蟋蟀》诗序中所谓"此晋也,而谓之唐,本其风俗,忧深思远,俭而用礼,乃有尧之遗风焉"为由,称乐音之中有尧俗,所以名之曰"唐";或认为叔虞初封之时就叫唐,"盖仍其始封之旧号"②;或从曲沃乱公室入手找原因,把君臣伦理都关联上,如清人方玉润说:"唐诗多作于曲沃并晋之世,两晋相吞,一兴一亡,其名无所专系,故黜晋号而系之以唐,恶之深故绝之甚也。国有无诗而名存,圣人闵其君之无罪见灭,

---

① 《史记》卷三十九《晋世家第九》,第1637—1661页。
② 《诗集传》卷六,第68页。

存之所以寓兴亡继绝之心者,邶、鄘是也。亦有有诗而名灭,圣人恶其君之得国不正,黜之所以见并族灭宗之罪者,晋是也。然则诗虽咏事,《春秋》之法寓焉矣。"①实际上"晋风"谓"唐"乃是编诗人所为,不关圣人事,方玉润的说法主观性太强。这个问题牵涉到《诗》文本的编纂,到目前为止,各类分析都只是推测,尚未出现有较大说服力的结论,只能存疑。

《唐风》今存十二篇,多讽刺之作,多人生之悲,忧深思远。鲁襄公二十九年(前544年)吴公子季札在鲁观乐,听罢"唐风"叹道:"思深哉!其有陶唐氏之遗民乎?不然,何忧之远也?非令德之后,谁能若是!"②其实,《唐风》情调偏于忧伤,与当地土瘠民贫和晋国长期的内乱或有一定关系,跟是否"陶唐氏遗民"则无涉。

蟋 蟀

蟋蟀在堂[1],岁聿其莫[2]。今我不乐[3],日月其除[4]。
无已大康[5],职思其居[6]。好乐无荒[7],良士瞿瞿[8]。

蟋蟀在堂,岁聿其逝[9]。今我不乐,日月其迈[10]。
无已大康,职思其外[11]。好乐无荒,良士蹶蹶[12]。

蟋蟀在堂,役车其休[13]。今我不乐,日月其慆[14]。
无已大康,职思其忧[15]。好乐无荒,良士休休[16]。

[注释]

[1]蟋蟀:候虫,随寒暑变化而迁居,秋初感寒始鸣,愈寒则愈近人。 在堂:在厅堂内。《豳风·七月》云:"七月在野,八月在宇,九月在户,十月蟋蟀入我床下。"所谓"在户"即在堂,蟋蟀本在野外,九月为避寒而由野入堂。
[2]岁聿其莫(mù):一年就要结束了。 岁:岁时。 聿:语助词,相当于

---

① (清)方玉润:《诗经原始》卷六,第252页。
② 《春秋左传正义》卷三十九襄公二十九年,第4358页。

"乃,就"。 其莫:即指一年将尽,"莫"即"暮"。周代建子,以十月为岁暮,十一月为次年正月。

[3]乐:此指寻乐。

[4]日月:此指光阴。 除:此处引申为逝去。

[5]无已:无以,不可如此。 大康:太康,过于乐也。

[6]职:当也。 居:处,指所处的职位。

[7]好(hào):爱好。 荒:惑溺,荒废。一说大、过分。

[8]良士:善士,贤良之人。 瞿瞿:惊顾貌,含有警惕之意。

[9]逝:逝去,流逝。

[10]迈:行也,与上章"除"同义。

[11]外:指其职之外(也不敢忽视)。一说意外之事,清人崔述《读风偶识》云:"'外'谓意外所遭,本业虽已克尽,而事变之来无常,不可以为未必然而置诸度外。朱子所谓'出于平常思虑之所不及,当过而备之者'是也。"(卷三,第68页)

[12]蹶(jué)蹶:勤敏貌。

[13]役车:供役之车,庶人所乘,方箱,可载器具以供役。 其休:将要休息。古代役不逾时,孟冬十月,役车当还。这里"役车其休"也是岁暮之意。

[14]慆(tāo):过也,也指逝去。

[15]忧:可忧之事。

[16]休休:安闲貌。乐而有节,乐不忘忧,则不至于有忧,所以安也。

[品读]

此诗首二句"蟋蟀在堂,岁聿其莫"含有时光匆促人生易老之意,顺接出三四句"今我不乐,日月其除",劝人趁时行乐不负此生。常情易共感,所以这两句诗在后世多所翻用,如"人生忽如寄,寿无金石固。……不如饮美酒,被服纨与素"(《古诗十九首》之《驱车上东门》)、"对酒当歌,人生几何。譬如朝露,去日苦多"(汉·曹操《短歌行》)、"高堂明镜悲白发,朝如青丝暮成雪。人生得意须尽欢,莫使金樽空对月"(唐·李白《将进酒》)、"不须计较与安排,领取而今现在"(宋·朱敦儒《西江月》)等等。但《蟋蟀》一诗,劝人行乐句甫出而戛然又止,下两句"无已大康,职思其居"一个顿挫,诗意急转:人生行乐无妨,但不能过度,要适可而止,要时刻保持警惕居安思危。最后两句"好乐无荒,良士瞿瞿"是全章的总括语,说明只要好乐而有节制,就是达到"良士"的标准,点出诗歌主旨。

《诗序》这样解释这首诗:"刺晋僖公也。俭不中礼,故作是诗以闵之,欲其及时以礼自虞乐也。此晋也,而谓之唐,本其风俗,忧深思远,俭而用礼,乃有尧之遗风焉。"意思是说晋国第七任国君僖公(《史记·晋世家》称"晋釐侯")生活节俭,到了不符合礼制的地步,诗人便作出《蟋蟀》之歌来讽刺他,希望他以礼自虞(娱)。这个说法后世赞同的不多,但后人读此诗,多少都受到《诗序》的影响,或从诗中"今我不乐,日月其除"句得出"感时伤生"意,从"无已大康"、"好乐无荒"句得出"士大夫之相警戒"①意;或将这四句诗与《诗序》描述的唐俗相结合,得出唐地风俗淳厚、岁暮农闲百姓燕乐但又以逸乐相戒之意②;或综合全篇诗情认为诗有岁暮述怀劝人行乐但又有所戒惕之意③;或认为诗即宣扬人生及时行乐之意④,等等。

《诗序》所谓"刺晋僖公"一说破绽很明显。上海博物馆藏战国楚竹书《孔子诗论》第二十七简云"蟋蟀知难……",这四个字是简书对《蟋蟀》诗旨的揭示,其中,"难"有岁月难留、知世事之艰难和惶恐惭愧等多种解释⑤。当我们从《蟋蟀》三

---

① (宋)王质:《诗总闻》卷六,第101、102页。
② 如《诗集传》卷六云:"唐俗勤俭,故其民间终岁劳苦,不敢少休。及其岁晚务闲之时,乃敢相与燕饮为乐。而言今蟋蟀在堂,而岁忽已晚矣,当此之时而不为乐,则日月将舍我而去矣。然其忧深而思远也。故方燕乐而又遽相戒曰:'今虽不可以不为乐,然不已过于乐乎?盍亦顾念其职之所居者,使其虽好乐而无荒,若彼良士之长虑却顾焉,则可以不至于危亡也。'盖其民俗之厚,而前圣遗风之远如此。"(第68页)
③ 如方玉润《诗经原始》卷六:"《蟋蟀》,唐人岁暮述怀也。……其人素本勤俭,强作旷达,而又不敢过放其怀,恐耽逸乐,致荒本业。"(第252页)现代学者多从此说。
④ 钱锺书:《管锥编》(一)"毛诗正义"之三九《蟋蟀》云:"按虽每章皆申'好乐无荒'之戒,而宗旨归于及时行乐。"(第199页)
⑤ 详参马承源主编:《上海博物馆藏战国楚竹书》(一),第157页;胡平生:《上博馆藏战国楚竹书研究·读上博馆藏战国楚竹书〈诗论〉劄记》,第286—287页;李零:《上博楚简三篇校读记》,第20页。

章中把握到"须行乐,但乐而不淫"的诗本义之后,可以发现"知难"二字与此诗的诗旨之间并非风马牛不相及。此外,在对《郑风·野有蔓草》的品读中,我们曾经提到过鲁襄公二十七年(前546年)发生在晋、郑两国之间的一次外交赋诗,当时,被七子选来言志的诗篇里就有《蟋蟀》,赋者为印段,赵孟对他的回答是:"善哉,保家之主也,吾有望矣。"事后文子在叔向面前对几位赋诗之人发表评论,论及印段,他说:"其余皆数世之主也。子展其后亡者也,……印氏其次也,乐而不荒,乐以安民,不淫以使之,后亡,不亦可乎?"①《左传正义》解释"保家之主",说:"大夫称主,言是守家之主,不亡族也。"取的就是文子的意思。印段因为乐而不荒,不淫使其民,所以能比其他人更长久地保全自己和家族,显然,赋诗者和观志者一定是在"好乐无荒"这一点上达到了默契。当然,赋诗之志不一定就是诗本志,《孔子诗论》与《诗序》也有可能论诗的角度不同,但当另一则考古材料出现时,《诗序》的"刺晋僖公"说便彻底失去了说服力。事实上,在位于西周共和二年至周宣王五年(前840年至前823年)的晋僖公并非"俭不中礼"。在从20世纪六七十年代起对山西翼城与曲沃交界的天马——曲村遗址及北赵晋侯墓葬的陆续考古发掘中,出现了一批"晋侯对"时期的青铜礼器,"晋侯对"即晋僖公,从器物铭文所载内容可以看出晋僖公是一位湎于逸乐之君。②这个发现让《诗序》说的立足之基顿时坍塌。

那么,这是否说明宋代以后的"感时伤生"、'以逸乐相戒"等等解说就可以成立了呢?就诗论诗地看,这些解释各有其道理,都不至于离诗本义太远,谁是谁非不易遽定。但当又有考古新材料出现时,新的局面就很容易打开了。在2008年7月入藏清华大学的一批楚简中,有一篇《耆夜》文,记载的是周武王八年伐耆("耆"即《尚书·西伯戡黎》之"黎")凯旋,在文太室(即宗庙)举行祭告祖先和慰劳功臣的饮至礼典。席间,武王、周公等人相与酬酢赋诗,其中有一首周公所赋之诗题名

---

① 《春秋左传正义》卷三十八襄公二十七年,第4336页。
② 详参李学勤《论清华简〈耆夜〉的〈蟋蟀〉诗》,《中国文化》第三十三期(2011年春季号)。

也叫《蟋蟀》,内容与唐风此篇很相近。学界对《耆夜·蟋蟀》系周公所作的真实性以及两《蟋蟀》是否为同一首诗议论纷纷,歧见迭出,这里我们持肯定态度。《耆夜·蟋蟀》在简9至14,整理之后的内容是:

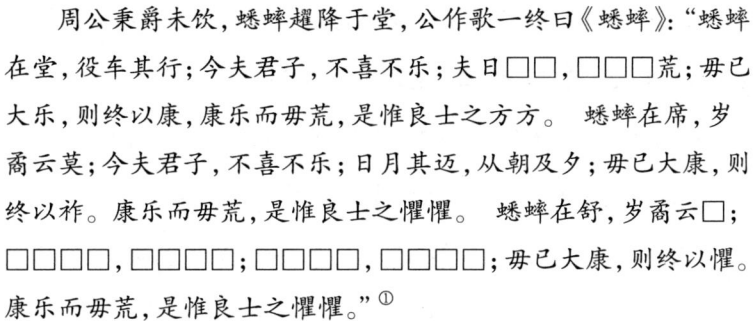

周公秉爵未饮,蟋蟀趯降于堂,公作歌一终曰《蟋蟀》:"蟋蟀在堂,役车其行;今夫君子,不喜不乐;夫日□□,□□□荒;毋已大乐,则终以康,康乐而毋荒,是惟良士之方方。 蟋蟀在席,岁矞云莫;今夫君子,不喜不乐;日月其迈,从朝及夕;毋已大康,则终以祚。康乐而毋荒,是惟良士之瞿瞿。 蟋蟀在舒,岁矞云□;□□□□,□□□□;□□□□,□□□□;毋已大康,则终以懼。康乐而毋荒,是惟良士之懼懼。"①

将此简文与《唐风·蟋蟀》对照,可以发现二者虽不完全相同(如用韵),但共性很多,最明显的是,它们在强调时光易逝、康乐但不放纵、不荒淫不骄躁才符合"良士"准则等题旨上完全是一致的。从《唐风·蟋蟀》明显更为规整看,这则简文应该是它的前身,经过一定的演变历程之后,发展成了今天我们看到的《唐风·蟋蟀》。武王封尧之后于黎,春秋时期黎侯被狄人逼迫,出寓卫国,其地后入于晋;又据《史记·晋世家》载:"武王崩,成王立,唐有乱,周公诛灭唐。"②这说明耆(黎)国、唐、周公三者之间存在一定的关联——唐尧之后封于黎,周公创作《蟋蟀》诗跟戡耆(黎)得胜有关,黎地后入于晋,因此,这首诗完全有可能流传于唐地,最后跟该地其他风诗一起,被编进了《诗》文本。

当我们从考古新材料中找到了《唐风·蟋蟀》的创作背景和成因之后,古人关于《唐风·蟋蟀》曾经有过的种种猜测基本上就都可以忽略了。在周武王八年的这次伐耆庆功饮至礼典上,因为一只蟋蟀的闯入,周公即兴赋了这首《蟋蟀》。出于西周初期特殊的身份和职责所在,周公把光阴易逝、反对纵酒逸乐的思想融

---

① 简文参《清华大学藏战国竹简(壹—叁)文字编》"释文·耆夜",第5—6页。

② 《史记》卷三十九《晋世家第九》,第1635页。

入诗中,以期达到告诫众人不忘前途艰难、虽伐耆得胜但依然要保持戒惧之心的目的,这在西周初创时期是具有深远意义的,而这也正是《唐风·蟋蟀》的主题。拿上文《孔子诗论》中"蟋蟀知难"的记载和印段赋《蟋蟀》言志的用诗之例来印证,可以看到,它们之间是相契合的。宋代以后的多种解说与这一主题有一定的交集,但它们要在撇开此诗创作背景之后才能成立。①

最后说说这首诗的写作特色。《蟋蟀》说理性较强,形象性稍逊,作者感从中来,发言为诗,文辞不加修饰,与其政治家的气质很是相符,但它的写法仍然值得一观。首二句以蟋蟀起兴,三四两句顺接,五六两句突转,这四句之间在语气和辞义上呈现开合顿挫之势;七八两句总收:"好乐无荒"承"无已大康"言,"良士瞿瞿"承"职思其居"言,秩序井然。后人评曰:"就岁暮起意,但即口头语道尽即止,随用戒语收转,构法最紧净"②、"正意只'好乐无荒'四字耳。却从'今我不乐'二句倒翻来,而急以'无已大康'一句喝醒。何等抑扬,何等转折"③、"八句中起承转合悉具,可悟诗家结构之法"④,此皆颇得此诗诗法之语也。

山有枢

山有枢[1],隰有榆[2]。子有衣裳,弗曳弗娄[3]。子有车马,弗驰弗驱[4]。宛其[5]死矣,他人是愉[6]。

山有栲[7],隰有杻[8]。子有廷内[9],弗洒弗扫[10]。子有钟鼓,弗鼓弗考[11]。宛其死矣,他人是保[12]。

---

① 详参李学勤《简介清华简〈耆夜〉》,《光明日报》2009年8月3日;李学勤《论清华简〈耆夜〉的〈蟋蟀〉诗》,《中国文化》第三十三期(2011年春季号);陈民镇《〈蟋蟀〉之志及其诗学阐释——兼论清华简〈耆夜〉周公作〈蟋蟀〉本事》,《中国诗歌研究》第九辑。

② (明)孙鑛:《批评诗经》卷一,《四库全书存目丛书》经部第一五〇册,第73页。

③ (明)戴君恩:《读风臆评》,《四库全书存目丛书》经部第六一册,第253页。

④ (清)牛运震:《诗志》卷二,第14页。

山有漆[13]，隰有栗[14]。子有酒食，何不日鼓瑟[15]？且以喜乐[16]，且以永日[17]。宛其死矣，他人入室。

[注释]

[1]枢：刺榆，其针刺如柘，其叶如榆。

[2]隰(xí)：低湿地。　榆：榆有多种，此处泛指诸榆。

[3]曳：此指长衣拖地。　娄：通"搂"，用手把衣服拢起来。"曳"和"娄"都是着衣的动作，此处泛称穿衣。

[4]驰驱：马疾跑为驰，策马为驱，此处泛指乘车。

[5]宛其：即宛然，指委顿、枯病貌。

[6]愉：乐也。

[7]栲(kǎo)：山樗，即臭椿。

[8]杻(niǔ)：檍树，俗称万年木，梓属，材可制弓弩干。

[9]廷：通"庭"，庭院。　内：指堂室。

[10]洒扫不仅为安居，更有延宾宴客之意，故下二句言及燕享奏乐。

[11]鼓考：即敲打。

[12]保：占有。

[13]漆：漆树。

[14]栗：栗树。

[15]鼓瑟：此指燕享宾客时弹瑟作乐。

[16]且：姑且。　以：用，指上二句所言饮食作乐。

[17]永日：延长时日。朱熹《诗集传》云："人多忧则觉日短，饮食作乐，可以永长此日也。"（卷六，第69页）

[品读]

　　"山隰有木材，只供他人用，好比你有好衣不穿着，你有车马不骑驾，你有庭室不洒扫，你有钟鼓不敲打，你有酒食不燕饮。且寻欢来且延日，一朝委顿离人世，尽归他人来享受。"这大致就是《山有枢》的文辞内容，这首诗可以在两种语境下解读。

　　不论作诗缘起，单就辞义看，《山有枢》属于感怀诗，作者通过这首诗抒发自己对人生的看法，重点在规劝他人及时行乐，务必尽享眼前福。有这样一首诗大家都熟悉："生年不满百，常怀千岁忧。昼短苦夜长，何不秉烛游！为乐当及时，何能待来兹？愚者爱惜费，但为后世嗤。仙人王子乔，难可与等期。"①其中所咏，便是《山有枢》之意。还有恐怕比这首诗时间更早的，如汉代张衡《西京赋》云："取乐今日，遑恤我后！既定且宁，焉知倾陁？……尔乃逞志究欲，穷身极娱。鉴戒唐诗，他人是媮！"②阐发的也是《山有枢》的诗旨。把及时行乐看作人生要义，可能是诗人苦闷之极否定一切而作的反语，也可能是他着实了悟了生存意义认为活着自当如是，这个结论一定程度上取决于读者自己的人生观以及接受此诗时的心态，诗人的态度从文辞上无法准确把握。朱熹说《山有枢》与《唐风》中编排在它前面的《蟋蟀》好似一赠一答："此诗盖以答前篇之意而解其忧。"③我们已经分析过《蟋蟀》乃是周公在特殊情境下所作，所以朱熹的话只是主观臆断。但若不计较作诗背景，《蟋蟀》是燕饮时戒逸乐，《山有枢》则直言径须行乐，二者在辞义上确实存在着呼应。不过，后者用词远较前者急促，直"以身后事危言恫之"④，三章诗从车马服饰之用说到庭堂钟鼓之乐，再从洒扫廷内带出燕饮之乐，层层推进，末句"他人是愉"、"他人是保"、"他人入室"反复申说叮咛，又一句比一句迫切。诗中"弗曳弗娄"等八个"弗"字作"不"字解当然没错，作"何不"解则更好。"何不"不仅比"不"来得活泼，也助益于理解诗人之意："何不穿着好衣裳，何不驾乘良车马……"，反诘句连用，劝人行乐之旨不仅明确，更得到了强调。这样看来，似乎诗人抒发的就不是一时的感慨了，他是在认真地歌咏他眼中的人生至理，只是这个至理常被斥作"颓废"。"颓废"是两千多年来中国任一社会阶层都曾有过或暂时

---

① 《古诗十九首·生年不满百》，《文选》卷二十九，第412页。
② （梁）萧统编，（唐）李善注：《文选》卷二，第48、50页。
③ 《诗集传》卷六，第68页。
④ 钱锺书：《管锥编》（一）"毛诗正义"之四十，第201页。

有过的情绪,从这个意义上说,《山有枢》开启了后世诗人的忧生惜日之感。钱锺书先生在分析这首诗时,就胪列了若干例后人承袭此诗的描写,从中可见:从士子诗人的"黄金用尽教歌舞,留与他人乐少年"到民间百姓的"有钱但吃着,口实莫留柜;一日厥摩师,他用不由你",都不约而同地与《唐风·山有枢》发生着共鸣。①这一"颓废"情绪,或者说是一种人生观,持久而执着地存在着,又不完全跟朝代治乱相关,你怎么对它进行价值评判?

这首诗中劝人享受时提到的衣裳、车马、廷内、钟鼓、酒食和琴瑟,都是贵族的生活内容,所以《山有枢》又被认为是行将没落的奴隶主贵族颓废自放之辞;或根据三家《诗》的看法——"当周公召公共和之时,成侯曾孙僖侯甚啬爱物,俭不中礼,国人闵之,唐之变风始作"②——而认为该诗旨在讽刺守财奴热衷聚敛吝啬成性,从而宣扬纵情享乐;这些都是从辞中"不可不及时行乐"之意延伸出来的推测。如果我们换一个语境,用一国之事系一人之本的解诗原则再读这首诗,结论将有所不同。《诗序》说:"《山有枢》,刺晋昭公也。不能修道以正其国,有财不能用,有钟鼓不能以自乐,有朝廷不能洒扫,政荒民散,将以危亡,四邻谋取其国家而不知,国人作诗以刺之也。"晋昭公是晋文侯之子姬伯,晋国第十二任国君,在位七年(前745年至前739年),史称晋昭侯。昭侯时期影响最大的政事是分封叔父成师于曲沃,成师得民心,曲沃又大于晋都翼城,因此公室与曲沃之间的对立争权之势逐步酿成;七年后,昭侯为此丧命,晋国陷于长期内乱。《孔疏》云:"四邻即桓叔,谋伐晋是也。""桓叔"就是成师。乍读《山有枢》,不容易看出此诗与晋国政局之间的联系,若说晋昭侯"有钟鼓不能以自乐,有朝廷不能洒扫,政荒民散,将以危亡,四邻谋取其国家而不知",与当日情形势态倒也基本相符。礼服、车马、钟鼓、琴瑟等等在周代都非寻常百姓所宜有,从这个视角看去,倘若诗中的"曳"、"娄"

---

① 详参钱锺书《管锥编》(一)"毛诗正义"之四十,第201页。

② (清)王先谦:《诗三家义集疏》卷八,第416—417页。

取着衣备朝祭之意,"驰"、"驱"取武功兵戎之意,"洒扫庭内"取整顿内政之意,"钟鼓"取诸侯礼乐之意,那么"弗曳弗娄"、"弗驰弗驱"、"弗洒弗扫"、"弗鼓弗考"四句联系起来看,就是晋王室不修祀事、戎事、内政以及礼乐。有财而不能用,末大于本,又不得民心,长此以往晋将如何自保?诗人身处危乱之世,于是以深忧远虑之心作诗讥刺。宋人严粲说:"周以岐丰赐襄公,秦崛兴而周遂微;晋以曲沃封桓叔,曲沃强而晋不支矣。……僖公病在鄙陋,故《蟋蟀》欲开广之;昭公死亡已迫,此诗言与其坐待死亡,不若为乐,欲激发之,使知戒惧。二诗之意所主不同,皆非劝其君以虞乐也。"①明人姚舜牧也说:"文公卒,昭公立,桓叔有伐晋之谋,昭公祸在旦夕而不悟,国人难察察言之,故作此诗。非劝昭公为乐也,谓可惜此衣裳车马之物将为他人所有,故托言唤醒昭公,使之觉悟耳。"②严、姚二人都忽略了诗句中劝人娱乐的成分,而突出诗人的作意在于"激发"和"唤醒"晋昭侯,劝其与其坐待死亡,不如及时为乐;冀其振起,使晋国庶几能免于"他人是保"、"他人入室"的下场。他们的解说有极力论证《诗序》正确的嫌疑,但昭侯微弱,国人托言以"激发"的可能性不是完全没有,这起码可以作为《山有枢》的言外之意,因此《诗序》与严粲等人的议论并非全无道理,至少可备一说。

此诗以"山有枢,隰有榆"起兴,这是《诗经》中常见的兴句格式,如"园有桃",但本篇中这两个兴句稍显独特,因"有"下有"无"与之对应,局面便自然不同。前两章云"山有枢"、"隰有榆"、"子有衣裳"、"子有车马",四个"有"字下接"弗曳弗娄"、"弗驰弗驱"四个"弗"字,反复提醒,互相激荡,令人读后心惊。第三章不再说"弗",而是直言"何不日鼓瑟?且以喜乐,且以永日",语气迫促旷达,但细赏之下,仍可感觉到其中多少有些怅惘甚至沉痛。

---

① (宋)严粲:《诗缉》卷十一,《景印摛藻堂四库全书荟要》经部第二六册,第258页。
② (明)姚舜牧:《重订诗经疑问》卷三,《景印文渊阁四库全书》第八〇册,第651页。

绸　缪

绸缪束薪[1]，三星在天[2]。今夕何夕[3]，见此良人[4]？
子兮子兮[5]，如此良人何[6]？

绸缪束刍[7]，三星在隅[8]。今夕何夕，见此邂逅[9]？
子兮子兮，如此邂逅何？

绸缪束楚，三星在户[10]。今夕何夕，见此粲者[11]？
子兮子兮，如此粲者何？

[注释]

[1]绸缪(móu)：紧密缠缚，由缠绕而引申为缠绵。　束薪：捆扎好的柴木，与《王风·扬之水》"不流束薪"同。这里的"束薪"与下二章的"束刍"、"束楚"都与结婚有关。

[2]三星在天：三星见于东方，指黄昏时分。周人结婚，新郎于黄昏时分到女家亲迎，《礼记正义》云："婿则昏时而迎，妇则因而随之。故云婿曰昏，妻曰姻。"（卷五十《经解第二十六疏》，第3495页）　三星：即参星。参宿中三星最明，俗谓"三星"。

[3]今夕何夕：此为喜庆之辞，指今夕与往日不同。

[4]良人：即好人、所欢之人，可指男或女，此指新郎。

[5]子兮子兮：你呀你呀。

[6]如……何：奈……何，把……怎么样，指新妇见了新郎喜不自禁，不知道该怎么办才好。

[7]刍：草料。

[8]隅：东南角，指三星稍斜。

[9]邂逅：用作名词，犹"佳偶"也。一说男女合欢。

[10]户：房门，此指三星当门而现。朱熹《诗集传》云："户必南出，昏见之星至此，则夜分矣。"（卷六，第70页）明代范王孙《诗志》引《诗揆》云："星随天转，昏而正东'在天'，夜久而东南'在隅'，夜分而正南'在户'。"（卷七，第510页）

[11]粲者：美人，此指新妇。

[品读]

《绸缪》也是贺新婚,但与《周南·桃夭》和《齐风·著》都不同,它着重在新人相互初见时的特殊心理上用笔,诗句可以理解为新人的意中语,也可以理解为旁观者之辞。

诗三章,首二"绸缪束薪,三星在天"是起兴句,"绸缪"有紧密缠缚之意,一捆柴火(二章云牧草、三章云荆条)扎得紧,诗人想用它来兴起什么呢?《毛传》说:"绸缪,犹缠绵也。……男女待礼而成,若薪刍待人事而后束也。三星在天,可以嫁娶矣。"数语揭出了诗歌的时间和情境——黄昏、嫁娶。那么,如何从"绸缪束薪"看出嫁娶之意来呢?宋人范处义云:"采薪者必绸缪整束乃能不散,刍、楚亦然,犹昏姻合二姓,必有礼以绸缪之。"①由"束薪"得出"合而不散"之意,显然,这是对《毛传》的进一步阐发,但这种说法总让人觉着隔了一层,不如一些从婚仪角度作出的解释来得明确。清人胡承珙说:"《诗》言昏姻之事往往及于薪木,……古者于昏礼或本有薪刍之馈,盖刍以秣马,薪以供炬,《士昏礼》'从车二乘,执烛前马'……是则薪以供炬,事或然欤?"②据此,则薪和刍有可能都是古代婚礼中的必用之物(或由男家馈送),薪用于黄昏照明,刍用于饲喂亲迎的马匹,它们都和结婚关联着,逐渐地便具有了指代或者暗示结婚的作用,在《诗经》多篇中用以起兴,并兼有比喻新婚夫妇永结同心缠绵不已之意。非仅《绸缪》一例,《周南·汉广》之"翘翘错薪,言刈其楚。之子于归,言秣其马"、《齐风·南山》之"析薪如之何?匪斧不克。取妻如之何?匪媒不得"等等皆同此类。至于此诗二三章的"束刍"、"束楚",用意与"束薪"是一样的,变文只是为了叶韵。

接下来的"今夕何夕"表面上是个问句——今夜是何夜?今晚是怎样的一个夜晚啊?但表达的不是疑问。这四个字淡淡语也,却包含深沉的情感,汉代刘向

---

① (宋)范处义:《诗补传》卷十,《景印文渊阁四库全书》第七二册,第134页。

② (清)胡承珙:《毛诗后笺》卷二,《续修四库全书》经部诗类(67),第63页。

所编《说苑》中记载的《越人歌》唱到："今夕何夕兮，搴中洲流。今日何日兮，得与王子同舟。"①两个问句，流露出的是越人见到楚王子后难逢却忽遇的意外之喜。"今夕何夕，见此良人"也是如此，在那个非同往昔的夜晚，新人初见，快乐、惊喜又陶醉。明人孙鑛说："'今夕何夕'一语，状心事刻酷，是神来句。"②品得极是，这四个字的深长意味的确在此！新人在突如其来的兴奋面前，有些恍惚，有些手足无措，于是，这两句下又紧随着一个问句："子兮子兮，如此良人何？"意思是你呀你呀，打算拿这良宵怎么办？打算将这良人如何疼？这里有一个问题：诗中的问句出于谁的口吻？新郎、新妇抑或旁人？朱熹说："(首章)诗人叙其妇语夫之词曰：'方绸缪以束薪也，而仰见三星之在天，今夕不知何夕也？而忽见良人之在此。'既又自谓曰：'子兮子兮，其将奈此良人何哉！'喜之甚而自庆之词也。……(次章)为夫妇相语之词也。……(末章)为夫语妇之词也。"③照他的理解，《绸缪》就是那对新人之间的对话了，清人陈仅也说："'今夕何夕'四句，宛闻儿女子新婚之夕喁喁私语口吻。"④也有人不同意此说，比如明人戴君恩认为"今夕何夕"四句"原是一时描写语耳，不必泥定夫妇相语等意"⑤。诸说各有其长，钱锺书先生在朱熹说的基础上延伸出歌曲"三章法"，谓："此诗首章托为女之词，称男'良人'；次章托为男女和声合赋之词，故曰'邂逅'，义兼彼此；末章托为男之词，称女'粲者'。单而双，双复单，乐府古题之'两头纤纤'，可借以品目。"⑥也就是说，《绸缪》三章未必出自同一人之口，而可能是新妇先独唱，然后新人合唱，再以新郎独唱作结。这种理解消除了诗歌语气上的龃龉，可资参考。《绸缪》就是一对新婚夫妇自抒情怀的

---

① （汉）刘向：《说苑》卷十一《善说》，第95页。
② （明）孙鑛：《批评诗经》卷一，《四库全书存目丛书》经部第一五〇册，第74页。
③ 《诗集传》卷六，第70页。
④ （清）陈仅：《诗诵》卷二，《续修四库全书》经部诗类(70)，第561页。
⑤ （明）戴君恩：《读风臆评》，《四库全书存目丛书》经部第六一册，第254页。
⑥ 钱锺书：《管锥编》（一）"毛诗正义"之四一，第203页。

歌，他们看着身边的心悦之人，感叹今夕何夕，"欢乐有极，喜幸无量"①，诗句极简单但自有无限深情在，读者凡有历此情境者皆可会心。这种时候只能将诗中的问句理解为发自新人之口，如果看作旁人之辞，"今夕何夕"的无限深情便没了着落。

当然，如果一定要理解为旁人语气，也并非不可，但歌中的情绪将完全不同。清人钱澄之就认为："此于初婚之时，旁人为之庆喜之辞。"②清人马瑞辰亦云："此诗设为旁观见人嫁娶之辞。'见此良人'，见其夫也；'见此粲者'，见其女也；'见此邂逅'，见其夫妇相会合也。"③他们说的都是旁人视角。"绸缪束薪"两句是旁人眼中所见，"今夕何夕"四句是旁人口中所唱，闻一多先生所谓"子兮，诗人感动自呼之词"④，也是同样的主张。这个"旁人"，以婚礼贺客为佳，这样的《绸缪》便有可能是一曲乐工拟为贺客之辞，类似于后世的闹新房之歌。贺客边闹边唱："一把柴火扎得紧，天上三星亮晶晶。今夜究竟是哪夜？见这好人真欢欣。要问你啊要问你，将这好人怎样亲？一捆牧草扎得多，东南三星正闪烁。今夜究竟是哪夜？遇这良辰真快活。要问你啊要问你，拿这良辰怎么过？一束荆条紧紧捆，天边三星照在门。今夜究竟是哪夜？见这美人真兴奋。要问你啊要问你，将这美人怎样疼？"⑤从"三星在天"到"三星在户"，一夜时刻推移，热闹通宵达旦，这样一来，"今夕何夕"四句便带有俏皮戏谑的味道。

这样去理解这首诗，也有趣，只是虽然跟婚礼上的喜庆气氛十分相符，却多少辜负了诗句中隐藏着的无限情境。"今夕何夕"四句是《绸缪》的魅力所在，在纯文本语境下，这首诗还有另外一种理解，这种理解将所有前人的注释撇开，让故事发生在背景完全隐退的情形之下。他们俩，不经意地在某一个黄昏、在一堆平凡

---

① （明）陆化熙：《诗通》卷一，《续修四库全书》经部诗类(61)，第32页。
② （清）钱澄之：《田间诗学》卷四，《景印文渊阁四库全书》第八四册，第501页。
③ （清）马瑞辰：《毛诗传笺通释》卷十一，第346页。
④ 闻一多：《风诗类钞乙·绸缪》，《闻一多全集》（四），第526页。
⑤ 《先秦诗鉴赏辞典·诗经·绸缪》，第227页。

的柴垛前相遇,彼此都是对方"正确的人",所以这相遇带来了"今夕何夕"的狂喜;可一切偏偏发生在"错误的时间"里,所以这相遇又带来了没有结局的"如此邂逅何"的无奈。这种解说非常有诗意,它准确地抓住了"今夕何夕"四句中微妙深邃的情感。牛运震说这几句"澹婉缠绵,真有解说不出光景"①,他是就婚礼中新人的心情而言。其实,若要说到这首诗里有解说不出的光景,似乎没有结局的无奈比新婚圆满的快乐更为吻合些,只是,《诗经》里的歌,你怎能隐去它所有的背景?

葛 生

葛生蒙楚[1],蔹[2]蔓于野。予美亡此[3],谁与独处[4]!
葛生蒙棘[5],蔹蔓于域[6]。予美亡此,谁与独息[7]!
角枕粲兮[8],锦衾烂兮[9]。予美亡此,谁与独旦[10]!
夏之日,冬之夜[11],百岁之后[12],归于其居[13]!
冬之夜,夏之日,百岁之后,归于其室[14]!

[注释]

[1]葛生蒙楚:指葛藤蔓延,覆盖了荆树。 蒙:覆盖。
[2]蔹(liǎn):葡萄科藤本植物的泛称,叶盛而细,果实黑色。
[3]予美:我的爱人,诗中妇人称亡夫。 亡此:即不在此,不在人间。
[4]谁与独处:此句应在"与"字读断,意思是谁和我共处?我只能孤独地度日;或谁把他来陪伴?他只能孤独地长眠地下。 与:共处。
[5]棘:泛指有芒棘的草木。
[6]域:墓地。
[7]息:寝息。
[8]角枕:用兽骨制作或装饰的枕头。一说方枕。 粲:文采鲜明貌。
[9]锦衾:即锦被。 烂:鲜明,灿烂。
[10]独旦:独宿到天亮。

---

① (清)牛运震:《诗志》卷二,第16页。

[11]夏之日,冬之夜:夏日与冬夜都永长,此指度日如年,每天似夏日迟迟,每夜如冬夜漫漫。《郑笺》云:"思者于昼夜之长时尤甚,故极之以尽情。"

[12]百岁之后:指死后。

[13]其居:死者住处,即墓穴。

[14]其室:同上章"其居",妇人意指死后将与丈夫同穴。

[品读]

《葛生》是"拙厚惋测,绝妙悼亡词"①,全篇最感人处在章四、五:"夏之日,冬之夜,百岁之后,归于其居"、"冬之夜,夏之日,百岁之后,归于其室",言夏日冬夜,最是思切,最难消磨,我只待生命终结,重归你的身旁。数句不见一个"思"字,不著一个"情"字,却无一字不思念,无一处不言情;不赘"愁"、"泣"等语,闻者已自深悲。而所贵之处更在以简朴的口头语道出钟情恳到之意,诚所谓至浅至深之文也。只此两章,便奠定了《葛生》在悼亡诗史上的重要地位,后世悼亡感伤之句不断出现:"如彼翰林鸟,双栖一朝只;如彼游川鱼,比目中路析"(西晋·潘岳《悼亡诗三首》之一)、"万事无不尽,徒令存者伤"(南齐·沈约《悼往》)、"唯将终夜长开眼,报答平生未展眉"(唐·元稹《遣悲怀三首》之三)、"此生今虽存,竟当共为土"(宋·梅尧臣《怀悲》)等等,几多凄美,渊源都在《葛生》。

回过头再看前三章。章各四句,重章复沓,为后二章蓄势。首二句以互文起兴,"葛生蒙楚(棘),蔹蔓于野(域)"亦即"蔹生蒙楚(棘),葛蔓于野(域)",这是对野外墓地之景的描写。歌者触景以生情,由墓地而悼亡,带出"予美亡此"两句。兴句可作两种理解:"葛之生托于物,蔹之生依于地,兴妇人依君子"②,以葛、蔹各有所托兴妇人亦须有依,这是其一;"葛与蔹皆蔓草,延于松柏则得其所,犹妇人随夫荣贵。今诗言蒙楚、蒙棘、蔓野、蔓域,盖以喻妇人失其所依,随夫卑贱。"③以葛、蔹

---

① (清)牛运震:《诗志》卷二,第18页。

② (宋)程颐:《河南程氏经说》卷三《诗解》,《二程集》第四册,第1059页。

③ (清)马瑞辰:《毛诗传笺通释》卷十一,第355页。

不得托松柏而蒙楚蔓野喻妇人无人可依,这是其二;两说各有道理,于诗意皆无妨碍。首二句纯是写景,但诗之情境渐开,"予美"指"亡夫"且诗是妇人悼夫也已明确。末句"谁与独处(息、旦)"是妇人设问,谁与共处? 只得独宿。这里有妇人极细密的情思,就亡者言,是你长眠地下,可有他人陪伴? 就妇人言,是我在这世间,也正孤苦飘零;一句话道出两头寂寞。

第三章首起"角枕粲兮,锦衾烂兮"两个赋句是妇人睹物思人之笔,以"角枕"、"锦衾"犹自文采鲜明发抒物在人去之感。亡者遗物最是关情,何况偏是枕、衾,何况偏又"粲"、"烂"! 潘岳《悼亡诗三首》之一的"帏屏无仿佛,翰墨有余迹。流芳未及歇,遗挂犹在壁"四句便是对这种笔法的明显沿袭。明人孙鑛说:"枕粲衾烂,其嫁未久也。"① 嫁未久则"予美"新亡,读诗至此,觉得《葛生》更添一层悲苦!

这里须对"角枕"和"锦衾"稍加说明。《毛传》说:"斋则角枕锦衾。礼,夫不在,敛枕箧衾席韣而藏之。"此释"角枕锦衾"为亡夫旧物,无故不出,只待家中祭祀时方用;《毛传》认为这两句诗描写妇人于斋时取出二物,见物如见人,感以增思,这是一种理解。我们当然也可以将"角枕锦衾"释作寻常卧具,类似于"藤床铺晚雪,角枕截寒玉"(唐·白居易《苦热中寄舒员外》)、"锦衾一夕梦行云,万户千门冷如水"(明·刘基《楚妃叹》)等句中所见。只是这里枕衾孤苦,一如清人方玉润所析:"……于是日夜悲思,冬夏难已。暇则展其衾枕,物犹粲烂,人是孤栖,不禁伤心,发为浩叹。"② 还有第三种解释,认为"角枕锦衾"并非亡者遗存世间之物,而是随他一起入葬的丧具,角枕用于枕尸和招魂,锦衾用于小殓时裹尸。《周礼·天官·玉府》云:"大丧,共含玉,复衣裳,角枕,角柶。"郑玄注曰:"角枕,以枕尸,郑司农云'复招魂也'。"③《礼记》云:"小敛,……君锦衾,大夫缟衾,士缁衾,皆一。"④ 有

---

① (明)孙鑛:《批评诗经》卷一引范氏语,《四库全书存目丛书》经部第一五〇册,第75页。
② (清)方玉润:《诗经原始》卷六,第263页。
③ 《周礼注疏》卷六,第1459页。
④ 《礼记正义》卷四十四《丧大记第二十二》,第3420页。

学者认为虽然角枕和锦衾只能用于天子大丧,但是天子可以将其赏赐给有功之人作为丧时之用。也就是说,《葛生》中出现作为丧具的角枕和锦衾完全是可能的。①清人牛运震品评"角枕粲兮,锦衾烂兮"二句曰:"角枕、锦衾,殉葬之物也。极惨苦事,忽插极鲜艳语,更难堪!"②郝懿行说:"至墓则思衾枕鲜华。"③这些都是基于第三种理解。但就本篇的悼亡主题而言,无论对"角枕锦衾"作何种理解,祭时见斋物而思、房中睹旧物而思抑或想象墓中之物而思,影响都不太大。

《诗序》说:"《葛生》,刺晋献公也。好攻战,则国人多丧矣。"这有可能是《葛生》产生的大背景,若据此认为篇中歌者悼念之人即为国战死者或久役不归者,则过于穿凿,大可不必。上博楚简《孔子诗论》第29简中有"角幡妇"句,廖名春先生认为"角幡"即"角枕"④,学界多所赞同。也就是说,《孔子诗论》作者见到的此诗诗题,不是《葛生》,而是《角枕》,"葛生"之名系后人取诗歌首二字为题所改。"角枕"曾为诗题,一定程度上说明这个物象以及与它并列的"锦衾"对于表现作品主旨的重要性。竹简上的"角幡妇"三字,"角幡"是题名,"妇"是主旨,组合在一起就是《角枕》这首诗,说的是妇人的行为合乎妇德"。《孔子诗论》的特点是以礼说诗,所以将诗中妇人对亡夫深切的思念和死后同穴之愿视作恪守妇德的表现。《世说新语·排调第二十五》载:"袁羊尝诣刘恢,恢在内,眠未起。袁因作诗调之曰:'角枕粲文茵,锦衾烂长筵。'刘尚晋明帝女,主见诗,不平曰:'袁羊,古之遗狂!'"⑤袁羊以"角枕"和"锦衾"入诗,暗指"予美亡此,谁与独旦",公主当即会意,如果他改用《诗经》中常见的"葛藤"遣词造意,则或恐嘲笑戏弄之趣失其过半。

---

① 详参王长华、赵棚鸽《〈角枕〉妇"解》,《燕赵学术》2009年秋之卷。
② (清)牛运震:《诗志》卷二,第17页。
③ (清)郝懿行:《诗问·国风》卷下,《续修四库全书》经部诗类(65),第236页。
④ 详余瑾《清华大学简帛讲读班上博简研究综述》,《中国哲学史》2002年第1期。
⑤ (南朝宋)刘义庆著、(梁)刘孝标注:《世说新语》卷下,第504页。

秦 风

　　《秦风》共十篇，是秦地歌调。吴公子季札在鲁国观乐舞，闻"秦风"而曰："此之谓夏声。夫能夏则大，大之至也，其周之旧乎？"可见"秦风"吸收了周调的某些元素。秦原是西周附庸，居"秦"（在今甘肃天水清水秦亭一带），号"秦嬴"。周平王东迁，秦襄公派兵护送有功，遂得列为诸侯。之后，秦以举国之力攻逐犬戎，至秦穆公时，开地千里，称霸西戎，同时势力向中原渗透且日益增强，并最终得到了周王室的认可。秦以力战开国，其西、北、南三面都迫近戎狄，不战不能生存，非战无以强大，因此，秦人尚武善斗，习射骑，好田猎，崇尚气力，反映在《秦风》中，则多车马兵戎田狩之事。所以清人崔述说："吾读《秦风》而知秦之必并天下也，吾读《秦风》而知秦并天下之后之必不复见三代之盛也。"[①]

　　秦国继齐、晋而称霸，故《秦风》列于《齐风》《唐风》之后。前人将《秦风》十篇分作两组，《车邻》等前五篇为一组，大致产生于西周后期；《黄鸟》等后五篇为一组，产生时间或在春秋中叶的秦穆公、秦康公之世。《诗》文本中未见有产生于春秋前期的秦地歌辞，这或许跟这一时期秦人全力图霸西戎、极少与周王室及中原诸侯往来交通以至于秦调未能陈于王廷有关。

驷驖

驷驖孔阜[1]，六辔在手[2]。公之媚子[3]，从公于狩[4]。

奉时辰牡[5]，辰牡孔硕[6]。公曰"左之"[7]，舍拔则获[8]。

游于北园[9]，四马既闲[10]。輶车鸾镳[11]，载猃歇骄[12]。

---

① （清）崔述：《读风偶识》卷四，第75页。

[注释]

[1]驷驖(tiě):一作"四铁",即四匹赤黑色的马。 孔:甚也,非常。 阜:壮大、肥硕貌。

[2]六辔:即六道缰绳。一马两辔,四马共八辔,但两侧两匹骖马的内辔纳于觼(jué,有舌的环),御者手中只持其外辔,加上两匹服马的内外辔,故曰"六辔在手"。 辔:马缰绳。

[3]公:秦君,多以为指秦襄公。 媚子:便(pián)嬖(bì),公之宠臣。 媚:爱也。

[4]于狩:去打猎。 于:往。

[5]奉:献,供给,此指虞人(掌苑囿的官员)驱赶出群兽待射。 时:是,这个。 辰牡:应时的公兽。四季所猎之兽不同,《毛传》云:"冬献狼,夏献麋,春秋献鹿豕群兽。"

[6]硕:肥大貌。

[7]左之:将车驶向兽的左侧,这是秦君对御者说的话。胡承珙《毛诗后笺》云:"盖兽自远奔突而来,公命御者旋当其左,以便于射耳。"(卷十一,第271页)

[8]舍(shě)拔:放开箭尾,将箭射出。 舍:放也。 拔:箭末衔弦处,此处代指箭。 则:即也。 获:射中。

[9]游:游观,游息。 北园:秦君游猎之地。

[10]闲:从容悠闲。

[11]輶(yóu)车:田猎用的轻便车。 鸾镳:马衔两端系的小铃。 鸾:铃铛,响时如鸾鸟之声。 镳:马衔,今言马嚼子。

[12]载猃(xiǎn)歇骄:以车载犬,休其足力。 猃:长嘴猎犬。 歇骄:一作"猲獢",短嘴猎犬。

[品读]

读《驷驖》,可见两千多年前秦国风歌的初貌。诗三章全用赋体,描写秦君的一次田猎过程,脉络非常清晰。首章言将猎,以四马高大健硕、秦君前呼后拥描写出猎场景之盛大;次章言正猎,应时猎物凶猛肥大,秦君指挥沉着,箭发而兽中;末章言猎毕,人马游于北园,车轻犬休,悠闲自在。诗篇重在叙事,没有使用《国风》中常见的强于抒情的重章复沓形式,而是按照事件发展的顺序,依次展现秦君狩猎的全过程。三章又各有侧重,"将猎"见国之强大,"正猎"见国之英武,"猎毕"见国之气度。

作为早期的叙事诗,《驷驖》语言简拙,情节简单,逊于形象刻画,但其笔法犹有可评说处。比如第二章,只用一句"公曰'左之',舍拔则获",便将整个狩猎场面带过,一切又尽在不言之中,读者完全能够感知到那一刻的喧嚣沸腾,无须多费笔墨。此诗虽不以抒情为主,但朴素的叙述中仍可品出鲜明的情感,如"公曰'左之'"直接以秦君的命令入诗,使诗篇平添一股生气,又正面写出国君的从容镇定,诗人叹美之意显见;"舍拔则获"四字充满豪情,不仅极写出秦君的不凡射技,秦人对武力的好尚、对国君的尊崇和对家国的热爱也都蕴含其中。清人姚际恒说这两句"迅快自喜如见",又于此篇章末评曰"秦风诸诗多慓悍自喜之意,洵乎言乃心之声也"①,此诚得其意语,但非仅"自喜"而已,《驷驖》实际上彰扬了一种力量,一种秦国始大的乐观自信的精神与豪气。所以,宋人戴溪说:"是诗首章言马之良,御之之善,人之妩媚也;次章言兽之硕大,田之合礼,公之善射也;末章言田事既毕,不淫于猎,按辔徐行,四马安闲,轻车鸣鸾,田犬休息。国人始见诸侯文物车马羽旄之盛,故夸张而美之也。"②这话有一定道理。

《诗序》说:"《驷驖》,美襄公也。始命,有田狩之事,园囿之乐焉。"将此诗的产生年代定于秦襄公之世,三家《诗》无异议,后人也多赞同。所谓"始命",指秦由附庸而为诸侯,但诗中未见有"始命"之意;襄公是秦国列为诸侯的第一任国君,诗既言"公",则《驷驖》不当作于襄公之前,这是可以肯定的。《汉书·地理志》云:"天水、陇西,山多林木,民以板为室屋。及安定、北地、上郡、西河,皆迫近戎狄,修习战备,高上气力,以射猎为先。故《秦诗》曰'在其板屋';……及《车辚》、《四

---

① (清)姚际恒:《诗经通论》卷七,第139页。
② (宋)戴溪:《续吕氏家塾读诗记》卷一,第30页。

驖》《小戎》之篇,皆言车马田狩之事。"①从《驷驖》反映的内容看,《汉书》所言不差。秦人好田猎,正是崇尚武力的表现,而这田猎又与修习战备分割不开,《驷驖》的产生,应是古秦国长期与戎狄争夺生存资源的背景使然,也是秦襄公以来国之力量日益强大、君民同心的现实所致。

蒹 葭

蒹葭苍苍[1],白露为霜。所谓伊人[2],在水一方[3]。
溯洄从之[4],道阻且长[5]。溯游[6]从之,宛[7]在水中央。

蒹葭萋萋[8],白露未晞[9]。所谓伊人,在水之湄[10]。
溯洄从之,道阻且跻[11]。溯游从之,宛在水中坻[12]。

蒹葭采采,白露未已[13]。所谓伊人,在水之涘[14]。
溯洄从之,道阻且右[15]。溯游从之,宛在水中沚[16]。

[注释]

[1]蒹(jiān):荻,高者不过五六尺,茎叶,中空。 葭:芦苇,高者至丈余,大者如小竹,中实。 苍苍:颜色鲜明貌。
[2]所谓:所说的,所思念的。 伊人:是人,那个人,此指诗人追寻之人。
[3]在水一方:在水的那一边。 一方:即一旁,一边。
[4]溯洄:此处指在陆地傍水逆回流而上。 洄:迂回的水道。 从:就也,此有追寻、接近之意。
[5]道阻且长:道路险阻而且遥远。 阻:艰难。
[6]溯游:此处指在陆地傍水逆直流而上。 游:直流。
[7]宛:宛然,好像。一说坐见貌(徒然看着)。
[8]萋萋:茂盛貌。一作"凄凄",寒凉貌,此处景中带情,有凉风萧瑟之意。
[9]晞:干也。
[10]湄:岸边,水与草交接处。
[11]跻(jī):升高,登高,指道路陡峻,需要攀登而上。

---

① 《汉书》卷二十八下《地理志第八下》,第1644页。

[12] 坻(chí)：水中高地，小渚。

[13] 未已：未止，此指露水尚未蒸发。

[14] 涘(sì)：水边，崖岸。三章"在水一方"、"在水之湄"、"在水之涘"皆在水之旁意。

[15] 右：曲也，迂回。

[16] 沚(zhǐ)：水中小洲，同第二章"坻"。

[品读]

《蒹葭》属于《秦风》，此话并非多余赘语，特别强调，是因为它的风格与其他秦诗迥然不同，它"鹤立鸡群翛然自异"①于慷慨悲壮的古《秦风》之中。秦人地处西陲，好战乐斗，本土用以自娱的，只有"击瓮叩缶，弹筝搏髀，而歌呼呜呜快耳目者"（秦·李斯《谏逐客书》），出现《蒹葭》这样缠绵悱恻文字细腻的曲辞，实在匪夷所思。可以说，《秦风》中的《蒹葭》，把唯美和神秘留在了中国文学史的起点。

与《周南·汉广》一样，《蒹葭》所赋也是求而不得的企慕情境，但比《汉广》更为深情绵邈。诗共三章，章八句，复沓歌咏出这样一幅景象：深秋之晨，芦苇萧萧，秋水迷茫，寒风瑟瑟；水边有弯曲的小径，水中有突起的沙洲；一位歌者时而伫立水边，时而傍水逆行，若有所思，神情焦灼。终于，他（或是她）唱出来了："所谓伊人，在水一方。"原来他正思慕并求索着一位"伊人"。他沿着小径溯洄而上，可是路途艰险漫长，任他如何努力都难以到达；他又沿着小径溯游而上，这一次似乎与伊人相距不远，见她（或是他）就在水的那一边，却又依稀仿佛不真切（也许竟是幻觉），只能徒然对岸远望，无法伸手触及。但纵然不可即，仍倔强往来苦求不辍，于是，重唱，复沓，诗篇有了第二章、第三章，章句间充溢着歌者强烈的思慕和无限怅惘遗憾，可谓一往而情深，一个望穿秋水苦苦寻觅的文学形象从此定格。

---

① （清）方玉润《诗经原始》卷七云："此诗在《秦风》中，气味绝不相类。以好战乐斗之邦，忽遇高超远举之作，可谓鹤立鸡群，翛然自异者矣。"（第273页）

这个画面传达了什么？历来有多种解释。《诗序》说："《蒹葭》，刺襄公也。未能用周礼，将无以固其国焉。"这自然是采诗、陈诗之义，如此解诗，当有所指，但我们无法求证。清人崔述强为发明，说"然以伊人之不出，为因周礼之不用"，"秦人惟务强兵，而不复以爱惜人材为事"，"使伊人不在水一方"，如何自保其身？①这段解说好比为《蒹葭序》作注，难能可贵，但无论如何，将这首诗与"襄公未能用周礼"联系起来，总脱不开附会穿凿之嫌。朱熹对《蒹葭》的态度倒是值得肯定，他用了就诗论诗稳妥平实的口吻说："言秋水方盛之时，所谓彼人者，乃在水之一方，上下求之而皆不可得。然不知其何所指也。"②也许就因为这"不知其何所指"，宋代之后，人们用尽想象以求一解，歧见迭出，无得一一备述。

有学者说："《蒹葭》之好，后人究竟不可及。"③这个"好"，不在其"意"，而在其"境"。就其"境"言，蒹苍、露白、秋水、伊人，何其空灵渺远！又秋水迷离宛如歌者如痴如醉的情状，秋苇萧萧更与他追寻无着的怅惘合一，这意境，怎一个凄美了得！而其"意"，如果必须讨论的话，只是简单的一个场景——伊人只可远见不可近即，歌者欲求无方欲罢不能，可这简单的场景里有着不简单的耐人寻味和难以捉摸。诗里说道路"且长"、"且跻"、"且右"，强调的都是溯游逆流之艰，读者只可意会，不必认作真有，对《蒹葭》而言，"意会"是个关键词。我们无从知道歌者是谁，无从知道他为什么热烈地、苦苦地追寻着伊人；"所谓伊人"来得也突然，我们同样无从知道谁是那位"所说到的"、触引歌者思怀的伊人，无从知道为什么伊人在水一方可望难即。"伊人"这个词饱含文学意味，它字面意思极普通，"这个人"，"那个人"，可一旦进入文学作品便如同着上特殊的色彩，成了关系密切的、深深思慕着的、不能须臾忘怀的"那个人"，可以是"他"，也可以是"她"。我们在《蒹

---

① （清）崔述：《读风偶识》卷四，第76—77页。

② 《诗集传》卷六，第76页。

③ 扬之水：《诗经别裁》，第114页。

葭》里看不到前因，因此也就无法确定是"他"还是"她"，但恰恰是这个"无法确定"，成就了这首诗难以言传的朦胧美。诗的情感是鲜明的，歌者的追寻是可感的，伊人可望不可即是确定的，除此之外，《蒹葭》为我们展现的都是朦胧而不确指的画面，读者一旦对这些画面认作真有，便极有可能失却诗旨于千里。清人黄中松说："《蒹葭》一诗，通篇设喻，其文迩，其旨远，言不尽意，而意常在于所言之外，诚未易得其旨趣之所归也。"①《蒹葭》一曲解人难，因为它是写意的，它是"诗人之诗"，它充满了浓厚的象征意味。诗人之旨甚远，读者又何必固执以求？谁是歌者，谁是伊人，歌者为何上下苦求而不得？其实都无关紧要，品读《蒹葭》，要紧的是得其"言外之意"。

那么，什么是《蒹葭》的言外之意？思贤？招隐？怀念友人？还是追求爱情？都是，也可能都不是，答案全凭读者自己去体味，在某一个心与境会的时刻，结论或许会自然地浮出水面。明人陆化熙说："通篇反复咏叹，无非想象其人所在而形容得见之难耳。一篇俱就水说，……'所谓'二字有味，正是意中之人，难向人说，悬虚说个'一方'，政(正)照下求之不得。若果有一定之方，即是人迹可至，何以上下求之而皆不可得哉？会得此意，则连水亦是借话。"②戴君恩干脆说："溯洄、溯游，既无其事，在水一方，亦无其人。诗人盖感时抚景，忽焉有怀，而托言于一方，以写其牢骚邑郁之意。"③的确，如果"在水一方"系想象之词，并非真实的陈述，并无具体的方位，很可能只是某个象征，那么，"所谓伊人"为什么就要坐实呢？不能是同样的艺术手法么？"伊人"可以是怀念中的友人或思慕着的情人，又何妨不指人而指物呢？它也许是那样一个你无论怎样努力都无法最终到达的、永远在盈盈一水间让你可以远望而不可靠近、却又永远吸引着你为之跋涉不止的人或物

---

① （清）黄中松：《诗疑辨证》卷三，《景印文渊阁四库全书》第八八册，第314页。
② （明）陆化熙：《诗通》卷一，《续修四库全书》经部诗类(61)，第34页。
③ （明）戴君恩：《读风臆评》，《四库全书存目丛书》经部第六一册，第256页。

的象征体。对学问的执着追求即如是①,为各种理想而不懈奋进亦如是。人的一生中这样的追寻和跋涉不是经常见到吗?歌中的遗憾和怅惘不是人的一生中时时遭遇却又无法克服的情感吗?可是,这样去理解《蒹葭》,仍然未必得其诗旨,而且过于认真。执意去求得谁是"伊人"、什么是"伊人",并不一定劳而有功。《蒹葭》是《国风》中"第一篇缥缈文字",只"宜以恍惚迷离读之"②,倘若过于字字落实,过分拘于它的文字和文字描绘出的情事,将要冒大煞风景的险。"它的意义究竟是招隐或是怀春,我们不能断定,我们只觉得读了百遍还不厌。"③的确,品读《蒹葭》,要的就是这样一份不拘泥的心态,不拘泥,才能发现它深蕴着的美。空灵的《蒹葭》希望遇着一颗同样空灵的读诗之心。

顺便提及,在著名的《洛神赋》篇终,曹植于洛神辞别之后写道:"于是背下陵高,足往神留。遗情想像,顾望怀愁。冀灵体之复形,御轻舟而上溯。浮长川而忘反,思绵绵而增慕。夜耿耿而不寐,霑繁霜而至曙。命仆夫而就驾,吾将归乎东路。揽騑辔以抗策,怅盘桓而不能去。"④浮川上溯,追觅灵体,彻夜不得,盘桓而不忍离去,一样在虚无缥缈中寻求,一样惆怅之情弥漫,很明显,《洛神赋》这段文字的灵感完全来自《蒹葭》。他苦寻不得的是谁?洛神、甄氏还是明主?同样没有唯一答案。曹植写下这篇赋,一定有他确定的初衷,但既然他将这初衷寄于兴象,不愿意明言,那么,读者倘若非要去求证个清楚明白,就只能是徒劳无功,而且索然无味。

---

① (清)王国维《人间词话》卷上云:"《诗·蒹葭》一篇,最得风人深致。晏同叔之'昨夜西风凋碧树。独上高楼,望尽天涯路'意颇近之。但一洒落,一悲壮耳。"(第17页)究其意,盖即以为《蒹葭》与晏殊词《蝶恋花》之"昨夜西风凋碧树……"皆可向执着追求理想、抱负之意引申。

② (明)戴君恩原本,(清)陈继揆补辑:《读风臆补》卷一一,《续修四库全书》经部诗类(58),第213页。

③ 陆侃如、冯沅君:《中国诗史》卷上,第130页。

④ 曹植《洛神赋》,《文选》卷十九,第271—272页。

黄 鸟

交交黄鸟[1]，止于棘[2]。谁从穆公[3]？子车奄息[4]。维[5]此奄息，百夫之特[6]。临其穴[7]，惴惴其栗[8]。彼苍者天[9]，歼我良人[10]！如可赎兮，人百其身[11]！

交交黄鸟，止于桑。谁从穆公？子车仲行。维此仲行，百夫之防[12]。临其穴，惴惴其栗。彼苍者天，歼我良人！如可赎兮，人百其身！

交交黄鸟，止于楚。谁从穆公？子车鍼虎。维此鍼虎，百夫之御[14]。临其穴，惴惴其栗。彼苍者天，歼我良人！如可赎兮，人百其身！

[注释]

[1]交交：通"咬咬"，鸟鸣声。一说往来飞翔之貌。

[2]止：停落，栖止。 棘：酸枣树，同《魏风·园有桃》"园有棘"之"棘"。

[3]从：从死，此即殉葬。 穆公：春秋时期秦国的国君，嬴姓，赵氏，名任好，前659年至前621年在位，一作秦缪公。秦穆公重用百里奚、蹇叔、由余等客卿，使秦称霸西戎，为秦国日后的壮大打下了重要基础。他死后，以177人殉葬。

[4]子车奄息：秦国贤臣，子车是氏（《史记·秦本纪》作"子舆"），奄息是名。一说字奄名息。下二章之仲行(háng)、鍼(qián)虎都是奄息的兄弟，三人合称"三良"。

[5]维：句首语助词，此有哀叹之意。

[6]夫：男子之称。 特：杰出貌。"百夫之特"指奄息是百夫之中最杰出的。

[7]穴：墓穴。

[8]惴惴：恐惧貌。 其：状语语尾。 栗：战栗，颤抖。 此句之意，一说指秦人哀伤奄息殉葬，临视其墓穴而为之惴栗；一说指奄息身临墓穴而惧栗。

孙鑛《批评诗经》认为应是前者，"若三良畏死如此，安足称百夫雄耶？"（卷一，第76页）牛运震《诗志》曰："临穴惴惴，写出惨状，三良不必有此状，诗人哀之，不得不如此形容尔。"（卷二，第20页）则以此二句为诗人揣想当时情状。

[9]彼苍者天：以下四句为诗人对天呼号控诉。

[10]歼：灭，杀尽。　良人：良士，好人。

[11]人百其身：此句指国人甘愿一身百死，即死一百次来赎三良的性命。

[12]防：比也。"百夫之防"指仲行的才德可以比得上百人。

[13]御：抵御。"百夫之御"指鍼虎能以一人之力抵御百夫。三章之"特"、"防"、"御"三字意思相近。

[品读]

《黄鸟》是为三良而唱的挽歌。《左传·文公六年》云："秦伯任好卒，以子车氏之三子奄息、仲行、鍼虎为殉，皆秦之良也。国人哀之，为之赋《黄鸟》。"① 《史记》亦云："三十九年，缪公（即穆公）卒，葬雍。从死者百七十七人，秦之良臣子舆氏三人名曰奄息、仲行、鍼虎，亦在从死之中。秦人哀之，为作歌《黄鸟》之诗。"② 这些正是此诗产生的背景。诗以黄鸟起兴，清人马瑞辰说："盖以黄鸟之止棘、止桑、止楚，为不得其所，兴三良之从死为不得其死也。棘、楚皆小木，桑亦非黄鸟所宜止。《小雅·黄鸟》诗'无集于桑'，是其证也。"殉葬当然是不得其死，但诗人很有可能只是以所见起兴，未必有何寄意，马瑞辰此说有过于深求之嫌。不过，他对这两句诗的另一番解释倒是值得借鉴："又按：诗刺三良从死，而以止棘、止桑、止楚为喻者，棘之言急也，桑之言丧也，楚之言痛楚也。古人用物多取名于音近。"③ 以"棘"为"急"，以"桑"为"丧"，以"楚"为"痛楚"，颇似汉乐府之以"丝"为"思"、以"莲"为"怜"、以"藕"为"偶"，都由谐音而一语双关，造成文字特别的表达效果。

---

① 事见《春秋左传正义》卷十九上文公六年，第4002—4004页。
② 《史记》卷五《秦本纪第五》，第194页。
③ （清）马瑞辰：《毛诗传笺通释》卷十二，第390页。

我们若从这个角度去品味"止于棘"、"止于桑"、"止于楚"三句,对于《黄鸟》疾痛惨怛之诗情的把握无疑是有助益的。而黄鸟作为象征分离的物象,与此诗的哀婉之情确也相符,可备为一说。

兴句之后,诗三章各挽一良,由奄息而仲行而鍼虎,每章末四句都是诗人对天发出的呼告;"良人"乃合三良而言,故曰"歼我良人","歼"有"杀尽"之意。诗之本事凿凿有据,勿须赘言,重点在它的作意,诗人作《黄鸟》,真正的意图是什么?是如《诗序》首序所言"哀三良",还是如续序所言"刺穆公",抑或如后人所言控诉人殉的残暴?后人看三良从死事件,有多个角度,如《左传》说:"君子曰:'秦穆之不为盟主也宜哉!死而弃民,先王违世,犹诒之法,而况夺之善人乎?'……君子是以知秦之不复东征也。"这是谴责秦穆公杀贤。《郑笺》说:"三良,三善臣也。……自杀以从死。"应劭说:"秦穆公与群臣饮酒,酒酣,公曰:'生共此乐,死共此哀。'于是奄息、仲行、鍼虎许诺。及公薨,皆从死。"①这两说凸显三良重义。宋代苏轼说:"昔公生不诛孟明,岂有死之日而忍用其良?乃知三子徇公意,亦如齐之二子从田横。"②朱熹说得更直白:"今观临穴惴栗之言,则是康公从父之乱命,迫而纳之于圹,其罪有所归矣。"③这是将三良之殉归罪于秦穆公之子秦康公。由汉而宋,观点悄然而变,但无论哪一说,可能都非《黄鸟》本意。根据《史记》的记载:"武公卒,葬雍平阳。初以人从死,从死者六十六人。"④秦武公是穆公的伯父;又据20世纪考古发现,穆公的四世孙秦景公死后,殉葬之人多达一百八十二名。可见,人殉乃是秦国盛行的旧俗,这种制度虽然极为残忍,跟秦君的贤愚智昏关系却不大。所以,对于三良之死,回护秦穆公和归罪秦康公都是多余的,至少,诗人创

---

① 《汉书》卷八十一《匡衡传》应劭注,第3336页。
② (宋)苏轼:《秦穆公墓》,《苏东坡集》卷一,第12页。
③ 《诗集传》卷六,第78页。
④ 《史记》卷五《秦本纪第五》,第183页。

作《黄鸟》，用意既不在刺穆或刺康，也不在抨击人殉。

《诗序》说："《黄鸟》，哀三良也。国人刺穆公以人从死，而作是诗也。"这个解说似是而非，不仅续序偏离了《黄鸟》主题，首序之"哀三良"也未为切近。《左传》在记载完这一事件之后，借君子之口发了一通议论，除上文所引"不为盟主"、"不复东征"等语外，还说了一句："诗曰：'人之云亡，邦国殄瘁。'无善人之谓，若之何夺之？"①意思是贤人离开，已使国困民病，更何况无端夺去贤人性命呢？《左传》这一评说恰中《黄鸟》题旨，可与诗人同悲共感，而这一点，《易林·革之小畜》说得更明确："子车鍼虎，善人危殆。黄鸟悲鸣，伤国无辅。"②"伤国无辅"正是《黄鸟》的深意所在。此诗之悲，不在一百七十七人殉，而在三良之殉；面对贤才之殁，诗人不止于"哀"，还有痛惜；诗的主题不止于哀良，更在为家国着想的惜贤。唯有作如是解，诗人对三良"百夫之特"、"百夫之防"、"百夫之御"的盛赞以及"彼苍者天"四句的呼天抢地才能切实有着落，我们才能更深刻地了解"如可赎兮，人百其身"两句的痛彻心扉——如果可以赎回三良性命，国人甘愿为他们死上一百回，可逝者已矣，纵然真的死上一百回，便果能为国换回贤良么？《郑笺》注这两句诗时说："惜善人之甚！"倒又是深得诗旨之叹。大家应当看到："人百其身"四个字里有深哀巨痛在，是诗人情到极致的体现，切勿仅仅以夸张句法视之。

晨　风

䳦彼晨风[1]，郁彼北林[2]。未见君子，忧心钦钦[3]。
如何如何[4]？忘我实多[5]！

山有苞栎[6]，隰有六驳[7]。未见君子，忧心靡乐[8]。
如何如何？忘我实多！

---

① "人之云亡，邦国殄瘁"是《诗经·大雅·瞻卬》中的句子，意即贤人离开，国困民病。
② （汉）焦赣：《易林》卷十三，第645页。

山有苞棣[9]，隰有树檖[10]。未见君子，忧心如醉[11]。
如何如何？忘我实多！

[注释]

[1]鴥(yù)：鸟疾飞貌。　晨风：即鹯(zhān)，鸷鸟的一种，鹞属。

[2]郁：茂盛貌。　首二句意为晨风鸟迅速地飞向郁茂的北林。

[3]钦钦：忧思难忘貌。

[4]如何：奈何，怎么办。

[5]忘我实多：忘我太甚。　多：甚也。

[6]苞：树木丛生貌。　栎：栎树。

[7]六(lù)：通"蓼"，长貌，此处形容树木高大。　驳：树名，梓榆，树皮斑驳，远看像驳马。

[8]靡乐：无乐，不乐。

[9]棣：赤棣，果实赤色，如李而小。

[10]树：直立貌。　檖(suì)：山梨。

[11]如醉：忧苦恍惚貌，同《王风·黍离》"中心如醉"之"如醉"。

[品读]

　　《晨风》通篇抒情，用了《诗经》中最常见的歌唱方式——起兴调(前两句)与应和调(后四句)相结合，兴句的格式也常见——"山有……，隰有……"；诗三章除二三章兴句与首章不同外，和唱部分复沓回环，仅数字变动。就辞本义言，《晨风》专咏一事，即"未见君子，忧心忡忡，你已忘我太甚，如之奈何"，章句不复杂，辞意也直白；就表现手法看，全篇诗情呈渐进状，诗人之忧由浅而深，初则"钦钦"，继而"靡乐"，终而"如醉"，结以"忘我"，一步深似一步，与《王风·黍离》"中心摇摇"、"中心如醉"、"中心如噎"的写法相同，用的也是《诗经》中常有的写情方式。那么，《晨风》值得关注的是什么呢？主题。

　　《晨风》没有明确的主题，或者说，我们很难确定它的唯一主题，这是它跟许多风诗不同的地方。简单地说,历来对这首诗的解释主要有两说,一说基于《诗序》,一说源自朱熹。前者认为:"《晨风》,刺康公也。忘穆公之业,始弃其贤臣焉。"《诗序》用它惯有的"美刺"思维,给出了从表面上看与辞本义风马牛不相及的解释,将《晨风》定义为秦康公忘父业、弃贤臣的刺作。在此语境中,《毛传》释兴句"鴥彼晨风,郁彼北林"为"先君招贤人,贤人往之,駃疾如晨风之飞入北林";释三四句"未见君子,忧心钦钦"为秦穆公求贤,"思望之,心中钦钦然。"《郑笺》补足其意,云:"先君谓穆公。……言穆公始未见贤者之时,思望而忧之。"《毛传》释末二句"如何如何,忘我实多"为诗人刺秦康公"今则忘之矣",《郑笺》进一步言明:"此以穆公之意责康公,如何如何乎,女(汝)忘我之事实多。"据此,则忧思绵绵、怨叹被秦康公弃离的作诗者乃是穆公旧臣,"君子"则概言穆公所求之贤。后人依从《毛传》、《郑笺》之说者不少,宋代的《诗缉》可为其中代表:"此穆公旧臣所作。……今穆公死而康公立,我旧臣废弃不用,不得亲近进见,拳拳之忠,日望君之召己。"①严粲将诗中的"君子"释为康公,也合乎诗意,而且看起来更佳,这样一来,望、忧、叹皆出自贤臣一人,不必分作两样口吻。

异议从朱熹开始。他说:"此妇人念其君子之辞"②,"妇人以夫不在,而言鴥彼晨风,则归于郁然之北林矣,故我未见君子,而忧心钦钦也。彼君子者,如之何而忘我之多乎? 此与扊扅之歌同意,盖秦俗也。"③朱熹以"我"为妇人,"君子"为其夫,诗是妇人担心被弃之词。今天我们读《晨风》,一遍阅过,其实大半也是这个心得。晨风归林而久候君子不至,妇人不免心慌意乱,愁心苦结,担心自己已经被君子遗忘冷落。此诗正写出妇人见不着君子时的细腻心理,有思念、有等待、有忧心、有猜疑,句句所写不都是男女之情吗? 与君臣何干? 朱熹还举出故事性极强

---

① (宋)严粲:《诗缉》卷十二,《景印摛藻堂四库全书荟要》经部第二六册,第279页。

② (宋)朱熹:《诗序辨说》,《续修四库全书》经部诗类(56),第274页。

③ 《诗集传》卷六,第78页。

的《虩虩歌》来佐证。《虩虩歌》是什么？"虩虩"是门闩的意思，《虩虩歌》是古琴歌。应劭《风俗通》云："百里奚为秦相，堂上乐作，所赁浣妇自言知音，因援琴抚弦而歌。问之，乃其故妻，还为夫妇也，亦谓之虩虩。"歌共三首，其一曰："百里奚，五羊皮。忆别时，烹伏雌，炊虩虩，今日富贵忘我为。……"①朱熹推测男子弃妻在秦国不是什么新鲜事，没准儿就是秦俗，所以，《秦风》中出现这么一首妇人念其君子、担忧见弃的《晨风》，有何可疑？

争论由此而起。朱说有"秦俗"为证，毛说也有典章可据。魏文侯封其子击于中山，三年不与之往来，击遣赵苍唐使于文侯。文侯问苍唐："中山之君，亦何好乎？"苍唐答："好《诗》。"文侯问："于《诗》何好？"苍唐答："好《黍离》与《晨风》。"文侯问："《黍离》何哉？"苍唐答："彼黍离离……"文侯问："怨乎？"苍唐答："非敢怨也，时思也。"文侯问："《晨风》谓何？"苍唐答："鴥彼晨风……"于是文侯有所感而大悦，父子如初。②此事发生在战国初期，苍唐特举《晨风》为辞，借用的就是它的君父忘弃臣子之意。可是，诗二、三章均以山隰起兴，又极可能是个关乎男女之情的隐喻。山高隰低，所谓"丘陵为牡，溪谷为牝"、"丘陵高敞，阳也，故为牡；溪谷污下，阴也，故为牝"，说明"山"和"隰"是可以用来象征男女牡牝的，所以，从辞本义上说，《晨风》又似乎更应该理解为女子思夫。何说为是？后世讼言不断。清人戴震居中调和："诗之说无从定矣，苟非大远乎义，兼收而并存之可也。"③这是解纷之论，但他"兼收而并存之"的说法值得注意。其后方玉润说："今观诗词，以为'刺康公'者固无据，以为妇人思夫者亦未足凭。总之，男女情与君臣义原本相通，诗既不露其旨，人固难以意测。与其妄逞意说，不如阙疑存参。"④

---

① （宋）郭茂倩编：《乐府诗集》卷六十《琴歌三首》，第880页。
② 事见（汉）韩婴《韩诗外传》卷八，第102—103页。
③ （清）戴震：《戴氏诗经考》卷十一，《戴震全集》（四），第1937页。
④ （清）方玉润：《诗经原始》卷七，第276页。

遂断此诗诗旨为"未详"。"未详"自是谨慎的态度，其实，据方玉润这番话的意思，他的看法跟戴震并无本质上的不同，也是兼存两说之意。

《晨风》的诗意，只能在言"君臣"和言"夫妇"间两存。可是，前面我们读过多首被《诗序》定为刺诗的男女情歌，都能大体上得出有倾向性的结论，为什么《晨风》诗旨只能两存？因为这与上古文化中男女君臣关系的异质同构现象有关。前文我们品读《邶风·谷风》时，曾经说过这首弃妇诗有可能如方玉润所言，是"逐臣自伤"之诗，因为诗中的夫、妇可以置换为君、臣。实际上，由于男女君臣之间这种特殊的文化关联，除了《邶风·谷风》之外，《诗经》中还有多篇类似主题的作品可以作男女离合或君臣际遇的二元解读。《晨风》并非弃妇诗，但诗中表达歌者最强烈情绪的"如何如何，忘我实多"句，无论从政治视角还是从情感视角，都不能否定其中有深度担忧被遗忘被弃离之意。因此，倘若这首诗的本义确是妇人思夫忧弃，《诗序》以一国之事系一人之本，将其本义向象征义延伸，以男女喻君臣，达到采诗讽谏的目的，又有何不可呢？赵苍唐借《晨风》诗讽谕魏文侯，焉知不是拿它的引申义说事儿？"逐子之悲，同于弃妇，故其辞一也"[①]，在这种文化背景之下，《晨风》的主题只能两存。

---

① （清）朱鹤龄：《诗经通义》卷七，《景印文渊阁四库全书》第八五册，第185页。

陈 风

《陈风》存诗十篇,是陈地的乐调,其产生地域相当于今天河南淮阳、柘城及安徽西北部亳县一带。武王克商后,封帝舜之后妫满于此地,并把女儿大姬嫁给他。陈国土地广平,没有名山大川,民性平缓少刚烈;又西北部与郑、东北部与宋、西南部与楚、东南部与淮夷接壤,四周多为歌舞盛行之地,彼此之间难免相互熏染;加上"大姬无子,好巫觋祷祈、鬼神歌舞之乐,民俗化而为之"①,则《陈风》的特色可以想见。祭祀之地与迎神歌舞最易催生男女游观活动,因此,表现巫鬼之俗、描写男女婚恋、言佚乐、多柔靡正足为《陈风》的主要内容和风貌。

宛 丘

子之汤兮[1],宛丘[2]之上兮。洵有情兮,而无望兮[3]。

坎其[4]击鼓,宛丘之下。无冬无夏,值其鹭羽[5]。

坎其击缶[6],宛丘之道。无冬无夏[7],值其鹭翿[8]。

[注释]

[1]子:你,此指在宛丘跳舞的巫女。 汤:通"荡",摇摆,形容舞姿。
[2]宛丘:陈国祭祀之所,其地有丘,可供男女游乐,在都城东南,高二丈。清陈奂《诗毛氏传疏》云:"陈有宛丘,犹之郑有洧渊,皆是国人游观之所。"(卷十二,第2页)
[3]无望:不去想望。一说没有希望。
[4]坎其:即"坎坎",击鼓声。下章"坎其"是击缶声。

---

① (汉)郑玄:《陈谱》,《毛诗正义》卷七,第799页。

[5]值：立，此可作"手持"或"戴"、"插"解。 鹭羽：用鹭羽制成的扇形或伞形的舞具，舞者时而持于手中，时而戴在头上。

[6]缶：瓦盆，用作击拍的乐器。

[7]无冬无夏：此句或应作"无夏无冬"，二字互换后，"冬"字即可与本章其他三句末尾字"缶"、"道"、"翿"叶上古"幽部"韵。

[8]鹭翿(dào)：用鹭羽装饰的旗子，此指舞具，同上章"鹭羽"。

[品读]

《汉书·地理志》说："周武王封舜后妫满于陈，是为胡公，妻以元女大姬。妇人尊贵，好祭祀，用史巫，故其俗巫鬼。《陈诗》曰：'坎其击鼓，宛丘之下，亡冬亡夏，值其鹭羽。'……此其风也。"①的确，读《宛丘》，可见陈国巫风之一斑。巫女能事无形，以舞降神，此诗所写正是巫女之舞。从她所用的舞具——鹭羽、鹭翿看，她跳的可能是羽舞，也叫翳舞，起舞时，将鹭羽覆在头上，装扮鸟形。每至冬夏，当宛丘举行祭祷神祇的歌舞盛会时，巫女便伴着明快有力的鼓、缶之声翩翩起舞，用舞容同渺远的神灵对话。想象那远古的巫舞场面，当是观者如堵，热闹得很，宛丘之下有位诗人，日复一日凝望着巫女美丽的羽饰、动人的舞步和她通神时脸上的专挚神情，诗人被深深打动了。

于是便有了《宛丘》。诗篇全用赋法，三章十二句，只有"洵有情兮，而无望兮"是抒情口吻，其余都直叙其事不著情语，所以须得先领会这两句。句中的"而"作"能"解，"望"作"想望"解，二句通读，意为我实在是对她怀着爱慕之情啊，能不时刻想望吗？②这两句诗在篇中只出现过一次，没有回环复沓，但是它很重要，其余数句都是诗人用带着这种感情的眼睛看到的："子之汤兮，宛丘之上兮"是巫女低昂摇摆、婆娑起舞的姿态；二三章是两段比歌，对"子之汤兮"二句作具体延伸，

---

① 《汉书》卷二十八下《地理志第八下》，第1653页。

② 详参郭晋稀《诗经蠡测·风诗蠡测末编·〈雄雉〉、〈黍离〉、〈甫田〉、〈车邻〉、〈宛丘〉、〈东门之枌〉诸诗释旨》，第76页。

描写巫女不分冬夏舞于宛丘,这八句表面看去叙写得平静,实则背后深藏着诗人对巫女长久而动情的注视。"洵有情兮,而无望兮"中有他对巫女深沉的痴迷,如同《周南·关雎》篇里诗人那"求之不得,寤寐思服。悠哉悠哉,辗转反侧"的痛苦相思,但这痴迷和苦思又都明显地发乎情止于礼。所以,孔子对这种情感赞许不已,说:"《宛丘》,吾善之。"又说:"《宛丘》曰:'洵有情,而亡(无)望。'吾善之。"①余冠英先生认为"洵有情兮,而无望兮"是"诗人自谓对彼女有情而不敢抱任何希望"②,这是因为他对"而"、"望"两字的理解有所不同,但"有情而深觉无望"与"有情而时刻想望"其实并不矛盾,一情两见而已,同样当得起孔子"吾善之"三个字。

衡　门

衡门[1]之下,可以栖迟[2]。泌之洋洋[3],可以乐饥[4]。
岂其食鱼,必河之鲂[5]？岂其取[6]妻,必齐之姜[7]？
岂其食鱼,必河之鲤？岂其取妻,必宋之子[8]？

[注释]

[1]衡门:横一木为门,言其简陋。　衡:通"横"。
[2]栖迟:栖息,休憩,叠韵词。
[3]泌(bì):泉流轻疾貌,此指泉水。　洋洋:泉水不竭貌。
[4]乐饥:《鲁诗》、《韩诗》"乐"字均作"疗",疗饥即充饥,以水充饥是自甘贫陋之意。清姚际恒《诗经通论》认为"乐饥"是倒字趁韵:"乐饥,犹饥乐,谓虽饥亦乐也,犹孔子'蔬食,饮水,曲肱而枕,乐在其中'之意。"(卷七,第146页)值得参考。
[5]河:黄河。　鲂:与下章的"鲤"都是古代的美鱼,有所谓"洛鲤伊鲂,贵于牛羊"之说,想来黄河的鲂、鲤也一样。

---

① 濮茅左编:《上海博物馆藏楚竹书·孔子诗论》第二十一、二十二简,第52、54页。
② 余冠英:《诗经选》,第2版第136页。

[6] 取：娶。

[7] 齐之姜：齐君姜姓，此指姜姓贵族女子。

[8] 宋之子：宋君子姓，此指子姓贵族女子，与上章"齐之姜"都是美丽而有地位的女子之泛指，如《鄘风·桑中》言"美孟姜矣"、"美孟弋矣"、"美孟庸矣"。

[品读]

　　《衡门》被采为王室乐时，《诗序》赋予它的意义是"诱僖公也。愿而无立志，故作是诗以诱掖其君"，意思是说陈国第七任国君僖公（一作釐公，在位时间相当于西周晚期）性懦，无自立之志，于是诗人作出这首诗来激励他扶持他。我们先看歌辞："横门简陋，可以栖居；泌水广大，可以疗饥。裹腹何必鲂鲤，粗茶淡饭便可；娶妻何必姜子，贤淑贫女即足。"如何将这与人君之事毫不相涉的歌唱同陈僖公的治国联系在一起呢？《郑笺》勉为发明，说："贤者不以衡门之浅陋，则不游息于其下，以喻人君不可以国小，则不兴治致政化。……泌水之流洋洋然，饥者见之，可饮以疗饥，以喻人君慈愿，任用贤臣，则政教成。……何必河之鲂然后可食，取其口美而已；何必大国之女然后可妻，亦取贞顺而已；以喻君任臣何必圣人，亦取忠孝而已。"此说真够迂曲，实欠畅达，这会是《衡门》的言外之意吗？三家《诗》看法就不同，它们认为这首诗说的就是贤者乐道忘饥，跟诱进人君毫无关系，国君若是从诗里看到求贤之意，那也"要是旁文，并非正义"①。清人方玉润有一段驳斥《诗序》的话，说："夫僖公，君临万民者也，纵愿而无立志，诱之以政焉而进于道也可，奈何以无求于世之志劝之？岂非所诱反其所望乎？"②这话问得有理，所以，后人读《衡门》，多从朱熹之说："此隐居自乐而无求者之词。"③

　　这首诗用语浅近，意思原是极明白的，就是一首陈人甘于贫陋的自足之歌。

---

① （清）王先谦：《诗三家义集疏》卷十，第467页。

② （清）方玉润：《诗经原始》卷七，第284页。

③ 《诗集传》卷七，第81页。

品味其中"可以"、"岂其"、"必"等口吻,知诗人于贫、陋、简、贱中自有一份安心、快乐和从容。清人崔述说:"细玩其词,似此人亦非无心仕进者,但陈之士大夫以逢迎侈泰相尚,不以国事民艰为意,自度不能随时俯仰,以故幡然改图,甘于岑寂。"①这分析来得费心,而事实却未必如他所说。《衡门》诗人的身份其实没有深究的必要,对于读者,诗人是否厌倦官场不愿随波逐流丝毫不重要,重要的是,有这样一位先民,选择了知足和随遇而安的态度,将自己在纷乱的尘世中安放,这态度让生命少了物质的束缚,显得妥帖而舒展。后世有陶渊明"谷风转凄薄,春醪解饥劬。弱女虽非男,慰情良胜无"(《和刘柴桑》)、有白居易"朝餐不过饱,五鼎徒为尔。夕寝止求安,一衾而已矣"(《把酒》)、有王禹偁"年虽过潘岳,未为全白首。贫犹胜墨子,黔突聊供口"(《除夜》)等等,诸诗家都解得《衡门》滋味,因明了人生易足之道而气定神闲,古代士子如陶渊明等知《衡门》音者,不知凡几,心既知足,身自安止,这是古人追求的人生境界。当然,是境界之一,而非唯一。在距离《衡门》一千多年后的李唐王朝,娶高门大族"五姓女"("太原王,范阳卢,荥阳郑,清河、博陵崔,陇西、赵郡李")就是连朝廷都阻挡不了的烈烈世风。唐人攀附大姓的门第情结之重,至于小说里的歌妓如《游仙窟》中之十娘、五嫂者,也被赋予大姓出身,《枕中记》里邯郸道上的卢生,在邸舍做的一枕黄粱美梦里喜滋滋迎娶的也是清河崔氏女。唐高宗时期,宰相薛元超已然位极人臣,还意犹未足感叹平生有三恨,没能娶到"五姓女"赫然便是其中之一。②所以,回过头来再读《衡门》,颇觉"衡门之下,可以栖迟"、"岂其取妻,必齐之姜"有时可能更是古人对某种人生志趣或信念的坚守,他们不间断地歌咏自足、自适,大半时候似乎更意味着精神层面的自我砥砺,而不一定付诸实施(当然,箪食瓢饮居陋室的颜回除外,他的道

---

① (清)崔述:《读风偶识》卷四,第77—78页。
② (唐)刘𫗧:《隋唐嘉话》卷中云:"薛中书元超谓所亲曰:'吾不才,富贵过分,然平生有三恨:始不以进士擢第,不得娶五姓女,不得修国史。'"(第28页)

德高度万人景仰)。崔述读《衡门》,说"恬吟密咏,可以息躁宁神",我们读诗,是否也能品味出此意此趣?

闻一多先生因《衡门》中的"鲂"和"鲤",而从他一贯认为的《诗经》"以烹鱼或吃鱼喻合欢或结配"出发,将此诗定为男女情歌。他认为,"横门当是陈国都城东西头之门,如他篇言东门、北门之类","《国风》中讲到男女相约之地,或曰城隅,或曰城阙,或曰某门,即国城的某门,本篇的衡门也还是这一类的场所,栖迟于衡门之下,和《静女篇》的'俟我于城隅',《子衿篇》的'在城阙兮',也都是一类的故事";又认为"泌水"在民俗学中也具有特别的意义,"泌"、"密"相通,暗喻男女在衡门之下会面后,同往泌水行秘密之事;"饥"字呢,亦非指腹饥,而有性饥渴的隐义。① 孙作云先生说《衡门》是"一首带戏谑性的恋歌"②,主要原因也在"河"与"鱼"。姑存此以备一说。

东门之杨

东门之杨[1],其叶牂牂[2]。昏以为期[3],明星煌煌[4]。

东门之杨,其叶肺肺[5]。昏以为期,明星晢晢[6]。

[注释]

[1]东门:陈国都城东门。 杨:古时杨柳名通,实仍有不同,枝劲而扬起者曰杨,枝弱而下垂者曰柳,《诗》或分而言之,或合而言之。今人多以为此处指白杨,圆叶弱蒂,微风善摇。

[2]牂(zāng)牂:《齐诗》作"将将",风吹叶动之声,一说枝叶茂盛貌。

[3]昏:黄昏。 期:会也。

[4]明星:即金星,朝见于东方曰启明,夕见于西方曰长庚,《郑风·女曰鸡鸣》

---

① 闻一多:《说鱼》,《闻一多全集》(三),第245页。

② 孙作云:《诗经与周代社会研究·诗经恋歌发微》,第316页。

篇有句"明星有烂"。　煌煌：明亮貌。

[5]肺(pèi)肺：犹上章"牂牂"。

[6]晢(zhé)晢：即晰晰，犹上章"煌煌"。

[品读]

期会而久候对方不至，通常不是件令人开心的事，可《东门之杨》却把这一场景描写得很美。之前我们读过的《邶风·静女》，与此诗主题接近，同样写幽会、写候人，《静女》抓住男主人公的热恋和热望心理，就此一点做足文章，而《东门之杨》写法完全不同。诗里只有一个地点——东门外杨树下，一个时间——黄昏，一件事——明星已然煌煌，伊人却过期不至；没有一字写人，却又分明可知，人就隐藏在场景和事的后面。最重要的情，诗也只字未提，留给读者大片艺术空白。夜色渐深的东门外，候者倾耳只闻风动杨叶之声，仰头但见明星兀自闪亮，彼却久久不见踪影，一方是否"爱而不见"，另一方是否"搔首踟蹰"？候者往复徘徊，内心是"月到柳梢头，人约黄昏后"(宋·欧阳修《生查子》)的丝丝甜蜜，还是"有约不来过夜半，闲敲棋子落灯花"(宋·赵师秀《约客》)的淡淡焦躁？是"妆楼颙望，误几回，天际识归舟"(宋·柳永《八声甘州》)的点点失望，还是"似此星辰非昨夜，为谁风露立中宵"(清·黄景仁《绮怀》)的深深怅惘？我们都无从确知。画面上只有东门、杨树和明星，一派温和沉静，掩盖着候者内心的波涛翻滚；又或者，候者心里风平浪静，没有波澜起伏，没有胡思乱想，只是凝神笃定地等待着，才配得上这杨叶、星光。总之，一任读者诸君想象吧，不说比说透了好，空白使《东门之杨》更丰富。倘若候者高歌一曲"十五的月亮升上了天空哟，为什么旁边没有云彩？我等待着美丽的姑娘哟，你为什么还不到来哟嗬"，情意自然也在，却少了几分淡定和从容。

当然，《诗序》理解的"期而不至"没有这般诗意，它说："《东门之杨》，刺时也。昏姻失时，男女多违。亲迎，女犹有不至者也。"将"昏以为期"直接理解为结婚，说昏时新郎上门亲迎,而新娘不肯及时上车。后人附议《诗序》,认为杨叶牂牂,已非仲春二月,"亲迎,女犹有不至者,女或以非宜嫁娶之时,守礼以拒之也。安得谓古代社会无此贞信之女子邪?"①如此解说,让《东门之杨》美感尽失。另有第三样理解,说此诗只言负约,不必定是男女期会,"此疑为友之寒盟而致怨也。《离骚·九章·抽思》篇云:'昔君与我成言兮,曰黄昏以为期。羌中道而回畔兮,反既有此他志。'盖羁臣每托闺情以写志,而摈友亦然。"②又甚至枝蔓出"孤臣被弃,借事言情"③来。其实,《东门之杨》诗境明朗,谁候着谁、因何而候、个中寓托与否,不必太过深究,此诗之美就在于无言胜有声,在于摹写出了"人未来而久待之"的情境,读者应当留意的不是谁等待谁,而是这诗意的久待之情。

月 出

月出皎[1]兮,佼人僚兮[2]。舒窈纠兮[3],劳心悄兮[4]。

月出皓[5]兮,佼人懰[6]兮。舒忧受[7]兮,劳心慅[8]兮。

月出照[9]兮,佼人燎[10]兮。舒夭绍[11]兮,劳心惨[12]兮。

[注释]

[1]皎:(月光)洁白明亮貌。

[2]佼(jiǎo)人:美人。 佼:通"姣",美好。 僚:通"嫽",美丽。

[3]舒:发语词,无实义。 窈纠(jiǎo):叠韵词。犹"窈窕",此写佼人体态之美。一说"窈"为幽远,"纠"为愁结,明张尔岐《蒿庵闲话》云:"凡人中有所慕,心之所驰,都非耳目间事,之此之彼,诡曲难诘,其念专凝盘旋于此而不可解,故曰窈纠。"(卷二,第54—55页)

[4]劳心:忧心。 悄:深忧貌。

---

① 陈子展:《诗经直解》卷十二,第423页。

② (明)范王孙:《诗志》卷八引《诗弋》,《四库全书存目丛书》经部第七一册,第544页。

③ (清)姜炳璋:《诗序补义》卷十二,《景印文渊阁四库全书》第八九册,第153页。

[5]皓：本指日光，此处用以形容月色之白。

[6]懰(liǔ)：通"嬼"，妖冶貌，美好貌。

[7]忧受：叠韵词，此指佼人步态婀娜轻盈。

[8]慅(cǎo)：忧思不安貌。

[9]照：用为形容词，光明貌。

[10]燎：明也，光彩耀人貌。

[11]夭绍：也作"要绍"，婵娟作态也。此词与上二章"窈纠"、"忧受"意思近同。

[12]惨(zào)：为"懆"字之讹，今作"躁"，忧愁而烦躁不安貌。

[品读]

《月出》是月下的思念。三章叠咏，章四句，首句以月光起兴，二句写佼人容色之美，三句换言佼人姿态之美，末句点出诗人相思之意："月上中天，好生皎洁，不由我思念起佼人光华，她那婀娜曼妙的身姿啊，叫我心动不能自宁！"因月而写人，由人到自身，一篇作意全在"思"字。明月惹动思心，明月千里寄情，月下怀人，今天看来只是寻常之笔，诗词曲赋里见得太多，而开先河者却在这里。

我把"佼人"译作"她"，只为着解说的方便，实际情形未必如此。佼人和思佼人者，孰男孰女，是个没有答案的疑问；而且，那一点"劳心"，也不敢确定指的就一定是男女相思之情。不过，味诗中之深情，似仍当以男女相思为宜，倘非如此，必得推之于君亲朋友之间，"则忠臣孝子，义弟良朋，必有情难自已之处"①。无论如何，读《月出》，这一干疑问最好从脑中掠过即可，毫无拘执与考究的必要，男思女、女思男或者友朋间之思，都无妨此诗之美，三百篇中此等情事虚幻不分明者何止一二？品出它的风神就好。此诗不唯佼人的身份难以确定，即如她的美，也虚幻、缥缈、朦胧得紧。我们光知道她顾盼生姿光彩耀人，知道她美姿摇曳翩若惊鸿，可这些都只是若显若隐的美丽概念，不是如在眼前的切实；如此写法只是一味

---

① （清）方玉润：《诗经原始》卷七，第289页。

叫读者努了力去展开想象。而其实，想与不想又都无关大体，明白佼人是那样的"僚"、"懰"、"燎"、"窈纠"、"忧受"和"夭绍"，就足够了，她原本只是诗人脑中的一个"思"、一个"意"，你如何真切地捕捉得到？《月出》，则纯是诗的效果，举出'佼人僚兮'，不过要你知道思之苦闷所从来，说到底，佼人只在伊心里，而不在你眼中。"①这种感觉是极到位的，一篇《月出》，只有洁白明亮的月光和诗人那颗"劳心"可以真实地把握，其余全凭读者自己去咀嚼品味。诗人只想告诉我们：月色动人心魄，他在思着"佼人"。这思念之心既起，"其悦之也至矣，其思之也切矣，其忧之也深矣"②，劳心悄悄，竟是一场苦思！闻一多先生说这首诗写的是"月下有遇"③，可要是当真有"遇"，哪怕那情事再生动，诗的空灵也全被破坏了，就如这般只有"意"而未见"事"，只有虚想的月下思美而无具象的男女期会，才是《月出》不同于其他诗歌的好。至后世唐朝，诗人杜甫见月起思，其《梦李白》中有句"落月满屋梁，犹疑照颜色"，与《月出》是一样的机杼④，而写的却是梦，是意中之事，想来杜甫必是懂得《月出》的，一片空灵，造出幻景之美。

　　《月出》还有一个特别之处，不消细读，即目可感——在句法、用词和韵律。诗每章四句，第三句使前后句法不排，它前面的两句和后面的一句都是上二字双，下一字单，它却正相反，上一字单，下二字双，错综变化，句法不寻常；又诗中形容词用得也奇，有些还叠韵连绵，都是《诗经》中不经见的字，未知是否陈国方言；更

---

① 扬之水：《诗经别裁》，第125页。
② （明）朱善：《诗解颐》卷一，《景印文渊阁四库全书》第七八册，第216页。
③ 闻一多：《风诗类钞乙·月出》，《闻一多全集》（四），第503页。
④ （明）焦竑《焦氏笔乘》卷一以数首唐诗为例，说明《月出》开见月怀人之先："《毛诗》'月出皎兮，佼人僚兮'，见月怀人，能道意中事。太白《送祝八》'若见天涯思故人，浣溪石上窥明月'、子美《梦太白》'落月满屋梁，犹疑见颜色'、常建《宿王昌龄隐处》'松际露微月，清光犹为君'、王昌龄《送冯六元二》'山月出华阴，开此河渚雾。清光比故人，豁然展心悟'。此类甚多，大抵出自《陈风》也。"（第19页）

妙的是通篇句句叶韵,而且一韵到底[1],其音声之美令人遥想。可见,《月出》笔底之奇,不仅在写意,也在形式乐调,无怪乎清人姚际恒说它是"风之变体,愈出愈奇者"[2]。比姚氏稍晚些的牛运震另有一句评语:"极要眇流丽之体,妙在以拙峭出之。调促而流,句謦而圆,字生而艳,后人骚赋之祖。"[3]由通章到字句,批得细致,一并将姚际恒的话也作了注。

泽 陂

彼泽之陂[1],有蒲与荷[2]。有美一人,伤如之何[3]?
寤寐无为[4],涕泗滂沱。

彼泽之陂,有蒲与蕳[5]。有美一人,硕大且卷[6]。
寤寐无为,中心悁悁[7]。

彼泽之陂,有蒲菡萏[8]。有美一人,硕大且俨[9]。
寤寐无为,辗转伏枕[10]。

[注释]

[1]泽陂(bēi):池沼。
[2]蒲:香蒲,又称蒲草,生于三四月,五月开细花,有微香;叶可编席。 荷:此指荷叶。
[3]伤:因思念而忧伤,"伤如之何"言我因思此美人而忧,该怎么办啊。
[4]无为:无成,"寤寐无为"指不能成寐。一说因忧思而觉寝之中皆无所为,百无聊赖,无所事事。清人贺贻孙《诗触》评曰:"'寤寐无为',情景最苦。所谓'伤如之何',即'无为'二字注脚。"(卷二,第556页)
[5]蕳(jiān):兰也,同《郑风·溱洧》"士与女,方秉蕳兮"之"蕳"。一说"蕳"、

---

① 首章,"皎"、"僚"、"纠"、"悄"押"宵幽合韵";次章,"皓"、"懰"、"受"、"慅"押"幽部"韵;三章,"照"、"燎"、"绍"、"惨"押"宵部"韵。

② (清)姚际恒:《诗经通论》卷七,第149页。

③ (清)牛运震:《诗志》卷二,第24页。

"莲"古同声,此处借为莲,指莲蓬,与上章的荷叶和下章的荷花同指一物,或变文以取韵。

[6]卷:通"婘"(quán),美好貌。

[7]悁(yuān)悁:犹悢悢,忧伤不舒貌。

[8]菡萏:荷花。

[9]俨:美好貌,矜庄貌。

[10]辗转伏枕:卧而不寐,形容思深且久。

[品读]

不难发现,《泽陂》中能看到一点《周南·关雎》的影子——都有美善淑女,都有寤寐之思,都因思而忧,都辗转反侧,不同的是诗的命意。《泽陂》编于《陈风》之末,《诗序》说它"刺时"、"言灵公君臣淫于其国"。还好,赋予它这样一些政教意义便足够,它不必承担像《关雎》那样的"风之始也,所以风天下而正夫妇"的重大使命,所以一样地写思慕,《泽陂》比《关雎》单纯得多,也空灵得多。

诗以白描直叙为主。三章均从池沼中的蒲草菡萏起兴,陈都左近多湖泽,蒲、荷、兰或即诗人眼中所见,但视为思中一过之兴象亦可,诗人之意专在比拟,不必拘泥写实与否。此三物都芬芳洁美,喻义自然也都美丽,在《诗经》时代,这美丽又必然兼指容、德而言,于是其下顺转出"硕大且卷"和"硕大且俨"的"有美一人",也转出诗人心中思慕和无限强烈的忧伤。诗上半言人美,下半言己悲,可这悲因何而起,又是谁在思念着谁,"有美一人"是男还是女,到底都是谜。闻一多先生说诗人"荷塘有遇,悦之无因,作诗自伤"[①],只能说是个带着点浪漫悲情的猜测。诗的背后或许有个故事,然而读者无从探知,诗人只嗟叹"伤如之何",只复沓"寤寐无为"、涕泗滂沱、忧伤难眠的怀人情绪,至于为着什么,却非诗的主题。朱熹说:"有美一人而不可见,则虽忧伤而如之何哉!寤寐无为,涕泗滂沱而已

---

① 闻一多:《风诗类钞乙·泽陂》,《闻一多全集》(四),第489页。

矣。"①统观全诗，如果一定要得出个明确的诗义，似乎也只能如此解说，但其实诗里并无"不可见"。非但无"不可见"，所有可能成立的"事"都不存在，"见"或"不可见"，"求"或"求不得"，都没有，有的只是"有美一人"和由此而来的忧伤无所适从、忧伤不能成眠。诗的笔法虽直叙白描，写出的诗境却跟《陈风·月出》一样朦胧。

清人王照圆说："'寤寐'、'辗转'等语与《关雎》何异哉？而意则远矣。淑女之思与美人之怀犹薰蕕不可同器也，又何疑于哀乐淫伤之别耶？"②就诗论诗，这话不一定允当，美人之怀与淑女之思没有云泥之别，《泽陂》跟《关雎》的距离也不在此。《关雎》诗人"求之不得"、"辗转反侧"，最后用"窈窕淑女，琴瑟友之"和"窈窕淑女，钟鼓乐之"的想象使自己得到心灵安慰，其间的君子之风和"温柔敦厚"适足以正天下夫妇；而《泽陂》完全隐藏了情事，没有任何背景或暗示，只是极力将苦思特写似的强调和放大，始则涕泗，继而心结，终乃辗转伏枕，直欲向魂梦中求之而不得。这也就难怪古人不解，说"诗云'伤如之何'，云'涕泗滂沱'，苟男女相念，奚至于此"③、"纵极相思，亦何至是"④，而将诗歌定为伤逝或是有所寄寓之作了。

《泽陂》略去情节极写忧思，也使得抒情主人公的性别模糊难辨。句首用于起兴的三物中，荷与兰既可喻女也可喻男；而蒲，明人何楷说："三章皆言蒲，盖蒲所以为席，故姬取以自况。"⑤这一喻义也可以从汉代人的诗中找到依据，东汉张衡《同声歌》中有言："思为苑蒻席，在下蔽匡床。愿为罗衾帱，在上卫风霜。"⑥"蒻"

---

① 《诗集传》卷七，第84页。
② （清）王照圆：《诗说》卷上。
③ （清）姚际恒：《诗经通论》卷七，第150页。
④ （清）方玉润：《诗经原始》卷七，第290页。
⑤ （明）何楷：《诗经世本古义》卷二十六，景印文渊阁四库全书第八一册，第840页。
⑥ 张衡《同声歌》，《玉台新咏》卷一，第16页。

即细蒲，此歌是女子口吻，说自己思为蒲席，下蔽方床；愿为被帐，上挡风霜；由此，蒲草喻指女性是可能的。又，诗末章"硕大且俨"之"俨"，《韩诗》作"㛍"，重颐也，即今所谓双下巴，时以丰肉微骨为美，即"俨"也是美好之貌；然则诗中"有美一人"当系女性，诗是男思女。可是，首章"伤如之何"之"伤"，《韩诗》《鲁诗》皆作"阳"，是第一人称代词，"阳读同厮养之养，自称阳者，谦辞也。"①即女之卑贱者称阳；且二章"硕大且卷"之"卷"，一说通"捲"，气势也，大勇也②；如此看来，"有美一人"又当为男性，"伤如之何"的反是女子了。所以，闻一多先生说："诗人自称曰阳，分明是位女子。从'阳如之何'和'涕泗滂沱'、'辗转伏枕'等语中，也可看出一副柔怯而任情的女性意态来。至于那被赞为'硕大且卷'、'硕大且俨'的对手方，是位典型的男子，也是显而易见的。"③此类争辩见仁见智，难求一致，了解无妨，但拘执无益。诗以水畔之物起兴，刘毓庆先生认为这"可能与男女隔水可望而不可及有关"④，一水隔开有情人，究竟谁思着谁都不是关键，诗的重点只在诗境而已。

---

① （清）马瑞辰：《毛诗传笺通释》卷十一，第422页。
② （明）朱朝瑛：《读诗略记》卷二，《景印文渊阁四库全书》第八二册，第417页。
③ 闻一多：《风诗类钞甲·泽陂》，《闻一多全集》（四），第471页。
④ 刘毓庆：《诗经图注(国风)》之《泽陂》考评，第418页。

桧 风

《桧风》存诗四篇,是桧(或作"郐")地的乐调,地域相当于今天河南省密县一带。周平王东迁之初,桧国为郑武公所灭,今所见《桧风》四首多忧伤哀乱之辞,含末世危亡之意,有可能都是桧亡国之前的歌。鲁襄公二十九年(前544年),吴公子季札在鲁观乐,"自《郐》以下无讥焉",即对"桧风"不作任何评论,说明春秋时期桧地乐歌不受重视。

隰有苌楚

隰有苌楚[1],猗傩其枝[2]。夭之沃沃[3],乐子之无知[4]!

隰有苌楚,猗傩其华。夭之沃沃,乐子之无家[5]!

隰有苌楚,猗傩其实。夭之沃沃,乐子之无室[6]!

[注释]

[1]苌楚:羊桃,野生,叶长而狭,花紫赤色,枝茎弱,过一尺则引蔓于草上;实如小桃,可食。
[2]猗(ē)傩(nuó)其枝:枝条顺美貌,"猗傩"音义皆同"婀娜"。下二章"猗傩其华"指苌楚之花柔美,"猗傩其实"指苌楚之实美盛。
[3]夭:屈也,少好也,形容草木未长成之态。 沃沃:犹"沃若",有光泽貌。
[4]子:指苌楚。 知:匹配。一说知虑、情感。
[5]家:女以男为家。一说此处泛言家室之累。
[6]室:男以女为室。

[品读]

　　因为首章"乐子之无知"的"知"字有不同的训义，《隰有苌楚》可作两种解，但就影响而言，第二种理解在后世的接受更为广泛。

　　如果将"知"训为"接"、"合"或"匹"，引申为"匹配"，可以得出《隰有苌楚》的第一种解释——幸女子未嫁。"知"释作"匹配"，"无知"就是无配偶，三章末句"无知"、"无家"、"无室"便义可相称，都指乐其所爱之人尚无配偶。诗首句言"隰有苌楚"，我们曾经分析过，山高隰低，《诗经》中的山与隰常常带有男和女的隐意，苌楚又恰是蔓生植物，诗言苌楚枝条舒展、花朵娇美、果实茂盛，这些很容易令人联想到滋润有泽、正值芳华的女性。此诗乐其所爱之人尚无配偶，可以是男辞，也可以是女辞，就"隰有苌楚"看，以男子唱咏的可能性为大，所以，闻一多先生定此诗为"幸女之未字人也"①。歌者喜欢上了一位姑娘，有心向她求婚，但不明说，只是一遍又一遍地唱着"乐子之无知"，高兴那女子尚未嫁人，大有幸何如之的意味。唐诗有句"恨不相逢未嫁时"（张籍《节妇吟》），一乐一恨，与"乐子之无知、无家"正好一体两面。

　　《诗序》说："《隰有苌楚》，疾恣也。国人疾其君之淫恣，而思无情欲者也。"离题万里，不必深辩，不过，把"无知"训作"无情欲"，多少有几分道理。"知"字除了"匹配"之意外，还可以训作知虑、情感，"乐子之无知"就是羡慕你无知无虑。照此训义，这首诗的情和境都将截然不同，所以又有第二种解释——哀生之忧苦。诗以苌楚起兴，诗人见其枝顺、花美、实盛，欣欣向荣，一派生机，羡它不知人世悲苦、不晓家室之累。古人为诗歌设想出当时的情景，发言全着眼于桧的亡国。如朱熹说："政烦赋重，人不堪其苦，叹其不如草木之无知而无忧也。"②人因自身的苦而感叹不如草木，这层意思诗里是有的，但"政烦赋重"从何说起？这四个字堪

---

① 闻一多：《风诗类钞乙·隰有苌楚》，《闻一多全集》（四），第517页。

② 《诗集传》卷七，第86页。

比蛇足,所以清人姚际恒驳朱熹:"《集传》谓'政烦、赋重,人不堪其苦',然何为怨及'家、室'乎?"言下之意,政烦赋重,何必抱怨家室?据姚氏的看法:"此篇为遭乱而贫窭,不能赡其妻子之诗。"① 方玉润的想象更为具体,一发连故事情节都有:"《隰有苌楚》,伤乱离也。……此必桧破民逃,自公族子姓以及小民之有室有家者,莫不扶老携幼,挈妻抱子,相与号泣路歧,故有家不如无家之好,有知不如无知之安也。"② 总之,忧苦来自时局,身逢乱世,人不如草。

其实这层意思还可以作更广义的理解,抛开社会背景不论,只就人生而苦说起,从诗中读出忧生甚至厌生的情绪来。钱锺书先生说:"苌楚无心之物,遂能天沃茂盛,而人则有身为患,有待为烦,形役神劳,唯忧用老,不能长保朱颜青鬓,故睹草木而生羡也。"③ 此为有得之见。说白了,乱离使人苦,赋重使人苦,贫贱使人苦,都还只是就桧人言,绕开那个时代,人生苦不苦?草木值不值得羡慕?诗人的感叹是不必非在家国将亡之时的,人之大患在我有身,有身即苦,有欲即苦,苦从人的心中来,不一定是时局的错。这种时候,生既不能摆脱,便只好去羡慕无心无知的草木了,后人感叹"季秋天地间,万物生意足。我忧长于生,安得及草木"(唐·鲍溶《秋思三首》之三),亦即《隰有苌楚》之意。新出土的楚竹书《孔子诗论》第26号简文中有"《隰有苌楚》,得而悔之也"九个字,无由得知孔子说这句话的真正用意,但从字面上看,"己得而悔"正犹"人无而羡",这"得"、"悔"二字里边,可以读出太多的无奈!

《隰有苌楚》将生的烦恼刻画得极为沉痛,用的笔法不是直赋,而是反兴。诗人从苌楚写起,从它的婀娜多姿花实美盛见自己人生之艰;乐苌楚的无知,反兴自

---

① (清)姚际恒:《诗经通论》卷七,第153—154页。
② (清)方玉润:《诗经原始》卷八,第295页。
③ 钱锺书:《管锥编》(一)"毛诗正义"之四六,第218页;文中还列举了后世若干抒发忧生之嗟的例子,足资参看。

己有知而不乐，又乐它无家无室，反兴自己有家有室却不欢。反言之，苌楚亏得无知无觉，它若有知有觉，必定也同诗人一样地会忧伤、会憔悴，不能润泽沃若了。后人直接点破这层意思——"天若有情天亦老"（唐·李贺《金铜仙人辞汉歌》）、"树若有情时，不会得青青如许"（宋·姜夔《长亭怨慢》），越是假设，越是反着说，越衬出人生忧苦之深重。我们再回到诗歌本身，哀生之忧苦这层意思诗人已经在首章表明，为什么二、三章又另就"家"、"室"反复兴叹呢？汉末王粲《七哀诗》描写世乱逃难，其中有句："路有饥妇人，抱子弃草间。顾闻号泣声，挥泪独不还。未知身死处，何能两相完？"[①]单从妇人弃子这一情节下笔，"盖人当乱离之际，一切皆轻，最难割者骨肉，而慈母于幼子尤甚。写其重者，他可知矣。"[②]《隰有苌楚》二三章说"家"说"室"，也是这类写法，举其重则轻者自现，亦犹钱锺书先生所说"室家之累，于身最切，举示以概忧生之嗟耳"。人生最重最切者，往往最放不下，也最是不能承受之苦累。

---

① （汉）王粲《七哀诗》，《文选》卷二十三，第329页。
② （清）吴淇：《六朝选诗定论》卷六，《四库全书存目丛书补编》第一一册，第127页。

曹 风

《曹风》是曹地的乐调,其产生地域相当于今天山东菏泽、定陶、曹县一带。周初,武王始封其弟姬振铎于此,在齐、晋两国之间;鲁哀公八年(前487年),曹为宋所灭,前后共历二十六世。"曹风"存歌仅四首,跟"桧风"一样,属于国风中"邻下无讥"、微不足道的部分,所以清人方玉润说:"……其国小事微,诗亦无足重轻。采风者录之,聊以备一国之俗云尔。"①

下 泉

冽彼下泉[1],浸彼苞稂[2]。忾我寤叹[3],念彼周京[4]。

冽彼下泉,浸彼苞萧[5]。忾我寤叹,念彼京周[6]。

冽彼下泉,浸彼苞蓍[7]。忾我寤叹,念彼京师。

芃芃[8]黍苗,阴雨膏[9]之。四国有王[10],郇伯劳之[11]。

[注释]

[1]冽(liè):应作"洌",寒也。　下泉:出自地下的泉水。
[2]浸彼苞稂(láng):指地下流出的寒泉浸泡着稂根,使之湿腐易死。　苞:丛生貌,同《秦风·晨风》"山有苞栎"之"苞"。　稂:童粱,长穗而不长实的草。
[3]忾:叹息貌。　寤叹:不寐而叹。
[4]周京:东周都城洛邑。
[5]萧:牛尾蒿。
[6]京周:同上章"周京",倒文以叶韵。

---

① (清)方玉润:《诗经原始》卷八,第298页。

[7]蓍(shī)：草名，丛生，似藜蒿，古人用以占卦。

[8]芃芃：茂盛貌。

[9]膏：用作动词，滋润。

[10]四国有王：四方诸侯有周天子。结合下句，此二句指四方诸侯之所以又能朝聘周天子，是"郇伯劳之"的缘故。

[11]郇(xún)伯："郇"即"荀"，"郇伯"即晋国大夫荀砾(luò)。 劳：此指为王事而操劳。 之：指荀砾纳周敬王于京师一事。

[品读]

汉末王粲《七哀诗》其一在写罢长安的乱离惨相之后，感叹道："南登霸陵岸，回首望长安。悟彼《下泉》人，喟然伤心肝。"①霸陵是汉文帝刘恒的陵墓所在。王粲登上霸陵高处，回首作别长安，想起以德化民、使海内殷富的汉文帝，那一刻，他完全懂得了"《下泉》人"的心声。这里的"《下泉》"，指的就是《曹风·下泉》。《诗序》说："《下泉》，思治也。曹人疾共公侵刻下民，不得其所，忧而思明王贤伯也。"王粲在霸陵上体会到的，就是《下泉》诗人"忧而思明王贤伯"的急切心情，这心情里充满了对已然逝去的美好社会秩序的无限向往和怀念。

可以肯定的是，《下泉》是一首政治诗，但续序说它因曹共公"侵刻下民"而作，不知何据，考察这首诗的产生背景，末句"郇伯劳之"是要点。郇伯究为何人，历来说法不同，这里我们略去各家争议，直接采纳明人何楷的观点，以郇伯为晋国大夫荀砾。事在鲁昭公二十二年(前520年)，荀砾率师勤王，使四方诸侯恢复朝聘天子，即诗中所谓"四国有王，郇伯劳之"，诗有颂美之意。何楷的结论从汉代焦赣的《易林》中来，《易林·蛊之归妹》云："下泉苞粮，十年无王。郇伯遇时，忧念周京。"②结合《左传》的记载，鲁昭公二十二年，周景王卒，王子猛立，是为悼王；王子朝起兵叛乱，晋侯派大夫籍谈、荀砾率师平叛，护迎悼王；不久，悼王死，晋人又

---

① (汉)王粲《七哀诗》，《文选》卷二十三，第329页。

② (汉)焦赣：《易林》卷五，第244页。

立悼王同母弟匄(即"丐"),是为敬王。敬王始居于狄泉,鲁昭公三十二年(前510年),他派富辛和石张入晋,请求修建新都成周,说:"天降祸于周,俾我兄弟并有乱心,以为伯父忧,我一二亲昵甥舅不遑启处,于今十年。""于今十年"与《易林》所云"十年无王"相吻合,何楷由此认为,"荀砾"就是诗中的"郇伯","四国有王"即指诸侯纳周敬王之事,《下泉》当为"曹人美晋荀跞纳周敬王"于成周而作。荀砾是晋国大夫,这首诗为什么列入《曹风》呢?依照清人马瑞辰的解释,这是因为在《左传》所载的鲁昭公二十五年"晋人为黄父之会,谋王室,具戍人"、二十七年"会扈,令戍周"和三十二年"城成周"诸事中,"曹人盖皆与焉",所以有曹人在周者,作歌以咏其事。①

弄清了诗歌背景,回到作品本身。诗前三章用的是《诗经》中常见的叠咏结构,反复歌唱:"那寒冷的地下泉流啊,浸泡着稂、萧、蓍根。唉!我长声叹息,担心天子的京城。""洌彼下泉,浸彼苞稂"是兴句,稂、萧等经水浸渍,根部腐烂易芜没,这两句里可能带有王子朝叛乱导致周王室危颓的喻义,是兴中有比的写法。三、四句用赋法,直抒忧情,"忾我寤叹,念彼周京"八字中有思念,有哀伤,又或感叹时无明主,追忆治世,含意固深,却绝不明说,情绪十分低沉。第四章颂美郇伯,笔调忽变,字句、结构和情感都与上三章完全不同,由下泉浸稂到阴雨膏苗,场景与情感都芃芃其盛,气象迥乎于前。这突兀变化,有可能是诗人追忆起郇伯勤王盛事、情绪突然高亢上扬所致,古人品出了这四句中由悲而喜、兴致忽来的滋味,得出不少佳评,如清人牛运震说:"末章忽说到京周盛时,正有无限忾想,笔意俯仰抑扬,甚妙!"②陈继揆说:"感时追忆,无限伤心,妙在前路绝不说出。读末章正如唐天宝乱后,说到贞观盛时,壹似天上人,令人神驰而不觉言之津津也。"③正可

---

① (明)何楷:《诗经世本古义》卷二十八,景印文渊阁四库全书第八一册,第847—850页。
② (清)牛运震:《诗志》卷二,第26页。
③ (明)戴君恩原本,(清)陈继揆补辑:《读风臆补》卷一四,《续修四库全书》经部诗类(58),第221页。

见读者之志,妙想无穷。

  应该说,就创作艺术而言,《下泉》不算是《国风》中特别突出的,牛运震等人的评语完全是"形象大于思维"的结果,但选读这首诗,重要的不在它的内容和表现,而在它的创作时间。假定我们采纳的何楷"美晋荀跞纳周敬王"于成周之说不误,《下泉》的创作距离这一史事的时间就不会太远。诗前三章"念彼周京"中有不胜今昔盛衰之感,马瑞辰说:"'念彼周京',似王新迁成周,追念故京师王室之词。自是以后,诸侯不复勤王。故列《国风》,《诗》终于此。"①成周营修于鲁昭公三十二年,因此,《下泉》的产生应在此年前后,也就是说,鲁昭公三十二年即公元前510年前后有可能是《诗经》创作的下限,《下泉》或是《诗经》产生年代最晚的一首诗。

  当然,这个结论与"诗迄于陈灵"的旧说一样,只是具有一定可能性的推测。宋人王柏说:"《下泉》四章,其末章全与上三章不类,乃与《小雅》中《黍苗》相似,疑错简也。"②《下泉》末章语气和结构上的突转,倘若不是欲扬先抑的艺术布局使然,则完全有可能是《诗经》他篇章句衍入的结果。如果王柏的怀疑未来能够得到出土材料的支持和确定,不唯牛运震等人基于末章的热情品评会变成无根游谈,《下泉》的创作时间也将重归无考。

---

① (清)马瑞辰:《毛诗传笺通释》卷十五,第444页。
② (宋)王柏:《诗疑》卷一,第16页。按《小雅·黍苗》首章云:"芃芃黍苗,阴雨膏之。悠悠南行,召伯劳之。"

豳 风

"豳"亦作"邠",地域位置相当于今天陕西省彬县一带,本是周之先祖公刘的居住地,"豳风"是该地的乐调,随着周人的迁徙,豳乐亦传至岐周。一般认为今传《豳风》七首都与周公有关,如朱熹说:"武王崩,成王立,年幼不能莅阼,周公旦以冢宰摄政,乃述后稷公刘之化,作诗一篇以戒成王,谓之豳风。而后人又取周公所作,及凡为周公而作之诗以附焉。"①的确,《豳风》与周公关系密切,朱熹这段话中提到的"以戒成王"的《豳风》,单指《豳风·七月》,由于周公的传述,这首古老的豳歌被很好地保存下来;而《豳风》中的《鸱鸮》篇,则系周公亲自创作;随着周公封于东方之鲁,豳乐更传至鲁国,并且得到了延续。所以,鲁襄公二十九年季札在鲁观乐,听完"豳风"后,说:"美哉,荡乎!乐而不淫,其周公之东乎?"《豳风》中有几首产生于鲁国的诗,也用豳地乐调歌唱,就跟"周公之东"有关。季札观乐时,《豳风》在《国风》中位居《齐风》之后,但在经过孔子正乐论次的今本《诗经》中,它却被调整到了《国风》之末。这说明,旧本中《豳风》后于《齐风》,只是从地域上表现出它与鲁国的特殊关系,而今本将它调至《国风》之末,却代表着它在《诗经》中地位的提升。因为《诗》是由《风》、《小雅》、《大雅》和《颂》四个部分组成的,《豳风》居《风》之末,也就是在《小雅》之前,所以清人马瑞辰《毛诗传笺通释·杂考各说·诗谱次序考》引《郑志》云:"以周公专为一国,上冠先公之业,亦为优矣,所以在《风》下,次于《雅》前。"②

---

① 《诗集传》卷八,第90页。
② (清)马瑞辰:《毛诗传笺通释》卷一,第6页。

七 月

七月流火[1]，九月授衣[2]。一之日觱发[3]，二之日栗烈[4]。无衣无褐[5]，何以卒岁[6]？三之日于耜[7]，四之日举趾[8]。同我妇子[9]，馌彼南亩[10]，田畯至喜[11]。

七月流火，九月授衣。春日载阳[12]，有鸣仓庚[13]。女执懿筐[14]，遵彼微行[15]，爰求柔桑[16]。春日迟迟[17]，采蘩祁祁[18]。女心伤悲，殆及公子同归[19]。

七月流火，八月萑苇[20]。蚕月条桑[21]，取彼斧斨[22]，以伐远扬[23]，猗彼女桑[24]。七月鸣鵙[25]，八月载绩[26]。载玄载黄[27]，我朱孔阳[28]，为公子裳。

四月秀葽[29]，五月鸣蜩[30]。八月其获[31]，十月陨[32]萚。一之日于貉[33]，取彼狐狸，为公子裘。二之日其同[34]，载缵武功[35]。言私其豵[36]，献豜于公[37]。

五月斯螽动股[38]，六月莎鸡振羽[39]。七月在野，八月在宇[40]，九月在户[41]，十月蟋蟀入我床下。穹窒[42]熏鼠，塞向墐户[43]。嗟我妇子，曰为改岁[44]，入此室处[45]。

六月食郁及薁[46]，七月亨葵及菽[47]。八月剥[48]枣，十月获稻，为此春酒[49]，以介眉寿[50]。七月食瓜，八月断壶[51]，九月叔苴[52]。采荼薪樗[53]，食[54]我农夫。

九月筑场圃[55]，十月纳禾稼[56]。黍稷重穋[57]，禾麻菽麦[58]。嗟我农夫，我稼既同[59]，上入执宫功[60]。昼尔于茅[61]，宵尔索绹[62]。亟其乘屋[63]，其始[64]播百谷。

二之日凿冰冲冲[65]，三之日纳于凌阴[66]。四之日其蚤[67]，献羔祭韭[68]。九月肃霜[69]，十月涤场[70]。朋酒斯飨[71]，曰杀羔羊。跻彼公堂[72]，称[73]彼兕觥，万寿无疆[74]！

[注释]

[1]流:古人用中、流、伏、内(纳)来说明地球公转形成的星宿变位。二十八宿每天西移1度,每月约西移30度。如果某星宿正月初一在南天正中,即曰"中",二月初一就偏西约30度,称"流";三月初一偏西约60度,称"伏";四月初一偏西约90度,入西方地平线下,称"内(纳)"。 火:二十八宿中的心宿,星大而呈红色,又名大火星。 流火指大火星处在南偏西30度、地平线上约60度处,此时正是夏历六月,亦即殷历七月。《七月》全篇所涉月份均指殷历而言,周承用建丑为正的殷历,建子为正的周历至春秋后期方出现。(详参张闻玉《古代天文历法讲座》第三讲《观象授时·〈诗·七月〉的用历》,第104—109页)

[2]授衣:将裁制冬衣的工作交给女工。

[3]一之日:犹言"十有一月之日",指殷历十一月,不说"十一月"而说"一之日"是修辞手法,为了诗语的活泼。 觱(bì)發:寒风触物声。

[4]二之日:殷历十二月。 栗烈:即凛冽,严寒刺骨貌。

[5]褐:粗麻所制之衣,是贱者之服。

[6]卒岁:终岁。"何以卒岁"意为靠什么度过寒冬呢?

[7]三之日:殷历正月。 于耜:修理耒耜。 于:为,此有修理意。 耜:耕田翻土的农具。

[8]四之日:殷历二月。 举趾:举足下田,开始耕种。

[9]同:会合,携同。 我:农夫自称。

[10]馌(yè):送饭。 南亩:公田的别称。

[11]田畯(jùn):田大夫,主农之官,教民以农事。 喜:通"饎",酒食也。《郑笺》云:"耕者之妇子俱以饟来,至于南亩之中,其见田大夫,又为设酒食焉。言劝其事,又爱其吏也。"

[12]春日:殷历三月。 载:始也。一说则、乃。 阳:天气暖和。

[13]有:词头,无实义。 仓庚:即黄鹂。

[14]懿筐:深筐,"懿"由"美"引申为"深"。

[15]微行:小路。时五亩之宅,树之以桑,故"微行"指墙下小径,也可以理解为桑林中的小径。

[16]爰:乃。 柔桑:初生的桑叶。

[17]迟迟:舒缓、舒长貌,人在阳时四体舒泰,觉日行迟缓。此指春日白昼渐长。

[18]蘩(fán):白蒿,春始生,及秋香美,可生食,又可蒸。用于覆蚕种。一说采蘩是为了祭祀,用于女子出嫁前的教成之礼。 祁祁:众多也。

[19]殆及公子同归:女子感春思怀而生幽情,"公子"或指豳公之女,"殆及公子同归"指采蘩女将作为女公子的媵妾,与她一起出嫁。 殆:将。 及:与也。

[20]萑(huán)苇:指成熟的荻草和芦苇,可以用来制作养蚕的工具蚕箔,此处作动词。

[21]蚕月:养蚕的月份,也指殷历三月。 条桑:修剪桑枝。《韩诗》"条"作"挑"。

[22]斨(qiāng):柄孔方形的斧。

[23]远扬:长得过长的高扬的枝条。

[24]猗彼女桑:用绳将柔嫩的桑枝偏拉至一边,束而采之。 猗:通"掎",牵引。 女桑:嫩枝叶。

[25]鵙(jú):鸟名,即伯劳。

[26]载:乃,于是。 绩:把麻搓捻成线或绳。

[27]载玄载黄:即玄色和黄色,是染丝而成的颜色。"玄"为黑中带赤之色,"载"为语助词,无实义。

[28]朱:深红色。 孔:很,非常。 阳:鲜明。

[29]秀:不开花而结实。 葽(yāo):苦菜。

[30]蜩(tiáo):蝉。

[31]其获:将要收获(农作物)。

[32]陨:落。

[33]于貉(mà):举行貉祭。"貉"通"禡",禡祭,是狩猎者习兵之礼。

[34]同:此指田猎之前聚合众人。

[35]缵(zuǎn):继续。 武功:此指田猎。

[36]言:语气助词,无实义。 私:私占,自己占有。 豵(zōng):一岁的小猪,此处泛指小兽。

[37]豜(jiān):三岁的猪,此处泛指大兽。 公:公家。

[38]斯螽(zhōng):亦名螽斯,今名蚱蜢。 动股:两腿相切。斯螽实以翅摩擦发出鸣声,古人误以为其动股发声。一说此指斯螽开始跳动。

[39]莎鸡:虫名,俗称纺织娘。 振羽:鼓翅而鸣。

[40]宇:屋檐。

[41]户:门,此指门内。从上两句"在野"、"在宇"到本句"在户",再到下句"入我床下",皆指蟋蟀而言。

[42]穹窒:除治其室之满塞也。 穹:穷治,除治之尽。 窒:塞满,此处作名词用。

[43]向:朝北的窗。 墐(jìn):把泥涂抹在用柴竹编成的门上,以挡风御寒。

[44]曰:发语词。 改岁:更改年岁,即过年。

[45]处:居住。古时乡民春出于野,居田野庐中,以便农事,入冬才回到邑中,所以说"入此室处"。

[46]郁:棣属,郁李。 薁(yù):野葡萄。

[47]亨:通"烹",煮。 葵:菜名,又名冬葵、冬寒菜。 菽:大豆。

[48]剥:通"扑",击打。

[49]春酒:一般认为是冬酿经春始成的酒。《毛传》云:"春酒,冻醪也。"

[50]介:祈求。 眉寿:豪眉也,此指长寿。

[51]断:摘断。 壶:葫芦。

[52]叔:拾取。 苴(jū):麻籽。

[53]薪樗(chū):以樗木为薪。 樗:臭椿。

[54]食:此作动词,养活。

[55]场:打谷场,与"圃"同地。 圃:菜园。古人一地两用,春夏为圃,秋冬筑为打谷场。

[56]纳:此指收谷入仓。 禾稼:泛指农作物。

[57]黍稷:黍米和高粱。 重(chóng):先种后熟的谷。 穋(lù):后种先熟的谷。

[58]禾:粟。 此句"禾、麻、菽、麦"并言,清人方玉润《诗经原始》引许谦云:"麦非纳于十月,盖总言农事毕耳。"(卷八,第315页)

[59]既同:已经收齐。

[60]上:通"尚",还。 执:做。 宫功:宫事。古时民室通称为宫,宫事即室内之事,下两句"于茅"、"索綯"就属于宫事。

[61]尔：语助词，无实义。　于茅：取茅草。

[62]索：作动词，搓绳。　绹(táo)：绳。

[63]亟：急也。　乘屋：覆盖屋顶。

[64]其始：将要开始。

[65]冲冲：凿冰声。

[66]凌阴：冰室，藏冰的地窖。

[67]蚤：通"早"。一说取，即取冰。

[68]献羔祭韭：指献上羔羊和韭菜祭祖，这是古代开窖取冰前的仪式。

[69]肃霜：即肃爽，双声词，形容九月天高气爽。

[70]涤场：即涤荡，双声词，形容深秋天宇澄澈。

[71]朋酒：两樽酒。　斯：句中语助词，无实义。　飨(xiǎng)：相聚宴饮。

[72]公堂：豳公的朝堂。一说学校，用于公众集会。

[73]称：两手并举。

[74]万寿无疆：此为饮酒的乡人们互相祝寿之语。　万：大也。　无疆：无限，无穷。

[品读]

"后稷封邰，公刘处豳，太王徙岐，文王作酆，武王治镐"①，在这段周部族筚路蓝缕开创基业的历程中，"豳"地的岁月特别值得周人骄傲。这个用本意跟野猪有关的字命名的游牧地带，最终在公刘率领的先民们"复修后稷之业，务耕种，行地宜"②的勤勉开拓下，发展为周人开国的基业，并养成了农业社会"好稼穑，务本业"的朴实民风。豳歌《七月》的旋律里，流淌的便是那一段简单、平和、热闹、美好的往日时光。豳人忙碌的身影活跃在这首歌的每一个音符和节奏里，男耕女桑，田猎收获，春去秋来，周而复始，光景有如治世。我们很难想象这首规模宏大的、在《国风》中篇幅最长的农事歌早期产生时的模样，也不能确切地知道当它在流布的过程中一步步被充实润色、集腋成裘时，后人具体都做了哪些删减补益的努力。

---

① 《汉书》卷二十八下《地理志第八下》，第1642页。

② 《史记》卷四《周本纪第四》，第112页。

成型的《七月》已然是《豳风》中头一篇"言农桑衣食之本甚备"的佳作,歌唱着周人对祖先那段光辉历史遥远而清晰的记忆。

诗八章,共八十八句,起唱从月令开始,一年十二个月唱了个遍,好似一部配了乐的农书。全篇直赋其事自不待言,但"七月流火"、"九月授衣"、"四月秀葽"、"五月鸣蜩"等同时也是起兴之笔,这些句子写实,又不完全写实,如"七月流火"在前三章中凡三见,虽有暑尽寒来授衣事急的意思在,但又可以理解为虚写。它们虚虚实实地写来,真正意图在于用月令引出人事,月令为表,人事在里。与一气呵成的浑然之作相比,《七月》显得有些散漫无序,在它被口耳相传的漫长日子里,后人一面追忆往事,一面将现实经验一并补缀进来,遂致诗思跳跃、叙述不连贯,但各章又都能侧重在一条明显的主线上,依着春夏秋冬的顺序逐步唱开去。编纪月令是其章法,蚕衣农食是其节目,预备储蓄是其筋骨,上下交相忠爱是其血脉,男女室家之情是其渲染,谷蔬蚕鸟之属是其点缀。诗从火星西流写起,时序渐次流转,人们开始不停歇地进行各种配合物候的劳动,生活就这样在"于耜"、"举趾"、"采蘩"、"条桑"、"载绩"、"于貉"、"其同"、"剥枣"、"获稻"、"献羔"、"祭酒"等等一个个寻常动作中流动循环,不曾想这平凡竟凝定成了历史中的永恒!

"七月流火"是这首诗同时也是古人纪时的依据。三代以上观象授时,大火星西流在殷历七月,这时节暑气渐退,清秋来临,农歌开始唱响,以为寒之将至,农人当未雨绸缪。首章顺着七月流火九月授衣,从一之日一口气唱到四之日,节奏很快,但一半是泛泛而过的虚笔,重点只有三之日四之日的于耜举趾和馌彼南亩,越冬春耕是本章主线。二章桑蚕之事是主笔,十一句中有春阳,有黄鹂,有采桑女,有幽情,劳动和劳累都隐没不见,独有迟迟春日照耀着诗里最温婉的思绪,这是《七月》中最为难得之处。三章继言丝事,先补叙去秋用成熟的萑苇编制蚕箔,再用四个句子详细说明今春的植桑采桑——"蚕月条桑,取彼斧斨,以伐远扬,猗彼女桑",这是补完上章的未足之意,这一章真正要说的是后半段的绩染,虽然也只用了四个句子。这是秋天的女功,"玄"、"黄"和"孔阳"不经意地对应着秋的绚丽,至于极其单调和艰辛的绩麻过程,则只字不提。"为公子裳"也平静得骇人,诗里没有不平的控诉,后人多为纺织女抱屈,其实大可不必,她们自有各安其分的平和,清人牛运震从诗里读出"上下交相忠爱"①,便是出于这样的领会。四章写秋后狩猎,劳动者换作男人,前四句"秀葽"、"鸣蜩"、"其获"和"陨萚"明显是虚笔,但冬的感觉从十月的"陨萚"里自然延伸了出来,而笔墨便顺势集中在了貉祭和田猎上。

第五章的主线是葺屋御寒,却从一只蟋蟀写起:"七月在野,八月在宇,九月在户,十月蟋蟀入我床下。"极为平实流畅的语言,看似顺手拈来的几笔,竟成就了文学史上的一个经典面面;诗人真正要说的其实是寒来有渐,秋深了,该"穹窒熏鼠"、"塞向墐户"了。"嗟我妇子,曰为改岁,入此室处"里,有一声浅叹,那是结束了一年劳作的轻松和此室聊可越冬度岁的欣慰。六章于农桑之余陈述果蔬瓜酒,如"郁"、"薁"、"葵"、"菽"、"枣"、"稻"、"瓜"、"壶"、"苴"、"荼"等等,一一历数,琐琐细细,见出豳地风物的丰足。七章先说秋收,继以农事毕而官事起,农人资生之计无外乎衣、食、居,一桩一件,安排得分明得当,末尾一句"其始播百谷"与首章"三之日于耜,四之日举趾"遥相呼应,暗示着年年劳作的往复不息。八章年终岁庆,首四句先插入藏冰取冰之事,接以"九月肃霜,十月涤场"两句闲笔,含严冬将临之意,其下五句热热闹闹的置酒集会、相聚宴饮、互相祝寿方为此章正笔。在这个季节里,伤悲、嗟叹和辛劳都暂时抛在一边,上下相亲、欢乐祥和才是主旋律,《七月》就在这欢乐的高歌声中结束,新的一年又要开始了。

此诗通篇言衣言食,分类叙事,贯串起来就是一个古老部族的农业生活,是它的一年四季和年年岁岁。后人所谓"无盗贼之扰,无官吏之搅,自食其力,熙熙皞皞,尊君亲上,一片承平,可称盛世"②未必真是周族先民们的生活图景,但稼穑自然艰

---

① (清)牛运震:《诗志》卷二,第28页。

② 袁金铠:《诵诗随笔》卷一,第53页。

难,劳作必有艰辛,可这首诗里除了忙碌、紧张和几声轻叹,着实见不到一点儿明显的苦难或不幸,所有同田家乐相违的情、景、事都被稀释和过滤了。《七月》的整理者们大概只想留住那许多美好的田园风土、丰富的农家经验和温厚的远古民情,留住那段令他们骄傲的部族往事。《诗序》说:"《七月》,陈王业也。周公遭变,故陈后稷先公风化之所由,致王业之艰难也。""遭变"指的是周初的三监叛乱,这个本事过于坐实,不必多论。朱熹发挥《诗序》之旨,说:"武王崩,成王立,年幼不能涖阼,周公旦以冢宰摄政,乃述后稷公刘之化,作诗一篇以戒成王,谓之豳风。"①这里的《豳风》指的就是《七月》,但周公"作诗一篇"的可能性不大。清人崔述认为:"且玩此诗醇古朴茂,……然则此诗当为大王以前豳之旧诗,盖周公述之以戒成王,而后世因误为周公所作耳。"②方玉润继而详析:"《豳》仅《七月》一篇,所言皆农桑稼穑之事。非躬亲陇亩久于其道者,不能言之亲切有味也如是。周公生长世胄,位居冢宰,岂暇为此?且公刘世远,亦难代言。此必古有其诗,自公始陈王前,俾知稼穑艰难并王业所自始,而后人遂以为公作也。"③此皆中肯之谈。周公在《七月》流传、保存和整理的过程中或许起过重要的作用,但不是"作诗一篇",而可能是"述之"或者"陈王前"。然而这已经足够为此诗罩上一轮耀眼的光环,后世诸多对它的解说和评价难免溢美,跟这都有关系。如"衣食为经,月令为纬,草木禽虫为色,横来竖去,无不如意。固是叙述忧勤,然即事感物,兴趣更自有余。体被文质,调兼雅颂,真是无上神品"④、"鸟语、虫鸣、草荣、木实,似《月令》。妇子入室,茅、绹、升屋,似风俗书。流火、寒风,似《五行志》。养老、慈幼,跻堂称觥,似庠序礼。田官、染织、狩猎、藏冰、祭、献、执功,似国家典制书。其中又有似《采桑图》《田家乐图》、

---

① 《诗集传》卷八,第90页。
② (清)崔述:《丰镐考信录》卷四,第68页。
③ (清)方玉润:《诗经原始》卷八,第303—304页。
④ (明)孙鑛:《批评诗经》卷一,《四库全书存目丛书》经部第一五〇册,第80页。

《食谱》《谷谱》《酒经》。一诗之中无不具备,洵天下之至文也"①、"今玩其辞,有朴拙处,有疏落处,有风华处,有典核处,有萧散处,有精致处,有凄婉处,有山野处,有真诚处,有华贵处,有悠扬处,有庄重处。无体不备,有美必臻。晋、唐后,陶、谢、王、孟、韦、柳田家诸诗,从未见臻此境界"②、"《七月》为诗八十八句,一句一事,如化工之范物,如列星之丽天,读者但觉其醇古渊永,而不见繁重琐碎之迹。中间有谐诚,有问答,有民情,有闺思,波澜顿挫,如风行水面,纯任自然。非制作官礼大手笔,谁其能之? 噫! 观止矣"③、"神妙奇伟,殆有非言语形容所能曲尽者"④等等,虽也道出了一些事实,但多少有推崇周公的因素阑入。

倒是牛运震"一诗中而藏无数小诗,真绝大结构也"⑤一语评得精辟,是真读出了这首诗创作艺术上的好。"春日载阳,有鸣仓庚。女执懿筐,遵彼微行,爰求柔桑。春日迟迟,采蘩祁祁。女心伤悲,殆及公子同归"就像是《七月》长篇里藏着的一首小诗,"七月在野,八月在宇,九月在户,十月蟋蟀入我床下"也一样。前者是古雅中的婉媚,后者是家常语淡淡说来,这诗中之诗俨然"豳风七月图"中的两道亮色。采桑女挽着深筐,走在两旁植了桑树的小道上,春意盎然是她的背景,伤悲从她心底悄然生起,像是跟这多思易感的时节商量好了似的。蟋蟀七月在野、八月在宇、九月在户、十月入床下,由在野而依人,鸣声自远而近,虫类的迁移活动其实是诗五章秋来寒气渐重的侧写,诗欲由此物候之变引出农人葺屋御寒之举。景物全从人的眼中来,却只说蟋蟀不说人,无一"寒"字而觉寒气逼近,无一笔及人而豳农栖止之所已由田入邑,非止体物微妙,此乃诗人深谙诗法也。所以

---

① (清)姚际恒:《诗经通论》卷八,第164页。
② (清)方玉润:《诗经原始》卷八,第306—307页。
③ (清)陈仅:《诗诵》卷二,《续修四库全书》经部诗类(70),第564页。
④ 吴闿生:《诗义会通》卷一,第118页。
⑤ (清)牛运震:《诗志》卷二,第29页。

这二十个字在《七月》中最为传神,其文学意义远在此章之外,从这首豳歌开始,文人写秋寒或悲秋的作品中便总有蟋蟀的身影在《毛传》释"女心伤悲"时说:"伤悲,感事苦也。春女悲,秋士悲,感其物化也。"可谓深得句中情致,此一语若拿来分释"春日"和"蟋蟀"两处笔意,也适足贴切。

鸱鸮

鸱鸮鸱鸮[1],既取我子[2],无毁我室[3]。恩斯勤斯[4],鬻子之闵斯[5]!

迨[6]天之未阴雨,彻彼桑土[7],绸缪牖户[8]。今女下民[9],或敢侮予[10]!

予手拮据[11],予所捋荼[12],予所蓄租[13],予口卒瘏[14]。曰予未有室家[15]!

予羽谯谯[16],予尾翛翛[17]。予室翘翘[18],风雨所漂摇[19]。予维音哓哓[20]!

[注释]

[1]鸱(chī)鸮(xiāo):鸟名,今名猫头鹰,诗中视为恶鸟,比喻武庚。此句是一只老鸟呼唤鸱鸮,全诗都是它的口吻。

[2]我子:鸟言"我的孩子",此喻管叔和蔡叔。

[3]室:鸟巢,此喻周王室。

[4]恩勤:犹言"殷勤",有尽心、操劳之意。 斯:此句两个"斯"字皆为语助词,无实义。

[5]鬻:养育。 闵:病也。 此句意为我因养育稚子而劳神病倒。

[6]迨:趁着,及。

[7]彻:通"撤",剥取。 桑土:应作"桑杜",即桑根。

[8]绸缪:缠缚。 牖户:窗门,此指鸟巢的漏洞。

[9]下民:即人类,鸟栖树上,指树下之人为下民,用在诗中比喻作乱的殷民。

[10]或：有。 侮：欺侮，如人类投石、取卵于巢等行为。

[11]拮据：双声词。手病也，过度疲劳使手指发僵，此指鸟爪劳累。

[12]所：尚也，下同。 捋荼：从茎上抹取茅草花（来垫巢）。

[13]蓄：积聚。 租：茅藉。 积聚茅藉也为垫巢之用。

[14]卒(cuì)瘏(tú)：因过劳而口病，此指鸟嘴劳病，"卒"通"悴"。

[15]曰：同"聿"，发语词。 未有室家：此指巢尚未修好。

[16]谯谯(qiáo)：鸟羽疏落焦黄貌。

[17]翛翛(xiāo)：鸟羽枯敝无泽貌。

[18]翘翘：危也，此指鸟巢高而不稳。

[19]漂摇：叠韵词。雨打风摇，此指鸟巢尚处在风雨击荡中。

[20]维：发语词。一说通"鹭"，鸟叫声，同《邶风·匏有苦叶》"有鹭雉鸣"之"鹭"。 哓哓(xiāo)：惊恐的叫声。

[品读]

《鸱鸮》译成白话，大意是："鸱鸮！鸱鸮！你这恶鸟，你已夺走我幼雏，不要再毁我的巢。我是多么殷勤劳苦，为养育雏儿而累倒！趁天不阴不雨，我抓来桑根皮，好加固我的巢。看树下之人，有谁还能将我欺扰？我爪已经拘挛，我仍捋取白茅，我仍积聚干草，我口也已疲乏。可我巢仍未修好！我羽疏落焦黄，我尾枯敝无泽。我巢高危不稳，它在风雨中飘摇。我吓得鸣声哓哓！"诗歌通篇是一只幼雏被攫走、竭力修护巢窠的老鸟的诉说，这首诗也因此被认为是一首具有寓言性质的禽言诗。

老鸟的哀哀诉说里包括四个方面的内容：首斥鸱鸮夺子，由室而子，动之以至情；次言趁天未雨加固巢窠，以戒未来之祸；继言修缮巢窠，见惨淡经营之难；末言虽已历尽艰辛，处境仍未脱危困。通常认为，此诗系周公所作，其创作背景是西周初期的三监之乱，全篇具有象征意味。周初天下未宁，武王忧劳而死，成王年纪尚幼，周公摄政当国。不久，王室内部潜在的矛盾公开化，商纣王之子武庚挑唆周公的兄弟管叔、蔡叔叛周作乱。周公出征平叛，三年后，叛乱被平定，武庚和管叔被诛,蔡叔被放逐。《尚书·金縢》云:"武王既丧,管叔及其群弟乃流言于国曰:'公将不利于孺子。'周公乃告二公曰:'我之弗辟,我无以告我先王。'周公居东二年,则罪人斯得。于后,公乃为诗以贻王,名之曰《鸱鸮》。"①这里,"孺子"指周成王,"二公"指召公奭和太公望,"罪人"指管叔等。这条记载说明了《鸱鸮》的产生背景,《诗序》说:"《鸱鸮》,周公救乱也。成王未知周公之志,公乃为诗以遗王,名之曰《鸱鸮》焉。"与《金縢》所云大致相同。欧阳修阐明《诗序》之意甚详,曰:"周公既诛管蔡,惧成王疑己戮其兄弟,乃作诗以晓谕成王。云有鸟之爱其巢者,呼彼鸱鸮而告之曰:'鸱鸮鸱鸮,尔宁取我子,无毁我室。我之生育是子,非无仁恩,非不勤劳,然未若我作巢之难,至于口、手、羽、尾皆病弊,积日累功,乃得成此室。'以譬宁诛管蔡,无使乱我周室也。我祖宗积德累仁,造此周室以成王业甚艰难。"②创作背景既明,诗中"鸱鸮"、"我子"、"我室"以及诉者的喻义就能一一对应而得,全篇诗意也便随之了然:"鸱鸮"比喻武庚,"我子"比喻管、蔡等群叔,鸱鸮"取子"比喻武庚诱使管、蔡作乱,"我室"比喻周王室。周公托为鸟言,向成王诉说事件的缘起经过,表明自己忧劳王室之心迹以及不得不诛管、蔡之意,可谓词急而情迫。全诗通篇运用比兴手法,所写虽是鸟类的生活,但与周初这一特定事件中的人物特点、心理、行为都十分契合。托言于鸟,文小指大,类迩义远,风格如此独奇,在《诗经》中实属罕见。后世类似寓言之作大量出现,溯其渊源,《鸱鸮》应是滥觞。

诗篇何以用鸱鸮来比喻武庚?殷商时期,鸱鸮,也就是通常所说的猫头鹰,是被视为超自然的神明受到殷人崇拜的。有学者甚至认为,鸱鸮即"天命玄鸟,降而生商"的"玄鸟",乃商之图腾。③但在殷商制度变革之际,鸱鸮的神圣性遭到否定,由于它昼伏夜出、飞行无声、叫声凄厉等习性和特点容易给人带来黑暗乃至死亡

---

① 《尚书正义》卷十三,第418页。
② (宋)欧阳修:《诗本义》卷五,《景印文渊阁四库全书》第七〇册,第215页。
③ 可参孙新周《鸱鸮崇拜与华夏历史文明》,《天津师范大学学报》2004年第5期。

的不祥联想,从神鸟到恶鸟成为其文化内涵转变的必然结果①,至迟在汉代,鸱鸮为"恶声之鸟"已成定论。所以,周诗用取子毁室的恶鸟鸱鸮来比喻挑起叛乱、试图倾覆周王室的敌对者殷人之后武庚,是合乎情理的。诗用周公口吻唱出,他以老鸟自喻,说自己殷勤"鬻子",呵护着年幼的周成王,为创业之初仍处于动荡中的周王朝忧心忡忡。武庚虽诛但殷民不靖,不得不未雨绸缪,早为之计,救乱于未然,所谓"今女下民,或敢侮予"是也。诗后二章"予手拮据,予所捋荼,予所蓄租,予口卒瘏。曰予未有室家!予羽谯谯,予尾翛翛,予室翘翘,风雨所漂摇。予维音哓哓"数句形象地反映了三监为乱时新生王朝的时局之艰以及周公不为困苦所屈呕心沥血救乱扶危,其深重的忧患感弥漫在字句之间。所以清人方玉润说这两章"极言缔造平乱之难,如闻羁鸟悲鸣,恒有毁巢破卵之惧,其自警者深矣。"②十句诗连上共下十个"予"字,词悲而志苦,情伤而戒切,姚际恒大呼"奇文,奇文"③,陈仅更是给予高度评价,他说:"《鸱鸮》诗连下十'予'字,絮絮叨叨,涕泣而道,如闻家庭诰诫声。……此皆以至性发为至文,天地间若无此种文字,便不成天地;人心中若无此种文字,便没了人心。"④

当然,我们这里分析的周公作诗以及诗的连环意征意义只是对《鸱鸮》的一种理解,此诗还有"周公悔过以儆成王"⑤、"本是学鸟语的一首诗,在中国文学中有独无偶"⑥、"这是一个人借了禽鸟的悲鸣来发泄自己的伤感。……读了这首诗,很可见得这是做诗的人在忧患之中发出的悲音"⑦、"此诗是东征军人父母骂周公

---

① 详参叶舒宪《经典的误读与知识考古》,《陕西师范大学学报》(哲社版)2006年第7期。
② (清)方玉润:《诗经原始》卷八,第318页。
③ (清)姚际恒:《诗经通论》卷八,第165页。
④ (清)陈仅:《诗诵》卷三,《续修四库全书》经部诗类(70),第569—570页。
⑤ (清)方玉润:《诗经原始》卷八,第316页。
⑥ 傅斯年:《〈诗经〉讲义稿·〈周颂〉·周颂说(附论鲁南两地与〈诗〉、〈书〉之来源》,第40页。
⑦ 顾颉刚:《〈诗经〉在春秋战国间的地位》,《古史辨》第三册下编,第316页。

的诗"①、"全篇作一只母鸟的哀诉,……这诗止于描写鸟的生活还是别有寄托,很难断言"②、"这当然是一首有寄托的诗,但所指何人何事,不得而知"③、"是一只鸟自诉其苦难。用比拟的眼光看,它像是贫苦人民的一篇诉苦"④等等多种解释。并非所有的学者都认同这首诗的寓言性质,即使认同寓言性质的,对诗中各喻指的理解也不尽相同,经典永远处于被反复解读(包括误读)的过程中。值得一提的是,有学者从鸱鸮曾是神的化身出发,将此诗阐释为"祝祷仪式上的人神对话"。如诗首章是祈祷者向具有取人性命、毁人房室的超自然能力的鸱鸮发出恳求,次章则是鸱鸮神教训祈祷者,"今女下民"正是神居高临下的措辞方式。⑤此说具有彻底摒弃旧说的颠覆性意义。

东　山

我徂东山[1],慆慆不归[2]。我来自东[3],零雨其濛[4]。
我东曰归[5],我心西悲[6]。制彼裳衣[7],勿士行枚[8]。
蜎蜎者蠋[9],烝在桑野[10]。敦彼独宿[11],亦在车下。

我徂东山,慆慆不归。我来自东,零雨其濛。
果臝之实[12],亦施于宇[13]。伊威在室[14],蟏蛸在户[15]。
町畽鹿场[16],熠燿宵行[17]。不可畏也?伊可怀也[18]！

我徂东山,慆慆不归。我来自东,零雨其濛。
鹳鸣于垤[19],妇叹于室[20]。洒扫穹室[21],我征聿至[22]。
有敦瓜苦[23],烝在栗薪[24]。自我不见,于今三年！

---

① 孙作云:《孙作云文集·说豳在西周时代为北方军事重镇》,第257页。
② 余冠英:《诗经选》,第2版第160页。
③ 程俊英、蒋见元:《诗经注析》(上),第417页。
④ 赵俪生:《说〈鸱鸮〉兼及〈金縢〉》,《齐鲁学刊》1992年第1期。
⑤ 详参叶舒宪《经典的误读与知识考古》,《陕西师范大学学报》(哲社版)2006年第7期。

我徂东山，慆慆不归。我来自东，零雨其濛。仓庚于飞[25]，熠燿其羽。之子于归[26]，皇驳其马[27]。亲结其缡[28]，九十其仪[29]。其新孔嘉[30]，其旧如之何？

[注释]

[1]徂：往也。 东山：诗中士卒远戍之地。一说泛指东方。

[2]慆慆(tāo)：悠悠，形容时间长久。

[3]来自东：指自东返乡。

[4]零：落下，同《郑风·野有蔓草》"零露漙兮"之"零"。一说"零雨"指小雨。 其濛：形容微雨迷漫。

[5]曰：乃，将。

[6]西悲：向西而思，西方是士卒家乡所在。

[7]制：即"製"，缝制。 裳衣：即"衣裳"，上衣下裳，倒文以取韵。此指士卒归家途中所服之衣，非戎服。

[8]士：事，从事。 行(héng)枚：行徽，戎服上的徽识。一说裹腿。一说衔枚，"枚"是一根短棍，古代行军时人与马都将它衔在口中，以防出声。 此句指不再从事征战。

[9]蜎蜎(yuān)：卷曲不伸貌。 蠋(zhú)：本字作"蜀"，即蚕，此指野生桑树间的山蚕。

[10]烝(zhēng)：发语词，乃。第三章"烝在栗薪"之"烝"同。

[11]敦(duì)：团。"敦"本指圆球状器具。 彼：指军士。 独宿：对应离家而言。 此句连下句是说军士夜宿在车下，身体蜷缩成一团。

[12]果臝(luǒ)：叠韵词。瓜蒌，蔓生葫芦科植物。

[13]施：蔓延。

[14]伊威：虫名，一作蛜蝛，又名鼠妇、地鳖虫，因湿而生，在壁根下或瓮底土中，多足，灰色，室中无人打扫则多有。

[15]蟏(xiāo)蛸(shāo)：叠韵词。又名喜蛛、蟢子，或喜母，是一种长脚的小蜘蛛。古人认为喜蛛若附着在人的衣服上，预示家中将有亲客至。

[16]町(tīng)畽(tuǎn)：双声词，田舍旁的空地。 鹿场：鹿经行之径。

[17]熠(yì)燿(yào)：双声词，闪闪发光貌。 宵行(háng)：一种尾后有光、无

翼不飞的萤火虫。一说燐火(鬼火)。

[18]伊:是,这。 怀:伤怀。

[19]鹳:水鸟名,形似鹭,又似鹤,将阴雨则鸣。 垤(dié):小土堆。

[20]妇叹于室:指征人之妻念夫而悲叹,是想象之词。

[21]穹窒:除治其室之满塞,同《豳风·七月》"穹窒熏鼠"之"穹窒"。

[22]我征:我的征人。 聿:乃,将。

[23]有敦:即"敦敦",犹言"团团"。 瓜苦:即甜瓜,生则味苦,熟则香甘。

[24]栗薪:列薪,用木枝搭成的根根排开的木架。"栗"、"列"一声之转。

[25]于飞:在飞着。

[26]之子:指士卒之妻。

[27]皇:毛色黄白的马。 驳:赤色马。"皇驳其马"指的都是当年亲迎的马。

[28]亲:指"之子"的母亲。 缡(lí):女子的佩巾,即蔽膝。古代女子出嫁时,由母亲亲手将蔽膝系在她腰间,谓之结缡。

[29]九十其仪:指结婚时礼节繁多。

[30]新:指新婚。 孔嘉:很美满。

[品读]

《东山》跟《邶风·击鼓》一样,抒发的也是征夫情怀,但与后者的征人怨不同,它描写的是征戍士卒远归之情,是真正走在返乡之路上了。离家越近,士卒的思绪越密,从未归、将归、途中到踏进家门,诗篇随着他的心潮起伏跳荡。《东山》让我们第一次真切地感知到了初离战场的普通士卒的心理状态。

他离开战场,脱下戎服,踏上了归途,他的心灵在宁静和平的细雨中渐渐舒展开来,积聚了三年的思念融合在回家的快乐里,心事比行囊还重。他朝家的方向走着,心语缓缓流淌出来:"我出征去往东山,久久不能归来。今天我自东返乡,漫天细雨迷蒙。离开东方回家去,我向西而悲思绪纷涌。缝制一身家常衣裳,再也不穿那贴着行徽的戎装,也不用再像那卷曲在桑野上的山蚕一般,蜷缩着夜宿车下。"走在西归的路上,他有着一切都被释放的感觉,细雨轻柔地飘飞在脸上,刚刚换上的衣裳温软舒适，曾经的兵营之苦像足迹一样留在他的身后，心回归了自由。接下去"我徂东山，慆慆不归。我来自东，零雨其濛"四句话将在他心里不断地重复，这是奔走之劳离家之久的感叹，又似是不相信自己已经千真万确地走在回家路上了，非得一遍一遍重复，心才一点一点安稳。

这样的回乡之路，每一步都值得记住。"那是谁家的屋檐无人打理，爬满了瓜蒌之实；又是谁家的屋舍久不打扫，地鳖虫遍地都是；喜蛛在门上结网，有亲人就要回家啦！田间无人，鹿在空地上肆意行走，留下痕迹；夜色来临，远处闪烁不定的，不知是萤光还是鬼火？看到这些可怕吗？有点儿，怕也要归去，它们更令我想起久别的家园，勾起我更深的思念。"他眼里看着一路上的景，心中揣测着那个离自己越来越近既熟悉又陌生的家的模样，"果臝之实，亦施于宇。伊威在室，蟏蛸在户。町畽鹿场，熠燿宵行"是沿途所见，又何妨是个想家的梦呢？"畏者畏其荒凉，怀者怀其旧居"①，离开太久了，家乡的田园不知道变得怎样了，室中非无人居，可彼此长久不通音问，家中之人往何处去诉凄凉？"自伯之东，首如飞蓬"，"暗牖悬蛛网，空梁落燕泥"，室不扫，户长扃，时光悠悠，荒芜的怕是人心。更何况，对于刚刚离开战场结束征战的士卒来说，田庐即便荒废，也是心底永远温馨的向往。

想到家，也便想起她了，其实那是一直深藏在心里的，只是没有勇气去触动。细雨依然无声地下着，将思情一并打湿。"鹳鸟在小丘上长鸣。我仿佛听见她在屋内长叹，不知我何时归来。又见她手脚不停地匆匆打扫屋子，口中喃喃：我的征人也许就要回来了！"就这么期待着，想象着，家一步步近在眼前，终于，他看见院子里放在柴堆上的圆圆的甜瓜了，哦，多么亲切，一切都跟三年前一样，他禁不住喊叫出来："自我不见，于今三年！"这浅白的口语，浸着他对家的浓浓深情，显得鲜活灵动，诗意盎然。见到与三年前一样的旧物，他觉得自己真的"回来了"，可

---

① （清）姚际恒：《诗经通论》卷八，第167页。

心里仍有一丝丝忐忑,后人将这种感觉说成是"近乡情更怯",那是知我者的共鸣,那一刻,他"怯"的是与她见面之后将如何。那"自我不见,于今三年"的,何止栗薪之瓜,更有他的她呵!

就这么站在院中,他脑中清晰地忆起当年她出嫁时的情形。那天风和日丽,黄莺婉转而鸣,翅羽在阳光下熠熠生辉。他乘着马车去亲迎,还记得那马有黄白色的,有赤色的。他看见她的母亲亲手将蔽膝系在她的腰间,一边又细细叮嘱着什么。礼节非常繁复,但心情是欢快的,他和她都一样,那天的每一个细节日后都成为他们恒久的记忆。清人姚际恒说:"凯旋诗乃作此香艳幽情之语,妙绝!"①确实妙绝,妙就妙在诗合人情,在那出征三年的艰苦日子里,他不就是一遍遍回忆着这些美好的瞬间,一次次燃起重逢的希望吗?现在,他回来了,从东方回到西方,从三年前回到当下,在细雨拂面的时节,穿着她容易辨认的家常衣裳,然后,然后怎样呢?诗没有说到他们的见面,不知道是"执手相看泪眼,竟无语凝噎",还是"夜阑更秉烛,相对如梦寐"?诗意在一派热闹的婚礼回忆中遏住,诗人笔锋一转,从反面悠悠然地说了一句:"其新孔嘉,其旧如之何?"这位兴冲冲返乡的士卒,站在久别的自家院落里,美好的往事从心头过了一遍,令他不由得心跳加速:新婚是那般美满,如今久别,重见之欢更当如何?夫妻重逢之乐最是难写,"故借新婚以形容之。缡也而亲结之,仪也而九十之,凡其极力写新婚之美者,皆非为新婚言之也,正以极力形容旧人重逢之可乐耳。"②"如之何"是赞叹不已、无可形容之词,新娶不如远归,重逢新不如旧,新者尚且如此,况于其旧者乎?③士卒无限的欣喜快乐,就在这句设问之中,还须再费笔墨描写他们的相聚情形吗?诗篇适时地画上了句号。

---

① (清)姚际恒:《诗经通论》卷八,第167页。

② (清)崔述:《风诗偶识》卷四,第92页。

③ "其新孔嘉,其旧如之何"句,也可理解为"新婚时非常美好,时间久了,会怎么样呢?"体现出对时间阻隔可能带来的某些变故的担忧。

《诗序》说："《东山》，周公东征也。周公东征，三年而归，劳归士，大夫美之，故作是诗也。"这是旧时的理解，我们从诗里读到的，其实无关乎"周公劳士"或"大夫美周公"，而是"归士自叙其离合之情"①。不过，周公东征也许是这首诗的背景，清人马瑞辰认为这个走在回家路上的士卒有可能参与了周公伐奄的战争②；周公也可能"取此归士一人之诗，用作大劳一般归士之乐章"③，但这些都不重要。《东山》是征人的返乡路，走在这条路上的，除了他，还有无数个同他一样在战争结束后回家的士卒。这条路上，有他们重返和平天地的轻松快乐，有忆起远方家园的温暖美好，有一步步靠近故乡的激动心跳，还有，或许只是一点儿，回归往昔生活的陌生与不真实，但更多的是对室家重逢的甜蜜期待。家是这条路的终点，室家牵动着征戍情，《东山》道出了天下征人的悲欢离合，它让征戍与闺情联袂，从此，"后人作从军诗必描画闺情"④，闺情成为历代征戍诗心最柔软的体现。

---

① (清)崔述:《丰镐考信录》卷四，第77页。
② 详见(清)马瑞辰《毛诗传笺通释》卷十六，第476—477页。
③ 陈子展:《诗经直解》卷十五，第497页。
④ (清)姚际恒:《诗经通论》卷八，第168页。

第二部分 雅

呦呦鹿鸣 食野之苹 我有嘉宾 鼓瑟吹笙
吹笙鼓簧 承筐是将 人之好我 示我周行
呦呦鹿鸣 食野之蒿 我有嘉宾 德音孔昭
视民不恌 君子是则是效 我有旨酒 嘉宾式燕以敖
呦呦鹿鸣 食野之芩 我有嘉宾 鼓瑟鼓琴
鼓瑟鼓琴 和乐且湛 我有旨酒 以燕乐嘉宾之心

今本《诗经》的第二部分是"雅",一共一百零五篇,包括大雅和小雅。"雅"原来是乐器名称,其形制类似于后代的"鼓",因为与"夏"字音同互用,"雅"逐渐发展为以周王畿乐调为代表的朝廷正乐的名称,而《雅》,则是配合"雅"乐歌唱的乐歌歌辞的集合。雅分大小,其区分依据未见明确记载,可能跟题材大小有关,也可能跟音乐形式的不同有关。《诗大序》说:"政有小大,故有小雅焉,有大雅焉。"这是以歌唱内容的重大与否作为划分标准的,但重大或者普通,并无明显界限。因此,另有观点认为,小、大雅之分取决于音乐。雅乐原来可能只有一种,后因受到外来因素的影响(如孔子曾"恶郑声之乱雅乐"),产生了杂入不同音乐元素的新雅乐,于是以既有者为大雅,后出者为小雅。雅乐多用于朝会和贵族集会,与此相适应,纪祖、颂功、祭祀、燕享等仪式乐歌多见于《雅》,尤其是《大雅》;产生于乱世的《雅》诗,则讽刺时政、感时伤世的怨刺主题较为突出。《雅》的政治性明显强于《风》,所以《诗大序》说:"雅者,正也,言王政之所由废兴也。"这种说法与《雅》诗的内容不完全相符,但大体说得过去。《雅》诗中也有役者之歌、室家之思等一己之情的抒发,这类主题大多集中于《小雅》。

小 雅

小雅是所谓"杂乎风之体者"①，与乐调韵律较为规则固定的大雅相比，它显得更加自由灵活，一部分《小雅》，风格与《风》诗相类。《小雅》今存七十四篇，除少数可能创作于两周之际或东周初期外，其余多数都是西周作品，其创作者身份不一，既有上层贵族，也有下层贵族甚至地位低微者。今本《诗经》中，《小雅》七十四篇之外，另有六篇有目无辞的笙诗，题目分别为《南陔》、《白华》、《华黍》、《由庚》、《崇丘》和《由仪》，通常称作"六笙诗"，它们是有声、有乐义但没有歌辞的笙曲。古人以每十篇为一组，称作"什"，如第一篇到第十篇合为一组，用首篇篇名《鹿鸣》作为该组名称，即"鹿鸣之什"；其下依次为"南有嘉鱼之什"②、"鸿雁之什"、"节南山之什"、"谷风之什"、"甫田之什"和"鱼藻之什"。有的《诗经》版本什名和归组与此不同，是抽去六首笙诗所致。

鹿 鸣

呦呦鹿鸣[1]，食野之苹[2]。我有嘉宾，鼓瑟吹笙[3]。吹笙鼓簧[4]，承筐是将[5]。人之好我[6]，示我周行[7]。

呦呦鹿鸣，食野之蒿[8]。我有嘉宾，德音孔昭[9]。视民不恌[10]，君子是则是效[11]。我有旨酒[12]，嘉宾式燕以敖[13]。

呦呦鹿鸣，食野之芩[14]。我有嘉宾，鼓瑟鼓琴。鼓瑟鼓琴，和乐且湛[15]。我有旨酒，以燕乐[16]嘉宾之心。

---

① （宋）严粲：《诗缉》卷一，《景印摛藻堂四库全书荟要》经部第二六册，第117页。
② 本应为"白华之什"，《诗集传》卷九云："毛公以《南陔》以下三篇无辞，故升《鱼丽》以足《鹿鸣》什数，而附笙诗三篇于其后，因以《南有嘉鱼》为次什之首。"（第109页）

[注释]

[1]呦(yōu)呦:鹿鸣之声。

[2]苹:藾蒿。

[3]笙:簧管乐器,用竹管和瓠制成,管底施簧,吹之发声。

[4]鼓簧:即吹笙,振动簧片而发声。 簧:笙中有舌曰簧,也可代指笙。

[5]承:奉,捧。 筐:此指盛币帛的竹筐。 将:送,以物予人。周代燕礼中,席上有奉送币帛侑宾助兴之事。

[6]人:客人。 好:爱。

[7]示:指示。 周行:大道,引申为治国正道、规范准则等等。

[8]蒿:青蒿,也叫香蒿,菊科植物。

[9]德音:德言,指人的内在德行与外在言谈。一说明德美誉。 孔:甚,非常。 昭:明。

[10]视:示,以物示人。 恌(tiāo):同"佻",轻薄,不敦厚。

[11]君子是则是效:君子以是为榜样,以是为楷模。"是"代指嘉宾;"则"、"效"均指效法。

[12]旨酒:美酒。

[13]式:语助词,无实义。 燕:安适。一说宴饮。 敖:乐也,意舒也。

[14]芩(qín):草名,蒿类,三章皆以蒿起兴。

[15]湛(dān):或作"耽",指乐之久、乐之甚。

[16]燕乐:犹二章"燕敖"。

[品读]

　　不少人第一次读到《鹿鸣》中的诗句,可能跟曹操《短歌行》(对酒当歌)有关。《短歌行》(对酒当歌)中,曹操在"人生几何"、"去日苦多"之叹后,因功业未就而转致思贤之意,然后直接将《鹿鸣》首四句"呦呦鹿鸣,食野之苹。我有嘉宾,鼓瑟吹笙"嵌入诗中,说倘有贤才来归,我必礼遇之,以示对贤才的诚恳召唤,诚可谓深得《鹿鸣》诗旨。

　　《鹿鸣》是一首用于燕享的仪式乐歌,本义是君宴群臣。诗以呦呦鹿鸣起兴,鹿得美食而呼其类，君有酒肴则召其臣，由此开启这场君臣欢宴。主人以饱满的热情歌唱："鹿得蘋蒿，呼伴同食。我燕享嘉宾贵客，鼓瑟吹笙乐调起。吹起笙管振簧片，奉上币帛助酒食。愿诸位诚心爱我，启示我至美大道。鹿得青蒿，呼伴同食。我燕享嘉宾贵客，他们德言皆光明。示人以礼不轻薄，君子以之为楷模。我有美酒醇而香，愿众宾畅饮逍遥。鹿得芩草，呼伴同食。我燕享嘉宾贵客，鼓瑟鼓琴乐声起。鼓瑟鼓琴乐声起，宾主和乐且尽兴。我有美酒醇而香，愿众宾舒心开怀。"这首诗是《小雅》的首篇，所谓"四始"①之一，一首宴请宾客的诗何以能列为《小雅》七十四篇之首？这与它在周代的礼乐文化意义有关。《鹿鸣》以下，以宴饮为主题的诗歌在《诗经》中还能大量地看到，这是因为，宴饮活动在周代不是普通的吃喝享乐，而是某种政治意图或者说某种历史责任的承载，是生活中的政治。周代社会的结构形式和周王室统治的根基都是血亲关系，周之天子、诸侯、群臣大都同姓，主人备下酒席，邀请亲族享用，"饫以显物，宴以合好"②，揖让周旋间，用庄严的礼仪维系姬姓人群的相互感情和宗族、国家的稳定。此外，宴饮活动中非姬姓邦国君臣的参与，也让彼此在欢聚中走近，使一些朝堂上不易解决的矛盾消弭在酒食与乐声中，这对于周王室联络双方情谊、推行和平政治也是不可或缺的。"人群始终需要凝聚和团结，旨在'合好'人群的宴饮活动，也就始终没有卸掉它所负载的重任。"③于是，背负着这一重任的《鹿鸣》和其他宴饮诗便产生并且进入了《诗经》，而《鹿鸣》，同时又是周代礼乐精神的集中体现。

《诗序》说："《鹿鸣》，燕群臣嘉宾也。既饮食之，又实币帛筐篚，以将其厚意，然后忠臣嘉宾得尽其心矣。"《鹿鸣》用于燕礼，是君王宴飨本国之臣或诸侯使节的歌，《诗序》言明了它的仪式功能，这与其诗本义基本上是一致的。诗首章宴会

---

① 《史记》卷四十七《孔子世家第十七》云："《关雎》之乱以为《风》之始，《鹿鸣》为《小雅》始，《文王》为《大雅》始，《清庙》为《颂》始。"（第1936页）
② 《国语》卷二《周语中》，第21页。"饫"是燕礼的一种，议大事处于堂，则有饫礼。
③ 李山：《诗经的文化精神》，第81页。

伊始，主人飨客以酒食，乐之以瑟笙，赠之以币帛，隆盛的礼仪一一展开，然后主人说："愿诸位诚心爱我，示我以至美大道吧！"这似乎是宴会的目的所在，却又不尽然，群臣在宴席上进谏治国方略的情况未尝没有，但何妨视此为主人的谦逊客套呢？我之迎宾敬宾，则宾之爱我善我，主人需要的不是三两条治国的道理，而是更广泛意义上的支持佐助和精神上的趋同靠拢。由此，第二章承"人之好我"言，用了六个句子，赞美嘉宾德言兼明，敦厚不偷薄，君子所当则效；再继以我有甘醇美酒，使之乐饮逍遥。这是一段祝颂语，嘉美兼致祝酒之意。第三章由祝酒回到主人殷勤飨客，乐声持续不断，愿宾主尽一时之欢。我们在《鹿鸣》中看不到宴饮的具体内容，它集中歌唱主人的敬宾、嘉宾的美德以及宴饮对人心的维系作用，诗中之情一章比一章亲近，一章比一章热烈，最后至于"和乐且湛"。"夫礼之初，始诸饮食"①，饮食用来合欢，乐者所以象德，酒乐不是周人宴饮的最终目的。据说孔子读完《鹿鸣》，颇有感于其中的君臣有礼②，的确，"食之以礼，乐之以乐，将之以实，求之以诚，此所以得其心也"③，《鹿鸣》之宴要彰显的正是君臣合好、和谐共处的礼乐意义以及安乐群臣之心使其心悦诚服的政治意义。

高扬宴饮和乐精神的《鹿鸣》并非产生于周初盛世，鲁襄公二十九年（前544）季札观乐，为之歌《小雅》，曰："美哉！思而不贰，怨而不言，其周德之衰乎？犹有先王之遗民焉。"④《鹿鸣》为《小雅》之始，它的创作也应不出于"周德之衰"时期。《史记》云："仁义陵迟，《鹿鸣》刺焉。"⑤蔡邕《琴操》亦云：《鹿鸣》操者，周大臣之所作也。……此言禽兽得美甘之食，尚知相呼，伤时在位之人不能，乃援琴而刺

---

① 《礼记正义》卷二十一《礼运第九》，第3065页。

② （汉）孔鲋《孔丛子》卷上《记义第三》云："孔子读《诗》及《小雅》，喟然而叹曰：'吾……于《鹿鸣》见君臣之有礼也。"（第22页）

③ 《诗集传》卷九引范氏语，第100页。

④ 《春秋左传正义》卷三十九襄公二十九年，第4358页。

⑤ 《史记》卷十四《十二诸侯年表第二》，第509页。

之,故曰《鹿鸣》也。"①两说其实都出自《鲁诗》说。"周德之衰"在西周穆王时代露出端倪,之后,经历恭、懿、孝、夷、厉诸王之世的动荡不宁,周宣王即位。他敬天法祖,采取了一系列补救措施,一定程度上扭转了王室的倾颓之势,迎来了史家称道的宣王中兴。这一时期的周人因为经历过天降丧乱而赋予太平宴饮特别的意义,这有可能就是《鹿鸣》的产生背景。伴随着笙瑟和鸣,人与人之间的距离渐渐缩短,心与心之间的隔阂慢慢消融,适度的酒液把人们带入精神的和谐与共鸣之中。"嘉宾式燕以敖"、"和乐且湛"、"以燕乐嘉宾之心"等等唱词,既是宴席上祥和气氛的写照,也是与宴者内心真实的感受。《礼记》云:"上用足而下不匮也,是以上下和亲而不相怨也。和宁,礼之用也,此君臣上下之大义也。故曰:'燕礼者,所以明君臣之义也。'"②《鹿鸣》的主题精神,就在这"和宁"二字。曹植曾言"远慕鹿鸣君臣之宴"③,他追慕向往的,就是君臣之间的一派祥和融洽。

《鹿鸣》中和典雅,格调平正,除了用于君臣燕礼之外,也推而用之于乡饮酒礼,奏响在乡人宾主之间,"我有嘉宾"、"我有旨酒"等句,用作迎宾之辞正合适。汉末乐章亡佚,曹操平荆州后,得汉雅乐郎杜夔,令其创定雅乐,据说杜夔识得《鹿鸣》旧调。两汉魏晋间王朝所用礼乐中,《鹿鸣》为一大曲目,此后渐亡。诸侯乡大夫向国君举贤荐能,行前为之设宴,待以宾礼,这曾是乡饮酒礼的内容之一,唐代以后演为科举礼仪。各地乡贡赴京应考前都有宴饮之事,用少牢,歌《鹿鸣》,韩愈《送杨少尹序》一文中即云:"杨侯始冠,举于其乡,歌《鹿鸣》而来也。"④但这时的《鹿鸣》曲已经不是古声了。这类乡中用于饯行和励志的宴饮在科举时代因为升堂之乐首奏《鹿鸣》而被称作"鹿鸣宴",则不但乐已非古,连"鹿鸣"作为君宴群臣、君臣欢宴的本意也完全改变了。

---

① (汉)蔡邕:《琴操》卷上,第2页。
② 《礼记正义》卷六十二《燕义第四十七》,第3670页。
③ 曹植《求通亲亲表》,《文选》卷三十七,第521页。
④ (唐)韩愈《送杨少尹序》,《全唐文》卷五百五十六,第5623页。

常 棣

常棣[1]之华,鄂不韡韡[2]。凡今之人,莫如兄弟[3]。
死丧之威[4],兄弟孔怀[5]。原隰裒矣[6],兄弟求[7]矣。
脊令在原[8],兄弟急难[9]。每[10]有良朋,况也永叹[11]。
兄弟阋于墙[12],外御其务[13]。每有良朋,烝也无戎[14]。
丧乱既平,既安且宁。虽有兄弟,不如友生[15]?
傧尔笾豆[16],饮酒之饫[17]。兄弟既具[18],和乐且孺[19]。
妻子好合,如鼓瑟琴。兄弟既翕[20],和乐且湛[21]。
宜尔家室[22],乐尔妻帑[23]。是究是图[24],亶其然乎[25]?

[注释]

[1]常棣:树名,果实似李而较小,可食,有赤白两种,常棣为白棣。花数朵为一簇,呈彼此相依状,故诗人以之喻兄弟。《鲁诗》"常"作"棠"。

[2]鄂不:花萼和花蒂。《鲁诗》"鄂"作"萼","不"字是甲骨文中花蒂的象形。韡(wěi)韡:即"炜炜",光明也,形容花色鲜明。

[3]莫如:不如。此二句言兄弟间恩亲最厚,他人不如。

[4]威:通"畏",可怕。

[5]孔怀:非常关心。此二句言死丧于外人是可畏之事,而兄弟间最为关心。

[6]原隰:高原与洼地。 裒(póu):聚也,此指聚土为坟丘。

[7]求:指兄弟彼此生死关怀,生则求其人,死则求其穴。

[8]脊令:亦名鹡鸰,小水鸟,色黑,短尾高足,常在水边捕食昆虫,见人环飞哀鸣,其声迫急;共母者飞鸣不相离,故诗人取以喻兄弟相友之道。脊令系水鸟而在原,失其常处,兴下句兄弟有难。

[9]急难:急于难,相救于难。

[10]每:虽。

[11]况:怳,今作"恍",此言良朋情虽怳怳,亦徒然长叹而已。

[12]阋(xì):争吵。 于墙:在墙内,指内部不和。

[13]御：抵抗。 务："侮"之假借。以上二句言兄弟虽有时相争于内，一旦有外侮，则同心抵御。

[14]烝：众也。 戎：助也。 此句指朋友虽多而无助于事。

[15]友：友人。 生：语助词，犹今言"好生休息"之"生"。

[16]傧(bīn)：陈列。 笾(biān)：古代祭祀或燕享时盛果品或干肉的器皿，形状如豆，竹制。 豆：象形字，古代食器或礼器，高足，有盖，陶制或木制。

[17]之：语助词。 饫(yù)：本作"醧"，家族私宴。一说满足。

[18]具：通"俱"，集齐也。

[19]孺：相亲。

[20]翕：闭合，收拢，引申为聚合，和睦。

[21]湛：久乐或甚乐，与《小雅·鹿鸣》"和乐且湛"之"湛"同。

[22]宜：安也。"宜尔家室"犹《周南·桃夭》之"宜其室家"。

[23]帑：通"孥"(nú)，子孙也。

[24]究：深思。 图：用心体会。

[25]亶(dǎn)：信也，诚然，确实。 其：指此章首二句的"宜室家，乐妻帑"。

[品读]

《常棣》也是一首燕享乐歌，燕享的对象是兄弟。诗共八章，首章以常棣之花起兴，花复萼，萼承花，蒂复连萼，彼此相依，互相辉映，有如手足情深，不可分离。后世唐明皇有感于兄长李宪让位之德，修建"花萼相辉楼"便于兄弟会聚，此楼名称及寓意皆由《常棣》首二句而来。后两句"凡今之人，莫如兄弟"点明全篇题旨，总提兄弟至亲无人能及之意。以下第二、三、四章从不同角度，分说当死丧、救难、御侮三种情境发生时，朋友皆不如兄弟，这三种情境或假设，或写实："死丧之祸，人所畏惧，只有兄弟同气相爱，不间幽明，生则求其人，死则求其穴。不论在原在隰，前来寻找聚土为坟的，只有兄弟。鹡鸰困在原上，好比兄弟有难。能赶来救急救难的，仍然只有兄弟。良朋好友情虽怆悦，不过徒然长叹。别看兄弟有时墙内相争，一旦遇到外侮，必定齐心抵抗。良朋虽好虽多，这种时候也无济于事。"这三章紧承首章"凡今之人,莫如兄弟"而言,二章直赋兄弟情深,三、四两章以朋友作衬,点明兄弟当亲,兄弟骨肉之情非良朋可比。

第五章是过渡章,承上四章,启下三章。前两句赋写丧乱平定,局势复归安宁,后两句"虽有兄弟,不如友生"可作两法读。一读为问句:"虽有兄弟,不如友生?"难道安定之时,兄弟反不如友朋?这是诘责之词,反言以见意,正面意思与二三四章并无不同,言无论丧乱安宁,兄弟间都应恩亲最厚,引出下两章的兄弟宴饮之乐。二读作肯定语气,说太平安宁之时,兄弟不如友生,至亲反为路人,此或世情的真实写照,正言若反。揣测诗人之意,这两句无论反诘还是正写,都是为了反复申说兄弟之情他人莫如。第五章乃全篇枢纽,以下两章紧承"不如友生"之问,先转至燕享之事,笔调高扬,摆出一场盛宴:"盛满果品干肉的笾豆一一排开,家宴上兄弟们饮酒正酣。今日弟兄齐聚一堂,和睦融洽相亲相爱。"明言兄弟之情,深切如此;第七章以室家之情为衬:"夫妻情意相得,有如琴瑟和谐。今日弟兄齐聚一堂,和乐无间尽欢而罢。"本章前后两句似是平行口吻,看不出两两相比来,但在诗人眼中,凡今之人,仍当以手足之情为重,纵使夫妻情投意合,也莫能胜之,这是极写兄弟之恩"异形同气,死生苦乐,无适而不相须"①。《邶风·谷风》中有言:"宴尔新昏,如兄如弟。"夫妻相亲相爱而喻之以兄弟之情,今天看来有点奇怪,这两种关系似乎不具有可比性,但先民重血亲,"就血胤论之,兄弟、天伦也,夫妇则人伦耳","新婚而'如兄如弟',是结发而如连枝,人合而如天亲也"②。宴尔新婚,如兄如弟,还将夫妻看得同手足一般重要,至《常棣》篇,兄弟就明显先于、亲于妻室了。其实良朋妻孥未尝不情深义重,但人合不如天合,夫妻情、朋友情终究不如兄弟情,可见后世所谓"兄弟如手足,妻子如衣服"由来有自。末章是宴会祝辞,承上章"妻子好合"而来,说:"兄弟和,则室家安,兄弟和,则妻孥乐。深思这个道理,难道

---

① 《诗集传》卷九,第103页。

② 钱锺书:《管锥编》(一)"毛诗正义"之一七,第143页。

不是确乎如此?"以此结束全篇,照应首章,"凡今之人,莫如兄弟",岂不信然?结句含有唤醒劝勉之意,卒章显志,感情深沉。

《常棣》是一首燕享兄弟劝导友爱的诗,八章各有一义,一篇又直如一章;前言丧乱,后叙安宁,中间插一反拖之笔,曲尽人情,整饬有法。通篇都是平常浅近的话,而真情自在其中,"处处绾定'兄弟'","一篇之中凡八言'兄弟',一声一泪"①。笔意也曲折有致,"反覆缕说,有抑扬,有顿挫"②,燕享乐歌的基调当以欢快热烈为主,但此篇随着诗人的娓娓叙议,诗情时有低回,诗人之苦口婆心于扬跌起伏中立见,"使人孝友之心油然而生"③。作为文学史上最先歌唱手足亲情的诗篇,《常棣》对后世同类题材有着深远的影响,"常棣之华"和"兄弟阋墙,外御其侮"积淀而为具有原型意义的意象和成语。这些都无须赘言,值得关注的是高扬兄弟之情在西周的现实意义。周族以血缘关系为纠合纽带,兄弟是这条纽带上的重要一环,放大了看,"凡今之人,莫如兄弟"反映着"非我族类,其心必异"的潜在心态。对兄弟之情的特别重视,其实就是对同族关系的特别重视,在周族发展壮大的历史进程中,同族间的团结和凝聚力发挥了至关重要的作用。《常棣》乃西周后期宣王朝召穆公(即召伯虎)所作④,是时周室既衰,厉王无道,骨肉恩缺,亲亲礼废,召穆公哀周德之不类,邀集宗族宴饮于东都成周,并创作了这首诗,其意不言自明。李山先生认为此诗还表现出了强烈的危亡意识,也就是说,"诗人所以如此强调兄弟血亲之谊的绝对性,实际上是想在对宗亲意识的警醒中,汲取抗拒危亡的精神资源。"⑤这可能是《常棣》在当时更深层次的现实意义。牛运震说这首诗"浅而真,

---

① (清)牛运震:《诗志》卷三,第3页。
② (明)孙鑛:《批评诗经》卷二,《四库全书存目丛书》经部第一五〇册,第83页。
③ (清)王照圆:《诗说》卷上。
④ 《常棣》的作者主要有周公和召穆公两说,杨树达《积微居金文说》之《馀说》卷二"六年琱生殷跋"根据"六年琱生殷"即"召伯虎簋"底部铭文考辨此二说,确定召穆公为《常棣》作者,可参。
⑤ 李山:《诗经的文化精神》,第86页。

惨而厚,怨慕曲折,恻怛团结"[①],初读此评,觉得品鉴过度,难脱失真之嫌,但若以颂赞兄弟亲情和宗国危亡意识兼而视之,庶几得当矣。

伐 木

伐木丁丁[1],鸟鸣嘤嘤[2]。出自幽谷,迁于乔木。
嘤其鸣矣,求其友声[3]。相[4]彼鸟矣,犹求友声。
矧伊人矣[5],不求友生[6]?神之听之[7],终和且平[8]。

伐木许许[9],酾酒有藇[10]。既有肥羜[11],以速诸父[12]。
宁适不来[13]?微我弗顾[14]。於粲洒埽[15],陈馈八簋[16]。
既有肥牡[17],以速诸舅[18]。宁适不来?微我有咎[19]。

伐木于阪[20],酾酒有衍[21]。笾豆有践[22],兄弟无远[23]。
民之失德[24],干餱以愆[25]。有酒湑我[26],无酒酤[27]我。
坎坎[28]鼓我,蹲蹲[29]舞我。迨我暇[30]矣,饮此湑矣。

[注释]

[1]丁(zhēng)丁:伐木声,刀斧砍树声。
[2]嘤嘤:鸟鸣声。
[3]求其友声:指飞升于高树的鸟仍求他鸟响应共鸣,不忘尚在深谷中的同类。
[4]相:看,视。
[5]矧(shěn):何况。 伊:语中助词。
[6]生:语助词,与《小雅·常棣》"不如友生"之"生"同。
[7]神:慎也,诚也。 听:从也,循也。
[8]终…且:既…又,与《邶风·燕燕》"终温且惠"句式同。
[9]许(hǔ)许:或作"浒浒",锯木声。一说众人齐发力声。
[10]酾(shī):做酒时用筐过滤以去酒糟。 有藇(xù):即藇藇,酒之美也。
[11]羜(zhù):五月小羊,这里泛指羊羔。

---

① (清)牛运震:《诗志》卷三,第3页。

[12]速:召也,延请。 诸父:对同姓长辈的尊称。
[13]宁:宁可,宁愿。 适:偶,凑巧。
[14]微:无,勿。 我弗顾:弗顾我,不惦念我。
[15]於(wū):叹词。 粲:鲜明貌。 埽:扫。
[16]陈:陈列。 馈:食物。 簋(guǐ):古代燕享或祭祀用的食器,圆口,双耳。"八簋"极言食器之多,食物丰盛。一说宴享时的隆重礼节,《毛传》云:"天子八簋。"
[17]牡:此指公羚。
[18]诸舅:对异姓长辈的尊称。
[19]我有咎:有咎我,怪罪于我。 咎:过也。
[20]阪:山坡。
[21]有衍:即衍衍,盛多貌。"衍"为多溢之美。
[22]笾豆:见《小雅·常棣》"傧尔笾豆"注。 有践:即践践,排列整齐貌。
[23]兄弟:此指同辈亲友。 无远:不要彼此疏远。一说不要疏远我,也是希望对方应邀赴宴之意。
[24]失德:失和而互相怨恨。
[25]餱(hóu):干粮,"干餱"泛指食物。 愆:过错,此处引申为怨恨。 这两句指人无恩德不相饮食,缺废干餱之事即为过恶;民之失和怨恨,往往因饮食之礼渐衰所致。
[26]湑(xǔ):用筲箕过滤酒糟;用作名词,指酒之清者。 我:语气词,相当于"兮",读如"哦"、"啊"等等(参闻一多《歌与诗》,《闻一多全集》(十),第5页),以下三句仿此。
[27]酤:有渣的酒。此二句言有则用过滤好的清酒,无则用一宿而熟的有渣酒。
[28]坎坎:击鼓声。
[29]蹲蹲:舞貌,舞步合乐的姿态。
[30]暇:闲暇。

[品读]

《伐木》也是一首宴席上的乐歌,宴享的是亲朋故旧,与《小雅·鹿鸣》和《小雅·常棣》相比,它平白如话,更显轻松活泼。诗共三章,首章说:"空山幽静,伐木声惊起一群嘤鸣之鸟。它们从深谷中飞出,迁升于高木枝头。它们鸣叫不已,仿佛唤着谷中的同类,要它们响应共鸣。"这里的伐木惊鸟也许是直赋其事,鸟鸣求友可以用作比兴,步步引逗生情,显然,这林谷景象给了诗人一些感悟,他随即用了一个问句,点出诗歌题旨——人也当求友:"看这些鸟儿,尚知寻求友声,何况人呢?人类岂能不呼朋引伴、慕友重友?我等应自知诚慎,循从此理,则人间互爱,既和且宁。"《诗序》说:"自天子至于庶人,未有不须友以成者。亲亲以睦,友贤不弃,不遗故旧,则民德归厚矣。"这的确是《伐木》诗人欲达之情。诗中飞鸟"出自幽谷,迁于乔木。嘤其鸣矣,求其友声",《毛传》说:"君子虽迁于高位,不可以忘其朋友。"解出这层喻义,大体上也合乎诗意。

紧承首章求友,诗下两章畅论宴饮之义。二章以伐木起兴,转入治备酒宴以待父舅长者:"众人伐木浒浒有声,滤过的酒清醇且美。嫩肥的羊羔已经备下,快去催邀同姓尊长。偶有他故不能前来?只怕是不肯顾念我吧。啊,庭院已洒扫得洁净亮堂,八簋排开,佳肴呈上。肥嫩的小公羊已经备下,快去催邀异姓尊长。偶有他故不能前来?不会是怪罪于我吧。"本章十二句,极力铺陈宴客之盛情。主人的热诚非只表现在酒扫庭除备酒治宴,而尤显于"宁适不来,微我弗顾"、"宁适不来,微我有咎"四句。主人的本意正唯恐诸父诸舅不来赴宴,却用这两个"宁适不来"句故作疑辞——倘若客人不来,是不肯惦念我吗?是我诚意不达吗?是我有什么过错吗?发问自省,实际上都是希望尊长必来之词,故意作此迂曲,婉词以致其诚,足见主人谦厚,殷勤恳至。

第三章仍以伐木起兴,说宴享同辈亲友:"众人伐木在山坡上,滤过的酒清醇且满。笾与豆行行排列,兄弟莫要相互疏远。人们失和产生怨恨,往往因为饮食之事。有酒共尽清酿啊,无酒同饮浊浆啊。坎坎击鼓好助兴啊,舞步合乐跳起来啊。趁着今日闲暇,大家一起开怀畅饮吧!"此章宴同辈,含有不醉不归之意。饮食不可小觑,缺了这一项,人们无法践行礼乐,尊卑长幼之序无从辨别,九族忘其亲亲之恩,"失德"、"以愆",和气不兴,后果在所必然。明乎此理,诗人接着用了"有酒湑我,无酒酤我。坎坎鼓我,蹲蹲舞我"四句淋漓恣肆的劝酒词,使宴席气氛热烈扬起。

通观全诗,"求友"是一篇大主脑,"下文'速'字、'顾'字、'无远'字,缠绵恳至,笃厚殷勤,无非所以完'求'字之义也。"①友生不可不求,诗中之"友"所指为谁?《毛传》说:"天子谓同姓诸侯、诸侯谓同姓大夫皆曰父,异姓则称舅。国君友其贤臣,大夫、士友其宗族之仁者。"显然,《伐木》中伊人必求的"友生",含义很是宽泛赅备,"诸父"、"诸舅"、"兄弟"六字将一应亲朋故旧、长辈平辈、父党母党都包罗在内,跟我们今天理解的"朋友"概念不完全对应。听听清人方玉润的解说:"盖兄弟亲戚中,皆有友道在也。朋友不离乎兄弟亲戚,亲戚兄弟自可以为朋友。所贵乎朋友者,心性相投,道义相交耳。"②如果一定要找出朋友和兄弟亲戚之间的内在关联,方玉润的"友道"说是可以成立的,但《伐木》强调人不可无友,将父舅兄弟都涵盖在"友"的范畴之内,应该是基于更广泛层面的考虑。周人以一姓统天下,只有在维系血缘之亲的同时,积极建立与异姓他族的亲密之情,才能聚结天下各种力量,稳固政权,读《伐木》诗,不必为"友生"二字所拘,圆通方能无滞。诗歌首章求其友,二章宴父舅,三章宴兄弟,前虚后实,各章互见。诗中有酒有羜,八簋笾豆纷呈,婉词召友,鼓舞为乐,同声相应,同气相求,《伐木》慷慨尽欢的背后,是宴会主人叙亲情、笃友谊、聚拢族内外各类成员的良苦用心。《小雅·常棣》言兄弟之情胜于一切,《伐木》则可以理解为《常棣》主题的补充和延伸。《常棣》重兄弟,《伐木》求友生,清人惠周惕说:"比常棣于兄弟,一本之荣,无偏萎也。兴伐木于友朋,众力之聚,无废功也。故安乐而弃兄弟,是自蹶其本矣。富贵而弃友朋,是自翦其助矣。"③这两首诗一起被选为王室之乐,可能正如惠周惕所言。伐木宜合众力,二章伐木"许许",是锯木之声,也可以理解为众人伐木举重劝力之

---

① (清)黄中松:《诗疑辨证》卷四,《景印文渊阁四库全书》第八八册,第359页。

② (清)方玉润:《诗经原始》卷九,第336页。

③ (清)惠周惕:《诗说》卷下,第21页。

声,此诗以伐木发端,未尝不含深意。

《伐木》有可能也创作于周宣王朝,作者身份不明,因"八簋"为周天子宴宾礼节,有人认为此诗"自是天子之诗"①,实则证据仍有不足。后世一般以《伐木》为宴友通用、歌颂友情的乐歌,如"伐木音久废,交友竟吾欺"(元·戴良《感怀十九首》其九)云云,"嘤鸣"一词也发展为友朋之间意气相投的比喻。

采 薇

采薇[1]采薇,薇亦作止[2]。曰[3]归曰归,岁亦莫止[4]。靡室靡家[5],狁[6]之故。不遑启居[7],狁之故。

采薇采薇,薇亦柔[8]止。曰归曰归,心亦忧止。忧心烈烈[9],载饥载渴。我戍未定[10],靡使归聘[11]。

采薇采薇,薇亦刚[12]止。曰归曰归,岁亦阳[13]止。王事靡盬[14],不遑启处[15]。忧心孔疚[16],我行不来[17]。

彼尔维何[18]?维常之华[19]。彼路斯何[20]?君子[21]之车。戎车[22]既驾,四牡业业[23]。岂敢定居?一月三捷[24]。

驾彼四牡,四牡骙骙[25]。君子所依[26],小人所腓[27]。四牡翼翼[28],象弭鱼服[29]。岂不日戒[30]?狁孔棘[31]。

昔我往矣,杨柳[32]依依。今我来思[33],雨雪霏霏[34]。行道迟迟[35],载渴载饥。我心伤悲,莫知我哀!

[注释]

[1]薇:野豌豆苗,兵士或采以充饥,与《召南·草虫》"言采其薇"之"薇"同。
[2]作:指薇草初生地表。 止:语尾助词。
[3]曰:发语词。
[4]莫:"暮"的本字。岁莫即岁末,《唐风·蟋蟀》有句"岁聿其莫"。

---

① (清)姚际恒:《诗经通论》卷九,第179页。

[5]靡:无也。"靡室靡家"指征人离乡,家园破碎。

[6]玁(xiǎn)狁(yǔn):对周朝西北部游牧部落的泛指,亦作"严允"、"猃狁",春秋称北狄,秦汉称匈奴。周极少主动用兵玁狁,多为被迫还击。

[7]不遑:无暇,顾不得。"遑"指闲暇。 启居:跪坐(危坐)与安坐。

[8]柔:指薇草茎叶柔嫩。

[9]烈烈:火猛也,此处形容忧心如焚。

[10]定:安也。

[11]靡使:又作靡所,无所也。 归:使也。 聘:问候。"靡使归聘"犹云"无所使问",因我戍未定,家中无法派人来问候。

[12]刚:将老而粗硬。

[13]阳:温暖,十月为阳月。一说周六月(即夏四月)为正阳纯乾之月。

[14]王事:此即征戍之事。 靡盬(gǔ):无止息。

[15]启处:犹首章"启居"。

[16]孔疚:很痛苦。 疚:病痛。

[17]来:至,归。

[18]尔:"薾"的假借字,花开繁盛貌。 维:语助词。

[19]维常:战车的裳帷,"维常之华"指裳帷上的花饰。一说"维"是助词,"常"指常棣。

[20]路:通"辂"(lù),车之大也。此指将帅之车。 斯:语助词,犹"维"。

[21]君子:此指军中将帅。

[22]戎车:兵车,一乘四马。

[23]业业:高大强壮貌。

[24]捷:接也,三捷指多次与敌方交锋。一说捷,胜也。又一说指抄行小路,三捷指屡次调防,所以上句言不敢定居。

[25]骙(kuí)骙:马强壮貌。

[26]依:凭靠,此指将帅立乘于车。

[27]小人:此指兵士。 腓(féi):隐蔽,指兵士借戎车为掩护,遮蔽矢石。

[28]翼翼:闲习貌,指马训练有素、行止整齐。

[29]象弭(mǐ):两端用象骨装饰的弓。弓以骨饰两头,不缠丝线,谓之弭。
鱼服:用鱼皮制成的箭袋。服是"箙"的借字,指用来盛箭的盛具。

[30]日戒:日日警戒。

[31]棘:急也。

[32]杨柳:蒲柳。

[33]思:语助词,与《周南·汉广》"不可求思"之"思"同。

[34]霏霏:雪飞貌。

[35]行道:道路。 迟迟:长远也。一说行走缓慢,与《邶风·谷风》"行道迟迟"同。

[品读]

离家远征、归期不定、满怀沉重乡情的戍边兵士,有一天终于能够离开战场踏上回乡之路,会是怎样的心情?是喜出望外还是悲从中来?如果把《采薇》看作一首戍役还归者返乡途中咏唱的歌①,那么,他跟《豳风·东山》那位走在回家路上的士卒心境不太一样,他是悲伤的,迷茫而悲伤。

这可能是一首创作于周宣王时期的歌。②与《豳风·东山》完全将战争退隐为背景专咏回家不同,在用来追忆往事的前五章里,《采薇》一直交织着思归和战争两个旋律。士卒怀着对宁静生活的无限不舍,走向熊熊燃起的烽火;为维护家园而战不容置疑,但远戍在外,他无法遏制自己内心对往日时光的眷恋,这眷恋一日日疯长。《采薇》中,战争与思乡就这样双线并行着。前三章用"薇"起兴,诗以草木为春秋,薇之"作止"、"柔止"、"刚止",一物之中,变化一二字,时序更替已了然,而深情即从这景语中自然流出。薇从初生地表到茎叶柔嫩再到渐粗渐硬,已是寒来暑又往,草木的生长变化里是士卒戍守边境的四季轮回。"曰归曰归,岁亦莫止"中,强烈的思乡情伴随着同样强烈的失望感——"回家啊,回家啊,一年又要过去

---

① 有学者认为,此诗末章的一"往"一"来"非指出征和返乡,而应该理解为士卒戍役期间在战场和驻地之间的一往一回,可见战事仍未停息,不知何时是尽头,因此末章悲不自禁。详参姚爱斌《王夫之〈诗·小雅·采薇〉评语的症候式解读》,《北京师范大学学报》2011年第5期。

② 王国维《观堂集林》卷十三《鬼方昆夷猃狁考》云:"周时用兵猃狁事,其见于书器者,大抵在宣王之世,而宣王以后,即不见有猃狁事。"(第603页)

了"，归本无期，所以最怕预期，不能回家的现实加上未能兑现的预期，那情形何等令人伤痛！玩味"曰归曰归，岁亦莫止"八个字，可知这落空的期待一定不是头一回，然而那扑灭在岁末的希望又总是跟来年的薇草一道发芽，哪怕春去秋来，等到的仍是"岁亦莫止"！于是转念至造成这一切的根源：战争。战争或许有其理由，但同时，它破坏甚至摧毁亲情，当《采薇》中的这位士卒为了维护更多家园的完整走向与狎狁作战的疆场时，他自己的家却缺了一角。保家卫国人人有责的英雄情怀就不必多说了，战争确实能够成全某些利益，可它永远跟美好沾不上边儿。戍边是士卒不得已的选择，他必须承受的事实是："舍下亲人离开家，只因狎狁之故。跪不宁也坐不安，只因狎狁之故！"两提"狎狁之故"，边事紧急如见。诗首章在战争的旋律和士卒思归之情的交错中展开，第二、三章也不例外。"曰归曰归"的心语反复出现，直呈心事的"心亦忧止"、"忧心烈烈"和"忧心孔疚"渐忧渐深；激战此起彼伏，戍所调防不定，"靡使归聘"和"不遑启处"是久无止息的王事中长长的叹息，家中无法来人问候，家凝缩成了思念和记忆。

因为战争，他抛舍亲人；因为热爱他的家，他毅然走向战场，这一对难分难解的矛盾，使他的情感变得复杂，越是想家，越是久戍不归，便越将十分的精力用在他厌恶的战场上。我想这是诗四、五章转向军中生活、集中展开战争主题的原因所在，这两章里多少可见士卒的豪情。"那盛开的是什么？是裳帷的花饰；那高大的是什么？是将帅的战车。战车向前奔驰，雄马神采奕奕。哪能安居歇息？一月交战数次。驾着四匹雄马，四马高大健壮。将帅倚乘车上指挥，士卒隐蔽车后作战。马儿训练得行止娴熟，士卒们身佩象弭鱼服。哪能不日日警戒？狎狁来势汹汹！"这两章四句一意，写出军容威盛、战阵整齐、武器精良、作战有序，全篇气势为之一振。然而一曰"岂敢定居"，二曰"岂不日戒"，一月数次激战，居则严阵以待，遥承首章"狎狁之故"而来的紧张气氛令人无法喘息，一日不得松懈的神经始终提醒着士卒：曰归曰归，如此情势，归更不得矣。他豪情初起，又被"靡室靡家"、

"不遑启居"、"靡使归聘"、"我行不来"的苦闷重重按下,忧伤取而代之。

延续着这一忧伤,诗末章,士卒收拢对往事的追忆,返回现境,唱出了《诗经》中极美的四句:"昔我往矣,杨柳依依。今我来思,雨雪霏霏。"思归和战争两个旋律在此交响出感伤色彩极其浓郁的华美乐章。战争结束了,战场上面对猃狁的浴血厮杀和军营中无数个弯腰采薇的瞬间渐渐模糊远去,士卒踏上了归途。此时正是严冬时节,雪落为泥,他不由得忆起昔日出征时春光明媚杨柳依依的情景,一去一回,景象各异,抚今追昔,他心绪难平。家园阔别已久,如今会是何等模样?当年折柳送我远去的亲人们是否安然无恙?"死生契阔,与子成说。执子之手,与子偕老"的她还在吗?他心里埋藏着深重的忧惧,不敢想象更担心见到"遥看是君家,松柏冢累累"(《乐府诗集·十五从军征》)的一幕。漫天飞雪中,士卒步履蹒跚,艰难前行,迷茫而且怅惘,离家越近,忧惧越深。松懈的神经没有给他带来预期的轻松,"我心伤悲,莫知我哀",战争已然将他的生命阻隔成两半,他没有勇气走向未知的下一半。

这是一条布满忧伤的回家之路,这是战争带给周代士卒的全部意义,他们忧伤的歌声,将在后世边塞题材作品中一次次回响。就创作艺术而言,《采薇》之佳,全在末章,而末章精华,又尽在"昔我往矣"四句。杨柳依依是往日风光,雨雪霏霏乃今日景象,都是寻常风致,却道尽心底真情,诗人体物之深,侔于造化,无须加之以深言。清人方玉润评曰:"一转晌而时序顿殊,故不觉触景怆怀耳。"①真情实景,感时伤事,别有深情,莫可言喻,正是这十六字妙处所在。后人造语写境,有"昔我初迁,朱华未希;今我旋止,素雪云飞"(汉魏·曹植《朔风诗》)、"昔往仓庚鸣,今来蟋蟀吟"(晋·王赞《杂诗》)、"远岫依依如送客"(唐·李嘉祐《自苏台至望亭驿人家尽空春物增思怅然有作因寄从弟纾》)等句,都由"昔我往矣"四句逗出,但大多神采不及于此。

---

① (清)方玉润:《诗经原始》卷九,第341页。

出 车

我出我车[1],于彼牧矣[2]。自天子所[3],谓[4]我来矣。召彼仆夫[5],谓之载矣[6]。王事多难,维其棘矣[7]。

我出我车,于彼郊[8]矣。设此旐矣[9],建彼旄矣[10]。彼旟旐斯[11],胡不旆旆[12]?忧心悄悄[13],仆夫况瘁[14]!

王命南仲[15],往城于方[16]。出车彭彭[17],旂旐央央[18]。天子命我,城彼朔方。赫赫[19]南仲,玁狁于襄[20]。

昔我往矣,黍稷方华[21]。今我来思,雨雪载涂[22]。王事多难,不遑启居。岂不怀归?畏此简书[23]。

喓喓草虫,趯趯阜螽。未见君子,忧心忡忡。既见君子,我心则降[24]。赫赫南仲,薄伐西戎[25]。

春日迟迟,卉木萋萋[26]。仓庚喈喈,采蘩祁祁。执讯获丑[27],薄言还[28]归。赫赫南仲,玁狁于夷[29]。

[注释]

[1]我出我车:此诗"我"字数见,均非诗人自称,乃其设为将士口吻。一说句首之"我"相当于"啊"。
[2]于:自,从。 牧:远郊牧马之地。
[3]所:指镐京。
[4]谓:使也。
[5]仆夫:御夫,驾车甲士。
[6]谓之载:使之载。 载:装载。
[7]维其:二字皆为助词,无实义。 棘:犹"亟",此指军情紧急。
[8]郊:国野之间的六乡所在。周朝在行政区划上实行"国"、"野"对立的乡遂制度。以郊为界,郊外为"野","野"分"六遂";"野"之内、都城之外为"四郊","郊"分"六乡"。
[9]设:列置。 旐(zhào):用来集合兵众的旗,狭而长。

[10]建：树立。　旄(máo)：即羽旄，是指挥之旗，用五采羽编缀而成，竿首以牦牛尾装饰。
[11]旟(yú)：旗杆顶端的装饰，为疾飞的鸟隼状，象征迅猛之势。旟、旐合称，指旗帜。　斯：语气词。
[12]旆(pèi)：继旐曰旆，即在狭而长的旗尾续接更细更长的一段帛，称作旆。"旆旆"指旗帜飞扬貌。　治兵时，将旗帜束起来，使之不飞扬，所以此句说"胡不旆旆"。
[13]悄悄：忧愁貌，"忧心悄悄"句亦见于《邶风·柏舟》。
[14]况瘁：失意憔悴。　况：怳，恍也。
[15]南仲：周宣王时大将，亦作南中、张仲。
[16]城：筑城。　方：朔方，北方，地近猃狁，与汉代朔方郡不同，不能确知具体位置。
[17]彭彭：车马众多貌。
[18]旂(qí)：绘有交龙图案、带铃的旗。　央央：鲜明也。
[19]赫赫：形容威名显扬，"赫"本义为火赤貌。
[20]于：语中助词，相当于"是"。　襄："攘"的借字，除却，消灭。
[21]华：开花，指黍、稷抽穗。
[22]载涂：满途。　以上四句与《小雅·采薇》末章首四句意旨相同，是《诗经》中的常见句式。
[23]简书：刻在竹简上的文书，此指王命。
[24]"喓喓草虫"六句，亦见于《召南·草虫》首章，详此篇注。《诗》中多有重辞，不知谁创谁因、孰先孰后，不必执泥以求。
[25]薄：发语词。　西戎：即猃狁。
[26]卉：草。　萋萋：茂盛貌。
[27]执：俘获。　讯：俘虏。　获："馘"(guó)的借字，杀敌而献其左耳计功。　丑：敌众。
[28]还：音义皆同"旋"。
[29]夷：平定。

[品读]

《出车》里的征伐凯旋，也可能发生在西周宣王时期，这是一首跟《小雅·采薇》大致同时的歌。都是戍役归来之作，都以战争和思归为主要内容，但《出车》不同于《采薇》,它没让这两个主题双线并进平行展开,而是在描写战役始末的同时,将将士的柔曲情怀穿插其中,使雄爽豪迈的主旋律里,不时出现低沉温婉的变调。就内容言,《出车》兼有《采薇》双题和《豳风·东山》的闺情。

《诗序》将《出车》的题旨定义为"劳还率",即慰劳凯旋的将帅,这当然是诗用之义了,较之诗本义,则似是而非,诗中确有凯旋,但全篇只见下颂上,实无君劳臣。从篇中对主帅南仲赫赫战功的热情颂扬看,《出车》可能出于随征军士之手。全诗共六章,首、二章是出师前的准备,可谓大张旗鼓,铺张扬厉。"我"设为将帅口吻,写受命出征:"从天子所在来,奉命率师北伐。"写整治车马:"从那远郊牧地,驾出我的战车。"诗将首二句和下二句倒置,有紧扣出师之意,唐诗《燕歌行》中先说"汉将辞家破残贼",再交待"天子非常赐颜色",也是这类写法。治罢车马,集合兵众:"召集御车甲士,为我驾车前驱。"同时殷勤传令:"王朝边事多难,我等此去赴急。"二章描写车、卒集结于郊牧待发,军前旌旗高建,此车设旐,彼车建旄,诸事整饬,兵容肃然。这声势赫赫、惊心动魄的出征场面刚刚写毕,诗人突然一个急转,仍然说旗,却一语双关,在壮伟的旋律中闯入一个变调:"彼旟旐斯,胡不旆旆?忧心悄悄,仆夫况瘁!"古代治兵,通常建而不旆,旗帜是束起来的,有意不让它飘扬,可诗人说:"那隼竿蛇图的旗帜为何不迎风飞扬?原来它知晓士卒心忧,顺应人情,不肯舒展啊!""古者出师以丧礼处之,命下之日,士皆涕泣"①,在用丧葬之礼举行的出征仪式上,无论将帅还是士卒,心里都翻腾着一个词——死亡,周人用直面死亡的方式激发将士迎接战争的斗志,也许有它不一样的效果,但对死亡的忧惧依然刻在士卒的脸上,他们心事沉重,就像被束住的旌旆,轻松不起来。征战戍役诗里,永远避不开这样的悲音,这一章由旗写到人,转得十分贴切,不露一点痕迹。

我们都知道,《左传》描写战争,通常以其始、末为重,战争经过则从简从略,

---

① (宋)吕祖谦:《吕氏家塾读诗记》卷十七,第311页。

这首《出车》也是如此。它的主体内容是出师前的准备和战争结束后的还师,作战过程则完全省略,诗人连用两章篇幅将出征的场面气势充分作足,原因即此。清人方玉润评价首二章:"将出征,先写车旅仆从之盛,是一篇点兵行。"①很是得当。所以,前两章不说主帅其谁,也不说此役为谁,点明南仲、点出猃狁,要迟至第三章。南仲的出场跟他的声名一样"赫赫"不凡,帅车既出,彭彭有声;将旗招展,鲜亮夺目;诗人颂帅之情溢于言表。诗章说:"天子命令南仲,北抵朔方筑城。"筑城驻军是周朝的安边要策,征伐猃狁,不穷追,将其逐出边境即可,所以,"往城于方"和"城彼朔方"里,已然有烽火狼烟的味道了。随即,末句简明扼要但情调高昂地点出"出车"之后的战功——"赫赫南仲,猃狁于襄",猃狁已被逐出,南仲胜利了!但胜利却不急着还朝,诗在这里放慢了步伐,要另起波澜,第四章节奏突缓,诗情从奋扬中跌落。同《采薇》末章由忧思和战争两个旋律交响出征人特别的感伤情怀一样,当战争结束、返乡在望、巨大的喜悦来临之际,不胜今昔之感往往袭上将士们的心头,将喜悦大打折扣:"往昔出征时,黍稷正抽穗。今日我凯旋,雪化满归途。国家多灾多难,哪里能够安居?谁能不想家啊?王命不敢轻违。"本章所用诗语和触景生情的写法都是我们在《采薇》中见过的,因此,一片凯旋声中,遥承二章"忧心悄悄,仆夫况瘁"而来的征夫怅惘之情也就似曾相识燕归来了。这段过渡文字感慨容与,在古代征戍或边塞诗里,如此扬抑跌宕本就是常态。

第五章更是令人意外的一转。"喓喓草虫"等六句又见于《召南·草虫》首章,草虫鸣叫,阜螽跃而从之,这秋深的物候勾起一位妇人对远方夫君的思念,思情与日俱增,强烈得无法止息,一定要到真正见着他了,她的心才肯平静下来。这几句诗用在这里,是战争与思乡的旋律中出现异调——加入了闺情元素,全篇感情更为丰富了。有解诗者因为这六句后接"赫赫南仲,薄伐西戎"八字,而称此章乃设为南仲室家之言,其实这并不重要,此役历时既久,室家思夫,于将于士都有可能,

---

① (清)方玉润:《诗经原始》卷九,第344页。

专言南仲一人反倒无稽。"喓喓草虫"六句出于作诗之人的悬想,不说将士思亲,反说亲人念己,心已驰神到彼,诗从对面飞来,换个角度见出将士的久戍不归,确系妙笔;其后二句"赫赫南仲"云云则紧扣颂帅和凯旋,回归主题。上文提及的唐诗《燕歌行》就延续了这一笔法,在描写兵败被围后,诗人宕开一笔,转至两地相思:"铁衣远戍辛勤久,玉箸应啼别离后。少妇城南欲断肠,征人蓟北空回首。"这类插曲不是主题的游移,而是人情的深化。当《出车》作为慰劳将士的乐歌在庆典上演奏时,思妇情怀能够在如此重要的乐章中体现,至少说明周王朝对于饱受战争之苦的所有社会成员的情绪都是体恤的,体恤中有尊重。

  诗末章回到将士本身,续接第三章的"玁狁于襄",正面抒写凯旋之乐。前四句是《诗经》中常用的套语和常见的兴象,春日迟迟,采蘩祁祁,卉木萋萋,仓庚和鸣,这些在《豳风·七月》中也都是出现过的。春日暄妍,草长莺飞,满目浓丽物色,一派太平图景,对应着人间"执讯获丑"、"玁狁于夷"的得胜凯旋,又"暗把时序由'雨雪载涂'的峭寒中承接过来"①。这四句与上章前六句都以风调入雅诗,完全不同于前三章出师、征伐的声势威厉,一篇之中两样笔法,"以整以暇,各有其妙"②。诗尾再扣本题,执讯获丑,俘生杀死,极尽得胜之威,最后两句"赫赫南仲,玁狁于夷"唱罢,便即顿住。得胜还归是全篇正意,中间多少实景虚怀纷繁头绪,幸得诗人制局整严,"一城玁狁,一伐西戎,一归献俘,皆以南仲为束笔","处处带定南仲",将章法融成一片,"末仍归重玁狁,完密之至"③。至此,"赫赫南仲,玁狁于夷"已从诗四、五两章过渡、插曲的变调切回正题,战役始末已毕,所涉情怀也随兴象的更易一一呈现,自该收束全篇,无须再言一字。

---

① 扬之水:《诗经名物新证》,第303页。
② (清)牛运震:《诗志》卷三,第6页。
③ (清)方玉润:《诗经原始》卷九,第344页。

湛 露

湛湛露斯[1]，匪阳[2]不晞。厌厌夜饮[3]，不醉无归[4]。

湛湛露斯，在彼丰草[5]。厌厌夜饮，在宗载考[6]。

湛湛露斯，在彼杞棘[7]。显允君子[8]，莫不令德[9]。

其桐其椅[10]，其实离离。岂弟[11]君子，莫不令仪[12]。

[注释]

[1]湛湛：露盛貌。　斯：语词，无实义。

[2]阳：日出。

[3]厌厌：安乐貌。　夜饮：又称"燕私"，燕而尽其私恩也。

[4]不醉无归：不醉不归，此乃劝酒之词。

[5]丰草：茂草。

[6]在宗：指同宗，同姓。　载：则。　考：成，此指成饮，成燕饮之礼。

[7]杞棘：枸杞和酸枣树。

[8]显：光明。　允：大，伟大。　君子：此指与宴的诸侯。

[9]令德：美德，善德，此指饮多而不乱，德能将之。

[10]其：那些。　桐：桐树。　椅：树名，山桐子，梓属。一说梓实桐皮为椅。

[11]岂弟：通"恺悌"（kǎi tì），和乐平易貌。

[12]令仪：美好的举止，此指酒醉而不丧其威仪。

[品读]

《湛露》跟不少"小雅"诗一样，有着明显的国风特征，诗四章，每章都是两句兴歌加两句正歌的形式，兴歌的民谣风味很浓，正歌则被改造为仪式所用。《诗序》说："《湛露》，天子燕诸侯也。"后世对此无异议。诗曰："露浓且清，非待日出不干。夜饮开怀，非醉不得回转。露浓且清，挂在茂草之上。夜饮开怀，成礼同姓之间。露浓且清，挂在杞棘之上。君子英明伟大，无不美德可嘉。那些桐椅，果实累累下垂。君子们和乐平易,美好威仪总在。"这是一首描写周天子燕享诸侯的诗,首二章以天子的名义劝酒,三四章褒美与宴君子之德。

跟《小雅·鹿鸣》之宴一样,《湛露》夜饮也不是一般意义上的吃喝享乐,《郑笺》说"诸侯朝觐会同,天子与之燕,所以示慈惠",就是这个意思。天子燕享诸侯,自然是飨客为表,施恩为里,丰盛的酒肴是华丽的道具,演出的主题是亲亲之道,浸淫于周礼的诸侯们都懂得如何在这类宴会中配合天子表现好这一主题。宴会的程序通常是这样开始的:宴饮之前,先由司宴官代替天子劝酒:"君曰无不醉。"宾客们马上站立,回答:"诺,敢不醉?"然后转身坐下,宴会开始。①"不醉无归"这四个字如果放在今天,很容易跟这样一个场景对应起来:觥筹交错、推杯换盏、开怀痛饮,甚至杯盘狼藉、手舞足蹈、行酒令浪起……拘束与羁绊无形地消释在热闹中,时间为此停滞,喧嚣与尽兴同在。无论升温快乐,还是宣泄烦恼,"不醉无归"都值得向往。可如果生活在《湛露》时代,听了司宴官那句"君曰无不醉"的畅饮之约,就以为可以斗酒十千恣欢谑、今夜不醉不归,那就大错特错了。那个晚上,宴席上坐着的都是"显允君子"、"岂弟君子",司宴官的劝酒词说罢,他们应景地、习惯地答一声"诺,敢不醉",然后坐下,举起已经斟满的爵,用宽袍广袖遮着,将醇香的酒汁缓缓送入口中。在天子赐饮的美酒面前,没有谁敢当真敞开了喝,就算席间有那么几位素日嗜酒的,这个晚上也会格外加上小心,大家心里都明白,"敢不醉"其实是"不敢醉"。清人方玉润对席上诸侯的心理作了深刻揣摩,他说:"况天子夜宴,而曰'不醉无归',君恩愈宽,臣心愈谨,乃可免愆尤而昭忠敬。讵可恃宠以失仪乎?"②真是千古同理,今天我们生活中能够遇到的所有欢宴里,这类性质的宴会仍然是快乐并恭谨着,这样的宴会从一开始聚的就是礼与德,而不是食或饮。若说担心醉后失仪,少喝两杯或者滴酒不沾行不?不行。"不醉而出,是不亲也",

---

① 《仪礼注疏》卷十五《燕礼》,第2210页。

② (清)方玉润:《诗经原始》卷九,第355页。

过犹不及,所贵都在"度"字上,拒而不饮和大醉失态,同属非礼。总之,那个晚上,夜饮厌厌,天子和蔼可亲,诸侯雍容揖让,席上温情脉脉,气氛一片祥和,殿前两阶及门庭处燃起了大烛,悠扬的乐声缓缓升起……直至酒足、饭饱、烛灭、日出,宾主尽欢而散。

于是《湛露》唱开了:"湛湛露斯,在彼杞棘。显允君子,莫不令德。其桐其椅,其实离离。岂弟君子,莫不令仪。"欢而不纵,醉而微醺,宴席上的仪式和程序一一走遍,待到礼毕退场时,所有的宾客都德行完好、威仪仍旧,秩序井然一如初始。《湛露》后两章热情嘉美的,就是这种符合周礼的有序。天子燕诸侯,既联络和稳固了彼此的感情,又一箭双雕地检验了后者的德仪。方玉润从《湛露》的褒扬声中看出了它的另一层创作意图,他说:"夜饮至醉,易于失仪,故必不丧其威仪而后谓之礼成。其威仪之所以醉而不改其度者,则非有令德以将之也不可。故醉中可以观德,尤足以知蕴蓄之有素。……诗曰'莫不令仪','莫不令德'者,盖美中寓戒耳。外虽美其德容之无不善,意实恐其德容之或有未善,则未免有负君恩而亏臣职,其所系非浅鲜也。"①有几分道理,至少就乐章义而言,《湛露》决不仅仅是为一次夜宴而作,它之所以进入《诗》文本,有楷模的作用,也有警诫的意义。

在《湛露》歌咏的这次筵宴上,周天子宴请的都是同姓诸侯,《毛传》于二章末句"在宗载考"下注曰:"夜饮必于宗室。"《孔疏》申之曰:"以其宗室之故,则留之而成饮,不许其让,以崇亲厚焉。"所以,可以想象,宴席之上主宾之间言谈、应对、表情、辞气等等每一个细节中,一定都无不鲜明地见出尊卑长幼之序,尊长者笑容可掬,幼卑者恭敬有加,场面亲切,其乐融融。情与礼如此美妙结合的宴饮精神自然值得提倡,于是逐渐地,当周天子燕享异姓诸侯时,《湛露》也在席上演奏,甚至于诸侯宴请他国来使时,《湛露》亦在赋诗之列。②后世歌咏君臣宴饮的诗作中,"湛

---

① (清)方玉润:《诗经原始》卷九,第354页。
② 如《春秋左传正义》卷十八文公四年:"卫宁武子来聘,公与之宴,为赋《湛露》及《彤弓》。"(第3995页)

露"一词不少见,如"娱宾歌湛露,广乐奏钧天"(唐·太宗《春日玄武门宴群臣》)、"早荷承湛露,修竹引薰风"(唐·韦安石《梁王宅侍宴应制同用风字》)等等。只是,以"湛露"指代君臣同乐尚可,以此喻帝王恩泽,虽无大误,离其本义则远矣。

鹤 鸣

鹤鸣于九皋[1],声闻于野。鱼潜在渊[2],或在于渚[3]。乐彼之园,爰有树檀[4],其下维萚[5]。它山之石,可以为错[6]。

鹤鸣于九皋,声闻于天。鱼在于渚,或潜在渊。乐彼之园,爰有树檀,其下维榖[7]。它山之石,可以攻玉[8]。

[注释]

[1]九皋:九曲之泽。"九"泛言其多,"皋"为"泽"的假借。一说"皋"指水边高地。
[2]潜:深藏。 渊:深水。
[3]渚:本为水中小洲,此与上句"渊"对举,指浅水处。
[4]树檀:即檀树,倒文以协韵,《郑风·将仲子》篇有句"无折我树檀"。
[5]维:语助词。 萚:"檡"的假借,一种棘类灌木。
[6]以:语助词。 错:琢磨玉器的硬石。
[7]榖(gǔ):又叫楮(chǔ)或榖桑,一种落叶乔木,树皮可以织布造纸,白色树汁可以团丹砂。
[8]攻玉:即治玉、错玉。

[品读]

《鹤鸣》只有两章,字面意思并不难懂,但要准确地揭出诗旨,却很有些困难,因为它通篇所写之景都是喻体,至于本体是什么,只好见仁见智。古人对此诗有"非古注则其指茫无可测识"[①]之叹,其实古注又何尝一定解得诗人之心?

---

① (清)陈启源:《毛诗稽古编》卷十二,《景印文渊阁四库全书》第八五册,第495页。

两章诗一共使用了四组比体：鹤在九曲泽中鸣叫，音声传于四野、上达天际，此一比；鱼时而沉潜于深渊，时而嬉戏于浅水，此二比；所爱之园内，有高大的檀树和生长在檀树下的榖棘、榖桑，此三比；它山之石，可以琢玉、治玉，此四比。一篇之中设四喻而不及正意，喻体与喻体之间又是跳跃的，缺少思想上的明确勾连，古人作诗自是有为而发，那么，诗人想借这四种喻体表达什么呢？《诗序》《郑笺》从诗用的角度，认为这是一首教诲周宣王用贤的歌，这当然是他们一贯解诗传统的再次发扬，今天我们对"它山之石，可以攻玉"的理解，正由毛、郑所赐。

《诗序》以"诲宣王"、《郑笺》以"教宣王求贤人之未仕者"为《鹤鸣》的主旨，离题似乎不远，但只能存为一说。《鹤鸣》中应该是有一番理趣的，理从鲜明的物象中来，却又含蓄而全不发露，这为此诗博得了"《三百篇》中创调"①之誉。如果说作者罗列诸景，只为一篇缩微版的《小园赋》，未免言不尽意，可作者之意究在何处？又无法确切指实。所谓"众禽中唯鹤标致高逸"②，诗首鹤鸣高亮，所指为何？身隐而令誉远扬的贤才吗？鱼在渊在渚，在渚在渊，任其所好，所指又为何？是贤者世乱则隐治平则出，抑或讽谏周王审几察变？园内林木聚生，树檀之高与榖、榖其下共存，辉映出一片值得快乐的生趣，诗人又想借此说明什么？朝廷尚贤者而下小人？或者，世非无可用之材，人君当量材以用？此外，它山之石可以错玉攻玉又该做何理解？是别国的贤才也可为本国所用，还是君主应当借贤以成其德呢？

对于这些疑问，回答"是"或"不是"都可以成立，通篇用比的作品，美在用比，难也在用比。王夫之所云"理随物显，唯人所感，皆可类通"③适足以启发读者之思，品味《鹤鸣》，贵在不拘执于一人或一事。鹤鸣、鱼游、树长，都是造物之意，是各得其所，自由随心，它们共存并生、快乐地栖居于这方天地，然后，以无滞开放

---

① （清）王夫之：《薑斋诗话》卷下，丁福保辑：《清诗话》，第17页。
② （宋）陈岩肖：《庚溪诗话》卷下，第20页。
③ （清）王夫之：《薑斋诗话》卷下，丁福保辑：《清诗话》，第17页。

的胸襟,招纳"它山之石"。物各有性,以得尽其美为乐,诗中"乐彼之园"之"乐"乃是一篇眼目。鹤、鱼、树、石相互间并无关联,作者融此四物于一诗,或有兼收并蓄、有容乃大之意。这可能算是一个较为通达些的解释,但距离诗人之心几何,仍当存疑。此诗以鹤鸣九皋起笔,开启阔远诗境,又全篇无一字道破诗旨,真正称得上"调高意远"。至于此"意"究竟有多"远",则作者得于心,览者会于意吧。

白 驹

皎皎白驹,食我场苗[1]。絷之维之[2],以永[3]今朝。所谓伊人[4],于焉逍遥[5]。

皎皎白驹,食我场藿[6]。絷之维之,以永今夕。所谓伊人,於焉嘉客[7]。

皎皎白驹,贲然来思[8]。尔公尔侯[9],逸豫无期[10]。慎尔优游[11],勉尔遁思[12]。

皎皎白驹,在彼空谷[13]。生刍[14]一束,其人如玉[15]。毋金玉[16]尔音,而有遐心[17]。

[注释]

[1]场:圃,菜园。 苗:从下章"藿"看,此或指豆苗。
[2]絷(zhí):用绳绊住马足。 维:系,将马缰绳系在树上。
[3]永:终,尽。此句为留客之词,言尽此日之欢,下章"以永今夕"同。
[4]伊人:是人,此指客人,即白驹的主人。
[5]于焉:于此,在这里。 逍遥:优游自在貌。
[6]藿(huò):豆叶。
[7]嘉:乐也。"嘉客"犹"逍遥"。一说在此处做嘉客。
[8]贲(bēn)然:马快跑貌,"贲"通"奔"。 思:语助词,末句"勉尔遁思"之"思"同。
[9]尔:指伊人。 公侯:此处用为动词,指宜为公、宜为侯。

[10]逸豫:安乐。　无期:无已,没有期限。
[11]慎:忧也。　优游:犹首章"逍遥"。
[12]勉:"免"的借字,消除。　遁:逃,避世。
[13]空谷:深谷。"空"为"穹"的假借字。
[14]生刍:指秣马的青草。
[15]其人:亦指白驹的主人。　如玉:此指德行如玉一般纯美。
[16]金玉:此处用为动词,珍惜,视同金玉。
[17]遐心:疏远之心。

[品读]

　　西汉末年,京中有位嘉威侯名叫陈遵。他嗜酒好客,每逢家中宾客满堂,便命人将大门关上,把客人的车辖(即轴端铁键)一一投入井中,凭你有什么急事、要事在身,不喝痛快了不让走,成语"投辖留宾"或"闭门投辖"就因此而来。① 古人读《白驹》,说诗里的留客也是这般带着破釜沉舟的意味,仔细品来,的确。不过,《白驹》絷马留客巧思在前,陈遵闭门投辖仿效于后,都是风雅之事,先后顺序不能乱。

　　诗共四章,一半的内容是留客,却不直言说人,而从留马说起,拴马足、系马缰,叫人也一时半会儿走不成。诗的风歌特征很明显,尤其是首、二章,重章叠唱,反复挽留:"马驹儿毛色似雪,啃着园中嫩豆苗。拴其足,系其缰,尽情欢乐在今朝。它的主人啊,正在此地优游逍遥。"不提客人身份,不说为何留人,先从主人待客情重说起,絷马系缰,自然为的是留住"伊人",延续欢聚的时光。"一朝一夕,非可言永,但欲去时留得一朝一夕亦已永矣"②,如此争分夺秒,只为着多一刻聚乐、迟一步言别。有说诗者从《白驹》中读出女子怀人来,以这两章为女子的想象与期望之词,非谓无理,与亲密之人临别在即难分难舍之际,正是这种感觉。脱开整体看,诗首、二章本身就是一首热情好客、真诚留客的短歌,放在任何类似的情境

---

① 《汉书》卷九十二《游侠传第六十二·陈遵传》,第3710页。
② (明)陆化熙:《诗通》卷二,《续修四库全书》经部诗类(61),第54页。

中歌咏，都是适宜的。

后半部分，诗才正面道出"伊人"——也就是被挽留的客——的不一般，传递出不明确但又分明存在的送别之外的社会信息。诗的表面意思是简明的，不难理解："马驹儿毛色似雪，迅疾飞奔而来。你本宜公宜侯，如今却游乐无极。我忧着你的逍遥啊，别存着这遁世之心。""马驹儿毛色似雪，即将匿影谷中。喂它一束鲜草，伊人德美如玉。别把音信当金玉啊，不要生出疏远之心。"这两章一咏出，诗的主题就延伸开了，原来其中送别的，不是出行，而是出世；主人殷殷挽留的，不是伊人远行的脚步，竟是他遁世的心思！于是，主人的惜别之情也就该另当别论了，那不是舍不下的友情，或者说，一定不单单是友情，而是更有一份职守或责任在其中。古人说诗，直接将"伊人"判为贤者，便是读出了《白驹》别情中的惜贤之意。由此，非但客人的身份不一般，一发连留客惜别的主人身份也不一般了。可诗又只给了"尔公尔侯"、"慎尔优游"、"勉尔遁思"和"在彼空谷"几个简单的暗示，一应背景或故事，倘若有，都只能全凭读者想象。留者何人？伊人何人？为何遁隐？何时何地？都是疑问，而这些也就成了历代说诗争论的焦点。《诗序》说是"大夫刺宣王"，《郑笺》补足说"刺其不能留贤"，另有说"贤人远引，朋友离思，固无可疑，而必谓刺王不能留，则诗外之意"①，还有完全避开"刺"说，以殷人尚白，诗中伊人又乘白驹，而认为此诗是颂美殷人之后宋公朝周助祭的，不一而足。送别是《白驹》的情境无疑，但与后世常见的友朋赠别诗不同，它的背后一定有时代的影子，只是无从探究，也无须探究。

任何时代，无论对退隐林泉作何评价，高洁其志也好，遗世独立也好，这一处世方式多数时候都有它的无奈，独醒者注定是不快乐的。所以，诗中主人的感情很复杂：他苦留伊人，要他徘徊容与，流连佳期，又深知伊人所处既非其时也非其地；当伊人执意远去，他一连道出四个"尔"字——"尔公尔侯，逸豫无期。慎尔

---

① （清）王先谦：《诗三家义集疏》卷十六，第643页。

优游,勉尔遁思",一片惜贤之情,无法释怀。伊人终不可留,即将渐行渐远,"生刍一束"代表主人别驹之意,这一举动,又让人从"别"中看出"留"来。临别之际,主人殷勤叮嘱:此去空谷,一定不要断了音问。言外之意——我所愿时常得知的,不唯你的生活起居,更愿你常念山外事、不忘入世情,"毋金玉尔音,而有遐心"里甚至可以读出劝伊人以隐待时的意味,绕了一圈,诗情又从惜别回到了惜贤,"曲终之句,益觉缠绵"①,诚不虚言。清人钱澄之说:"王室政衰,贤者争思洁身以去,亦有不能去者,于其去也,缱绻难别,亦犹东门之祖送也。"②所评大体妥当,诗中主人的"缱绻难别"里,不仅有依依不舍,更有他对伊人冀其来、惧其隐、高其隐又望其音信不绝的无限踌躇,留也不能留,别又不忍别,爱、留、惜、劝,一番情挚意苦,全在辞气之中。蔡邕《琴操》说古琴曲《白驹》是"失朋友之所作也"③,曹植也有句"彼朋友之离别,犹求思乎白驹"(《释思赋序》),皆单指送别而言,所指当是这首诗被断章取义之后的乐章义了。

斯 干

秩秩斯干[1],幽幽南山[2]。如竹苞矣[3],如松茂矣。兄及弟矣,式相好矣[4],无相犹[5]矣。

似续妣祖[6],筑室百堵[7],西南其户[8]。爰[9]居爰处,爰笑爰语。

约之阁阁[10],椓之橐橐[11]。风雨攸[12]除,鸟鼠攸去,君子攸芋[13]。

如跂斯翼[14],如矢斯棘[15],如鸟斯革[16],如翚斯飞[17]。君子攸跻[18]。

---

① (清)姚际恒:《诗经通论》第十,第197页。

② (清)钱澄之:《田间诗学》卷七,《景印文渊阁四库全书》第八四册,第574页。

③ (汉)蔡邕:《琴操》卷上,第3页。

殖殖[19]其庭,有觉其楹[20]。哙哙其正[21],哕哕其冥[22]。君子攸宁[23]。

下莞上簟[24],乃安斯寝。乃寝乃兴,乃占我[25]梦。吉梦维何?维熊维罴[26],维虺[27]维蛇。

大人[28]占之:维熊维罴,男子之祥[29];维虺维蛇,女子之祥。

乃[30]生男子,载寝之床[31],载衣之裳[32],载弄之璋[33]。其泣喤喤[34],朱芾斯皇[35],室家君王[36]。

乃生女子,载寝之地,载衣之裼[37],载弄之瓦[38]。无非无仪[39],唯酒食[40]是议,无父母诒罹[41]。

[注释]

[1]秩秩:水清貌。 斯:语助词,犹"之"。 干:涧也。
[2]幽幽:深远貌。 南山:终南山,地处镐京之南。
[3]如:表列举,犹言"有……,有……"。 苞:即"茂",与《秦风·晨风》"山有苞栎"之"苞"同。
[4]式:发语词。 好(hào):此指和睦友爱。
[5]犹:欺诈。
[6]似续:继承。"似"是"嗣"的假借。 妣祖:泛指先妣、先祖。"妣"本义为亡母。
[7]筑室:筑燕寝也,即修筑君王寝息的宫室。 百堵:"百"泛言长而广;长、高各一丈的墙垣称为一堵。
[8]西南其户:向南、向西开门户。古人堂寝有正户和侧户,正户南向,侧户东西向。
[9]爰:于是,在这里。
[10]约:束。古人夹板筑墙,板设好后要用绳索捆扎牢固。 阁阁:象声词,用绳捆缚筑板声。
[11]椓(zhuó):击也,此指夯土。 橐(tuó)橐:象声词,夯土声。

[12]攸：语助词。此句及下句言宫室结构牢密,风雨不能侵损,鸟鼠不能穿穴。

[13]芋："宇"的借字,屋边也,引申为居住。

[14]跂(qǐ)：踮起脚跟站立。 斯：语助词。 翼：端正貌。此句言宫室的整体气势,像人跂立般恭肃端正。

[15]棘：棱角。此句言宫室四角整饬,像射出的箭一样急而直。

[16]革：翅膀。此句言栋宇宏壮,像大鸟展翅。

[17]翚(huī)：彩羽野鸡,又名锦鸡。此句言檐阿华彩昂起,像雉鸟举翼起飞。

[18]跻：升也,登上。此句言宫室堂高阶峻。

[19]殖殖：平正貌。

[20]有觉：即觉觉,高而直貌。 楹：柱也,此指堂前的两根立柱。

[21]哙(kuài)哙：明亮貌。 正：向明之处。

[22]哕(huì)哕：深广貌。 冥：奥窔(yào)之间,泛指室内幽暗处。

[23]宁：安,安居。

[24]莞(guān)：植物名,又名葱蒲,可以织席。此指莞席。 簟(diàn)：苇或竹编成的席,为睡卧之用。

[25]我：代官室主人自称。

[26]罴(pí)：兽名,似熊而高大,猛而多力。

[27]虺(huǐ)：古书上说的一种毒蛇,身有花纹。

[28]大人：对占卜官吏的敬称,或即太卜,太卜之官掌卜筮与占梦之事。以下四句是"大人"对梦的解释。朱熹《诗集传》曰:"熊、罴,阳物在山,强力壮毅,男子之祥也。虺、蛇,阴物穴处,柔弱隐伏,女子之祥也。"(卷十一,第125页)

[29]祥：福也,此指吉兆。

[30]乃：若,如果。

[31]载：则,就。 床：古人席地,坐睡皆在地上,惟尊者卧于床。此篇用"床"表男女之异、卑贱之别。

[32]裳(cháng)：下裙。

[33]璋：玉器,形似半圭,是贵族朝聘或祭祀时用的礼器。 弄：把玩。

[34]喤(huáng)喤：小儿洪亮的哭声。

[35]芾：蔽膝，著在腹前，遮蔽膝部，形似围裙，是古代礼服；天子用纯朱色，诸侯用黄朱色。　皇：犹煌煌，光明貌。

[36]室家君王：指此子长成后，所与婚配者莫非王族。一说指将生之子或为诸侯，或为天子，皆将佩着煌煌朱芾。

[37]裼(tì)：褓也，即婴儿的包被。

[38]瓦：古人纺线用的陶制纺轮。

[39]非：违也。　仪：通"议"，度，计划。"无仪"指女子不自度事，不自专制。

[40]酒食：指内政及共祭祀之事，此乃古代女子之常道。

[41]诒：通"贻"，给予。　罹：忧也。此句言不累父母担忧。

[品读]

《斯干》是周代贵族筑室既成颂祷祈福的歌。《诗序》说："《斯干》，宣王考室也。""考"有"成"的意思，"考室"即宫室落成，《斯干》就是一支在宫室落成典礼上演奏的曲目。从歌中太平喜庆的情调看，时非乱世，把《诗序》定为西周中兴的宣王时期之作，或无大误。

风诗中的建筑，往往用作故事发生的背景，但在《斯干》中，却是赋咏的主体，《斯干》保留了古代宫室形貌的最早记录，以物象屋的写法，又给后世京都大赋的铺张扬厉开了先河。诗从筑室地点、筑室要义、筑室之法、室成后的内外形貌、由室而人一气咏来，没有明显的情感抒发，但生命的活力始终跳荡其间。开篇并未急着说筑室，而从四周环境入手："流涧潺湲，南山深幽。有翠竹丛生，有青松美盛。"寥寥数语，而山水形胜已见。竹苞、松茂乃因其地所有而咏之，既摹写了环境，长松茂竹亦可为筑室之材，同时，这两个词里又暗含了喻义——松竹常青，旧叶未凋而新枝已发，象征着子孙绵延、绳武其祖。由此轻轻一转，诗用带了规诫的口吻说："兄弟若同居此室，应当相爱以诚，无相欺诈。"周人注重宗族感情，常怀谨慎之心，即使在这样一首考室颂歌里，诗心也略作了一点跳跃，说出这样的诫语来。

天时地利人和兼备，二章始从容说到筑室。先统言之："继承先妣先祖，兴建恢宏官室，正门朝南，侧门面西。"并总括人与室的融洽关系："于是居，于是处，于是笑，于是语，安之乐之，在此诸室之中。"三章描写用版筑法筑墙："捆扎筑板，其声阁阁，用杵夯土，橐橐作响。"宫室建成后："上下左右皆牢密，风雨不能侵损，鸟鼠无法穿穴，君子自可安居其中。"四章结束远观，改为近前仰视，用铺陈之法，写出宫室宏丽："宫室大势，如人耸立般恭肃端正；堂廉整饬，像射出的箭一样急而直；栋宇峻高且扬起，犹如大鸟展开双翅；檐阿华丽而高昂，又像锦雉举翼飞翔。"有肃穆，有壮观，有舒展，有色彩，这四个比喻结合写实与想象，形象地描摹出这座宫室的形貌和精神。章末一个"跻"字，又漫不经心似的，在它的堂高阶峻上补了一笔，同时点出暗伏的人物——君子登堂，似乎前面一连串的比喻不过是为着这"攸跻"之举。五章自外转内，对宫室作平面描写，用四组叠字（"有觉"即"觉觉"）状出室内之形和幽明变化："阶前庭宽阔平正，堂前柱既大且直；向阳处轩敞明亮，奥窔间清静深广。"写罢，君子由堂入室。前面由庭及堂、由堂及室的描写都归结于"攸宁"二字，宫室的美好必得对应着君子的安居；而这"君子攸宁"，又下启诗歌后四章的生育之事。"爱居爱处，爱笑爱语"、"君子有芋"的人事暗线从这里开始浮现，诗旨也由宫室形制转为对宫室主人的祝颂。

六至九章好比一篇上梁文，此文做得奇妙，吉言好语竟用梦来带出，足见诗心之巧。考室之时必有祝颂之语，而居室之庆莫过于子孙繁衍，于是言及生儿育女，却又不明言，而说安寝、有梦、占梦，处处吉祥："下铺蒲席上铺簟，祝君寝息安恬。一夜好睡得了梦，醒来便把好梦占。做的好梦是什么？熊罴虺蛇皆出现。"七章详言占梦，虽系梦幻之事，却语语郑重，喜上眉梢："太卜前来解我梦：梦中熊罴是何意，那是生子的吉兆；又见虺蛇是何意，预示女儿要降生。"生子如何？八章说："如若生下个儿郎，就让他在床上睡。给他穿上下裳，让他把玩玉璋。他的哭声洪亮，纯朱蔽膝煌煌，日后非君即王。"生女又如何？九章说："如若生下个女儿，就让她在地上睡。把她裹在褓中，让她把玩瓦纺。不违命，不自专，一心操持酒和食，不给父母添忧愁。"诗借梦境,一并将那个时代的男女之别道了个清楚明白,虚中有实,落笔精巧,"弄璋弄瓦"一词由此得来;末章"无非无仪"三句更被视为女子常道,乃"说女职千古至言"①。

子孙万代,福祚绵长,正是颂辞主脑。诗首言兄弟,是愿兄弟共保此室,末言男女,又愿子孙常守此屋,《斯干》在立意上并无特别之处,但思致不凡。诗歌后四章全是虚拟之辞,表达颂祷之意,"愿入此室处之后,发于梦兆,而开子孙之祥。盖设为之辞,非实有其梦也"②,亦即牛运震所谓"叙作室已毕,却撰出占梦一事,无中生有,以此为颂祷,极奇"③是也。可虽为想象之辞,章法上却跟前文衔接得紧,毫无剥脱之感:"寝"从前文"宁"来,"梦"又从"寝"来,有"梦"便须占梦,好梦细解,再转出末两章的生育之事,而这生育之事又远承着二章的"似续妣祖",真真是层次井然,咬合严密。无怪乎明人孙鑛评说:"考室以男女为祝,固是情理,但从梦说来,直至如此细陈琐列,在汉以后人,绝无此调。"④在这"细陈琐列"之间,又可见当日诗人对于叙事技巧的把握已极娴熟。宫室筑构之坚好、气势之壮丽、气象之深邃只在中间四章,前则设景布势,承先继祖,兄弟和而堂构成,定下筑室的纲领;后则撰情生波,因梦兆而言及子孙,层层推进,有条不紊,"篇中有极笃厚语,有极壮丽语,有极奇幻语,错出不竭,曲尽其妙"⑤。诗以说梦终篇,"本支百世,人物富庶,俱于梦中得之"⑥,所体现的,正是主人对宫室吉祥、宗族繁衍、庆流后裔的一片热望,梦的世界里,承载的正是人间现实的向往。

---

① (清)姚际恒:《诗经通论》卷十,第199页。
② (宋)严粲:《诗缉》卷十九,《景印摛藻堂四库全书荟要》经部第二六册,第371页。
③ (清)牛运震:《诗志》卷三,第15页。
④ (明)孙鑛:《批评诗经》卷二,《四库全书存目丛书》经部第一五〇册,第91页。
⑤ (清)牛运震:《诗志》卷三,第15页。
⑥ (清)沈德潜:《说诗晬语》卷上,丁福保辑《清诗话》,第541页。

节南山

节彼南山[1],维石岩岩[2]。赫赫师尹[3],民具尔瞻[4]。忧心如惔[5],不敢戏谈。国既卒斩[6],何用不监[7]?

节彼南山,有实其猗[8]。赫赫师尹,不平谓何[9]?天方荐瘥[10],丧乱弘[11]多。民言无嘉,憯莫惩嗟[12]。

尹氏大师,维周之氐[13]。秉国之均[14],四方是维[15]。天子是毗[16],俾民不迷[17]。不吊昊天[18],不宜空我师[19]。

弗躬弗亲[20],庶民弗信[21]。弗问弗仕[22],勿罔君子[23]。式夷式已[24],无小人殆[25]。琐琐姻亚[26],则无膴仕[27]。

昊天不佣[28],降此鞠讻[29]。昊天不惠[30],降此大戾[31]。君子如届[32],俾民心阕[33]。君子如夷[34],恶怒是违[35]。

不吊昊天,乱靡有定[36]。式月斯生[37],俾民不宁。忧心如酲[38],谁秉国成[39]?不自为政[40],卒[41]劳百姓。

驾彼四牡,四牡项领[42]。我瞻四方,蹙蹙靡所骋[43]。

方茂尔恶[44],相尔矛矣[45]。既夷既怿[46],如相酬矣[47]。

昊天不平,我王不宁。不惩其心,覆怨其正[48]。

家父作诵[49],以究王讻[50]。式讹尔心[51],以畜万邦[52]。

[注释]

[1]节:"巀"的假借,山高峻貌。 南山:终南山。
[2]岩岩:石山高耸貌。
[3]赫赫:权势显盛貌。 师尹:二官名,指太师和史尹,太师为西周最高军事长官,史尹掌管册命,是最高文职官员。

[4]具:俱,都。 尔瞻:瞻尔,看着你。

[5]惔(tán):"炎"的借字,烧也。"忧心如惔"即忧心如焚。

[6]国:指西周王朝。 卒:尽,完全。 斩:断绝,终绝。

[7]何用:何以,因何。 监:视,察。

[8]有实:即实实,广大貌。 猗(ē):读为"阿",偏高不平之地。

[9]谓何:云何。 不平:指为政不平,乱政。

[10]荐:重复,屡次。 瘥(cuó):病,此指疾疫饥馑等灾祸。

[11]弘:大。

[12]憯(cǎn):曾,乃,"憯莫"即不曾。 惩:惩戒。 嗟:语尾助词。

[13]维:是。 氐(dǐ):通"柢",树根,根本。以上二句言师、尹二职地位重要,是国家的根本。

[14]秉:执掌。 均:"钧"的假借,本是制陶器所用的转轮,这里用运转陶钧比喻治理国家。一说指(持政)均平。

[15]维:维系,护持。

[16]毗:辅佐。

[17]俾:使。 迷:迷惑,迷失方向。

[18]不吊:不淑,不善。 昊天:广大无边的苍天。

[19]空:穷也,使陷入困境。 师:众民。"我师"犹言我们大众。

[20]弗:不。 躬亲:亲自,二字同义,此指亲自管理政事。

[21]信:信任,信从。

[22]问:咨询。 仕:事,此指任之以事,任用。

[23]勿:语助词。 罔:欺罔。 君子:或指朝中贤臣。

[24]式:此句两"式"字皆为语助词,六章"式月斯生"和末章"式讹尔心"之"式"同。 夷:平,消除。 已:制止。

[25]殆:危。此句指勿因小人把权而使国家陷于危殆。

[26]琐琐:小貌,此指计谋褊浅。 姻亚:婿之父为姻,两婿相谓曰亚(通"娅"),即婚姻裙带关系。

[27]膴(wǔ):厚也。"膴仕"指高官厚禄。

[28]佣:均,公平。

[29]鞠:穷,极。 讻(xiōng):"凶"的假借,祸乱。"鞠讻"即极凶,极大的祸乱。

[30]惠:仁爱。

[31]戾:恶,灾祸。"大戾"即"鞫讻"。

[32]君子:指师、尹二人,与上章"君子"、"小人"对举系泛指不同。 届:至,此指遇事躬亲,非上章所云"弗躬弗亲"。

[33]民心:此指怨愤之心。 阕:平息。

[34]夷:平,此指为政均平,非上章所云"弗问弗仕"。

[35]违:去也,消除。

[36]定:止息。

[37]月斯生:此指灾乱逐月发生。

[38]酲(chéng):病酒,酒醉而神志不清。

[39]秉国成:执国政,与三章"秉国之均"同义。

[40]不自为政:指师、尹二人不亲理政事,委政小人。

[41]卒:"瘁"的假借,勌劳,劳瘁。

[42]项:肥大。 领:颈。"项领"指四马雄健。

[43]蹙蹙:局促不舒展之貌。 靡所骋:无可驰骋之处。

[44]方:正。 茂:盛,强烈。 尔:指师、尹二人。

[45]相(xiàng):视也。 矛:当作"务",侮也,轻侮傲慢。

[46]夷:平,此指心平气和。 怿(yì):喜悦。

[47]酬:宴会上主客相互敬酒,主人敬客称"酬",客回敬主人为"酢"。

[48]覆:反而。"覆怨其正"指师、尹反怨人之正己者。

[49]家父:人名,即本篇作者,是西周大夫。 诵:讽谏之诗。

[50]究:推究。 王讻:给周王(即周天子)带来凶灾的人。

[51]讹:"吪"的假借,化,改变。 尔:此指周王。

[52]畜:养,安抚。 万邦:指各诸侯国。

[品读]

《小雅》中有一些揭露衰世乱政、讽谏周王、试图拯溺救焚、情绪较为激烈的政治抒情诗,体现了对周朝国祚和个人命运的深度关怀与担忧,比如这篇《节南山》。

《节南山》诗题又作《节》，从诗中"国既卒斩，何用不监"的责问看，可能作于西周灭亡之初、政局混乱不堪之时。全诗十章，专责太师和史尹败政，言外有讽谏周王用人不当之意。诗前九章极言师、尹之罪，直刺其非，无或稍隐。首章说国祚危殆，师、尹失去民望，开篇严厉有势，用南山之险兴起师、尹二人权势的枢要和尊贵："巍峨高峻的终南山，山石垒垒耸立。地位煊赫的太师史尹，百姓都在看着你们。"因为畏惧他们的威势，"人们忧心似火焚烧，不敢随便放言议论"，"不敢戏谈"正是亡国之象。"王业已衰国运斩断，你们为何不曾察及？"末两句有如当头棒喝，领起全诗。二章说师、尹为政不平，无视天怒人怨："巍峨高峻的终南山，山阿开阔不平。地位煊赫的师和尹，执政不公有什么可说？""不平"是全篇眼目。师、尹二人持心不均，触动了天怒，也引起了人怨："上天屡次降下灾疫，死丧祸乱遍地皆是。""除了怨愤忧戚，百姓口中没有好话"，可是天意民心到了如此地步，"这二人仍然不知自我儆戒"！首二两章概言太师和史尹为政之失，总领全篇，首章"国既卒斩"下启二章天灾人祸，二章"民言无嘉"上承首章"民具尔瞻"。

三章前六句合起来是一层意思，说："太师和史尹，本该是周家的根柢。你们掌握着国家的钧轮，四方倚仗你们维系。天子靠你们辅佐，百姓要你们引路。"这六句特别点出师、尹职任之重，是"刺其人，却颂其职，盖反意责之"①的写法，职责越大，为政越宜均平，反之怨责就越深。末两句语气突变，痛极无奈，仰天呼告："不肯体恤人的上天啊，你不该让他俩久居尊位，而使百姓陷入穷途绝境！"由此转回诗旨。从师尹职任到愤怒呼天，中间略去的诸多内容，一应在下接的四、五两章中表现。四章具体揭示师、尹的失职：一是旷废职务，尸位素餐，"你们不亲理国政，自然无法取信于庶民"；二是远贤臣近小人，"不咨询，不任用，这是欺罔君子贤臣。要消除制止这些现象，别再让小人危害国家"；三是连引私党，任人唯亲，"你们姻亲中那些才浅智微的庸碌之辈，不要再委以高官厚禄"！五章提出改良政治之方，

---

① （明）孙鑛：《批评诗经》卷二，《四库全书存目丛书》经部第一五〇册，第92页。

设想倘若师、尹能遇事躬亲，行平易之政，则诸怨自消："上天不公平，降下大祸乱。上天不仁爱，降下大灾难。君子如果事必躬亲，可以渐消民愤。君子如果处事公正，天怒也能平息。"师、尹为政虽然导致天人交怒，但在这两章中，诗人的愤激情绪是克制着的，发言为辞是忠厚的，他将改良政治的希望寄托在"君子"身上，希望师、尹二人自我惩戒，行"君子"之事，回天意而顺民情，未作写绝之辞。六章回归现状，诗人深知希望已自破灭，师、尹所为不能消弭天变，眼前但见百姓困苦，灾乱与月俱增。他仍从怨天说起："上天不肯体恤人，灾乱总是得不到平定。祸患逐月发生，百姓无法安宁。我忧愁苦痛好似酒醉，谁来执掌国家权柄？你们不愿亲理朝政，害苦了天下百姓。"此章诗人加重了语气，换作痛责之笔，扼腕顿挫，同时直抒自己的忧情。后四句与第四章"弗躬弗亲"呼应，并起下章欲逃遁之意。

　　七章，诗人宕开一笔，转写自己驾车出游，想要逃离却不知所往的忧愤心情："我驾起驷马之车，四马肥壮高大。我放眼四下观望，却不知道该投靠何方。"国之本根既病，则枝叶尽瘁，何处得寻乐土？"蹙蹙靡所骋"遥承二章"丧乱弘多"，写出乱世中清醒者走投无路的迷惘和苦闷，诗情在此由怨怒转为悲叹。八章描写小人性情无常，画出其丑态："你们怨恶正盛时，彼此轻侮傲慢。怒火平息高兴时，又像宾主酬酢。"九章顺承八章之意，斥师、尹不自省、不纳谏，遥应二章"憯莫惩嗟"句，收回正题，并点出"我王"："上天不公平，天子不得安宁。师尹非但不自惩戒，反而怨恨他人谏正。"十章卒章显志，说明作诗之意，并自具作诗人之名："家父作了这首诗，揭出周王身边的恶人，并推究王朝祸乱所由。只盼能将王心感化，安抚四方万民安泰。"收篇之际归旨于王心，诗人婉转道出王朝灾乱频仍的根源在于周王用人失察，希望他闻听此诵而有所感，还天下一个太平。借刺责师、尹来讽周王，这应该是家父创作《节南山》的根本目的。特别值得一提的是，诗于首章说师、尹势位煊赫，百姓"不敢戏谈"，但诗人偏偏直言不讳，坦然地将自己的名姓具于诗章之内，体现了敢为民代言、勇于向现实挑战、不惧灾难后果的堂堂正气。

这是诗歌明确具诗人之名、诗歌与诗人个体建立联系的开始。

总体而言，《节南山》以斥责师、尹乱政为主，从招致天怒人怨、委政姻亚小人、不能自我为戒等方面反复申明其为政之不平，只在最后两章中提及周王，点出作诵要旨，这自然是诗人的笃厚之处。《孔丛子》载："孔子读《诗》及《小雅》，喟然而叹曰：'吾……于《节南山》见忠臣之忧世也。'"[①]诚然，这首诗虽然情绪激愤，但"忧世"、讽谏仍为一篇主线，牛运震说它"一片血诚，故虽幽愤挚怨，不失为厚"、"一篇怨刺都成苦口良药矣"[②]，可谓深得诗旨。此外，屡呼昊天是该篇特别的抒情方式，如"不吊昊天"、"昊天不佣"、"昊天不惠"、"昊天不平"等等，不仅问天，而且怨天、责天，这是诗人痛心疾首、怨极无奈的表现。天降灾祸，丧乱弘多，诗人意识到天意不再眷顾周室，乱世之人已然失去了天命的庇护，所以，激愤的情绪底下，其实有他深深的恐惧。但周人又是相信以德配天的，人若失德，天即不佑，于是，诗人对天意倾斜的恐惧感又转化为他声讨败乱的力量之源，诗歌责问昊天只是其表，批判现实方为其里。

小 宛

宛彼鸣鸠[1]，翰飞戾天[2]。我心忧伤，念昔先人[3]。明发不寐[4]，有怀二人[5]。

人之齐圣[6]，饮酒温克[7]。彼昏不知[8]，壹醉日富[9]。各敬尔仪[10]，天命不又[11]。

中原有菽[12]，庶民采之。螟蛉[13]有子，蜾蠃负之[14]。教诲尔子[15]，式穀似之[16]。

题彼脊令[17]，载飞载鸣。我日斯迈[18]，而月斯征[19]。夙兴夜寐，毋忝尔所生[20]。

---

① （汉）孔鲋：《孔丛子》卷上《记义第三》，第22页。
② （清）牛运震：《诗志》卷四，第2页。

交交桑扈[21]，率场啄粟[22]。哀我填寡[23]，宜岸宜狱[24]。握粟出卜[25]，自何能穀[26]？

温温恭人[27]，如集于木[28]。惴惴小心，如临于谷。战战兢兢，如履薄冰。

[注释]

[1]宛：小貌。　鸣鸠：又名鹘鹏，鸠类，似山雀而小，短尾。

[2]翰：高。　戾天：犹言摩天。"戾"为"厉"的借字，附也。

[3]先人：祖先。

[4]明发："明"与"发"二字同义，皆醒也。

[5]二人：指父母双亲。

[6]齐圣：聪敏睿智，与下文"彼昏不知"相对。　齐：速也，谓知虑之敏。

[7]温克：蕴藉自持。　温："蕴"的假借，含蓄，蕴藉。　克：胜，自我克制。

[8]昏：愚昧。　不知：无知，不智。

[9]壹：语首助词，无实义。　日富：日益自满。"富"通"愊"(fú)，满也。

[10]敬：通"儆"(jǐng)，警也，戒慎。　仪：威仪。

[11]天命：天赐之福。　又：复，再。

[12]中原：原中，田野之中。　菽：大豆，此指豆藿，即豆叶。马瑞辰《毛诗传笺通释》云："诗但言菽，《传》知其不为豆而为藿者，盖因豆皆有主，惟叶任人采，其主不禁。诗言'庶民采之'，故知所采必藿叶也。"（卷二十，第636页）

[13]螟(míng)蛉(líng)：桑上小青虫。

[14]蜾(guǒ)蠃(luǒ)：细腰土蜂。古人以为蜾蠃取螟蛉，代为养育，因以"螟蛉"或"螟蛉子"为养子的代称；实则蜾蠃捕捉螟蛉喂养其幼虫。　负：持。

[15]尔子：你的子孙。

[16]式：发语词，无实义。　穀：善。　似："嗣"的借字，继承。

[17]题："睇"(dì)的借字，视，看。　脊令：即鹡鸰，此以脊令之飞鸣喻兄弟远行。

[18]日：日日，每天。　斯：语助词，犹"乃"。　迈：远行，行役。

[19]而：尔，你，指兄弟。　月：月月。　征：同上句"迈"。

[20]忝：辱没。　尔所生：指父母。

[21]交交：往来飞翔貌，一说小貌。　桑扈：鸟名，今名斑鸠，似鸽而小。桑扈一名窃脂，古人以为此鸟好窃食脂膏，不食粟，故得名。

[22]率：循，沿着。　场：禾场。

[23]填：《韩诗》作"疹"，病也，苦也。　寡：寡财，贫穷。

[24]宜：语首助词，犹"乃"。　岸："犴"的假借，乡亭的牢狱，引申为狱讼之事。

[25]握粟出卜：以粟祀神或以粟酬卜，盖始用糈米享神，继即以之酬卜。　握：持。

[26]自何能穀：怎样才能得到吉卜摆脱困境？　自：句首语助，无实义。

[27]温温：和柔貌。　恭人：恭谨之人。

[28]如集于木：如同鸟栖于树，惧恐坠落。

[品读]

《小宛》以诉说为主，语言质朴，六章读完，我们能明显感觉到诗人思绪之深沉，甚至带着点压抑。这首诗最初被《诗序》定义为"大夫刺宣王"之作，之后解者纷纷，至南宋朱熹尽扫诸说，曰："此大夫遭时之乱，而兄弟相戒以免祸之诗。"① 再后，清人方玉润又重新给出解释，说："《小宛》，贤者自箴也。"② 从诗本义揆之，朱说较《诗序》有理，方说又与朱说相互补充。这首诗里有教子，有戒弟，又无处不贯穿着自儆，诗人其实是以三者兼有的口吻，集中表现乱世心态，说白了就是一句话——身处乱世，生命该如何万无一失地安顿？

全诗以鸣鸠发端："小小短尾鸣鸠，振翼高飞上摩云天，遭逢乱世的我，心中升起一阵忧伤，怀念遥远的祖先。我醒而不寐，又思想起父母双亲。"鸣鸠尾短形小，但能高飞摩天，诗人以之起兴，可能有以此自勉之意，用鸣鸠自喻，叹自己位

---

① 《诗集传》卷十二，第138页。

② （清）方玉润：《诗经原始》卷十一，第404页。

卑而志大。但这豪情甫发即逝，忧伤袭上心头，小小鸟要高飞，需要太多的外在助力，这对乱世中的人来说无疑是个奢望，"翰飞戾天"只能是暗伏在诗人心底的愿望。眼下，他的当务之急是稳定自己的心态，寻求能够妥善安顿自己又能安全对抗现实的生存方式。诗一开篇，他就给自己立下了无形的行为准则和生命运行的方向——远绍祖德，不辱双亲。除了以先德自我激励，兄弟子侄之间，血脉是最为稳固有效的联结纽带，诗在首章提起父母先人，为后几章忧心忡忡的自警励人的话布下了一层温情。"念昔先人"、"有怀二人"不是一般的思亲，这种感情里揉进了沉重的使命感，揉进了自控自励甚至未能很好承继祖德的愧疚，否则何至于"明发不寐"？

接下去，诗人需要一个例子，来开启自箴和诫人的话题，饮酒可以观德，就从这儿说起："聪敏睿智之人，即使饮酒，也能温文恭谨，自持以礼。而愚昧无智者，一旦喝醉，便忘乎所以，日益自满。各自的威仪要慎重啊，天命一去绝不再来。"酒能乱人威仪，最是祸乱之源，周人对此常怀戒备之心，周初颁布《酒诰》，以殷逸亡国为鉴，就是明证。可但凡要人为禁阻的东西，通常都有它存在的理由，酒对人的诱惑力实在太大了，显然，在《小宛》诗人所处的时代，《酒诰》没能发挥它应有的劝禁作用，因纵酒而失仪甚至失德的现象估计常有。所以，饮酒必须节制，倘若酒无法从生活中根本拔除，就只能通过提升道德力量进行防范了。不是人人都会为酒所困，酒能操控昏昧之人，却奈何不了智敏之士。诗人最后说："各敬尔仪，天命不又。"掂掂这两句话的分量，诗人所指绝非饮酒一事，其所忧者远深于此。人人皆有天命，那是天赐之禄，稍有不慎，所有的福分都可能失去，且一旦失去，别想再得到上天的眷顾。乱世间万物飘摇，充满了不确定，哪怕已经拥有的，也都冒着随时失去的风险。要担的心思太多，何止饮酒一桩？此章诗人借饮酒儆己劝人，用意其实乃在凭此一端以戒其余，规小过而全大德。

乱世中除了独善其身之外，还要重视后代的教育，子侄们延续了这支血脉，也就接过了继承祖德的重担:"田中有豆藿,众人皆可任意采。螟蛉有幼虫,蜾蠃将它抱去养。教诲你的子弟,让他们好好继承先德。"第三章连用两个比兴,先说庶民可采原中之菽,再说蜾蠃抱持螟蛉幼虫,那么,诗人想说什么呢?中原有菽,庶民可采,大概是"兴善道人皆可行也"①,"采之者不吝劳而得有获"②,往通俗里说,就是只要付出努力就能得到回报。螟蛉的故事很有趣,古人以为蜾蠃将螟蛉幼虫抱走,衔泥为窠,将螟蛉封在窠里,自己在外面祝祷:"类我类我,像我像我!"七天之后,螟蛉真的物化,变得类它,成了它的孩子。这个误解直到南朝萧梁时期,"山中宰相"陶弘景做了科学细致的观察发现真相之后才渐渐澄清,原来那细腰蜂负持螟蛉而归,不为养它,为的是用它养自己的幼虫。可这是后话,在《小宛》的时代,蜾蠃被视为有着巨大耐心的养育者,人类教子就该像它那样。子孙没被教育好,称为"不肖",所以"教诲尔子"的中心任务就是要他"肖",所谓"不似者可教而似也"③,"肖"了之后才谈得上思继先德,这跟细腰蜂的努力和执着没什么两样。

接下去是兄弟之间共相敦勉,鹡鸰有兄弟的喻义:"看那鹡鸰,且飞且鸣。我日日征役不敢停息,你也月月如是。早起晚睡,服役奔波,各自努力吧,但求不辱没父母!""迈"和"征"释作"远行"或"行役",都只是字面意义,人是生活在路上的,"日斯迈"、"月斯征"代表着永无止境的奔波和操劳,这是生活常态的真实写照。诗人与兄弟以父母的名义互相勉励,希望将恭谨和自持贯彻于生活的每一个环节,迁善不懈,不敢偷闲取祸,目的只有一个,不是"翰飞戾天",而是毋忝所生。人人都有理想,却不是人人都能将理想放飞,《小宛》诗人深知自己的处境,他小心本分,抱着不使父母蒙羞的信念。只有这朴素的信念,才能使他暂时放下惶恐,因为他的居身之所,满目贫穷与苦难:"小桑扈往来飞翔,绕着场圃啄粟米。

---

① 《诗集传》卷十二,第139页。
② (清)王夫之:《诗经稗疏》卷二,第127页。
③ 《诗集传》卷十二,第139页。

可哀那困苦寡财之人,说不定什么时候就遭到构陷。抓一把粟米出去问卜,怎样能够得到吉利卦?"诗到第五章才正面涉及诗人所处的现实环境,明人孙鑛说:"细看来此章正是诗骨。盖感无辜之被系,乃作此诗耳。"①把《小宛》说成诗人有感于无辜被囚而作,稍嫌拘泥,"哀我填寡,宜岸宜狱"泛指举步维艰的生存状态,不应以狱讼之事坐实。吃肉脂的桑扈如今只能绕场啄粟,填寡之人朝不保夕,还要时刻担着牢狱之忧。世道险恶,动辄得咎,活着实在不容易,就算是问卜,一定能遇着吉卦么?能够确保的只有规范自己,小心加小心,谨慎再谨慎:"和柔恭谨之人居此乱世,如同鸟儿栖于树木,担心掉落。忧恐自危,小心翼翼,如同面临万丈深谷,担心坠陨。战战兢兢,恐惧戒慎,就像脚踏薄冰之上。"末章连用三个比喻,字字惊惶,形象精警,写尽诗人忧生惧祸、进德求福之心。

这是一个内心极不安全、极不踏实的人,他对现实怀有强烈的恐惧感,《小宛》是他以保全家族荣誉的名义,为自己和兄弟子侄们制定的生存法则。必须恭谨,必须勤劳,必须珍惜天禄;饮酒要有度,教子要耐心,处处风刀霜剑,你只能战战兢兢。祖德是唯一的准则,沿着先人的足迹前行,只有它,能令人踏实和安全。读到这里,才明白为什么诗之首章,诗人"宛彼鸣鸠,翰飞戾天"的豪情初发,便被忧伤取代,因为这不是天高任鸟飞的时代,即使诗人怀抱宏图,也只能将它悄悄掩藏,最好是忘却。

小 弁

弁彼鸒斯[1],归飞提提[2]。民莫不穀[3],我独于罹[4]。
何辜[5]于天,我罪伊[6]何?心之忧矣,云如之何!
踧踧周道[7],鞫[8]为茂草。我心忧伤,惄焉如捣[9]。
假寐[10]永叹,维忧用老[11]。心之忧矣,疢如疾首[12]。

---

① (明)孙鑛:《批评诗经》卷二,《四库全书存目丛书》经部第一五〇册,第95页。

维桑与梓[13]，必恭敬[14]止。靡瞻匪父[15]，靡依匪母。不属于毛[16]，不罹于里[17]。天之生我，我辰安在[18]？

菀[19]彼柳斯，鸣蜩嘒嘒[20]。有漼[21]者渊，萑苇淠淠[22]。譬彼舟流，不知所届[23]。心之忧矣，不遑假寐。

鹿斯之奔，维足伎伎[24]。雉之朝雊[25]，尚求其雌。譬彼坏木[26]，疾用无枝[27]。心之忧矣，宁莫之知[28]！

相彼投兔[29]，尚或先之[30]。行[31]有死人，尚或墐[32]之。君子秉心[33]，维其忍[34]之。心之忧矣，涕既陨[35]之。

君子信谗，如或酬[36]之。君子不惠[37]，不舒究[38]之。伐木掎[39]矣，析薪扡[40]矣。舍彼有罪，予之佗矣[41]。

莫高匪山，莫浚[42]匪泉。君子无易由言[43]，耳属于垣[44]。无逝我梁，无发我笱。我躬不阅，遑恤我后[45]！

[注释]

[1]弁(pán)："昪"的借字，喜乐貌。　鸒(yù)：雅乌，又叫卑居，是乌鸦中体小的一种，腹下白，喜群飞。　斯：犹"兮"，四章"菀彼柳斯"和五章"鹿斯之奔"之"斯"同。

[2]提(shí)提：群飞貌。

[3]不穀：犹"不禄"，不幸也。

[4]于：在。　罹：忧也。

[5]辜：罪。

[6]伊：是。

[7]踧(dí)踧：平坦貌。　周道：宗周通往东方各国的大道。

[8]鞫：充塞，满。

[9]惄(nì)：忧思。　焉：然。　擣：《韩诗》作"疛"(zhǒu)，腹病也。一说如擣，像杵一般舂擣。

[10]假寐：和衣而眠。

[11]维：发语词。　用：因。"维忧用老"即因忧而老。

[12]疢(chèn):本指热病,此指忧病。 如:而。 疾首:首疾,头痛。
[13]桑梓:二木皆为古人宅旁常植之树。
[14]恭敬:因桑梓为父母先人所植,故见树而思亲,心生恭敬。
[15]瞻:敬仰。此句及下句指身为人子,没有不敬仰父亲、依恋母亲的。
[16]属(zhǔ):连属。 毛:毛发。
[17]罹:当作"离","丽"的假借,附丽,附着。 里:心腹。
[18]辰:时也。"我辰安在"句,《郑笺》注云:"此言我生所值之辰安所在乎?谓六物之吉凶。""六物"指岁、时、日、月、星、辰。
[19]菀(wǎn):茂盛貌。
[20]嘒(huì)嘒:蝉鸣声。
[21]有漼(cuǐ):即漼漼,深貌。
[22]萑苇:荻芦。 淠(pèi)淠:草木多,茂盛。
[23]届:至也。
[24]伎(qí)伎:又作"跂跂",速行之貌。
[25]雊(gòu):雉鸣声。
[26]坏木:病木。
[27]用:因。"疾用无枝"即因病而无枝。
[28]宁:曾,却。 之:语中助词。
[29]相:看,视。 投:塞,掩。
[30]或:有人。 先:开,开其所掩。此指开网把兔放走。
[31]行(háng):道路。
[32]墐(jìn):同"殣",掩埋。
[33]君子:此指君父。 秉心:持心,用心。
[34]忍:忍心,狠心。
[35]陨:坠,落。
[36]酬:宴会上主客相互敬酒,主人敬客称"酬"。
[37]惠:爱。
[38]舒:缓慢,此有仔细之意。 究:究察,考察。
[39]掎(jǐ):牵引,砍树时用绳拉树梢。
[40]扡(chǐ):用手顺着木纹分离。

[41]予：与，推给。　佗：通作"它"。　此二句言抛开有罪的谗人不管，把罪责推给他人。

[42]浚：深。

[43]易：轻率。　由：于也。"无易由言"即无易于言。

[44]属：贴着。　垣：墙。

[45]无逝我梁四句：此四句又见于《邶风·谷风》篇。

[品读]

　　周幽王在位十一年内，共立过两位王后，一位是原配申后，另一位是后来居上的美人褒姒。申后是申侯之女，品貌如何不清楚，但申国与王室世为婚姻，关系密切，封申女为后，周幽王的天子宝座能够在申侯的支持下坐得更稳当，而申侯也好借机壮大自己的政治力量。这是一桩能够实现周、申双赢的婚姻，打的是政治牌，至于幽王与申后的感情如何，史所无载。不过可以想象，婚姻里掺杂了感情以外的因素，搁谁都是件别扭的事儿，天子王后也不例外，就算他俩曾经有过美好的时光，长度恐怕也有限。周幽王三年(前779年)，新人入宫，申后开始了冷宫生涯，她唯一的儿子宜臼也因此太子地位不保，大约两年后，宜臼逃往申国。

　　取代申后的新人是大名鼎鼎(或者说臭名昭著)的褒姒。她在历史上留下的动静比申后大多了，光是来历就不同凡响。据说当年夏朝衰败时，褒人的神灵化作两条神龙，在王廷大殿上交配，夏王不知道该拿它们怎么办。杀掉好呢？还是赶走？或者阻止？于是占卜，可卜出的三种结果都不祥。于是夏王向神灵请示道："我把它们的龙漦(指龙的唾液精气)收藏了，行不？"神回答："吉。"于是夏王郑重祷告，终于，那两条神龙消失了，遗下一摊龙漦，夏王赶紧恭恭敬敬地把它封入椟匣之中。从夏末到西周，这个匣子一直受到郊祭待遇，没人敢打开它，直至周厉王末年。匣子被厉王莫名地打开之后，龙漦流了一地，怎么擦都擦不掉。厉王吓坏了，估计当时他脑中能想到的只有巫术，他让一群妇人赤身裸体地对着那摊龙嫠喊叫，龙嫠慢慢化成一只玄鼋，溜进了后宫。宫中有位童女不巧遭遇了这只玄鼋，起先没觉着怎么，到了及笄之年，她竟未婚而有孕，生下个婴儿来，自己害怕得不行，又见生的不是王子，便把这女婴扔了。彼时正是周厉王的儿子周宣王时代，几乎与这小宫女怀孕同时，坊间流传着一句童谣："檿弧箕服，实亡周国。"意思是，檿桑木做的弓和箕木做的箭袋，将使周国灭亡。照说周宣王是西周的中兴之主，史上名声不错，但遇到这类关乎政息国亡的事儿，哪怕只是一句不具有杀伤力的童谣，也从容不起来。他听说正好有一对卖"檿弧箕服"的夫妇，便下令捕杀他们止谣。没想到这对夫妇不简单，竟从天罗地网中逃脱了，一路逃到褒国，途中还顺带地捡了小宫女弃下的女婴。数年之后，在周宣王之子周幽王天子做到第三年的时候，周伐有褒，褒国太后将一位绝色女子献给周幽王赎罪，不消说，她就是褒姒，是时已然出落得美艳动人的昔日弃婴。

无须考证，这当然只是个传说，但《国语·郑语》①和《史记·周本记》②就是这么记载的，没办法，谁让"赫赫宗周，褒姒灭之"（《诗经·小雅·正月》）呢？谁让她不是名门闺秀，没有显耀身家，却有本事胡作非为，撼动西周的天下，要了周幽王的命呢？这样的女人不是天生妖孽，还能是什么？好了，闲言少叙，总之这位妖孽于周幽王三年入宫，第一时间得宠，不久，生下了王子伯服。《小弁》后台故事里的主要角色全体到齐，接下去的事态发展我们都不陌生：在后宫美人与朝堂逸臣的内外合力下，申后被废，褒姒如愿以偿晋升为西周第二任末代王后；宜臼被除去太子封号，仓皇出逃申国，子以母贵的王子伯服取而代之。在江山和美人面前，周幽王不假思索地选择了后者，所以，他也该毫无悬念地为此付出代价。没过几年，周幽王就和伯服一起被申、缯、西戎合兵弑杀于骊山之下。其他三位角色的结局分别是：申后情况不明，或以被黜之身孤老；褒姒被掳走，后事不详；宜臼几经周

---

① 《国语》卷十六《郑语》，第187页。

② 详《史记》卷四《周本纪第四》，第147页。

折,成为开启东周的周平王。亲历变乱的被废黜王后与被弃逐太子先后以咏歌的方式记录下了自己面临悲剧命运时的幽怨和深哀巨痛,这就是《小雅·白华》和《小雅·小弁》。《白华》被编在《小弁》之后,这里我们先读《小弁》。

前太子宜臼在这首诗中①,交互运用直赋、起兴、比喻三种手法,将自己遭遇不公、命运突变、有家难归、前程未卜处境下的孤独、忧愤、怨恨甚至绝望表现得淋漓尽致、动人心魄。全诗共八章,首章以鸒起兴,说:"雅乌多快乐,群飞齐归巢,人们生活美好,惟我独自遭忧。我何事得罪上天,我的罪过是什么?我心中忧伤啊,不知如何是好!"雅乌群飞、民莫不幸反衬出弃子的孤独,触动他的忧思,他呼天控诉,"何辜于天,我罪伊何"两句中有显见的悲怆不平之气,《小弁》之怨,由此开始。从结构上说,首章总起全篇,后七章从内容到情感都是在此基础上的相承递进和流动延伸。次章先切入一个大背景——"平坦的大道上野草疯长",一派荒废景象。很明显,这是个比喻句,"周道"比喻王室,弃子走在逃亡路上,触目惊心(也许见到了诸多昔日王宫中眼不曾见耳不曾闻之事),由此"道"而思想起彼"道";"鞠为茂草"里隐含王朝衰落乱象频出之意,接着两句"我心忧伤,惄焉如捣",说:"我忧痛如生腹病,又好似有根杵在心上舂捣"。其"忧"其"惄",既为一己无辜被逐而发,也因预料国之将破而起。"姑且和衣睡上一觉吧,可精神恍惚,梦中也免不了长叹,这忧伤催我衰老,令我头痛如火燎。"二章仍未进入正题,仍然泛言"心之忧矣",值得注意的是,它一连用了"惄焉如捣"、"维忧用老"、"疢如疾首"三样写法来写"忧"。钱锺书先生说"我心忧伤,惄焉如捣"二句"可称惊心动魄,一字千金",以见《三百篇》中"攻琢、雕炼之词"②。试想宜臼当日情形,情动于中而形于言,忧至极深处,故有"如捣"、"用老"等语,这也许跟雕词炼字关系不

---

① 关于《小弁》作者之争及考定,详参尚永亮《中国文学史上最早的弃子逐臣之作——〈小弁〉作者及本事平议》,《安徽师范大学学报》(哲社版)2012年第1期。

② 钱锺书:《管锥编》(一)"毛诗正义"之五五,第253页。

大，明人万时华说"古今说忧，尽此数语，诗人都自身亲经历中来"①，诚是。

三章："人见桑梓二木，必生恭敬之心。身为人子，没有不敬仰父亲、依恋母亲的。可如今我既不连着裘之毛，也不附着裘的里。上天既让我生下来，我生所值之辰何在？"此章借裘为比，古人衣裘以毛居外，以布为里，《毛传》说："毛在外，阳，以言父。里在内，阴，以言母。"诗云"不属于毛，不罹于里"，则毛与里皆不附着，既不得父皮肤之气，也不处母心腹腠理，此言父母皆不爱也。无可奈何之下，只好仰首问天：是我生的时辰不对吗？为何偏是我遇此不祥？为何我无过而得咎、无辜而被废？用疑问句式结束此章，突显了弃子失去父母庇护、内外两无依傍的哀痛，又使其所蒙冤屈之大、之深得到了强化。这一章方始入题，语至沉痛，由桑梓引出父母双亲，孺慕情深，也最是弃子心中眷恋不舍、怀归不得的痛切之处。

以下三章，或正比，或反跌，均围绕这一题旨，反复申说孤苦与见逐之忧，用意相同而章法多变。四章："绿柳荫浓，蝉鸣声声。渊水深幽，芦荻密集。"鸣蜩有柳可依，雈苇有渊可附，唯独我不能见容于亲，"如同一叶扁舟，不知该飘向何方"，"我心中忧伤，无暇和衣而眠"。五章："野鹿飞奔求其群，野雉朝鸣求其雌。"我孤苦无依，众叛亲离，"好比那棵病树，枝叶稀疏"，"我心中忧伤，却无一人知晓"。六章："看那野兔入罗网，还有人怜它被困，掀网放它走；见路上有人死去，还有人悯他暴露，将他来安葬。"人皆有恻隐之心，亲却无哀怜之意，君父弃我逐我，持心如此狠忍，难道连路人都不如吗？"我心中忧伤，涕泗已自横流。"这三章中多个比喻的运用，含蓄而又贴切地显现出弃子自悼无依、有所顾望、迷茫焦虑又忧中有怨、语带讥刺的复杂心理。"心之忧矣"五次出现，或直抒忧怀，或适时地接在喻句之后收束诗情，于重叠复沓中将弃子的忧怨愈转愈剧。

七八两章转而说"谗"，"谗"是宜臼被弃逐的缘由，故而说来情真理切。七章

---

① （明）万时华：《诗经偶笺》卷八，《续修四库全书》经部诗类(61)，第222页。

说:"君父听信谗言,就像受人敬酒般乐意。君父不存慈爱,不愿对谗言细加究察。伐木用绳牵引树梢,砍柴用手顺纹擘离。不察谗人之罪,将罪责推给他人。""伐木掎矣"和"析薪扡矣"两句,宋人严粲认为"掎"当训为从后牵,"扡"当训为以手离之,故二句有"谗人离间父子"之意。①明人季本承其说,云:"伐木既以斧,而又以绳牵之,言必欲其断绝也;析薪既以斧,而又以手离之,言必欲其分离也。"②说极精当,伐木者掎其巅,析薪者随其理,"伐"和"析"都有分离之意,"掎"和"扡"又分别是推助"伐"和"析"的动作,这四个字形象地勾勒出宜臼父子被谗人离间的情状。因此,上章明言君心"维其忍之",此章直斥君心"不惠"、不智,弃子对自己悲剧命运的制造者无所宽宥,即使面对的是尊贵的君父。八章分作两层意思,"不高不能称作山,不深不能叫做泉。君子言语别轻率,有人贴耳在墙垣。"山高泉深,莫能穷测,人心之险,犹夫山川,是以出语宜慎,隔墙有耳。清人王照圆说"君子无易由言,耳属于垣"两语得诗人忠厚之旨,"尤悱恻缠绵,于怨之之中不忘慕之之意"③,这四句确实可以理解为弃子提醒君父、冀其一悟的话,以见人子仁厚之心,但可能更是他罹罪遭祸后的自我警示。所以诗末四句延续了这种被罪者心理:忽而狠词决绝——"别上我的鱼梁,别动我的鱼篓",这是指褒姒母子而言,警告得逞者不要幸我废逐据我所有;忽又心灰意冷——"唉,如今我自身尚且不见容,哪里还顾得了日后?"一股意气刚刚照亮弃子的双眼,又倏然而逝,摆在他眼前的,只有一条吉凶未卜的逃亡之路。

由于身所亲历,《小弁》的咏歌"语语割肠裂肝"④,方玉润也评曰:"如泣如诉,

---

① (宋)严粲:《诗缉》卷二十一,《景印摛藻堂四库全书荟要》经部第二六册,第397—398页。
② (明)季本:《诗说解颐·正释》卷十九,《景印文渊阁四库全书》第七九册,第223页。
③ (清)王照圆:《诗说》卷上。
④ (明)孙鑛:《批评诗经》卷二,《四库全书存目丛书》经部第一五〇册,第95页。

亦怨亦慕，……千载下读之，犹不能不动人。"①这里有个问题，人子被父弃逐，哀痛自不待言，但发而为言使之流传广布，是否有违孝道？答案是肯定的。《诗序》说《小弁》"刺幽王也，太子之傅作焉"，用太子傅代言，显然是替宜臼掩饰。哪来的太子之傅？明摆着就是个借口说辞，这是块靠不住的挡箭牌，容易被戳穿。幸好，《孟子》里有段评说《小弁》的话，可以替宜臼洗刷不孝罪名。因《小弁》中有怨亲情绪，齐人高子说它是"小人之诗"，孟子反驳道："《小弁》之怨，亲亲也。亲亲，仁也。""《小弁》，亲之过大者也。亲之过大而不怨，是愈疏也。……愈疏，不孝也。"②简释之，父母有大的过错，人子却不抱怨，这是疏远父母的表现，是不孝，《小弁》没有疏远父母，它属于"亲之过大"而怨，这是"亲亲"，是爱亲人的表现，所以，《小弁》是合乎"仁"的，同理，宜臼并非不孝之子。

《诗志》说《小弁》："怨胜于慕，忧深于怨，幽苦沉郁，终不失为笃厚。"③这个评价是比较中肯的。宜臼无辜而遭弃逐，所以《小弁》忧怨之意多而思慕之情少，但毕竟父子同源，诗于哀怨痛切之余，仍情系桑梓，期盼回归，"反覆申言被放之由及见逐之苦。或兴或比，或反或正，或忧伤于前，或惧祸于后，无非望父母鉴察其诚，而怨昊天之降罪无辜"④，一句话，《小弁》之情，应是忧中有怨，怨中有盼。作为中国文学史上现存最早的一篇弃子逐臣之作，《小弁》的所有复杂情感及其表现方式，都具有创格意义，与它创作于同一本事之下、倾诉废后之怨的《白华》，也是如此。"作为弃子、弃妇表现自我命运和情感的早期作品"，《白华》与《小弁》有着"发凡起例的典范意义"。逐子之悲，同于弃妇；中宫忧国，大臣匡君，实出于同一衷怀，《白华》"借外物以自喻美德，借比较以彰显善恶之别"，这"成为后世弃妇

---

① （清）方玉润：《诗经原始》卷十一，第407页。
② 《孟子注疏》卷十二上《告子章句下》，第5997页。
③ （清）牛运震：《诗志》卷四，第9页。
④ （清）方玉润：《诗经原始》卷十一，第408页。

诗乃至逐臣诗惯常使用的表现手法";而《小弁》,"以当事者的忧愤情怀和讽刺精神,奠定了中国弃逐文学的主要内容和基本格调,开启了后世贬谪文学的先河。"①我们读《小弁》和《白华》,在感动于其凄恻哀苦之情的同时,也须留意它们在中国文学史上的深远意义。

蓼 莪

蓼蓼者莪[1]?匪莪伊[2]蒿。哀哀父母,生我劬劳[3]。

蓼蓼者莪?匪莪伊蔚[4]。哀哀父母,生我劳瘁[5]。

瓶之罄[6]矣,维罍之耻[7]。鲜[8]民之生,不如死之久矣!无父何怙[9]?无母何恃?出则衔恤[10],入则靡至[11]。

父兮生我,母兮鞠[12]我。拊我畜我[13],长我育我,顾我复我[14],出入腹[15]我。欲报之德,昊天罔极[16]!

南山烈烈[17],飘风发发[18]。民莫不穀[19],我独何[20]害!

南山律律[21],飘风弗弗[22]。民莫不穀,我独不卒[23]!

[注释]

[1]蓼(lù)蓼:高长貌。 莪(é):萝蒿,抱根丛生,故又名抱娘蒿。

[2]伊:是。

[3]劬(qú)劳:辛勤劳苦。

[4]蔚:牡蒿,蒿之雄者,不结籽。

[5]劳瘁:劳累困病。

[6]罄:空,尽。

[7]维:是。 罍:盛酒器皿,较瓶为大,《周南·卷耳》篇有"我姑酌彼金罍"句。

[8]鲜:寡,"鲜民"指失去父母的孤子。

---

① 关于《白华》和《小弁》的文学史意义,详参尚永亮《上古弃子废后的经典案例与经典文本——对宜臼、申后之弃废及〈诗经〉相关作品的文化阐释》,《学术研究》2012年第4期。

[9]怙：依靠，下句"恃"字义同。

[10]衔：含。 恤：忧也。

[11]靡至：无亲，没有亲人。

[12]鞠：养育。

[13]拊：通"抚"。 畜(xù)："慉"的假借，喜爱，喜悦。

[14]顾：还视也，此指看视，照顾。 复："覆"的假借，庇护。

[15]腹：抱。

[16]罔极：没有准则，无德。

[17]烈烈："烈"为"厉"或"巁"的假借，山高峻貌。

[18]飘风：暴起的疾风。 發(bō)發：疾风之声，引申为风寒且疾。《豳风·七月》篇有句"一之日觱發"，"發發"同"觱發"。

[19]不穀：不幸。"民莫不穀"句也见于《小雅·小弁》篇。

[20]何：负荷，遭受。

[21]律律："律"为"嵂"的假借，山势高耸貌。

[22]弗弗：犹上章"发发"，大风急促声。

[23]卒：终也，此指终养父母。

[品读]

有个典故叫做"蓼莪废"。说晋代孝子王裒，因为父亲被司马昭冤杀而拒绝在朝为官，他的草庐就盖在父亲坟墓旁，因为经常手扶墓侧的柏树悲号，柏树为之枯萎。其母生性怕雷，母亲去世后，一遇到打雷天，王裒便奔至墓前，说："儿在此，母亲别怕！"他隐居教书为生，每次读到《诗》中"哀哀父母，生我劬劳"两句，就痛哭不已，一发不可收。回回如此，弟子们只好跳过《蓼莪》，这一篇不学了，这就叫做"蓼莪废"。① 几乎同样的故事，在南齐人顾欢身上也发生过。②

典故里的"蓼莪"二字，就是我们接下来要读的诗歌篇名。子欲养亲而父母已亡，这是《蓼莪》篇极为恻怛痛切之处。我们先来读诗。全诗共六章，"首尾各

---

① 《晋书》卷八十八《孝友传·王裒传》，第2278页。
② 《南齐书》卷五十四《顾欢传》，第929页。

二章,前用比,后用兴;前说父母劬劳,后说人子不幸,遥遥相对。中间二章,一写无亲之苦,一写育子之艰,备极沉痛,几于一字一泪,可抵一部《孝经》读。"①这是清人方玉润的概括,简明准确。诗首、二两章用风谣形式歌咏父母养子的辛劳,引发诗兴的"莪"、"蒿"、"蔚"都是蒿草,两章首二句说:"又高又长的是莪吗? 不是,是蒿草。""又高又长的是莪吗? 不是,是蔚草。"诗人想表达什么呢? 朱熹说:"莪,美菜也。蒿,贱草也。……言昔谓之莪,而今非莪也,特蒿而已。以比父母生我以为美材,可赖以终其身,而今乃不得其养以死。"②也就是说,莪、蒿本是同物,春嫩时为莪,蒸食香美,秋老后变成了蒿,不能食用,诗人以"莪"、"蒿"自喻,莪已蓼蓼高大,该是报答父母养育之恩的时候,可如今莪变成了无用的蒿,有负父母期望,"蓼蓼者莪? 匪莪伊蒿"两句含有诗人自责愧疚之意。至于"匪莪伊蔚","蔚"是秋不结籽的牡蒿,草木以有籽者为材,所以"蔚"的喻义跟"蒿"一样,也指自己没能成材;从父母方面讲,不结籽则有不得子辈终养的隐意。另有一种说法,莪常抱宿根而生,有子依母之象,俗名叫做"抱娘蒿",孝子借它取兴,是再自然不过的;而蒿与蔚均散生,莪长高后变成了蒿、蔚,暗含人子与父母分离、不能终养双亲之意。很难说这两种解释孰是孰非,但这三样蒿草喻义的阐释,都是配合着下接的"哀哀父母,生我劬劳"、"哀哀父母,生我劳瘁"两句推测来的。也有的解说不在兴句喻义上费心思,比如《郑笺》就很直接,说:"莪已蓼蓼长大貌,视之以为非莪,故谓之蒿。兴者,喻忧思,虽在役中,心不精识其事。"言下之意,"匪莪伊蒿"和"匪莪伊蔚"就只是个起兴句,没有特别含义,诗人心不在焉,想到家中父母未及终养,内心烦闷忧伤,把莪错当成蒿和蔚了。这样理解倒省事得多,歌谣可能原本就是这么简单的,何况美莪也好,贱蒿也罢,谁言寸草心,报得三春晖? 总之,无论首二句有无喻义,这两章以叠唱的方式总起全诗,开始了孝子的哭诉,"哀哀"二字,

---

① (清)方玉润:《诗经原始》卷十一,第418页。

② 《诗集传》卷十一,第146页。

犹闻孝子幽痛呜咽之声。

三章首二句是个比喻："瓶之罄矣，维罍之耻。"为什么瓶子空尽是罍的羞耻？瓶与罍都是盛水器皿，瓶小，罍大，瓶从罍中得水。诗人以瓶喻父母，罍喻子，瓶罄而不能从罍中得水，犹如父母不得供养，或者父母已死而子独存活，乃是人子之耻。《左传》昭公二十四年子大叔对范献子说："《诗》曰：'瓶之罄矣，惟罍之耻。'王室之不宁，晋之耻也。"①就是从这层意思上阐发的。接下去六句诗人直抒自己失去父母之苦，下笔沉痛："没有父母的孤子，不如早早死去。无父无母，依靠谁去？我出门心中含忧，进门一个亲人都没有。""无父何怙？无母何恃"为本篇题面，无父无母是对孝子生存意义的绝对否定。杜甫有句："永痛长病母，五年委沟溪。生我不得力，终身两酸嘶。人生无家别，何以为烝黎！"（《无家别》）这位士卒未能给病母养老送终以至于孤寡难堪、生不如死的感觉，跟《蓼莪》之人完全相同。"孝子不匮，永锡尔类"，这是出自《诗经·大雅·既醉》里的话，孝心可以如星火般传递，秉有孝心者一定能够得到上天的赐福，无论哪个时代，人心都应该被这个朴素的愿望照亮。

第四章，诗人纯用赋笔，追念父母养育之恩："父亲生我，母亲养我。抚我爱我，育我教我，照顾我，庇护我，出出进进抱着我。""生"、"鞠"、"拊"、"畜"、"长"、"育"、"顾"、"复"、"腹"九个动词和九个"我"字连下，详写父母"劬劳"、"劳瘁"之实，更见出孝子体念至深，无限哀痛。清人沈德潜说：《蓼莪》诗连下九'我'字，……情至不觉音之繁辞之复也。"②也就是说，这几句辞繁文复，但诗人情深义重，就不必在乎诗文常格了。所谓诗法文法，都是后人的视角和标准，对于《蓼莪》之人，不过是"在心为志，发言为诗"。姚际恒说："勾人泪眼全在此无数'我'字。"③

---

① 《春秋左传正义》卷五十一昭公二十四年，第4574页。

② （清）沈德潜：《说诗晬语》卷上，丁福保辑《清诗话》，第541页。

③ （清）姚际恒：《诗经通论》卷十一，第221页。

倒是事实，这六句一词一顿，一声一哭，读来的确令人语塞，勾出后世孝子多少眼泪。后两句："如今我长大成人，想报答双亲恩德，可是昊天不惠降下灾祸，不肯多给他们时日，令我无法恪尽子道，抱恨终生！"亲恩难报，无所归咎，只能责问上天，五六两章用众人之有幸反衬自己不幸——"人们都无不幸，单单我遭受这般苦难！人们都无不幸，单单我不能终养双亲"，也是诗人对苍天的控诉。悲《蓼莪》之不报，痛昊天之靡嘉，这痛心疾首的愤怒呼号中，有多少无可奈何、虚弱无助！

其实在如此悲痛厚重的孝子情怀面前，任何评析都显得多余。比如关于《蓼莪》为何而作，《诗序》说："刺幽王也。民人劳苦，孝子不得终养尔。"《郑笺》解道："'不得终养'者，二亲病亡之时，时在役所，不得见也。"三家《诗》看法也差不多，都认为《蓼莪》是诗人离家在外困于征役，父母双亡未及尽孝，因伤痛欲绝而作，诗歌末两章的起兴句"南山烈烈，飘风發發"、"南山律律，飘风弗弗"也因之被释为南山险峻疾风呼啸，孝子苦于行役不得归养双亲。①从诗用的角度将《蓼莪》视为针砭时弊之作是说得过去的，诗中孝子的哀痛愤激与对天自诉在周幽王之世确实具有代表意义，但是对这首诗作意的讨论，方玉润的点评也许更合乎诗本义。他说："此诗为千古孝思绝作，尽人能识。……固不必问其所作何人，所处何世，人人心中皆有此一段至性至情文字在，特其人以妙笔出之，斯成为一代至文耳！又何暇指其为刺王作哉？"②好一个"人人心中皆有此一段至性至情文字在"，《蓼莪》就是这样一篇孝子痛不能终养的悲泣，它的哀伤是超越时空的，任何附加的前提或背景都属蛇足。宋人严粲说："读此诗而不感动者，非人子也。"③树欲静而风不止，子欲养而亲不待，这是《蓼莪》的伤悲，愿天下为人子者感动于它的伤悲，而永远不用去面对这不堪面对的景况，也永远无须去承受那无法承受的至痛。

---

① （清）王先谦：《诗三家义集疏》卷十八，第723—727页。
② （清）方玉润：《诗经原始》卷十一，第418页。
③ （宋）严粲：《诗缉》卷二十二，《景印摛藻堂四库全书荟要》经部第二六册，第410页。

大 东

有饛簋飧[1]，有捄棘匕[2]。周道如砥[3]，其直如矢。
君子所履[4]，小人所视。眷言顾之[5]，潸[6]焉出涕。

小东大东[7]，杼柚其空[8]。纠纠葛屦[9]，可[10]以履霜？
佻佻公子[11]，行彼周行。既往既来，使我心疚[12]。

有冽氿泉[13]，无浸获薪[14]。契契寤叹[15]，哀我惮[16]人。
薪是获薪[17]，尚可载[18]也。哀我惮人，亦可息也。

东人之子，职劳不来[19]。西人之子，粲粲[20]衣服。
舟人[21]之子，熊罴是裘[22]。私人[23]之子，百僚是试[24]。

或以其酒[25]，不以其浆[26]。鞙鞙佩璲[27]，不以其长[28]。
维天有汉[29]，监[30]亦有光。跂彼织女[31]，终日七襄[32]。

虽则七襄，不成报章[33]。睆彼牵牛[34]，不以服箱[35]。
东有启明，西有长庚[36]。有捄天毕[37]，载施之行[38]。

维南有箕[39]，不可以簸扬[40]。维北有斗[41]，不可以挹[42]
酒浆。维南有箕，载翕[43]其舌。维北有斗，西柄之揭[44]。

[注释]

[1]有饛(méng)：即饛饛，食物盛满貌。 簋：古代食器，《小雅·伐木》篇有句"陈馈八簋"。 飧(sūn)：熟食，此指黍稷。
[2]有捄(qiú)：即捄捄，曲而长貌。 棘匕：用酸枣木制成的匙勺。
[3]砥：磨刀石。
[4]君子：此指西周贵族。下句"小人"指东方诸侯国平民。 履：经行，行走。
[5]眷：回顾貌。 言：词尾，犹"然"、"焉"。
[6]潸：泪下貌。

[7]小东大东：西周以镐京为中心，统称东方各诸侯国为东国，"小"、"大"乃就距离镐京的"近"、"远"而言，近者为小东，远者为大东。

[8]杼：布机上织纬线的梭。 柚(zhóu)："轴"的假借，布机上卷缠经线的转轴。"杼柚"在这里指代丝帛，"杼柚其空"即东国的丝帛被周人搜刮一空。

[9]纠纠：绳索缠绕貌。 葛屦：用葛纤维制成的夏鞋，《齐风·南山》篇有句"葛屦五两"。

[10]可："何"的假借。

[11]佻佻：行走时身体屈伸晃动貌。 公子：此指东国公子。

[12]疚：病，忧虑。

[13]有冽：即冽冽，寒凉貌。 氿(guǐ)：轨也，氿泉即流道狭长如车轨的泉。

[14]无浸：不要浸湿。 获薪：已经砍下的柴草。

[15]契契：忧苦也。 寤叹：不寐而叹。

[16]惮："瘅"的假借，劳苦。

[17]薪是获薪：拿这获薪当柴火。上一"薪"字用为动词，以…为薪。

[18]载：载以归也，指将柴草装在车上运走。

[19]职：只。 来："赉"的假借，此指慰劳。

[20]粲粲：色彩鲜明貌。

[21]舟人：即周人，"舟"、"周"音近互借。首章"君子"与本章"西人"、"舟人"异名同实，都指西周贵族。

[22]裘：当作"求"，"熊罴是求"指狩猎。

[23]私人：家奴，指沦为周人奴仆的东人。

[24]僚：执劳役者。"百僚"指各种差役。 试：用。

[25]或：有人。"或"字贯起本章首四句，后三句承前省略，原句应为："或以其酒，或不以其浆。或鞙鞙佩璲，或不以其长。" 以：有，用。

[26]浆：米浆。

[27]鞙(xuàn)鞙："琄琄"的假借，佩玉貌。 璲(suì)：瑞玉。

[28]长：长佩，是用各种杂碎玉石组成的普通的佩。

[29]汉：天河，即云汉、银河。

[30]监："鉴"的古字，即镜，此处用作动词，以镜照形。古人以水为鉴，这两句是说天河虽能照人，却只有水光不见影。

[31]跂：通"歧"，分叉状。 织女：星宿名，共有三星，呈三角状，下二星如

两足分歧。

[32]终日：从朝至暮。　襄：更易，移动。一昼夜共十二时辰，通常以从卯时到酉时的七辰为昼，即"终日"。织女星每个时辰移位一次，七襄指其从卯时到酉时移动七次位置。

[33]报：反复，往来。　章：指布上的纹理，织布时要用梭引线反复往来，方能成纹。此句指织女星虽有织名，却不能织成布帛，有名无实。

[34]睆(huǎn)：明亮貌。　牵牛：星宿名，共有三星，与织女星隔河相对，又名河鼓星。

[35]服：负，驾。　箱：大车之箱，此处指代大车。

[36]启明长庚：为同一颗星，即金星，又名太白星，按照一定的周期在东西方交替出现，朝在东方叫启明，时日未出而金星先出，故谓之启明；夕在西方叫长庚，时日已落而金星犹见，故谓之长庚。庚：续也。

[37]天毕：星宿名，共有八星，形似捕鸟掩兔用的网，"毕"本指可持在手中的长柄网。

[38]载：则。　施：置。　行：行列。

[39]箕：星宿名，共有四星，形似簸箕。

[40]簸扬：扬米去糠。

[41]斗：即北斗七星。

[42]挹(yì)：用勺舀取。

[43]翕：吸。箕星像簸箕，口大底狭，好似向内吸舌吞噬。

[44]揭：高举。"西柄之揭"指北斗柄向西高举。斗柄西揭，天下皆秋，是一年收获之季，也是东方纳粮缴赋之时。

[品读]

《大东》是西周后期东方诸侯国因王室征敛过重而引发的怨声，据说为谭国大夫所作。周时谭国的遗址在今天山东济南东部，从地理位置看，谭在东方，确实属于《诗序》所谓"困于役而伤于财"的东国之一，从谭人口中发出不堪重赋的怨叹，完全合理。不过此等考据对于诗歌本身的理解助益不大，"赋敛重数，政为民贼。杼柚空虚，去其家室"①，构成《大东》中情感对立的是西人和被其搜刮的东人，明

---

① （汉）焦赣：《易林》卷六"復之兑"，第322页。

白这一点就足够,至于诗篇出自谭人还是别的东方诸侯国人之手,都无关宏旨。

东方附庸诸国从来都是周朝的赋贡之臣,无休止的贡粮、贡布和服劳役使东人对周人的怨愤越积越深,终于,这位不知名的诗人唱出了《大东》,用这首歌来记录繁重的赋役压迫下东人生活的困窘与悲伤,宣泄出东人对这种变相掠夺的严重不满和极端愤怒。全诗用了一个很紧凑的框架,起首是个比喻,结尾也是个比喻,两者喻义一样,紧扣西人对东人取之无厌的题旨,其他内容,无论写实抒怀还是虚笔妙想,都被牢牢地束缚在这个框架中。前四章描写的是人间景象。首章说:"簋中盛满黍和稷,枣木匙儿弯又长。大道平坦如磨石,又跟箭矢一般直。贵人路上常来往,小民只能瞪眼望。转身回顾心悲伤,不觉泪下湿衣裳。"前两句兴中有比,长柄弯弯的棘匕伸向盛满黍稷的圆簋,有如"西"对"东"的索取。接着,诗人眼前横出一条连接西京与东方各国的宽阔大道,东国的血汗正从上面无止尽地流走,大道越是如砥如矢,越令东人不安且恨;看着贵人们在大道上往来长驱,他们悲从中来,潸然泪下,无言而心酸。诗用一个比喻和一条大道引出东人重敛之痛,起笔处便有一片怨声沉沉弥漫开来。

二章写实:"远近东方诸小国,机上丝帛全扫光。缠缠绕绕单葛鞋,怎能踩在寒霜上?但见公子运送忙,摇身走在大道上。去了来,来复去,使我心忧似病倒。"首二句"小东大东,杼柚其空"是一篇正旨所在,公子"行彼周行"乃当日东国往西方输送贡赋之情形。第三章以"获薪"连类比物,写东人不仅伤于财粮,还困于劳役:"泉水长流清且寒,不要浸湿砍下的柴。忧愁难眠长叹息,可怜我等劳苦人。拿这获薪当柴火,还能装车往回运。可怜我等劳苦人,也该可以歇歇吧。"柴草砍下后,如果浸泡在寒泉中,则湿腐而不能用,这是个比喻。它有两层意思:第一,寒泉浸薪是东人境遇困窘的形象写照,所以下接"契契寤叹,哀我惮人";第二,它隐含着"民当抚恤之,然后可用,若困之以暴虐之政,则穷悴而不能胜"[①]的兴意,

---

① (宋)严粲:《诗缉》卷二十二,《景印摛藻堂四库全书荟要》经部第二六册,第411页。

说白了就是财困民贫的东国已经不堪重负,不能雪上加霜了。五六两句"薪是获薪,尚可载也"仍然兴中有比,车载"获薪"而归,储备着以待家用,这里暗含了东人对有序生活的祈求,他们不满和惧怕的并非服役纳粮,而是王室取之无度,所以,"哀我惮人,亦可息也",东人从疲惫困乏中发出哀求,谨慎小心地生出一点对美政的希望。四章列出两组对比:"东方各国的子弟,辛苦劳役无人问;西边宗周的子弟,衣裳鲜亮享富贵。周人子弟好畋猎,搏熊斗罴是玩乐;东人子弟作家奴,百种贱役都承担。"一劳苦,一逸乐,展示出东西方生存状态的优劣悬殊之态,这种比较有助于诗歌主旨的深化。

五章从结构上看是个过渡,它的前半部紧承上章东西劳逸贫富不均之意,用一个"或"字领起四个句子,再作两两比照:"有人痛饮香醇酒,有人不得喝米浆。有人佩带镶瑞玉,有人长佩都没有。"一边是骄奢,一边是愁苦,高下立判。两番对比之后,诗人的怨愤之情已然抒发得痛快淋漓,却仍意犹未尽,后半部笔锋突转,随着诗人的视线和遐想,从人世转向穹宇,陡然插入一篇"天官书":"天上银河可照人,只有水光不见影。鼎足三颗织女星,一天七次移动忙。"这四句还只是个开端,六七两章更加文思腾空而起,愤极而谑,谑中含悲:"纵使七次移动忙,不能往来织纹章。牵牛三星虽明亮,不能用来驾车厢。金星在东叫启明,夕在西方曰长庚。天毕八星柄弯长,徒然列位在星行。南天有那簸箕星,不能扬米不去糠。北边斗星似舀勺,不能拿来挹酒浆。南天有那簸箕星,长舌内吸如吞噬。北边斗星似舀勺,西举长柄向东方。"数句联成一气,"跂"、"睆"、"捄"、"翕"、"揭"等字用得何等贴切,星形宛然可见于中,拟人、设喻、言事、说理、想象、抒情,虚实交互,一齐展开在这篇奇妙的天官书上。诗人呼天问星,笔底豪放恣肆,吐尽胸中块垒积愤,但信手拈来处,仍有一些脉络缥缈可寻。五章前半以上已尽述王室的赋役压迫和东国的财窘民困,东人怨愤之情如烈焰难消,此处则宕开一笔,仰首问天。因"杼柚其空",而怨织女"不成报章";由织女挽出牵牛,怨它不能载负,以助输纳;又连类出太白天毕南箕北斗,怨其灿然成行却全无用处;北斗之"不可以挹酒浆",与前"或以其酒,不以其浆"似相应,又似不相应。星的形状原是凭着人间的想象建构起来的,织女的穿梭,牵牛的负荷,启明长庚的助日,天毕的捕掩,南箕的簸扬,北斗的挹舀,都是虚设之象,诗却偏偏一一坐实,将一座座星群唤来责问,语出惊人,问得无理却沉痛。所责所问都围绕着同一件事:尔等为何徒具虚名,不能恪尽职守?明人说此诗:"想头甚奇,出语似谑,颠倒淋漓,变幻鼓舞,总是穷极呼天常态,生出许多波澜耳。不必明解,不必深求,以文字观之,亦天下之至奇也。"①对于诗里这样的漫天作比,不明解、不深求、不泥滞的态度的确是可取的,但各喻中的刺意不查自明,读者无法不将众星的在其位无其事同西人的有貌无实、德不称位联系起来,毫无疑问,诗中的星辰河汉就是西方王室的投影。末章两提箕、斗,命意更深,南箕非但不能簸扬,还要"张其舌,反若有所噬",北斗非但不能挹浆,还要"西其柄,反若有所挹取于东"②,东人的怨愤在层层比拟中推进,连星空也一并为之愁容惨淡。诗末翕舌揭柄之比与篇首襛篃捄匕之喻遥相呼应,回环有情,一片神思奇想之后,诗于收篇之际,复归了西人重敛无厌、盘剥不休的主题。

因于赋役而生怨刺并非特殊题材,《大东》的背后也没有特定的历史事件,对于今天大多数读者来说,诗中的怨声可能缺乏吸引眼球的强烈艺术力量。同样的困苦和忧愤在后世诗文中并不少见,凡与民生疾苦相关的创作,都有类似诗情的反映。"任是深山更深处,也应无计避征徭"(唐·杜荀鹤《山中寡妇》),"十指不沾泥,鳞鳞居大厦"(宋·梅尧臣《陶者》),文学史上这样的不平之鸣持续不断,但《大东》依然是其中的佼佼者,它的引人注目与出现得早没有太大关系,这首诗的看点在后半部分。如上所析,那儿有一方星空,布满了人间的悲愁怨恨,诗人把对世间的不满引向天宇,借助想象,用天象指喻人事,把这个常见老套的题材发挥得

---

① (明)万时华:《诗经偶笺》卷八,《续修四库全书》经部诗类(61),第226—227页。

② (宋)欧阳修:《诗本义》卷八,《景印文渊阁四库全书》第七〇册,第240页。

不同凡响，叫后世难以企及。论者之所以有"光怪陆离，非人世所有"①、"文情俶诡奇幻，不可方物"②等评说，都由这方星空而来。其实《诗》用天象起兴作比的，并非《大东》一篇，《召南·小星》云"嘒彼小星，维参与昴"，《豳风·七月》云"七月流火，九月授衣"，咏歌中都有星象的参与，然而都不及《大东》中众星的神采，《大东》此笔，让《小星》等篇纷纷失色。清人方玉润有评："试思此诗若无后半文字，则东国困敝，纵极写得十分沉痛，亦不过平常歌咏而已，安能如许惊心动魄文字？"③此语深得诗味。不过有一点须得知道，如此奇文，后人看它是异想巧思，在它，却是生活与情感再自然不过的呈现和流露。《诗》的时代与周人亲密共处的，除了水陆的草木虫鱼，还有邈远天空的星象，诗里来自天上的比喻都是现成而直接的。对于《大东》诗人，撷繁星入诗思，给它们着上人世的色彩，应当是件稀松平常的事，一点儿都不奇幻神秘。

鼓　钟

鼓钟将将[1]，淮水汤汤[2]，忧心且伤。淑[3]人君子，怀允不忘[4]。

鼓钟喈喈[5]，淮水湝湝[6]，忧心且悲。淑人君子，其德不回[7]。

鼓钟伐鼛[8]，淮有三洲[9]，忧心且妯[10]。淑人君子，其德不犹[11]。

鼓钟钦钦[12]，鼓瑟鼓琴，笙磬[13]同音。以雅以南[14]，以籥不僭[15]。

---

① （清）姚际恒：《诗经通论》卷十一，第222页。
② 吴闿生：《诗义会通》卷二，第171页。
③ （清）方玉润：《诗经原始》卷十一，第420页。

[注释]

[1]鼓钟：击钟，钟悬挂而奏。　将将：象声词，今作"锵锵"，钟声之大也。

[2]汤汤：同"荡荡"，大水急流貌。

[3]淑：善。

[4]允：语助词，无实义。"怀允不忘"即怀而不忘，亦即思念。

[5]喈喈：象声词，钟声之和也。

[6]湝(jiē)湝：水徐流貌。

[7]回：邪，不正。

[8]伐：敲。　鼛(gāo)：鼛鼓，也叫皋鼓，古大鼓名。

[9]三洲：淮上地，或指淮河上的三个小岛。

[10]妯(yóu)："怞"的假借，心情不平静，因悲伤而动容。

[11]犹：已也，"不犹"指久而弥笃，无结束之时。

[12]钦钦：象声词，钟声之有节也。

[13]磬：古乐器名，用玉或美石制成，悬于架上，击之铿然作金声；周代已使用编磬。

[14]以：为，作，此指演奏，下句"以"字同。　雅：古乐器名，状如漆筒，中有椎，后发展为乐调之名；此指乐调。　南：古乐器名，古音nín，形似竹筒，可悬而击之，流行于南方，后发展为乐调之名；此指乐调。

[15]籥(yuè)：古代管乐器名，为舞者所吹，其形制有两说：一说单管如笛，一说编管似排箫，均无实物可证。此指籥舞，或称文舞，舞者一手执籥，一手持雉羽，边舞边吹奏。　僭：差失，混乱。

[品读]

"钟声锵锵，淮水浩荡。我心忧伤。善人君子啊，我思而难忘。钟声和谐，淮水流淌。我心伤悲。善人君子啊，德行无不正。击钟敲鼓，淮上有洲。我心悲恸。善人君子啊，德行将不朽。钟声有节，鼓瑟弹琴。八音和鸣。雅南伴籥舞，合之而不乱。"《鼓钟》是一篇以乐声寄寓人情的歌诗，诗前三章鸣钟伐鼓，"将将"、"喈喈"是入耳之声，是写实，而"汤汤"、"湝湝"是思中之情，是虚景，诗不必非为临水起兴之作。试想某日庙堂典礼之上，鼓音合着钟乐，其声沉厚悠扬，闻者为之心动,因起淮水之思,带出伤悼"淑人君子"之情,重章复沓,低回不已。而钟鼓金奏是周代盛礼用乐,又称"王者之乐",由它即可见出诗中所怀之人的尊贵身份。末章是乐终情形,写出远古时期八音克谐、乐舞不僭的音乐盛况,"先鼓其钟,钟声钦钦然有节,又鼓瑟与琴,又吹其笙,击其石磬,琴瑟在堂,笙磬在下,节奏其同,言其和也。"① 琴、瑟细润,为堂上之音,用于应歌,瑟又依于笙;笙既可以应歌,也可以应鼓、应钟、应磬;鼓和管又都依于磬,所以,"笙磬同音"四个字乃统言堂上堂下之乐的和谐。金声玉振,钟是一部合乐的纲领,磬乃齐其节,击钟则乐始,击磬而乐终,以钟发声,用磬收韵,中间和以琴瑟笙管之音,盛何如之!所奏之乐有"雅"有"南","雅"自是王者正乐,"南"则为南土之音。乐至高潮,舞合乐起,在雅乐和南乐的伴奏下,舞者执羽而舞,又吹籥应舞,热闹之极,便也是乐终之时。诗人闻乐在耳,观舞于目,感动之处是"不僭","不僭"也就是"同音",就是和而不乱,诗以有条不紊盛大谐和的王者之乐收结,深有叹美之意。

问题在于诗人为何在这洋洋乎盈耳的众乐声中"忧心且伤"?古史茫昧,我们无从知道《鼓钟》之音,只能略对诗中之忧揣测一二。《诗序》说:"《鼓钟》,刺幽王也。"据《竹书纪年》载:"(幽王)十年春,王及诸侯盟于太室。"② 太室近淮,与诗人闻钟乐而兴淮水之思大致可合,世乱偏闻盛世之音,诗人遂于赞叹欣慕之余,引发出一段感时忧国、追慕古圣先王、"淑人君子"的伤悲,这符合《诗经》时代诗人的思维模式。又一说,郑玄据三家《诗》认为:"昭王时,《鼓钟》之诗所为作者。"周昭王执政期间最重要的史事是南征,昭王本人也在南征时丧师殒命,所以《鼓钟》为南征而作有一定的可能,它的背后或许隐藏着一段与淮水、淮上三州有关的战史。所谓"君子听钟声则思武臣,……君子听磬声则思死封疆之臣,……君子听琴瑟之声则思志义之臣,……君子听竽笙箫管之声则思畜聚之臣,……君子听

---

① (宋)严粲:《诗缉》卷二十二,《景印摛藻堂四库全书荟要》经部第二六册,第419页。
② 《竹书纪年》卷下,第55页。

鼓鼙之声则思将帅之臣"①,《鼓钟》诗人"忧心且伤"、"忧心且悲",可能关乎南征悼亡,《鼓钟》之情,或同于国殇之哀。只是诗人闻乐而有会于心,应当是在周昭王之子周穆王时期,很明显他歌咏的是抚今追昔的既往情境,而非当下进行时。

菀 柳

有菀[1]者柳,不尚息焉[2]。上帝甚蹈[3],无自昵[4]焉。俾予靖之[5],后予极[6]焉!

有菀者柳,不尚愒[7]焉。上帝甚蹈,无自瘵[8]焉。俾予靖之,后予迈[9]焉!

有鸟高飞,亦傅[10]于天。彼人[11]之心,于何其臻[12]?曷予靖之,居以凶矜[13]?

[注释]

[1]有菀:即菀菀,枯病也。

[2]尚:庶几,或许可以。 息:休息。

[3]上帝:上天,此指周王。 蹈:动,变动,此指喜怒无常。

[4]昵(nì):亲近,接近。

[5]俾:使也。 靖:治也。 之:此指国事。

[6]极:"殛"的假借,诛也,此指诛放,放逐。

[7]愒(qì):息也。

[8]瘵(zhài):接也。上章训"昵"为"近",以类言之,此读"瘵"为"际",交际,交接也。

[9]迈:行,流放,与上章"极"字同义。

[10]傅:至。

[11]彼人:此指周王。

[12]臻:至。

[13]居:处,置。 矜:危也。"凶矜"即凶危之地,此指流放之地。

---

① 《礼记正义》卷三十九《乐记》,第3341页。

[品读]

我们读《小雅·小弁》篇时，介绍过一些与诗歌相关的本事，比如周幽王昏庸、褒姒的来历、王室之乱象等等，这些材料都是从幽王叔父郑桓公和史伯的一段对话中截取来的。这段对话记载在《国语·郑语》中，其源起是郑桓公预感到大厦将倾祸患将临，向掌管王室典籍的史伯请教自己的出路。他的问题是："王室多故，余惧及焉，其何所可以逃死？"[①]谋"逃死"之所在西周末年至两周之际是一个关乎诸侯存亡的现实问题，郑桓公与史伯后来就这个问题展开了一场理性严肃、高瞻远瞩的对话，而我们下面要读的这篇《菀柳》，则用民谣咏歌的方式，直抒乱世之中诸侯不欲、不敢或者不愿朝周的忧危之情。可以想象，郑桓公向史伯讨教"逃死"之策之前，也当不例外地怀揣着这样的忧惧。

《菀柳》类似于风歌，其重章复沓对于忧情的抒发与递增非常有利。首、二章意思相同，说："枯柳之下，不可止息。周王喜怒无常，不要前去亲近。他命我计议国事，之后竟将我诛放！"枯柳兴比周王朝，枯柳之下不可止息犹言周王朝将溃不可依倚；"上帝"实指周王，"予"是诸侯口吻，或曾有功而获罪，于是作歌陈说时局事态，对不朝周王进行自辩，并似有告诫其他诸侯之意；"俾予靖之，后予极焉"、"俾予靖之，后予迈焉"点明不要亲近周王以免自取其祸的缘由，揭出周王恣睢之态。《诗序》说："《菀柳》，刺幽王也。暴虐无亲，而刑罚不中，诸侯皆不欲朝，言王者之不可朝事也。"揆之诗义，大体可据。首二两章末句已见出诗人明显的不平之气，第三章，不平转至怨怒，反问句的使用将诗情迅速推向高潮，不可遏止。"鸟儿高飞，不过上达天际，犹可测度掌握。可天子之心呢，深至何种地步？为什么命我治国事，又置我于凶危之地？"诗人痛心疾首之感从句字间喷薄而出，郁思发而为高调。屈原《离骚》有句："初既与余成言兮，后悔遁而有他。余既不难夫离别兮，伤灵修之数化。"可见既然"彼人之心"变化莫测难以捉摸，"离"与"不朝"便

---

① 《国语》卷十六《郑语》，第183页。

只能是臣子们避祸自保的唯一出路,诗人愤懑的质问中,有无法掩饰的兔死狗烹、君侧难伴之哀。

《菀柳》展现了特定历史时期周人特别的情怀,这是我们选读它的主要原因。关于这首诗,清人姚际恒和方玉润还曾先后指出:"君虽不淑,臣节宜敦,不朝岂可训耶!"①"若如《序》与《集传》所云,是以私心待天王,不臣孰甚焉?"②《菀柳》的创作时间有周厉王朝、周幽王朝两说,但无论厉、幽,纵使暴虐无亲,纵使王室衰微,诸侯不朝都应当是心照不宣的事儿,"君虽不淑","臣节"却还是要笃厚的,怎么可以把这种"不臣"的"私心"公之于众、传之于口呢?这确实是个值得质疑的问题,姚、方二人因此认为《菀柳》是"王待诸侯不以礼,诸侯相与忧危之诗"。其实《诗序》对此诗诗义的解说并无大误,若将《菀柳》的作年定在两周交替之际、宗法不正的二王并立时期,疑问或可稍解。

都人士

彼都人士[1],狐裘黄黄[2]。其容不改[3],出言有章[4]。行归于周[5],万民所望[6]。

彼都人士,臺笠缁撮[7]。彼君子女[8],绸直如发[9]。我不见兮,我心不说!

彼都人士,充耳琇实[10]。彼君子女,谓之尹吉[11]。我不见兮,我心苑结[12]!

彼都人士,垂带而厉[13]。彼君子女,卷发如虿[14]。我不见兮,言从之迈[15]!

匪伊[16]垂之,带则有余[17]。匪伊卷之,发则有旟[18]。我不见兮,云何盱[19]矣!

---

① (清)姚际恒:《诗经通论》卷十二,第248页。
② (清)方玉润:《诗经原始》卷十二,第459页。

[注释]

[1]都:王都。 都人士:都人之有士行者。一说美色或美德都可谓之"都","都人士"即美士。

[2]狐裘:士君子所穿的燕服(或称常服)。 黄黄:贵族穿裘,外面要加罩衫,黄色罩衫为诸侯所服。

[3]不改:指容止有常。

[4]有章:指出言有文采、有条理。

[5]周:忠信也。

[6]望:仰望。

[7]臺:通"薹",莎草,臺笠指莎草编制的斗笠。 缁撮(cuō):缁布冠也,即黑布制成的帽子,形制小,仅能撮束发髻。

[8]君子女:泛指都中贵家之女。

[9]绸:发多貌。 如:其。

[10]充耳:即玉瑱,是穿耳的佩饰。 琇:美石。 实:玉美貌。

[11]尹吉:尹和吉都是与周王室联姻的大姓,"吉"读为"姞"。《郑笺》云:"人见都人之家女,咸谓之尹氏、姞氏之女。言有礼法。"

[12]苑(yù)结:即郁结。

[13]垂带:下垂的佩带。 而:一作"如"或"若"。 厉:通"烈",余也,佩带的下垂部分。"垂带而厉"即指下章"匪伊垂之,带则有余",带有余而下垂,古人以此为饰。

[14]虿(chài):蝎类,行动时尾部曲而上翘,此处形容女子两鬓下垂的发末向上卷曲。彼时女子长发皆敛起,鬓旁短发不可敛,则因之以为饰。

[15]迈:行也。

[16]伊:语助词。

[17]有余:即余余,佩带悠然下垂貌。

[18]旟(yú):鸟隼状的旗竿首,此处用作动词,扬也。有旟即旟旟,向上翘起貌。

[19]盱:忧也,《周南·卷耳》篇有句"云何吁矣",与此句同。

[品读]

关于《都人士》，讨论得最多的问题是错简。《毛诗》中的《都人士》呈现为五章，而鲁齐韩三家诗都只有首章之外的四章，这使得首章很难摆脱阑入的嫌疑，虽然它和后四章拥有共同的首句——"彼都人士"。有学者确切地认为这首诗就是由两首不相干的诗误合而成的，首章是一支失落了下文的赞美诸侯朝周的典礼歌，后四章则可能是一首完整的男女恋诗。[①]这很值得参考，但何妨认为首章是作为起兴之调的单行章段呢？何妨认为《都人士》是为了仪式的需要而在一首描写士女容饰之歌的基础上作了些改造呢？很明显，首章的存在确实给《都人士》带来了理解上的困难，这首诗不太好懂，跟首章大有关系。古往今来，人们用破案般的细致和耐心追寻着它的题旨，结论却每每似是而非，现在我们读这首诗，仍然是在冒着误读和曲解的险。

《诗序》说《都人士》是"周人刺衣服无常"之作，这不完全对，细味全诗，无所谓"刺"，"无常"二字倒是有些文章可做，《都人士》中的感慨正由"无常"而来。诗原是从"有常"说起的："那些都中士君子，穿着狐裘黄罩衫。容貌举止皆有常，言语应对合法章。德行一同归忠信，正是万民所仰望。"诗一开篇，就是一段对都人士的热情歌颂，从服饰、容止、言语一直说到德行，说这一章是个引子也可，它的目的就是为了引出一段"伤今不复见古人"的感慨。这里的"都"是城郭之域，不一定非指镐京而言，但《都人士》既入"雅"诗，今昔之感又以怀忆旧京风物为最适合，所以不妨径直理解为西周镐京，而诗作者可能就是入东周的士子了。朱熹说："乱离之后，人不复见昔日都邑之盛，人物仪容之美，而作此诗以叹惜之也。"[②]"乱离之后"四个字将时间拉得更靠近了些，照此看来，《都人士》甚至可能是西周遗老所作。这位作者，也就是在诗歌后四章中频频抒怀的"我"，以礼赞"都

---

① 孙作云：《诗经与周代社会研究·诗经的错简》，第412至415页。

② 《诗集传》卷十五，第169页。

人士"开篇,让读者随着他的记忆,重回镐京往日,一睹那"万民所望"之境。显然,这里的"都人士"与下四章的"君子女"都是贵族士女的泛称,是都中群像,是他们和她们。

接下去,诗人正式展开他对镐京的回忆,"都人士"与"君子女"相对成文,歌谣特征很是明显:都人士"头上草笠缁布冠",君子女则"长发浓密美又直";都人士"充耳鲜丽有美质",君子女则"出身尹姞门第高";都人士"长长佩带飘然垂",君子女则"发末翘曲如蝎尾"。这三章集中说到冠戴、美发、耳饰、门第(与知礼连着)和佩带,揣测诗人之心,当是窥一斑见全豹的意思,今昔之变观冠、发等可知,而在任何时代,冠发变化的信息最早都是从都邑中传递出来的。诗人用这种极为直观的方式迅速地搭建起了他的西京印象,并将这份印象传达给了读者,再用同样直观的方式抒其胸臆:"如今再也见不到,我心难掩不悦!""如今再也见不到,我心郁结难解!""如今再也见不到,若见我必跟随!"原来,诗人的追忆中自有一份深沉的情思在——"思西周人物风俗之美,以伤东都之不然也"①。第五章就佩带和美发重加摹写,遥想旧都士女,口吻中满是亲切深情的赞赏:"并非有意垂其带,带自有余而垂;并非有意卷其发,发自扬起而卷。"这四句巧不伤雅,婉而多致,写出士女天生丽质,自然闲美,不假修饰恰又合乎礼仪。然后,诗人点到即止,回归现实,复以深长的叹息终篇:"如今再也见不到,为之四顾心忧伤!"

从首章到诗尾,诗人无一字述及东都的"变",他只说西都的"不改","有常"是他的追怀和"不见",他真正能"见"的是藏在诗外的"无常"。他无法阻止眼前"无常"的发生,只能断续、零散地通过都人士和君子女的衣饰、仪容、发式、装束,展现旧京人物风貌。这一系列画面并不十分完整连贯,诗人似乎只是随意选取了几张旧京老照片,束带垂厉之士与卷发飞扬之女定格在照片中,那是诗人凝固了的审美。篇中所及,无一关乎纷华绮靡,狐裘、充耳、垂带、卷发等等,都不见得稀

---

① (清)牛运震:《诗志》卷五,第10页。

有，诗人强调的只是合乎古制，他留恋的是那一脉渊然古风。古人视服制装束的改易为畏途，在他们眼里，那是世衰礼废的不祥之兆。《都人士》里就有着一份对古风的坚守，常制不改令诗人感到踏实，尽管常制往往不常，青山遮不住，毕竟东流去。当然，或许诗人的伤今"不见"里，隐藏着更深的情思，他是想透过都邑男女服饰之变痛悼西周故国么？诗中没有提示，这只能是读者之用心了。能够确定的是，在一声声"我不见兮"的叠唱中，诗人惋惜失落、不胜今昔之情昭然可掬，那一刻，他对沧桑世事的满腔感怀里充满了跟《王风·黍离》"行迈靡靡，中心摇摇"者同样的迷惘和无奈。

采 绿

终朝采绿[1]，不盈一匊[2]。予发曲局[3]，薄言归沐。

终朝采蓝[4]，不盈一襜[5]。五日为期，六日不詹[6]。

之子[7]于狩，言韔其弓[8]。之子于钓，言纶[9]之绳。

其钓维[10]何？维鲂及鱮[11]。维鲂及鱮，薄言观者[12]。

[注释]

[1]终朝：从清晨到早饭时。 绿："菉"(lù)的借字，草名，又名王刍或荩草，可用以染黄。

[2]一匊(jū)：一捧，"匊"是"掬"的古体。

[3]局：卷也。此指女子因怀人而无心梳洗，头发卷曲蓬乱。

[4]蓝：草名，可用以染青蓝色，所谓"青出于蓝"是也，有多个种类。

[5]襜(chān)：衣之前襟。

[6]詹：至也。

[7]之子：指女子所怀之人。

[8]言：发语词。 韔(chàng)：弓袋，此处用作动词，将弓装入弓袋。

[9]纶(lún)：丝制的钓绳，此处用作动词，系，拧结。

[10]维：是。

[11]鲂鱮：鳊鱼和鲢鱼，《齐风·敝笱》有"其鱼鲂鱮"句。

[12]观：游也。　者：当作"之"，为与上句"鱮"字叶上古"鱼部"韵而改为"者"。

[品读]

《采绿》是怀人之作，此诗虽列于《雅》，风歌特征却极为明显，其"怀人"之情，与《风》歌之《周南·卷耳》、《卫风·伯兮》、《王风·采葛》等并无不同，《小雅》乃杂乎风之体者，此篇是为明证。但仍有不同，只是不关体例，也不关风貌，较之多首《风》歌之怀人者，《采绿》的情调里有明显的暖色。

诗共四章，前两章以"采绿"、"采蓝"兴起女子怀人之意，"不盈一匊"和"不盈一襜"情同于《卷耳》之"采采卷耳，不盈顷筐"，汉代古诗《迢迢牵牛星》中有句"终日不成章，泣涕零如雨"，也是同类笔法。《郑笺》说："终朝采之而不满手，怨旷之深，忧思不专于事。"就是说，女子思念心中的那个他，思情之深，至于心不在焉，除了思念，其他任何事情都无法专注。"怨旷"是个很悲情的词，它表示"长期别离"或"女无夫，男无妻"，在兵荒马乱的年代和宫女充积的深宫里，怨旷之情尤多。《采绿》中的怨旷似乎在这两类之外，诗里看不到相关提示，不过此女怀人，忧深思重，不亚于久戍不归的士卒和难见天颜的宫女。"予发曲局"，女子跟《伯兮》中的妇人一样首如飞蓬无心梳洗，不见"之子"，她对美容颜失去了兴致。想起近年有部电影，女主角失恋了，憔悴零乱地去赴朋友的饭局，朋友劈头就是一句："真想装作不认识你！"看来王畿的女子、卫国的妇人、二十一世纪的新女性，在"女为悦己者容"这个问题上，是不分时代、不分地域的绝对统一，时隔两三千年，新女性在这一点上毫无超越，怎一个"叹叹"了得！

无心采绿，也无心理妆，幽怨无主，如梦如痴，她突然一个闪念："我的头发蓬乱卷曲，万一他突然回来，如何是好？"于是，薄言归沐！薄言归沐！快快回去梳妆打扮！我们跟"薄言"两个字已经是老相识了，宋人范处义说："凡诗有'薄言'，皆未足之意,谓沐而又沐也。"①沐而又沐,着急忙慌,女子这一番手忙脚乱啊,只要"薄言"两个字就够了!"此时遥揣君子将还,故膏沐以待耳。"②诗情在此一个轻转,只要风中传来一丁点儿关于他的消息,哪怕只是她一厢情愿的想象,她都会迅速重拾自己的美丽。然而随即,黯然,无聊,一阵虚无感将她紧紧包围,果然是一厢情愿,一通忙乱落了空,"之子"仍未归还。"五日为期,六日不詹",约好五天就见面,过了六天仍不回,没有约定也就罢了,有约不来、过期不至的等候最是难熬,一日不见,如隔三秋!当然,"五日"、"六日"也可不必认作实说,解诗者所谓"'五日',成言也;'六日',调笑之意。言本五日为期,今六日尚不瞻见;只是过期之意,不必定泥为六日而咏也"③、"'五日'、'六日'悬空打算,妙,正不必实有其事"④是也,诗心如此,乃举近以喻远、以暂时况久远而已。

  思念得紧,于是女子又生出想象,预计"之子"归后情事:"待到重逢,你若出门去打猎,我要为你收弓箭;你若出门去钓鱼,我要为你理丝绳。"言外之意,我要日夜伴着你,"欲无往而不与之俱"⑤。想象中的倡随之乐冲淡了女子先前的情切意苦,在她的眉梢上添了一道喜色。顺着"之子于钓,言纶之绳"的预拟之词,她调皮地问:"你钓着什么了?"并设想"之子"回答:"钓着了鲂和鱮!"诗第三句重言"维鲂及鱮",那是她预想中自己的接应:"哦,原来钓着了鲂和鱮!"那么,"快快过来游一游"!诗歌结句,再次用了"薄言"二字,"薄言观者",观而又观,诗情再次迫不及待起来。何以见得?倘若大家了解"鱼"和"钓鱼"的特别含义,就能读出诗尾这层意味。《诗》中的"鱼"常常用作匹偶或情侣的隐语,"钓鱼"则是求偶

---

① (宋)范处义:《诗补传》卷二十一,《景印文渊阁四库全书》第七二册,第281页。
② (清)贺贻孙:《诗觕》卷四,《续修四库全书》经部诗类(61),第627页。
③ (清)姚际恒:《诗经通论》卷十二,第250页。
④ (清)牛运震:《诗志》卷五,第10页。
⑤ 《诗集传》卷十五,第170页。

的隐语①,女子将自己比作"鲂"和"鱮",对"之子"戏谑道:"你既钓着我了,为何不快些过来游乐呢?"这戏谑里有娇态,有恩爱,又带着点调情的味道,"一种亲昵之态,总是痴情所生"②。

"虚景幻想,写来浓媚"③,因为从空处着笔,《采绿》便有了细情柔韵无限。又因为后两章预设的快乐和温暖的情致,《采绿》的怀人稍减了几分悲凄与愁苦,只是,读者千万别戳穿了真相——愈极写倡随之乐,愈见出二人别离之苦。诗就这样在虚拟的柔情中终结了,牛运震说:"观鱼非妇人事,然红妆临水,正有闲情逸致,一结袅袅余韵。"④女子是否观鱼暂且不论,《采绿》"一结袅袅余韵"是对的,言不尽意最好,美梦正该迟些醒来。

白　华

白华菅兮[1],白茅束兮[2]。之子之远[3],俾我独兮[4]。
英英[5]白云,露[6]彼菅茅。天步[7]艰难,之子不犹[8]!
滮池[9]北流,浸彼稻田。啸歌[10]伤怀,念彼硕人[11]!
樵[12]彼桑薪,卬烘于煁[13]。维[14]彼硕人,实劳[15]我心!
鼓钟于宫,声闻于外。念子懆懆[16],视我迈迈[17]。
有鹙在梁[18],有鹤在林。维彼硕人,实劳我心!
鸳鸯在梁,戢其左翼[19]。之子无良[20],二三其德[21]!
有扁斯石[22],履之卑兮[23]。之子之远,俾我疷[24]兮!

---

① 闻一多《说鱼》,《闻一多全集》(三),第233、240页。
② (清)贺贻孙:《诗触》卷四,《续修四库全书》经部诗类(61),第627页。
③ (清)牛运震:《诗志》卷五,第10页。
④ (清)牛运震:《诗志》卷五,第11页。

[注释]

[1]白华:野菅。一说白花。　菅(jiān):禾木科芒草,茎叶坚韧,沤剥后可用来编绳索、草鞋;秋天开白花。

[2]白茅:即茅草,秋开白花。　束:捆。

[3]之子:那人,诗中指周幽王。　远:疏远。

[4]俾(bǐ):使。　我:诗中指申后自指。

[5]英(yāng)英:云白貌。

[6]露:覆养。一说沾濡。

[7]天步:国步。

[8]犹:图也。《郑笺》云:"天行此艰难之妖久矣,王不图其变之所由尔。"一说可也,不犹即不以我为可,亦即待我不好。

[9]滮(biāo)池:水名,在今陕西西安市西北。

[10]啸歌:号哭而歌。

[11]硕人:诗中指褒姒。

[12]樵:此处用作动词,砍伐。　桑薪:桑木柴,薪之善者也。

[13]卬:仰,举起。　烘:燎,烧。　煁(shén):又称行灶或煨(wēi)灶,一种无釜之灶,即可以移动的火炉。

[14]维:通"惟",思也。

[15]劳:忧思之剧也。《邶风·燕燕》篇有"瞻望弗及,实劳我心"句。

[16]慅(cǎo)慅:忧愁不安貌。

[17]视:对待。　迈迈:狠怒貌。

[18]鹙(qiū):秃鹙,一种似鹤而大的水鸟,青苍色,好食鱼蛇及鸟雏。　梁:鱼梁,嵌放鱼笱的石堰。

[19]戢(jí):收敛。"戢其左翼"指鸳鸯将嘴斜插在翼下休息。

[20]无良:不善。

[21]二三其德:指行为前后不一。

[22]有扁:即扁扁,乘石之貌。　石:乘石,是周王登车所踩之石。

[23]履:踩。　卑:低下,此指乘石而言。

[24]疧(qí):忧病。

[品读]

我们在品读《小雅·小弁》时,已经一并了解了这首诗歌的背景真相。在那个"以妾为妻,以孽代宗"的历史事件中,宜臼的母亲申后是最没有光彩的一位,还好,她留下了这篇满纸幽恨的《白华》。汉代司马相如的《长门赋》不能替陈皇后唤回汉武帝的车辇,这首《白华》也一样无力回天,尽管它情境悲凄,将废后孤独、苦闷、失落、忧痛甚至悲愤之情时而委曲时而率直地一一道尽。《白华》是中国最早的以宫怨为题材的作品,作为可能是历史上首位留下过心语的被废王后,申后在诗中会倾诉些什么呢?往事不要再提,人生几多风雨,在君恩寡淡旧爱已成过往的现状之下,在光芒四射又狠毒凌厉的情敌兼政治对手面前,咏歌着《白华》的申后是那么的软弱无力,无助可哀。

由于题材的特殊性,宫怨题材一般不容易代言,"白头宫女在,闲坐说玄宗",缺乏后宫生活体验的诗人,只能将宫女无限的寂寞幽怨寓于不言之中,如果非要往下写,是很难跟民间的弃妇诗写得两样的。《白华》是申后自作还是周人托为申后之词,至今无法确定,从诗中"天步艰难"、"鼓钟于宫"、"有扁斯石"等语,的确可以看出咏歌者的特殊身份,用第一人称"我"自明心迹,也加大了诗歌的抒情感染力;但从内容看,《白华》与《诗经》中的其他弃妇诗区别不大,同为弃妇,申后的忧苦伤心跟《邶风·谷风》中的妇人并无轻重贵贱之别,只不过她的忧伤中看不到寻常日子里的柴米油盐,她的伤心本身就凄美得像首诗。有学者说《白华》写得虚虚实实,"在若即若离之间达于浑融"①,诚然。在《白华》的歌咏中,申后,或者那位借申后说事儿的诗人,是将弃妇的心事寄于虚实之间而共生的,每章安排四句诗,前两句虚笔起兴,后两句实笔抒怀,诗共八章,章章如此。通过后两句的写实,我们很容易读出"我"被黜后的怨怼之情,但前两句的无端发兴,又让诗中诸意象陷于难解。因此,如果再拿《白华》跟同类诗《邶风·谷风》、《卫风·氓》作个比较,

---

① 扬之水:《诗经别裁》,第154页。

则《白华》情词凄惋,托恨幽深,读者能直觉地感到这首诗中每一个兴句里都似有若无地带着些比拟之意,但有或没有,若有,具体是什么,又都无法一一指实。

　　全诗并不难懂,八章八起兴,逐章读过,稍作分析,诗中之情便可随即了然。首章"白华菅兮,白茅束兮",用白茅束起白华之菅,白华白茅皆取洁白之意,其中有申后自喻的成分,菅茅至微之物却能相依相须为用,反兴幽王将"我"疏远,令"我"孤独寂寞,"之子之远,俾我独兮"是全篇诗旨所在。次章在"之子之远"的基础上进一步抒发"我"的心中之怨,用"英英白云,露彼菅茅"起兴,指出"天步艰难,之子不犹"。国步艰难,"我"时运不济,不能蒙王之恩泽,白云尚能覆养菅茅无微不被,王恩连云露都不如。此章忧深沉痛,不唯一己伤废,更忧国步艰难,显见得"王后国母语气,不是平常昵昵儿女态也"①。三章"滮池北流,浸彼稻田"与二章"英英白云,露彼菅茅"大体同义,池水能浸润稻田,使之生殖,反兴王泽不广,不能及"我",这一切,不都是因为"硕人"吗?"啸歌伤怀,念彼硕人",想起她,我号哭而歌、痛不能释怀!四章继续说"硕人",以"樵彼桑薪,卬烘于煁"起兴,说砍下桑木为薪柴,放在火炉上烧燎。桑是"女功最贵之木","以桑而樵之为薪,乃徒供行灶烘燎之用,其贵贱颠倒甚矣"②,桑木失其所,比喻申后失宠被废。想起褒姒,"我"忧伤之剧!"维彼硕人,实劳我心",诗又一次直指"硕人",难掩对进谗者的愤恨之情。五章"鼓钟于宫,声闻于外。念子懆懆,视我迈迈",是说大钟有叩必闻,人的情意也应当相通共感,"我"忧愁不忍忘王,王却狠怒远"我"不顾,"我"之情怀不足以动王听。六章"有鹙在梁,有鹤在林",鹙、鹤皆以鱼为食,鹙在梁而鹤在林,是养鹙弃鹤,后妾易位,幽王远善近恶。七章出现匹鸟"鸳鸯",它们将嘴斜插在翼下,相互偎依着双栖于鱼梁,那景象充满了自然、默契与和美,可我遇着的那个人啊,品行不端,二三其德。终于,在这一章里,"我"的满腔幽怨发

---

① (清)牛运震:《诗志》卷五,第12页。
② (清)王先谦:《诗三家义集疏》卷二十,第812页。

而为对"之子"的直言痛斥,"我"的悲愤无可抑制地喷发而出。末章第八兴,周王登车时踩踏的扁平乘石也使"我"伤怀,乘石卑下,犹得蒙王践履,"我"如今无由与王亲近,连乘石都不如。末两句"之子之远,俾我疧兮"再明题旨,照应首章,仍以"兮"字咏叹煞尾:"那人对我的疏远,已经不仅令我孤独,更使我忧而成疾啊!"回溯八章八组兴象,其中的变换是诗人无意使然呢,还是有意为之?如果是有意为之,从白云之洁到乘石之卑,从"俾我独兮"到"俾我疧兮",则"我"的痛彻心扉不经意间已经发展到了无以复加的程度,咏歌者可谓伤心至极矣!

《白华》八次变换兴义,叫人眼花缭乱,以上就各兴象努力作出解析,似得诗意,实则勉为其难,很有可能所有解释都难脱先入为主之嫌。这八组兴象也许仅仅是八个发端,仅仅是诗人眼中所见或那一瞬间的意中之思,其中并无寄托,不必非从里面找出比意来,一定要找到它们与诗人真实意图之间的对应关系,容易曲解诗意,贻人笑柄。拿"白华菅兮,白茅束兮"两句来说,除了上面的解释,还有以白华为申后、白茅指褒姒,取白茅而弃韧菅,喻周幽王宠褒姒而黜申后的;有以"束"象征缠绵,说菅尚有白茅缠绵相依,反衬自己不如菅草的;有以白华白茅双照双起,反兴幽王相弃、申后独苦的;有以白华变成白茅喻申后色衰遭弃的,等等等等。孰是孰非,孰有理孰无稽,哪有个标准呢?"兴"原本就是因外物而起的感发,于作者可能就是一个个无端流动的神思,叫读者如何准确地捕捉?又有什么必要一一费心迂曲地去落实呢?兴、比之意,往往难以尽详,当然,要说这些兴象全都与诗人之情无关,只是即所见而咏之,那么诗便少了弦外之音言外之意;可读者若全副心思都在兴意的求索上,谜也许解得不亦乐乎,但如此一来,诗还是诗吗?所以,读《白华》这类终篇兴象参差错综的歌诗,贵在会意,明白诗人有所指,但又不能拘于其所指,作诗以含蓄为美,品诗也不妨"花看半开,酒饮微醺",有会于心即可。至于《白华》在我国弃逐、贬谪文学创作中的奠基意义,此前分析《小弁》时已略有提及,不复多言。

苕之华

苕[1]之华,芸[2]其黄矣。心之忧矣,维其[3]伤矣!
苕之华,其叶青青[4]。知我如此,不如无生[5]!
牂羊坟首[6],三星在罶[7]。人可以食,鲜可以饱[8]!

[注释]

[1]苕:藤本蔓生植物,附于乔木之上,又名凌霄,五六月间开深黄色的花。
[2]芸:深黄貌。
[3]维其:犹言"何其"。
[4]青青:同"菁菁",茂盛貌。
[5]无生:不出生。此二句言早知活着如此,不如不曾降生。
[6]牂羊:母羊。 坟:大。此指母羊因饥饿瘦小而显得头特别大。
[7]三星:即参星,此处泛指星光。 罶(liǔ):捕鱼的竹篓,即笱。
[8]可:"何"字的省借。 鲜:少。 此二句言人以什么为食?就这么丁点儿食物,哪里还能奢望饱?

[品读]

清室遗臣王国维晚年将其词集名由《人间词》改为《履霜词》,不久再改为《苕华词》,这有两种可能:第一,由其生活本质不外乎苦痛的观念所致;第二,悼清廷覆亡,念民生凋敝,寄寓自己的危惧忧闷之情。如果这两种可能成立,源自《小雅·苕之华》的"苕华"二字的确比"履霜"①适当得多,此观诗意可知。《苕之华》云:"心之忧矣,维其伤矣!"又云:"知我如此,不如无生!"《诗序》说:"《苕之华》,大夫闵时也。……君子闵周室之将亡,伤己逢之,故作是诗也。"对照王国维自沉前遗言——"五十之年,只欠一死;经此世变,义无再辱"——中流露之情,两下基本可合。

---

① "履霜"二字当由《周易》坤卦初六爻辞"履霜坚冰至"而来。

回到《苕之华》。这首诗可与《桧风·隰有苌楚》合观,两诗的主题一致,都描写生之忧苦。《苕之华》有可能是饥馑之年歌者自悲其生之作,至于饥馑是否如《诗序》所说发生在"幽王之时",又因"西戎、东夷交侵中国,师旅并起"而致,就不好遽断了,这里我们关注的是《苕之华》中歌者遭逢荒年时对生活的独特感受。此诗"辞极疏简",但"意极危惨"①,与《隰有苌楚》一样,"猗傩其枝"、"猗傩其华"、"猗傩其实"的苌楚令诗人伤痛自己艰难的人生,《苕之华》中,"芸其黄"的凌霄花也是"感物之盛而叹人之衰"②的兴笔。《诗》的时代,歌者之感往往因外物如草木鸟兽等的触发而起,这是最原始朴素的生命共感和艺术联想,也即后人所谓"气之动物,物之感人,故摇荡性情,形诸舞咏"③。凌霄花开灿烂,可是物自盛而人自衰,那美丽鲜亮的生命反衬出歌者黯然忧苦的人生,彼物华美却无情,如之奈何!《毛传》说"苕,陵苕也,将落则黄"、"华落叶青青然",这是另外一种解释,是"惟草木之零落兮,恐美人之迟暮"的意思了。歌者见花儿枯萎、绿肥红瘦,于是顺联到自家的恓惶光景,不由得触怀神伤。无论是正衬还是反兴,此笔过后,歌者自叹:"芸其黄矣,心之忧矣,维其伤矣。"大意是:"凌霄花开盛黄,我心布满忧愁,多么痛苦悲伤!"这是《苕之华》与《隰有苌楚》在写法上的不同,一样的沉痛,后者羡慕草木无知、意在言外,而《苕之华》则明白直接地道出。三句诗,一句一个"矣"字,一字一声叹息,越说越沉重,越说越凄苦,一气逼出诗二章对生的绝望。没有这三个"矣"字,诗味儿品不出这么浓来。诗译成白话完全是情非得已,为的是读者好理解,可译得再"信"再"达",意思虽然都在,"雅"字上却总不敢奢望。

《荀子》有言:"水火有气而无生,草木有生而无知,禽兽有知而无义,人有气、有生、有知亦且有义,故最为天下贵也。"④人既生而为天下贵物,人情又莫不贪生

---

① (清)牛运震:《诗志》卷五,第14页。
② (清)王引之:《经义述闻》卷六,第157页。
③ (梁)钟嵘:《诗品·诗品上》,第7页。
④ 《荀子》卷五《王制》,第80页。

恶死,歌者何至于恨其不能无生?《王风·兔爰》描写君子不乐其生,说:"我生之初,尚无为。我生之后,逢此百罹。尚寐无吪!""我生之初,尚无造。我生之后,逢此百忧。尚寐无觉!""我生之初,尚无庸。我生之后,逢此百凶。尚寐无聪!"面对恶劣现境无力回天又无从逃避,诗人只好蒙头睡去,"付理乱于不知"①,其中伤痛不过是借长睡不醒而"无吪"、"无觉"、"无聪",不欲言、不欲见、不欲闻而已,还不至于求死,可知生命之于《苕之华》歌者,已苦痛至极,失望至极,他连苟且偷生的欲念都懒得有了。古今伤心欲绝之人读至"知我如此,不如无生"两句,直可同声一哭!

末章点出歌者厌生的缘由。朱熹说:"羊瘠则首大也。……罶中无鱼而水静,但见三星之光而已。言饥馑之余,百物彫耗如此。苟且得食足矣,岂可望其饱哉?"②可见荒年无以度日是歌者哀苦的根源。野无青草,所以牂羊坟首;水无鱼鳖,所以三星在罶;人困于饥馑,所以难求一饱。"太平之日,虽堇荼亦如甘饴,饥馑之年,即稻蟹亦无遗种。举一羊而陆物之萧索可知,举一鱼而水物之凋耗可想。"③乱世不如无生,而即使欲生,又将以何为生?清人王照圆由此联想到灾荒年间她目睹人自相食,因引友人论此诗语曰:"人可以食,食人也。鲜可以饱,人瘦也。"④这虽然并非诗尾两句所指,但哀痛之情相类。末章十六字,写出在在萧索,生意尽绝,乱世气象,伤心惨目!毛、郑因此将《苕之华》与西周末期的时政联系起来,说这首诗是"君子闵周室之将亡,伤己逢之"、"今当其难,自伤近危亡"之作,将诗义从"饥者歌其食"上延伸开去,虽是主观臆测,但就诗中哀情痛语看,大体也说得过去。

---

① (清)王先谦:《诗三家义集疏》卷四引《黄氏日钞》语,第326页。
② 《诗集传》卷十五,第174页。
③ (清)王照圆:《诗说》卷上。
④ (清)王照圆:《诗说》卷上。

大 雅

大雅是西周王室朝会、燕享或祭祀的仪式乐歌。与《小雅》主要言人事不同,《大雅》多言祖宗,它基本上是周人纪祖颂功和郊庙祭祀乐歌的合集,有些带有周族史诗的性质。从内容看,《大雅》若干诗篇与《周颂》存在一定的表里对应关系,两乐最初可能是配合着应用于相应的祭祀仪式上的。今存《大雅》三十一篇,分为"文王之什"、"生民之什"、"荡之什"三组,都是西周的作品,作者主要是西周上层贵族。

文 王

文王在上[1],於昭[2]于天!周虽旧邦,其命维新[3]。
有周不显[4],帝命不时[5]。文王陟降[6],在帝左右。

亹亹[7]文王,令闻不已。陈锡哉周[8],侯文王孙子[9]。
文王孙子,本支[10]百世。凡周之士[11],不显亦世[12]。

世之不显,厥犹翼翼[13]。思皇多士[14],生此王国[15]。
王国克生[16],维周之桢[17]。济济[18]多士,文王以[19]宁。

穆穆[20]文王,於缉熙敬止[21]!假[22]哉天命,有商孙子[23]。
商之孙子,其丽不亿[24]。上帝既命,侯于周服[25]。

侯服于周,天命靡常。殷士肤敏[26],祼将[27]于京。
厥作祼将,常服黼冔[28]。王之荩臣[29],无念[30]尔祖。

无念尔祖,聿[31]修厥德。永言配命[32],自求多福。
殷之未丧师[33],克配上帝[34]。宜鉴于殷,骏命[35]不易。

命之不易,无遏尔躬[36]。宣昭义问[37],有虞殷自天[38]。
上天之载[39],无声无臭[40]。仪刑[41]文王,万邦作孚[42]!

[注释]

[1]文王：指周文王姬昌。 在上：指文王神灵在天上。

[2]於(wū)：赞叹之词。 昭：昭明，显耀。

[3]命：天命，上天的意旨。 维：乃，是。

[4]不：同"丕"，发语词，一说大也。"不显"即"显"或"大显"，光明显耀貌。

[5]帝：此指上帝，上天。 不时：即丕时，丕承，"时"与"承"一声之转，可互用；"承"又同"烝"，故又可用作形容词，表示美好之意。

[6]陟降：上行曰陟，下行曰降，此指上下、往来。

[7]亹(wěi)亹：勤勉不倦貌。

[8]陈："申"的假借，重也，屡也，一再。 锡：赐。 哉：三家《诗》作"载"，于也，在也。"陈锡哉周"即陈锡于周。

[9]侯：犹"维"，是也。 孙子：即子孙后代。

[10]本支：根干和枝叶，即本宗和支庶。

[11]士：此指周朝的公卿百官。

[12]不、亦：皆语助词。"不显亦世"即显世，言其世代显赫也。

[13]厥：其也。 犹：通"猷"，谋略。 翼翼：谨慎貌。

[14]思：发语词。 皇：美也。 多士：众多的贤士。

[15]王国：此指文王之国。

[16]克：能也。此句指文王之国能够涌现出众多贤士。

[17]桢：原指古人版筑墙垣所用的木模具，引申为支柱、骨干。

[18]济济：庄敬威仪貌。

[19]以：赖以，因此。

[20]穆穆："睦睦"的假借，和敬貌。

[21]於：美叹之声。 缉熙：续其光明而不已也，形容文王品德之美。 止：语气词。

[22]假：大也。

[23]有：抚有。此句指文王抚有商之子孙，即周取代商而有天下也。

[24]丽：数也。 不亿："不"为语词，"不亿"即亿，极言其多也，周以十万为亿。

[25]服：臣服，服事。"于周服"即"服于周"，为与前句"亿"字协韵而倒文。

[26]殷士:此指归降的殷商贵族。 肤敏:犹"黾勉",此指勉力(于助祭之事)。
[27]祼(guàn):即灌鬯礼,一种古代祭礼,用郁金草合黑黍酿成的酒(即"鬯")浇地以献神。行祼礼谓之"祼将"。
[28]常服:"常"通"尚","常服"即仍然穿戴着。 黼(fǔ):殷商礼服,上有白黑相间的花纹。 冔(xú):殷商礼冠。
[29]荩(jìn):进用,"荩臣"指周王进用的殷商旧臣。
[30]无念:实为"无忘","岂得无念"。
[31]聿:语助词。
[32]言:语中助词。 配命:德行合于天命,服膺天命。
[33]师:众也,"丧师"指失去人心。
[34]克配上帝:能配天,能合于天命。
[35]骏:大。"骏命"即大命、天命。
[36]遏:止也,绝也。此句指天命得来不易,勿使之止于尔身。
[37]宣昭:宣明并发扬广大。 义:善。"义问"即令闻,美好的声誉。
[38]有:同"又"。 虞:度也,揆度。 殷:"依"的假借,依从。 此二句指宣扬令闻于天下,又揆度之以依于天命,事事以天命为准。
[39]载:事,二字古音近而通用,"上天之载"犹上天之事,上天之道。
[40]臭:气息,气味。 此二句指上天之事,无声无臭,不可捉摸。
[41]仪刑:取法,效法;"刑"为古"型"字,模范也。
[42]作:犹"则"、"就"。 孚:信也,信服。

[品读]

　　周文王姬昌,殷商末年为西方诸侯之长,称"西伯"。相传他在位五十年,行仁政德政,诸侯多归附,三分天下有其二,为周部族的发展壮大和武王伐纣兴国打下了雄厚的基础,周的后世子民视他为威德普被、神圣不可超越的开国贤君;这首《文王》即以充沛的感情颂美文王功德。此诗被列于《大雅》之首,据说是周公所作,其追述文王之德的目的在于告诫成王,不过从诗中较为娴熟的艺术笔法看,以之为西周初期的作品,还是值得商榷的。

　　全诗共七章,诗中"不显"和"不时"两个词正好可以用来概括全篇要旨。首章气势宏大，以文王受天命、文王之德克配于天总起全诗："文王之灵在那昊天之上，呜呼，他的德行显耀于天！我们周朝虽是古老之邦，但得到天命却是不远的事情。周的功业无比显荣，又承受着这美善的上帝之命。文王之灵升降于天庭，无时不在上帝的左右近旁。"述史追怀，语气中充满了矜夸和自信。末句言"文王陟降，在帝左右"，隐含"子孙蒙其福泽，而君有天下"[①]之意，于是第二章接过此意，说天命集于文王，不但尊荣其身，还荫泽他的子孙与臣民："文王修德用德勤勉不倦，他的美誉善声永远流传，因此上帝一再厚赐洪福于周，受赐的还有文王的子孙后代。文王的子孙后代，无论本宗还是支系，都百世繁衍兴旺，本宗百世为天子，支庶百世为诸侯。不仅如此，凡是佐周有功的文武百官，也都世世受禄，代代显赫。"本章以"凡周之士"世代显赫终结，下章则紧承这一语意，蝉联而下："世世受禄，代代显赫，但这些贤良之士，仍然献猷谨慎、谋事勤勉。美哉，这众多的贤士，生在这文王之国！因了文王的教化，文王之国涌现出如此之多的贤士，他们足以成为周之骨干和支柱。众贤士威仪庄敬，文王也能赖以为安。"由上章的子孙转至此章的贤士，字面上是文王得人才之盛以致邦国安宁，实际上"生此王国"、"王国克生"两句的重复，强调的仍然是文王之德对子民的教化，"济济多士"仍当归美于文王。第四章换了个角度，文义一转，改从有商臣服的角度侧面歌颂文王之德："文王庄严和敬，呜呼，其德行之美持续光明，令人肃然起敬！所以上帝降下这伟大的天命，使周兴而代商，令他抚有商的子孙后代。商的子孙后代，为数何止千万，但是商君失德，上帝已经授命于文王，他们只能臣服于周。"

不难看出，以上四章无论是承天之命、荫泽子孙、福及臣民还是使商臣服，都是就文王之德的"不显"即"丕显"而言的，后三章则转由后王"不时"即"丕承"言之，因文王之德"丕显"而有后世周王的"丕承"，此言周世之所以绵长，正在于王道承续之不替也，"丕显"和"丕承"，正是一篇大旨。仍用顺承之法，第五章接

[①] 《诗集传》卷十六，第175页。

着四章末句"上帝既命，侯于周服"往下说："商也曾是天下之主，可今日他们的子孙臣服于周，可见天命无常，有德则天命之，失德则天弃之。商朝的故臣黾勉恭敬，在周京助祭。行灌鬯之礼时，他们仍然穿戴着昔日的黼裳和冔冠。见这些殷士如今都成了文王进用的臣子，怎能不念及先祖文王之德呢？"文王有德，故周兴；纣王失德，故商亡，一法一戒，岂不令后王警惕，可思可畏！六章继续发挥殷鉴不远之意："时常念及尔祖文王的美德，并自修其德，坚持自省自察，使自己的德行能与天命长相配合永不违背，则盛大的福禄自求可得也。商朝没有丧失民心之时，其德其行也是足以配合天命的，它也曾经得到过上帝的恩宠。应当以殷亡为镜，自我儆戒，得天命不易，守天命更难！"最后一章从殷鉴中绕回，正面明言后王应当效法文王之德："天命不易得也不易保，切莫让它在你这儿终结。要想天命永固不移，宣扬广布你的美名善誉，又要时常考虑你的德行是否依于天命。上天之事难以揆度，它无声无息不可捉摸，那么，效法文王吧，只有这样，天下万邦才会信服并且归顺！"回顾首章，诗曰"文王在上，於昭于天"、"文王陟降，在帝左右"，流露出文王与天同德之意，诗尾说天命难测，惟有效法文王，以此强调效法文王之德与周人"永言配命"的密切关系，与首章遥相呼应。前有"丕显"，后则"丕承"，缅怀先祖，告谕后王，诗中用意不可谓不深也。

有学者从诗中"文王孙子，本支百世"两句中取证，认为《文王》是西周中期穆王时代大祭文王的乐歌，穆王之世距离有周受命约为百年之数①，可资参考。作为用于祭典上的乐章，《文王》在追述和颂美文德配天的同时，拈出天命不易来鉴诫时王，其政治教化意义不言而喻。这一乐歌不仅用于宗祀明堂，也用于天子诸侯朝会，此后战国时期诸侯两君相见时，所奏之乐里也有这首《文王》，所以有人说它俨然就是周朝的国歌。通常这种奏响于庙堂之上的乐歌，其宏大、庄严、肃穆，可一任后人想象，唯有艺术感染力这一条，不敢奢求，但《文王》是个小小的例

---

① 详参李山《诗经的文化精神》，第182—183页。

外。明人孙鑛对这首诗的艺术特色有个评价,他说:"全只述事谈理,更不用景物点注,绝去风云月露之态。然词旨高妙,机轴浑化,中间转折变换,略无痕迹,读之觉神采飞动,骨劲而色苍,真是无上神品。"①孙氏高度评价的是这首诗在"述事谈理"上的"机轴浑化",也就是全篇布局的严整浑融,"无上神品"云云自然不免过誉之嫌,但这首诗的章法之佳,全诗读过一遍,读者自能有得于心。后世乐府词曲中常见的"蝉联格"修辞手法在这首诗中已经运用得熟练自如了,首章以"文王陟降,在帝左右"作结,二章首句即接以"亹亹文王,令闻不已";二章末句是"凡周之士,不显亦世",三章首句便从"世之不显,厥犹翼翼"说起,从第一章到第七章,章章如此,相承不断。不仅章与章之间蝉联,一章之中,八句之内,也多见"每四句承上语作转韵,委委属属,连成一片"②,比如二章的"……侯文王孙子。文王孙子,……"、三章的"……生此王国。王国克生,……"、四章的"……有商孙子。商之孙子,……"等等,文字相互衔接,彼此前后照应,语意流畅连贯,顶真连珠,这首乐歌音调的和谐也就不难想象了。

绵

绵绵瓜瓞[1]。民之初生[2],自土沮漆[3]。古公亶父[4],陶复[5]陶穴,未有家室[6]。

古公亶父,来朝走马[7]。率西水浒[8],至于岐下[9]。爰及姜女[10],聿来胥宇[11]。

周原膴膴[12],堇荼如饴[13]。爰始爰谋[14],爰契我龟[15]。曰止曰时[16],筑室于兹。

---

① (明)孙鑛:《批评诗经》卷三,《四库全书存目丛书》经部第一五〇册,第109页。
② (清)姚际恒:《诗经通论》卷十三,第261页。

乃慰乃止[17]，乃左乃右[18]。乃疆乃理[19]，乃宣乃亩[20]。自西徂东，周爰执事[21]。

乃召司空[22]，乃召司徒[23]，俾立室家。其绳[24]则直，缩版以载[25]，作庙翼翼[26]。

捄之陾陾[27]，度之薨薨[28]，筑之登登[29]，削屡冯冯[30]。百堵皆兴[31]，鼛鼓弗胜[32]。

乃立皋门[33]，皋门有伉[34]。乃立应门[35]，应门将将[36]。乃立冢土[37]，戎丑攸行[38]。

肆不殄厥愠[39]，亦不陨厥问[40]。柞棫拔矣[41]，行道兑[42]矣。混夷駾矣[43]，维其喙矣[44]！

虞芮质厥成[45]，文王蹶厥生[46]。予曰有疏附[47]，予曰有先后[48]，予曰有奔奏[49]，予曰有御侮[50]。

[注释]

[1]绵绵：连绵不绝貌。　瓞(dié)：小瓜。

[2]初生：此指周部族开始兴起之时。

[3]土：应作"杜"，水名，在今陕西麟游、武功二县。　沮："徂"的假借，往，到。　漆：水名，源出今陕西麟游西北，流经岐周故地，南入渭河。自杜向漆即由豳地迁往岐山，大致合于亶父举族迁移的路线。

[4]古公亶(dǎn)父：周文王的祖父，武王伐纣定天下后，追尊他为太王(大王)。一般认为古公是号，亶父是名；另一说认为"古"指往昔，"古公亶父"犹言"昔公亶父"。

[5]陶：烧土制器，此指用烧制的土筑穴，取其坚固防潮。　復：一种在居住的洞穴内再掘出的地窖，作储藏用。

[6]家：本义为宗庙。　室：即宫，指房屋。

[7]来朝：犹言"向明"，清晨。　走："趣"的假借，疾也，"走马"即驰马疾行。

[8]率：循，沿着。　水浒：水边。

[9]岐下：岐山之下，即下章所谓"周原"。岐山在今陕西岐山县东北。

[10]爰：发语词，乃，于是。 及：偕同。 姜女：姜姓之女，姬、姜两姓世代通婚。此指太王妃，又称太姜。

[11]胥：相，察看。 宇：居处。

[12]周：岐南地名。 膴(méi)膴：一作"腜腜"，土地肥美貌。

[13]堇(qín)：黏土。 荼：通"涂"，泥也。 一说"堇荼"指野生苦堇和苦菜，本皆味苦，但因生长在周原沃土之上，也觉味甘如饴。

[14]始、谋：两字同义，均指计议、谋划。

[15]契：刻，凿。 龟：此指龟甲。

[16]曰：发语词。 止、时：两字同义，均指止居。

[17]慰：安也，止也，居住。

[18]左右：此指居室建成后，划出东西区域。

[19]疆：划定田界。 理：整治田亩，辨其土宜。

[20]宣：指疏导沟渠以泄水。 亩：用作动词，指开沟筑垄，别出垄亩。

[21]周：到处，普遍。"周爰执事"指无事不为，周原之内无人不执其事。

[22]司空：官名，掌管宗庙城郭的工程营造，金文多作"司工"。

[23]司徒：官名，掌管号令役力等事，金文多作"司土"。

[24]绳：绳尺、绳墨。

[25]缩：直也。"缩版"即直版，是筑墙时用于两边的长直夹板。 载：通"栽"，树立。

[26]作庙：修建宗庙。凡建筑，以宗庙为先。 翼翼：严正貌。

[27]捄(jiū)：聚土入筐。 陾(réng)陾：同"仍仍"，聚土铲土声。

[28]度(duó)：投也，指将土投入直版内。 薨薨：倒土填土声。

[29]筑：夯土使墙坚实。 登登：夯土声。

[30]屡：娄也，此指墙土隆起处。 冯(píng)冯：削土声。

[31]百堵：泛指墙垣长而广。 皆：偕也，一齐。

[32]鼛(gāo)：大鼓，击之用以鼓励劳动，劝事乐功。 弗胜：不胜，指上述筑墙之声压倒了鼛鼓声。

[33]皋门：王都的城门。

[34]有伉：即伉伉，城门高大貌。

[35]应门：王宫的正门，又称中门。

[36]将将:高大庄严貌。
[37]冢:大也。 土:通"社","冢土"即大社,祭祀土神的高大土台。
[38]戎:大也。 丑:众也。 攸:语助词。 此句指如遇大事,众人必先前往大社祭告而后出动。
[39]肆:故,所以,承上启下之辞。 殄:消灭,灭绝。 愠:愤恨。
[40]陨:坠也,丧失。 问:闻也,声誉。
[41]柞(zuò):柞树,灌木名,丛生有刺。 棫(yù):丛生灌木名。
[42]兑:通也,通畅。
[43]混(kūn)夷:又称"昆夷",古代西北方游牧民族名,西戎之一。 駾(tuì):仓皇奔逃。
[44]维其:何其。 喙:张口喘气,气短困顿貌。
[45]虞芮:殷商时期的两个姬姓古国。据说两国争田,二君请周文王公断,受文王感化而息讼,后两国结成同盟一并归服于周。 质:质正,评断是非。 成:指两国和平结好。
[46]蹶(guì):动也。 生:起也。此句指文王由此动其兴起之势。
[47]予:周人自称。 曰:语助词。 疏附:又作"胥附",指率下亲上之臣。
[48]先后:指在君主左右辅佐相导之臣。
[49]奔奏:又作"奔走",指为君主喻德宣誉之臣。
[50]御侮:指抵御外侮、安邦卫国之臣。

[品读]

　　从周的始祖后稷往下,数世之后,部族内出现了一位上承后稷、公刘之伟业,下启文王、武王之盛世的关键性人物——太王亶父。起初,亶父在豳地率领族人发展农业,颇得族中拥戴,大伙儿齐心协力,都想使岁月往太平安稳的路上走。可邻近的戎人总来侵扰他们,今天索皮币,明天要犬马,后天又打珠玉的主意,财物到手后,更得寸进尺,觊觎上了他们的地盘和子民。周族愤起,打算跟戎人拼个鱼死网破,亶父说:"戎人想要的,无非土地和百姓。你们跟着我,和跟着戎人,有什么本质区别呢?君子不拿供养人类的东西去害人,我不为争夺土地而开战,你们如果愿意,就跟我离开这儿吧!"于是,他领着族人离开了豳地,渡过漆水和沮水,翻越梁山，来到岐山之南并定居下来。①因为这份仁义，亶父得到了大批豳人及旁国百姓的拥护，据说当时"从之者如归市"②。在周部落的发展史上，亶父迁岐是继公刘迁豳之后又一次意义重大的举族迁徙，此迁之后，他们正式自名为"周"。那么，亶父领着周人迁至岐下周原，是如何安居又如何奠定下周族进一步发展壮大的基业呢？听听《绵》的歌唱便知。

此诗诗题从首句"绵绵瓜瓞"而来，这是个比兴句，《诗序》说："文王之兴，本由大王也。""大王"即太王，周室之兴基于太王，太王奠基，文王做强，三世之间，犹如瓜之初生为瓞，继渐成瓜，这四个字可谓一语兴起全篇，但又不限于此。瓞大为瓜，瓜成又复生瓞，绵绵不绝正如周民之初生，始自后稷，经公刘历亶父，下传文、武、成、康以至未来千百代，由小而大，由弱渐强，子孙广众，绵延不已，"绵绵瓜瓞"四个字不仅统领《绵》的始终，更从悠远入手，为周族发展强大、兴盛不绝的前史后景打了个绝好比方。一语定调之后，诗分两层娓娓道来，前七章详写太王开基之功："周民初兴，从杜水之地迁往漆水流域。在古公亶父的带领下，人们烧土筑穴而居，穴内再挖地窖储物；那时还没有宗庙和房屋。"这是众人初至新地的情景，彼时草创未就，姑且从俗穴居，乃暂作小安之意。二章展开叙事之笔，进入正题："亶父清晨策马疾行，沿着漆水河畔西上，到达岐山之下。他偕同王妃太姜，在此察看地形，筹建屋宇。""来朝走马"画出了亶父初迁之时略地相宅的风采，流露出周室后人对先祖的无比崇敬爱戴之意，无怪乎清人牛运震盛评曰："避乱迁国，极不得意事，却写得雄爽风流。只'来朝走马'一语，形容精神风采如见。"③章末两句带出太王妃，却不是闲笔，太姜位列"周室三母"之首，她不仅生子而贤，更时常参与谋事，太公的建业之功，有她一半。第三章承上章所谓"胥宇"，带出岐南周原：

---

① 《史记》卷四《周本纪第四》，第113—114页。
② 《孟子注疏》卷二下《梁惠王章句下》，第5832页。
③ （清）牛运震：《诗志》卷六，第4页。

"周地平原沃野,土泥像饴糖那样粘而肥泽。见此地可居,太王心中有了营建城邦的规划,于是同族人详细计议,并刻灼龟甲占卜天意。就在此地定居下来,开始建筑家室。"那个时代,胥宇相宅这等大事,人谋之外,还须天意相助,这里的"爰契我龟"是文献所见周人使用龟卜的最早记载。"曰止曰时,筑室于兹"说明龟告以吉,天助人谋。周原既美,且得天意,如此,便有了下四章如火如荼的室宇建设。

先定民宅并经画分配土地:"于是安居下来,民宅分出东西区域。又划定田界,辨其土宜,整治田亩,开沟筑垄。南北西东,周原全境,人们各执其事,到处都忙活起来了。"岐山之下,周原之上,一个初具规模的周邦开始成长起来。五至七章言民事既定,转而兴建宫室,所写场面之沸腾热烈,直从一个个入耳的摹声词中迸发出来。五章:"于是召集司工之官和司役之官,要他们分工合作,将宗庙宫室等一并修建。测量地基经界时,绳尺必定划直,再将那两边的长直夹板竖好固定,一座庄严的庙宇便巍然耸立。""俾立室家"句与首章"未有家室"句遥作应答。古人将营宫室,宗庙为先,本章只数语略过,详细的筑墙过程在第六章展开:"聚土之声仍仍,填土之声轰轰,夯土之声登登,削土之声冯冯。百堵高墙一同拔地而起,众人劳作的热闹喧阗竟将那劝役助功的丈二鼖鼓之声掩盖了下去。"由"捄"而"度"而"筑"而"削",紧张中有秩序,辛劳中有振奋。此章极力铺陈筑墙经过,用各种声响渲染建设的场景,只因这样的集体工程最能见出周之初民齐心协力创业的高度热情。其声隆隆中,但见古老的周部落正一步步兴起。七章立门和社:"建好王都城门,城门高大轩阔。建好王宫中门,中门严正端庄。又建好大社土坛,宜于周人前往祭告。"有官城,有祭坛,也就相当于有政权,有制度,太王亶父岐下立国经营之事到此画上了句号。

以上七章叙写亶父迁岐,舒徐有度,末两章略言从太王至文王的有周兴盛史,则有如骏马下坡,近百年史事只用数语收尽,但也足够见出有周之所以日盛而昌大。第八章说威服强敌:"所以,自太王以来,虽未消灭愤怒的戎敌,也不曾丧失周的声誉。昔日遍生柞、棫之地，如今都清除干净，变成了条条通畅的坦途。混夷见而生畏，仓皇奔逃，气喘吁吁。"故知周人在岐下定居之后，由太王而文王，历经三世，生齿渐繁，归附日众，伐木开道，气象兴旺，正所谓"德盛而混夷自服也"①。四个"矣"字一气下来，神情飞动，有周后人遥顾祖先这段史事，亦不免豪情干云。九章说德感二君："质正虞、芮二国之讼，使之解怨结好，文王由此动其兴起之势。我们有率下亲上之臣，我们有左右辅佐之臣，我们有喻德宣誉之臣，我们有安邦卫国之臣。"《史记》说："诗人道西伯，盖受命之年称王而断虞芮之讼。"②然则末章特别提到虞芮故事，是为正式点出文王受命，诗意也由此巧妙地由太王转至文王，不露过渡痕迹。文王受命之初，凭借威德折服西土，又内用贤臣，"济济多士，文王以宁"，太王开创的王业传至文王，已呈勃然兴起之势。有周王迹奠基于亶父、强盛于文王的主题在这最后一章中得到了总结和强调，又遥应诗首"绵绵瓜瓞"四字，这四字比尽一篇旨意，至此了然。诗以"予曰"四句收笔，变四言为五言，且四句连成气势，列举文王得人之盛，夸耀中明显带有后人无限的向往之情，收结处作此突转，章法颇奇。

《绵》被视为周族的史诗之一，它从太王亶父自豳迁岐说起，描写他开国奠基的功业，一直写到文王继承祖先遗烈，结邻用贤，使王业日益光大，《诗序》所谓"文王之兴，本由大王"符合诗歌的本义。此诗可能最终写定于西周中期，第四章"乃"字引导的排比句式表明它在造句手法上已经达到了一定水平。这一时期与太王时代有一段不短的时空之隔，但先人的光辉业迹后王不可能陌生，这样的伟大史事在两周数百年间必定代代传说，虽不曾见而必人人耳闻，因此，虽然隔了久远的年代，《绵》的词句间仍掩饰不住颂者对先祖的那份亲切。有学者指出，《大雅》中有一部分乐歌，是周王大祭祖先时，面对着王室宗庙墙壁上绘制的祖先图像及其业

---

① 《诗集传》卷十六，第180页。
② 《史记》卷四《周本纪第四》，第119页。

绩而进行的述赞,《绵》即其中之一。① 也就是说,《绵》中后王对于先祖的亲切感与它在祀典上的特殊使用方式有关,后王祭其人,观其像,思其事,歌辞中的亲切感从可视的画面中来,直观的壁图活现了远古的历史。因此,虽然通篇是朴素的叙述,《绵》仍然有声有色,如闻似见,在对人物和事件粗疏甚至跳跃式的勾勒中,处处是后王怀念、赞颂并景仰祖先功烈的激情。

公 刘

笃公刘[1]！匪居匪康[2]。乃埸乃疆[3],乃积乃仓[4],乃裹糇粮[5],于橐于囊[6],思辑用光[7]。弓矢斯张[8],干戈戚扬[9],爰方启行[10]。

笃公刘！于胥斯原[11]。既庶既繁[12],既顺乃宣[13],而无永叹。陟则在巘[14],复降在原。何以舟[15]之？维玉及瑶,鞞琫容刀[16]。

笃公刘！逝彼百泉[17],瞻彼溥原[18]。乃陟南冈,乃觏于京[19]。京师之野[20],于时处处[21],于时庐旅[22],于时言言,于时语语。

笃公刘！于京斯依[23]。跄跄济济[24],俾筵俾几[25],既登乃依[26]。乃造其曹[27],执豕于牢[28],酌之用匏[29]。食之饮之,君之宗之[30]。

笃公刘！既溥既长,既景[31]乃冈。相其阴阳[32],观其流泉。其军三单[33],度其隰原[34],彻田[35]为粮。度其夕阳[36],豳居允荒[37]。

---

① 详参李山《〈诗·大雅〉若干诗篇图赞说及由此发现的〈雅〉〈颂〉间部分对应》,《文学遗产》2000年第四期。

笃公刘！于豳斯馆[38]。涉渭为乱[39]，取厉取锻[40]。止基乃理[41]，爰众爰有[42]。夹其皇涧[43]，溯其过涧[44]。止旅乃密[45]，芮鞫之即[46]。

[注释]

[1]笃：厚也。一说语助词，无实义。 公刘：周人先祖，有率族迁豳之壮举。
[2]匪居匪康：即"匪康居"，为协韵而倒文，"康居"即安居。
[3]乃：同"迺"，于是。 埸(yì)、疆：均指田界，"埸"是小界，"疆"是大界，此处用为动词，指划定田界。
[4]积、仓：露天堆积粮食处为"积"，又叫"庾"；有屋为"仓"。此处也用为动词，指聚粮于庾，贮粮于仓。
[5]餱(hóu)粮：行旅时携带的干粮。
[6]于：在。 橐、囊：均为装粮的口袋，无底曰"橐"，盛物后束结两端；有底曰"囊"。
[7]思：语助词。 辑：聚也，和也。 用：以。 光：指光大(姬族)。
[8]张：设，备好。
[9]干：盾。 戚：斧。 扬：钺，长柄大斧。
[10]方：开始。 启行：动身出发，指启程迁往豳地。
[11]于：乃。 胥：相，视察。 原：指豳地的原野。
[12]庶、繁：均指众多。
[13]顺：安，和乐。 宣：遍也，均遍不偏。
[14]巘(yǎn)：小山。
[15]舟：即"周"，环绕，佩带。
[16]鞞(bǐng)：刀鞘上近口处的装饰。一说刀鞘。 琫(běng)：刀鞘上端的装饰。 容刀：佩刀。
[17]逝：往。 百泉：众泉。或为豳地名。
[18]溥：广大。"溥原"或为豳地名。
[19]觏：见，发现。 京：高地。或为豳地名。
[20]师：都邑。"京师"连称始于此，后世遂以为帝王所居之都的专称。 野：郊外。

[21]于时：于是，在此。　处处：筑室以居。

[22]庐旅：寄居，暂居。本当作"庐庐"，"庐"、"旅"古同声通用，故改字就韵。

[23]依：凭依。

[24]跄(qiāng)跄济济：指举止有礼，步武威仪。

[25]俾筵俾几：使人设席、设几。"筵"是铺在地上的坐席，"几"是席地而坐时可凭倚的小桌。

[26]登、依：指登席、凭几。

[27]造："祰"的假借，告祭。　曹："禂"的假借，祭猪神。

[28]牢：此指猪圈。

[29]酌：斟酒。　之：指与宴者。　匏：葫芦一破为二，用来盛酒，称"匏爵"。

[30]君之宗之：指以公刘为豳地之君、周人的宗主。

[31]景：同"影"，根据日影确定方位。

[32]相：观察。　阴：山北。　阳：山南。

[33]单：商周时期一种普遍存在的合军事、民政为一体的组织，"三单"或指三个"单"的成员。

[34]度：测量。　隰原：低隰与高原。

[35]彻：治也，"彻田"指垦田。

[36]夕阳：山的西面。

[37]豳居：豳人之居。　允：确实，实在。　荒：广大。

[38]馆：此用作动词，建造馆舍。

[39]为：而。　乱：横流而渡。

[40]厉：同"砺"，粗糙的磨刀石。　锻：锻击用的砧石。

[41]止："之"的讹字，"止基"即之基，此基地。　理：治理。

[42]众、有：均指众多。

[43]夹：夹岸而住。　皇涧：豳地涧名。

[44]溯：逆水而行，此指面对。　过涧：豳地涧名。

[45]旅：众也，"止旅"即之旅，这些大众。　密：安也。

[46]芮：通"汭"，水湾向内处。　鞫：水湾向外处。　即：就，指就水涯而居。

[品读]

　　王朝建立之前,周人迁徙无常,周初五迁中,公刘之豳是非常关键的一迁。起初,周的始祖后稷被封于邰地(即"斄",在今陕西武功一带),十数世之后,子孙不窋为避夏乱,率族离邰,自窜于西北戎狄之间,直到公刘时期。根据《史记》的记载,公刘是不窋之孙,他虽处戎狄之间,却并未逐水草而牧,而是"复修后稷之业,务耕种,行地宜",于是周部落在他的带领下力量渐强,有了寻求更大发展平台的需要,故而举族迁移。这次迁移的路线大致是出西戎、向东南,目的地是豳,其地理位置相当于今天陕西省彬县一带;迁移的后效是:"行者有资,居者有畜积,民赖其庆。百姓怀之,多徙而保归焉。周道之兴自此始,故诗人歌乐思其德。"①简而言之,在公刘的领导下,这个曾经由农耕变为"戎狄"的部族,重又回归了农耕,并且气象日兴。史册上的寥寥数语自然不足以描摹那段壮伟的史事,更为详细的经过在这篇《公刘》里,它将公刘迁豳化成歌中一个个不易磨灭的乐辞,流传至今。

　　与《绵》中太王亶父的被迫迁移不同,公刘迁豳从容不迫,出发前做了充分的准备,诗中首章所咏即此。前七句说:"仁厚哉,公刘之于民也!他不以西戎为长久安居之地。于是划定田界,积贮粮食,使族人富庶,然后用橐和囊包裹好路上用的干粮,将族人集合起来,以图光大宗族。"远谋是在对西戎"匪居匪康"的认识中逐渐产生的,迁移并非一时兴起,所以公刘"乃埸乃疆,乃积乃仓",复修始祖后稷之业,用长期不废耕种的努力,为举族迁徙提供了物资保障,如此方能说到途中干粮的准备,方能点燃光大宗族的希望。一切都好整以暇地进行着,但顺利完成豳地之迁还有一个不可避免的前提——武力征服。不难想象,面对这批不速之客,豳地不可能大度地张开双臂欢迎,即使那儿只有土著,杀伐也必得预先筹划,像"糇粮"一样,时刻准备着。所以,首章后三句说:"随时张弓搭箭,手持干戈斧钺,足食足兵,诸事停当,启程出发。"没有一个字说到拓土略地的流血厮杀,但高举

---

① 《史记》卷四《周本纪第四》,第112页。

的武器上杀气腾腾，光那用作军前仪仗的"戚"与"扬"，就令人望而生畏。

诗二章，公刘与族人已在豳地，初到新址，千头万绪，从相地安民着手。"仁厚哉，公刘之于民也！他察看豳的原野。此地人多物繁，非荒凉之所，他安抚随迁族人和豳地旧民，既顺应其情，又均遍不偏，于是人心和同，迁者很快就适应了新地，不因思旧而心生怨叹。"在对豳地营建更为详细的描摹展开之前，诗人别转一笔，近距离地勾画起公刘的风貌来："他一会儿登上小山，一会儿下到平原。他腰间佩带着什么？一柄用美玉和宝石装饰了刀鞘的佩刀！"一"陟"一"降"写出公刘为安民不惮操劳，而诗于公刘忙着察看地形的同时，突然插叙他的佩刀之丽，清人姚际恒评价这五句，说："描摹极有致态，亦复精彩。"① 就艺术手法言，倒也不必如此拔高，诗人插入这么一笔，让公刘佩刀在腰，灿然有光，是想借此表达豳人对他的拥戴和崇敬吧，虽闲笔点染而或有深意；《公刘》全篇除此之外，再无其他直接颂扬公刘之语。三章经营乡野，民情因之欢悦："仁厚哉，公刘之于民也！他前往百泉，远望溥原。又登上南冈，发现了一片叫做'京'的开阔之地，便打算在此营建都邑。京都之郊也规划起来了，在这儿构筑宫室居住，在这儿建好暂居之所，无论豳地旧人还是初迁之民，都在这儿安居，于是语，于是笑，欢然相亲。""于时"四句排比，写出豳地的一片盎然生气，笑语喧哗，人声鼎沸，将上章"既顺乃宣，而无永叹"之意更推进了一层。有此振奋气象，家国岂有不盛之理？这里暗含诗人的赞颂之情，只是未露痕迹。

君子将营宫室，宗庙为先，都和邑的区别也在于宗庙之有无，所以，公刘在豳地依京筑室的建设中，营造宗庙必是首务，不过诗歌略去了具体过程，诗四章直接写宗庙建成，祭毕宴饮："仁厚哉，公刘之于民也！在这个叫做'京'的高地上建起了宗庙，宗庙落成，公刘燕享群臣。与宴者个个举止有礼，步武威仪，公刘命人安席设几，让他们就座、凭几。然后捉猪于圈，告祭猪神，宾主举匏爵斟酒而饮。众

---

① （清）姚际恒：《诗经通论》卷十四，第287页。

人且饮且食，气氛和睦，公刘以其一身为异姓臣子之君、同姓臣子的宗主。"草创景象，一派朴野之气，而仪典不乱，尊卑分明，经制已定。第五章描写农田垦辟、辨土授田："仁厚哉，公刘之于民也！这片开垦出来的土地宽阔广远，公刘登上高冈，根据日影确定方位。他察看山南山北寒暖之宜，河流泉水灌溉所及。他分派三单之民，在低隰和高原处选择平坦肥美之地，治田获粮。又在山的西面度量可垦之地，如此一来，豳人可供居住和生产的土地越发广袤了。"古时寓兵于农，兵民合一，本章在"相其阴阳，观其流泉"和"度其隰原，彻田为粮"之间提到"其军"，必然指的是民。授田已毕，人们各得其所，安居乐业。第六章以新附民的定居之况总收全篇："仁厚哉，公刘之于民也！他在豳地营造馆舍，派人横渡渭水，拣选砺、锻二石用以建设。这块基地打下了，前来归附的人越来越多。有的夹皇涧两岸而居，有的面朝过涧向水而住。众人安居于此，水涯内外更远处也渐渐有人居住了。"写到这儿，诗于将完未完之时戛然而止，公刘迁豳大业完成，豳地的兴盛繁荣和方兴未艾的豳周王业从此开始。

《公刘》跟《绵》一样，也是一首具有史诗性质的周人述赞先祖功业的乐歌。首尾六章，迁居细务，开国宏规，地脉、形胜、田界、水道、朝仪、燕礼，无不备具，而一篇之主线乃是首章的"思辑用光"四个字。诗歌一边靡缕无遗地描写迁豳后的规划建设，所谓"光"也；一边见缝插针地织进人心的安定和乐，所谓"辑"也，最妙处在于如此巧构，寻之有脉却按之无迹，令读者不易觉察。这首乐歌最后完成的时间可能跟《绵》相去不远，从其用韵的流畅和不时表现出来的娴熟写技看，应当也是西周中期的作品。前引《史记·周本记》说公刘迁豳，"周道之兴自此始，故诗人歌乐思其德"，如果这里的"歌"指的就是《公刘》，那么，它就是一篇豳人颂美公刘、光大先祖德业的旧咏了，它的雏形可能出现在公刘迁豳后不久。当《豳风·七月》中的豳人"一之日于貉"、"三之日于耜"，日子在男耕女桑田猎收获间年复一年地有序轮回时，公刘率族来豳的大迁徙已经成为往事，与诸多传说一道，汇入了部族悠远的历史长河中。但积久的岁月并未将记忆尘封,《公刘》的口耳相传使族人对祖先迁豳的印象始终鲜活如昨,因此,数百年后,当最终定型的乐歌《公刘》在周王的祭祖大典上伴随着他们对先祖功烈的无上尊崇之情被咏唱时,那些远古的人、物、事、情依然清晰而详备,仿佛时人身临目见。

卷 阿

有卷者阿[1],飘风[2]自南。岂弟君子[3],来游来歌,以矢其音[4]。

伴奂尔游矣[5],优游尔休矣。岂弟君子,俾尔弥尔性[6],似先公酋矣[7]。

尔土宇昄章[8],亦孔之厚矣[9]。岂弟君子,俾尔弥尔性,百神尔主矣[10]。

尔受命长矣[11],茀禄尔康矣[12]。岂弟君子,俾尔弥尔性,纯嘏尔常矣[13]。

有冯有翼[14],有孝[15]有德,以引以翼[16]。岂弟君子,四方为则[17]。

颙颙卬卬[18],如圭如璋[19],令闻令望[20]。岂弟君子,四方为纲[21]。

凤皇[22]于飞,翙翙其羽[23],亦集爰止[24]。蔼蔼王多吉士[25],维君子使[26],媚[27]于天子。

凤皇于飞,翙翙其羽,亦傅于天[28]。蔼蔼王多吉人[29],维君子命,媚于庶人[30]。

凤皇鸣矣,于彼高冈。梧桐[31]生矣,于彼朝阳[32]。菶菶[33]萋萋,雍雍喈喈[34]。

君子之车,既庶且多[35]。君子之马,既闲[36]且驰,矢诗不多[37],维以遂歌[38]。

[注释]

[1] 有卷(quán)：即卷卷，曲也。　阿：大陵，偏高不平之地。　一说卷阿为地名，在岐山之麓。

[2] 飘风：旋风。《小雅·蓼莪》篇有句"南山烈烈，飘风發發"。

[3] 岂弟：即"恺悌"，和乐平易貌，《小雅·湛露》篇有句"岂弟君子，莫不令仪"。　君子：此指周王。

[4] 矢：陈也，陈献。　音：此指歌诗。

[5] 伴奂：即"盘桓"，闲暇逍遥貌。　尔：你，此指周王。

[6] 弥：终也，尽也。"弥性"即弥生，永生也。

[7] 似：嗣也，继承。　先公：先王。　酋：终也，完成。　由下二章末句"百神尔主矣"、"纯嘏尔常矣"看，此句或当作"似先公尔酋矣"。

[8] 土宇：即国土，疆域。　畈(bǎn)：同"版"，"畈章"即版图，"版"记人丁户口，"图"载山川地域。

[9] 孔：甚也，非常。　厚：广大辽阔。

[10] 百神：指天地山川诸神。　主：主祭。

[11] 受命：受天命而为天子。　长：久也。

[12] 茀(fú)禄：即福禄，"茀"通"福"。　康：安康，康泰。

[13] 纯：大。　嘏(gǔ)：福也。　常：长久。

[14] 冯(píng)：可为依者。　翼：可为辅者。

[15] 孝：此泛言美德。

[16] 引：在前引导。　翼：左右辅助。

[17] 则：准则，榜样。

[18] 颙(yóng)颙：温和恭敬貌。　卬卬：即"昂昂"，气宇轩昂貌。

[19] 圭璋：皆为古代玉制礼器，此喻周王的品行高尚纯洁。

[20] 令望：好的名望。

[21] 纲：纲纪，法度。

[22] 凤皇：即凤凰，传说中的神鸟，凤凰出现是天下太平之兆。

[23] 翙(huì)翙：鸟飞振翅之声。　羽：此处借代来从凤凰的百鸟。

[24] 亦、爰：语助词。　集：鸟类栖息于树。　止：止息。

[25] 蔼蔼：众多貌。　吉士：美士，善士，此指周王的贤臣。

[26]维：同"惟"，只。 使：驱使。
[27]媚：爱戴。
[28]傅：附，至。《小雅·菀柳》篇有句"有鸟高飞，亦傅于天"。
[29]吉人：犹上章"吉士"。
[30]庶人：民众。
[31]梧桐：落叶乔木，传说凤凰非梧桐不栖。
[32]朝阳：山的东面。
[33]菶(běng)菶：草木茂盛的样子。
[34]雍雍喈喈：凤凰和鸣之声。
[35]庶：多也。 多："侈"的假借，指车饰侈丽。
[36]闲：闲习，训练有素。
[37]不多：多也，"不"为语助词。
[38]遂：对也，答也，"遂歌"犹言答歌。

[品读]

　　天子出游若有诗作，随从之臣必得和答，这种和诗不容易做好，因为作者的思路容易受限，脱不开或溢美或讽谏的窠臼，诗境也就很难打开。当年唐中宗领着一帮群臣在昆明池游宴，在众多的奉和应制之作中，以宋之问的最为出彩，因为他那首五律的末句"不愁明月尽，自有夜珠来"既照顾到了出游的时间——夜间见不着月的正月晦日，又结合了与昆明池有关的传说——一条被汉武帝救过的大鱼在昆明池边以夜明珠报恩相赠，对唐中宗和昆明池都作了交待，而且顺带将唐中宗比作汉武帝，不显山不露水地颂圣了一下。有明珠照亮黑夜，晦日自然不愁，但这两句诗的成功还不限于此，它难得地在宫廷应制题材中咏出了境界，这十个字本身就蕴含着一股令人振奋的力量。当日上官婉儿是鉴定众诗高下的裁判，她评价说，"不愁明月尽，自有夜珠来"好就好在作为这首诗的结句，诗已作完，它们却如飞鸟奋翼直上"犹陟健举"，正可谓诗写得好，评委也懂行。①奉和应制诗里好

---

① (宋)计有功：《唐诗纪事》卷三"上官昭容"，第28页。

诗不是没有，但数量毕竟有限，绝大多数都因为情感不那么由衷的歌功颂德和枯燥乏味的陈词滥调而被淹没在浩瀚的诗海之中了。那么，这类诗歌以及同样题材的散文何以形成或美或谏的套路，我们从《卷阿》里可以得到些提示。

某日周王领着一群臣子出游卷阿，见山川壮美，诗情随游兴而起，君臣之间便开始了歌诗唱和。周王首唱在先，群臣献诗于后，《卷阿》是其中的一篇。全诗共十章，我们先看前六章。首章交待所游之地、所游之时、所游之人以及为何献歌："高大曲折的山陵上，有南来之风刮过。和乐平易的周王啊，在此地般游并发言咏歌，随从的臣子们也纷纷陈献诗作，跟他唱和。"此诗开篇是一派阔远的景象，下接的"伴奂尔游矣，优游尔休矣"两句也见足治世和平气象："您盘桓于此，从容而游，悠闲逍遥，得以暂休。和乐平易的周王啊，臣下愿您厚德永寿，继承先王的遗烈并使之发扬光大。"这里请大家注意，"俾尔弥尔性"五个字在第三章和第四章中还分别出现过一次，仅仅将它理解成歌辞的复沓是不够的，它应该被视为《卷阿》一篇的关键语。从字意上看，这是一句献诗者对周王的祝词，但不能简单地理解为臣子祈愿君王长寿的常见性祝祷，它应该是献诗者最想通过这次献诗对周王说的话，也就是"谏"。"性"在金文中作"生"，"弥尔性"即"弥尔生"，亦即尽尔生命、永尔生命，这可能是当时的祝寿用语，但这样的祝词献给君主，总令人怀疑：它的含义会这么单纯么？读完全诗我们就能看到，这句祝语实际上暗含了劝勉周王永修其德之意，有大德者，必得其寿，于是修德和长寿两层意思合成了这一句话。后几章周王继承祖业、保有国土、永为百神祭主、用贤用吉士云云，倘若从这个角度去理解，也都顺畅易懂。

三、四两章言："您的疆域和版图，是那么的广大辽阔。和乐平易的周王啊，臣下愿您厚德永寿，常为天地山川鬼神之主。""您长配天命为天子，享受福禄和康宁。和乐平易的周王啊，臣下愿您厚德永寿，大福厚禄常享无穷。"有土、有寿、有福，满满三章的祝颂之语，周王听了必定心下甚喜。所以，五、六两章中，献诗者在前面已经蓄足的语势上轻轻一转,修德充实则永保寿考福禄,那么,如何才能做到呢?这便带出了用贤和治国之理:"朝中有可为依者,有可为辅者,他们有善有德,能为君王前导旁辅。与这样的贤臣相处,和乐平易的周王啊,就能被天下奉为道德的榜样。""温和恭敬,气宇轩昂,德行高洁,如同圭璋,有好声誉,有好名望,这些都将是涵养德性的结果。和乐平易的周王啊,就能被天下人奉为行为的法度。"不难看出,从第二章到第六章,"修德"始终是作为诗的主线存在着的。祖宗的基业如何固守住,打下的江山怎样坐稳它,无"德"不可为也,那时的周人已经敏锐地总结出了这条经验,并使之成为后世颠扑不破的守成真理。辽阔的"土宇昄章",非有德者不能据有;"颙颙卬卬"的气度,惟有德者方能养成,回过头来再看"俾尔弥尔性"五字,这寓谏于颂的祝词,含意不可谓不深吧。从句式上看,二至四章以五言句式为主,多用"矣"字,乐调明显较缓;到了五、六两章,突然变为一律齐整的四言,可见节奏加促,这说明《卷阿》之调疾徐相间、缓急相济;且又不妨认为,这加快的乐声与献诗者的劝谏之意适足以相得益彰。

　　七至十章从"凤皇"说起。有一种观点认为这四章与前六章的句法和结构都不同,表现手法也一变前面的直赋而为比兴,很有可能是另外一首与前六章不相干的诗;这两首诗可能是因同一件事情、在同一个时间里由公卿陈献于周王的,年代一久,便被误合在了同一个题目下;如果将它们还原为两首独立的诗,其诗气都能保持连贯而不断裂。①这种猜测是有道理的,值得参考,不过,保持《卷阿》的原样,不作两首诗看,也还是能找到全篇一以贯之的精神的。七至九章说:"神鸟凤凰振翼高翔,百鸟相从翙翙作响,它们一同栖息在梧桐树上。周王贤臣吉士众多,他们听命于周王,忠于家邦,爱戴天子。""神鸟凤凰振翼高翔,百鸟相从翙翙作响,它们上摩青天,有志凌云。周王贤臣吉士众多,他们听命于周王,又造福家邦,推爱于民。""神鸟凤凰在那高冈之上,发出它高扬的鸣叫声。梧桐树向阳生长,在

---

① 详参孙作云《诗经与周代社会研究·诗经的错简》,第415—419页。

那高冈面东的山坡上。它们蓊蓊郁郁茂密成林,其间传来凤凰雍雍喈喈的和鸣之声。"这三章采用叠咏法,第九章句式稍变,但仍可算在叠咏之内。"凤皇"是兴,显然也是比,"凤"字古作"朋",因为凤飞则群鸟从以万数,这几章以"凤皇"领起,正应了眼前群臣扈从天子出游卷阿、君臣相得之景。而且,往远了说,这百鸟朝凤的盛况不就象征着天子得人野无遗贤、众贤拥戴周王共兴周室的美好远景吗?这美好远景,不正是从"俾尔弥尔性"中一脉而来的吗?可见,前六章和七、八、九三章,如果认为它们一气贯注,也是行得通的。当然,修德求寿考、用贤享太平之意在此诗前六章中是已经基本上说明白了的,这三章点出"蔼蔼王多吉士",只能算作对求贤、用贤的特别强调,于诗意本身并无拓展,但三章的存在,在厚重质实的前六章之外增添了一笔《大雅》中少见的清空灵动,《卷阿》的文字和意境在《大雅》中位居上乘,完全靠这三章生色。清人姚际恒称赞第九章"全在空际描写"、"皆镂空之笔,不着色相,斯为至文"①,说的就是它的清空,所谓凤凰、梧桐、高冈、朝阳、萋萋菶菶、雍雍喈喈,一派太平盛世之境,却无一实写。

第十章收结,说:"周王出游的车数量众多,装饰侈丽,周王出游的马训练有素,奔跑迅疾。群臣献上的歌诗很多,都是为了与您唱答。"由此看来,《卷阿》以"来游"起,以"车"、"马"收;以"矢音"起,以"矢诗"收;以"来歌"起,以"遂歌"收,前后呼应,神完气足,章法很是紧凑。《诗经》文本的一个主要来源之一就是公卿列士献诗,《卷阿》可为其代表。从此诗的口吻和气度看,《卷阿》的献诗者应该是周王的重要辅臣。《诗序》说"《卷阿》,召康公戒成王也。言求贤用吉士也",以献诗者为召康公,以诗中"君子"为周成王,未必可信。这首诗的语言,如"如圭如璋"、"凤皇于飞,翙翙其羽"、"既庶且多"、"既闲且驰"等等,都表现出了西周后期诗歌的特点,它有可能是周宣王时期君臣同游卷阿并发生歌诗唱和行为的一次记录。这名位高持重的辅臣为周室社稷长远计,借献诗之机向周王进言,因"游"、

---

① (清)姚际恒:《诗经通论》卷十四,第291、293页。

"休"而祝寿祈福,由"弥性"而劝德用贤,祝中有劝,颂中含戒,歌咏再三,用心良苦;而臣子奉和应制之作寓讽谏于颂美的传统精神也就从此定下了基调。《卷阿》之后不计其数的臣和君诗或臣献给君的诗,旨趣基本上都不出于这一框架。这不是一个适合吟咏个人情性的题材,若非确有一腔爱国的热血和一颗事君的忠心,又不能像唐人宋之问那样巧作发挥,而只是官样文章敷衍应付,这个题目是万万做不好的。

第三部分 颂

猗与那与 置我鞉鼓
奏鼓简简 衎我烈祖
汤孙奏假 绥我思成
鞉鼓渊渊 嘒嘒管声
既和且平 依我磬声
於赫汤孙 穆穆厥声
庸鼓有斁 万舞有奕
我有嘉客 亦不夷怿
自古在昔 先民有作
温恭朝夕 执事有恪
顾予烝尝 汤孙之将

今本《诗经》的第三部分是"颂",一共四十篇,包括"周颂"、"鲁颂"和"商颂"。"颂"的得名与一种叫做"镛"的乐器有关,"镛"是大钟,古字作"庸",用于殷商时期的祭祀奏乐。由于与"功"意义相通,"庸"逐渐发展为以大钟为主要乐器的天子祭祀之乐的名称,被赋予了成功和王权的象征意义。祭礼上奏"庸"的同时,往往伴随着舞蹈动作,这种舞容叫做"颂",而"颂"又与"庸"声同意通,"庸"者功也,"颂"者颂其成也,都是天子祭祀乐歌的主体内容。于是,"颂"和"庸"在告成功于神明的天子祭典中合为一体,渐渐地取代了"庸",成为天子郊庙祭祀之乐的专名;而《颂》,则记录了这类乐章的歌辞。

周 颂

在西周天子祭祀天地神祇和宗庙敬祖的典礼中,乐舞合一的"颂"必不可少。今天保存在《周颂》中的歌辞共三十一篇,分为"清庙之什"、"臣工之什"、"闵予小子之什"三组。各篇不分章节,或押韵,或不押韵,体现出古奥有余而明畅不足、庄严肃穆但缺乏形象等特征,其创作年代大约在西周初、中期。

清 庙

於穆清庙[1],肃雍显相[2]。济济多士[3],秉文之德[4]。
对越在天[5],骏[6]奔走在庙。不显不承[7],无射于人斯[8]!

[注释]

[1]於:叹词,此含赞美之意。 穆:美好,此指清庙壮美深幽。 清庙:肃然清静之庙。
[2]肃:敬也。 雍:和也。 显:明,此指有明德。 相:助也,此指前来助祭者。
[3]济济:仪度整齐貌,庄敬威仪貌。一说众多貌。 多士:此指参加祭祀的诸侯公卿。
[4]秉:持,执行。 文德:文王之德。
[5]对:答也。 越:扬也,"扬"、"越"一声之转,对越即对扬,此指报答颂扬。
[6]骏:疾也,庙中奔走以疾为敬。
[7]不显不承:即丕显丕承,"显"、"承"均为赞美之词,"显"指光明、显赫,"承"同"烝",美善也;《大雅·文王》篇有句"有周不显,帝命不时"。
[8]射(yì):"斁"的假借,厌弃,"无射"即不厌。 斯:句末语词。

[品读]

宗庙之音曰"颂",《清庙》堪为代表,它可能是一首在后世周王祭祀先祖文王的宗庙典礼中通用的颂歌。《孔疏》说:"《礼记》每云升歌《清庙》,然则祭宗庙之盛,歌文王之德,莫重于《清庙》,故为《周颂》之首。"我们且看《清庙》如何"歌文王之德"。此诗是个八句的短章,全篇唱到:"呜呼!在这个深幽壮美、庄严清静的庙宇里隆重地恭祭文王,又逢四海敬和,有明德者纷纷前来助祭。威仪整齐的与祭者们,都秉持着文王之德。为了报答并颂扬文王的在天之灵,大家不敢懈怠,在庙中疾敏地奔走,执行着献祭之事。文王之德多么显赫,多么盛美,周之臣民毫不厌倦地尊奉、承继着他留下的德业!"

不难看出,就乐辞内容而言,此诗除了末尾两句明确点出文王的美德外,其余诸句皆从侧面烘托。首句用赞叹之词领起,使丰沛的情感充盈于全篇;接着从庙宇的肃然清静、助祭者的庄重表情、与祭者的敬畏之仪一直写到祭典诸事的紧张有序,只此数句,典礼上场面的恭敬隆重、气氛的热烈祥和便毕见无遗。这六句没有直接歌颂文王之德,但周室子孙及万众臣民对文王的景仰崇敬之意尽在其中,"此正善于形容文王之德也,使从正面描写,虽千言万语何能穷尽"[①]?古人对此有一佳评,说:"此诗只第一句说文王之庙,余皆就祀文王者身上说,虽未尝明颂文王之德,自有隐然见于辞意之表者。何则?文王往矣,今助祭之公侯执事之人所对越者,强名之曰'在天',已不见其有显然之迹;所奔走者,强名之曰'在庙',亦不见其有可承之实。影渺迹绝之余,而人心之敬恭严事者,无厌射乃如此。于此可以见盛德至善,渐磨渗漉,沦肌浃髓,没世自有不能忘者矣。"[②]这可以说是善读诗者之论,但这只是基于文本的品析。《清庙》和编排在《大雅》之首的《文王》,在内容上存在着明显的对应关系,它们应当是同一祀典中的乐歌,《文王》唱给人

---

① (清)方玉润:《诗经原始》卷十六,第577页。
② (元)胡一桂:《诗集传附录纂疏》卷十九,第660页。

听，《清庙》献给神灵。《清庙》以"歌文王之德"为要旨，但其主体内容却围绕着祭祀的场景氛围和祭者的情态动作进行歌唱，这或许是由它在该祀典上的仪式功能决定的，说明它最初有可能是文王祭典上的献神序曲而非正式的献祭之歌。①

这首诗由乐工演唱，通章无韵。《礼记》说："《清庙》之瑟，朱弦而疏越，壹倡而三叹，有遗音者矣。"②"越"指瑟底之孔，疏通它而使瑟音迟徐，谓之"疏越"，可见《清庙》的音声是舒缓的。音声缓，所以无须用韵，但一唱三叹，一人唱三人和，同样能产生韵律感。清人姚际恒说："颂为奏乐所歌，尤当有韵；今多无韵者，旧谓一句为一章，一人歌此句，三人和之，所谓'一唱三叹'则成四韵。愚谓此说是已，然'一唱三叹'恐不必如是泥解，即一人唱，一人和，便已成韵，未为不可也。"③此说或有道理，故录以参考。如今我们已无法得知《清庙》的唱法和音声，但当日庙堂之上祭礼之中，其声之恢宏浑厚、悠扬隽永，饱含着周民对文王的敬慕爱戴之情，自不难想象。

执 竞

执竞武王[1]，无竞维烈[2]。不显成康[3]，上帝是皇[4]。
自彼成康，奄[5]有四方，斤斤[6]其明。钟鼓喤喤[7]，
磬筦将将[8]，降福穰穰[9]。降福简简[10]，威仪反反[11]。
既醉既饱，福禄来反[12]！

[注释]

[1] 执：服也，含有"制服"之意。　竞：强也，此指强敌。"执竞"指能慑服强敌。

---

① 详参李山《〈诗·大雅〉若干诗篇图赞说及由此发现的〈雅〉〈颂〉间部分对应》，《文学遗产》2000年第四期。

② 《礼记正义》卷三十七《乐记第十九》，第3313页。

③ （清）姚际恒：《诗经通论》卷十六，第323页。

[2]无竞：莫强。　维：是。　烈：业也，此指克商之武功。
[3]不显：丕显，丕明。　成康：即周成王和周康王。一说武成、康定。
[4]上帝：指上天。　皇：美也。　此句指上天嘉美成、康二王(或嘉美武王)。
[5]奄：覆也。"奄有"即广有、尽有。
[6]斤斤：当作"昕昕"，明也。
[7]喤喤："鍠鍠"的假借，钟鼓应和之声。
[8]筦(guǎn)：同"管"，竹制的吹奏乐器。　将将：即"锵锵"，《小雅·鼓钟》篇有句"鼓钟将将，淮水汤汤"。
[9]穰(ráng)穰：福之多也。
[10]简简：大也。
[11]威仪：此指祭者的神情仪态，进退可度、周旋可则、容止可观，谓之有威仪。一说指祭祀时的礼节仪式。　反反："昄昄"(bǎn)的假借，慎重貌。
[12]反：同"返"，来归，报答。

[品读]

《执竞》分两层内容展开。前七句为第一层，颂美武王、成王、康王功德之著："能慑服强敌的武王，有天下莫比的功业。德行显赫的成王和康王，也得到了上帝的嘉美。成、康以来，承继祖先遗烈，尽有天下，守成之德盛美明著。"后七句为第二层，铺叙祭典上的礼乐之盛，说今日奉祭受福良多："钟、鼓喤喤齐鸣，磬、管锵锵应和，三王之灵赐降下众多福禄。降福既多且广，祭祀的礼节和祭者的仪态愈益持重谨慎，不敢有失。祖灵欣然受祭，歆享醉饱之后，又返报后王以更为无止无疆之福！"

后人对这首颂歌究竟用于周王室何种祭典意见不一，争论的焦点是诗中"成康"二字。诗祀武王无须怀疑，这是首句已经言明了的，如果后接的"成康"分指成王和康王，那么《执竞》就是一首合祭武、成、康三王的仪式乐歌，乐辞内容如上。如果"成康"二字乃就武王的功烈而言，释作"克商武成"和"康定天下"，则"不显"与"上帝是皇"指的就都是武王了，"奄有四方"和"斤斤其明"的也是武王，与成王、康王无关,《执竞》就只能用于单祭武王的典礼。历来对此论辩纷纷,迄无定解,绕开此结不论,诗共两层内容,前半颂功,后半祭祀,很好地体现了"颂"歌的特点。从手法和风格看,此诗叠字多见,不似其他《周颂》那般质朴古奥,而颇近于《雅》诗,无论颂功还是作乐,都"篇幅不长却极铺张扬厉之势"①。另外,钟、鼓、磬、筦等乐器作为礼器出现在祭礼上,礼乐和酒食同时用于敬神祈福,这些都说明无论"成康"所指是否二王,《执竞》产生的时间都不会太早,而可能在成、康之后,不少学者将它的创作时间定于周昭王时期,是有一定道理的。

闵予小子

闵予小子[1],遭家不造[2],嬛嬛在疚[3]!於乎皇考[4],永世克孝[5]!念兹皇祖[6],陟降庭止[7]!维予小子,夙夜敬[8]止。於乎皇王[9],继序思不忘[10]!

[注释]

[1]闵:通"悯",悲悯,忧伤。 小子:天子未除丧自称小子,此为周穆王自称。

[2]不造:不成,不至,犹言不淑,不幸。

[3]嬛(qióng)嬛:一作"茕茕",孤独忧伤无所依怙貌。 疚:忧苦,哀病。《小雅·采薇》篇有句"忧心孔疚,我行不来"。

[4]於乎:同"呜呼"。 皇考:此指周昭王。

[5]克孝:能尽孝道。

[6]兹:此,这。 皇祖:此指昭王之父周康王。

[7]陟降:升降,这里偏用"降"的意义,专用于神,此指恭请先祖神灵降临。 庭:中庭。

[8]敬:此指恭谨从事。

[9]皇王:此兼指周康王和周昭王。

[10]序:通"绪",指先王遗业。 思:句中语助词。

---

① (清)牛运震:《诗志》卷八,第3页。

[品读]

  这首诗的大意是:"我这忧伤可悯的小子,家中遭到凶丧的不幸,茕茕孤独,哀苦如病!呜呼皇考,永远向您尽孝!念在皇祖的份上,愿您的神灵降临中庭!我这小子,将朝夕恭谨地敬奉着祖业。呜呼先王,我将继承你们的遗绪,铭心不忘!"

  《闵予小子》和编排在它之后的《访落》、《敬之》,有可能是作于一时的组诗。根据《访落》篇首句"访予落止,率时昭考"的"昭考"二字,可以判断出这三首诗的创作时间为周昭王卒后其子穆王即位之初,它们或是一组穆王登基典礼上使用的仪式乐歌。昭王十九年春亲征荆楚,丧六师于汉,自己也殒命南国,溺于汉水而不返。穆王在此非常时期仓促继位,诗首三句"闵予小子,遭家不造,嬛嬛在疚"言明方在丧中,语极沉痛,一改周王即位的传统仪式套语而为忧伤孤苦之辞,是穆王当时所处的特定情势及其内心伤悲的真实体现。六、七两句借"皇祖"的名义祈请"皇考"之灵陟降于庭,呼唤周昭王魂兮归来,符合古人在中庭祭祀四方野死者之礼,数语哀思悱恻,是此诗最为感人之处,同时也揭示出是日仪典江山继统、世代承绪的庄严意义。"颂"大都简古平实,是献给祖宗神祇的歌,这首诗也的确平实,不见任何文饰,但却在庙堂的肃穆和神秘之外,道出了"颂"歌里少见的情怀。诗末"维予小子"四句穆王抒发自己意欲励精图治,上继祖、父之绪于不忘的决心,本当是仪式颂歌中常见的劝勉之词,因了这特殊的情怀,也特别地显见出了穆王的真诚之意。

<h2 style="text-align:center">般</h2>

  於皇时周[1]!陟其高山,嶞山乔岳[2],允犹翕河[3]。
  敷[4]天之下,裒时之对[5],时[6]周之命。

[注释]

[1]於：叹词。　皇：大也，美也。　时周：一作"明周"。
[2]隋(duò)山：狭长的山。　乔岳：高大的山。
[3]允：语助词。　犹："猷"的假借，顺也。　翕：聚合。
[4]敷：同"溥"，即普，"敷天之下"犹言普天之下。
[5]裒：聚也，《小雅·常棣》篇有句"原隰裒矣，兄弟求矣"。　时：犹"是"，此指周王朝。　对：对扬，对答颂扬，与《周颂·清庙》篇"对越在天"之"对越"同。
[6]时：与"承"一声之转，两字通用，"时"即承受。

[品读]

　　先了解全诗内容："美哉，光明昭昭的大周！我登高祭祀巍巍大山、狭长山峦和四方众岳，见山间诸水顺着山势合流于黄河大川。普天之下的诸侯们都聚集在我大周，答旨扬恩，承受大周的赐命，王业代代相传。"

　　这是一首表现周天子巡行诸侯所守之土、祭祀四岳河海神祇的颂歌，根据《史记》的记载："周成王封泰山，禅社首：皆受命然后得封禅。"①然则此诗可能创作于西周成王时期。诗题为"般"，但全篇七句中未见"般"字，可知这首诗未取句首字名篇，而是依诗义命名，《诗》中这样的情况是有的，虽然不多。"般"字应当读作pán，可作两种解释，一训为"乐"，系篇中奋扬气势的提取；一训为"盘旋"，应合诗中天子巡行遍及山川之意。此诗短调大气魄，它令人印象深刻的是磅礴的气势，"般"字这两样解释都是行得通的，可以任选其一，因为都不妨碍读者对诗中王者恢宏气概的体味。封天禅地并祀山川之神是周室受命于天的表白，若将这层意思淡化为背景，则《般》中不乏周成王襟怀的抒写。成王一统天下，巡行周疆，登高骋目，见群山逶迤、黄河奔腾，于是时也，登山则情满于山，眼底是壮丽形胜，胸中有天下万民，众山百川都归于河，犹如普天之下聚而归向、臣服于周，正所谓上天

---

① 《史记》卷二十八《封禅书第六》，第1361页。

之所以命我有周哉！虽说是庙堂乐舞，但《般》短短七个古奥的句子中，自有周成王无限的胸襟和抱负在，其中精彩，可堪玩味！

鲁 颂

《鲁颂》编排在《周颂》之后，共有《駉》、《有駜》、《泮水》和《閟宫》四篇，前两首体裁类《风》，后两首风格似《雅》，都不是告神之歌，与《周颂》迥异。鲁诗不称"风"而称"颂"的可能原因是：鲁为周公的封地，因周公有大勋劳于天下，成王准赐鲁国世世代代以天子礼乐祭祀他，于是乎鲁国有了"颂"，其后自作诗篇赞美其君，也称之为"颂"。今所见四诗都与春秋中期的鲁僖公有关。

有 駜

有駜有駜[1]，駜彼乘黄[2]。夙夜在公[3]，在公明明[4]。振振鹭[5]，鹭于[6]下。鼓咽咽[7]，醉言[8]舞。于胥乐兮[9]！

有駜有駜，駜彼乘牡[10]。夙夜在公，在公饮酒。振振鹭，鹭于飞。鼓咽咽，醉言归。于胥乐兮！

有駜有駜，駜彼乘駽[11]。夙夜在公，在公载燕[12]。自今以[13]始，岁其有[14]。君子有穀[15]，诒孙子[16]。于胥乐兮！

[注释]

[1]有駜(bì)：即駜駜，马肥壮力强貌。
[2]乘(shèng)黄：即四匹黄马，古时一车四马为一乘。
[3]夙夜在公：指早晚都在鲁公之所。
[4]明明："勉勉"的假借，勤勉尽力貌。
[5]振振：鸟振翼群飞貌。 鹭：水鸟名。一说此指用鹭羽制成的舞具，《陈风·宛丘》篇有句"无冬无夏，值其鹭羽"。
[6]于：语助词。

[7]咽咽：有节奏的鼓声。

[8]言：语助词，犹"焉"。

[9]于：发语词。 胥：相。

[10]牡：此指公马。

[11]騵(xuān)：青黑色的马，又叫铁骢。

[12]载：则，就。 燕：通"宴"，宴饮。

[13]以：犹"而"。

[14]其：语助词。 有：有年，丰年。

[15]君子：此指鲁僖公。 穀：善、福禄。

[16]诒：遗留，传给。 孙子：即子孙后代。

[品读]

  《有駜》是鲁国君臣燕饮而颂祷之词。假如用《周颂》为标准来衡量，它完全不像一首颂歌，从内容看，它近于"雅"，就风格言，它类似"风"。三章诗大致说了这么几层意思：其一，臣子们驾起四匹肥壮力强的黄马(或四匹健壮的公马，或四匹高大的铁骢)赶赴君所，从早到晚都在官府中忙碌，勤勉于公事；其二，公事之暇，鲁僖公与臣子们宴饮共醉，相与为乐，席上鼓声咽咽，鹭羽舞蹁跹有姿；其三，席间，臣子们献颂于鲁僖公，愿鲁国岁岁丰年，僖公福泽后世。三章诗意明白，一目了然，只有一处须稍加注意。复查于首、二两章中的"振振鹭，鹭于下"和"振振鹭，鹭于飞"可作两种理解，有人认为此系兴句，诗人以宴享之所四环水池中的鹭起兴，引出君臣共饮之事，甚至可能兴中有比，如《毛传》云："鹭，白鸟也，以兴絜白之士。"将白鹭与人的德行联系起来；有人则直接将这两句说成是君臣燕集时起鹭羽之舞，将"鹭"释为舞蹈用具，比如朱熹就说："鹭，鹭羽，舞者所持，或坐或伏，如鹭之下也。……舞者振作鹭羽如飞也。"[①]《周颂》中有一首周天子迎接贵宾的诗，首句是："振鹭于飞，于彼西雝。"这首诗于是题为《振鹭》。《礼记》有云："客

---

① 《诗集传》卷二十，第238页。

出以《雍》,彻以《振羽》。"①所谓《振羽》,指的就是奏《振鹭》之诗,可见朱熹以"鹭"为舞具、以"鹭于下"、"鹭于飞"为舞姿是说得过去的,鹭羽之舞或强于"洁白之士"之解。

《诗序》说:"《有駜》,颂僖公君臣之有道也。"古人对于"君臣有道"的认识并不统一,《郑笺》说是"以礼义相与之谓",这有点玄虚,对理解诗意帮助不大;清人方玉润说:"燕饮不忘在公,颂祷专称岁有,既无怠政,又勿忘本,君臣同乐,所谓'有道'。"②这倒是紧贴着诗辞来解释的,但又显得有些牵强。其实就诗论诗,《有駜》描写的就是鲁僖公君臣燕集歌舞同乐而臣下以"岁其有"颂祷时君。《左传》僖公三年有"春不雨,夏六月雨"的记载,明人何楷因此怀疑这首诗是鲁僖公喜雨置酒庆丰年之作③,揆之诗歌本身,为《有駜》加上这样一个背景,似乎不算无稽。从创作上看,由于叠词(如"有駜有駜"、"振振"、"咽咽")和顶真手法(如"有駜有駜,駜彼乘黄"、"夙夜在公,在公明明"、"振振鹭,鹭于下")的使用以及四言、三言的交错变化,《有駜》显得"风神动荡"④、音节绝佳,相较于《诗经》中的其他"颂"歌,此篇的可读性强得多,而这些都是常见于"风"诗里的元素。"鲁颂"四首是鲁国在周王室所赐的"周颂"之外自制的颂赞本国国君的仪式乐歌,而在它们产生的春秋中期,各国"风"诗大部分已经创作出来了,《有駜》的文体特征与《颂》的基本形态相距甚远,跟这一背景或许有关。

---

① 《礼记正义》卷五十《仲尼燕居第二十八》,第3502页。
② (清)方玉润:《诗经原始》卷十八,第633页。
③ (明)何楷:《诗经世本古义》卷二十四之下,景印文渊阁四库全书第八一册,第823页。
④ (清)牛运震:《诗志》卷八,第10页。

商　颂

"商颂"就是西周时期宋国的"颂"。《国语》中有这样一句话,说:"昔正考父校商之名颂十二篇于周大(太)师,以《那》为首。"①"商之名颂"就是《商颂》,正考父是孔子的七世祖,宋国的大夫,历周宣王、周幽王、周平王三世。据此,则《商颂》实为宋诗,曾经共有十二篇,但七篇亡佚,今本《诗经》只存有五篇——《那》、《烈祖》、《玄鸟》、《长发》和《殷武》,是周时封于宋的殷商遗民祭祀其先祖的诗,其创作年代大约在西周中期②。

那

猗与那与[1],置我鞉鼓[2]。奏鼓简简[3],衎我烈祖[4]。
汤孙奏假[5],绥我思成[6]。鞉鼓渊渊[7],嘒嘒[8]管声。
既和且平[9],依[10]我磬声。於赫[11]汤孙,穆穆厥声[12]!
庸鼓有斁[13],万舞有奕[14]。我有嘉客[15],亦不夷怿[16]!
自古在昔[17],先民有作[18]。温恭朝夕[19],执事有恪[20]。
顾予烝尝[21],汤孙之将[22]!

[注释]

[1]猗那:同"猗傩"、"婀娜",美盛貌。草木美盛为"猗傩",《桧风·隰有苌楚》篇有句"隰有苌楚,猗傩其枝";音乐美盛为"猗那"。　与:即"欤",叹词。
[2]置:"植"的假借,树立。　鞉(táo)鼓:分大小两种,一种是较大的立鼓,另一种是类似于今天拨浪鼓的长柄小摇鼓;此处当指立鼓。

---

① 《国语》卷五《鲁语下》,第74页。
② 《商颂》的创作年代说法不一,王国维《观堂集林》卷二《说商颂下》云:"则《商颂》,盖宗周中叶宋人所作以祀其先王。"(第117页)此据王说。

[3]简简：象声词，洪大之声。
[4]衎(kàn)：乐，使快乐。　烈祖：显祖，此指成汤。
[5]汤孙：成汤的子孙，即主祭者。　奏：进，献。　假："徦"的假借，至也。"奏假"即祭者将敬意上达于神。
[6]绥：通"遗"，赐予。　思：语中助词。　成：備也，福也。"绥我思成"犹云赐予我福，是报福之词。
[7]渊渊：深长的鼓声。
[8]嘒嘒：清亮的管乐声。
[9]和：指音调和谐。　平：正，指乐声大小高低适中。
[10]依：倚也，指鞉鼓、管、磬互相配合。
[11]於赫：犹"赫赫"，盛德貌。一说"於"为叹词，"赫"为显赫。
[12]穆穆：指乐声恢宏且美。　厥：其。
[13]庸：即镛，大钟。　有斁："斁"通"绎"，有斁即绎绎，乐声连续不断、有条不紊貌。
[14]万：大舞也。万舞是周天子宗庙舞的总名，武舞文舞并有。先是武舞，舞者执干戚，又称干舞；文舞在后，舞者执羽籥，又称羽舞。　有奕：即奕奕，舞姿娴习貌。
[15]嘉客：此指前来助祭者。
[16]亦不：犹"不亦"。　夷怿：和悦，喜悦。
[17]自古在昔："自古"与"在昔"同义迭用，一谓古以后，一谓今以前。
[18]有作：有所作为，此指作乐。
[19]朝夕：早上见君为朝，晚上见君曰夕。
[20]执事：从事各种事务。此指举行祭祀之事。　有恪：即恪恪，谨慎恭敬貌。
[21]顾：念也。　烝尝：二者皆为祭祀名，冬祭为烝，秋祭曰尝。
[22]将：奉也，奉献。

[品读]

《那》是西周时宋人祭祀其烈祖成汤的乐辞。首四句奏鼓迎神："美哉！盛哉！竖起我们的鞉鼓。奏起鼓点，其声简简，为了愉悦我们有功德的祖先。"这是描写宋君将祭之时，先作乐求神，鞉乃用来节乐的鼓，因此列于众乐之首而言之。随后十二句为正祭,极陈众乐之盛美:"汤的子孙已将虔诚的敬意上达于天,祈求祖灵赐予我们福禄。鼓声深长,管乐清亮,众音和谐平正,配合着堂下清越的磬音。显赫的汤之子孙作乐祭祀,乐声恢宏且美!大钟大鼓交响,其声洪亮有序,《万舞》应乐而起,舞姿娴习从容。前来助祭的嘉宾们,无不怡悦欣喜!"乐至高潮处,下接"自古在昔"四句颂祖之辞:"古后今前,先人便作有此乐。早朝暮参,温恭有度,祭祀之事,谨慎敬诚。"称恭敬之道乃传之于先祖,声乐之盛也非今日始作,先人传恭,时王受之,不敢自专,也含有"汤孙"愿效法祖先励精图治之意。最后两句,祭者致献享之意:"请烈祖顾念歆享这烝、尝之祭吧,这是汤的子孙们献上的!"

成汤即商汤,原是商部族首领、夏朝商国君主。他以伊尹、仲虺为二相发展本族,又经过十一征而无敌于天下。夏桀无道,成汤作《汤誓》兴师伐夏,与桀大战于鸣条之野,桀败,三千诸侯大会,成汤被推为天子,在亳(今河南商丘)建立了殷。之后殷亡周兴,武王封纣王之子武庚于殷地,使之奉其宗祀。不久,武庚叛乱,死于周公之手,周公另封纣王的庶兄微子启于商丘,国号宋,是为宋国之始。宋人以成汤为先祖,便是这样的由来。《那》专祀成汤,却并不言及成汤的功德,而是独举祭礼时的鞉鼓、管、磬、庸、鼓之声和《万舞》之奕,铺陈乐舞之盛,这是为什么?有两种解释可资参考:一说殷人尚声,"声之盛是德之盛也","以声音诏神,冀其来享"[①];一说《那》可能是一组祭歌的序曲,"所谓《商颂》十二,以《那》为首。诗中没有专祀成汤的内容,却描述了商时祭祀的情形和场面,大约是祭礼包括成汤在内的烈祖时的迎神曲。"[②]也就是说,《那》诗只管设乐迎神,它没有涉及的内容,可能通过其他歌诗体现,比如编排在《那》之后的《商颂·烈祖》篇,就有可能是跟《那》配合,共同使用于同一祭典中的。它们或许不限于祭祀成汤,而是宋国君主祀先祖时通用的乐歌。

---

① (清)方玉润:《诗经原始》卷十八,第644页。

② 张松如:《商颂研究》上编《商颂绎释》,第11页。

附录：《诗大序》①

风，风也，教也；风以动之，教以化之。诗者，志之所之也，在心为志，发言为诗。情动于中而形于言，言之不足故嗟叹之，嗟叹之不足故永歌之，永歌之不足，不知手之舞之足之蹈之也。情发于声，声成文谓之音。治世之音安以乐，其政和；乱世之音怨以怒，其政乖；亡国之音哀以思，其民困。故正得失，动天地，感鬼神，莫近于诗。先王以是经夫妇，成孝敬，厚人伦，美教化，移风俗。故诗有六义焉：一曰风，二曰赋，三曰比，四曰兴，五曰雅，六曰颂。上以风化下，下以风刺上。主文而谲谏，言之者无罪，闻之者足以戒，故曰风。至于王道衰，礼义废，政教失，国异政，家殊俗，而"变风"、"变雅"作矣。国史明乎得失之迹，伤人伦之废，哀刑政之苛，吟咏情性，以风其上，达于事变而怀其旧俗者也。故变风发乎情，止乎礼义。发乎情，民之性也；止乎礼义，先王之泽也。是以一国之事，系一人之本，谓之风；言天下之事，形四方之风，谓之雅。雅者，正也，言王政之所由废兴也。政有小大，故有小雅焉，有大雅焉。颂者，美盛德之形容，以其成功告于神明者也。是谓四始，诗之至也。然则《关雎》、《麟趾》之化，王者之风，故系之周公。南，言化自北而南也。《鹊巢》、《驺虞》之德，诸侯之风也，先王之所以教，故系之召公。《周南》、《召南》，正始之道，王化之基。是以《关雎》乐得淑女，以配君子，爱在进贤，不淫其色；哀窈窕，思贤才，而无伤善之心焉。是《关雎》之义也。

---

① 《毛诗正义》卷一，第562—569页。

参考书目

主要参考书目

《毛诗正义》,(清)阮元校刻《十三经注疏》,中华书局,2009年

《春秋左传正义》,(清)阮元校刻《十三经注疏》,中华书局,2009年

(宋)朱熹《诗集传》,中华书局,1958年

其他参考书目

《论语注疏》,(清)阮元校刻《十三经注疏》,中华书局,2009年

《周礼注疏》,(清)阮元校刻《十三经注疏》,中华书局,2009年

《仪礼注疏》,(清)阮元校刻《十三经注疏》,中华书局,2009年

《礼记正义》,(清)阮元校刻《十三经注疏》,中华书局,2009年

《周易正义》,(清)阮元校刻《十三经注疏》,中华书局,2009年

《尚书正义》,(清)阮元校刻《十三经注疏》,中华书局,2009年

《孟子注疏》,(清)阮元校刻《十三经注疏》,中华书局,2009年

《墨子》,上海古籍出版社,1995年

《荀子》,上海古籍出版社,1996年

(汉)韩婴著《韩诗外传》,中华书局,1985年

《国语》，北京商务印书馆，1958年重印本

《竹书纪年》，中华书局，1985年

《汉书》，中华书局，1962年

《后汉书》，中华书局，1965年

《晋书》，中华书局，1974年

《北齐书》，中华书局，1972年

《南齐书》，中华书局，1972年

《南史》，中华书局，1975年

《隋书》，中华书局，1973年

(汉)旧题申培《诗说》，中华书局，1985年

(宋)吕祖谦《吕氏家塾读诗记》，中华书局，1985年新1版

(宋)王质《诗总闻》，中华书局，1985年

(宋)戴溪《续吕氏家塾读诗记》，中华书局，1985年新1版

(宋)王柏《诗疑》，中华书局，1985年

(宋)严粲《诗缉》，《景印摛藻堂四库全书荟要》经部第二六册，台北世界书局，1988年

(宋)谢枋得《诗传注疏》，中华书局，1985年

(元)胡一桂《诗集传附录纂疏》，北京师范大学出版社，2013年

(清)惠周惕《诗说》，中华书局，1985年

(清)王夫之《诗经稗疏》，岳麓书社，2011年

(清)姚际恒《诗经通论》，中华书局(香港)，1963年

(清)牛运震《诗志》二册8卷，武强贺氏重刊(贺葆真重刊)本，1936年

(清)崔述《读风偶识》，《丛书集成初编》，商务印书馆，民国二十八年十二月初版

(清)崔述《丰镐考信录》,中华书局,1985年

(清)王照圆《诗说》(上、下),栖霞晒书堂原本,光绪八年岁在壬午东路厅署开雕

(清)王引之《经义述闻》,江苏古籍出版社,1985年

(清)马瑞辰《毛诗传笺通释》(上、中、下),中华书局,1989年

(清)陈奂《诗毛氏传疏》(上、中、下),北京市中国书店,1984年

(清)方玉润《诗经原始》,中华书局,1986年

(清)龚橙《诗本谊》,清光绪十五年刻本

(清)王先谦《诗三家义集疏》(上、下),中华书局,1987年

(清)牟庭《诗切》,齐鲁书社,1983年

袁金铠《诵诗随笔》,民国二十一年铅印本

于省吾《泽螺居诗经新证》,中华书局,1982年

吴闿生《诗义会通》,中华书局,1959年

傅斯年《〈诗经〉讲义稿》,上海古籍出版社,2011年

马持盈《诗经今注今译》,台湾商务印书馆,1971年

余冠英《诗经选》,人民文学出版社,1958年第1版

余冠英《诗经选》,人民文学出版社,1979年第2版

高亨《诗经今注》,上海古籍出版社,1980年

陈子展《诗经直解》(上,下),复旦大学出版社,1983年

蓝菊荪《诗经国风今译》,四川人民出版社,1982年

程俊英、蒋见元《诗经注析》(上、下),中华书局,1991年

黄典诚《诗经通译新铨》,华东师范大学出版社,1992年

翟相君《诗经新解》,中州古籍出版社,1993年

郭晋稀《诗经蠡测》(修订本),四川出版集团巴蜀书社,2006年

王昆吾《诗六义原始》,《中国早期艺术与宗教》,东方出版中心,1998年

孙作云《诗经与周代社会研究》,中华书局,1966年

孙作云《孙作云文集》,河南大学出版社,2003年

夏传才《诗经讲座》,广西师范大学出版社,2007年

鲍昌《风诗名篇新解》,中州书画社,1982年

扬之水《诗经别裁》,江西教育出版社,2000年

扬之水《诗经名物新证》,北京古籍出版社,2000年

刘毓庆《诗经图注(国风)》,台湾丽文文化事业股份有限公司,2000年

刘毓庆、郭万金《从文学到经学——先秦两汉诗经学史论》,华东师范大学出版社,2009年

李山《诗经的文化精神》,东方出版社,1997年

李山《诗经析读》,南海出版公司,2003年

马银琴《两周诗史》,社会科学文献出版社,2006年

黄怀信《上海博物馆藏战国楚竹书〈诗论〉解义》,社会科学文献出版社,2004年

马承源《上海博物馆藏战国楚竹书》(一),上海古籍出版社,2001年

廖名春《上博馆藏战国楚竹书研究》,上海书店,2002年

李零《上博楚简三篇校读记》,中国人民大学出版社,2007年

李学勤主编《清华大学藏战国竹简(壹—叁)文字编》,中西书局,2014年

濮茅左编《上海博物馆藏楚竹书·孔子诗论》,中西书局,2014年

(汉)孔鲋《孔丛子》,中华书局,1985年

(汉)焦赣《易林》,凤凰出版社,2017年

(汉)刘向《古列女传》,中华书局,1985年新1版

(汉)刘向《新序》、《说苑》,上海古籍出版社,1990年

(汉)班固《白虎通》,中华书局,1985年

(汉)许慎撰、(清)段玉裁注《说文解字注》,中州古籍出版社,2006年

(汉)刘熙《释名》,中华书局,1985年

(汉)王逸《楚辞章句》,上海古籍出版社,2017年

(汉)蔡邕《琴操》,中华书局,1985年

(三国)王肃《孔子家语》,四部丛刊景明翻宋本

(魏)嵇康《嵇中散集》,商务印书馆,1937年

(南朝宋)刘义庆著、(南朝梁)刘孝标注:《世说新语》,中华书局,1999年

(梁)钟嵘《诗品》,中华书局,1991年

(梁)萧统编、(唐)李善注《文选》,中华书局,1977年

(陈)徐陵编《玉台新咏》,上海书店,1988年

(唐)欧阳询《艺文类聚》,中华书局,1965年

(唐)刘餗《隋唐嘉话》,中华书局,1979年

(五代)王定保《唐摭言》,上海古籍出版社,1978年

(宋)李昉等《太平御览》(全四册),中华书局,1960年

(宋)李昉等《太平广记》(全四册),上海古籍出版社,1990年

(宋)程颢、程颐《二程集》(第四册),中华书局,1981年

(宋)苏轼《苏东坡集》,商务印书馆,1958年重印

(宋)郭茂倩编《乐府诗集》,中华书局,1979年

(宋)计有功《唐诗纪事》,上海古籍出版社,1987年新1版

(宋)陈岩肖《庚溪诗话》,中华书局,1985年

(宋)姜夔著、夏承焘校《姜白石词校注》,广东人民出版社,1983年

(宋)朱熹《四书章句集注·大学章句》,中华书局,1983年

(宋)陆游《避暑漫抄》,中华书局,1985年新1版

(宋)辛弃疾《稼轩长短句》,上海人民出版社,1975年

(明)张尔歧《蒿庵闲话》,中华书局,1985年

(清)顾炎武《日知录》,上海古籍出版社,2012年

(清)王夫之《薑斋诗话》,丁福保辑《清诗话》,上海古籍出版社,2015年

(清)王士禛《王士禛全集》,齐鲁书社,2007年

(清)吴淇《六朝选诗定论》,《四库全书存目丛书补编》第一一册,齐鲁书社,2001年

(清)浦起龙《读杜心解》,中华书局,1978年

(清)袁枚《随园诗话》,江苏广陵古籍刻印社,1998年

(清)曹雪芹著,无名氏续《红楼梦》,人民文学出版社,2008年第3版

(清)何文焕《历代诗话》,中华书局,1981年

(清)沈德潜《说诗晬语》,丁福保辑《清诗话》,上海古籍出版社,2015年

(清)戴震《戴震全集》(第四册),清华大学出版社,1995年

(清)纪昀《阅微草堂笔记》,天津古籍出版社,1994年

(清)孙联奎《诗品臆说》,山东人民出版社,1962年

(清)魏源《魏源全集·诗古微》,岳麓书社,1989年

(清)王国维《观堂集林》,中华书局,1959年

(清)王国维《人间词话》,浙江古籍出版社,2011年

钱穆《中国文化史导论》(修订本),商务印书馆,1994年

陆侃如、冯沅君《中国诗史》,《民国丛书》第五编,上海书店,1996年影印本

张松如《商颂研究》,南开大学出版社,1995年

顾颉刚《古史辨》(三),上海古籍出版社,1982年

梁启超《国学讲义》,中国画报出版社,2010年

闻一多《闻一多全集》(全十二册),湖北人民出版社,1993年

郭沫若《中国古代社会研究》,人民出版社,1954年

郭沫若《甲骨文字研究》,科学出版社,1962年

钱锺书《管锥编》(1—4册),三联书店,2008年第2版

《先秦诗鉴赏辞典》，上海辞书出版社，1998年

张闻玉《古代天文历法讲座》，广西师范大学出版社，2008年

杨树达《积微居金文说》，中华书局，1997年

《四库全书存目丛书》，齐鲁书社，1997年

（明）孙鑛《批评诗经》，《四库全书存目丛书》经部第一五〇册

（明）戴君恩《读风臆评》，《四库全书存目丛书》经部第六一册

（明）沈守正《诗经说通》，《四库全书存目丛书》经部第六四册

（明）钟惺、韦调鼎《诗经备考》，《四库全书存目丛书》经部第六七册

（明）范王孙《诗志》，《四库全书存目丛书》经部第七一、七二册

（清）陆奎勋《陆堂诗学》，《四库全书存目丛书》经部第七七册

（清）许伯政《诗深》，《四库全书存目丛书》经部第七九册

《续修四库全书》，上海古籍出版社，1995年

（宋）朱熹《诗序辨说》，《续修四库全书》经部诗类(56)

（明）戴君恩原本、（清）陈继揆补辑《读风臆补》卷五，《续修四库全书》经部诗类(58)

（明）顾梦麟《诗经说约》，《续修四库全书》经部诗类(60)

（明）万时华《诗经偶笺》，《续修四库全书》经部诗类(61)

（明）陆化熙《诗通》，《续修四库全书》经部诗类(61)

（清）贺贻孙《诗觸》卷一，《续修四库全书》经部诗类(61)

（清）乔亿《剑溪说诗又编》，《续修四库全书》集部诗文评类(1701)

（清）汪梧凤《诗学女为》卷一一，《续修四库全书》经部诗类(63)

（清）郝懿行《诗问》，《续修四库全书》经部诗类(65)，上海古籍出版社，1995年

（清）胡承珙《毛诗后笺》，《续修四库全书》经部诗类(67)，上海古籍出版社，1995年

(清)陈仅《诗诵》,《续修四库全书》经部诗类(70)

(清)顾广誉《学诗详说》卷五,《续修四库全书》经部诗类(72)

(清)许瑶光《雪门诗草》卷一《再读诗经四十二首》之十四,《续修四库全书》集部别集类(1546)

《景印文渊阁四库全书》,台湾商务印书馆,1986年

(宋)欧阳修《诗本义》,《景印文渊阁四库全书》第七〇册

(宋)苏辙《苏氏诗集传》,《景印文渊阁四库全书》第七〇册

(宋)陈旸《乐书》,《景印文渊阁四库全书》第二一一册

(宋)朱熹《晦庵集》,《景印文渊阁四库全书》第一一四五册

(宋)范处义《诗补传》,《景印文渊阁四库全书》第七二册

(明)梁寅《诗演义》卷五,《景印文渊阁四库全书》第七八册

(明)朱善《诗解颐》卷一,《景印文渊阁四库全书》第七八册

(明)季本《诗说解颐·正释》卷十九,《景印文渊阁四库全书》第七九册

(明)姚舜牧《重订诗经疑问》卷三,《景印文渊阁四库全书》第八〇册

(明)朱谋㙔《诗故》卷四,《景印文渊阁四库全书》第七九册

(明)朱朝瑛《读诗略记》卷二,《景印文渊阁四库全书》第八二册

(明)何楷《诗经世本古义》,《景印文渊阁四库全书》第八一册

(清)朱鹤龄《诗经通义》,《景印文渊阁四库全书》第八五册

(清)钱澄之《田间诗学》,《景印文渊阁四库全书》第八四册

(清)傅恒等《御纂诗义折中》,《景印文渊阁四库全书》第八四册

(清)姜炳璋《诗序补义》,《景印文渊阁四库全书》第八九册

(清)陈启源《毛诗稽古编》,《景印文渊阁四库全书》第八五册

(清)黄中松《诗疑辨证》卷三,《景印文渊阁四库全书》第八八册